현대 오키나와 문학의 이해

현대 오키나와 문학의 이해

초판 1쇄 발행 2018년 12월 24일
초판 2쇄 발행 2019년 12월 6일

엮 은 이 김재용
지 은 이 메도루마 슌, 사키야마 다미, 마타요시 에이키, 오시로 다쓰히로, 아라카와 아키라,
　　　　김재용, 심정명, 고명철, 조정민, 곽형덕, 김동윤, 손지연, 남궁 철
옮 긴 이 심정명, 조정민, 곽형덕, 손지연
펴 낸 이 이대현
펴 낸 곳 도서출판 역락

책임편집 이태곤
편　　집 권분옥, 문선희, 임애정, 백초혜
디 자 인 안혜진, 최선주, 김주화
마 케 팅 박태훈, 안현진

주　　소 서울시 서초구 동광로 46길 6-6(반포4동 577-25) 문창빌딩 2층(06589)
전　　화 02-3409-2055 ǀ 팩　스 02-3409-2059
전자메일 youkrack@hanmail.net
블 로 그 http://blog.naver.com/youkrack3888
홈페이지 http://www.youkrackbooks.com
등록번호 1999년 4월 19일 제303-2002-000014호

정가는 뒤표지에 있습니다.
ISBN 979-11-6244-354-5 03830

출력 인쇄 · 성환C&P　　제책 · 동신제책사

▶ 이 저서는 2016년 교육부의 산업연계 교육활성화 선도대학(PRIME) 사업의 재원으로 수행된 것임.

현대 오키나와 문학의 이해

김재용 엮음

역락

오키나와 문학의 글로벌 동아시아적 지평

　최근 5년에 걸쳐 오키나와 작가들의 작품이 한국어로 번역되어 소개되고 연구되고 있는 것은 매우 이례적인 일이다. 메도루마 슌의 작품은 거의 번역되어 있을 정도이니 한국에서의 오키나와 문학에의 열기를 가히 짐작할 수 있다. 오키나와 작품이 영어로 번역되었지만 한국어에 비할 바가 아닌 점을 고려하면, 한국에서의 오키나와 문학의 열광은 세계적 차원에서도 특기할 만한 일이다. 번역 출판을 계기로 오키나와 작가들이 한국을 방문하여 한국 문학 및 아시아 문학 행사에 참여하여 많은 한국의 작가들에게 깊은 인상을 남기고 있는 것을 감안하면 더욱 그러하다. 오키나와 작가들 역시, 한국에서의 만남과 토론을 계기로, 이전과는 다른 동아시아 세계를 상상하게 되었음을 토로할 정도이니 쌍방향의 문학 교류가 결코 일시적인 성질의 것은 아님은 분명하다.

　흥미로운 것은 한국에서의 오키나와 번역과 연구의 열기가 일본문학과 한국문학 연구자들의 협업에 의해 진행되고 있다는 점이다. 얼핏 생각하면 오키나와 문학이 일본문학의 한 지역문학이기 때문에 일본문학을 연구하는 이들만이 관심을 가질 것처럼 보인다. 그런데 한국문학을 하는 이들이 일본문학을 연구하는 이들과 함께 오키나와 문학을 연구하고 또한 오키나와 작가들과 교류한다는 사실이다. 한국문학계에서 흔치 않은 이러한 일이 왜 일어났을까? 오키나와 문학이 결코 일본 문학의 하나가 아니고 독자적인 문학이기 때문이다. 오키나와 전투를 전후하여 많은 한국의 남녀들이 강제로 끌려가 비참한 죽음을 당하였던 것은 조선과 오키나와가 모두 일본의 식민지였기 때문에 벌어진 일이었다. 특히 오늘날 오키나와의 많은 지식인과 주민들이 자립을 외치면서 새로운 공동체 상을 모색하고 있기에 오키나와와 한국의 관계는 한층 복합적인 측면을 지닐 수밖에 없다. 한국문학 연구자들이 오키나와 문학에 깊숙이 관여하였던 것은 이러한 맥락에서였다.

한국에서의 이러한 열기와 방향은 분명 일본에서의 오키나와 문학 연구와 질적인 차이를 가질 수밖에 없다. 일본에서는 오키나와 문학이, 일본어로 창작되고 있기 때문에, 일본문학의 일부로 인식되었고 연구되었다. 하지만 오키나와의 작가들이 자립의 전망 하에서 일본과 거리를 두기 시작하면서 이러한 기존의 관행적 인식은 심각한 위기에 처하게 되었다. 식민지 감성을 갖지 못한 이들은 이 긴장을 이해하지 못하고 과거의 방식 즉 일본문학의 일환으로 읽어내려는 관성을 지속하는 반면, 식민지 감성을 머리로 이해하는 이들은 이 새로운 측면을 탐구하려고 애쓰고 있지만 해석할 수 있는 실감을 확보하지 못하고 있다. 자립을 외치는 오키나와 작가들의 목소리가 갈수록 높아지기에 일본의 오키나와 문학 연구는 지향점을 잡기 어렵다.

일본과 다른 한국에서의 오키나와 문학 연구는 식민지 감성을 넘어 동아시아적 상상력을 요구한다. 제국적 근대의 전개과정에서 일본 영토로의 편입, 전후 미국 영토로의 귀속과 일본에의 재편입이란 역사적 과정은 말할 것도 없고, 현재 미국의 동아시아 방어의 최전선에 놓여 있다는 사실을 고려할 때 지구적 동아시아라는 맥락을 사유하지 않고서는 오키나와 문학을 이해하기 어렵다. 오늘날 오키나와의 자립을 반대하는 이들이 중국과 북한의 위협을 거론하는 사실을 감안할 때 동아시아적 지평은 더욱 절실하다. 한국에서의 오키나와 문학 연구가 과거의 식민지 조건과 감성에 그치지 않고 동아시아적 차원으로 확장되어야 하는 이유이다.

이 책을 위해 번역과 논문 작성의 수고를 마다하지 않은 여러 분들에게 진정으로 감사드린다. 험난한 동아시아 근대의 한복판에서 함께 인문학을 하는 이들에게 작은 위로가 되었으면 한다.

목차

글 머리에 04

서론 한국에서 오키나와 문학 읽기 김재용 09

1부 이화와 동화, 근대와 근대해체

1) 메도루마 슌: 신(神) 뱀장어 29
　　오키나와, 확장되는 폭력의 기억 심정명 83
　　오키나와 폭력의 심연과 문학적 보복 고명철 114
　　금기에 대한 반기, 전후 오키나와 천황의 조우 조정민 126

2) 사키야마 다미: 고도(孤島)의 꿈 속 독백 157
　　'오키나와 문학'이라는 물음 조정민 177

3) 마타요시 에이키: 터너의 귀 209
　　마타요시 에이키 문학에 나타난 '타자'와의 교섭 과정 곽형덕 262
　　지역공동체에서 평화공동체로 가는 상상력 김동윤 281

4) 오시로 다쓰히로: 후텐마여 315
　　오시로 다쓰히로 문학에서 '미군'이 내포하는 의미 손지연 363

2부 자립하는 오키나와

아라카와 아키라: '조국' 의식과 '복귀' 사상을 재심하다 395
　　전후 오키나와의 자기결정 모색과 '반복귀론' 남궁철 432

한국에서 오키나와 문학 읽기

김재용

　오키나와 문학은 일본어 문학이지만 일본문학이라고 할 수 없는 독자적인 특징을 갖고 있다. 특히 오키나와의 자립을 강조하면서 문학을 하는 이들의 경우에는 더욱 그러하다. 오키나와의 자립성을 지지하는 작가들은 일본인들이 불편해하는 주제를 다루고 있는데 이런 것들은 일반적인 일본인들은 받아들이기가 쉽지 않다. 오키나와 전투 시기에 일본군인에 의한 오키나와인 학살의 문제는 이러한 주제 중에서 가장 예민한 문제이다. 메도루마 슌의 「나비떼 나무」는 오키나와 전투 시기의 일본 군인에 의한 오키나와인의 학대 문제를 다루고 있어 일반적인 일본인들은 쉽게 받아들이기 어렵다. 메도루마 슌의 다른 작품들 중에서 전통적인 오키나와의 풍습을 다룬 것이라든가, 미군기지의 문제를 다룬 것들은 어느 정도 일본인들이 받아들일 수 있지만 일본군인의 학살이나 억압을 다룬 작품은 수용하기 어려운 것이다. 따라서 일본인 독자들과 비평가들은 이러한 예민한 문제를 다룬 작품은 외면하고 그 이외의 것들만 다루게 된다. 메도루마 슌이 독립을 지지하는 것과는 달리 오키나와의 문화적 정체성을 강조하는 마타요시 에이키의 경우에도 마찬가지이다. 마타요시는 주로 미군 기지의 문제를 다루기 때문에 일반적인 일본인 독자들이 어렵지 않게 받아들일 수 있는 작가에 해당한다고 할 수 있다. 그렇기 때문에 오키나와의 독립을 주장하는 메도루마 슌과 달리 마타요시 에이키는 일본 독자들이 쉽게 다가갈 수 있는 작가이다. 그럼에도 불구하고 오키나와에서의 조선인 문제 특히 군부(軍夫)나 군위안부의 문제를 다룰 경우 일본인 독자들은 외면하게 된다. 마타요시의 「긴네무 집」는 그런 점에서 문제적이다. 다른 작품과 달리 이 작품은 조선인 군부(軍夫)와 군위안부 문제를 다룬 것이기 때문에 일본 군인에 의한 오키나와인의 학살과 같은 주제는 아니라 하더라도 일본 제국의 문제를 건드리고 있기 때문이다. 하지만 이들 예민한 작품들도 한국인들이 읽을 경우 아주 쉽게 받아들일 수 있다. 그것은 이들 작품들이 조선인을 다루기 때문만은 아니다. 일본 제국의 억압과 폭력을 다루기 때문에 같은 고통을 겪었던 한국인들은 어렵지 않게 읽어낼 수 있다. 그런 점에서 한국에서 오키나와 문학을 읽는 것은 일본에서 오키나와 문학을 읽어내는 것과는 다르다 할 수 있다.

1. 오키나와와 일본의 거리

오키나와 문학에 대한 일본 문학계의 두 차례의 관심은 아쿠타가와 문학상의 수여에서 잘 드러난다. 첫 번째는 오키나와의 일본 이관이 이루어졌던 1972년 직전이다. 오시로 다쓰히로의 「칵테일파티」가 1967년에, 히가시 미네오의 「오키나와 소년」이 1971년에 아쿠타가와 수상작으로 선정된 것은 오키나와가 미국으로부터 일본으로 이관된 정황과 밀접한 관련이 있다. 당시 일본은 전후의 폐허에서 경제대국으로 성장하던 시절이라 미국의 영향권에서 벗어나고자 하였는데 오키나와의 일본 이관은 이를 뒷받침할 수 있는 매우 상징적인 사건일 수 있었다. 일본은 2차 대전의 피해국으로 자신을 부각시키면서 일본 제국이 행한 식민지 지배와 전쟁 책임을 은폐하고 싶었다. 미국이 지배하고 있는 오키나와를 구해내어 일본으로 이관시키게 되면 자신들이 피해자라는 점을 한층 돋보이게 하는 동시에 미국으로부터 벗어나기 시작하였다는 자신감도 동시에 회복할 수 있기에 이보다 더 좋은 것은 달리 없었을 것이다. 그렇기 때문에 일본의 문학계가, 알게 모르게, 오키나와 문학에 큰 관심을 가지게 되었던 것으로 보인다.

일본 문학계의 오키나와 문학에 대한 관심이 두 번째로 일어난 것은 1990년대 중반 무렵이다. 1996년에 마타요시 에이키는 「돼지의 복수」로, 1997년에 메도루마 슌은 「물방울」로 각각 아쿠타가와 상을 수상하였다. 이 무렵에 일본 문학계가 이들 작가의 작품에 주목을 한 것은 당시 일본 내에 불었던 오키나와 관광 열풍과 결코 무관하지 않다고 생각한다. 잘 알려져 있는 것처럼, 이 무렵에 일본에서는 아열대의 자연환경과 이국적인 풍습을 갖고 있는 오키나와를 관광하는 것이 일대 유행이었다.[01]

특히 샤미센을 비롯한 오키나와의 음악 등이 이 시기 일본인들에게 이국적으로 다가오면서 큰 유행을 할 정도였다. 실제로 이들 작품들은 이들 작가들의 작품 중에서도 정치적인 문제를 거론하거나 혹은 역사적인 것을 직접적으로 건드리는 것들이 아니고, 의도하지는 않았지만, 이런 일본인들의 취향에 부합할 수 있는 작품들이었다. 물론 이 작품들에도 두 작가가 오랫동안 고민한 오키나와의 역사적 문제가 결여되어 있지는 않다.

---

01 Davinder Bhowmik, Writing Okinawa, Routledge, 2008, pp.126-131.

일본과 미국 등 외부 세력의 점령 이전부터 전해오던 오키나와의 민속 등을 통하여 오키나와의 정체성을 찾으려고 하는 그러한 역사적 성찰이 깔려 있지만 일본의 문학계는 이런 점들보다는 당시 일본의 오키나와 열풍, 즉 이국적 정취의 측면에서 이들 작품을 해석하였고 그 연장선에서 상을 주었던 것으로 보인다.

오키나와 작가들의 문학적 세계에 대한 일본 문학계의 이러한 선별적 이해를 비난하려고 하는 것은 아니다. 이렇게라도 일본 문학계가 오키나와 문학을 고려하고 평가하는 것은 그 자체로 존중되어야 한다. 실제로 낯선 땅에서 이루어지는 모든 문학적 행위를 평가할 때 평가 주체들의 주관적 견해를 부정하기는 어렵다. 문학평가에서 공평무사한 태도가 가능한지 의문이기 때문이다. 그런 점에서 오키나와 문학에 대한 일본 문학계의 이러한 평가는 하나의 태도로써 마땅히 존중되어야 할 것이다. 하지만 일본 문학계가 과연 오키나와 문학의 복합적인 측면들을 이해하려고 진지하게 노력하고 있는가에 대해서는 의문을 갖는다. 특히 일본의 역사적 책임과 관련되어 불편할 수 있는 점에 대해서는 애써 외면을 하는 것이 아닌가 하는 의혹을 가질 수밖에 없다. 이러한 점은 오키나와 작가들의 작품 중에서 오키나와 내에서는 매우 문제적인 작품으로 평가되지만 일본에서는 그렇지 않은 경우에서 잘 드러난다. 예를 들어 메도루마 슌의 경우 천황제라든가 일본인에 의한 오키나와인의 학살 같은 문제를 다루는 작품은 그의 문학세계에서 매우 중요한 경향임에도 불구하고 일본에서 이 작가의 작품집을 묶을 때는 이런 작품들이 누락된다. 그의 대표적인 작품 중의 하나인 「평화거리로 명명된 거리를 걸으면서」는 천황제 비판으로 유명한 작품이다. 하지만 작품집에는 실리지 않았다. 물론 일본 내의 일부 진보적인 비평가들, 예컨대 와세다대학의 다카하시 도루오 같은 이는 오키나와 문학선집 등에 이 작품을 수록함으로써 이런 문제점에 대해 우회적으로 비판하고 있으나 아주 예외적이다.

이런 점들을 고려할 때 한국에서 오키나와 문학을 읽을 때 일본 문학계의 방식을 그냥 그대로 따를 수 없다. 한국의 독자들에게는 일본의 독자들과는 다르게 오키나와 문학을 읽을 수 있는 가능성이 있다. 일본의 오키나와 점령과 학살과 같은 문제들은 일본인들에게는 대단히 불편하지만 한국인들에게는 그렇지 않기 때문이다. 그런데 한국에서 오키나와 문학이 소개되고 소통되는 그동안의 현실을 보면 일본의 것을 그대로 따르고 있다는 느낌을 지우기 어렵다. 일본의 출판계가 일본의 독자를 의식하여 만든 작품집을 그대로 번역하여 소개할 때 거기에는 일본 독자의 취향이 강하게 작용한다. 한국에 소개되어 있는 메도루마 슌의 작품집의 경우가 이에 해당한다. 아시아출판사에서 펴낸『혼불러오기』와 문학동네에서 펴낸『물방울』은 일본에서 나온 작품집을 그대로 번역한 것이다. 하지만 이 두 작품집은 메도루마 슌의 작품 중에서 일본인들이 불편할 수 있는 작품들은 빼고 나온 것이기에 거기에는 일정한 굴절이 존재한다. 이것을 그대로 번역하여 한국에 소개하였을 때 한국 독자들이 메도루마 슌의 문학세계를 온전하게 읽을 수 있는 다른 가능성은 원천적으로 차단된다. 일본의 독자들에게 불편하게 다가갈 수 있는 작품들이 한국의 독자들에게는 친숙하게 다가갈 수 있는 것이 그의 작품에는 많기 때문이다.

물론 한국에서 오키나와 문학을 읽을 때 또 다른 굴절이 생길 수도 있다. 특히 일본어라는 원천적 한계도 고려할 수 있다. 또한 일본은 오키나와와 매우 밀접한 관계를 맺고 살아가는 것과 달리 한국은 그렇지 못하기 때문에 거기에서 오는 낙차도 있을 수 있다. 이런 점들을 충분히 고려하더라도 한국에서는 일본에서 읽어내기 힘든 것들을 읽어낼 수 있는 가능성이 많다고 생각한다. 오키나와와 조선이 일본 제국의 식민지였고 2차 대전 이후에 미국 헤게모니 하에서 살았기 때문에 그러하다. 이 글은 이러한 점을 염두에 두면서 오키나와의 두 작가의 작품을 읽고자 한다.

2. 메도루마 슌과 피식민지인의 연대 : 「나비떼 나무」

메도루마의 작품세계는 크게 세 가지로 나누어 볼 수 있다. 첫째는 오키나와의 풍습을 다룬 것이고, 둘째는 오키나와에서의 미군과 기지를 다룬 것이며 세 번째는 오키나와 전투를 중심으로 한 일본의 오키나와에 대한 식민지적 차별과 억압에 관한 것이다. 처음 것은 일본인의 평균 독자들에게도 큰 부담을 주지 않는다. 또한 미군과 기지에 관한 문제도 크게 불편을 안기지 않는다. 하지만 세 번째 문제인 오키나와에 대한 일본의 식민지적 차별과 억압의 문제는 사정이 다르다. 물론 첫 번째 것과 두 번째 것에도 오키나와 독립에 대한 작가의 강한 열망이 스며 있다. 오키나와의 풍습을 다룰 때에도 식민지 근대에 대한 강한 비판이 들어 있으며, 미군과 기지를 재현할 때에도 이들을 끌어들여 이용하는 일본에 대한 강한 비판이 함축되어 있기 때문이다. 그렇지만 이들 작품들에서는 이러한 예민한 문제들이 중심축을 이루지 않기 때문에 불편을 강하게 주지 않는다. 실제로 일본에서 단행본으로 나온 작품집을 보게 되면 대부분 이런 경향의 작품이 선택되고 있음을 확인할 수 있다. 반면에 세 번째에 해당하는 작품들은 일본과 오키나와의 매체에 발표되기는 하지만 이후 작품집에서는 잘 수록되지 않는 것이다. 여기서 다루고자 하는 작품 「나비떼 나무」도 이러한 경향의 작품이기에 그동안 일본에서도 작품집에 잘 수록되지 않았고 일본의 작품집을 그대로 번역한 한국의 두 개의 작품집에도 수록되지 않았다. 필자는 이 작품을 한국에 소개하기로 하고 곽형덕의 번역으로『지구적 세계문학』5호에 싣게 되었다.

메도루마의「나비떼 나무」는 일본의 독자들이 읽기에 대단히 불편한 작품 중 하나이다. 이 작품은 오키나와인들에 대한 일본의 식민지적 억압을 다루고 있기 때문이다. 작가 메도루마는 오키나와의 독립을 공공연하게 이야기하는 인물이기에 이 작품에서도 그러한 입장을 강하게 담고 있다. 소재적으로 오키나와 전쟁을 다루는 것과는 달리 독립이란 현재의 정치적 입장에서 일본과 오키나와를 분리하여 사유하고 있다.[02] 그렇기 때문에 오키나와를 일본국의 하나의 현으로 생각하고 살아가는 일본의 독자들에게는 대단히 부담스러운 작품이 되고 마는 것이다.

이 작품의 중심인물 요시아키는 고향 섬을 떠나 현청이 있는 나하시에서 일하고 있는 샐러리맨이다. 우연히 친구의 부고를 듣고 고향을 방문하였다가 의외의 인물 고제이를 만나게 되면서 주인공은 오키나와의 역사를 되돌아보게 된다. 오키나와를 일본에 속한 하나의 현 정도로 알고 살아가던 그는 고제이와 고제이의 애인이었던 쇼헤이 이야기를 접하면서 오키나와가 일본에 의해 차별과 억압을 받고 살아왔음을 알게 된다. 학교에서 오키나와전을 배웠지만 미국에 맞선 일본의 전투 정도로 알았기에 그 과정에서 오키나와인들이 일본인에 의해 어떻게 당했는지를 알 수 없었다. 하지만 고제이와 쇼헤이의 이야기를 들으면서 비로소 역사를 현재화할 수 있었으며 오키나와의 입장에서 오키나와전을 돌이켜 볼 수 있게 된 것이다. 과거의 역사를 모르고 살고 있는 젊은 세대가 오키나와 전투를 비롯한

---

02 메도루마가 갖는 독립이라는 정치적 입장에서 대해서는 필자와의 대담에서 분명하게 밝히고 있어 주목된다.『지구적 세계문학』2015년 봄호를 참고.

오키나와의 식민지적 현실을 차츰 알아가게 되는 과정이 이 소설의 핵심이라고 할 수 있다.

주인공 요시아키로 하여금 오키나와 전투를 비롯한 오키나와 역사를 새롭게 보게 된 계기를 마련해준 이는 고제이와 쇼헤이다. 오키나와 전투에서 죽은 쇼헤이와는 달리 일본 항복 이후에도 미군들의 매춘부가 되었다가 폐품을 줍는 일로 생계를 이어나가는 고제이는 문제적이다. 고제이는 요시아키를 보는 순간 옛 애인이었던 쇼헤이를 떠올리게 되면서 요시아키를 따라다닌다. 쇼헤이는 오키나와의 이 마을 태생이지만 일본군의 전쟁에 끌려나가지 않기 위해 손을 자해하여 병신처럼 행세하면서 고제이가 일본군 장교를 상대로 군위안부로 일하던 여관에서 잡일을 하면서 살았다. 주민들과 함께 피난하던 중 식량을 구하기 위해 동굴을 나갔다가 일본군에 의해 미군 스파이로 지목되어 살해된다. 군위안부로 일하던 자신을 정성을 다해 사랑해주던 쇼헤이의 최후를 알지 못하였던 고제이는 그에 대한 생각으로 2차 대전 이후에도 험난한 인생을 견딜 수 있었던 것이다. 고제이와 쇼헤이는 모두 일본군에 의해 희생당하였다. 쇼헤이는 전장에서, 고제이는 전장과 그 바깥에서 고통을 겪었던 것이다.

이 작품은 당시 오키나와 내에서 벌어졌던 기억의 전쟁과 밀접한 관련을 갖고 있다. 이 작품은 2000년에 발표되었는데 그 직전에 오키나와 내에서는 기억의 전쟁이 한창 벌어졌다. 오키나와신평화기념자료관의 전시모형 설계를 두고 양 진영이 격렬하게 싸웠다. 오키나와의 정체성을 주장하는 편에서는 일본 군인들이 오키나와의 여인에게 우는 아이를 죽이라고 총부리를 들이대는 형상을 전시하여야 한다고 주장하였고, 다른 편에서는 이러한 형상이 일본의 존재를 부정하는 것이라고 하면서 총을 들이대는 부분을 고칠 것을 요구하였다. 결국 보수적인 현지사 측의 사람들이 오키나와의 정체성을 강조하는 오키나와인들의 항의를 받아들이는 것으로 결

말이 났다. 자료관의 전시 형상을 둘러싸고 벌어진 이 논쟁은 가히 역사적 기억의 전쟁이라고 할 수 있다. 오키나와 전투를 누구의 관점에서 볼 것인가. 일본의 입장에서 볼 것인가 아니면 오키나와인의 입장에서 볼 것인가 하는 것이다. 오키나와인의 정체성을 강하게 주장하면서 독립을 염원하고 있던 작가 메도루마는 이 사태를 경험하면서 과거 역사를 어떻게 재현할 것인가, 특히 오키나와 전투를 누구의 입장에서 볼 것인가 하는 문제를 강하게 의식하지 않을 수 없었다. 메도루마는 오키나와 전투에서의 일본군의 만행을 지우려고 하는 세력에 대해 이 작품을 통해 항의한 것이라 할 수 있다.

이 작품에서 무심히 지나칠 수 없는 것이 조선인 군위안부의 모습이다. 고제이가 군위안부로 일할 때 같이 일한 사람 중의 하나가 조선에서 온 사람이다. 고제이는 오키나와 출신이기 때문에 일본군 장교들이 찾고, 조선인 출신 위안부는 일반 사병들이 찾았다. 하지만 고제이는 같은 처지에 있는 이 조선인을 동병상련의 입장에서 살펴 주었고, 조선인 위안부는 고제이가 사경을 헤맬 때 위로를 주는 인물로 처리된다. 일본 군대의 군위안부로 일하는 운명이라는 점에서 같은 처지라고 할 수 있기에 둘 사이에 묘한 공감과 연대가 형성되었던 것이다. 작가는 오키나와와 조선은 일본의 식민지라는 점에서 동일한 운명에 처해 있다는 것을 드러내기 위하여 이러한 설정을 했던 것으로 보인다. 작가는 예의 필자와의 대담에서 당시 자신의 어머니와 주변의 사람들로부터 이러한 조선인 군위안부 이야기를 자주 들었기 때문에 자연스럽게 쓸 수 있었다고 말하였다. 일본으로부터의 오키나와의 독립을 열망하는 메도루마로서는 같은 식민지였던 조선에 대해서 남다른 관심을 가질 수밖에 없다. 조선인 군위안부를 설정하는 것이 우연한 일이 아님을 알 수 있다.

3. 마타요시 에이키와 피억압과 억압의 이중성 : 「긴네무 집」

　마타요시의 소설 「긴네무 집」 역시 한국과 매우 밀접한 관련을 맺고 있는 작품이다. 일제 말 조선에서 징용을 당하여 오키나와의 중부지역인 요미탄 지역에서 일본군 비행장 건설에 동원되었던 인물이 이 작품의 한 축을 형성하고 있다. 주인공은 애인인 강소리를 고향에 두고 오키나와 전쟁터에 징용되어 왔다. 그런데 오키나와 전쟁터에서 애인인 강소리가 종군위안부로 와서 부대의 장교들의 성적 노리개가 되는 것을 목격하고는 온갖 방법을 동원하여 탈출하려다가 결국 성공하지 못하고 죽음의 문턱까지 간다. 이때 같이 징용되어 나와 있던 오키나와인에 의해 구출되어 미군의 포로가 된다. 일본이 패한 이후에는 오키나와에 주둔하고 있던 미군의 엔지니어가 되었다. 옛 애인 강소리를 찾기 위해 안간힘을 썼지만 결국 찾은 것은 창가에서이다. 돈으로 애인을 구하지만 정신적 상처로 인하여 강소리는 그를 알아보지 못한다. 결국 오해로 이 여인을 죽이게 되자 더 이상 살아야 할 이유를 찾지 못한다. 어느 날 강간을 핑계로 자신에게 돈을 뜯으러 온 오키나와인 3명 중의 한 명인 미야기가 오키나와 전투에서 자신을 구해주었던 오키나와인이라는 것을 알고서는 이 강간 사건에 책임이 없음에도 불구하고 보상금으로 돈을 흔쾌하게 주었을 뿐만 아니라 그를 다시 만나 자신의 지난 일을 소상하게 털어놓고 모든 돈을 유산으로 준다.

　이 소설의 중심적 인물은 이 조선인이 아니다. 이 조선인을 구해주었던 오키나와인 미야기를 중심으로 한 오키나와인의 이야기이다. 특히 오키나와 전투에서 아이를 잃고 그 상처로 아내와도 별거하면서 살아나가는 미야기라는 주인공의 이야기이다. 미야기는 전후에 생계를 유지하기 위하여 스크랩을 모아 팔면서 생활한다. 전쟁에서 가족을 잃고 지금은 술집을 경영하면서 살아가는 하루코와 동거한다. 자신의 현재 딱한 위치를 탈출하기 위하여 온갖 궁리를 하던 차에 같은 동네의 유키치가 조선인이 오키나와 여자 매춘부 요시코를 겁탈했기에 그 조선인을 찾아가 돈을 뜯어내고 이를 삼등분하자는 제안에 솔깃하여 동참한다. 매춘부를 겁탈했다고 돈을 보상받아 내는 것이 합당한 일인가 하고 자문하면서도 돈이 절박한 바람에 나선 것이다. 자신의 아내 쓰루에게 돈을 주고 나머지 돈으로 자신이 현재 동거하고 있는 하루코와 나은 생활을 할 수 있다는 희망이 그런 염치를 눌렀던 것이다. 그런데 오히려 조선인이 순순히 돈을 내줄 뿐만 아니라 다시 만나서 살아온 이야기를 하는 것을 들으면서 그동안 오키나와인들이 조선인을 차별하고 억압한 것을 어렴풋하게 느끼게 된다. 특히 나중에 조선인이 모든 재산을 미야기에게 준다는 유서를 남기고 자살한 것을 알았을 때 이러한 자괴감은 더욱 커진다. 자신을 비롯한 오키나와인들이 조선인을 야만인으로 차별하고 대하여 왔는데 조선인의 이런 행동을 보면서 자신들보다 조선인이 훨씬 더 윤리적이라는 사실을 깨닫는다.

이 작품은 일본인에게 차별을 받고 살았던 오키나와인들이 다시 조선인들을 차별하는 구조를 비판한다. 조선인은 오키나와인 미야기가 자신을 구조한 것에 대해 감사하고 그 보답으로 유산마저 물려준다. 마지막까지 미야기가 전장에서 자신을 구해준 사람이라는 것을 밝히지 않으면서 묵묵히 나름의 도리를 다하고 생을 마감한다. 하지만 오키나와인 미야기는 이와 정반대이다. 자신이 그 조선인을 구해준 것은 조선인을 차별하지 않았던 데서 온 것이 아니다. 만약 이 조선인이 죽으면 그 대신에 자신들이 감당해야 하는 노동일이 더 많아지기 때문에 이를 우려해서 도와준 것이다. 당시만 해도 오키나와인들은 조선인을 자신들보다 더 야만적인 종족이라고 보았기 때문이다. 일본의 식민지가 제일 먼저 되었던 자신이 장남이고, 그 다음이 대만인이었고 마지막이 조선인이었기 때문에 오키나와인들은 항상 조선인과는 다르다고 생각해왔던 것이다. 그런 구조적 인식 속에서 살아온 미야기이기 때문에 조선인을 구해준 것이 조선인을 인간으로 대하기 때문이 아니라 자신들에게 전가될 노동을 염려해서이다. 이러한 인식은 1945년 이후에도 결코 달라지지 않는다. 미야기가 동네 지인들이었던 유키치와 요시코의 할아버지가 조선인에게 돈을 뜯어내는 것에 쉽게 참여하고 큰 가책을 느끼지 않을 수 있었던 것도 바로 이러한 지속된 차별 의식 때문이었다. 미군에 붙어 돈을 버는 이런 조선인들의 돈을 뜯어내는 것은 마땅한 일이라고까지 생각할 정도로 양심의 가책을 받지 않는다. 물론 이 과정에서 세 오키나와 인물이 보여주는 반응은 각각 달랐다. 화자인자 주인공인 미야기는 이런 일은 조선인을 떠나서 그 자체로 결코 정당화될 수 없다고 생각하기에 주저하는 모습도 보여줄 정도의 자의식을 갖고 있다. 하지만 아내와 애인의 문제를 해결하기 위해서는 돈이 필요하기 때문에 이런 양심의 가책을 넘어설 수 있었던 것이다. 하지만 이 모의를 처음 꾸며낸 유키치는 매우 다르다. 그는 조선인은 아주 저열하다고 하는 오래된 생각을 계속 갖고 있었기에 근거 없이 협박을 하는 것도 크게 잘못 되지 않다고 생각한다. 미군의 밑에서 봉급을 받는 조선인들의 돈을 뜯어내는 것은 너무나 자연스럽다고 생각하는 것이다. 실제로 요시코를 겁탈한 것은 자기임에도 불구하고 요시코를 강소리로 오인하여 소란을 피운 조선인을 겁탈한 사람으로 몰아세워 주변을 설득하여 돈을 뜯어낼 정도이다. 유키치는 오키니와인의 조선인 차별을 가장 극단적으로 보여주는 인물이다. 여기에 비하면 요시코의 할아버지는 그 중간이다. 미야기처럼 이런 일을 하는 것에 대해 양심의 가책을 느끼지는 않지만 유키치처럼 자연스럽게 받아들이지는 않는 것이다. 이러한 차이에도 불구하고 오키나와인들의 머리에는 조선인들을 차별하고 있는 의식이 강하게 자리잡고 있음을 작가는 잘 보여준다.

마타요시의 소설의 특징 중 하나는 오키나와인의 타종족에 대한 억압에 대한 자기비판이다. 잘 알려져 있는 것처럼 오키나와인들은 일본의 식민지가 된 이후 일본인에 의해 차별을 받아왔다. 그 대표적인 것이 오키나와 전쟁 시기 일본인들에 의한 학살이다. 다양한 이유로 인해 죽었지만 그 핵심은 일본인의 오키나와인에 대한 차별이다. 마타요시의 이 소설에서도 일본인에 의한 오키나와인의 학살 문제는 밑바탕에 깔려 있다. 미군의 총알받이로 오키나와를 선택한 것, 오키나와인을 미군의 스파이라고 지목하여 죽이는 것 등 다양하다. 그런 점에서 마타요시도 일본에 대한 오키나와의 자립을 강하게 주장하고 있는 것처럼 보인다. 물론 앞서 보았던 메도루마가 갖고 있는 독립에의 자립과는 다소 다르기는 하지만 자립에의 강한 의지를 갖고 있음을 알 수 있다. 마타요시에게 특이한 것은 일본에 의한 오키나와인의 피억압뿐만 아니라 오키나와가 주변 다른 종족에게 행한 억압을 강하게 비판한 점이다. 실제로 이 작품은 오키나와인에 의해 차별받고 있는 조선인을 통하여 오키나와의 자기비판을 행하고 있다. 이 점은 비단 조선에 그치지 않는다. 그의 다른 작품 「죠지가 사살한 멧돼지」를 보면 오키나와인들이 베트남에 대해서 가한 억압에 대해서도 무심하지 않다는 것을 알 수 있다. 마타요시는 1945년 이후 미국이 오키나와를 점령한 이후에 오키나와가 미국의 대아시아 기지로 변질되면서 오키나와는 원하든 원하지 않든 아시아의 다른 지역 나라나 종족들과 밀접한 관련을 맺게 되었다는 사실을 주목한다. 실제로 그의 소설은 그가 현재 살고 있는 우라소에라는 아주 좁은 지역을 배경으로 하고 있지만 그것이 다루고 있는 상상력은 아시아 전반을 포괄한다. 한국과 베트남은 그 좋은 예이다. 1945년 이전에 조선인들에게 행한 차별과 1945년 이후 베트남에 대한 차별은 기본적으로 오키나와 내부에서 관통되고 있는 것이다. 마타요시는 바로 이 문제를 끈질기게 천착하였고 「긴네무 집」역시 바로 이러한 문제의식에서 나온 것임을 확인할 수 있다.

베트남에 대한 오키나와의 억압이란 매우 간접적이다. 오키나와인들이 베트남에 간 것이 아니고 어디까지나 오키나와가 베트남에 폭격을 가한 미군의 공군기들이 출격하는 기지의 역할 혹은 베트남전쟁의 미군들이 오고 가면서 머무는 곳일 뿐이다. 물론 당시 오키나와인들 중 미군의 기지에서 일하여 생계를 유지하는 이들이 적지 않았기 때문에 직접 간접으로 오키나와인들이 베트남 전쟁에 연루된 것은 사실이다. 하지만 베트남인들이 오키나와에 온 것도 아니고 오키나와인들이 베트남에 파병을 간 것도 아니기 때문에 간접적이라고 할 수 있다. 실제로 마타요시의 작품에서 재현되는 베트남이 오키나와에 있는 미군을 통해서 드러나는 것도 바로 이러한 이유 때문이다. 하지만 조선의 경우 사정은 다르다. 많은 조선인들이 일제 말에 오키나와로 강제 이주당하여 오키나와 전쟁에 참여하였기 때문에 오키나와인들은 일상에서 조선인들을 접하였다. 실제로 군위안부 문제가 터져 나온 것이 바로 1970년대의 오키나와였던 점을 고려하면 어렵지 않게 상상할 수 있다. 그렇기 때문에 마타요시는 조선의 문제를 다루면서 베트남과는 다른 방식을 택하였다.

이 작품에서 작가 마타요시는 오키나와인들의 조선관을 비판하고 있지만 궁극적으로는 일본 식민지로서의 두 지역의 공통점과 이에 기반한 연대의식도 강조한다. 정도의 차이는 있지만 이 작품의 오키나와 남자 미야기는 조선과 오키나와가 궁극적으로 연대해야 한다는 것을 알아가게 된다. 일본 제국의 억압 속에서 결국 조선과 오키나와는 같은 처지에서 고통받아야 했었다는 점에서 같다는 것이다.

> 그때 출혈을 막아준 것도, 한 사람 분의 노동력을 잃으면 그 만큼의 부담이 내게 닥친다는 것을 느꼈기 때문은 아니었을까. 조선인은 내 눈빛을 읽어낸 것이 아닐까. 나는 고개를 가로저었다. 자전거가 크게 흔들려 크게 꾸불대며 나아갔다. 조선인은 전쟁 이야기를 했다. 나는 잊으려고 하고 있는데도… 조선인의 죄악은 이것이다. 덕분에 나는 조선인의 이야기를 들으면서 내 아이를 떠올려버려서 얼굴에서 핏기가 싹 가셨다. 조선인 연인의 유령은 불과 1미터도 떨어지지 않은 땅 속에 묻혀 있음이 틀림없다. 내 아들은 여섯 살인 채로 한 암산에서 잔해에 깔려 있다. 나는 그때 현기증이 났다.[03]

마타요시의 조선에 대한 접근은 메도루마의 그것과는 다소 다르다. 마타요시의 소설은 일본으로부터의 독립이란 과제에서 시작하지 않는다. 메도루마가 일본제국의 식민지 억압에서 고통받는 오키나와를 다루면서 자연스럽게 같은 식민지인 조선에 접근하는 것과는 차이가 난다. 마타요시는 미군 지배의 여파로 형성된 아시아 속의 오키나와를 다루면서 오키나와인이 받았던 억압과 오키나와인 다른 종족에게 가한 억압을 동시에 취급하였고 그 과정에서 식민지로서의 조선이 자연스럽게 부각되는 접근을 택하였다.

---

03 『지구적 세계문학』 2014년 봄호, pp.426-427.

4. 오키나와를 통한 식민지 조선의 심화된 이해

현재 오키나와 문학에서 가장 왕성하게 활동하고 있으며 일본의 문학계와 출판계에서도 일정한 영향력을 가지고 있는 두 오키나와 작가 메도루마와 마타요시의 중요한 작품에서 조선인이 등장한다는 것은 무심히 볼 일이 아니다. 특히 그 조선인이 일본 제국의 강제에 의해 오키나와로 끌려왔던 군부(軍夫)와 군위안부라는 점에서 더욱 그러하다. 메도루마의 경우 피식민지인으로서의 조선인에 대한 공감이, 마타요시의 경우 오키나와인들이 행한 차별과 억압의 희생자로서의 조선인에 대한 연민이 소설의 출발이었다는 차이에도 불구하고, 이렇게 나란히 조선인을 소설에 등장시키고 있다는 것은 눈여겨볼 일이다. 이것은 한국에서 오키나와 문학을 읽을 수 있는 일차적 기반이라고 생각한다. 한국의 독자들이 이 작품을 읽게 되면 일제하에서 오키나와로 끌려간 군부(軍夫)와 군위안부에 대해서 생각을 깊이 하게 될 것이며 이를 통해 오키나와를 새롭게 마주할 수 있기 때문이다. 이 두 작품을 읽고 오키나와를 가게 되면 단순한 관광객이 될 수만은 없는 것이다. 그런 점에서 이 두 작품은 한국에서 오키나와 작품을 읽는 것의 의미를 새삼 되새겨 준다고 할 수 있다.

하지만 한국에서 오키나와 문학을 읽는 것의 의미는 여기서 그치지 않는다. 이들 작품의 독서는 우리로 하여금 일본 제국과 식민지에 대해서 새롭게 생각하게 해준다. 일본이 제국화 되면서 식민지로 삼았던 오키나와, 대만, 조선 그리고 만주국이 서로 밀접한 내적 연계를 가지고 있음을 확연하게 알 수 있다. 한국인들이 식민지를 생각할 때 일본 제국과 조선의 관계에 국한되기 마련이다. 일본 제국의 다른 지역을 고려하기 쉽지 않다. 오로지 일본의 식민지로서의 조선만을 생각하는 일국적 훈련을 받았기 때문이다. 하지만 일본 제국의 판도는 동아시아 전체에 걸쳐 있기에 조선에 국한하여 사고할 때에는 그 전체상을 이해하기 어려울 뿐만 아니라 궁극적으로 조선 자체를 제대로 이해하기도 어려운 것이다. 다른 식민지적 타자들을 만나지 못하는 것은 미래의 동아시아를 상상할 때 제대로 된 시야를 얻기 어렵다. 그런 점에서 오키나와 작가들이 자신들의 문제를 다루면서도 조선인을 등장시킨다는 것은 쉽게 넘길 수 있는 일이 아닌 것이다. 바로 이 점이 우리 자신들이 오키나와 문학에 관심을 두고 다양한 노력을 경주해야 하는 이유이다.

참고문헌

▸『지구적 세계문학』, 글누림출판사, 2014년 봄호.

▸ 新城郁夫, 沖繩文學という企て, インパクト出版會, 2003.

▸ Davinder Bhowmik, Writing Okinawa, Routledge, 2008.

▸ Gilles Deleuze and Felix Guatari, Kafka; Toward a Minor Literature, University of Minesota Press, 1986.

▸ Michal Molasky and Steve Rabson (eds) Southern Exposure:Modern Japanese Literature from okinawa, University of Hawai Press, 2000.

▸ Peattie, Mark, The japanese Colonial Empire, Princeton University Press.

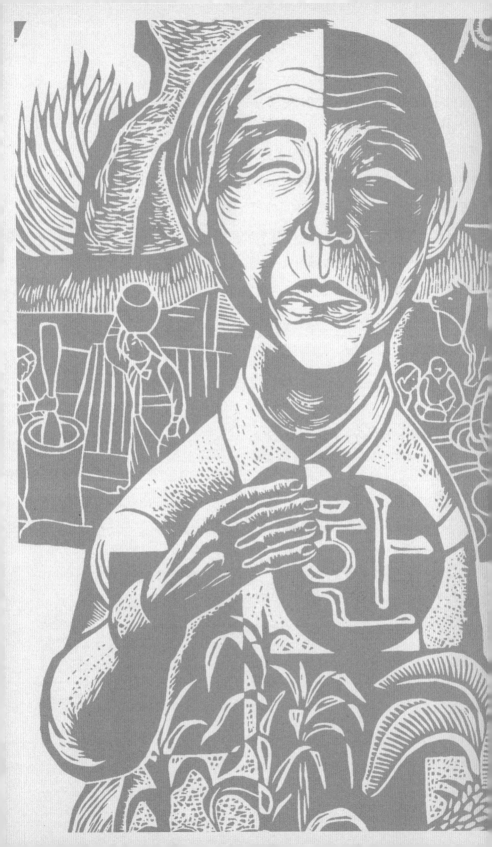

1부

이화와 동화,
근대와 근대해체

• 메도루마 슌: 신(神) 뱀장어
  오키나와, 확장되는 폭력의 기억
  오키나와 폭력의 심연과 문학적 보복
  금기에 대한 반기, 전후 오키나와와 천황의 조우

• 사키야마 다미: 고도(孤島)의 꿈 속 독백
  '오키나와 문학'이라는 물음

• 마타요시 에이키: 터너의 귀
  마타요시 에이키 문학에 나타난 '타자'와의 교섭 과정
  지역공동체에서 평화공동체로 가는 상상력

• 오시로 다쓰히로: 후텐마여
  오시로 다쓰히로 문학에서 '미군'이 내포하는 의미

메도루마 슌(目取真俊)

1960년 오키나와현 나키진 출생. 류큐대학 법문학부 졸업.

1983년 「어군기魚群記」로 제11회 류큐신보 단편소설상 수상. 1986년 「평화거리로 명명된 거리를 걸으면서」로 제12회 신오키나와문학상 수상. 1997년 「물방울水滴」로 아쿠타가와 문학상, 2000년에 「넋들이기まぶいぐみ」로 제26회 가와바타 야스나리 문학상과 제4회 기야마 쇼헤이 문학상을 수상했다. 단행본으로는 『단편소설선집1-3』, 『눈 깊은 곳의 숲眼の奧の森』, 『무지개새虹の鳥』, 『나비떼 나무群蝶の木』, 『물방울水滴』 외 다수, 평론집으로는 『오키나와 '전후' 제로 연도沖繩「戰後」ゼロ年』, 『오키나와 땅을 읽는다 때를 본다沖繩 地を讀む 時を見る』 등이 있다.

신(神) 뱀장어

분명 저 남자야.

술집 카운터 자리에 앉은 아사토 가쓰아키는 아와모리(오키나와산 소주: 옮긴이)를 입에 넣고 마음속으로 되풀이했다. 맨 마지막으로 본 뒤로 사십 년 넘는 시간이 흘러 남자는 일흔을 앞둔 노인이 되어 있었다. 짧게 깎아 올린 머리는 거의 백발이라 볕에 탄 두피가 훤히 보였다. 하지만 길쭉한 뺨에 세로로 패인 주름과 가늘고 날카로운 눈, 키가 크고 번듯한 체격은 변하지 않았다.

가쓰아키와 남자는 회사원 두 사람을 사이에 두고 카운터 자리에 앉아 있었다. 카운터에는 여섯 명이 앉을 수 있고, 그 외에는 테이블 자리가 세 개뿐인 작은 가게였다. 남자는 한 시간쯤 전에 와서 회와 차가운 두부를 안주로 맥주 한 병과 일본 술 두 홉을 마시고 돌아갔다. 단골인 듯했지만 가쓰아키가 가게에 드나들게 된 요 이 주 동안은 만난 적이 없었다.

4월에 오키나와에서 이곳으로 돈을 벌러 나와 공장에서 자동차 조립을 하고 있었는데, 회사가 빌린 아파트 근처에서나 술을 마시는 정도라 두 역 떨어진 이 가게에는 9월 들어서야 다니게 됐다. 역 앞 파칭코 가게에 다녀 오는 길에 아와모리와 간단한 오키나와 요리가 메뉴에 있는 가게를 우연히 발견하고, 혼자 조용히 마시기 위해 일주일에 두 번쯤 오곤 했다.

쉰 전후의 부부 둘이서 하는 가게는 역 바로 근처에 있어서 장사가 잘 되었다. 가게 주인은 젊었을 때 오키나와의 섬들에 다이빙을 하러 다녔다 며, 같은 세대인 가쓰아키에게 싹싹하게 말을 걸었다. 가게가 붐비기 시작하면 가쓰아키는 텔레비전을 보면서 카운터 구석 자리에서 말없이 술을 마시는 경우가 많았다. 생맥주 두 잔에, 다음 날 일이 있을 때는 아와모리를 한 홉, 없을 때는 두 홉 마시고 돌아가는 것이 예사였다.

그 날도 여주를 넣고 볶은 요리와 오키나와산 락교를 안주로 술을 마시면서, 맥주를 두 잔째 들이켠 뒤에 아와모리로 바꾼 참이었다. 그 남자가 가게에 들어온 것도 전혀 신경 쓰지 않았다. 중간에는 회사원이 둘 앉아서 일 이야기를 열심히 하고 있었다. 카운터 자리에 앉은 남자에게 여주인이 물수건을 건네면서 오랜만이네, 아카사키 씨 하고 말을 걸었다.

귀에서 등줄기를 타고 서늘하고 예리한 느낌이 지나갔다. 가쓰아키는 몸을 뒤로 빼서 남자 쪽을 보았다. 물수건으로 얼굴을 닦으며 여주인에게 웃어 보이는 남자의 뺨에 깊게 팬 주름이 그늘을 드리웠다. 저 남자다. 가쓰아키는 직감했다. 나이는 들었지만 뺨에 세로로 주름이 지는 옆얼굴을 잊은 적이 없었다.

남자와 가게 주인의 이야기에 귀를 기울이느라 음식과 술이 어떤 맛인지도 알 수 없었다. 아카사키라 불린 남자는 건강이 나빠져서 지난 한 달은 집에서 쉴 때가 많았다고 말했다. 이번 주 들어서 겨우 아이들에게 검도를 가르치는 일을 재개했다면서, 오늘부터 술도 재개라고 소리 내어 웃었다. 손님 중에도 아는 사람이 많은지 텔레비전 야구 중계나 반상회 행사에 대한 잡담에도 응수했다. 주위에서 신뢰를 얻고 있다는 것을 느낄 수 있었다.

대화하는 중에 아카사키 씨는 검도의 달인이잖아요…… 하는 목소리가 귀에 들어왔다. 달빛 아래 일본도를 손에 든 아카사키의 모습이 눈앞에 떠올랐다. 칼집에서 빼낸 칼날에 창백한 빛이 반사된다. 모래톱에 무릎 꿇은 남자의 그림자가 앞으로 쓰러진다. 아와모리 잔을 든 손이 떨려서 가쓰아키는 잔을 놓고 옆을 보았다. 술로 얼굴이 불콰해진 아카사키는 쾌활했고, 아이들을 지도하는 이야기를 즐겁게 하고 있었다.

아카사키가 가게를 나갈 때 가쓰아키는 두 잔째의 아와모리를 마시고 있었다. 쫓아갈까 망설였지만 자리에서 일어설 용기가 나지 않은 채 시간이 흘렀다. 열 시가 다 되어 가는 시간에 아와모리를 다 마신 가쓰아키는 가게를 나섰다. 원래 술이 셌지만 거의 취하지 않은 상태로 전차를 타고 아파트로 돌아왔다. 그동안 줄곧 아카사키가 머리에서 떠나지 않았다.

아파트는 부엌과 욕실, 화장실 외에 방이 두 칸 있었고, 돈을 벌러 나온 사람 두 명당 방 하나씩이 주어졌다. 같은 방을 쓰는 사람은 홋카이도에서 온 서른 살쯤 되는 남자였다. 과묵한 데다 방에 틀어박혀 있는 경우가 많았고, 인사말 외에는 대화를 나누지 않았다. 샤워를 하고 자리에 누워도 아카사키가 머리에서 떠나지 않았다. 잠들지 않는 뇌리에 사십 년도 더 전에 마을에서 있었던 일이 떠올랐다.

1944년 여름이었다. 마을에 우군 부대가 왔다. 마을에 세 개 있는 국민학교 교사가 각 부대의 본부 겸 숙사가 되었다. 교실만으로는 부족해서 주변 민가에도 군인들이 몇 명씩 머물렀다. 수업은 거의 이루어지지 않았고, 가쓰아키와 같은 학생들은 연일 참호나 방공호를 파거나 농사일을 거들러 나가야 했다. 청년이나 어른들은 십 킬로쯤 떨어진 섬에 비행장을 건설하는 데 이 주 동안 교대로 동원되었다. 마을에 남은 국민학교 학생들은 중요한 일꾼이었고, 가쓰아키는 우군에 도움이 된다는 것이 기뻐서 어쩔 줄 몰랐다.

가쓰아키가 다니던 학교는 항구 근처에 있어서 해군 부대가 들어왔다. 마을 동편에 있는 항구에서부터 건너편 섬과의 사이에 있는 내해에 걸쳐 어뢰정과 특수 잠수정이 배치되었다. 항구뿐 아니라 항구를 내다볼 수 있는 돈대도 출입이 금지되었다. 가쓰아키와 아이들은 늘 장작을 줍고 염소풀을 베던 장소를 바꾸어야만 했다. 하지만 거기에 불만을 품는 사람은 없었다. 수상쩍은 인물을 발견하면 즉시 우군에 신고하라는 지침은 아이들에게도 철저히 공유되었다.

상대방은 아이들에게는 방심한다. 간첩 적발에서 너희들이 맡는 역할은 크다.

담임교사는 이렇게 격려했고, 가쓰아키와 아이들도 의욕적이었다.

방첩을 철저히 하라는 것은 부대가 마을에 들어온 다음 날 교정에 줄지어 선 가쓰아키와 아이들에게 아카사키라는 대장이 강조한 내용이었다. 새 군복에 윤이 나는 군화, 검은 칼집에 끼운 군도를 찬 아카사키가 연단에 오르자, 가쓰아키와 아이들은 온몸이 경직되어 한숨을 쉬면서 그 모습을 넋 놓고 바라보았다.

아카사키는 아직 이십대 중반 정도로 밖에 보이지 않았다. 실제로 실전 경험이 부족한 청년 장교에 지나지 않았지만, 그때의 가쓰아키와 아이들은 그 사실을 알 도리가 없었다. 큰 키를 똑바로 펴고 연단 위에서 가쓰아키와 아이들을 내려다보던 아카사키의 모습이나 새된 목소리로 나오는 한마디 한 구절에 가쓰아키는 이제껏 경험해 본 적 없을 정도의 흥분과 외경심을 느꼈다.

아카사키 대장은 군은 사력을 다해 미군의 상륙을 저지하겠다고 언명하며, 도민도 남녀노소 따지지 말고 호국을 위해 헌신, 분투하기를 요청했다. 가쓰아키와 아이들도 어린 국민으로 자신들의 섬을 자신들의 손으로 지키라는 질타를 받았다.

적은 군의 동향을 살피기 위해 간첩을 보낸다. 수상쩍은 움직임에는 눈을 번뜩여라. 항구는 군의 중요 시설이니 가까이 가서는 안 된다. 주변 숲에 올라가서는 안 된다. 아카사키는 반복해서 주의를 주었다.

가쓰아키와 아이들은 몸도 꿈쩍하지 않고 집중해서 훈시를 들었다. 모두가 아카사키 대장에게 매료되었다. 무턱대고 소리를 지르는 배속 장교와 달리 아카사키의 말은 온화했다. 볕에 타기는 했지만 오키나와 남자들에 비하면 그 얼굴은 훨씬 희어 보였다. 엄격한 표정을 짓고 있기는 했어도 위압적이지는 않았다. 그 점이 한층 더 가쓰아키에게 진짜 군인은 이렇게 멋지다는 인상을 주었다.

우리 군은 반드시 이긴다. 미영 연합군을 격퇴하고 황국을 지켜낸다. 제군도 제군이 나고 자란 향토를 끝까지 지켜라. 이 섬은 황국 방위의 전선(前線)이다. 아카사키는 이렇게 말하고 직립부동 자세를 취했다. 교정에 있던 모든 학생들과 교사가 즉시 따라했다.

천황 폐하의 정신을 따르고 충절을 다하라.

아카사키 대장은 이렇게 마무리 짓고 연단을 내려갔다. 깊은 한숨이 새어나오더니 교정에 퍼져 나갔다. 학생들의 눈은 모조리 아카사키 대장의 일거수일투족을 향했다. 아카사키 대장이 부하를 이끌고 교장의 안내를 받으며 교사 안으로 사라질 때까지 움직이는 사람은 없었다.

아카사키 대장의 명령이라면 어떤 일이라도 실행한다.

가쓰아키는 이렇게 생각했다. 우군을 위해 도움이 될 수 있다면 목숨을 바쳐도 아깝지 않았다. 기분이 고양되면 몸이 떨리는 경험을 가쓰아키는 처음으로 알았다.

저녁 먹을 때 가쓰아키는 낮에 느낀 흥분이 식지 않은 상태에서 교정에서 열린 집회가 어땠는지 가족에게 이야기했다. 우군이 오키나와에 왔으니 미군은 이제 오키나와에 접근할 수 없다. 만약 상륙이라도 할라치면 우군의 먹이가 될 뿐이다. 그때는 나도 함께 싸우겠다고 빠르게 이야기했다. 어머니 후미는 불안한 얼굴로 듣고 있었다.

무슨 일이 생기면 내가 엄마랑 아키코랑 다 지킬 테니까.

가쓰아키는 이렇게 말하고 다섯 살 먹은 아키코의 머리를 쓰다듬었다. 그때까지 잠자코 듣고 있던 아버지 쇼에이가 지긋지긋하다는 듯이 입을 열었다.

네가 미군이랑 싸워서 이길 수 있을 것 같아?

램프 불빛이 아버지의 두꺼운 눈썹 아래 그림자를 만들었다. 아버지는 언짢음을 노골적으로 드러낸 시선을 던졌다. 고양돼 있던 기분이 단숨에 가라앉은 가쓰아키는 얻어맞지나 않을까 겁이 났다. 어째서 아버지가 이렇게 화를 내는지 알 수가 없었다.

너는 미국이라는 나라가 얼마나 대국인지 알고나 있냐?

가쓰아키는 대답하지 못하고 고개를 숙였다. 쇼에이는 내뱉듯이 말을 이었다.

미국이 독수리면 일본은 참새야. 참새가 독수리한테 이길 수가 있겠어?

가쓰아키가 머리에서 뗀 손을 아키코가 겁먹은 듯 붙잡았다. 조그만 손가락에 힘이 들어가 있었다. 가쓰아키도 다정하게 맞잡은 것은 그 자신을 위해서이기도 했다. 아버지가 노려보는 바람에 가쓰아키는 입안의 고구마를 삼키지 못했다. 어머니가 아버지의 무릎을 가볍게 두드렸다.

그렇게 세게 말하지 말고. 어린애잖아.

쇼에이는 화를 가라앉히려는 듯 눈을 감고 숨을 쉬었다.

이기지 못하는 전쟁은 미친 사람이나 하는 거야.

쇼에이는 나지막한 목소리로 말했다.

당신, 남들 들으면 큰일 나.

이렇게 말하고 후미는 봉당의 미닫이 쪽을 보았다. 아키코가 당장이라도 울 것처럼 얼굴을 찡그렸다. 후미는 아키코를 안고는 아무 일도 없을 거라며 얄팍한 등을 쓰다듬었다. 가쓰아키는 아버지에 대한 반발을 누르고 저녁으로 나온 고구마를 끝까지 먹었다.

마흔 한 살인 쇼에이는 이십대 때 먼저 이민을 간 작은 아버지를 의지해서 하와이에 건너간 적이 있었다. 삼남인 쇼에이는 나눠 받을 토지가 없었기 때문에 하와이에서 새 사업을 일으켜볼 생각이었다. 작은 아버지 가족과 함께 사탕수수 농장에서 일했지만, 원래 건강하지 않던 몸이 망가져서 돈도 그다지 모으지 못하고 오키나와에 돌아왔다.

쇠약해진 몸을 뒷방에 누인 쇼에이는 좌절감과 무위도식한다는 부담감에 괴로워했다. 아무리 안달해도 몸은 좀처럼 회복되지 않았고 피까지 토하게 됐다. 폐병에 걸렸나 싶어 불안이 가중되었지만, 나빠진 것은 위였다. 식사를 마음껏 할 수 없다 보니 비쩍 말라서 농사일은커녕 한때는 변소까지 걸어가는 것이 고작인 상태였다. 스스로 골칫덩이라 생각하고 침울한 나날을 보내며 일 년 넘게 요양 생활을 했다.

체력이 어찌어찌 회복되자 쇼에이는 나하에 나가 이발소 견습생이 되었다. 손재주는 있었기 때문에 삼 년을 배운 뒤에 마을에 돌아와 작은 가게를 차렸다. 직접 모은 돈을 밑천 삼고 모자란 몫은 집에서 빌렸는데, 어머니가 장남과 아버지를 끈질기게 설득해 돈을 마련해 주었다. 말주변은 없었지만 솜씨는 확실했고 나하에서 유행하는 새로운 머리 모양을 도입했기 때문에 손님은 곧잘 들었다. 쇼에이는 생활비를 빠듯하게 절약해서 오 년 만에 빚을 갚았다. 예정보다 상당히 빨라서 부모님과 큰형은 놀랐다.

오 년 사이에 쇼에이는 같은 마을에 사는 후미를 아내로 맞았다. 두 사람이 맺어진 것은 쇼에이가 서른 살, 후미가 스물여섯 살일 때였다. 부모들끼리 진행한 이야기이기는 했지만, 자기처럼 몸이 약한 사람과 함께 할 상대가 안쓰러웠다. 한편으로는 이제 어엿한 성인이 될 수 있겠다고 안심했다.

채소 바구니를 머리에 이고 팔러 다니는 후미의 모습을 가끔 보았다. 한번 결혼했지만 아이가 생기지 않아서 이혼을 당했다고 들었다. 함께 살고 나서 배려심이 깊은 성격이라는 것을 알았다. 쇼에이와는 대조적으로 몸이 튼튼해서 가게를 거드는 동시에 집에서 넘겨받은 백 평쯤 되는 밭에서 고구마나 채소를 지어 팔러 다녔다. 밭 구석에 오두막을 만들어 염소도 키웠는데, 즐겁게 일하는 모습을 보고 있으면 기분이 좋았다.

결혼한 지 이 년째에 장남인 가쓰아키가 태어났다. 쇼에이와 후미는 서로 자기 몸으로는 아이가 생기지 않을 거라고 생각하고 있었다. 놀라는 동시에 안도하는 마음 때문에 기쁨이 더 커졌다. 쇼에이는 몸이 약한 그를 지탱해 주는 후미에게 곧잘 감사의 말을 건넸다. 남자에게 다정한 말을 듣는 것이 후미에게는 예상 밖이었다. 말수가 적고 까다로운 남자라고 생각했는데, 실제로는 다정한 남자였다는 것을 후미는 기뻐했다. 그 뒤에 아키코도 태어난 데다 이발소도 순조로워서 네 가족의 삶에 쇼에이와 후미는 나도 이런 생활을 할 수 있구나 만족했다.

걱정은 전세가 악화되고 있다는 점이었다. 물자 부족이 당연해지더니 가게에서 쓰는 비누나 면도칼 따위를 손에 넣기 힘들어졌다. 사이판이나 티니안이 적의 수중에 들어갔고, 남양에 이민을 간 마을 사람들이 희생되었다는 이야기가 들려왔다. 후미의 친척은 파라오에 이민 가 있었기 때문에 괜찮을지…… 하고 불안은 쌓여 갔다.

병약한 쇼에이는 젊은 시절에 받은 징병 검사에서도 병종(丙種) 합격(과거의 징병 검사에서 가장 낮은 합격 순위로 현역에는 부적합하다고 판정된 것: 옮긴이)이어서 쓸모없는 놈이라는 낙인이 찍힌 것이나 마찬가지였다. 겉으로는 티내지 않았지만 내심으로는 병역을 치르지 않아도 된다는 사실이 기뻤다.

미국과의 전쟁이 시작됐을 때 일본 정부, 군부의 무모함에 기가 막혔다. 하와이에서 본 미국의 공업력, 생산력, 풍요로움을 떠올리면 일본이 이길 수 있으리라고는 생각할 수 없었다. 진주만 기습 공격이 성공했다는 보도에 모두가 들떠서 법석을 피울 때에도 하와이에 있는 친척이나 오키나와 사람들이 어떤 일을 당할지 걱정했다.

후미에게는 남몰래 이야기하기도 했다. 하와이에서의 생활을 이야기하며 미국의 국력이 얼마나 거대한지 말했다. 일본이 맞설 수 있는 상대가 아니라고. 일본이 이겼다, 이겼다 하며 법석을 떠는 것은 신용할 수 없다고.

정부의 수뇌는 미쳤어.

정부와 군부의 어리석음을 비판하는 쇼에이를 후미는 불안한 얼굴로 쳐다보며 자칫 실수로라도 손님 앞에서 그런 말을 입에 담지 말라고 주의를 주었다.

그 정도는 알고 있어.

쇼에이는 웃으면서 대답했지만 후미의 불안은 사라지지 않았다. 아니나 다를까 머리를 깎다 손님이 미국을 얕보거나 신국 일본에 적은 없다는 둥 낙관론을 펼치면, 쇼에이는 참지 못하고 하와이에서 보고 들은 일을 이야기하며 미국을 깔보면 안 된다고 조금 누그러진 태도이기는 해도 자신의 생각을 꺼내 놓았다.

대부분의 손님은 그런가 하고 흘려 들었지만, 기분 나쁜 얼굴을 하는 손님도 있었다. 그런 손님이 점차 늘어나는 것을 후미는 느꼈다. 개중에는 이야기하다 화를 내면서 이런 가게에는 두 번 다시 오지 않겠다고 유리문을 탕 닫고 나가버리는 손님도 있었다. 후미는 몇 번이나 주의를 주었고 쇼에이도 쓸데없는 소리를 했다는 사실을 알고는 있었지만, 이야기하다 보면 점점 더 답답해져서 자기 자신을 억누를 수 없었다.

하지만 마을에 우군이 들어오고 나서는 언동에 세심한 주의를 기울였다. 그렇지 않아도 하와이 이민에서 돌아온 사람들은 주목을 받는데, 이제까지 실랑이를 한 마을 사람이 우군에게 귀띔했는지도 모른다. 후미는 친정에 들렀을 때 아버지에게 이민에서 돌아온 사람은 간첩이라는 의심을 받기 쉬우니까 조심하라는 주의를 들었다. 쇼에이에게 전하자 알고 있다며 과연 긴장한 얼굴로 고개를 끄덕였다.

우려하던 일이 일어난 것은 일본군이 마을에 온 지 한 달 반 정도가 지난 9월 말경이었다. 학교를 마치고 가쓰아키는 친구 셋과 함께 염소 풀을 베고 있었다. 거기에 동급생인 기요카즈가 달려왔다.

너희 아버지 큰일 났어.

땀범벅이 된 기요카즈는 숨을 헐떡이면서 가쓰아키에게 전했다. 우부가(産泉)에 아버지와 우군이 있는 것을 확인하고 가쓰아키는 달렸다. 다른 세 사람도 뒤를 따라왔다. 오른손에는 풀 베는 낫을 쥐고 아버지에게 무슨 일이 있으면 이걸로 구해야겠다 정도로 생각하고 있었다.

우부가는 마을의 발상지라 여겨지는 신성한 샘이었다. 투명한 물이 솟는 샘 위쪽은 이리누무이(西の森)라 불렸는데, 커다란 모밀잣밤나무와 수

페르바스키마가 우거져 있었다. 용수(榕樹) 가지가 부채처럼 뻗어서 만든 나무 그늘 아래 물이 솟는 곳을 둘러싸고 돌 울타리가 쌓여 있었다. 돌 울타리가 ㄷ자 모양으로 열린 곳은 계단을 이루고 있어 길에서 내려와 물을 뜰 수 있게 되어 있었다. 계단 돌은 가장자리가 닳아서 오랜 옛날부터 마을 사람들이 이용해 왔음을 알 수 있었다. 마을에서도 가장 깨끗하고 단물이라 우부가는 마을 사람들의 자랑거리였다. 마을에 사는 사람은 태어나서 죽을 때까지 우부가의 물을 마시며 살았다.

우부가는 마시는 물로 쓰였을 뿐 아니라 돌계단 옆에서 길 아래쪽에 판 수로를 통해 논으로 흘러든 다음 몇 개씩 되는 용수로로 갈라져 주위의 벼를 키웠다. 주변 마을이 여름 가뭄으로 고생할 때도 우부가는 마르는 법이 없어 모두가 부러워했다.

가쓰아키와 아이들이 아침에 일어나서 먼저 하는 일은 우부가에서 물을 길러 집의 물 항아리를 채우는 것이었다. 거기에 불만을 토로하는 아이에게는 매일 아침 물을 뜰 수 있는 것이 얼마나 행복한 일인지를 부모가 설명해 주었다. 마을에서 우부가는 생명의 원천이었다.

돌계단을 아래쪽까지 내려가면 다다미 한 장쯤 되는 편평한 바위가 있었는데, 그 바로 앞은 오십 센티미터쯤 되는 깊이였다. 바닥은 경사가 져서, 오 미터쯤 떨어진 깊은 곳은 깊이가 이 미터가 넘었다. 물이 맑아서 바닥을 기어 다니는 크고 작은 갖가지 게와 새우가 똑똑히 보였다. 흰 나무뿌리가 노인 수염처럼 흔들리고, 푸른빛이 도는 바닥의 돌이 포개진 언저리에 물이 솟는 곳이 있었다.

물이 솟는 곳에는 오래 전부터 커다란 뱀장어가 살고 있었다. 길이는 일 미터 반 정도 되고, 굵기도 세 홉 병보다 굵었다. 신 뱀장어라 불리며 결코 잡아서는 안 된다, 소중히 여겨야만 한다고 마을 사람들 누구나가 어릴 적부터 배웠다. 우부가의 수호신이자 마을의 수호신이기도 하다. 신 뱀장어가 물이 솟는 구멍을 드나들기 때문에 샘은 막히지 않고 계속해서 솟는다. 만일 신 뱀장어를 잡거나 다치게 하면 샘은 말라 버리고, 물을 잃은 마을 사람들은 살아갈 수 없게 된다. 이런 말이 전해졌다. 만일 신 뱀장어에게 장난을 치거나 나쁜 짓을 하면 설사 어린 아이라도 마을 남자들에게 반죽임을 당할지 몰랐다.

가쓰아키와 아이들도 근처 시냇물이나 논의 용수로에서는 개구리를 미끼로 뱀장어 낚시를 했지만, 우부가의 신 뱀장어만은 절대 손대지 않았다. 마을 사람들이 소중히 여겨온 신 뱀장어는 사람을 겁내지 않았다. 물이 솟는 곳에서 나와 돌계단 바로 옆까지 올 때도 있었는데, 물을 뜨러 와서 그 모습을 보면 금빛을 띤 갈색 살갗에 검을 얼룩무늬가 나 있는 큼직한 자태에 외경심이 솟아났다. 혼자 있을 때는 겁이 날 정도여서 합장하고 급히 물을 뜬 뒤 달아날 때도 있었다.

그런 신 뱀장어가 지금 일본 병사 몇 명의 발밑에 누워 석회암의 하얀 먼지에 뒤덮인 채 볕에 몸을 내놓고 있었다. 살갗은 마르고, 몸 위쪽 반은 등지느러미를 보이고 아래쪽 반은 크림색 배를 보이고 있었다. 가끔 아가미를 열었다 닫았다 하고 있었기 때문에 살아있다는 것은 알 수 있었지만 이대로는 오래 버티지 못할 것이 분명했다.

어른 주먹이 들어갈 정도로 큰 입의 위턱에서 굵은 낚싯바늘이 튀어나와 있었다. 거기서 이어지는 낚싯줄은 젊은 군인의 오른손에 감겨 있다. 그 옆에 아카사키가 서서 쇼에이와 마주보고 있었다. 주위를 스무 명쯤 되는 마을 사람들이 에워싸고 있다. 그 틈으로 앞에 나가려다 가쓰아키는 혼이 났지만, 쇼에이의 장남인 것을 알고 이웃에 사는 우시 아주머니가 앞으로 보내주었다.

일본군은 마을에 군대의 식량 공출을 명했다. 마을 사람들에게는 귀중한 단백질 공급원인 돼지나 닭을 각 가정이 제공하고 있었다. 바다에서 고기를 잡아와서 내놓는 집도 있었다. 그것만으로는 부족해서 아무 것도 모르는 군인이 식량으로 삼겠다고 신 뱀장어를 낚았다는 것은 가쓰아키도 짐작할 수 있었다.

그 뱀장어는 이 샘의 수호신으로 신 뱀장어라 불리는데 잡으면 안 되는 겁니다. 신 뱀장어가 없어지면 샘은 말라 버립니다. 부탁이니 그 뱀장어를 빨리 샘으로 돌려놓아 주십시오.

쇼에이는 거듭 머리를 숙이며 아카사키 대장에게 애걸하고 있었다. 이미 몇 번이나 같은 말을 되풀이한 모양이었다. 키 큰 아카사키는 무표정하게 쇼에이를 내려다보고 있었다. 두 사람 사이에는 신 뱀장어가 누워 있었다. 별안간 쇼에이가 하얀 길바닥에 무릎을 꿇더니 양손을 짚었다.

부탁입니다. 서두르지 않으면 신 뱀장어가 죽어 버립니다.

땅바닥에 이마를 대고 애걸하는 쇼에이를 보고 일본군 병사들 사이에서 웃음이 터졌다.

이 섬 놈들은 뱀장어를 신으로 모시나? 본토에서는 들어본 적이 없는데.

아카사키 뒤에 서 있던 서른쯤 되는 수염 난 군인이 짐짓 큰소리로 말했다. 다른 세 젊은 군인이 소리를 내서 웃었지만, 아카사키 대장은 여전히 무표정했다.

본토는 어떤지 모르지만 이 뱀장어는 마을 사람들이 소중하게 지켜온 겁니다. 이 샘은 우부가라고 하는데, 이 곳이 마르면 여러분의 식량이 되는 쌀도 자라지 않습니다. 마을 입장에서는 생명의 샘을 지키니까 신 뱀장어라 불러 왔습니다. 부탁이니 샘에 돌려놔 주십시오.

쇼에이는 얼굴을 들고 필사적으로 부탁했다. 이마에 묻은 하얀 석회 가루가 땀과 함께 흘러 떨어졌다. 볕이 신 뱀장어의 몸뚱이를 태우고, 그것을 보는 쇼에이의 눈은 초조함으로 핏발 서 있었다. 쇼에이는 땅바닥에 이마를 박다시피 고개를 숙였다.

그런 비과학적인 소리를 하니까 너희들 오키나와인은 안 되는 거다.

아카사키가 내뱉듯 말했다. 긴 뺨에 세로로 주름을 만들며 얇은 입술에 걸린 웃음이 가쓰아키의 가슴을 에었다. 눈앞에서 아버지가 바보 취급을 당하는 것은 처음 하는 경험이었다. 수염을 기른 군인이 아카사키 대장 옆에 서서 쇼에이에게 호통을 쳤다.

뱀장어 한 마리가 없어졌다고 샘이 마를 리 없어. 그런 미신은 당장 버려. 알겠나, 우리는 네놈들의 섬을 지키기 위해서 왔어. 원래는 네놈들 쪽에서 공출했어야지. 이 뱀장어도 황군에 이바지했으니 만족스럽겠지. 너는 그게 불만인가?

쇼에이는 얼굴을 들고 갈라진 목소리로 대답했다.

식량이라면 내일 다른 뱀장어를 잡아서 공출하겠습니다. 부탁이니 그 뱀장어만은 봐 주십시오.

수염을 기른 군인이 기가 막히다는 듯 아카사키 대장을 보았다. 아카사키는 목덜미부터 붉어지기 시작하더니 얼굴이 빨개졌다. 가쓰아키는 아카사키의 손이 군도로 가지나 않을까 겁이 나서 긴 손가락에서 눈을 뗄 수 없었다.

말이 안 통하는군.

이렇게 말하고 아카사키는 손을 뻗어 젊은 군인이 가지고 있던 작살을 받아 들더니 신 뱀장어의 머리를 찔렀다. 신 뱀장어는 몸을 뒤틀며 달아나려 했지만, 작살 끝은 지면에까지 파고 들어 있었다. 그때까지 말없이 보고 있던 마을 사람들 사이에서 한숨과 신음 소리가 새어나왔다. 젊은 군인들이 일순 방어 태세를 취했지만, 마을 사람들은 하얀 길에 그림자를 떨어뜨린 채 한 발짝도 내디딜 수 없었다.

쇼에이는 땅바닥에 두 손을 짚고 괴로움에 몸부림치는 신 뱀장어를 바라보고 있었다. 아카사키가 작살을 뽑자 신 뱀장어는 마지막 힘을 짜내어 몸을 뒤집더니 온몸을 흰 가루투성이로 만들며 뒹굴었다. 아카사키가 수염을 기른 군인에게 작살을 건네고 걸어가는 것을 보더니 낚싯줄을 손에 감은 젊은 군인이 신 뱀장어의 아가미에 손가락을 쑤셔 넣어 들어올렸다. 몸 절반이 땅바닥에 끌려서 다른 군인이 꼬리 부분을 들어 올리려고 했을 때 쇼에이가 신 뱀장어에 매달렸다.

아야.

낚싯줄이 손에 파고들어 젊은 군인이 휘청거렸다.

무슨 짓이야?

맨 끝에 있던 군인이 쇼에이의 옆구리를 찼다. 군화 끝이 파고들자 쇼에이는 옆구리를 누르며 신음했다.

뭐가 신 뱀장어야, 바보 같은 소리.

맨 끝에 있던 군인은 이번에는 쇼에이의 엉덩이를 걷어찼다. 아카사키가 돌아보고는 기가 막히다는 듯 쳐다보았다.

신 뱀장어 다음은 신 돼지로 부탁할게.

군인 한 사람이 돌아보더니 익살스럽게 외쳤다. 다른 군인들이 크게 웃었다. 아카사키는 아무런 반응도 보이지 않고 걷기 시작했다.

군인들이 떠난 뒤에도 쇼에이는 옆구리를 누른 채 쓰러져 있었다. 마을 사람 몇몇이 일으켜 세우려 하자 쇼에이는 그 손을 뿌리치고 몸을 일으키더니 군인들이 떠난 쪽을 노려보았다. 이를 악물고 아픔을 참는 얼굴은 하얀 석회 가루로 엉망이 되어 기괴한 가면을 쓰고 있는 것 같았다.

아빠.

가쓰아키가 부르자 쇼에이는 충혈된 눈을 이쪽으로 향했다. 가쓰아키는 몸이 얼어붙어서 아무 말도 할 수 없었다. 마을 사람들도 말을 건네지 못하고 그 자리를 떠났다. 가쓰아키의 동급생들도 말을 걸지 못한 채 어른들 뒤를 따라갔다.

둘만 남자 쇼에이는 천천히 일어나서 가쓰아키를 보았다. 아직 화는 진정되지 않은 모양이었지만 가라앉히려고 하는 것을 가쓰아키도 알 수 있었다.

염소 풀은 벴어?

가쓰아키가 손에 들고 있던 낫을 보더니 쇼에이는 평소와 다르지 않은 말투로 물었다. 아직이라고 대답하자 빨리 돌아가서 베라고 하고는 한쪽 다리를 끌며 집 쪽으로 걸어갔다. 그 뒷모습이 눈물로 흐려졌다. 가쓰아키는 자기 마음속에서 솟아나는 감정을 어떻게 다루어야 할지 알 수 없었다. 그때까지 품고 있던 우군에 대한 신뢰나 동경이 흔들리고 있었다. 아버지를 우롱하고 신 뱀장어를 죽인 데 대한 분노와 미움이 솟아났다.

다만 그 사실을 확실히 자각하는 것은 무의식중에 피하고 있었다. 일본군이 하는 말이 옳고 미신에 사로잡힌 아버지나 마을 사람들이 이상한 것처럼 여겨지기도 했다. 아버지가 일본군의 눈에 띄어서 뭔가 나쁜 일이 생기지나 않을까 하는 예감도 들었다.

가쓰아키는 풀을 베던 숲을 향해 혼자 걸어갔다. 속에서 잇따라 끓어오르는 감정이나 예감을 전부 뿌리치고 외면하고 싶었다. 하지만 그것들은 가슴 속에 차가운 가시처럼 박힌 채였다.

그 뒤로 이 주쯤 지난 10월 10일에 오키나와 전역을 미군 함재기가 공습했다. 나하의 거리는 구 할 가량이 불타고 가쓰아키의 마을도 일본군이 병사로 쓰고 있는 학교나 해군 기지가 되어 있던 항구가 집중 공격을 받았다. 미군의 공격은 적확했다. 오키나와인 중에 미군에 정보를 제공한 자가 있다. 그렇지 않다면 위장한 진지가 그렇게 공격을 받을 리가 없다. 일본군은 이렇게 인식하고 방첩 체제를 한층 강화했다. 원래부터 이민을 갔다 돌아온 사람에 대한 경계심은 강했지만, 10월 10일 공습 이후에는 그것이 더 노골적이 되었다.

이민을 갔다 돌아온 데다 신 뱀장어 사건도 있어서 자신이 우군의 주목을 받고 있다는 것을 쇼에이도 자각하고 있었다. 우군에게는 협조적인 자세를 보이려고 유의했다. 식량 공출이나 진지 구축 작업에도 적극적으로 응했다. 몸이 약한 쇼에이에게는 부담이 커서 집에 돌아오면 저녁을 먹고 쓰러지듯 잠드는 일이 많아졌다. 전황에 대한 부정적인 이야기는 가게 손님뿐 아니라 가족에게도 하지 않게 되었다.

가쓰아키는 학교에서 동급생이나 선배로부터 너희 아버지는 이민을 갔다 왔냐, 하와이에서 무얼 했냐 같은 말을 듣는 경우가 있었다. 간첩이라는 말까지는 입에 담지 않았지만 의심의 눈초리를 보내는 것은 알 수 있었다. 가쓰아키는 아무 대꾸도 할 수 없었다. 잘못 반론하다가는 말꼬리를 잡힐 것 같아서 고개를 숙이고 참았다. 그런 날은 등하굣길에 있는 루스벨트나 처칠을 본뜬 지푸라기 인형을 죽창으로 몇 번씩 찔러서 기분을 풀고 미국과 영국에 대한 적개심을 주위에 강조했다.

그 무렵 동급생들 중에는 규슈로 소개하는 아이들이 늘었다. 소개하라는 권유가 시작된 8월 무렵에는 미군 잠수함의 공격이 무서워 교사들의 권유에 응하는 학생은 적었다. 하지만 10월 10일 공습 뒤에는 형제자매나 어머니, 할머니와 함께 소개에 응하는 사람들이 속속 나왔다. 담임교사는 학급 전체에 권유할 뿐 아니라 개개 학생들에게도 말을 건넸지만, 가쓰아키는 무시당했다. 아버지 때문에 이런 취급을 받는다고 느끼며 가쓰아키는 교사에 대한 반발과 쓸쓸함이 쌓여 갔다.

해가 바뀌고 마을 상공에 미군기가 모습을 보이는 날이 늘었다. 고공을 날며 정찰하는 경우가 많았지만, 가끔은 급강하하여 항구나 우군 진지에 공격을 가했다. 전쟁이 차츰 다가오는 것을 가쓰아키도 실감하지 않을 수 없었다. 여차하면 우군이 섬을 지켜준다. 그런 마음은 처음에 비해 약해졌지만, 그래도 의심은 하지 않았다. 우군이 얼마나 강한지를 동급생과 경쟁하다시피 이야기하고, 발표되는 전과를 화제로 열을 올렸다.

3월에 들어서자 마을 중학생은 철혈근황대, 십대 젊은이들이나 재향군인은 호향대(護鄕隊), 그 외의 남자들은 방위대에 동원되었다. 쇼에이는 병약하기 때문에 지역 경방단 활동을 하라는 관공소의 지시를 받아서 방위대에는 동원되지 않았다.

진짜 이유는 따로 있지 않은가? 주위에서나 쇼에이 자신이나 남몰래 그렇게 느꼈다. 우군은 불신의 눈초리로 나를 보고 있다. 쇼에이는 이렇게 인식하고, 간첩 혐의를 받지 않게끔 언동에 충분히 주의를 기울였다.

3월 27일 아침, 가게 앞을 빗자루로 쓸고 있던 후미는 관공소 상공에 검은 점이 몇 개씩 나타나더니 쑥쑥 다가오는 것을 보았다. 폭음이 하늘에 울려 퍼지자, 우군 전투기가 오키나와를 지원하러 왔다고 생각한 후미는 길에 나와 있던 이웃 사람과 함께 만세를 불렀다.

기쁨은 찰나였다. 삼기 편대로 날아온 검은 전투기는 관공소 상공을 선회하더니 급강하하여 기총 소사를 시작했다. 미군기의 공격임을 안 마을 사람들은 황급히 달아나기 시작했다. 그 무렵이 되어서야 겨우 공습경보가 울리기 시작했다. 후미는 가게에 뛰어 들어가서 쇼에이에게 미국 비행기의 공격이 시작됐다고 외쳤다. 쇼에이는 밖에 나가 상공을 비상하는 전투기를 올려다보더니 아키코를 업은 후미와 함께 뒷산 방공호로 달려갔다.

가쓰아키는 이미 등교한 뒤로, 교사의 인솔을 받아 진지 구축 작업을 하러 가는 도중이었다. 우부가 위쪽 숲으로 달아나 바위 그늘에 동급생들과 함께 몸을 숨겼다.

신 뱀장어가 지켜줄 테니까 여기에는 폭탄이 떨어지지 않을 거야.

누군가가 말했다.

신 뱀장어는 이제 없어. 일본군이 잡아먹었어.

누군가가 대꾸했다.

벌 받아서 더 당할 걸.

다른 누군가가 덧붙이다 쓸데없는 소리 하지 말라며 한 방 얻어맞았다. 머리 위를 덮은 큰 나무의 가지 사이로 저공으로 날아가는 그러먼 전투기의 모습을 가쓰아키는 보았다. 기체가 기울어진 한순간, 방풍 유리 저편에서 웃고 있는 붉은 얼굴이 보인 것 같았다. 분노와 공포로 무릎이 떨렸다.

공습이 끝나자 교사의 지시로 학생들은 집에 돌아갔다. 쇼에이와 후미는 이미 피난 준비를 마치고 가쓰아키를 기다리고 있었다.

오빠, 늦었어.

아키코가 즐거워 보이는 얼굴로 안겨 왔다. 긴장돼 있던 부모님 얼굴이 순간 풀렸다. 쇼에이는 곧바로 엄격한 표정을 짓더니 가쓰아키에게 식량이 들어있는 마대를 들라고 시켰다.

쇼에이가 아키코를 업고 선두에 서고 후미, 가쓰아키 순으로 마을 남쪽에 펼쳐져 있는 산간부로 향했다. 강을 따라 난 길을 이 킬로미터 정도 올라간 곳에 큰 동굴이 있는데, 위급할 때에는 그곳으로 달아나기로 이웃 사람들과 말을 맞춰 두었다. 동굴은 위에서 떨어진 커다란 바위로 입구가 감춰져 있고 틈새로 들어가면 안에는 백 명 넘게 들어갈 수 있을 만한 널찍한 공간이 있었다. 거기서부터 몇 갈래로 길이 나뉘어 안쪽으로 이어지고, 안쪽에서는 샘도 솟았다. 입구에서 바깥 빛이 들어와서 널찍하게 트인 곳에서는 서로 얼굴도 알아볼 수 있었다. 가쓰아키 가족이 도착했을 때는 이미 서른 명 넘는 주민이 가족 단위로 장소를 확보하고 앉아 있었다.

쇼에이는 먼저 들어가 있던 사람들과 공습 피해나 일본군의 상황에 대해 이야기했다. 후미와 가쓰아키, 아키코는 바위 그늘에 짐을 두고 쉬었다. 동굴 입구 부근에는 나무들이 가지를 뻗고 있어서 상공에서도 발견하기 힘들 터였다. 주민들은 해가 지고 난 뒤 골짜기로 내려가 밖에서 불빛이 보이지 않게 조심하면서 고구마를 삶아 저녁을 먹었다.

다음 날 아침부터 함포 사격이 시작됐다. 포탄이 떨어지는 소리가 지축을 흔들며 동굴까지 울렸지만 거리는 멀었다. 가쓰아키는 아버지와 함께 동굴을 나가 나무 사이에 숨어 숲 꼭대기 근처까지 올라간 뒤 바다의 모습을 살폈다. 큰 나무와 바위 그늘에 몸을 숨기고 주뼛주뼛 바다 쪽을 바라보자 미군 함선이 수평선까지 뒤덮고 있었다. 대형 전함에서 붉은 불이 몇 개씩 번뜩이나 했더니 포격 소리가 울렸다. 그 사이를 소형선이 돌아다닌다. 수가 너무 많아서 세어볼 마음도 들지 않았다.

아빠.

부르기는 했지만 가쓰아키는 말을 잇지 못했다. 나무줄기를 붙잡고 있는 손이 떨리더니 갑자기 오줌이 마려웠다. 쇼에이는 가쓰아키를 봤지만 아무 말도 하지 않고 고개만 끄덕일 뿐이었다. 잠시 후에 같은 동굴에 있던 남자들 몇 명이 다가왔다.

세상에. 이게 뭔고…….

예순을 넘은 쇼고로가 기가 막힌 듯 말했다.

이게 다 미국 배가 한 건가?

일흔이 다 되어 가는 쇼키치가 쇼에이에게 물었다. 쇼에이는 고개를 끄덕이고 미국이라는 나라는…… 하고 말하려다 그만두었다. 미군 전함은 연안을 중심으로 포격을 계속하고 있었다.

일본군은 왜 반격을 안 해?

그러니까.

쇼키치의 물음에 쇼고로가 맞장구쳤다.

우군 대포는 없잖아. 비행기는 어디 간 거야?

쇼키치와 쇼고로가 궁금하다는 듯 쇼에이를 보았다. 쇼에이는 여전히 입을 다물고 있었다. 한 발이라도 대포를 쏴서 반격하면 그 몇 십 배나 되는 집중포화를 맞을 것이 분명했다. 이 정도나 되는 적 함선을 물가에서 막아 상륙을 저지하겠다니 도저히 무리라고 생각했지만, 쇼에이는 제 판단을 입 밖으로 내지 않게 조심했다.

가쓰아키는 이를 갈면서 우군 진지에서 언제 포격이 시작될지, 우군 비행기가 언제 날아와서 미 군함을 가라앉힐지 마냥 기다렸다. 남자들의 물음에 아버지가 뭐라고 대답할지 기대했지만, 아무 말도 하지 않아서 실망했다.

가자.

쇼에이가 가쓰아키를 재촉했다. 동굴로 돌아가는 동안에도 포격 소리와 포탄 떨어지는 소리가 멀리서 울리고 있었다. 이윽고 그 울림이 다가오자 동굴에 직격탄이 떨어진다는 예감에 가쓰아키는 겁을 먹었다. 그때까지 강한 척 했던 말은 통용되지 않았다. 미군의 힘은 압도적이었다. 하지만 그것을 인정하고 싶지 않았다. 동굴에 돌아가서 바위 그늘에 앉자, 곧 우군의 일제 공격이 시작되어 미 군함이 속속 가라앉는 모습을 떠올리려 했다.

어땠어?

후미가 가쓰아키에게 물었다.

미국 군함으로 바다가 안 보일 정도였어.

가쓰아키는 대답했다.

바다가 안 보였어?

후미가 이상하다는 얼굴을 했다. 동굴 안에 있던 다른 주민도 주위에 모여들었다. 쇼에이는 그들에게도 들리게끔 바다 상황을 설명했다.

쇼고로와 쇼키치가 돌아온 뒤 쇼에이는 동굴 안에 있던 사람들을 전부 모아 이야기를 나누었다. 미군의 상륙은 임박해 있으니 앞으로는 행동을 더 신중히 해야만 한다. 대낮에는 바깥에 나가지 말고 동굴에 숨고, 밖에 서 행동하는 것은 해가 진 뒤가 좋다. 쇼에이의 제안을 모두 곧장 받아들 였다.

열흘 정도는 다들 그렇게 했다. 하지만 함포 사격 탄이 점차 동굴 가까 운 곳에 떨어지기 시작하고 저공비행하는 전투기 폭음이 하루에 몇 번씩 동굴 상공에서 들리기 시작하자 동요가 퍼져 갔다. 더 깊은 산속으로 피난 하는 편이 좋겠다고 하는 사람들이 나왔다. 우에하라 영감님이라 불리는 노인은 일흔을 넘었지만 몸은 건강해서 말을 꺼냈다 하면 고집을 꺾지 않 는 사람이었다. 가족이나 동조하는 사람들 열 명 정도를 데리고 이른 아침 에 동굴을 나갔다. 쇼에이는 야간에 이동하는 편이 좋다고 설득했지만, 어 두운 산길을 걷는 것은 위험하다며 우에하라 영감님은 말을 듣지 않았다. 동굴 주위가 밝아오기를 기다려서 출발했다.

동굴에는 여섯 세대, 마흔 명 정도가 남아있었다. 동요는 잦아들지 않았다. 이따금 지근거리에 포탄이 떨어지면 동굴이 무너지지나 않을까 공포에 질렸다. 다음 날 아침에도 쇼에이의 가게 옆에 사는 오시로 기스케의 가족이 동굴을 나갔다. 쇼에이도 고민하기 시작했다. 산속에는 일본군 진지가 있는데 그쪽으로 다가가면 되레 위험하다는 생각이 들었다. 하지만 우군 곁에 있는 편이 안심이라는 사람들도 있었다. 이미 미군은 상륙한 듯했고, 조만간 이 부근을 탐색하러 올 터였다. 여기에 머무는 편이 좋을지, 다른 장소에 옮기는 편이 좋을지 생각하고 있었더니 아침에 나간 오시로 가족이 정오가 되기 전에 돌아왔다.

미군이 와.

오시로 기스케가 동굴에 뛰어 들어오더니 쇼에이 곁에 다가와서 소리죽여 말했다. 땀범벅이 된 몸과 백발이 섞인 머리에서 나는 냄새에 쇼에이는 속이 메스꺼웠다. 그것이 화를 부채질했다.

너희들이 내가 하는 말을 안 들으니까 그렇지.

이렇게 호통치고 싶은 것을 참고 쇼에이는 오시로의 설명을 들었다. 동굴을 나간 뒤에 오시로는 가족을 데리고 계류를 따라 상류를 향해 나아갔다. 그 뒤에 숯을 굽기 위해 산등성이를 따라 낸 산길을 걸어 옆 마을과의 경계에 있는 골짜기 밑을 목표로 걸었다. 도중에 함포 사격이 시작됐지만 착탄 지점은 멀었기 때문에 이따금 날아오는 소형 정찰기를 조심하며 이동을 계속했다.

두 시간쯤 걷다 바위 그늘에서 휴식을 취하고 있을 때였다. 아래쪽 골짜기에서 사람 소리가 들렸다. 오시로가 상황을 살피러 갔더니 소총을 손에 든 미군 병사 몇 명이 계곡을 올라오는 중이었다. 허리에 총을 대고 주위를 경계하고 있었다. 적의 척후병이라고 생각한 오시로는 나무 그늘에 몸을 숨기고 오십 미터쯤 떨어진 곳을 걸어가는 미군 병사를 보냈다. 가까운 곳에 본대가 있음이 분명했다. 오시로는 가족이 있는 곳으로 돌아가서 급히 원래 있던 동굴로 되돌아왔다.

너희들이 미군을 안내하고 있는 거나 마찬가지 아냐.

이 말을 쇼에이는 꾹 눌렀다. 이제 와서는 미군이 동굴을 발견하는 것은 시간 문제였다. 쇼에이는 동굴 안에 남아있던 주민을 한 곳에 모았다. 오시로가 한 말을 모두에게 전하고 나서 어설프게 움직였다가는 오히려 위험하니까 여기에 머무르면서 상황을 살피는 편이 좋다고 이야기했다.

미군이 오기 전에 왜 도망가지 않는 거야?

몇 사람에게서 이런 의문이 나왔다.

미군이 산속까지 공격해 들어오면 마을 쪽으로 이동해야 돼. 그건 무리잖아. 무리해서 도망가면 오히려 위험해.

쇼에이의 반론에 모두 입을 다물었다. 절망감에 휩싸여 울음을 터뜨리는 여자가 나오기 시작했다.

미군의 괴롭힘을 받다 죽기 전에 우리끼리 죽는 편이 나아.

이렇게 말한 사람은 시마부쿠로 도미코라는 마흔 살 넘은 여자였다. 동조하는 여자와 남자 목소리가 몇 있었다. 쇼에이는 그런 의견이 나올 것을 예상하고 있었다. 미군은 남자를 붙잡으면 고환이나 눈알을 파내고 찢어 죽인다, 여자는 강간한 뒤에 재미 삼아 죽인다. 그러니까 절대 미군의 포로가 되어서는 안 된다. 이렇게 가르친 것은 우군 병사뿐이 아니었다. 마을 재향군인들도 자신들이 중국전선에서 했던 짓을 이야기하면서 포로가 되면 얼마나 비참한지, 얼마나 심한 꼴을 당하는지를 이야기하곤 했다. 젊은 처녀가 있는 집은 어디나 강간을 당하고 온갖 괴롭힘을 당하다 죽는다는 이야기에 겁을 먹었다.

쇼에이는 내심 미군이 그런 짓을 할 리가 없다, 그건 포로가 되는 것을 막기 위해 우군이 과장해서 하는 말에 지나지 않는다고 생각했다. 하지만 가족에게도 그 말을 하지 않았다. 그런 생각을 입 밖에 냈다가는 당장 퍼져 나가서 일본군에 붙잡힐 것이 분명했다. 하지만 미군에 쫓겨서 옥쇄 이야기를 꺼내는 사람이 나왔을 때는 자기 생각을 이야기해서 마을 사람들이 자포자기에 빠지는 것을 막아야만 한다고 줄곧 생각하고 있었다.

지금이 그때라고 쇼에이는 판단했다.

내가 하와이에 이민 갔던 건 다들 알지. 미국은 기독교 국가야. 무턱대고 사람을 죽이지는 않아. 걱정하지 마. 혹시 미군이 오면 내가 영어로 이야기해서 설득할 테니까 나쁜 생각을 하면 안 돼. 자기 목숨을 간단히 버리면 안 돼.

쇼에이는 시간을 들여 정성껏 설명했다. 시마부쿠로 도미코와 몇 사람은 수긍하지 않는 듯했지만, 쇼에이에게 반론할 만한 힘은 없었다.

쇼에이는 그때가 돼서 누군가가 섣부른 행동을 하지 않기를 바라며 이야기를 마쳤다. 뭔가 이상한 움직임이 있으면 곧장 연락하라고 가쓰아키에게 이르고, 동굴 입구로 갔다. 바깥 상황을 살펴보니 함포 사격은 그쳤지만 전투기 몇 대가 날아다니는 폭음이 들렸다. 총격 소리도 단속적으로 들렸지만 거리는 멀었다. 쇼에이는 바위 그늘에서 나가 가까운 숲에서 이 미터쯤 되는 어린 나무를 꺾어서 급히 돌아왔다. 가지와 잎을 쳐서 막대기로 만든 뒤에 입구 근처에 두었다. 반시간쯤 거기에 멍하니 앉아 있다 기분을 안정시키고 나서 동굴 안으로 돌아갔다.

투항을 권유하는 핸드 마이크 소리가 들린 것은 오후 늦은 시간이었다. 바깥에서 사람들이 웅성거리는 기색이 느껴지자 쇼에이는 일어나서 안절

부절 못하는 모두에게 진정하라고 지시했다.

안에 주민이 있습니까? 있다면 나오십시오. 아무 것도 들지 말고 두 손을 들고 나오십시오.

일본어로 건네는 말을 듣고 모두 놀랐지만 쇼에이는 일본계 2세 병사가 틀림없다고 생각했다.

나와 보세요. 걱정하지 마시고 나오세요.

느닷없이 오키나와 말이 들려온 것에는 쇼에이도 놀랐다. 곧장 오키나와에서 이민을 간 사람이 미군에 있구나 생각했다. 그 사실을 알려서 모두를 안심시키고는 미군의 지시를 따르는 편이 좋다고 다시 설득했다. 가쓰아키는 불만이었지만 어른들은 모두 쇼에이의 말에 따랐다. 여자와 노인, 아이들만으로는 저항할 도리가 없었던 데다 하와이에서 돌아와 미국에 대해 잘 아는 쇼에이의 말에 매달리는 심정이었다.

쇼에이는 앞장서서 동굴 입구로 나가서 준비해 두었던 막대기에 흰 천을 감은 뒤 두 손을 들고 바위 그늘에서 나갔다. 동굴 앞에는 몇 미터 거리를 두고 핸드 마이크를 손에 든 군인이 서 있고, 그 뒤에 스무 명쯤 되는 미군 병사가 소총을 겨누고 있었다. 핸드 마이크를 손에 들고 있던 군인은 쇼에이를 보고 안심한 표정을 지었다. 몸집이 작고 피부색이 가무잡잡한 오키나와 사람이었다. 쇼에이는 그 젊은 남자를 보고 말했다.

저는 이민을 갔다 돌아왔고 하와이에서 일한 적이 있는 아사토 쇼에이라는 사람입니다. 여기 있는 사람은 전부 주민들입니다. 일본군은 한 사람도 없습니다.

핸드 마이크를 든 병사는 고개를 끄덕이더니 옆으로 온 백인 군인에게 말을 걸었다. 키가 큰 백인 군인은 지휘관인 듯 쇼에이에게 손짓을 했다. 쇼에이는 백기를 들고 백인 군인 앞까지 가서 같은 말을 이번에는 영어로 했다. 백인 군인은 고개를 끄덕이더니 백기를 내리라고 말했다. 그리고 주민에게는 일절 위해를 가하지 않는다, 안전한 장소로 이동해 주었으면 하니 협력해 달라고 부탁했다. 쇼에이는 감사 인사를 하고 협력할 테니 핸드 마이크로 권유하게 해달라고 답했다. 대장은 핸드 마이크를 건네라고 지시했다. 젊은 오키나와 사람에게 마이크를 받은 쇼에이는 동굴 입구에서 모두에게 바깥으로 나오라고 권했다. 쭈뼛쭈뼛 밖으로 나온 주민들은 총을 겨누고 있는 미군 병사를 보며 그 자리에 못 박힌 듯 섰다. 쇼에이는 괜찮다며 전원을 밖으로 보냈다.

오키나와인 병사가 미소를 지으며 말했다.

저는 옆 마을 대장간 셋째 아들로 캘리포니아에 이민 간 도마 세이타로의 아들 도마 프랭크라고 합니다.

그 말에 안심한 사람도 있었지만 대부분은 경계심을 풀지 않은 채 굳어져서 미군 병사들을 보고 있었다. 맨 마지막 한 사람이 나오자 대장은 이십 미터쯤 떨어진 큰 나무 아래로 이동시키라고 도마에게 명했다. 도마의 선도로 주민들이 이동하자 대장은 병사들에게 동굴 안을 조사하게 했다.

남은 병사가 주민 주위를 둘러싸더니 총을 내리고 휴대 식량을 주민에게 나누어 주었다. 주민이 먹으려 하지 않는 것을 보고 도마가 통조림 하나를 열어 먹는 모습을 보여주었다. 쇼에이가 도마를 따라 하며 먹어도 괜찮다는 것을 보여주었다. 가쓰아키는 아버지가 건넨 통조림을 손에 쥐고 안에 든 고기를 집어 먹었다. 처음에는 덮어놓고 맵기만 한 것처럼 느껴졌지만, 씹다 보니 고기 맛이 입안에 퍼졌다. 맛있다고 느끼는 자기 자신에게 갑자기 화가 났다. 미군 병사들은 주위를 경계하면서 휴대 식량을 먹고 있는 주민을 쳐다보고 있었다. 웃고 있는 병사도 몇 명 있었지만 가쓰아키는 미군 병사의 눈에서 모멸을 감지하고 가슴 속에서 적개심을 불태우고 있었다. 동굴 안을 다 조사한 뒤에 미군 병사들은 주민을 에워싸다시피 하여 산기슭 쪽으로 걷기 시작했다.

산기슭에는 대형 트럭과 소형 차량이 대기하고 있었다. 가쓰아키와 주민들은 트럭 짐 싣는 곳에 실려서 얼마 전까지 우군 본부였던 국민학교로 옮겨졌다. 지금은 미군이 본부로 쓰고 있는지 교정에는 트럭이나 지프차가 몇 십대나 늘어서 있어서 주민들은 그 모습을 보기만 해도 압도되었다. 짙은 녹색 텐트가 몇 개씩이나 설치되어 있고, 그 옆에는 나무 상자나 포탄이 산더미처럼 쌓여 있었다.

트럭에서 내린 가쓰아키와 주민들은 한 줄로 세워져서 머리에서부터 하얀 분말을 덮어썼다. 미군 병사 두 명이 주민 한 사람 한 사람 앞에 서서 기록용지에 기입을 하고, 그 일이 끝나자 교정 구석에 모아 대기시켰다.

쇼에이가 대표로 불려가 도마와 대장인 백인 군인에게 설명을 들었다. 주민은 각자 집에 돌아가도 되지만, 허가 없이 마을 밖으로 나가서는 안 된다. 마음대로 이동하다가 발견되면 사살될 가능성이 있다. 식량은 자활을 기본으로 한다. 설명을 마치자 대장은 자리를 뜨고 도마만 남았다. 쇼에이는 도마와 함께 불안하게 굳어 있는 모두에게 대장의 말을 그대로 전했다. 죽임을 당하거나 어딘가에 갇히지 않을까 겁을 집어먹고 있던 주민들은 정말 집에 돌아가도 되냐며 몇 번이나 확인했다. 쇼에이는 미군의 지시에 따르고 감사하자고 도마를 의식하면서 말했다. 도마의 인도를 따라 보초가 서 있는 교정을 나선 쇼에이와 주민들은 집단을 이룬 채 마을로 돌아갔다.

집은 타서 내려앉은 것과 그대로 남아있는 것이 반반이었다. 집을 잃어버린 가족은 남은 집의 방 한 칸이나 가축 축사를 빌려 밤이슬을 피했다. 다음 날부터 주민들은 미군의 움직임을 보면서 더듬더듬 생활을 시작했다. 미군은 낮에는 지프차를 타고 마을을 돌며 경비했지만 저녁이 되면 캠프로 물러갔다.

우군이 산간부에 숨어 있어 미군은 소탕작전을 펼치고 있었다. 전투는 산간부에 한정되어 있었기 때문에 마을 안은 비교적 안전했다. 주된 전장은 섬 중남부였고, 북부에 배치된 일본군은 규모가 작기도 해서 4월 하순이 되자 산간부에서 들리던 사격 소리도 뜸해졌다. 우군은 미군이 마을을 경비하고 있는 낮 동안에는 산속에 숨어 있다, 밤이 되면 마을로 내려와서 주민에게 식량을 요구했다. 가족이 먹을 것이 고작인 상태여서 내놓기를 주저하면 억지로 식량을 빼앗아 갔다.

그렇게 잘난 척 떠들더니 미군과 싸우지도 않고 도망이나 다니면서 우리 식량을 빼앗아 가나.

이런 불만이 주민들 사이에 쌓여 갔지만 총과 군도를 든 상대를 거역할 수는 없었다. 뒤에서는 패잔병이라 부르며 욕을 해도 밤이 되어 일본군이 내려오면 마을 사람들은 잠자코 시키는 대로 했다.

쇼에이의 집에도 매일 일본군 병사가 찾아왔다. 그저 식량을 빼앗을 뿐 아니라 쇼에이를 찾고 있었다. 위험을 짐작한 쇼에이는 밤에는 집에 있지 않고 숲이나 해안 동굴 같은 곳에서 잤다.

미군 대장의 신뢰를 얻어 도마와 함께 동굴에 숨어 있는 주민에게 권유하는 일을 거들고 있었다. 미군이 주민에게 식량을 배부할 때나 의복 세탁을 부탁할 때도 쇼에이가 중간 다리 역할을 했다. 촌장이나 구장도 영어를 할 수 있는 쇼에이를 의지해 낮 동안에는 미군 지프차를 타고 마을 안이나 산속을 돌아다니곤 했다.

그런 쇼에이의 행동은 빠짐없이 산에 있는 일본군에 전해지고 있었다. 주민 가운데에는 일본군에 정보를 제공하는 사람이 있었고, 미군에게 좋은 대접을 받으며 많은 식량과 물자를 손에 넣고 있는 쇼에이를 질투하거나 미워하는 사람도 있었다. 그렇게 되리라는 것은 쇼에이도 처음부터 알고 있었다. 미군이 없어지면 야간에 일본군이 움직이리라는 것도 내다보고 있었다. 낮 동안 미군에게 얻은 식량을 집에 가지고 가서 후미나 가쓰아키에게 주의를 주고 나면, 야간에는 가족에게도 숨는 장소를 알려주지 않았고 계속해서 같은 곳에서 자지 않게끔 조심했다.

그만큼 주의 깊게 행동했는데도 마을에서 이 킬로미터쯤 떨어진 모래톱에서 쇼에이의 시신이 발견된 것은 5월 10일이었다. 이른 아침, 가쓰아키는 연락을 받고 해변으로 달려갔다. 아키코를 업은 후미보다 꽤 빨리 해변에 도착하여 인파를 헤치고 앞으로 나갔더니 해변 서쪽 끝에 있는 커다란 바위 그늘에 쇼에이가 엎드린 채 쓰러져 있었다. 목에는 크게 잘린 상처가 있어 파리가 시커멓게 몰려들어 있었다. 손은 삼노끈으로 뒤로 묶였고, 벌거벗겨진 하반신은 엉덩이와 허벅지가 거무칙칙하게 부풀어 올랐다. 옆에 뒹굴고 있는 통나무로 흠씬 두들겨 팬 뒤에 무릎을 꿇려서 뒤에서 목을 친 듯했다. 목은 완전히 잘리지는 않았는데, 후두부를 짓밟혔는지 얼굴은 모래에 처박혀 있었다. 등과 옆구리에는 몇 군데나 총검으로 찔린 상처가 있었고, 거기에도 파리가 들끓고 있었다.

다른 마을 사람들과 마찬가지로 가쓰아키도 우뚝 멈춰 선 채 움직이지도, 소리를 내지도 못했다. 침묵을 깨뜨린 사람은 후미였다. 비명을 지르며 모래톱을 달려오는 후미에게 둥글게 서 있던 마을 사람들이 길을 내주었다. 후미는 아키코를 등에 업은 채 쇼에이에게 매달렸다. 무수한 파리가 소리를 내며 날아오르자 겁을 먹은 아키코가 울음을 터뜨렸다. 가쓰아키는 달려가서 후미의 등에 묶인 끈을 풀고 아키코를 안았다. 얼굴이랑 가슴, 머리에 파리가 앉아서 가쓰아키는 머리를 흔들며 뒷걸음질 쳤다. 후미는 파리가 달려드는 것도 아랑곳하지 않고 쇼에이의 머리를 들어 모래에서 얼굴을 꺼내더니 손바닥으로 모래를 떨어뜨렸다. 남자 둘이서 황급히 후미 곁에 다가가 손발에 묶인 끈을 풀고 쇼에이의 몸을 똑바로 눕혔다. 후미가 두 손으로 들고 있던 목이 비틀리면서 질척해진 피가 비린내를 풍기며 모래에 떨어졌다. 후미는 머리를 모래 위에 놓더니 얼굴을 손가락으로 정성껏 닦았다. 후미 눈에서 떨어진 눈물이 쇼에이의 얼굴을 적셨다. 그 눈물을 바르듯이 얼굴을 매만지며 고통에 일그러진 쇼에이의 표정을 온화하게 바꾸려 하고 있는 것처럼 가쓰아키에게는 보였다.

쇼에이의 두 형이 와서 문짝에 쇼에이의 시신을 싣고 집으로 옮기려 했을 때였다. 지프차 두 대를 타고 온 미군 병사 몇 명이 모래톱에 내려오더니 빠른 걸음으로 다가왔다. 선두는 통역인 도마이고 카메라를 손에 든 미군 병사가 뒤를 따랐다. 그 뒤에 대장이 험악한 얼굴로 걷고 있었는데, 소총을 손에 든 네 명의 병사가 호위를 하고 있었다. 후미를 제외한 모두가 물러나서 멀찍이 지켜보는 가운데 미군 병사들은 쇼에이의 시신을 조사했다. 카메라맨이 위치를 바꾸어 가며 사진을 찍고, 대장이 쭈그리고 앉아 쇼에이 목의 상처를 확인하더니 도마에게 뭐라고 말했다. 누가 한 짓이냐, 도마가 통역해서 모두에게 물었다. 대답하는 사람은 없었다. 말하지 않아도 다들 아는 사실이지만 미군에 협력한 것으로 보일까 봐 모두 두려워했다. 일본군에 정보를 제공하는 자는 이 자리에도 있을지 몰랐다.

잽.

내뱉듯이 말하고 일어선 대장은 지프차 쪽으로 걸어갔다. 미군 병사들이 떠나자 두 형과 사촌들이 문짝 네 귀퉁이를 잡고 쇼에이의 시신을 집으로 옮겼다.

그날 우군에 살해당한 사람은 쇼에이만이 아니었다. 마을 관공소에서 병역 관련 사무를 보던 가요와 그의 동생도 밤에 집에서 끌려 나가 고구마 밭에서 참살 당했다. 그 이틀 뒤에도 방위대와 헤어져 집에 돌아와 있던 긴조라는 교원이 심야에 우군에게 끌려 나가 총검으로 사살되었다. 우군은 간첩이라 의심되는 자의 명부를 만들어 닥치는 대로 붙잡아서 신문하고 죽이려 하고 있다. 그런 이야기가 퍼져나가면서 마을의 주요한 남자들은 밤이 되면 집을 나가 도망 다녔다.

낮 동안에는 깊은 산속에 숨어 있다 밤이 되면 출몰하는 일본군에는 미군도 애를 먹고 있었는지, 5월 하순이 되자 주민은 전부 섬 반대편 해안 근처에 지어진 수용소로 강제 이동을 해야 했다. 가쓰아키와 가족들도 들고 갈 수 있는 만큼의 식량과 생활 도구를 들고 수용소에 들어갔다. 각 마을마다 할당된 텐트에서의 생활이 시작됐다. 배급 받는 식량만으로는 부족해서 바다에 나가 조개나 물고기를 잡는 날이 이어졌다. 그렇게 해서 어찌어찌 굶주림을 견뎠지만, 다른 집에서는 남자들이 미군의 물자를 훔쳐 와서 전과를 올렸다며 자랑하는 것을 보고 가쓰아키는 아버지가 없다는 사실을 뼈저리게 느꼈다.

쇼에이나 가요 형제, 긴조 등을 죽인 사람은 아카사키 대장이라는 이야기가 퍼져 있었다. 가요 형제가 칼에 맞아 죽었을 때 아카사키가 손수 목을 치는 것을 보았다는 마을 사람이 있었다. 일본도를 높이 들어 아버지의 목에 내리치는 아카사키의 모습이 눈앞에 떠올라 가쓰아키는 비명이 터져 나오는 것을 몇 번이고 참았다. 밤에 텐트 아래서 잘 때뿐 아니라 낮에도 혼자가 되면 문득 눈물이 흘러넘쳐서 아빠, 아빠 하고 중얼거리기도 했다.

이윽고 전쟁이 끝나고 주민은 마을로 돌아갔다. 그 뒤로는 살아가는 데 필사적인 날들이 이어졌다. 새로운 제도에 따른 소학교, 중학교가 생겼지만 학교에 다니고 있을 형편이 아니었다. 어머니 혼자 힘으로 고등학교까지 보내기는 무리라는 것을 가쓰아키도 알았다. 쉬기만 하다 보니 공부도 따라가지 못하고 의욕도 잃었다. 중학교를 졸업하자 곧장 일을 시작해서 건설업을 전전하며 집에 송금을 하고 아키코를 어찌어찌 고등학교까지 보냈다. 그것이 아버지를 위해 할 수 있는 가장 큰 공양이라는 생각이 들어서 아키코가 고등학교를 졸업했을 때는 뛸 듯이 기뻤다.

그 뒤에는 자기 가정을 이루어 네 아이를 기르는 것이 고작이라 아카사키를 떠올릴 여유는 없었다. 맨 마지막으로 아카사키 이야기를 들은 것은 중학생 때였는데, 산에서 내려와 미군에 투항했을 때의 모습이었다. 다른 병사들은 홀쭉하게 여위었지만 아카사키 혼자만은 살이 찌고 위안부 여자까지 데리고 있었다는 이야기였다. 마을 사람에게는 미군의 포로가 되지 말고 죽으라고 명하더니 저는 자결도 하지 않고 미군의 포로가 된 아카사키를 모두가 경멸했다. 동시에 가쓰아키에게는 아버지를 죽였다는 미움도 있어서 이 손으로 죽여 버리겠다고 생각했다. 하지만 그런 원한도 나날의 생활에 쫓기는 가운데 옅어져 갔다.

아카사키에 대한 것은 기억 밑바닥에 가라앉은 채 몇 년이나 떠오른 적이 없었다. 투항한 뒤 미군 수용소에 들어가서 야마토로 돌아갔겠거니 생각은 했지만, 어디 출신이고 어디서 사는지는 알 방도가 없었다. 원한이 쌓였다 한들 야마토로 건너가 찾아다닐 수는 없었다. 오키나와는 미군의 통치 아래 놓여 1972년에 일본에 복귀할 때까지 27년 동안 여권이 없으면 야마토에 갈 수 없었다. 어머니를 혼자 남겨두고 '본토 취직'을 할 마음도 생기지 않아서 가쓰아키는 나하시나 고자시에서 몇 년 동안 일한 것 외에는 계속 고향 마을에서 살았다.

아이들의 학비를 벌기 위해 쉰을 넘어서 야마토에 돈을 벌러 나왔다.

건설 현장이나 공장을 전전했지만, 처음 일하는 이 땅에서 아카사키를 만나리라고는 생각도 못했다.

아카사키가 술집에 오는 것은 화요일과 금요일이 대부분이었다. 거기에 맞춰 가게를 드나들며 카운터 자리 구석에 앉아 아카사키가 하는 대화에 귀를 기울였다. 가게 주인이나 얼굴을 아는 손님과는 주로 아이들에게 검도를 가르치는 이야기를 했다. 손자 이야기를 하며 기뻐하는 모습은 어디에나 있는 일흔 전후의 남자였다. 차림새가 단정하고 쾌활한 이 노인이 아버지나 마을 남자들을 몇 명씩이나 칼로 쳐 죽였다고는 보통 사람은 상상도 못할 터이다.

일하는 중에도, 아파트에 돌아가 텔레비전을 보고 있을 때에도, 다른 술집에서 술을 마실 때에도, 아카사키가 머리에서 떠나지 않았다. 직접 말을 걸어 진상을 듣고 사죄를 요구하자고 생각했다. 아카사키가 어떤 반응을 보일지 이리저리 상상했다. 사과할지, 되레 위협적으로 나올지, 화를 낼지, 시치미를 뗄지, 무시할지, 각각의 반응에 자신은 어떻게 대응할지도 생각했다. 그것을 몇 십 번씩 되풀이했지만 실제로 말을 걸지는 못했다.

술집을 나간 아카사키가 삼백 미터 떨어진 집으로 걸어서 돌아가는 것을 확인했다. 집까지 뒤를 밟은 적이 두 번 있었다. 조금 뒤처져서 가게를 나가 말을 걸려고 한 적도 대여섯 번 있었다. 하지만 딱 한걸음을 더 내디딜 수가 없었다. 이미 9월도 끝나가고 있었다. 근무하는 곳과의 계약은 반년으로 10월 말까지였다.

가쓰아키는 초조했다. 몇 번이나 아카사키의 대화를 듣고 있는 사이에 사십 년이 넘게 지난 지금에 와서 아카사카의 행위를 따진다 한들 어떤 의미가 있을까 하는 생각이 들기 시작했다. 아카사키에게 사죄시킨다고 해서 아버지가 살아서 돌아오지도 않거니와 제 인생을 되돌릴 수 있는 것도 아니다. 이야기를 듣고 있는 한에서는 아카사키는 지역 사람들에게 신뢰받고 있는 듯했다. 아카사키의 과거를 폭로해서 신용을 실추시키려는 생각은 없었다. 그렇게 해서 아카사키의 생활을 휘저어 놓아봤자 뒷맛이 찜찜해질 뿐일 것 같았다.

한편, 아카사키에게 아무 것도 묻지 않고 아무 말도 하지 않은 채 오키나와에 돌아간다면 자신이 너무나도 겁쟁이에 비겁한 사람처럼 느껴질 것 같았다. 그때 아카사키가 죽이지 않았다면 아버지나 다른 마을 사람들에게도 지금의 아카사키와 똑같이 행복한 생활이 있었을 터였다. 그들에게서 모든 것을 빼앗고 가족에게 고통을 준 아카사키가 아무 일도 없었다는 것처럼 행복하게 생활해도 되는가? 그렇게 생각하면 분노가 부글부글 끓어올랐다. 하다못해 한 마디라도 사과한다면 용서는 못할지언정 앞으로 조금은 마음이 진정될지도 모른다. 만일 물어보지 않고 끝난다면 평생 후회하리라는 사실은 알고 있었다.

10월에 들어서고 첫 번째 금요일에 가쓰아키는 일에서 돌아와 샤워를 하고 아파트를 나선 뒤 전차를 타고 술집에 갔다. 아카사키는 삼십 분 정도 늦게 가게에 들어왔다. 평소처럼 생맥주 두 잔과 아와모리 한 홉을 마시면서 아카사키의 대화에 귀를 기울였다. 그리고 아카사키가 가게를 나가자 술값을 계산대에 지불하고 가쓰아키도 따라서 가게를 나갔다.

아카사키는 오른손에 지팡이를 짚고 플라타너스 가로수가 늘어선 보도를 집 쪽으로 천천히 걸어가고 있다. 가게에서 이백 미터쯤 가면 공원이 있었다. 거기까지 오면 인적은 꽤 줄어들었다. 공원 입구 부근에서 말을 걸겠다는 것은 미리부터 생각해 두었다. 아카사키는 곧장 돌아보았다.

너, 전에도 몇 번 내 뒤를 밟았지?

아카사키의 말은 예상 밖이었다.

넌 오키나와 사람인 듯한데. 나한테 무슨 볼일이 있나?

가게에서는 쾌활하고 정중한 태도였는데, 아카사키의 말은 난폭한 데다 표정은 이쪽을 깔보는 듯한 것을 보고 가쓰아키 속에서도 반발심이 솟았다.

아카사키 씨, 저는 오키나와 섬 북부에 사는 사람입니다. 전쟁 중에 당신이 대장을 하던 해군 부대가 있었던 마을 사람인데요. 아카사키 씨, 마을 해변에서 베어 죽인 남자를 기억합니까? 아사토 쇼에이라고, 제 아버지입니다.

마주보고 서자 아카사키는 가쓰아키보다 십 센티미터쯤 컸다. 등을 쭉 편 자세는 그대로였다. 날카로운 눈이 가쓰아키의 얼굴에서부터 발끝까지를 훑어 보았다.

아아, 그 하와이에 갔다 온 남자 말인가.

가쓰아키의 가슴에 차갑고 예리한 것이 꽂히더니 아픔이 느껴졌다. 거기까지 기억하고 있으리라고는 예상하지 못했다.

자네는 어린 아이였으니까 모를 수도 있겠지. 그 남자, 자네 아버지는 미군 스파이였어.

아카사키의 어조는 단단하고 날카롭고 인정사정없었다. 갑작스러운 반격에 가쓰아키는 당황했다.

그렇지 않아요. 완전히 누명입니다.

가쓰아키는 방어 자세로 돌아섰고, 흥분해서 목소리가 높아졌다. 아카사키는 가르치기라도 하는 어조로 말했다.

자네들은 아무 것도 몰라. 미군은 하와이나 캘리포니아처럼 미국에 이민 간 오키나와인을 스파이로 만들어 우리 군의 정보를 입수했어. 그렇지 않았다면 그만큼 정확히 우리 진지나 비밀 참호를 공격할 수 있을 리 없지. 진지 구축에 동원된 것을 구실로 내정을 밀통하는 스파이는 확실히 있었네.

그렇다고 해서 제 아버지가 스파이라는 법은 없잖아요.

가쓰아키를 내려다보는 아카사키의 뺨에 세로로 주름이 패자 외등 불빛이 그늘을 만들었다.

자네 아버지는 솔선해서 미군에 협력했지 않나. 주민에게 투항을 권유하고 온종일 미군과 함께 행동했어. 그건 스파이 정도가 아니야. 공공연한 미군 협력자지. 전쟁 중에 적군에 협력하고 아무런 처벌도 받지 않고 넘어가겠다고 생각하는 편이 이상해.

아카사키의 말은 침착하고 명료했다. 가쓰아키는 아카사키를 노려만 볼 뿐 반박할 수 없었다.

전장에서 적군에 협력하는 자를 용서했다면 내 부하들은 어떻게 됐을 것 같나? 전멸로 몰아넣게 되네. 부하를 지키기 위해서도 적에 협력하는 자, 스파이는 처단해야만 해. 나는 당연한 일을 했을 뿐이야.

아카사키는 의기양양하게 말했다. 이 남자는 줄곧 자신에게 그렇게 말하며 제 행위를 정당화한 것이다. 가쓰아키는 그렇게 생각했다.

아카사키 씨, 당신은 그런 식으로 자기가 한 짓을 정당화하지만, 미군에지고 도망 다닌 책임을 아버지나 마을 사람들에게 전가하고 있을 뿐 아닌가? 오키나와 사람이 스파이 따위 하지 않아도 당신들은 애초부터 미군에게 맞설 수 없었던 것 아니야? 이제는 그 사실을 잘 알 텐데. 마을 사람들에게는 결정적인 순간이 오면 군과 함께 옥쇄하라고 해놓고 당신들은 자결도 하지 않고 도망 다니다 미군에 투항했잖아.

아카사키는 애써 무표정한 척 하려 했지만 지팡이를 든 손은 희미하게 떨리고 있었다.

마을에 스파이 같은 건 없었어. 자신들의 무력함을 인정하고 싶지 않아서 당신은 제멋대로 그렇게 믿고 누명을 씌워서 아버지나 다른 사람들을 죽인 거야. 스파이는 무슨. 부끄러운 줄 알아.

평소에는 야마토 말로 이야기하는 데 서툰 제 입에서 이런 말이 잇따라 나오는 것에 가쓰아키는 놀랐다. 아카사키는 희미한 웃음을 띠고 가쓰아키를 보고 있었지만, 이마에는 땀이 배어 있었다.

너희들이 뭘 알아? 오키나와를 지키기 위해서 얼마나 많은 병사가 죽었다고 생각해?

아카사키가 내뱉듯이 말했다. 그 어투에 가쓰아키의 목소리도 거칠어졌다.

죽은 사람은 군인들만이 아니야. 말 돌리지 마. 당신은 마을 사람을 지키지 않고 죽였어. 당신들을 우군이라 부르고 의지하고 열심히 진력했는데. 그렇게 잔혹하게 사람을 죽이고 잘못했다고, 미안하다고 생각하지 않아?

자전거를 타고 오던 젊은 여성이 보도 한복판에서 서로 노려보고 있는 가쓰아키와 아카사키를 보더니 불안한 얼굴로 지나쳐 갔다. 그 모습에 눈길을 준 아카사키의 태도가 침착함을 잃었다. 아는 사람이었는지, 주위를 둘러보며 사람이 없는 것을 확인한 뒤에 아카사키는 소리 죽여 말했다.

군은 주민을 지키는 것이 아니야. 나라를 지키지. 그 시절에는 모두가 나라를 지키기 위해 필사적이었어. 네가 뭘 알아?

그렇게 말하고 자리를 뜨려고 하는 아카사키의 어깨를 잡으려 했을 때였다. 아카사키는 몸을 돌리면서 지팡이를 머리 위로 들었다. 가쓰아키는 오른손으로 머리를 감쌌다.

이 이상 할 이야기는 없어. 가. 두 번 다시 오지 마.

다가가면 진심으로 내리칠 듯한 기세였다. 날카로운 눈으로 노려보는 아카사키의 모습이 가쓰아키에게는 허세를 부리는 것으로 밖에 보이지 않았다. 그렇게 해서 필사적으로 저 자신을 지키고 있다는 생각이 들었지만, 이 이상 이야기하는 것이 무익함을 통감하고 피로를 느꼈다.

가쓰아키가 한발 물러서자 아카사키는 천천히 지팡이를 내리더니 가쓰아키를 노려보고 발길을 돌렸다. 종종걸음으로 사라져 가는 아카사키의 뒷모습이 모퉁이를 돌아 보이지 않게 된 뒤에 가쓰아키는 역을 향해 걸어갔다.

며칠 동안, 일을 마치고 아파트에 돌아와 샤워를 하고 식사를 하면 지독한 피로감이 엄습해 서 곧장 잠드는 날이 이어졌다. 일하는 중에도 아카사키와 한 대화가 떠올라서 노여움과 분함이 치밀었다. 떠올릴 때마다 아카사키가 제멋대로 늘어놓은 주장을 용서할 수 없어져서 이대로 끝내면 안된다는 기분이 들었다. 한편으로는 이 이상 이야기해봤자 같은 입씨름을 반복할 뿐 아무 것도 얻을 수 없으리라는 허무함도 있었다.

망설이는 동안 10월도 중순이 되었다. 화요일 저녁에 가쓰아키는 지친 몸을 끌다시피 전차를 타고 역 근처 술집 문을 열었다. 그때까지 활기차던 손님의 대화가 갑자기 끊겼다는 생각이 들었다. 평소에는 어서 오라며 붙임성 있게 인사를 건네는 가게 주인이 가쓰아키를 보고 얼굴을 돌렸다. 아카사키의 모습은 없었지만 카운터에 앉아있던 손님 세 사람도 거북한 듯 입을 다물고 있었다. 가게 안에서 나온 여주인이 가쓰아키에게 눈짓을 하더니 문을 열고 밖으로 나왔다.

가게 앞에서 여주인은 가쓰아키에게 이제 오지 말아 달라고 미안하다는 듯 말했다. 결코 오키나와 사람을 차별하는 것은 아니니 오해하지 말아 달라. 오키나와 사람이 와주는 것은 기쁘지만, 가게 손님과 말썽을 일으키면 곤란하다. 그래서 가게 평판이 나빠지면 손님 장사를 못하게 된다. 옛날부터 오던 단골손님과는 앞으로도 좋은 관계를 유지하고 싶으니까 이해해 달라. 여주인은 이런 말을 하며 몇 번이나 고개를 숙였다. 가쓰아키는 자기 쪽이 나쁜 짓을 한 것 같은 기분이 들었다.

늘 맛있었습니다. 감사했습니다.

이렇게 말하고 두 번 다시 오지 않겠다고 약속했다. 가게 앞을 떠나 역으로 돌아가서 차표를 사려고 했지만, 아카사키의 수법에 분노가 가라앉지 않았다. 길 건너편 찻집에 들어가 창문 너머로 술집 출입구를 봤다. 평소에 오는 시간을 한 시간이나 지났지만 아카사키는 나타나지 않았다. 자신이 하고 있는 짓이 어리석게 느껴져서 가쓰아키는 가게를 나왔다. 역에서 차표를 사서 전차를 타고 돌아가는 동안 온몸이 노곤해서 서 있기도 힘들었다.

여주인이 한 말은 생각했던 것보다 가쓰아키의 가슴에 타격을 주었다. 술을 마시러 가는 곳은 다른 데도 있었지만, 가장 친숙하게 느끼던 가게에서 꺼려지는 존재가 된 것이 쓸쓸했다. 여기서는 외지인이라는 생각에 사로잡혀서, 이 이상 아카사키를 추궁하면 어떤 괴롭힘을 당할지 모른다는 생각이 머리를 스쳤다. 한편으로는 궁지에 몰린 듯한 심정을 느끼는 자신이 아카사키의 술책에 넘어간 것 같아 불쾌했다.

사흘 뒤 금요일과 그 다음 주 화요일, 금요일에 가쓰아키는 반쯤 오기가 생겨 길 건너편 찻집에서 술집 상황을 살폈다. 하지만 아카사키는 모습을 보이지 않았다. 다른 요일에도 가봤지만 아카사키는 조심하는지 가게에 오는 것을 피하고 있는 모양이었다.

이럭저럭 하는 사이에 10월도 하순이 되었다. 회사의 임시 고용 기간이 끝나 오키나와로 돌아가는 날이 다가왔다. 술집 카운터에서 아카사키가 손자를 데리고 산책을 가는 것이 즐거워 어쩔 줄 모르겠다고 이야기하던 것을 가쓰아키는 떠올렸다. 저녁에 서늘해지고 나서 공원에서 놀게 해주면 밤에 일찍 자서 딸도 기뻐한다는 이야기였다. 세 세대가 같이 사는구나 생각했던 기억도 되살아났다.

아카사키의 과거를 가족에게 알리려는 생각은 없었다. 오히려 그것은 피하고 싶은 기분이었다. 하지만 가쓰아키는 이제 그 기회를 노릴 수밖에 없었다. 다음 주면 오키나와로 돌아가는 금요일, 가쓰아키는 오전 중에 조퇴해서 옆 마을로 간 뒤 공원에 서 있는 나무들 사이 눈에 띄지 않는 곳에서 아카사키가 모습을 보이기를 기다렸다.

공원의 은행나무에는 물이 들어 구름 한 점 없는 파란 하늘에 노란빛이 선명하게 빛났다. 오키나와에서는 볼 수 없는 풍경이었다. 이미 잎이 떨어진 나뭇가지들이 가느다란 끄트머리까지 파란 하늘에 떠 있었다. 한 아름이나 되는 은행나무 아래 서서 가쓰아키는 노란 수관을 올려다보며 하늘을 멀리 바라보았다. 바다로 둘러싸인 오키나와에서는 구름이 곧잘 발생했다. 구름 한 점 없는 파란 하늘은 맑고 아름다웠지만 섬 그림자도 보이지 않는 대양에 내던져진 듯한 불안이 느껴졌다. 늘 구름이 피어오르는 오키나와의 하늘이 그리웠다.

오후 다섯 시 반쯤이었다. 공원 입구에서 다섯 살 정도 되는 남자아이 손을 잡은 아카사키의 모습이 보였다. 남자아이는 아카사키의 손을 놓고 소리 내어 웃으면서 미끄럼틀 쪽으로 달려갔다. 그 뒤를 쫓는 아카사키의 발걸음은 지팡이를 짚고는 있어도 가벼웠다. 지팡이는 호신용이라는 사실을 알 수 있었다. 아이가 계단을 올라가는 것을 옆에서 지켜보고, 미끄러져 내려올 때에는 모래밭 쪽으로 돌아가서 웃으며 격려의 말을 던진다. 아카사키가 아니었다면 흐뭇해졌을 풍경이었다.

아이가 세 번 미끄럼을 탔을 때, 가쓰아키는 은행나무 아래에서 나가 두 사람 쪽으로 걸어갔다. 아이는 미끄럼틀이 좋은지 모래밭에 내려와서 엉덩방아를 찧자마자 일어나서 계단 쪽으로 달려간다. 아이에게 뭐라 말하면서 계단 옆으로 다가간 아카사키가 가쓰아키를 알아보았다. 사, 오 미터가량 거리를 두고 가쓰아키는 멈춰 섰다. 요전의 뻔뻔하던 모습과는 달리 아카사키는 명백히 동요하고 있었다.

위험하니까 천천히 올라가렴.

아이에게 말하며 가쓰아키를 무시했다. 아이가 미끄러져 내려오자 바지 엉덩이를 털어주더니 오늘은 이만 돌아가자며 작은 손을 잡았다.

더 놀 거야. 이번에는 그네 탈 거야.

남자아이는 손을 뿌리치더니 그네 쪽으로 달려갔다. 하는 수 없지 하는 얼굴로 아이의 뒤를 쫓으려는 아카사키에게 가쓰아키는 말을 붙였다.

아카사키 씨, 잠깐이라도 좋으니 이야기 좀 할 수 없을까요?

아카사키는 대단히 불쾌하다는 얼굴로 가쓰아키를 보았다.

너랑 할 이야기는 없어. 돌아가.

아카사키 씨, 손자는 귀엽지요? 내 아버지도 손자 얼굴을 보고 싶었을 텐데.

대꾸하지 않고 그네 쪽으로 걸어가는 아카사키의 뒷모습에 대고 가쓰아키는 말했다.

아버지뿐만이 아니야. 당신이 죽인 다른 사람도 지금의 당신처럼 손자와 놀고 싶었을 거야.

가쓰아키의 목소리가 커지자 그네를 타려던 남자아이가 놀란 얼굴로 이쪽을 보았다.

어린애 앞에서 무슨 짓이야? 닥쳐.

돌아본 아카사키는 억누른 목소리로 말했지만 얼굴은 분노로 일그러져 있었다.

아카사키 씨, 나는 당신이 한마디 사과만 해주면 돼. 그냥 그것뿐이야.

가쓰아키는 천천히 다가갔다.

어린애 앞이니까 닥치래도.

아카사키의 얼굴은 목덜미까지 벌개지고 숨이 거칠어졌다. 뒤에서 보고 있던 남자아이가 울 것 같은 얼굴을 했다.

정말로 상식이 없군. 그래서 안 되는 거야, 너희 오키나와인은.

한순간 가쓰아키에게는 눈앞의 광경이 흔들리는 것처럼 보였다. 치밀어 오르는 분노를 어떻게든 억제하려고 했지만, 이 이상 무슨 소리를 들으면 폭력 충동을 억누를 수 없을 것 같았다. 가쓰아키의 눈을 보고 아카사키는 오른손에 쥔 지팡이를 낮게 들었다.

아카사키 씨, 그런 식으로 말하면…….

가쓰아키의 말을 끊으며 여자 목소리가 울렸다.

무슨 짓을 하는 거예요, 당신?

허를 찔려 놀란 가쓰아키는 뒤를 보았다. 삼십대 중반 정도 되는 여자가 종종걸음으로 걸어왔다. 가쓰아키를 노려본 채 옆으로 지나간 여자는 그네 옆에 서 있는 남자아이를 안아 올렸다. 남자아이는 당장이라도 울 것처럼 얼굴을 찡그렸지만, 여자가 등을 쓸어주자 어떻게 참고 가슴에 얼굴을 파묻었다.

아버지, 괜찮아요?

아카사키 옆에 와서 여자가 말을 걸었다. 그 말을 듣기 전부터 얼굴이나 몸집을 보고 아카사키의 딸이라고 가쓰아키는 추측하고 있었다.

당신이에요? 아버지를 악착같이 따라다닌다는 사람이?

어찌할 줄 모르고 있는 가쓰아키를 여자는 다그쳤다.

당신, 아버지에게 이런저런 트집을 잡으면서 협박한다고요. 또 이러면 경찰을 부르겠어요. 당신이 어디서 일하는지도 조사했어요. 회사에도 전화할 거예요.

기세등등한 여자에 비해 아카사키의 모습은 일변해 있었다. 언짢아 보이기는 했지만 기운을 잃고 갑자기 늙은 티가 나더니 자세까지 앞으로 굽었다. 딸의 동정을 사서 화를 부추기기 위해 일부러 그러나 했지만, 그렇지도 않은 것 같았다. 가쓰아키가 시선을 던져도 고개를 숙이고 앞을 보려 하지 않는다. 밤에 공원 앞에서 실랑이를 했을 때의 모습에서는 상상도 할 수 없었다.

당신은 오키나와 사람인 모양인데, 아버지는 전쟁 중에 오키나와에서 싸우고 오키나와 현민을 위해 진력했어요. 그런데 어째서 당신에게 이상한 트집을 잡혀야 하죠?

아카사키가 딸에게 어떻게 설명했는지 듣고 싶었다. 아카사키가 마을에서 한 행동을 털어놓을까 하는 생각도 들었다. 하지만 그렇게 하면 엄마에게 매달려 있는 남자아이에게도 상처를 줄 것 같아서 가쓰아키는 가슴속 말을 입 밖으로 내지 못했다. 하고 싶은 말을 해서 조금은 화를 발산했는지 여자는 이야기를 멈추고 가쓰아키를 보고 있었다. 가쓰아키도 같이 쳐다보자 여자도 질세라 더 험악한 시선을 던졌다. 먼저 눈길을 돌린 것은 가쓰아키 쪽이었다.

당신 이번 달을 끝으로 오키나와에 돌아간다면서요. 그때까지 이 동네에는 오지 마세요. 아버지 앞에 한 번만 더 나타나면 정말 회사랑 경찰에 신고할 거예요.

거기까지 알고 있었나 하고 가쓰아키는 놀랐다. 아무 대꾸도 하지 못한 채 가쓰아키는 아카사키의 오른손에 시선을 던졌다. 고개 숙인 아카사키의 오른손은 지팡이를 쥔 채 떨리고 있었다. 분노인지, 두려움인지, 그저 늙었기 때문인지 가쓰아키는 알 수 없었다.

가요.

딸의 재촉을 받고 걸어가는 아카사키의 뒷모습은 연약해 보였다. 이것이 실제 모습인가, 저쪽을 향한 얼굴은 제 뜻대로 됐다고 남몰래 웃고 있는 것은 아닌가. 나는 보기 좋게 속은 것 아닌가. 그런 의문이 스쳤지만 쫓아가서 확인할 만큼의 기력은 없었다.

공원을 나갈 때까지 아카사키와 딸은 한 번도 돌아보지 않았다. 남자아이만 몇 번 돌아보았지만 엄마가 손을 세게 당기며 주의를 주었다. 세 사람의 모습이 사라진 뒤에도 가쓰아키는 얼마동안 같은 자리에 서 있었다. 저녁노을로 바뀌어 가는 하늘은 빛이 한풀 꺾였지만, 빨려 들어갈 듯한 파란 하늘을 보고 있으니 어쩐지 견딜 수 없을 것 같은 기분이 들어서 하얀 구름이 피어오르는 오키나와 하늘을 보고 싶다고 생각했다.

두 번 다시 이 동네에 올 일은 없을 테니까.

이렇게 가슴 속으로 중얼거리고 가쓰아키는 세 사람이 향한 곳과는 반대편 출구 쪽으로 걸음을 옮겼다. 걷다 보니 여자에게 뭐라 한마디 반론도 하지 못한 자신이 한심하고 부아가 치밀었다. 마지막 기회를 놓쳐 버렸다는 것에 대한 후회도 치솟았다. 똑같은 일의 반복이군. 자조의 웃음이 올라왔다. 똑같은 일의 반복……. 뭔가 결정적으로 바꿀 수 있는 힘을 원했다. 하지만 가쓰아키는 그것을 찾을 수 없었다.

다음 주에 가쓰아키는 오키나와로 돌아갔다. 마을에 있는 집에 돌아가

불단을 향해 손을 모으고 부모님 이름이 적힌 위패를 바라보고 있자니 아카사키를 떠올리지 않을 수 없었다. 밤에 공원 앞에서 본 아카사키의 위협적인 태도나 낮에 딸의 힐책을 들은 것, 술집에서 출입을 거절당한 일 따위를 떠올렸더니 가슴 깊은 곳이 술렁거렸다. 하지만 이제 와서 어찌할 도리도 없었다. 가쓰아키는 아내 유코가 준비한 식사를 하기 위해 부엌 테이블로 갔다.

나하 공항에 도착한 것은 오후 두 시가 넘은 어정쩡한 시간이었다. 점심을 먹지 않고 버스에 탔기 때문에 배가 고팠다. 반 년 만에 먹는 돼지갈비 국은 맛있었다. 부드러운 돼지고기에 다시마와 동과 맛이 깊이 베어 있었다. 회사 식당 밥은 전체적으로 짜서 입에 맞지 않았다. 유코가 직접 만든 음식을 입에 넣으니 안심이 되었다.

반 년 동안 집이 어떻게 돌아갔는지를 묻고 회사에서 있었던 일을 이야기했다. 아카사키에 대해서는 아무 말도 하지 않았다. 이야기해봤자 나쁜 기분이 되살아날 뿐이라고 생각했다. 아버지 쇼에이가 일본군에게 살해당한 사실은 유코에게 말했다. 다만 당시의 세세한 상황에 대해서는 이야기하지 않았다. 거기까지 거슬러 올라가서 설명하기에는 마음이 무거웠다.

식사를 끝내고 한 시간 정도 마당에 심은 나무의 모습을 모고 있던 가쓰아키는 경트럭에 제초기와 낫, 접이식 톱을 싣고 집에서 삼백 미터쯤 떨어진 이리누무이로 향했다. 숲 아래쪽에는 우부가가 있었다. 일찍이 마을 사람들의 식수로 쓰이고 무논을 적시던 샘은 상수도 정비가 진행되고 무논이 사탕수수밭으로 바뀜에 따라 마을 주민의 생활에서 멀어져 갔다. 구정에 정화수를 뜨거나 음력 5월 4일에 샘을 참배하러 오는 정도가 되었다. 그러다 메이지 시대에 태어난 노인들이 세상을 떠나면서 그 습관도 쇠퇴하고 지금은 완전히 풀에 뒤덮인 채 잊혀 있었다.

농도에 차를 세운 가쓰아키는 제초기에 시동을 걸고 이리누무이로 이어지는 옛 길의 풀을 베기 시작했다. 폭이 이 미터도 되지 않는 옛 길 양편은 예전에는 무논이었다. 1950년대에 마을의 무논은 거의가 환금 작물인 사탕수수밭으로 변했다. 우부가 주변 무논은 몇 년 뒤처져서 60년대에 들어간 뒤에 사탕수수밭으로 교체되었다. 하지만 밭 주인이 세상을 떠나자 아이들은 농업을 잇지 않아 경작 포기지가 되어 갔다. 사용하지 않는 샘은 배수가 나빠져서 밭이 있던 자리를 물이 잠식했다. 부들과 갈대가 무성한 일대에 과거의 무논이나 사탕수수밭의 면모는 없어졌다.

이리누무이는 마을 변두리에 있어 주변에 인가가 없기 때문에 들리는 것은 새나 개구리 울음 소리 정도였다. 고요를 깨뜨리며 제초기 소리가 울리자 놀란 흰배뜸부기가 갈대숲에서 짧은 거리를 퍼덕거리며 달아났다. 옛 길이 열리면서 부드러운 바람에 풋풋한 풀 냄새가 떠돌았다. 반시간 정도에 숲 아래쪽까지 길을 내자 풀에 묻혀 있던 돌계단이 보였다. 예전보다 일 미터 넘게 수위가 상승해서 계단은 거의 물에 잠겨 있었다. 가쓰아키는 제초기를 놓고 낫과 톱으로 계단 주변의 풀과 관목을 쳐 나갔다. 장화 속에 물이 들어오는 것도 아랑곳하지 않고 허벅지 위쪽까지 물에 담근 채 계단을 뒤덮은 풀이랑 그 뿌리를 제거했다.

용수 가지 밑에 수면이 보였다. 푸른빛을 띤 바닥까지 깊이는 삼 미터가 넘을 것 같았다. 계단 위까지 뻗은 용수 가지를 잘라 부들 숲에 던졌다. 가지 사이로 들어온 햇살이 수면에 반짝이고, 물밑에서 빛의 파문이 흔들흔들 움직였다. 물은 지금도 풍족하게 솟아나서 풀뿌리를 제거한 뒤에 탁해졌던 곳도 몇 분 만에 맑아졌다.

목장갑을 벗고 손을 씻은 뒤 두 손으로 물을 떠서 마셨다. 머나먼 기억과 똑같이 달았다. 마지막으로 우부가의 물을 마신 게 언제였는지 기억도 나지 않았다. 어머니가 살아있던 13년 전까지 구정에는 정화수를 떴지만, 어머니가 손자들 이마에 물을 묻히고 불단에 올릴 차를 끓일 뿐 가쓰아키가 마시는 일은 없었다. 그리움에 눈시울이 뜨거워지더니 풀빛에 물기가 어리고 수면의 빛이 번졌다.

가쓰아키는 계단에서 옛 길로 올라가서 장화를 벗고 물을 비운 뒤 수건으로 얼굴을 닦았다. 가슴팍에 달린 주머니에서 담배를 꺼내 쭈그리고 앉아 피웠다. 숲 위쪽에서 왕새매 한 마리가 삑삐 울면서 하늘로 날아올랐다. 무리에서 떨어진 듯한 왕새매는 서글픈 울음소리를 울리며 옆 숲으로 날아갔다. 그 모습을 쫓고 있었더니 눈 가장자리에서 뭔가 움직이는 기척이 느껴졌다. 우부가의 수면에 파문이 번지고 있었다. 검은 그림자가 물밑을 이동한 것처럼 보였지만, 서쪽 해가 반사돼서 확실히 포착할 수는 없었다. 숨을 멈추고 수면을 바라보았다. 파문은 사라지고 노랗게 변한 용수 잎이 몇 장 금방 깎은 풀 사이를 천천히 흘러갔다. 가쓰아키는 담배를 꺼서 바지 주머니에 넣고, 제초기와 낫, 톱을 들고 경트럭으로 돌아갔다.

집에 들러서 사내끼와 비닐 봉투를 준비한 뒤 농업용수 저수지에 가서 개구리를 잡았다. 열 마리쯤 잡아서 큰 놈 세 마리를 남기고 나머지는 저수지에 돌려놓았다. 낚시를 좋아했기 때문에 헛간에 용구는 충분히 있었다. 집에 돌아가서 비닐 봉지에 든 개구리를 양동이로 옮긴 뒤 철망을 씌우고 낚시 도구를 준비했다. 그 뒤 날이 저물어 손이 보이지 않을 때까지 마당에 심은 나무를 손질했다.

저녁 식사 때 막내딸인 사토미가 반 년 동안 학교에서 있었던 일을 이야기하며 부 활동으로 하는 난식 테니스의 지구 대회에서 우승했다고 자랑했다. 작은 학교라 부 활동은 야구부와 난식 테니스부, 탁구부밖에 없었다. 한정된 부에 학생들이 집중되기 때문에 야구부 외에는 꽤 강한 모양이었다.

위의 세 아이는 이미 고등학교를 졸업해서 장남은 나하시에서, 차남은 가나가와, 장녀는 도쿄에서 일하고 있었다. 가장 어린 딸만은 어떻게든 대학까지 보내고 싶다는 생각에 야마토에서 일해서 번 돈은 가능한 한 저금하고 있었다. 고향의 작은 건설회사에서 일해도 별다른 수입이 되지 않는다. 무리해서라도 야마토에 돈을 벌러 나가야만 했다.

내년에 사토미가 고등학교에 들어가면 남은 이 년 반 동안 예정된 액수를 저금할 수 있을지 빠듯한 상황이었다. 위의 세 아이와는 달리 중학생이 된 뒤에도 변함없이 말을 걸어오는 사토미의 웃는 얼굴을 앞에 두고 가쓰아키는 오랜만에 진심으로 웃을 수 있었다.

밤 아홉 시가 되었다. 가쓰아키는 두꺼운 작업복을 입고 현관으로 나갔다. 장화를 신고 목장갑을 끼면서 경트럭으로 향했다. 유코와 사토미에게는 밤낚시를 간다고만 이야기했다. 회중전등과 헤드라이트를 자동차 조수석에 놓고, 낚시 도구와 사내끼, 미끼인 개구리가 든 비닐 봉지를 짐칸에 실었다. 만일을 위해 독사를 대비한 막대기도 챙겼다. 11월에 들어서도 낮에는 더워서 밤에 습지대에서는 독사가 나올지 몰랐다.

경트럭을 몰아서 이리누무이 가까이까지 간 뒤 길에 주차했다. 근방에는 외등도 없어서 새카맣게 어두웠다. 그의 집 불빛은 보였지만, 밤바다에서 보는 등대나 마찬가지였다. 낚시 도구와 개구리가 든 비닐 봉지를 양동이에 넣어 왼손에 들고, 독사를 대비한 막대기를 오른손에 들었다. 헤드라이트를 달고 낮 동안 풀을 벤 옛 길을 걸었다. 주변의 수풀을 막대기로 두드려서 독사를 쫓으면서 신중히 나아갔다.

우부가까지 십 미터 정도 되는 곳까지 다가가 헤드라이트를 껐다. 눈을 감고 벌레와 개구리 소리에 귀를 기울였다. 바람은 거의 없었지만 물이 흘러서 밤공기는 서늘했다. 눈을 뜨자 달빛에 부들과 갈대숲이 떠올랐다. 숲의 검은 그림자 위에 별이 몇 개 보였다. 막대기로 수풀을 가볍게 헤치고 계단 앞까지 갔다. 양동이를 내려놓고 회중전등을 우부가 반대쪽을 향해 켰다. 다 떨어져 가는 전지로 바꾸어 불빛을 최대한 약하게 해 두었다. 그래도 미끼인 개구리를 낚싯바늘에 달 때는 불편하지 않았다. 장화를 신은 발로 신중하게 계단을 찾아, 물속에서 어딘가에 걸리면 떼어버릴 수 있는 봉돌과 미끼를 우부가 깊숙이 살짝 던져 넣었다. 이 장치로는 대형 자이언트 그루퍼도 낚을 수 있는데, 낚싯대는 쓰지 않고 낚싯줄을 코카콜라 병에 감는 것이 다였다. 가죽 장갑을 낀 오른손에 낚싯줄을 들고 집게손가락을 대어 감촉을 확인했다. 개구리 두 마리가 든 비닐봉투를 양동이에 넣고 돌계단 꼭대기에 걸터앉았다. 숨을 깊이 쉬어서 숲이 내뿜는 냉기가 폐 깊숙이 베어들게 했다. 몸과 마음의 정체(停滯)를 없애고 싶었다. 음력 13일 밤의 달을 올려다보고 숲과 산 위에 걸린 구름을 바라보았다. 눈을 감고 낚싯줄이 걸린 오른손 손가락 끝에 신경을 집중했다.

장남과 차남이 어릴 때 이따금 밤낚시에 데려가던 것이 떠올랐다. 둘 다 중학교에 들어간 뒤로는 부 활동에 열중하여 부모와 함께 행동하지 않게 됐지만, 소학교 무렵까지는 기꺼이 따라왔다. 해변에 낚싯대를 드리우고 있으면 파도가 밀어닥치는 물가에서 갯반디가 빛나고, 바다거북이 산란을 하러 올라오는 경우도 있었다. 숨을 죽이고 바다거북을 지켜보는 아이들을 보면서 그가 죽은 아버지이고 아들들이 과거의 그인 듯한 착각을 할 때도 있었다.

아버지가 죽임을 당한 곳과는 다른 해변이었다. 아카사키가 베어 죽이지 않았다면 아버지에게 손자를 안겨줄 수 있었는데……. 내 생활도 달라졌을 텐데……. 아버지가 없어서 어머니의 고생은 이만저만이 아니었다.

어머니를 도와 매일 먹을 식량을 얻기 위해 학교에는 변변히 가지 못했다. 중학교도 형식적으로 졸업은 했지만, 한자도 변변히 쓰지 못하고 저임금 노동을 전전해 왔다. 아이들은 같은 일을 겪게 하고 싶지 않았다. 필사적으로 일했지만 위의 세 아이는 고등학교까지 보내는 것이 고작이었다. 세 사람 다 무사히 취직을 해서 안심했지만, 가장 아래인 사토미만이라도 어떻게든 대학까지 진학시키고 싶었다.

그 자신이 아버지가 되어 아이를 키우느라 고생하게 되면서 아버지를 다른 눈으로 볼 수 있게 되었다. 그와 어린 아키코를 남기고 죽어갈 때 얼마나 원통했을까? 그렇게 생각하면 어찌할 수 없는 분노가 치밀어서 일어서지도 못할 정도로 술을 마시기도 했다.

숲에 둘러싸인 습지대에는 개구리와 벌레 소리가 잔물결처럼 퍼졌다. 천천히 이동하는 구름이 달을 가렸다. 주위가 어둠에 잠긴다. 달빛이 돌아오자 바다에서 부상하듯 풀과 나무들이 모습을 드러냈다.

문득 아버지가 부른 것 같은 느낌이 들었다. 오른손 집게손가락에 작은 움직임이 느껴졌다. 졸고 있던 가쓰아키는 황급히 손끝에 신경을 집중했다. 낚싯줄이 약간 당겨지더니 몇 초 있다 조금 더 강하게 당겨졌다. 낚싯줄을 감은 병을 왼손에 들고 낚싯줄의 감촉을 통해 물밑의 움직임을 살폈다. 낚싯줄에 휙 무게가 걸려서 가쓰아키는 재빨리 오른손을 끌어당겼다. 다음 순간, 강력한 힘으로 오른손이 반대쪽으로 끌려가더니 감고 있던 낚싯줄이 풀렸다. 콜라병이 튀어 날아가고 낚싯줄이 튕겼다. 가죽장갑이 타서 냄새가 났다. 가쓰아키는 황급히 두 손으로 낚싯줄을 붙잡아 오른쪽 손목에 칭칭 감았다. 낚싯줄이 손목을 파고 들고, 버티고 선 다리가 진흙에 미끄러져 가쓰아키는 엉덩방아를 찧었다. 하반신이 돌계단 세 번째 단까지 미끄러져 배꼽까지 물에 잠겼다. 한순간 수중으로 끌려 들어간다는 공포에 휩싸였다. 왼손으로 돌계단 가장자리를 붙잡고 두 다리를 뻗댈 발판을 찾아서 어찌어찌 자세를 고쳤다. 손목의 아픔을 참고 물밑에서 몸을 비비 꼬는 놈이 지치기를 가쓰아키는 기다렸다.

그렇지, 더 날뛰어. 있는 힘껏.

웃음이 치솟았다. 용수 가지 아래에서 수면이 넘실거리고 튀더니 물보라가 쳤다. 낚싯줄이 수면을 가르며 좌우로 달리고 오르락내리락했다. 삼십 킬로 되는 그루퍼도 낚을 수 있는 장치였다.

날뛰어라. 날뛰어.

가쓰아키는 웃으면서 외쳤다. 물밑에서 저항하는 생명체의 힘을 온몸으로 느끼고 반응했다. 오른손을 끌어당기자 다시 끌고 가려는 힘으로 수면이 넘실거렸다. 두 팔의 근육이 솟아올랐다. 젊은 시절 힘이 돌아온 것 같았다. 꼬리 끄트머리가 수면을 두드리는 바람에 물보라가 가쓰아키 얼굴로 날아왔다. 십 분이 넘게 흘러서 상대방은 지치기 시작하는 중이었다. 점차 저항이 약해지더니 수중에 뜬 채 크게 숨을 쉬는 감촉이 있었다. 가쓰아키는 왼손을 뻗어 풀 위의 사내끼를 잡아서 손 닿는 곳에 두었다. 두 손으로 천천히 낚싯줄을 끌어당겼다. 이 이상 상대방을 다치게 하고 싶지 않았다. 긴 몸뚱이가 단념한 듯 다가왔다. 가쓰아키는 왼손으로 헤드라이트 스위치를 켰다.

불빛에 드러난 신 뱀장어는 이 미터 가까이 되고, 몸통은 세 홉 병보다 굵었다. 수면에서 막 나오려는 머리가 돌계단에서 오십 센티미터쯤 되는 거리에 있었다. 벌린 입은 주먹이 들어갈 정도였고, 낚싯바늘이 위턱을 뚫고 나와 있었다. 가쓰아키는 돌계단에 발 디딜 곳을 확보하고는 손목에 파고든 낚싯줄을 풀어서 오른손에 단단히 쥐었다. 왼손으로 사내끼를 들고 비스듬하게 가라앉은 신 뱀장어를 꼬리 쪽에서부터 건져 넣으려고 했다.

신 뱀장어는 마지막 저항을 하려고 몸을 비틀었다. 그 몸이 둥글게 말렸을 때에 맞추어 가쓰아키는 솜씨 좋게 사내끼로 건져냈다.

두 손으로 그물틀을 잡고 돌계단을 올라가 옛 길에 걸터앉았다. 한숨 쉬고 나서 신 뱀장어 몸을 두 손으로 안아 다치지 않게끔 신중히 갓 벤 풀 위에 놓았다. 신 뱀장어는 기진맥진한 듯 움직이려 하지 않고 아가미를 열었다 닫았다 하고 있었다. 얼룩무늬 몸은 탄력으로 가득했다. 사십 년도 더 전에 아카사키의 발밑에서 바싹 마른 몸을 볕에 내놓고 있던 신 뱀장어에서부터 몇 대째에 해당할까? 마을 사람들이 우부가를 쓰지 않게 되면서 그 존재를 잊어도 물밑의 샘이 솟는 곳에서 신 뱀장어는 대를 이어 줄곧 살아오고 있었던 것이다.

신 뱀장어를 우부가에 돌려놓으라고 아카사키에게 애걸하던 아버지 모습이 눈앞에 떠올랐다. 헤드라이트 불빛을 받은 신 뱀장어의 모습이 눈물에 번졌다. 아버지는 홀로 아카사키에게 할 말을 하고 일본군에 저항했다. 아버지의 용기 있는 행동이 자랑스러웠다.

가쓰아키는 위턱에서 튀어나온 낚싯바늘의 휘어진 부분을 펜치로 절단하고 바늘을 뺐다. 신 뱀장어 온몸에 물을 뿌리고 두 손으로 살짝 안아 올려서 우부가에 돌려놓았다. 신 뱀장어는 몸을 크게 굽실거리며 물밑으로 돌아갔다. 움직이기 시작했을 때 꼬리지느러미 끝이 가쓰아키의 왼쪽 무릎 안쪽을 쳤다. 아버지 손이 닿은 듯한 느낌이 들었다.

집에 돌아온 것은 밤 열한 시가 넘어서였다. 온몸이 홀딱 젖은 것을 보고 유코가 놀라서 바다에 빠졌냐고 물었다.

아무 것도 아니야.

가쓰아키는 웃으며 대답했다.

샤워를 하고 몸을 닦은 뒤에 거실에 가서 불단의 위패를 보았다. 선조 이름이 늘어서고 맨 마지막에 아버지와 어머니의 이름이 붉게 옻칠한 판자에 금물 붓글씨로 쓰여 있었다. 아버지 이름은 큰아버지가, 어머니 이름은 가쓰아키가 직접 쓴 것이었다. 향을 들어 라이터로 불을 붙여서 향로에 세우고는 손을 모았다.

이런 밤중에…….

유코가 이상하다는 듯 가쓰아키를 보았다.

잊으면 안 돼.

가쓰아키는 마음속으로 스스로에게 말했다.

심정명 옮김

오키나와, 확장되는 폭력의 기억

메도루마 슌(目取真俊)의 『무지개 새』와 『눈 깊숙한 곳의 숲』을 중심으로[01]

심정명

1. 들어가며

2015년은 제2차 세계대전 종전 70주년이 되는 해였다. 일본에서 이는 '전후(戰後)' 70년이라는 말로 회자되었는데, 이 말은 '전쟁 이후'라는 시대 구분이 일본의 근현대사에서 갖는 중요한 의미를 잘 보여준다. 예컨대 현 일본 총리인 아베 신조(安倍晋三)는 '전후 체제에서의 탈각'을 정책 목표로 내걸고 있고, 현재 논의되고 있는 헌법 개정 또한 이 '전후'라는 시대 구분과 관련된다. '전후 민주주의'라는 말로 대표되는 전후적인 것을 비판적으로 바라보는 관점까지 포함하여 이렇듯 일반적으로 쓰이는 전후라는 말에는 전쟁이 끝난 이후라는 관점이 내재해 있음은 물론이다. 그런데 제2차 세계대전의 전후 처리가 완결된 시점에서 일본에서 나갈 예정이었던 점령군 미군이 샌프란시스코강화조약과 미일안전보장조약을 통해 오키나와

---

01 이 글은 『폭력과 소통』(세창출판사, 2017)에 기수록된 바 있음을 밝혀 둔다.

가 일본으로 이른바 '복귀'하는1972년까지 오키나와를 계속해서 점령하였을 뿐 아니라 지금도 여전히 오키나와를 포함한 일본 영토에 주둔하고 있다는 사실은, 이 전쟁 '이후'라는 시대 구분이 가지고 있는 모호함을 보여주기도 한다. 이와 관련해 오키나와 출신의 소설가로 오키나와의 역사와 현실에 바탕을 둔 소설을 주로 발표하고 있는 메도루마 슌(目取真俊)은 일본 혹은 이른바 본토와 전체 면적의 20%를 미군이 점유하고 있는 오키나와에서 전후라는 시대 구분이 갖는 의미는 다를 수밖에 없음을 지적하기도 하였다.[02]

오키나와에서 진정한 의미의 전'후'는 아직도 도래하지 않았음을 보여주는 예로서 많이 언급되는 사건 중 하나로 2004년에 오키나와 기노완(宜野湾) 시의 오키나와국제대학에서 미군의 헬리콥터가 추락한 사고를 들 수 있을 것이다. 당시 인접한 후텐마(普天間) 기지에서 출동한 미군은 추락 현장인 오키나와국제대학 1호관과 그 주변을 일주일 동안 봉쇄하면서 오키나와 현 경찰을 수사에서 완전히 배제했다. 이 사건은 오키나와를 사고하는 많은 사람들에게 무척 중대한 것으로 받아들여졌는데, 예를 들어 신조 이쿠오(新城郁夫)는 이 사건에 대해 "오키나와에 '전후'란 단 한 번도 없었

---

02 目取真俊, 『沖繩「戰後」ゼロ年』, 東京: NHK出版, 2005, 12~17면. 또한, 오키나와의 '전후'를 규정하기 위해 역사상의 사건으로서의 오키나와 전쟁이 언제, 어디서, 어떻게 끝났는지를 물은 뒤 "이 전쟁에는 뚜렷한 끝이 없었다"라고 대답하는 기타무라 쓰요시(北村毅)는, 오키나와 전쟁이 끝난 것은 일반적으로 우시지마(牛島滿) 사령관이 자결한 1945년 6월 23일이라고 간주되고 있기는 하지만 사령관이 죽은 뒤에도 항전을 계속한 주민들이 있는 이상 애초에 오키나와 주민에게 전쟁의 끝은 각자가 포로가 된 시간과 장소라는 폭을 지니고 있을 수밖에 없음을 지적하기도 한다. 그리고 국가 간 전쟁 상태가 공식적으로 종료된 일본 본토와는 달리 미군이 접수한 토지를 여전히 되찾지 못하고 있을 뿐 아니라 기지로 인한 사건사고가 빈발하는 현실이 엄존하는 오키나와에서 메도루마가 표현하는 "오키나와에 전쟁이 끝난 뒤라는 의미에서의 '전후'가 정말로 있었는가?"라는 실감은 정당하다고 평가한다. 北村毅, 『死者たちの戰後誌』, 東京: 御茶の水書房, 2014, 41~47면.

고, 미군 점령은 계속되고 있다"는 "사실을 비유로서가 아니라 명확한 현실로서 이보다 더할 수 없는 위협적인 방법으로 보여준 것이 이번 '사건'"[03] 이라고 쓴다. 그에 따르면 사건 직후 방위청 관계자가 "사망자가 나오지 않은 것은 불행 중 다행이었다"라고 발언한 것은 오키나와 사람들이 여전한 전장에서 붕 뜬 채 '선취된 죽음'을 살고 있음을 다시금 확인하게 한다.[04]

그런데 이러한 시간성의 문제는 '오키나와의' 것만은 아니지 않을까?[05] 가령 메도루마는 전후의 문제를 이야기하면서 전후 몇 십 년이라는 식의 계산이 자연스럽게 이루어지는 시공간에 이의를 제기하는데, 이는 아시아에서 전쟁은 결코 1945년에 끝나지 않았으며 전후의 이른바 '평화로운 일본'이 아시아 각지에서 일어난 전쟁을 후방으로서 지원했을 뿐 아니라 미국의 대(對)이라크 전쟁에 자위대를 파견한 적도 있다는 사실과도 관계있다. 혹은 1995년에 일어난, 미군 병사 세 명에 의한 소녀 폭행 사건은 어떤가? 신조는 오키나와의 문학이 반복적으로 강간을 다루어 온 것은 단지 우연이 아니라 그렇게 함으로써 오키나와가 지금도 거대한 전쟁 속에 놓

---

03 新城郁夫, 『到来する沖縄 : 沖縄表象批判論』, 東京 : インパクト出版会, 2007, 182면.

04 이는 다음과 같은 물음과도 이어진다. "국가가 오키나와의 기지 문제를 근본적으로 재검토하기 위해서는 대체 몇 명의 사망자가 필요한가? 가르쳐주기 바란다. 앞으로 얼마나 더 희생자와 피해가 나오면 국가, [오키나와 : 인용자] 현 그리고 미국은 오키나와의 기지 문제를 재검토할 것인가? 몇 십 명? 이 정도로는 부족한가?" 같은 글, 182면. 또한, "이때 '불행'이란 대체 어떠한 사태를 가리키며, 그리고 '다행'이란 누구에게 '다행'인가? 사망자가 나오지 않았다고 하지만, 과연 정말로 '사망자'는 없었는가?" 「資源化される沖縄の命」, 같은 책, 188~189면.

05 '오키나와 문제'라는 말로 대표되듯 어떠한 경험을 지리적으로 에워싸인 영역에 가두어 놓고 그러한 경계의 외부에 있는 사람들이 그 경험의 이른바 당사자들에게 이 '문제'를 떠맡긴 채 소유격으로 한정된 '오키나와의 사건, 오키나와의 역사, 오키나와의 아픔, 오키나와의 분노'로서 해설하는 것에 대한 비판으로 도미야마 이치로, 『유착의 사상』, 심정명 옮김, 글항아리, 2015를 참조.

여 있음을 환기하기 위해서라고 지적하면서, "기지 문제로 흔들리는 전후 오키나와 자체를 강간이라는 구조적인 성폭력 시스템과의 상관성 속에서 파악"할 필요가 있음을 이야기한다.[06] 이렇듯 이른바 성폭력이라는 문제가 오키나와의 현재적인 상황과 연관되어 있음이 널리 인식되게 된 계기 또한 1995년에 일어난 소녀 폭행 사건이었는데,[07] 이는 "소녀의 희생이라는 비유를 통해서 기지 문제를 이야기하는 것이 아니라 그것 자체가 기지 문제"라는 인식[08]과도 이어진다. 여기에는 물론 오키나와 전쟁과 이를 전후한 시기에 벌어졌던 일들이 겹쳐진다.[09]

그런데 대규모 항의운동으로 이어지기도 한 이 1995년의 사건 당시에 고등학교 교사였던 메도루마는 어느 여학생에게 근처의 한 여고생이 미군에게 성폭력을 당해 임신하여 낙태를 했음에도 그 사실을 숨기고 학교를 그만두었다는 이야기를 듣게 된다. "선생님들은 북부 소녀 일로 법석을 떨고 있지만, 가까운 학교에서 이런 일이 있었다는 건 모르시죠?"[10] 이 말은 '~~사건'과 같은 명명으로 구획되지 않고 존재하는 일상적인 차원의 폭력을 상기시키는데, 그렇다면 이 같은 폭력과 그로 인한 피해는 얼마나 '오키나와의' 것으로서 존재 할까? 이는 메도루마가 말하듯 분명히 전쟁으로 인

06 新城郁夫, 『沖縄文学という企て: 葛藤する言語・身体・記憶』, 東京: インパクト出版会, 2003.

07 森川恭剛, 「戦後沖縄と強姦罪」, 新城郁夫編, 『攪乱する島』, 東京: 社会評論社, 2008, 107~135면.

08 佐藤泉, 「一九九五―二〇〇四の地層: 目取真俊「虹の鳥」論」, 위의 책, 186면.

09 이른바 '집단 자결'이라 불리는 사건에서는 오키나와의 여성들이 미군에 붙잡히면 강간을 당할 것이라는 두려움으로 인해 가부장적인 질서 속에서 죽음을 선택했을(혹은 선택하지 않을 수 없었을) 뿐 아니라, 실제로 일어난 강간 사건 또한 이와 유사한 맥락에서 문제화되기도 했다. 이와 관련해서 전후 오키나와에서 강간 사건을 논하는 것이 한편으로는 가부장제적인 성차별 이데올로기를 강화할 수도 있다는 주장에 동의하면서도, 미군에 의한 강간이 중대한 범죄라는 인식은 정당하다고 보는 논의로 森川의 앞의 글을 참조.

10 目取真俊, 앞의 책, 110면.

한 희생이지만, 그러면서도 그 하나하나는 개별적인 상처이기도 하다는 점에서 개개의 피해자에서 닫혀 있는 동시에 어떠한 분유(分有) 가능성으로 열려있기도 한 것은 아닐까?

이 글에서는 이 같은 물음들을 염두에 두고, 오키나와 전쟁을 전후한 시기와 현재의 오키나와에서 일어난 폭력을 다룬 메도루마 슌의 소설 『무지개 새(虹の鳥)』와 『눈 깊숙한 곳의 숲(眼の奥の森)』에서 이 같은 폭력으로 인한 상처를 어떠한 방식으로 형상화하는지를 읽어보고자 한다. 2004년에 잡지 『소설 트립퍼(小說トリッパー)』 겨울호에 실린 뒤 2006년에 단행본으로 출판된 『무지개 새』는 1995년이라는 시간을 배경으로 폭력에 희생되어 '망가져버린' 마유(マユ)라는 소녀와 그 폭력 구조의 말단에 있으면서 그녀를 관리하는 임무를 맡게 되는 가쓰야(カツヤ)라는 청년의 이야기다.[11] 한편, 2004년 10월부터 2007년에 걸쳐 잡지 『전야(前夜)』에 연재된 뒤 2009년에 출판된 『눈 깊숙한 곳의 숲』은 오키나와 전쟁 당시에 미군들에게 강간당한 소녀 사요코(小夜子)를 둘러싼 기억이 현재화되는 과정을 복수(複數)의 관점에서 그려낸 소설이다. 『무지개 새』가 오키나와국제대학에 헬기가 추락하고 대학이 일시적으로 미군에 점거되는 2004년 8월 이후에 발표되었을 뿐 아니라 소녀 폭행 사건에 의해 촉발되어 미군 기지의 철수를 요구하는 것으로 나아간 광범위한 항의 운동과 군용지 강제 수용 절차가 동시에 진행되던 1995년을 배경으로 쓰였다는 점에 주목한 사토가 지적했듯 이 소설이 1995년과 2004년을 이중으로 비추는 '시간의 지층'을

---

11 잡지 연재본과 단행본 사이의 차이에 대해서는 銘苅純一, 「目取真俊「虹の鳥」の異同」, 『人間生活文化研究』22号, 大妻女子大学人間生活文化研究所, 2012 참조. 이에 따르면 독음 표시, 구독점 등의 변동을 포함해 총 469군데의 수정을 확인할 수 있는데, 그중에서 특히 주인공 가쓰야의 누나가 미군 병사에게 강간당한 적이 있다는 기술이 단행본에서 추가된 것이 주목된다. 이 글에서는 단행본을 저본으로 하였다.

가지고 있다면,[12] 『눈 깊숙한 곳의 숲』은 오키나와 전쟁부터 1995년의 사건, 2001년 9월 11일 동시다발테러를 거쳐 현재에 이르는 시간을 좀 더 다양한 국면에서 조명하고 있다고 할 수 있겠다. 그리고 두 소설 모두에서 폭력을 당한 당사자 즉 마유와 사요코는 일단은 말할 수 없는 혹은 말하지 않는 존재로서 그려진다. 아래에서는 계속되는 폭력에 대한 기억과 이를 둘러싼 관계가 두 소설에서 어떠한 방식으로 드러나고 있는지를 살펴보겠다.

2. 『무지개 새』와 폭력의 목소리

앞서 언급했듯 『무지개 새』는 1995년에 일어난 소녀 폭행 사건을 전후한 시점의 오키나와에서 전개되는 이야기를 담고 있는데, 이는 가쓰야라는 등장인물의 관점에서 그려진다. 중학교에 들어가고 얼마 지나지 않았을 때부터 히가라는 상급생을 정점으로 하는 교내의 폭력 집단에 휩쓸려 들어가게 된 가쓰야는, 21살이 된 지금도 히가를 중심으로 하는 폭력 구조의 말단에서 일하고 있다. 배후에 야쿠자 조직이 있기도 한 히가가 주로 하는 일중 하나는 어린 소녀들에게 매춘을 시켜서 그 장면을 사진으로 찍은 뒤 매춘 상대를 협박하여 돈을 뜯어내는 것이다. 히가가 보내오는, 약에 중독돼 심신이 약해진 소녀들을 집에 두고 관리하면서 협박을 위한 증거로 쓰일 사진을 찍는 것이 가쓰야의 역할이다.

그런 가쓰야가 세 번째로 맡게 되는 소녀가 마유인데, 그녀는 예전에 그에게 왔던 소녀들보다 한층 더 무기력하여 "말이 없다기보다는 말 자체를 잃어버린 듯한 살풍경한 인상"[13]을 준다. 가쓰야는 그 이유에 대해 마유가

12　佐藤泉, 앞의 글, 164~165면.

13　目取真俊, 『虹の鳥』, 東京: 影書房, 2006, 68면.

다른 소녀들과는 다른 경로로 히가의 수중에 떨어졌기 때문이라고 추측한다. 마유는 용모도 귀엽고 활발하여 중학교에서 인기 있던 소녀였지만, 그녀를 비호해 주던 선배가 졸업한 뒤부터 학내의 불량한 여학생들에게 괴롭힘을 당하게 된다. 그럼에도 예전과 다름없이 행동하는 마유가 마음에 들지 않았던 이 여학생들은 어느 날 마유를 불러내어 남학생들에게 마유를 강간하게 한 뒤 성기에 손수건으로 싼 돌을 집어넣는 등의 린치를 가한다. 남편과 이혼한 뒤 혼자 마유를 키우던 어머니와 학교 교사들, 경찰이 사건을 조사하려 하지만, 병원에 실려 간 마유는 끝내 아무 말도 하지 않고 더 이상 학교를 나가지 않는다. 그로부터 2년쯤 지나 겨우 근처에서 아르바이트를 시작할 정도로 회복된 마유에게 가해자인 여학생 중 한 명이 빈번히 찾아오기 시작하고, 이윽고 마유는 그녀를 유일한 이야기상대로 생각하게 된다. 하지만 그렇게 마유에게 접근한 여학생은 예전의 린치 장면을 찍은 사진을 마유에게 보여주며 협박한다. 결국 마유는 히가에게 인도되어 매춘을 통해 번 돈으로 자신의 사진을 한 장 한 장 되사들이다, 신나와 약물에 중독된 채 가쓰야에게까지 온다.

마유가 이렇게 '말'을 거의 결여한 존재로서 그려진다는 점은 이 소설에서 중요한 역할을 한다. 가령 마유는 매춘 상대와 만나기 위해 밖으로 나갈 때를 제외하면 거의 자고 있으며, 가쓰야를 포함한 외부 세계에는 어떠한 관심도 주지 않는 것으로 그려지는데, 바로 그렇기 때문에 폭력으로 인해 '비/인간화된 존재'[14]이자, 모든 인간성이 거절된 존재 혹은 인간의 범주에서 일탈한 존재로 이해된다.[15] 마유가 당한 극단적인 폭력을 생각할 때,

---

14 佐藤泉, 앞의 글, 166면.

15 尾崎文太, 「目取真俊『虹の鳥』孝: フランツ・ファノンの暴力論を越えて」, 『言語社会5』, 一橋大学, 2011. 사토 이즈미는 이와 같은 마유의 표상과 아버지가 받아오는 높은 군용지료(料)에 기

이는 폭력으로 인한 외상적 경험이 무엇보다 언어적인 표상을 쉽게 가능하게 하지 않는다는 점을 보여준다. 외상적 경험이 이야기되거나 표상되는 구조를 가운데가 비어있는 고리 모양(環狀)의 섬이라는 모델로 설명하는 미야지(宮地尚子)에 따르면, 이른바 트라우마의 한복판에 있는 사람들 즉 외상적 경험을 실제로 겪은 사람들은 이미 죽어버렸거나 설사 살아있더라도 목소리를 내지 못하는 경우가 많다.[16] 트라우마의 핵이라고 할 수 있는 내해와 안쪽 사면, 바깥쪽 사면, 다시 외해로 이루어지는 이 고리 모양의 섬에서 마유는 블랙홀과 같은 핵 속에 머물러 있는 셈이다. 그리고 그녀의 경험은 다름 아닌 가해자 소녀의 입을 통해 가쓰야에게, 또 소설을 읽는 독자에게 전해진다.

『무지개 새』는 이러한 마유가 갑자기 예상 밖의 행동을 하는 데서부터 시작한다. 어느 날 그녀는 매춘을 위해 공원에서 만난 남자를 지정된 호텔이 아니라 가쓰야와 함께 살고 있는 집으로 데려가서 이 남자에게 거의 갑작스러운 폭력을 휘두른다. 남자를 허리띠로 내리치는가 하면 욕실에서 뜨거운 물을 끼얹고, 심지어는 요도에 성냥개비를 밀어 넣는 린치를 가하는 마유의 모습에서 가쓰야는 마치 다른 생명체가 눈을 뜬 듯한 눈빛을 보고 저도 모르게 긴장한다. 소설은 도입부에 등장하는 마유의 이러한 변화의 원인을 직접적으로 서술하지 않는 대신 이것이 남자의 직업이 중학교 교사라는 것과 관계있음을 암시하는데, 『무지개 새』를 통해 폭력의 문제

대 살고 있는 가쓰야의 두 형을 통해, 죽음과 삶 사이의 애매한 영역 어딘가에 선을 긋고 그럼으로써 사후적으로 인간과 비인간의 경계를 만들어내는 생정치를 이야기하고, 오자키 분타는 파농을 경유해 마유의 존재를 식민지 사회에서 반은 인간이고 반은 동물일 수밖에 없는 원주민(다만 생산성을 고려하여 어느 한도까지만 얻어맞으며 영양실조에 걸렸고 겁을 집어먹은)의 존재와 포개어 놓는다.

16 宮地尚子, 『環状島=トラウマの地政学』, 東京: みすず書房, 2007.

를 사고하는 긴조 마사키(金城正樹)는 이 폭력을 '소녀다움', '교사다움'과 같은 규범을 파괴하는 힘으로서 이해한다.[17] 이 같은 '~~다움'의 규범이 특히 문제시되는 맥락이 바로 1995년이라는 소설의 시간적 배경이다. 앞서 언급했듯 1995년에는 12세 소녀가 세 명의 미군 병사에게 폭행당해 사망하는 사건이 일어났는데, 이 사건과 이후에 이어진 대규모 항의운동이 이 소설에서는 중요한 축으로 등장한다. 또한 여기서는 결국 히가를 불태워 죽이고 미국인 여아를 살해하는 데 이르는 마유의 폭력을 어떻게 이해할 것인가라는 물음이 떠오르기도 할 것이다.

가쓰야는 평소에는 미군과 관련된 사건이나 사고를 접해도 아무렇지 않지만, 이 사건을 다룬 기사를 처음 봤을 때는 마치 온몸의 피가 끓어오르는 듯한 예기치 않은 분노를 느낀다. 그는 모래사장에서 폭행을 당하는 소녀의 모습을 구체적으로 떠올릴 뿐 아니라 가해자인 미군 병사들을 칼로 공격하는 스스로의 모습을 상상하기도 한다. 가쓰야의 거의 신체적인 불쾌감은 가쓰야의 누나가 마찬가지로 미군 병사에게 성폭행 당하는 모습을 목격했던 어린 시절의 기억과도 이어진다. 이와 동시에 소설에는 항의운동에 대한 등장인물들의 반응이 등장하는데, 특히 가쓰야는 교사들의 행진을 내려다보며 그 속에서 마유의 몸을 사려고 했던 중학교 교사의 모습을 찾으려 하기도 한다. 이는 긴조가 지적하듯, 이 같은 항의운동과 기지반대운동을 지탱하는 중요한 축이 바로 피해자인 소녀의 소녀다움 혹은 무구함이라는 규범이기도 했다는 사실과 관련 있다. 그에 따르면 "분노를 드러내기는 해도 결코 넘으려고 하지 않는 선이 기지의 철조망처럼 사람들

---

17 金城正樹, 「暴力と歡喜: フランツ·ファノンの叙述と目取真俊『虹の鳥』から」, 冨山一郎·森宜雄編, 『現代沖縄の歷史経験: 希望、あるいは未決性について』, 青弓社, 2010, 319~358면.

마음을 둘러치고 있다"[18]며 항의운동을 보고 시큰둥해하는 가쓰야의 인식은 무구한 희생이나 비폭력과 같은 규범적 인식에 대한 비판을 보여준다.

폭력의 위계에서 가쓰야보다 상위에 있는 등장인물인 마쓰다나 히가 또한 이 항의운동에 대해서는 여느 때와 달리 관심을 보이는 것으로 묘사되는데, 여기서도 유사한 관점을 읽어낼 수 있을 것이다. 마유의 일탈적인 폭력 행위에 대한 처벌을 하기 위해 모인 호텔 방에서 마쓰다는 텔레비전을 보며 "이렇게 사람들이 모여도 아무 것도 못하니, 오키나와 인간들도 별 수 없지 뭐야. 이 정도까지 모였으면 기지 철조망을 부수고 안에 들어가서 미군 병사를 때려죽이면 될 텐데. 아무리 입으로 와와 떠들어댄들 미국 놈들은 아무렇지도 않겠지"[19]라고 말하며, 속에 '끝없는 공허함'을 품은 채 타인에게 철저하고 무자비한 폭력을 휘두를 뿐인 히가 또한 "매달아버리면 돼. 미군 병사의 애를 납치해서 발가벗기고 58번국도 야자나무 위에 철사로 매달아놓으면 된다고. (…) 정말로 미군을 내쫓을 생각이라면 말야"라고 이야기한다.[20] 이러한 생각은 소설 속에서 인물을 바꾸어가며 희미하게 공명하는 목소리로 발화되는데, 이를테면 가쓰야 또한 미군 가족이 바비큐를 하던 모습을 떠올리면서 "미군 병사에게 오키나와 소녀가 당했다면 똑같은 되돌려주면 된다"[21]라고 생각한 바 있다.

하지만 가쓰야가 상상한 폭력은 곧장 '맛이 간 여자의 시중을 드는 것

---

18 目取真俊, 앞의 책, 104면.

19 같은 책, 190면.

20 같은 책, 191면. 히가의 이 말은 1999년에 발표된 메도루마의 장편(掌編) 소설 「희망」에 등장하는 주인공의 행동과도 겹쳐진다. 「희망」에는 소녀 폭행 사건에 대한 보도를 보며 "지금 오키나와에 필요한 것은 몇 천 명의 데모도 아니고 몇 만 명의 데모도 아니다. 한 명의 미국인 아이의 죽음이다", "가장 저열한 방법만이 유효하다"라고 생각하고, 어린 사내아이를 데려가서 죽이는 인물이 등장한다.

21 같은 책, 106면.

밖에는 아무 것도 못하는 겁쟁이'인 스스로에 대한 자각으로 바뀐다. 그리고 희미하게 공명하는 이 목소리를 현실화시키는 이, 즉 소설 마지막 부분에서 실제로 미국인 여자아이를 살해하는 이는 마유이다. 그러나 여기에는 오키나와의 상황과 관련하여 히가나 마쓰다, 가쓰야의 말에서 곧장 떠올릴 수 있는 이른바 대항폭력과 같은 그 어떠한 정치의식이나 맥락도 존재하지 않는다. 무엇보다 소설이 마유를 대규모 항의운동의 중심에 있는 무구한 소녀와는 오히려 대립되는 존재로서 그려내고 있음을 짚어봐야 할 것이다. 호텔 방의 텔레비전에는 교복을 입은, 성실하고 청결한 인상을 주는 긴 머리 소녀가 비치고 있다. 항의를 위해 모인 몇 만 명의 사람들에게 호소하는 이 소녀의 얼굴이 가쓰야에게는 자기 방에서 본 마유의 얼굴과 겹쳐 보이기도 하지만, 그와 동시에 그는 "지금 이 순간에 같은 오키나와에 살면서 텔레비전 속의 그녀와 마유는 정반대의 세계에 살고 있다"고도 느낀다.[22] 그리고 가쓰야는 침대에 있는 마유를 바라보며, "미군 병사에게 폭행당한 소녀를 위해서는 몇 만 명이 모여도 침대에 엎드려 있는 마유를 신경 쓰는 사람은 없"[23]다는 사실을 새삼스럽게 깨닫는다. 피해자의 무고함, 혹은 사건의 외부(라고 상정된 곳)에서 이루어지는 사건에 대한 청결하고 단정한 말하기를 이 소설이 비판하고 있다면, 그러한 비판은 바로 이 장면에서 집약적으로 나타난다. 이는 분명히 폭력과 관련해서 피해자가 무고함을 강조하며 종종 소녀 혹은 어린아이라는 이미지를 부각시키는 언설들에 대한 강한 비판으로 작용한다. 또한 이를 통해 가쓰야와 그의 가족을 포함해 군용지료와 같은 기지의 경제적인 이익에 의지해서 살아가는 오키나와 또한 결코 무고한 피해자이기만 한 것은 아니라는 점이 역으로

---

22 같은 책, 190면.
23 같은 책, 192면.

드러나기도 할 것이다.

　하지만 가쓰야의 상상 속에서 폭행을 당하는 소녀의 눈은 어린 그의 누나의 눈으로, 그리고 다시 마유의 눈으로 바뀐다. 그 순간 가쓰야는 마유가 당했던 것처럼 '몸속을 비집고 들어오는 돌의 **감촉**'[24](강조는 인용자)을 느낀다. 이는 그저 그전처럼 '몸속에 들어오는 돌의 차가움을 상상'[25]하는 것과는 다른데, 그것은 소설에서 되풀이해 등장하는 '단 한순간의 차이'에 대한 인식과도 관련된다. 즉 가쓰야는 텔레비전에 나오는 오키나와 출신 아이돌 소녀의 얼굴을 보면서, 단 한순간의 차이만 아니었더라면 마유 또한 지금과는 전혀 다른 세계에 있었으리라고, 또 마유뿐만 아니라 그런 여자들을 여럿 봐 왔다고 생각한다. 또한 항의데모에서 교복을 입고 마이크를 잡고 선 소녀에 대해서도, 단 한순간의 차이로 무언가가 바뀌었다면 그 소녀와 마유의 자리가 바뀌었을 수도 있었으리라고 상상한다. 이는 그대로 단 한순간의 차이에 따라 오키나와의 역사가 바뀌었을 수도 있었을 것이라는 인식과도 포개지며, 가쓰야나 히가도 포함한 오키나와 사람들의 세계 자체도 단 한 순간의 차이로 달라질 수 있었으리라는 상상으로까지 나아간다.

　　만일 전쟁이 없었고 미군 기지로 강제로 접수되는 일이 없었다면 가쓰야 들도 철조망 저쪽 땅에서 나고 자랐을 터이다. 그랬다면 지금과는 전혀 다른 인생을 살았을 텐데……. 가쓰야의 인생뿐 아니라 부모님이나 조부모님, 전후의 오키나와를 살았던 마을 사

---

24 같은 책, 190면.

25 같은 책, 78면.

람들, 모든 삶이 달랐을 터이다.[26]

　이 자그마한 차이를 어떻게 볼 것인가? 이 차이의 사소함은, 평화로워 보이는 일상의 바로 뒷면에 절망적인 폭력들이 존재하고 있음을 보여주는 동시에 바로 그렇기 때문에 그 같은 폭력이 간발의 차이로 스스로가 사건의 외부에 있다고 느끼는 이들에게도 일어날 수 있음을 거듭 환기한다. 이 점에서 일단 이 소설이 구로사와(黑澤亞里子)가 지적하듯 "일상의 세부로 침투하고 침윤하는 '폭력'의 촉수"[27]를 그리고 있다고도 볼 수 있을 것이다. 그에 따르면 이 폭력은 직접적이고 물리적인 것뿐 아니라 이른바 오키나와 진흥정책이나 기지 관련 사업을 매개로 한 오키나와에 대한 경제적인 통제 또한 포함한다. 하지만 마유의 외상을 다름 아닌 자신의 몸속에서 느끼는 가쓰야의 경험 또한 한편으로는 폭력적이다. 아주 작은 차이를 두고서, 그러나 극히 가까이에 있는 피해자들이 연쇄를 이루며 겹쳐지는 순간에 일어나는 이 경험이란 타인에게 가해진 폭력을 내 신체에 일어나는 일로서 '감촉'하는 것이다. 미야지가 제기한 고리 모양의 섬이라는 모델을 빌려서 이야기한다면 이는 외상적 경험의 내해와 외해를 나누는 경계가 언제든지 쉽게 깨질 수 있음을 확인하는 일이고, 따라서 실제로 자신의 몸속으로 이물이 밀고 들어오는 것과 같은 경험이기도 하다.[28] 또한 한편에서는 히가와 같은 인물이 손쉽게 휘두르는 폭력은 이 같은 경험을 너무나도

---

26 같은 책, 184면.

27 黑澤亞里子, 「目取真俊「虹の鳥」論:日常の細部を浸潤する〈暴力〉」, 『沖国大がアメリカに占領された日』, 靑土社, 2005, 242면.

28 이를 도미야마가 말하는 '폭력의 예감' 즉 "옆에서 일어나는 일이지만 남의 일이 아니다"라는 감각과도 겹쳐볼 수 있을 것이다. 그에 따르면 어떤 대상을 안다는 행위는 그 대상에 휘말린다는 신체 감각과 함께 있다. 도미야마 이치로, 앞의 책, 23~24면 참조.

간단히 증식시켜 나가기도 할 것이다.

이러한 점에서는 이 소설이 폭력을 기술함으로써 기존의 규범적인 관계를 바꾸어 새로운 관계성을 만들어나가는 힘을 그려내고 있다는 긴조의 평가에 동의할 수 있을 것이다. 그에 따르면 『무지개 새』는 "상상을 초월하는 폭력의 응수라는 순환에 휩쓸려 가는 가쓰야나 마유의 참상을 통해 군사적인 폭력에 노출돼 있는 오키나와의 현재 상황을 독자에게 호소하는 센티멘털한 이야기"가 아니다.[29] 하지만 이른바 '당사자'의 피해에 휩쓸려 가는 경험 자체가 갖는 폭력성과 그러한 피해 당사자들을 곳곳에서 산출해내는 폭력을 섬세하게 구분하는 작업이 반드시 긴조가 비판하듯 폭력을 사유하기에 앞서 교조적으로 금지하는 일이 되지는 않을 것이다. 그렇기 때문에 사회가 규범에 어긋나는 다양한 힘을 폭력으로서 배제해 왔다는 그의 지적이 옳다 할지라도, 그것을 사회로부터 그렇게 배제돼 온 "마유, 가쓰야, 히가가 있는 폭력의 세계"[30]라고 뭉뚱그려 말하는 데에는 주저할 수밖에 없다. 이는 마유의 폭력이나 이른바 대항폭력이 좋은 폭력이고 히가나 마쓰다의 폭력이 나쁜 폭력이라고 사전에 선을 긋고자 하는 것이 아니라, 단 한순간의 차이를 폭력적으로 양산해내고 무화하는 힘에 대해 비판적으로 사유하기 위해서다. 폭력의 세계와 일상적인 세계는 결코 이항 대립적으로 파악할 수 있는 것이 아니며, 히가와 가쓰야의 폭력은 그들이 속한 세계의 규범, 그들의 세계가 경제적인 이익을 산출해내는 것을 가능하게 하는 사회의 관계성을 흔들기보다는 오히려 확대, 강화하고 있는 것이다.

그런데 외상적인 경험의 분유가 이루어지는 출발점에 우선 희생자의

---

29 金城正樹, 앞의 글, 341면.

30 같은 글, 346면.

말이 놓인다고 할 때, 가쓰야가 처음에 약간의 동정을 느꼈을 뿐 별다른 주저 없이 사물처럼 대해 오던 마유에게 조금씩 휘말리게 시작되는 출발점에는 마유가 행한 최초의 돌발적인 폭력이 대신 자리한다. 앞서 언급했듯 이 폭력은 마유를 사기 위해 공원에 나타난 상대가 마유가 다니던 중학교의 교사라는 이유로 촉발된 것처럼 보인다. 더욱이 소설에서 가쓰야가 히가 패거리의 일원으로 행동하기 시작하면서부터 멀어진 중학교의 동급생들에게 느끼는 감정이나, 특히 처음에는 가쓰야에게 신경을 썼지만 히가 패거리가 교사의 가족들에게 위협을 가한 뒤로는 다른 교사들과 함께 그를 무시하게 된 사회과 교사에 대해 가쓰야가 품는 쓸쓸함을 생각할 때, 마유의 폭력이 교사 혹은 그가 대표하는 학교라는 사회를 향해 처음으로 폭발했다는 것은 역시 우연이 아니다. 여기서 사회적으로 기대되는 교사의 역할은 마유가 폭력을 휘두르기 이전에 그가 소녀의 성을 사고 있는 시점에서, 아니, 그보다 앞서 결국 마유의 무언의 목소리를 듣지 않음으로써 그녀를 이 자리에까지 오게 했던 시점에서 이미 무너지고 있었다고도 볼 수 있을 것이다. 그렇다면 마유의 폭력은 사건을 자신과 무관한 것처럼 해설하거나 외부자로서 항의하는 목소리와는 대비되는, 언어화되지 않은 말이자 사건의 내부에서 발화되는 목소리로서도 존재했던 것 아닐까? 이 폭력이라는 목소리가 향하는 대상은 폭력적인 성향을 보인 매춘 상대, 마쓰다, 그 자신 또한 히가나 마쓰다의 피해자였던 동시에 그들과 함께 마유를 린치하는 데에 가담했던 소녀, 히가, 미국인 여자아이에게로 확대된다. 이는 물론 그녀의 폭력이 이성적으로 의도된 대항폭력이었으며 그 최종 수신자가 오키나와를 지배하는 폭력적 구조의 정점인 미국이었다는 뜻이 아니다. 그보다는 그것이 그녀가 외부를 향해 낼 수 있는 유일한 목소리였음을 의미한다고 해야 할 것이다.

마유의 폭력이 향하는 상대들은 거의가(그녀가 폭력적인 성향의 매춘 상대를 살해했는지는 명시적으로 드러나지 않는다) 이미 마유의 손에 죽었고, 가쓰야만이 나지막하고 강한 '마유의 진짜 목소리'[31]를 듣는다. 특히 마유 자신이 처한 폭력적인 세계와 직접적으로는 관계가 없는 미국인 여자아이를 죽이는 폭력은 독자를 불편하게 만들지 모르지만, 소설은 이러한 폭력을 외부에서 쉽사리 단죄하는 편안한 위치를 허락하지 않는다.[32] 오히려 이는 마유가 피해자로서 속한 폭력적인 구조를 소설로 받아들임으로써 이후의 서사를 읽어 나갈 수 있었던 독자가 미국인 유아의 죽음에서 이르러서 멈칫하게 되는 감각, 즉 우리를 둘러싼 폭력적인 세계가 '안정된 구도'로서 이미 암묵적으로 전제될 때의 문제를 다시금 생각하게 해준다. 이는 외상을 낳는 비극적인 사건이나 폭력은 항상 있어 왔고 지금도 도처에서 벌어지고 있다는 식의 소위 현실적인 인식, 그리고 그러한 가운데 우리를 경악하게 하는 것은 종종 특정한 폭력들뿐인 상황에 대한 비판적인 개입이기도 하다. 마유가 휘두르는 폭력 또한 폭력임을 단죄하는 것은 간단하지만, 먼저 물어야 할 것은 말이 폭력으로 터져 나올 수밖에 없는 사태를 어떻게 막을 수 있는가이고 이러한 폭력을 일단 밀어내기 앞서 이를 어떻게 다시 말로써 사유할 것인가이다. 또한 마유의 폭력이 빚은 이 같은 결과는 마유

---

31 目取真俊, 앞의 책, 219면.

32 「희망」에 대한 신조 이쿠오의 언급은 여기서도 참조될 수 있을 것이다. "대체 이 석연치 않은 감각은 어디에서 오는가? 이를 생각할 때 이 「희망」이라는 소설이, 폭력이 발동되면서도 이를 어딘가에서 안정된 구도 속에 해소하려고 하는 회로를 절단하고자 하는 기도(企圖)로 가득하다는 점을 깨닫게 된다. 폭력을 당하는 오키나와(인)라는 존재가 실은 그 폭력을 어딘가 안정된 구도 속에서 인종(忍從)하고 나아가서는 받아들이고 있음을 노정시키는 시도로서 이 「희망」을 읽는 것이 가능할 것 같다는 말이다." 新城郁夫, 『沖縄文学という企て : 葛藤する言語·身体·記憶』, 149면 참조. 단, 여기서 마유를 곧장 오키나와 혹은 오키나와의 인간의 대표로 등치할 수 없음은 물론이다.

의 등에 문신으로 새겨져 있기도 한 무지개 새를 둘러싼 전설의 내용과도 부합한다. 무지개 새란 '얀바루'라 불리는 오키나와 북부의 삼림지대에 산다는 환상의 새이다. 베트남 출정을 앞두고 이 숲에서 훈련을 받던 미군 특수부대원들은 이 새를 목격한 사람만이 부대에서 유일하게 살아남을 수 있지만 이 새를 본 사실을 다른 부대원들에게 알리면 다른 부대원들이 목격자 대신 살아남는다고 믿었다고 한다. 소설은 가쓰야가 마유와 함께 경찰이나 히가 무리의 추적을 피해 얀바루로 향하는 데에서 끝난다. 미국인 여자아이의 죽음으로 인한 '짙은 염분과 해초 냄새가 섞인 바다 냄새'와 함께 이 모든 일이 펼쳐지는 오키나와라는 세계가 지금도 생존이 위협되는 전장임을 다시 한 번 상기시키면서.

3. 『눈 깊숙한 곳의 숲』과 기억의 침입

『눈 깊숙한 곳의 숲』은 바로 이 같은 전장으로 이어지는 오키나와 전쟁 당시의 기억을 소설화한 작품으로, 네 명의 미군에게 폭행을 당한 소녀 사요코와 그녀의 복수를 하기 위해 작살로 미군 병사를 공격한 청년 세이지(盛治)를 둘러싼 기억의 이야기다. 이 기억은 사요코나 세이지의 시점에서 그려지는 것이 아니라, 소설을 구성하는 각 부분에 등장하는 각각의 화자들을 통해 여러 각도에서 구성된다. 크게 열 부분으로 나뉘는 소설을 편의상 장으로 구분해 본다면, 사건이 직접적으로 서술되는 것은 1장뿐이다. 사건이 일어난 과거를 다루는 이 장에서는 후미라는 여자아이의 시점으로 두 사건이 그려진 뒤, 이어서 미군 병사의 배를 찌르고 나서 숲 속의 가마(ガマ)로 숨은 세이지의 관점에서 서술이 이루어진다. 자연적으로 형성된 큰 동굴을 뜻하는 가마는 오키나와 전쟁에서 참호로 쓰였던 동시에 전쟁

중에 오키나와에서 일어났던 이른바 집단자결의 무대가 되기도 했는데, 소설에서 사건이 일어나는 이 섬의 가마 주변 또한 미군의 격렬한 함포공격을 받았다.

사건이 일어난 날, 사요코와 다른 동년배 여자아이들과 함께 바닷가에 조개를 따러 간 후미는 본도에서 내해를 헤엄쳐 섬으로 건너오는 미군 병사들을 보고도 크게 놀라지 않는다. "후미는 미군 병사들에 대해 아무런 불안도 품고 있지 않았다. 전쟁이 시작되기 전에 교사는 미군 병사에 대한 무시무시한 이야기를 많이 들려주었다. 어른과 아이들도 붙잡히면 폭력을 당하고, 눈이 도려내지거나 가랑이가 찢겨서 죽임을 당한다. 그러니 결코 붙잡혀서는 안 되며, 포로가 되기보다는 스스로 목숨을 끊는 편이 낫다."[33] 이는 그야말로 집단자결을 가능하게 한 요인들 중 하나를 보여주지만, 섬의 수용소에 있으면서 후미는 위해를 가하기보다는 먹을 것을 주고 상처를 치료해주는 미군에게 공포보다는 오히려 친밀감을 느끼게 된다. 하지만 이렇게 바다를 건너 오키나와 북부에 위치한 작은 섬에 상륙한 미군 병사 네 명은 사요코를 강간하고 돌아가고, 이후로도 섬에 건너와 다른 여자들에게 비슷한 일을 저지르기 시작한다. 사요코의 아버지를 비롯한 남자들은 분노를 느끼지만, 무장한 점령군에게 선뜻 맞설 수는 없다. 마을 사람들에게 바보 취급을 받던 세이지만이 바다를 건너오는 미군 병사를 작살로 공격한 뒤 가마에 숨는데, 마을 청년에게서 세이지가 있는 곳을 들은 마을 구장의 밀고로 미군의 수색부대에 발각되고 만다. 이윽고 미군이 가마 내에 최루가스를 살포하자 세이지는 가마에 숨겨둔 수류탄과 작살을 들고 가마 밖으로 뛰어나간다.

---

33 目取真俊, 『眼の奥の森』, 影書房, 2009, 4면.

1장 이후 소설은 기본적으로 사건으로부터 약 60년 전후의 시간이 흐른 현재로 건너뛰어, 이 사건과 관련된 여러 인물들을 통해 사건에 대한 기억을 다시 구성하는 것으로 나아간다. 세이지가 가마에서 뛰쳐나가며 1장이 끝났다면, 2장에서는 그 후 세이지가 어떻게 되었는지를 당시 구장이었던 인물이 회상한다. 2인칭인 '너'로 지칭되는 구장은 오키나와 전쟁과 관련한 기억을 묻는 여자의 구술 인터뷰에 대해 대답하면서 한편으로는 그녀에게는 이야기할 수 없는 기억을 떠올리고 있다. 예컨대 '너'는 자신이 세이지가 숨어있는 가마를 미군에게 알린 인물이며 그 날 마을 사람들이 던진 돌에 맞은 뒤로 줄곧 마을 사람들에게 괴롭힘을 당하다 결국에는 마을을 떠났다는 것을 말하지 않는다. 인터뷰를 마친 여자가 떠난 후 '너'는 세이지와 비명을 지르며 달려가는 여자의 환상을 보고 마비를 일으켜 쓰러진다. 3장에서는 그 날 후미와 함께 조개를 따러 갔던 동급생 중 하나로 이제는 70대가 된 히사코가 등장한다. 머리를 풀어헤치고 옷이 반쯤 벗겨진 채 달리는 여자의 꿈을 꾸게 되면서부터 그녀는 "잘라내서 버리고 싶었던"[34] 기억, 잊었다고 생각했지만 얇은 막 아래에서 생생하게 살아있는 기억을 되찾기 위해 동급생이었던 후미를 만나러 간다. 이어지는 4장에서는 후미가 섬을 안내하며 사요코와 세이지의 사건을 둘러싼 기억을 자신의 아들과 히사코에게 이야기한다. 4장 말미에서 히사코는 바다를 향해 앉아있는 세이지를 보고, 5장에서는 세이지 자신의 목소리가 다른 사람들의 목소리와 뒤섞여서 등장한다.

6장의 화자는 오키나와 출신의 소설가로, 그는 옛 친구로부터 영상편지와 오래된 작살 촉으로 만든 목걸이를 받는다. 친구는 그가 미국에서 알

---

34 같은 책, 70면.

게 된 J라는 인물의 조부가 오키나와에서 자신을 찌른 작살 촉으로 목걸이를 만들었고, 이를 부적처럼 가지고 있다 베트남 전쟁에 출정하는 아들에게, 또 손자 J에게 대물림했음을 이야기하며, J가 죽은 지금 J의 바람대로 작살 촉을 오키나와의 바다에 가라앉혀 달라고 부탁한다. 7장은 다시 사건 당시로 돌아가, 작살에 찔려 병원에 누워있는 이 J의 조부의 시점에서 사건이 회상된다. 8장은 집단 괴롭힘을 당하는 어느 여중생의 시점에서 전개되는데, 이 날 학교에서는 나이든 여성이 증언하는 오키나와 전쟁 체험을 듣는 교육이 이루어진다. 9장에서는 이 나이든 여성이 실은 사요코의 동생인 다미코였음이 드러나면서, 다미코의 관점으로 사건 이후 사요코에게 생긴 일이 서술된다. 마지막으로 10장은 오키나와에서 건너간 일본계 미국인 2세로 사건 당시 통역병이었던 인물이 오키나와 현이 주는 훈장을 거절하는 이유를 설명하는 편지로 이루어져 있다. 이 편지에서 그는 미군병사가 작살에 찔린 사건을 조사하기 위해 마을로 갔던 자신과 소위를 보자마자 비명을 지르며 달려 나간 소녀에 대한 기억과 함께 사건이 유야무야로 처리되면서 세이지가 마을로 돌아가기까지의 경위를 이야기한다.

이렇게 장을 거듭하면서 소설에서는 사요코가 당한 폭력의 기억이 이를 잊으려고 했던 사람들뿐만 아니라 사건 자체와 일견 무관해 보이는 사람들에게도 마치 자신의 것처럼 조금씩 퍼져 나간다. 그리고 이러한 연쇄적인 기억을 불러일으키는 촉매는 바로 비명을 지르며 달리는 사요코의 강렬한 이미지다. 가령 J의 조부는 병상에 누워 "눈 깊숙한 곳에 깊은 슬픔이 얼어붙어 있는" 소녀의 형상을 보는데, 그녀가 팔에 안고 있던 아기가 자신을 바라보는 순간 "이제부터 무슨 일이 일어나려 하는지를" "전부 깨달았다"[35].

---

35 같은 책, 158면.

이 선취된 기억은 아직도 "생명체의 몸에서 막 끄집어낸 내장처럼 축축하게 빛나며 날것 그대로의 냄새를 뿜고 있"는 작살 촉을 통해 J에게로 전해졌다, 다시 소설가인 '나'에게 전해진다. 이렇게 기억이 촉발되는 과정에서 이미지는 거의 신체적으로 감각된다. '피 냄새'를 풍기는 작살 촉은 뚜렷한 파도 소리와 함께 가슴을 스치는 '아픔'을 가져오고, 사건이 일어나던 바로 그 순간 사요코가 바라보던 붉은 열매는 끈끈한 피의 덩어리가 되어 가해자의 몸 위에 떨어지며 가슴에 숨이 멎을 듯한 실제적인 '충격'을 가한다. 가쓰야의 경우와 마찬가지로, 폭력의 기억을 분유한다는 것은 이렇듯 신체적인 아픔을 수반하는 일임을 다시 한 번 상기할 수 있을 것이다.

여기서도 피해자인 사요코가 거의 미쳐버린 존재, 머리를 풀어헤치고 반쯤 벌거벗은 채 집밖으로 달려 나가며 의미를 알 수 없는 말을 중얼거리거나 비명을 지를 뿐인 존재로 그려진다는 것은 중요하다. 즉 마유와 마찬가지로 사요코 또한 외상적인 경험으로 인해 세상에서 제대로 된 말로 간주하는 무언가를 빼앗긴 존재로 그려지는 셈이다. 최루가스로 인해 눈이 먼 채 마을에 돌아온 뒤부터는 의미를 형성하지 않는 말들을 계속해서 중얼거리는 세이지 역시 마을에서 '미치광이' 취급을 받는다. 여기서는 먼저 피해를 당한 사요코가 보이는 광기가 왕왕 치료 대상으로 분류되며, 그녀나 세이지가 내놓는 말들이 말로서 인식되지 않는 구조 자체에 폭력성이 내재하고 있음을 지적해야 할 것이다.[36] 마유가 휘두르는 폭력과 마찬가지로 사요코의 울부짖음이나 몸짓 또한 비언어로 배제할 수는 없다.[37] 한편,

---

36 도미야마는 "병적 증상으로서 구분되는 영역이 체험과 관련된 기억이나 증언에 들러붙어 있다"는 점을 지적하며, 혼란스러운 발화를 치료의 대상으로 삼지 않고 그것을 받아 들을 가능성을 탐구한다. 冨山一郎, 「記憶の在処と記憶における病の問題」, 冨山一郎 編, 『記憶が語りはじめる』, 東京: 東京大学出版会, 2006, 201~224면 참조.

37 말을 하고 있음에도 말하는 것으로 간주되지 않고 말의 외부에 놓이는 사태를 고찰하는 도

앞에서 언급했듯 독자들은 5장에서 세이지의 목소리를 직접 들을 수 있는데, 이 장에서는 이 세이지의 목소리가 사건 당시에 세이지를 신문했던 통역병, 세이지에게 말을 건네는 알 수 없는 인물, 가족을 비롯한 과거와 현재의 섬사람들의 목소리와 줄곧 뒤섞이면서 번갈아 등장한다는 점에 주목할 필요가 있다.

무슨 소리야, 세이지가 그랬다는 건 섬사람이 다 알아……, 그래서 섬사람이 다 피해를 봤지……, 뭐가 피해야, 비겁자, 자기가 아무 것도 못했다고……, 너 세이지를 편드는 거야?……, 섬 여자들은 다 세이지를 다시 봤어, 세이지 혼자만 용기가 있었다면서……, 그래, 나도 그렇게 생각해, 넌 훌륭했어, 세이지……, *당신은 뭔가 숨기고 있습니다*……, 미국인이 시키는 대로 산을 수색하는 걸 도와주기까지 하고 너는 부끄럽지도 않아…… (…) 하지만 얼간이니까 미국인을 작살로 찌를 수 있었을지도 몰라……, 확실히 보통 남자라면 못했을 거야……, 미군도 세이지가 얼간이라서 사형까지는 안 시켰던 것 아냐……, *미국은 민주주의 국가입니다*……, 그렇게 심한 소리를 하다니 사요코와 세이지 마음은 생각 못 하겠어……? 너는 다 생각할 수 있어……? 정색하고 아는 척하기는……, *미국은 오키나와에 자유와 평화를 줍니다*……, 아팠어? 사요코…….[38]

미야마 이치로, 「말의 정류(停留)와 시작: 말할 수 없는 것과 말하지 않는 것」, 『문학과 사회 112』, 문학과지성사, 2015, 494~510면 참조. 도미야마는 이를 집단 자결과 관련한 구술 조사에 대한 주민들의 거절과 관련짓는데, 이때 폭력이 예감되는 상황 속에서 '말하지 않는 것'은 폭력에 대한 방어태세를 취함으로써 이미 말하기 시작하고 있는 것이다.

38 目取真俊, 앞의 책, 108~110면.

일본어 텍스트 옆에 토를 달아 오키나와 말을 표기한 이 장의 목소리들은 사건 이후 사요코와 세이지에게 어떠한 일이 일어났는지를 얼추 짐작하게 해줄 뿐 아니라 시간이 흐르면서 그 사건에 대한 기억이 얼마나 희미해졌는지도 보여준다. 그리고 마치 현실의 유사한 사건을 둘러싸고도 언제든지 나올 법한 말들을 반영한 듯한 이 목소리들 속에서 세이지는 줄곧 괴로웠냐고, 이리 와서 동굴에 숨으라고 사요코에게만 말을 건넨다. 세이지의 이 같은 중얼거림 속에서 마을 공동체가 이미 잊어버린 과거의 기억은 끊임없이 현재로서 되살아난다.[39] 자신의 목소리가 들리느냐는 세이지의 계속되는 부름에 대한 사요코의 응답이, 9장 마지막에서 사요코가 입주해 있는 보호시설에 찾아간 동생 다미코의 귀를 거쳐서 독자에게까지 들리는 장면은 실로 감동적이다. 그것은 바로 이 지점에서 말이 아닌 것으로 배제되고 말의 외부로 밀려나던 영역을 들을 수 있는 가능성이 부상하고 있기 때문일 것이다.[40] 이러한 가능성을 염두에 두되, 하지만 이것이 곧 중얼거림, 비명, 몸짓 등에서 또 다시 기존의 언어로 의미화할 수 있는 부분들을 추출

---

39 여기서 또다시 오키나와의 전후를 둘러싼 물음이 제기되는데, 이는 물론 오키나와라는 구획된 범위 혹은 좁은 의미의 전쟁에 한정된 이야기가 아니다. 신조 이쿠오가 갈파하듯 "이 증언자들은 전장에서 목격된 그 시간 안에 못 박혀 그 시간에 계속해서 멈춰 있다는, 전후의 불가능성 속을 살고 있다. 어떠한 '후(後)'가 이 증언자들을 찾아올 수 있을까? 모든 사건은 어떤 사후성에서 체험자를 철저히 괴롭히지만, 이 사후성에는 '후'라는 시간의 경과가 없다. 왜냐하면 언어화함으로써 말할 수 없었던 그 사건과의 시간적인 차가 설정됐다 한들, 말하는 행위 자체가 어찌할 수 없이 사건을 현재화해 버릴 것이 분명하기 때문이다." 新城郁夫, 『沖縄の傷という回路』, 東京: 岩波書店, 2014, 133면.

40 한편, 사요코와 세이지의 발화와 관련해서는 이 소설이 "발화의 권리와 정통성을 둘러싼 정치적 배치에 대한 이의 제기"이기도 하다고 평가하는 鈴木智之「輻輳する記憶: 目取真俊『眼の奥の森』における〈ヴィジョン〉の獲得と〈声〉の回帰」『社会志林59(1)』, 法政大学社会学部学会, 2012, 46면도 참조. 이에 따르면 세이지의 부름과 사요코의 응답은 이 서사의 '구원'으로서 존재하는데, 이는 이들의 목소리가 폭력으로 상처를 입은 이와 그 폭력에 저항한 이의 목소리를 존재하지 않는 것으로서 배제함으로써 성립하는 질서뿐 아니라 그들의 목소리를 광인의 것으로 치부하거나 그들에게 재차 폭력을 가하는 공동체와도 대치하는 것이기 때문이다.

해내는 손쉬운 작업은 아니라는 점을 다시 한 번 확인해 두어야만 한다.

『눈 깊숙한 곳의 숲』은 이렇듯 소설에서 다루어지는 사건 바깥의 사람들뿐 아니라 소설 외부의 독자들까지 기억의 연쇄와 확장 속에 끌어들이는데, 이는 소설에 엮여 들어와 있는 다른 시공간의 폭력에 대한 서술을 통해서 이루어진다. 가령 6장에서 작살 촉이 친구를 거쳐 '나'의 손에 들어오는 이유는 J가 9.11 테러로 인해 죽었기 때문이다. 작살 촉을 '나'에게 전한 친구는 J의 죽음에 동정하면서도, "무차별 테러는 나쁘다든지 폭력의 연쇄는 용서할 수 없다든지 하는 입바른 소리"로 이를 간단히 부정할 수는 없다고 토로한다. 여기서는 J의 할아버지, 아버지, J로 이어지는 부계관계가 각각 오키나와 전쟁, 베트남 전쟁, 9.11과 연결되면서 빌딩으로 돌진하는 비행기와 작살 촉의 이미지가 한순간 겹쳐지는데, 이를 통해 시초의 사건이 더 광범위한 폭력의 역사 속에 위치하고 있음이 한층 분명히 드러난다.

이렇게 시공간적으로 확장되는 기억은 8장에 이르면 좀 더 개별적인 것으로 좁혀지는 것처럼 보이기도 한다. 이 장에서는 오키나와 전쟁 체험자로부터 증언을 들으며 이른바 평화 교육을 받는 바로 그 교실에서 집단 괴롭힘이 일어난다. 강연을 마친 다미코에게 와서 "흙속에서 구출된 여자애 이야기가 정말 불쌍했어요"[41], "전쟁은 이제 절대로 하면 안 되겠어요"[42]라고 말을 건네는 소녀들이 다른 소녀에게 발을 걸거나 돌아가며 침을 뱉은 주스를 먹이는 것이다. 여기서는 괴롭힘을 당하는 아이를 포함한 소녀들뿐만 아니라 9장에서 다미코임을 알게 되는 강연자까지 모두 어떠한 특정한 이름 없이 "**"로 표기되고 있는데, 그 이유는 이 "**"에는 실은 어떠한 이름도 들어갈 수 있기 때문일 것이다. 귀찮은 일이 싫어서 교실에 폭력은

---

41 目取真俊, 앞의 책, 185면.

42 같은 책, 186면.

존재하지 않는다고 기꺼이 믿을 준비가 되어 있는 교사까지 포함해서, 모든 '**'들은 이 모든 폭력의 연쇄 속에서 자유롭지 않다. 폭력의 외부란 존재하지 않는 것이다. 소설은 이렇게 평화로운 일상이 폭력과 함께 존재하고 있음을 이야기하며 기억의 분유 가능성을 모색하는 듯 보이면서도, 한편으로는 기억을 이야기하고 그 증언을 들음으로써 상처의 기억을 확장할 수 있다고 안이하게 기대하는 것에 대해서 끊임없이 경계한다. 이는 앞서 살펴본 『무지개 새』에서의 '자그마한 차이'가 자그마하지만 역시 분명히 존재하는 차이인 것과도 무관하지 않을 것이다. 그리고 이것은 피해를 둘러싼 개별적인 경험뿐 아니라 오키나와를 둘러싼 역사적인 맥락에도 해당된다.[43]

그 가운데 다시금 1995년의 기억이 환기된다. 애초에 J가 아버지로부터 할아버지가 이 목걸이를 간직하고 있었던 데에는 뭔가 특별한 이유가 있었을 것이며 언젠가 오키나와의 바다에 이 목걸이를 가라앉혀 달라는 이야기를 들었던 것을 떠올리게 된 계기는, 바로 1995년의 소녀 폭행 사건이 대규모 항의운동을 촉발하면서 다시금 오키나와라는 이름과 만났기 때문이다. 또한 이 사건은 후미가 정년퇴직하고 얼마 지나지 않아서 일어났는데, 후미는 사건에 대한 보도를 접할 때마다 이 여자아이와 사요코가 겹쳐지면서 "아무 것도 변하지 않는다, 오키나와는 오십 년이 지나도 아무

---

43 한 심포지엄에서 나온. 집단 자결이 분명히 '오키나와적인 죽음'이지만 동시에 "조금 더 상상력을 펼쳐서 생각해보면, 아마도 일본군 혹은 천황의 군대가 있었던 곳에서는 어디에서든 일어날 수 있을지 모른다"라는 발언에 대해 메도루마는 완전히 부정하지 않으면서도 이렇게 대답한다. "(⋯) 이런 일은 역시 있었으리라고 저도 생각합니다. 논리적으로 보자면요. 하지만 실제로 그런 일은 없었습니다. 본토 결전은 이루어지지 않았습니다. / 그러니까 있을 수도 있다고 생각하며 이 문제를 생각하는 것도 중요하지만, 동시에 본토 결전은 없었다는 것이 저는 중요한 의미를 가지고 있다고 생각해요. 이것은 62년 전에도 그랬고 지금도 그렇지만 야마토와 오키나와 사이에는 명백히 하나의 선이 그어져 있다고 생각합니다." 西谷修·仲里効編, 『沖繩/暴力論』, 東京: 未来社, 2008, 96면.

것도 변하지 않는다"[44]는 생각에 괴로워한다. 그러면서 사요코를 잊은 척 살아왔다는 데에 가책을 느낀다. 이 이야기를 듣는 히사코 또한 그 사건이 일어날 당시에 신문을 보다 갑자기 호흡이 가빠지는 바람에 가족들을 걱정시킨 적이 있다. 이렇듯 소설은 1995년에 실제로 일어난 사건을 중요한 축으로 가져오면서 오키나와라는 고유한 공간을 다시 한 번 부각시킨다. 하지만 소설에는 결정적으로 이 여자아이의 목소리가 부재한다. 폭력의 기억이 조금씩 침입해 오는 것을 경험하는 읽기를 통해, 이 부재의 목소리 그리고 우리가 그 부재조차 깨닫지 못하는 이들의 목소리의 부재는 더욱더 선연하게 떠오르게 될 것이다.

이와 관련해서는 특히 마을 공동체와 미군 틈에서 비난과 경멸의 대상이 되었던 구장을 가리키는 '너'라는 주어에 대해서 주목해 볼 수 있다.

> 너는 섬사람들이 던진 돌에 맞은 남자에 대해서도 [편지에: 인용자] 썼지. 그게 누구냐면 아마 구장일 거야, 당시의. 나는 섬사람들이 돌을 던졌던 건 전혀 기억나지 않는데 우느라고 눈치를 못 챘을 수도 있어. 하지만 네가 편지에 쓴 말이 맞다면 그때 상황으로 볼 때 구장이 틀림없을 거야. 미국인들에게 협력해서 이래저래 이득을 챙긴 모양인데, 그만큼 섬사람들의 반발을 사기도 했던 것 같으니까. 우리 아버지가 나중에까지 그런 이야기를 했어. 하지만 섬사람들에게 돌을 던질 자격이 있었을까……. 나만 해도 미국인들에게 물건도 얻었고 이래저래 협력도 했고 사요코 언니가 심한 꼴을 당한 뒤에도 아무 것도 못했는데, 구장이랑 다르면 얼마나 다를

---

44 같은 책, 99면.

까, 나는 그런 생각이 들었어.[45]

전쟁 중에는 일본에 협력하다 전쟁 후에는 미국에 협력하는 구장과 같은 존재는 쉽게 비판의 대상이 되지만, 후미의 이 자성적인 목소리는 폭력을 둘러싼 책임의 문제에서 그 누구도 자유로울 수 없음을 새삼 상기시킨다. 섬의 여자들을 폭행하는 미군에 증오를 품으면서도 그것을 방관하는 데에서 그치지 않고 실성하다시피 한 사요코를 임신시킨 마을 청년들, 사요코의 아기를 빼앗아 어딘가에 양자로 보내버리고, 딸이 능욕을 당하는 데도 아무 것도 하지 못한 스스로에 대한 분노를 가족들에게 풀면서 딸에게는 계속해서 멸시의 시선을 던지던 아버지, 지금도 계속되는 세이지의 말에 귀를 기울이기는커녕 이를 무시하고 조롱하는 마을 사람들에 대한 서술은 물론 작금의 오키나와에 대한 비판으로도 기능할 것이다.[46] 하지만 가해자조차 '나'로 지칭되며 소설의 등장인물로서의 가해자에 대한 독자들의 이입을 얼마쯤은 가능하게 하는 이 소설에서 유일하게 등장하는 '너'라는 2인칭에 주목한다면, 여기서 유일하게 '너'로서 직접 호명되고 있는 사람은 다름 아니라 이처럼 소설에서 오키나와에 대한 비판을 읽어내고는 스스로가 그것을 마치 3인칭으로 이야기할 수 있는 위치에 있는 것처럼 생각하는 독자라는 점을 결코 간과할 수 없을 것이다. 사요코의 울부짖

---

45 같은 책, 86면.

46 메도루마가 관광상품화된 '오키나와다움'이나 그 근간을 이루는 공동체의식에 대한 날카로운 비판자이기도 함은 잘 알려져 있다. 가노 마사나오와 같은 논자는 메도루마 작품의 중요한 기둥 중 하나로 공동체와의 격투를 들기도 한다. 鹿野政直, 『沖縄の戦後思想を考える』, 東京: 岩波書店, 2013 참조. 또한 「희망」, 『무지개 새』, 『눈 깊숙한 곳의 숲』을 눈앞의 현실에 대응하지 못하는 오키나와 사회와 문학에 대한 비판으로 읽고 있는 연구로 곽형덕, 「메도루마 슌 문학과 미국: 미군에 대한 '대항폭력'을 중심으로」, 『일본문화연구56』, 동아시아일본학회, 2015를 참조.

는 목소리는 그녀의 이름을 기억하지 않는 바로 이 '너'에게, 당신에게, 우리에게 "점점 다가오고"[47] 있는 것이다.

4. 맺으며

이 글에서는 메도루마 슌의 소설 『무지개 새』와 『눈 깊숙한 곳의 숲』을 읽으며 오키나와의 계속되는 전쟁이 낳은 폭력과 이를 둘러싼 기억이 어떻게 현재적으로 재현되는지를 살펴보았다. 두 작품 모두에서 중심이 되는 폭력의 기억은 보통의 의미로 언어화되지 않는다는 점에서 '말할 수 없는/말해지지 않는' 것이지만, 소설에서는 이들의 몸짓과 비명, 중얼거림이 이들을 둘러싼 관계를 급작스럽게 변화시키는 계기로 등장한다. 이를 통해 두 소설은 외상적인 기억의 분유나 확장이 거의 신체적인 아픔을 수반하는 것임을 보여주는 동시에, 소설 바깥 혹은 오키나와의 외부에 있는 사람들조차 이러한 아픔에서 자유로울 수 없음을 보여준다.

『눈 깊숙한 곳의 숲』의 마지막 장에 등장하는 편지에서 늙은 통역병은 세이지가 어떻게 무사히 풀려나게 되었는지를 알려준다. 앞에서 언급했듯 세이지가 왜 병사를 공격했는지를 조사하기 위해 방문한 마을에서 미군 소위와 통역병은 자신들을 본 사요코가 자해를 하며 계속해서 비명을 지르는 모습을 본다. 소위가 비밀리에 네 명의 미군 병사를 조사하여 진상을 파악한 뒤 사건을 무마시키자, 통역병은 이렇게 해서 풀려난 세이지를 마을에 데려다 준다. 그리고 이때 처음으로 세이지가 중얼거리는 말의 뜻을 알아듣는다. "돌아왔어, 사요코."[48] 통역병은 오키나와 현에서 그에게 수여

---

47 目取真俊, 앞의 책, 60면.
48 같은 책, 219면.

하려는 훈장을 거절하는 이유로 사요코의 시선과 비명소리가 그에게 도저히 어찌할 수 없는 가책과 안타까움을 준다고 밝히며, 모든 것은 60년도 더 전에 일어난 일이니 누구에게도 공표하지 말고 편지의 수신인인 '당신'의 기억 속에만 간직해 달라고 부탁한다. 편지의 말미에 통역병은 이렇게 쓴다. "이 편지를 읽은 당신이 이해해주시기를, 그리고 우리의 싸움을 계속해서 기록하는 당신의 작업이 앞으로도 순조롭게 이어져서 보답을 받기를 바랍니다. 젊은 세대가 당신이 기록한 우리의 증언을 읽고, 두 번 다시 그와 같은 전쟁을 일으키지 않게끔 노력해 주세요."[49]

사요코와 세이지가 언젠가는 행복하게 맺어졌기를 바라지 않을 수 없는 이 통역병의 간절한 마음에도 불구하고, 이 편지에서 드러나는 그의 양심은 오히려 기억의 고통스러운 확장을 중단하는 방향으로 움직인다. 두 소설이 분명히 보여주듯 이 모든 일은 과거의 일도 아니거니와 단지 오키나와 전쟁의 이야기만도 아닌 것이다. 그렇다면 『눈 깊숙한 곳의 숲』의 단행본 뒤에 붙어있는 "이 작품은 픽션이며 실재하는 섬, 개인과는 관계가 없습니다"라는 말이야말로 뜻하지 않게 소설의 말미를 장식하기에 가장 적당한 말인지도 모르겠다. 부재하는 이 관계를 어떻게 만들어 나갈 것인가가 바로 메도루마의 문학이 던지는 물음이기 때문이다.

---

49 같은 책, 220~221면.

참고문헌

▶ 目取真俊,『虹の鳥』, 東京: 影書房, 2006.

▶ 目取真俊,『眼の奥の森』, 東京: 影書房, 2009.

▶ 尾崎文太,「目取真俊『虹の鳥』孝: フランツ·ファノンの暴力論を越えて」,『言語社会5』, 一橋大学, 2011.

▶ 鹿野政直,『沖縄の戦後思想を考える』, 東京: 岩波書店, 2013.

▶ 北村毅,『死者たちの戦後誌』, 東京: 御茶の水書房, 2014.

▶ 金城正樹,「暴力と歓喜: フランツ·ファノンの叙述と目取真俊『虹の鳥』から」, 冨山一郎·森宜雄編,『現代沖縄の歴史経験: 希望、あるいは未決性について』, 東京: 青弓社, 2010, 319~358면.

▶ 黒澤亞里子,「目取真俊『虹の鳥』論:日常の細部を浸潤する<暴力>」,『沖国大がアメリカに占領された日』, 東京: 靑土社, 2005, 241~257면.

▶ 佐藤泉,「一九九五一二〇〇四の地層:目取真俊『虹の鳥』論」, 新城郁夫編,『撹乱する島』, 東京: 社会評論社, 2008, 163~194면.

▶ 新城郁夫,『沖縄文学という企て :葛藤する言語·身体·記憶』, 東京: インパクト出版会, 2003.

▶ 新城郁夫,『到来する沖縄:沖縄表象批判論』, 東京: インパクト出版会, 2007.

▶ 新城郁夫編,『撹乱する島: ジェンダー的視点』, 東京: 社会評論社, 2008.

▶ 新城郁夫,『沖縄の傷という回路』, 東京: 岩波書店, 2014.

▶ 鈴木智之,「輻輳する記憶:目取真俊『眼の奥の森』における〈ヴィジョン〉の獲得と〈声〉の回帰」,『社会志林59(1)』, 法政大学社会学部学会, 2012.

▶ 冨山一郎,「記憶の在処と記憶における病の問題」, 冨山一郎編,『記憶が語りはじめる』, 東京: 東京大学出版会, 2006, 201~224면.

▶ 西谷修·仲里効編,『沖縄／暴力論』, 東京: 未来社, 2008.

▶ 宮地尚子,『環状島＝トラウマの地政学』, みすず書房, 2007.

▶ 森川恭剛,「戦後沖縄と強姦罪」, 新城郁夫編,『撹乱する島』, 東京: 社会評論社, 2008,

107~135면.

▶ 銘苅純一,「目取真俊「虹の鳥」の異同」,『人間生活文化研究22』, 大妻女子大学人間生活文化研究所, 2012.

▶ 目取真俊,『沖縄「戦後」ゼロ年』, 東京: NHK出版, 2005.

▶ 곽형덕,「메도루마 슌 문학과 미국: 미군에 대한 '대항폭력'을 중심으로」,『일본문화연구56』, 동아시아일본학회, 2015.

▶ 도미야마 이치로,『유착의 사상』, 심정명 옮김, 글항아리, 2015.

▶ 도미야마 이치로,「말의 정류(停留)와 시작: 말할 수 없는 것과 말하지 않는 것」,『문학과 사회112』, 문학과지성사, 2015, 494~510면.

오키나와 폭력의 심연과 문학적 보복

메도루마 슌의 『기억의 숲』

고명철

1. 오키나와의 뭇생명을 유린한 미군의 성폭력

오키나와 작가 메도루마 슌(目取眞俊, 1960~)의 장편소설 『기억의 숲』이
한국사회에 최근 번역 소개되었다.[01] 한국사회에 오키나와의 문학이 본격
적으로 소개된 지 얼마 안 되었다는 사실을 고려할 때 메도루마의 작품이
오키나와의 다른 작가들보다 상대적으로 많이 그리고 집중적으로 소개된
것은 여러모로 주목할 만하다. 이번에 소개된 『기억의 숲』은 2009년에 일
본에서 단행본으로 출간되었으니 햇수로 10년 만에 한국 독자를 만난 셈
이다.

메도루마는 등단작 단편 「어군기(魚群記)」(1983) 이후 자신이 태어난 오
키나와에서 벌어졌고 지금도 현재중인 문제적 현실을 조금도 회피하지 않
고 정면으로 응시하는 전방위적 글쓰기를 펼치고 있다. 때로는 소설가로
서 때로는 시사 및 정치 논객으로서 때로는 에세이스트로서 글쓰기를 통
해 실천할 수 있는 모든 역량을 발휘하여 오키나와의 문제들에 대한 문학

---

01 이하 작품의 부분을 인용할 때 별도의 각주 없이 메도루마 슌, 『기억의 숲』(손지연 역), 글누
림, 2018에서 해당 (쪽수)를 본문에 표기한다.

적 저항을 쉼없이 전개하고 있다. 그런가 하면 활동가로서 오키나와의 미군기지 철폐 운동을 위한 카누 해상투쟁을 지속적으로 벌이고 있다. 메도루마에게 오키나와의 문제와 연관된 글쓰기 및 실천운동은 서로 분리될 수 없는 것으로 메도루마의 삶과 문학을 이해하는 데 양자를 함께 긴밀히 파악해야 하는 것은 매우 중요하다. 이것은 『기억의 숲』을 이해하는 데도 예외가 아니다.

우선, 『기억의 숲』의 중심서사를 이루는 사요코의 미군에 의한 강간을 주목해보자. 제2차 세계대전의 막바지에 이르러 미군은 일본 본토를 공격하기 전 오키나와를 공격한다. 오키나와 전쟁 와중 미군 넷이 잠시 부대에서 일탈하여 섬을 향해 수영을 하다가 섬 해안가 모래사장에서 놀고 있는 오키나와 여자 아이들 중 한 소녀인 사요코를 폭력으로 제압하여 강간한다. 사요코를 집단 성폭행한 미군들은 아무런 도덕적 죄책감 없이 오키나와 소녀의 영혼과 육체를 유린한다. 그들에게 사요코는 영혼을 지닌 인간이 아니다. 그들에게 사요코는 뙤약볕이 내리쬐는 아열대의 섬을 구성하는 한갓 자연의 대상 중 하나일 뿐이며, 그것은 그들이 점령해야 할 적군의 영토를 구성하는 요소에 불과한 것이고, 머지않아 점령군으로서 승자독식의 환희를 만끽해야 할 그들에게 그것은 마음껏 취할 수 있는 승전물의 하나일 뿐이다. 오키나와 소녀 사요코는 그들에게 더 이상 인간으로서 '소녀'의 지위가 제거된 채 전쟁터의 점령군으로서 승자의 환희를 잠시 먼저 만끽하기 위해 그들의 성적 욕구를 충족시켜주는 대상으로 전락해 있다.

여기서, 쉽게 간과해서 안되는 것은 미군의 성폭력이 자행되는 공간이 바로 오키나와의 천혜의 자연 경관 중 하나인 오키나와의 해안 백사장이라는 사실이다. 오키나와처럼 바다로 둘러싸인 섬인 경우 해안 및 백사장은 섬의 뭇생명의 존재의 터전인 것을 직시할 때, 미군의 성폭력이 바로 이

곳에서 자행되었다는 것은 섬의 살아 있는 모든 것에 대한 폭력이 자행된 것과 다를 바 없다. 바꿔 말해 미군에 의한 사요코의 성폭력은 사요코 개인의 언어절(言語絶)의 참상으로 국한되는 게 아니라 오키나와의 뭇생명에 대한 유린이고 폭력으로, 미군이 오키나와에서 저지른 끔찍한 대참상을 단적으로 말해준다.

미군에게 성폭력을 당한 사요코는 이후 그 충격으로 미치광이와 다를 바 없는 삶을 살아간다. 점령군이 그렇듯, 미군 가해자들은 아무렇지도 않게 전시 중에 흔히 일어날 수 있는 일들로 간주된 채 면죄부가 주어지고 사요코와 그 가족은 오키나와전에서 기사일생으로 살아 남았지만 오히려 사요코가 겪은 좀처럼 감당못할 트라우마로 오키나와 사회 안에서 고통스럽게 살아간다. 두루 알 듯이, 오키나와는 일본의 패전으로 미군정이 오키나와를 실질적으로 1972년까지 점령하였고, 그 후 '조국복귀'라는 정치적 명분으로 미군정에서 벗어나 일본으로 복속되었으나, 오키나와는 일본 열도 전체의 0.6%의 매우 협소한 국토면적 아래 일본 전체 약 75%에 해당하는 미군기지가 들어서 있다. 그러니까 오키나와는 오키나와전 이후 지금까지 미군의 영향권으로부터 자유로운 적이 없다. 이것은 지금까지 오키나와가 미군의 크고 작은 범죄와 그 트라우마로부터 벗어나지 못하고 있음을 보여준다. 사요코와 그 가족, 그리고 오키나와 공동체가 그렇듯이……

2. 오키나와 내부의 폭력, 그 내면화된 폭력의 양상

그런데, 메도루마의 『기억의 숲』에서 특히 주목해야 할 것은 사요코로 표상되는 오키나와의 피해는 오키나와 외부의 폭력, 즉 미군이 최종 심급에 자리하고 있는 것은 분명하되, 오키나와 내부의 또 다른 폭력과도 밀접히 연동돼 있다는 사실이다. 이것은 메도루마의 문학뿐만 아니라 오키나와 문학의 심연에 자리하고 있는 매우 중요한 문학적 쟁점이 아닐 수 없다. 메도루마의 문학에서 이 점은 대단히 예각적이고 섬세히 그리고 치밀하게 탐구되고 있다. 이것은 그만큼 오키나와전을 치르면서 오키나와가 입은 전쟁의 폭력이 오키나와의 안팎을 마치 뫼비우스 띠처럼 구조화하는 가운데 오키나와의 폭력 양상이 다층적으로 구축되면서 이것에 대한 응시 역시 그만큼 조밀하게 이뤄져야 한다는 것을 반증해준다.

이와 관련하여, 사요코를 둘러싼 주변의 폭력은 미군의 성폭력과 또 다른 폭력의 양상을 보인다. 사요코와 그 가족은 "아버지의 노여움이 언제 폭발할지 몰라 겁에 떨면서 살"(231쪽)고 있다. 사요코의 아버지는 상처를 입은 딸 사요코의 영혼과 육신을 위로해주기는커녕 하필 자신이 딸이 미군의 성폭력 먹잇감이 된 것 자체를 수치스러워하고, "미군에게 딸이 능욕당하고도 아무런 저항도 항의도 못하고, 자리에 누워 울음을 삼킬 수밖에 없었던 스스로에 대한 분노와 무력함"(231쪽) 때문에 가족을 향해 억누를 수 없는 화를 쏟아낸다. 사요코의 가족은 아버지의 이러한 폭력에 속수무책이다. 가뜩이나 "섬사람들의 끈적끈적한 시선과 수군대는 소리"(231쪽)로 사요코뿐만 아니라 사요코의 가족 전체가 고통스러운데도 불구하고 사요코의 아버지는 개인의 무기력과 분노를, 가족을 향해 퍼붓는다. 아버지의 이러한 폭력은 사요코의 갓 출산한 애를 보면서 "미국 놈은 아니네……." "섬 개자식덜 새끼일테주."(229쪽)와 같은 말을 심드렁히 내뱉는 장면에서, 어머니의 웃음과 작중 화자 '나'의 안심이 사요코가 미군과의 성관계에 의한 게 아니면, 비록 이 출산이 극단적으로는 오키나와의 남성에 의한 성폭력의 산물이라 하더라도 괜찮다는, 오키나와에 두루 퍼진 폭력의 내면화된 양상을 드러낸다는 점에서 모골이 송연하지 않을 수 없다. 이쯤 되면, 오키나와의 폭력 양상은 미군의 가해성과 맞물린 채 오키나와 내부의 가해성을 구조적으로 생성하고 이러한 폭력들이 오키나와 안팎을 친친 옭아매고 있는, 그래서 오키나와 폭력이 오키나와의 일상 깊숙이 침전된 채 내면화된 양상을 메도루마는 묘파하고 있는 것이다.

메도루마가 『기억의 숲』 후반부에서 적나라하게 보여주고 있는바, 학교에서 오키나와전에 대한 기억을 들려주는 장면에서 학생들이 보이는 반응들, 가령 오키나와전의 피해를 입은 세대들에 대한 진심어린 이해를 하고 있는 것처럼 보이지만 그것은 어디까지나 진지한 척 한 것일 뿐 오키나와 십대 학생의 대부분은 오키나와전 세대의 역사 경험에 대해 심드렁한 반응을 보일 따름이다. 오키나와전 세대가 겪은 끔찍한 폭력은 오키나와전 이후 다양한 양상으로 오키나와 안팎을 휩싸고 있기 때문에 이미 이러한 폭력의 양상에 노출된 십대 학생에게 오키나와전 세대의 전쟁 폭력은 흔한 폭력들 중 하나 그 이상도 그 이하도 아니라는 통념이 관성화돼 있다. 그것을 단적으로 보여주는 사례가 『기억의 숲』에서 그들이 보이는 특정 학생에 대한 집단 따돌림에 수반되는 아주 '자연스러운' 폭력이다. 이것을 메도루마는 작품 속에서 익명의 학생들로, 즉 '**'와 같은 부호로 호명 처리하고 있다. 오키나와전 이후 이처럼 일상에 내면화된 폭력의 가해자와 피해자는 모두 '**'와 같은 부호로 일괄 처리됨으로써 오키나와에 팽배해진 폭력과 그에 속수무책으로 불모화된 오키나와의 현실을 메도루마는 리얼하게 재현한다. 굳이 오키나와에서 폭력의 가해자와 피해자를 고유명사로 호명할 필요가 없기 때문이다.

여기에다가 사요코의 마을 구장이 오키나와전 당시 일본군에 협력하다가 전세가 미군에 유리해지자 미군에 협력하는 모습 속에서 마을을 위태롭게 몰아간 지배자의 폭력에 적극 기생하는 외부 폭력에 대한 무기력함과 오히려 내부의 폭력을 묵인 방조하는 것을 고려해볼 때, 메도루마가

『기억의 숲』에서 또렷이 세밀히 응시하고 있는 내면화된 오키나와의 폭력 양상을 드러내는 것은 오키나와 문학이 성취해낸 값진 문학적 진실이다.

3. 오키나와 안팎의 폭력에 대한 문학적 보복

그렇다면, 오키나와는 이러한 폭력의 뫼비우스 띠에 둘러싸인 채 아무 것도 할 수 없는 지옥도(地獄島/圖)로 현상될 뿐일까. 『기억의 숲』에서 또 다른 중심서사는 미군의 성폭력에 피해를 당한 사요코를 대신하여 그를 유년시절부터 흠모하던 소년 세이지가 "작살의 증오"(43쪽)로 사요코를 성 폭행한 미군들에게 작살 공격을 감행한 사건이다. 세이지는 도저히 참을 수 없다. "자기네 섬 여자가 당하고 있는데 어떻허연 침묵허멍 보고만 있 고 막지 않은"(60쪽) 것인지, 세이지는 바닷속으로 잠영하여 미군들이 가 까이 오기를 기다려 수면 위를 헤엄치고 있는 미군의 심장을 겨냥해 작 살을 찔렀다. 비록 심장을 비껴간 채 배를 찔러 "피부를 뚫고 내장을 찢었 을 것"이나 "미국 놈의 썩은 피도 썩은 창자도 고등어 먹잇감이 되민 그만 이여……"(43쪽)하고 자족한 채 해안가 동굴에 숨는다. 말하자면, 세이지 는 미군을 죽이지는 못했으나 미군에게 상해를 입힘으로써 미군이 점령 군으로서 오키나와 사람들에게 성폭행을 한 것에 대한 정당한 대항폭력 (counter violence)을 감행한 것이다. 여기서, 비록 사요코와 오키나와 공 동체를 대신한 세이지의 행위가 무모한 행위로 비쳐질지라도 오키나와를 더럽힌 미군에 대한 보복 행위를 가한 것은 의미심장하다. 이것은 이것은 메도루마가 그 나름대로의 소설을 통한 문학적 보복과 문학적 행동주의를 표출한 셈이다. 메도루마의 초기 작품을 묶은 단편선집 「어군기」(2013)[02]에

---

02 이 선집은 2017년 곽형덕의 한국어 번역으로 보고사에서 출간되었다.

는 오키나와를 덧씌운 전'후'의 위선적 현실-평화가 얼마나 폭력을 은폐하는지, 그래서 오키나와전에 대한 기억과 투쟁의 정치를 순치시키고 무화시키려는 국민국가의 제도적 폭력을 가감없이 드러내는바, 특히 이 과정에서 천황제를 과감히 비판할 뿐만 아니라 미군 점령이 야기한 온갖 폭력의 양상에 대해 문학적 보복을 단호히 실행하는 데서 알 수 있듯,[03] 『기억의 숲』에서 보이는 세이지의 작살 보복은 메도루마의 문학에서 돌출적으로 표출된 문학적 모험주의가 결코 아니다. 세이지의 작살 보복은 오키나와를 대상으로 한 오키나와 외부의 폭력에 대한 오키나와 주체의 행동화된 저항이다. 말할 필요 없이 이것은 메도루마의 문학적 보복이다.

그런데, 좀 더 주의를 기울여야 할 것은 세이지에 의해 수행되고 있는 오키나와의 보복은 오키나와 내부의 폭력에 대한 단호한 응징의 성격을 동시에 갖는다는 점이다. 세이지는 초등학교 5학년 시절 같은 동네 동급생들로부터 성폭행과 다를 바 없는 성적 모욕을 당한다. 그것도 평소 세이지가 흠모하던 사요코를 비롯한 몇몇 여학생 앞에서 말이다. 이 사건을 계기로 세이지는 사요코에게 심한 성적 수치심으로 자기혐오에 시달린다. 우리는 이들 사이에서 일어난 일을 아직 성적으로 성숙하지 못한 철모르는 어린애들의 성적 혼돈의 과잉된 이상 행동이나 성징(性徵)의 통과의례로 치부해서는 곤란하다. 그보다 오키나와의 소년 소녀에게 보이는 성폭행과 다를 바 없는 행위를 야기한 사회구조적 근저에 뙤리를 틀고 있는, 오키나와를 지배한 일본 제국의 식민주의 폭력의 내면화를 응시할 필요가 있다. 이렇게 일본 제국에 의해 내면화된 폭력의 양상은 오키나와 소년 소녀 사이에서 약자를 향한 성폭행을 공유하고 아무렇지 않게 그러한 폭력

---

03 고명철, 「해설: 문학적 보복과 문학적 행동주의」, 「어군기」(메도루마 슌, 곽형덕 역), 보고사, 2017.

을 공모하는 것으로 그려지고 있다. 메도루마가 정작 주목하고 있는 것은 이처럼 뿌리 깊게 광범위하게 퍼져, 오키나와 전체에 끈끈이처럼 들러붙어 있는 내부의 폭력이다. 따라서 세이지가 미군을 상대로 한 작살 공격은 오키나와 외부의 폭력인 미군에 대한 보복이면서 오랫동안 세이지를 짓누르고 파괴해온 오키나와 내부의 폭력을 동시에 겨냥한 세이지의 보복으로 이해하는 게 보다 적실한 해석이 아닐까. 다시 말해 이것은 메도루마가 초기 작품에서부터 문학적으로 수행해온 오키나와 안팎의 폭력을 모두 겨냥한 단호한 문학적 응징이자 문학적 보복이다.

4. 오키나와에 대한 '겹-식민주의', 그것에 대한 자기비판

세이지에 투사된 메도루마의 문학적 보복에서 매우 흥미로운 점이 있다. 메도루마는 『기억의 숲』 중간 부분에서 사요코와 세이지, 통역병 등을 한꺼번에 등장시키는데, 이들 등장의 형식은 순전히 대화로서만 이뤄지고 있다. 그런데 특이한 것은 이들 사이에 나누는 대화의 언어가 오키나와어(오키나와에서도 문화행정 중심인 나하(那覇) 시가 있는 오키나와 본토어), 시마고토바(류큐 열도를 구성하고 있는 각 섬의 언어), 일본어(표준어) 등이 서로 동등한 자격으로 병치돼 있다는 사실이다.[04] 사요코와 세이지는 시마고토바

---

04 사실, 『기억의 숲』의 번역자가 토로하듯이, 이 부분은 "이 소설이 클라이맥스라고 할 만큼 중요한 부분인데, 이 안에는 오키나와어·시마고토바, 일본어·표준어, 가타가나로 표기한 2세의 통역의 언어가 뒤섞여 당시의 복잡한 언어상황을 그대로 보여주고 있다. 이것을 표준어로 번역하였을 때와 제주어로 바꿔 표현했을 때를 비교해보니, 전혀 다른 소설로 보일 만큼 큰 차이가 있었다. (중략) 제주어로 바꾸지 않았다면 이 작품은 반쪽자리 번역이 되었을 것이다. 오키나와어를 제주어로 바꾸는 작업은 다순한 번역 그 이상의 함의를 내포하고 있음을 독자들도 함께 느껴주었으면 한다."(268쪽)에서 짐작할 수 있는 것은, 국민국가의 표준어로 온전히 닿을 수 없는 사요코와 세이지의 정동(情動)이다.

를 서로 공유하면서 그들이 겪은 오키나와 안팎의 폭력 양상을 있는 그대로 드러냄으로써 피해자의 입장에서 피해자의 상처와 고통을 증언하고 서로의 상처와 고통을 보듬어 감싼다. 통역병은 사요코와 세이지에게 오키나와어 및 일본어를 통해 그들에게 일어난 사건의 진상을 애오라지 알아내려고 애쓴다. 통역병은 사요코와 세이지처럼 오키나와 사람이지만 분명한 것은 그들처럼 시마고토바로써 자유로운 의사소통을 할 수 없다. 오키나와 내부에서도 오키나와 본토라고 간주된 나하 시 중심의 오키나와어는 류큐 열도의 개별 섬의 언어인 시마고토바보다 언어의 위계질서가 상대적으로 높은데, 문화행정 중심의 표준어가 상대적으로 지역을 존재 근거로 삼는 지역어를 방언의 지위로 놓음으로써 표준어가 지역어보다 언어의 위계질서가 높은 것으로 통상 인식되는 것과 비슷하다. 하물며 일본어의 경우 오키나와를 식민주의 지배 질서 아래 예속시킴으로써 국민국가의 모국어의 상징권력을 지니고 있으므로, 통역병이 일본어를 구사한다는 것은 오키나와어를 구사하는 것과 또 다른 차원의 언어 위계질서를 구축하려는 것이다. 말하자면 통역병은 사요코와 세이지가 연루된 사건을 조사하는 과정에서, 다중의 차원(일본어 > 오키나와어 > 시마고토바)을 고려한 오키나와에 대한 '겹-식민주의(double colonialism)'를 은연중 드러낸다.

너의 수법 다 알고 있어……, 말 해줘도 몰라, 이 미치광이는……, 너네 부모는 우치난추잖아? 미국 놈 편을 들어멍도 부끄럽지 않은가? 내가 묻는 말에, 대답허시오……, 대답허민 안 돼, 세이지, 속아선 안 돼……, 말허지 마, 너도, 너도, 말허지 마……, 당신은 바다에서 네 명의 미국군을 습격해서, 한 명을 작살로 찔렀어요, 틀림없죠……, 세이지, 진실을 말하는 편이 좋아, 미국사람이라고 해서 다 나쁜 건 아니야, 진실을 말하면, 네가 한 일을 용서받을 거야……, 너는 누게냐? 누겐디 나 이름을 아느냐……, 안 돼 세이지, 속아 넘어가선 안 돼……, 그래, 그추룩 침묵허고 있어라, 꼴좋네, 미국 놈한티 속아그네, 사형당헐 거여……, 넌 누게냐? 닥쳐, 닥치라구, 나에 대해 아무것도 몰르는 주제에……, 솔직하게 질문에 답하시오, 당신이 찌른 미군은, 큰 상처를 입었지만, 죽지는 않았어요……, 죽지는 않았다니, 나의 사요코여, 이 말을 들으멍, 분을 참을 수가 없다……, 있는 그대로를 진술하고 사죄한다면 죄는 가벼워질 겁니다……, 누게한티 사죄를 허라는 것이냐, 네놈들이야말로 사요코한티 사죄허라……, (136쪽)

하지만 통역병의 '겹-식민주의'는 사요코와 세이지가 자유자재로 구사하는 시마고토바의 활행(滑行)이 일본어뿐만 아니라 오키나와어 사이를 비집고 들어가 균열을 내고 그 벌어진 틈새로 사요코와 세이지가 겪은 오키나와 안팎 폭력의 양상을 증언하는 과정 속에서 그들 사이에 어린 시절 앙금으로 남아 있는 불편한 관계를 해체할 뿐만 아니라 사요코는 세이지의 작살 공격이 함의하는 오키나와의 저항을 이해하고,[05] 세이지는 사요코가 감내하기 힘든 영혼과 육신의 고통과 상처를 진심으로 위무하게 된다.[06] 여기서, 그들 시마고토바의 활행이 거느리고 있는 말줄임표의 침묵

---

05 오키나와 안팎의 폭력에 심하게 상처받은 사요코는 정신질환을 앓게 되면서 집을 떠나 요양원에서 치유를 받는다. 사요코의 여동생이 그 요양원을 방문했을 때 그는 언니가 바다를 하염없이 응시하면서 무엇인가를 속삭이는 말을 듣는다. 그 말, "들렴수다, 세이지."("듣고 있어요, 세이지." 242쪽, 강조-인용)는 사요코를 위해 미군에게 작살 공격을 가한 세이지의 진심을 이해하면서 동시에 그를 향한 세이지의 사랑도 소중히 간직한다는 마음을 드러낸 시마고토바이다.

06 미군을 공격한 세이지는 미군에게 체포되어 조사를 받고 풀려난다. 세이지는 자신의 작살

은 시마고토바가 수행하고 있는 일본어 및 오키나와어에 대한 정치적 표현으로 손색이 없다. 이 잦은 말줄임표의 단속적 표현이야말로 오랫동안 류큐 열도를 '겹-식민주의'로 지배해온 제국의 폭력에 대한 슬픔이고, 분노이고, 저항이 버무려진 구술로서 침묵의 형식을 띤 정치적 정동(情動)이다. 감히 말하건대, 이것이야말로 메도루마의 『기억의 숲』이 일궈내고 있는 문학적 압권이 아닐 수 없다. 왜냐하면 통역병은 작품의 말미에서 자기비판의 고백 편지에서도 토로했듯이 오키나와전과 연관된 표창을 거부하는 명확한 이유에서, 사요코에 대한 미군의 명백한 성폭력과 그에 대한 세이지의 정당한 작살 공격이 함의한 진실을 그 당시 당당히 밝히지 못한 채 미군에 공모한 자신의 양심의 가책에 괴로워하면서 '겹-식민주의'를 대리했던 과거 자신의 잘못을 통렬히 반성하기 때문이다.

그러면서, 이 작품에서 쉽게 간과할 수 없는 것은 세이지에게 작살 공격을 당한 미군 병사의 아들이 베트남전에 참전했는데 하필 그 아버지를 공격했던 오키나와의 작살 촉을 펜던트로 갖고 있다가 뉴욕 9·11테러 당시 빌딩에서 죽은 것이다. 작살 촉과 연관하여 베트남전과 9·11테러의 맥락으로 서사를 이어보려고 한 메도루마의 시도를 엿볼 수 있는 대목이다. 비록 이것과 연관된 서사는 위에서 언급한 서사들처럼 집중적으로 펼쳐지고 있지는 않되, 메도루마의 다른 글쓰기에서 자주 보이듯, 오키나와의 미군 기지로부터 베트남을 비롯한 세계의 주요 분쟁 지역에 미군이 군사적 개입이 지속된 것을 볼 때 오키나와가 세계의 평화를 위협하는 폭력의 거점으로서 작동하고 있다는 것에 대한 통렬한 자기비판의 윤리감각이 자리하

공격에 대한 온갖 심문 속에서도 오키나와인으로서 대항폭력이 가진 성격을 굽히지 않고 풀려난다. 마을로 돌아온 세이지는 또렷하고 침착한 목소리로, 특히 사요코에게 이러한 자신의 정동(情動)을 "댕겨완, 사요코."("다녀왔어, 사요코." 261쪽, 강조-인용)와 같은 시마고토바로 드러낸다.

고 있다. 이것은 관점을 달리하면, 오키나와가 세계의 다른 지역을 폭력으로 지배할 수 있는 식민주의의 전초기지로서 작동하고 있는 것에 대한, 오키나와의 '겹-식민주의'에 대한 메도루마의 자기비판과 무관하지 않다.

금기에 대한 반기,
전후 오키나와와 천황의 조우
메도루마 슌의 「평화거리로 불리는 길을 걸으며」를
중심으로

조정민

1. '천황'이라는 이름의 금기

금기가 존재한다는 것은 금기의 대상을 거역하거나 반역을 도모하려는 욕망을 역설적으로 증명한다. 그리고 금기에 대한 욕망을 문학만큼 진지하게 상상한 장르도 드물 것이다. 이 글에서는 표현의 금기 영역인 '천황'에 대해 전후 일본문학과 전후 오키나와문학이 각각 어떠한 대응을 해왔는지 살펴보고자 한다. '전후'로 시간을 한정한 이유는 일본 본토와 오키나와가 상상하는 천황(제)은 서로 다르지만, 양자 모두 전후민주주의와 상징천황제의 모순 사이에서 자신들의 몸에 기입된 천황(제)을 문학적으로 해체하려고 시도한 바 있기 때문이다.

문제는 천황이라는 금기로부터의 탈주가 쉽지 않다는 데 있다. 이에 대해서는 앞으로 자세히 살펴보겠지만 1960년대 우익 청년들이 일으킨 아사누마 사건(浅沼事件, 1960.10.12)과 시마나카 사건(嶋中事件, 1961.02.01)은 전후민주주의와 초국가주의가 혼재하는 전후 일본의 이중적인 현실을 그대로 대변하는 것으로, 이 두 사건은 천황이 일본인의 몸과 마음을 강력하게 포획하는 장치임을 더욱 뚜렷하게 전경화시키는 결과를 낳았다. 천황(제)이라는 심상적 질곡을 뛰어넘어 체제에 미세한 균열을 일으키고 그로부터 탈주하려 했던 두 문학자 후카자와 시치로(深沢七郎)와 오에 겐자부로(大江健三郎)는 우익 청년들의 테러에 직간접적으로 연루되면서 전후 일본의 문학 공간에 더는 천황을 등장시킬 수 없음을 증명해 보이고 말았다.

그 뒤 천황(황태자)이 문학 공간에 다시 등장한 것은 1986년에 이르러서다. 오키나와의 작가 메도루마 슌(目取眞俊)이 쓴 「평화거리로 불리는 길을 걸으며(平和通りと名付けられた街を歩いて)」(『新沖縄文学』 1986.12 이하 '평화거리'로 약칭)는 패전 후 오키나와를 방문한 황태자 부부에게 한 치매 노인이 오물을 투척하는 사건을 그린 것으로, 여기에는 일본화라는 강력한 훈육 과정과 치매를 앓고 있는 예외적인 몸이 일으킨 감시 체제의 와해가 동시에 드러나 있다.

그렇다면 1960년대 이후 본토의 문학 공간에서 자취를 감추었던 천황을 1980년대의 오키나와가 다시 소환한다는 것은 무엇을 의미하는 것일까. 이 글에서는 전후 일본문학과 전후 오키나와문학에서 보이는 천황의 표상과 그 정치·사회적인 맥락을 짚어보고 지금 다시 메도루마의 작품을 읽는 의미에 대해 이야기해보고자 한다.

2. 꿈속에서조차 불가능한 이야기

1960년 11월 잡지 『중앙공론(中央公論)』에 발표된 후카자와 시치로의 소설 「풍류몽담(風流夢譚)」은 주인공 '나'가 꿈에서 본 소요 사태를 매우 인상적으로 그리고 있다. 버스정류소에 있던 '나'는 사람들로부터 도쿄 시내에서 혁명이 일어나고 있다는 이야기를 전해 듣는다. 버스를 타고 황궁에 도착해 보니 황태자와 황태자비는 '나'가 쓰던 도끼로 목이 베이기 직전이었다. '나'의 도끼가 더러워지는 것을 못마땅하게 여기고 있던 찰나, 황태자 부부의 목은 베이고 목이 잘린 두 사람의 주변에 사람들이 모이기 시작한다. 그곳에 갑자기 나타난 쇼켄 황태후(昭憲皇太后)와 '나'는 언제부턴가 고슈(甲州) 사투리로 말싸움을 벌이고 심지어 서로 욕설을 퍼붓기도 한다. 얼마간 언쟁이 이어지는 가운데 군악대가 연주하는 음악 소리가 들리고 불꽃놀이가 시작된다. 그만 죽어도 미련이 없다고 생각한 '나'는 머리에 총을 쏘아 자살하고 만다. 내 머리 안에는 구더기가 가득했다.

도심의 폭동 속에서 황태자 부부의 목이 베어 나가고 나머지 몸뚱어리는 사람들의 구경거리로 전락하는 장면은 꿈에서 본 광경이라 해도 충격적인 묘사임에는 틀림없다. 더구나 작중에 실명이 그대로 드러난 히로히토(裕仁) 천황과 밋치〔1959년 아키히토(明仁) 황태자와 결혼한 쇼다 미치코(正田美智子)의 애칭〕, 쇼켄 황태후는 상상의 차원에 머물러 있던 황실의 모습을 마치 현재와 실재의 의미망 속에 살아 있는 것처럼 느끼게 만들었고, 또 쇼켄 황태후가 사투리로 욕하는 장면은 철저하게 박제된 인물로 등장했던 기존의 황족의 모습과는 크게 동떨어진 것이었다. 때문에 이 작품은 궁내청(宮內庁)의 항의〔황실에 대한 명예 훼손, 1960.11.29.〕를 받은 것은 물론 해당 작품을 게재한 잡지사는 우익으로부터 지속적인 협박과 공격에 시달려야 했다.

그런 와중에 1961년 2월 1일 중앙공론사의 사장 시마나카 호지(嶋中鵬二)의 자택에 대일본애국당 소속 극우 청년들이 침입하여 사장의 부인과 가정부를 피습해 가정부가 사망하는 시마나카 사건이 일어난다. 이에 중앙공론사는 2월 6일 전국지에 "게재하기에 부적합한 작품이었음에도 불구하고 저(중앙공론사 사장)의 감독이 제대로 이루어지지 않은 채 공간(公刊)되어 황실 및 일반 독자들에게 큰 폐를 끼치게 된 점을 깊이 사죄드립니다"[01]라는 사죄문을 발표하고, 1961년 3월호 『중앙공론』에도 같은 취지의 사죄문을 게재한다. 니시카와 나가오(西川長夫)가 지적한 것처럼 피해를 입은 언론사는 테러리즘에 항의하는 대신 사죄를 하였으며, '저의 감독이 제대로 이루어지지 않은 채'라는 단서를 달고는 있지만 글의 책임을 작가나 편집자들에게 전가하는 등, 표현의 자유를 스스로 포기하고 언론계에 금기가 존재함을 자인했다.[02] 다시 말해 「풍류몽담」을 둘러싼 일련의 사건은 언론의 자유라는 관점에서 볼 때 전후민주주의가 표방하는 이념적 가치가 얼마나 공허한지를 그대로 드러내고 있었던 것이다.

「풍류몽담」 필화 사건과 시마나카 사건을 두고 구노 오사무(久野収), 나카노 요시오(中野好夫), 다케우치 요시미(竹内好) 등의 지식인들은 반사회적이고 인정받기 힘든 소수 의견을 이야기할 수 있을 때 비로소 진정한 언론의 자유는 보장될 수 있음을 공통적으로 지적했지만, 그 주장의 정당성에 비해 내용은 다소 추상적인 것이 사실이었다. 이들은 작품에 등장하는 천황(제)에 대한 이야기를 구체적으로 다루는 대신 논의의 향방을 '테러리즘과 표현의 자유'로 이행시키면서 천황과 소설의 문제를 무화시키고 있었던 것이다. 이는 자신의 주장을 스스로 검열한 자주규제에 따른 결과에 다름 아니었다.[03]

---

01 西川長夫, 『日本の戦後小説-廃墟の光』, 岩波書店, 1988, 315쪽에서 재인용.

02 西川長夫, 위의 책, 316쪽.

03 根津朝彦, 『戦後『中央公論』と「風流夢譚」事件-「論壇」・編集者の思想史』, 日本経済評論社, 2013, 180쪽. 시마나카 사건을 계기로 황실에 대한 중앙공론사의 자주적인 검열은 더욱 강화된다. 중앙공론사는 사상의 과학연구회(思想の科学研究会)가 편집하는 잡지 『사상의 과학(思想の科学)』이 1962년 1월호에서 천황제 특집을 꾸미자 이를 일방적으로 발간 정지하여 폐기 처분했

자주규제를 한 것은 작가 후카자와 쪽도 마찬가지였다. 「풍류몽담」이라는 제목에서 보듯이 이 소설은 '꿈(夢)'과 '이야기(譚)' 형식에 기댄 초현실주의적인 작품이었음에도 불구하고 후카자와는 물의를 일으킨 데 대한 잘못을 눈물로 사죄하는 기자회견(1961.02.06)을 열고 우익의 습격을 피해 호텔에 잠시 몸을 숨겼다가 1965년까지 약 5년간 전국 각지를 돌아다니는 방랑생활을 하게 된다. 그는 해당 작품에 대한 복간 의뢰를 모두 거절했고 사후에 간행된 후카자와 시치로 전집(『深沢七郎集』全10卷, 筑摩書房, 1997)에도 이 작품은 수록되지 않았다.

한편 시마나카 사건이 일어나기 직전인 1960년 10월 12일에는 17살의 우익 청년 야마구치 오토야(山口二矢)가 일본사회당 당수 아사누마 이네지로(浅沼稲次郎)를 흉기로 찔러 사망하게 한 아사누마 사건이 일어난다. 아사누마는 당시 안보투쟁의 최전선에서 기시 노부스케(岸信介) 내각의 총사퇴를 주장하고 있었고 사건 당일에는 일본 3당 대표자 합동 연설회에 참가해 연설을 하던 중이었다. 연설회가 TV로 생중계되고 있던 탓에 피습 장면은 전국으로 전파를 타게 되었고 그것을 지켜본 대중들은 충격에 휩싸였다. 사건을 일으키고 약 한 달이 지난 뒤, 야마구치는 '천황폐하 만세, 칠생보국(天皇陛下万才 七生報国)'이란 유서를 남기고 자살했다.

야마구치의 왜곡된 천황 숭배는 작가 오에 겐자부로의 작품 「세븐틴(セブンティーン)」(『文學界』(1961.01·02)에 동시대적으로 재조명되었다. 특히 1961년 2월 『문학계(文學界)』에 발표된 「정치 소년 죽다-세븐틴 제2부

고, 그 와중에 중앙공론사가 공안조사청 직원에게 미리 잡지를 보여주고 검토 받은 사실이 드러나 사상의 과학연구회 주요 집필진으로부터 거센 항의를 받기도 했다. 결국 잡지 『사상의 과학』은 중앙공론사로부터 독립하여 자주 발간하는 수순을 밟게 되었고, 중앙공론사의 논조는 체제비판적인 집필진이 주요 논객이던 과거와는 달리 보수 논객의 글이 자주 등장하게 되었다(根津朝彦, 위의 책, 189~192쪽).

(政治少年死す-セブンティーン第2部)」는 한 우익 소년이 자기 정체성을 회복하기 위해 천황을 성적 욕망의 대상으로 삼는 과정을 다룬 작품으로, 작가는 소년이 성을 매개로 천황과의 동일시를 추구하면 할수록 '초국가주의'라는 정치성이 짙게 표면화되는 것을 비판적으로 그렸다. 다시 말해 오에는 유약한 전후민주주의의 틈 사이로 비집고 들어온 초국가주의가 아사누마 사건과 같은 아이러니를 배태시켰다고 보았던 것이다.[04] 이 작품을 발표한 이후 오에는 우익의 살해 위협으로부터 자유로울 수 없었고 해당 작품을 게재한 잡지사는 작가의 의도와는 상관없이 3월에 사과문을 실었다. 그리고 훗날 간행된 오에 겐자부로의 소설집(『大江健三郎小説』 全10巻, 新潮社, 1996)에 「정치 소년 죽다-세븐틴 제2부」는 실리지 못했다.[05]

1960년대 초에 연이어 일어난 우익 테러 사건과 출판사의 자기 검열 태도는 전후 일본문학이라는 무대에 겨우 등장하기 시작한 천황에 대해 그 어떠한 접근도 불가능하도록 문학 공간을 암전시키고 말았다. 그것은 전쟁과 패전, 그리고 점령으로 이어지는 극단의 혼란 속에서 천황에게 전쟁 책임을 물으며 대결하려 했던 1950년대의 담대한 시도[06]로부터의 역행을 의미하기도 했다.

---

04 大江健三郎·すばる編集部, 『大江健三郎·再発見』, 集英社, 2001, 66~67쪽.

05 1996년에 출판된 오에 겐자부로의 소설집보다 먼저 간행된 『오에 겐자부로 전 작품 1(大江健三郎全作品 1)』(新潮社, 1966)의 「자필연보」에 따르면 「政治少年死す-セブンティーン 第2部」가 수록되지 않은 것은 오에 자신의 뜻에 따른 결과가 아니라고 밝히고 있다(377쪽).

06 1952년 5월 1일, 일본노동조합총평의회(總評議會)가 '인민광장 탈환'을 외치며 황궁 앞 광장까지 이동해 집회를 연 것은 대표적인 사례일 것이다. 이들은 당시 황궁 주위를 지키던 5천여 명의 경찰들과 치열하게 대립하였고 결국 경찰의 발포로 2명이 사망하고 1,500여 명이 부상을 입었다.

3. 전후 오키나와와 천황의 조우

「풍류몽담」과 「세븐틴」이 발표되고 약 25년이 지난 1986년, 오키나와에서는 이들과는 또 다른 방식으로 천황가를 문학 속에 등장시킨 작품이 출현한다.[07] 오키나와 출신 작가 메도루마 슌이 쓴 「평화거리」가 바로 그것이다.[08] 이 작품은 1983년 7월 12일부터 13일까지 오키나와 나하(那覇) 시민회관에서 열렸던 헌혈운동추진전국대회에 황태자 부부가 참석한 것을

---

07 물론, 오키나와에서 천황에 대한 문학적 논의를 메도루마가 처음 시작한 것은 아니다. 좀 더 넓은 의미의 '문학'을 염두에 둔다면 본토 복귀 전후에 아라카와 아키라(新川明)가 쓴 『반국가의 흉악 지역(反国家の兇区)』(現代評論社, 1971)과 『이족과 천황의 국가(異族と天皇の国家)』(二月社, 1973) 등은 오키나와와 본토·천황의 거리를 보다 치열하게 고민한 저작이었다고 볼 수 있다. 예컨대 그는 "일본에 대한 뿌리 깊은 차이 의식(差意識)=거리감을 기층으로 하면서도 급속하게 천황제 국가 '일본'에 편입된 오키나와는 완전히 천황제 문화(의식)에 포섭되어갔고, 본토의 차별의식에 대응하듯이 오키나와 내부의 언론 기관이나 민권 운동, 학문 등은 보완적인 역할을 수행하며 적극적인 동화지향=황민화지향을 초래하고 말았다. 그리하여 오키나와(인)은 일본 가운데서도 가장 농밀하게 천황제 사상=일본국민의식에 물든 지역이 되어 오늘날에 이르고 있다"고 지적하기도 했다(新川明, 『「非国民」の思想と論理』, 『反国家の兇区』, 앞의 책, 130쪽). 한편, 오키나와에서의 천황(제) 논의는 대부분 지식인이나 정치운동가, 노동운동가를 중심으로 이루어졌고 서민들의 의식이나 감성을 다룬 논의는 거의 없었다. 오카모토 게이토쿠(岡本恵徳)는 문학적 제재로 다루기 힘든 천황에 대한 서민의 심상을 메도루마의 「평화거리」가 잘 대변하고 있다고 지적한 바 있다(岡本恵徳, 『現代文学にみる沖縄の自画像』, 高文研, 1996, 261쪽).

08 국내에도 소개된 메도루마의 대표작은 「물방울(水滴)」(1997), 「넋들이기(魂込め/まぶいぐみ)」(1998) 등으로, 특히 1997년 상반기 아쿠타가와상을 수상한 「물방울」은 비평가나 연구자들의 호평을 받았다. 그에 반해 「평화거리」는 "천황제 고발'이라는 강한 의지가 전면에 드러나 소설 자체가 단조로운 이데올로기에 자족해버렸다"는 혹평을 받은 바 있다(新城郁夫, 『沖縄文学という企て-葛藤する言語·身体·記憶』, インパク出版会, 2003, 129~130쪽). 그러나 작품의 평가와 수용 경향을 차치하더라도, 천황을 매개로 본토와 투쟁하고자 한 메도루마의 의도는 훗날 간행되는 단행본이나 작품집에 매우 분명하게 드러난다. 메도루마는 2003년에 간행된 단편소설집의 표제작으로 「평화거리」를 두었고, 또 오키나와국제해양박람회에 참석한 황태자 부부에게 화염병 테러를 감행하려 했던 한 남자를 회상한 소설 「이승의 상처를 이끌고(面影と連れて/うむかじとぅちりてぃ)」(1999)를 2013년에 발간된 『메도루마 슌 단편소설선집 3(目取真俊短篇小説選集 3)』의 표제작으로 두었다. 지금도 기지 반대를 위해 헤노코(辺野古)의 바다와 다카에(高江)의 숲에서 저항 운동을 이어가고 있는 메도루마에게 이들 작품은 본토의 정치에 굴종하지 않기 위한 무겁고도 절박한 외침이기도 한 것이다.

모티브로 삼고 있다. 황태자 부부의 오키나와 방문을 앞두고 경찰 당국은 두 사람의 동선을 중심으로 삼엄한 경비 태세 갖춘다. 이 과정에서 경찰은 평화거리에서 좌판 장사를 하는 사람들에게 휴업을 강제하고, 치매를 앓고 있는 우타(ウタ) 할머니에게는 외출을 금지하는 등, 개인의 신체와 일상을 철저하게 통제하고 감시한다. 오키나와 북부 얀바루(山原)가 고향인 우타는 전쟁 중에 남편과 큰 아들을 잃고 둘째아들 가족과 함께 나하에 살며 생선 장사를 해왔다. 한때는 폭력단에도 맞설 정도로 강단이 있던 그녀였지만 치매를 앓는 지금은 가족과 주변 상인들에게 성가신 존재로 비쳐질 뿐이다. 그러니까 평화거리의 평화를 수호하던 우타가 지금은 평화거리의 평화를 위협하는 불온한 존재가 되어버린 것이다. 또한 치매를 앓는 우타와 평화거리의 상인 모두를 과잉 규제, 진압하는 당국의 폭력은 평화거리를 소설의 제목처럼 '평화거리로 불리는' 데 그치게 할 뿐이다. 거기에는 진정한 '평화'의 편린도 발견하기 힘들다.

한편 경찰 당국의 집요한 강요에 못 이긴 둘째아들은 황태자 부부의 오키나와 방문 당일에 우타를 집안에 감금하고, 여기에 불만을 품은 손자 가주(カジュ)가 가족들 몰래 자물쇠를 열어 그녀를 탈출시킨다. 집 밖으로 나온 우타는 황태자 부부를 환영하는 인파 사이로 비집고 들어가 두 사람이 탄 차에 다가가서는 자신의 대변을 차창에 내던진다. 창문에 묻은 '황갈색의 손도장'은 마치 '두 사람(황태자 부부)의 얼굴에 찍힌 것 같'은 모양새가 되어버린다. 그 뒤 고향 얀바루로 가는 버스에 몸을 실은 우타는 가주 옆에서 조용히 숨을 거둔다.

오키나와에 거주하는 치매 할머니 우타와 황태자 부부가 조우하는 장면에서 메도루마는 양자를 인분으로 매개한다. 언어와 기억을 반쯤 잃어버린 치매 노인의 인분 투척 행위는 합리적인 방식으로 설명하기 어렵고

통제가 불가능하기에 더욱 급작스럽고 당혹스럽다. 천황가의 위엄과 존엄을 순식간에 부정하는 우타의 행동은 매우 인상적이지만, 그것이 실재할 가능성은 거의 희박하기에 그녀의 행동이 천황가의 권위를 당장에 실추시킨다고 보기는 어렵다. 즉 우타의 행위를 치매 노인의 병리적인 행동이라고 해석한다면 거기에서 '저항'의 의미를 기대할 수는 없는 것이다. 그런 의미에서 본다면 '치매'라는 장치는 천황가의 존엄을 위한 마지막 피난처이자 보루일지도 모르는 셈이다. 그럼에도 이 작품에서 우타의 행동을 주의 깊게 보아야 하는 이유는 그녀의 '폭력'이 오키나와의 전쟁과 전후에 근거하고 있기 때문이다. 다시 말하면 전쟁 경험이나 전사자 위령, 복귀 이후의 오키나와의 정체성 정치 등, 오키나와를 둘러싼 중층적이고 복합적인 상황이야말로 그녀의 행위의 근간인 것이다. 전쟁과 전후를 관통하는 우타의 신체는 오키나와의 메타포임이 분명하다. 작품에 대한 구체적인 언급은 다음으로 미루고 여기서는 먼저 우타, 즉 오키나와가 경험한 전쟁과 전후를 천황과의 관련성을 중심으로 살펴보도록 하자.

"미국이 오키나와를 25년이나 50년, 혹은 그 이상의 기간에 걸쳐 지배하는 것은 미국에 이익이 될 뿐 아니라 일본에게도 이익이 된다"는 이른바 '오키나와 메시지'(1947)는 쇼와(昭和) 천황이 전후 일본의 안녕과 번영을 위해 오키나와를 일방적이고 강제적으로 희생시켰다는 사실을 가감 없이 보여준다.[09] 천황제의 존속과 본토 방위를 위해 오키나와 전투를 감행하고 패전 후에도 오키나와를 적극적으로 미국에 헌납한 '천황 외교'[10]는 여러 겹의 지배와 폭력에 의해 결박된 오늘날의 오키나와를 초래했다. 전쟁과

---

09 進藤榮一, 『分割された領土-もうひとつの戦後史』, 岩波書店, 2002, 66쪽.

10 豊下楢彦, 『安保条約の成立-吉田外交と天皇外交』, 岩波新書, 1996; 豊下楢彦, 『昭和天皇·マッカーサー会見』, 岩波現代文庫, 2008 참조.

점령이라는 연속된 폭력을 오키나와에 강제한 쇼와 천황은 패전 이후 오키나와 땅을 밟은 적이 단 한 번도 없었다.[11]

이후 오랜 공백을 사이에 두고 1975년 7월 17일 쇼와 천황의 장남 아키히토(明仁) 황태자[헤이세이(平成) 천황]와 황태자비는 오키나와국제해양박람회 개회식에 참석하기 위해 오키나와를 찾았다. 1975~76년에 열린 국제해양박람회는 통상산업성(通商産業省)이 제안하여 1971년에 각의 결정된 프로젝트로, 오키나와의 일본 복귀를 기념하기 위한 사업의 일환이기도 했다. '바다-그 소망스러운 미래(海-その望ましい未来)'라는 주제로 열린 이 박람회는 오키나와를 '새로운 해양문명의 발상지'로 규정하며 지역 정체성을 창조하고, 오키나와의 산업 진작과 사회 인프라 정비를 꾀하는 목적을 가지고 있었다.[12] 패전 이후 각기 다른 방식으로 전후를 살았던 일본과 오키나와는 공공시설이나 사회자본, 복지와 같은 행정적 측면에서 단절과 공백을 서둘러 메울 필요가 있었지만, 정서적으로도 본토와의 일체감을 만들어내야만 했다. 어쩌면 더욱 긴요하고 지난한 과제는 후자일지도 몰랐다. 국제해양박람회를 개최하면서 당시 미디어를 통해 인기를 구

---

11 1921년 3월 황태자 신분으로 구미 방문 도중에 오키나와를 방문한 적은 있었다.

12 일본 정부는 1974년에 본토 복귀한 오키나와에 대해 행정과 제도 면에서 본토와의 통일을 서두르는 한편, 문화적으로는 '오키나와다움'을 전경화시키는 사업을 대대적으로 추진했다. 국제해양박람회 개최는 그 대표적인 사례로, 1992년에 정전(正殿) 공사를 완료하여 일부 공개한 슈리성(首里城) 복원도 같은 취지의 사업이었다. '오키나와다움'이라는 문화 코드가 커다란 경제효과를 불러일으킬 것으로 기대한 일본 정부는 오키나와에 집중적으로 자금을 투입했는데, 이를 오키나와의 기초 사회자본 정비의 계기로 기대하는 의견이 있었는가 하면 다른 한편에서는 환경 파괴나 낙도의 과소화, 물가 상승 등의 이유를 들어 반대 운동을 전개한 사람들도 있었다. 실제로 국제해양박람회가 끝난 뒤 오키나와에는 후자의 주장대로 도산, 실업과 같은 후유증이 오랫동안 남았다(鹿野政直, 『沖縄の戦後思想を考える』, 岩波書店, 2011, 147~148쪽).

가하던 황태자 부부를 명예 총재로 맞이한 것은 우연이 아니다.[13] 본토와 오키나와의 정서적 통일을 구현하는 데 황족만큼 적절한 장치는 없었던 것이다.[14]

그러나 천황가의 오키나와 방문은 일본과의 통섭의 효과보다는 균열의 효과를 부르고 있었고 본토와 오키나와 사이의 절대적 차이를 현시하는 결과를 초래하고 있었다. 예를 들어 황태자의 방문을 앞둔 오키나와에서는 박람회가 내거는 '경제'를 무색하게 만들 정도로 '정치'가 커다란 이슈로 등장하며 노골적으로 치안 문제가 드러나기에 이르렀다.[15] 그것은 단순히 황태자의 오키나와 방문에 반대하는 목소리로만 그치는 것이 아니라 황태자에 대한 습격의 가능성도 제기되고 있었다.[16] 방문 당일 오키나와에

---

13 1959년 아키히토 황태자와 결혼한 쇼다 미치코는 '평민' 출신이었다. 황태자와 평민 여성의 결혼은 많은 이슈를 낳았고, 라디오와 TV 매체는 두 사람을 마치 연예인과 같은 친근한 존재로 포장하는 데 일조했다. 특히 미치코 황태자비를 둘러싼 '밋치 붐'은 천황(가)에서 연상되는 전쟁과 정치 이미지를 표백시켜 대중문화적 존재로 만드는 계기가 되었다. 그러나 '대중천황제'는 천황을 우상화하는 천황제의 새로운 정신지배 체제로, 그것은 결국 절대군주로서의 천황을 문화 개념으로 되살린 것에 지나지 않는다.

14 오키나와의 문학자 오시로 다쓰히로(大城立裕)는 1971년의 오키나와국제해양박람회 구상과 진행을 주도한 인물 중 한 사람이다. 그는 1983년에 황태자 부부가 오키나와를 재차 방문했을 당시 해양박람회 때 만났던 황태자를 다음과 같이 회상한다. "해양박람회 오키나와관에서 스텝들과 이야기를 나눌 때 황태자의 발언에서 드러나는 오키나와 역사에 대한 깊은 학식은 솔직히 경복할 정도였다. (중략) 아마도 공부와 진강(進講)이 있었기 때문일 것이다. 제왕도 마냥 편한 것만은 아니다. 단지 그 '진강'을 위해 시종에게 감시당하면서 무보수로 협력할 '충성심'이 나에게 있는지 없는지는 의문스럽다. 그러나 '의문스럽다'는 것은 '전무하다'는 것을 반드시 의미하지는 않는다. 진강을 거절할 수 없는 시스템이 있는 것처럼 여겨지며 그것은 우리들의 내면에 기묘하게 깃들어 있다."(『皇室のこと』, 『沖縄タイムス』 1983.09.23. 인용은 『大城立裕全集 第13巻 評論·エッセイ II』 勉誠出版, 2002, 206쪽.) 오시로는 천황(제)에 대한 오키나와의 양가적인 감정과 거리를 토로하면서 동시에 그것을 (무)의식적으로 내면화하고 있음을 고백하고 있다.

15 鹿野政直, 앞의 책, 148쪽.

16 5월에는 오키나와 현 원수폭 금지 협의회(沖縄原水協) 및 오키나와현 교직원 조합(沖教組), 전 오키나와군 노동조합(全軍労) 등 각종 단체들이 황태자 방문에 반대 의사를 분명히 밝혔고,

서는 오키나와 현 경찰 1,300명과 본토에서 지원 나온 경찰 2,400명이 완전 무장하여 엄중한 경비를 섰다. 그럼에도 히메유리의 탑(ひめゆりの塔)에 헌화하고 설명을 듣던 황태자 부부에게 두 남성이 화염병을 던지는 사건이 발생하고 만다. 이들은 황태자 부부의 일정을 미리 파악하고 동굴에 잠복해 있다 화염병 테러를 시도한 것이었다. 삼엄하다 못해 공포스러운 경비, 그리고 그 틈새를 비집고 분노의 시위를 해 보인 화염병 테러는 천황에 대한 오키나와의 여론을 무엇보다 명징하게 보여주는 사건이었다. 화염병을 던진 한 남성은 재판소에서 히메유리 여학생들로부터 "복수해 달라는 부탁을 받았다"고 진술하기도 했다.[17] 이렇듯 오키나와는 여전히 전쟁이라는 과거의 정신적 외상으로부터 자유로울 수 없었고, 그것은 황태자 부부가 오키나와의 비극을 애도하고 묵념하는 행위를 통해 새로운 평화의 시대를 다짐하는 것과는 층위를 달리하는 경험이자 고통이었다.

테러라는 폭력이 상호 교환이 불가능한 결정적인 행동이듯,[18] 황태자에 대한 화염병 테러는 말 그대로 교환 불가능한 양자의 관계가 부른 사건이었다. 군정하의 오키나와가 본토 복귀를 희구한 것은 미군 기지와 관련된 갖가지 갈등과 폭력으로부터 해방되기 위해서였다. 그러나 결과적으로 본토 복귀 과정에서 이들 문제는 미봉되거나 외재화되고 말았다. 그런 가운

황태자의 방문을 한 달 정도 앞둔 6월에는 마부니(摩文仁) 언덕 일각에 '황태자의 오키나와 방문 저지', '천황 규탄'이라 쓴 붉은 낙서가 발견되기도 했다. 더욱이 6월 25일에는 가마가사키 공투회의(釜ヶ崎共闘会議) 간부가 오키나와 시내 미군기지 앞에서 분신자살했다. 그는 "황태자 암살을 기도했지만 정세를 보아 객관적으로 불가능할 것 같다. 따라서 죽음을 걸고 투쟁하는 것이 아니라 죽음으로써 항의한다."는 말을 남기며 죽었다. 당시의 황태자 암살 계획에 대해서는 友田義行의 「目取真俊の不敬表現‐血液を献げることへの抗い」(『立命館言語文化研究』22(4), 2011, 154쪽) 참조.

17 도미야마 이치로 지음, 임성모 옮김, 『전장의 기억』, 이산, 2002, 110쪽.

18 장 보드리야르, 「테러리즘의 정신」, 『아부 그라이브에서 김선일까지』, 생각의나무, 2004, 272쪽.

데 본토는 오키나와를 성급하게 포섭하여 하나 된 '일본'을 구현하려 했다. 화염병 테러는 본토와 오키나와가 상상하는 '일본'이 서로 어긋나 있음을 무엇보다 극명하게 대변하고 있었던 것이다.

화염병 사건으로 기억되는 황태자 부부의 첫 번째 오키나와 방문으로부터 8년이 지난 1983년, 두 사람은 다시 오키나와를 찾는다. 이번에는 나하 시민회관에서 열린 제19회 헌혈운동추진국민대회에 참가하기 위해서였다. 오키나와에서는 또 다시 철저한 사상 검열과 신원 조사, 그리고 정신이상자에 대한 특별 감시가 이루어졌지만 특별히 불미스러운 사건 사고는 일어나지 않았다.

그런데 여기에서 한 가지 짚고 넘어가야 할 부분은 헌혈운동추진국민대회와 천황가의 관련이다. 헌혈운동추진국민대회는 후생성(厚生省)과 각 지방정부, 그리고 일본적십자사의 협찬하에 1965년부터 매해 열리는 '사랑의 혈액돕기운동(愛の献血助け合い運動)' 행사의 일환이다. 이 대회를 후원하는 일본적십자사의 명예 총재는 1947년부터 황후가 맡고 있다. 1960년 헌혈운동을 소재로 황후가 지은 와카(和歌) 두 수가 '헌혈의 노래'(献血の歌)로 만들어져 매 대회마다 제창되고, 1976년 제12회 대회부터 황태자 부부의 참석이 정례화된 것에서 보듯이 헌혈운동과 천황가의 관계는 매우 밀접하다. 1983년 황태자 부부가 오키나와를 방문한 것도 같은 맥락에서의 일이었다.[19]

문제는 '헌혈'이라는 용어와 행위가 어떠한 문맥에서 만들어져 전후로까지 연속되고 있는가 하는 것이다. 헌혈이란 말이 처음으로 사용된 것은 전쟁 중의 일이며 수혈용 혈액을 장기간 보존하는 기술 또한 전장을 지지

---

19 友田義行, 앞의 논문, 156~157쪽.

하기 위해 강구된 것이었다. 혈액 기증의 역할은 후방에 있던 사람, 특히 여성들에게 부과되었다. "총후의 여성의 혈액이 제일 전선에 있는 병사들의 목숨을 구한다(銃後の女性の血液が第一線の兵士の命を救う)"는 당시의 선전 문구는 전시하의 여성들이 헌혈운동에 직간접적으로 동원되는 신체였음을 말해주고 있다.[20] 이처럼 전시 체제하에서 만들어진 여성과 헌혈이라는 관련 구조는 황후라는 새로운 연결고리를 더해 전후 사회로까지 이어져 1980년대 오키나와에서도 반복되고 있었다.

당시 오키나와 사람들이 헌혈운동추진국민대회의 이면에 내장된 정치적 기획, 다시 말해서 전전의 군국주의 아래 맺어진 여성과 헌혈, 그리고 황후의 관계를 인지하고 있었는지는 알 수 없지만, 적어도 메도루마의 소설 「평화거리」는 우타의 차남의 입을 빌려 "전쟁에서 그만큼 피를 흘렸는데 무슨 헌혈대회를 한단 말이야"라며 망각되고 은폐된 국가주의의 폭력을 상기시키고 있었다. 그뿐만 아니라 소설은 "봐봐, 앞전 해양박람회 때에 히메유리의 탑에서 황태자 전하와 미치코 황태자비에게 화염병을 던져서 큰 일이 난 적이 있었잖아"라고 지난 경험을 불러내며 천황과 오키나와 사이에 잠복하고 있는 갈등과 폭력, 소요와 반란을 상기하고 있었다. 1975년의 황태자 부부에 대한 화염병 투척과 소설 속의 우타가 벌인 인분 투척을 중 첩시켜 읽는 것은 과도한 해석이 아니라, 오히려 그렇게 겹쳐 읽어야 마땅하다고 할 것이다.

---

20 友田義行, 위의 논문, 157쪽.

4. 메도루마 슌의 응전-전쟁을 사는 몸, 우타

메도루마의 「평화거리」에는 현실에 육박하는 임장감과 긴박함이 있다. 황태자 부부의 두 번에 걸친 오키나와 방문 흔적이 소설 곳곳에 녹아 있는 것은 물론이고, 여러 번 인용되는 신문 기사나 황태자의 발언은 과거가 아니라 현재의 오키나와를 겨냥하고 있기 때문이다. 그런 이유로 「평화거리」에는 오키나와의 현실이 명료하게 반영되어 있으면서 동시에 도래하지 못한 현실에 대한 희구와 욕망이 교차하고 있다. 무엇보다 이 작품에서 주목을 끄는 대목은 다음과 같은 장면일 것이다.

그것은 우타였다. 차 문에 몸을 부딪치며 두 사람의 모습이 비치는 차창을 큰 소리가 나도록 손바닥으로 두드리고 있다. 백발의 얼룩진 머리카락을 산발한 원숭이 같은 여자는 우타였던 것이다. 앞뒤의 차에서 뛰쳐나온 다부진 남자들은 우타를 차에서 떼어내더니 순식간에 황태자 부부가 탄 차를 몸으로 에워쌌다. 기모노 끈이 풀려 앞섶이 헤쳐진 채 길바닥에 나동그라진 우타 위로 사파리 재킷을 입은 남자와 공원에서 라디오를 듣고 있던 부랑자 같은 남자가 덮친다. 양쪽 팔을 붙잡혔음에도 우타는 늙은 여자라고는 여겨지지 않는 힘으로 날뛴다. 입에서 피와 침을 흘리며 끝까지 버티고 울고 불며 저항하는 우타를 가주는 보았다. 개구리처럼 다리를 벌리고 버둥대는 비쩍 마른 다리 사이로 황갈색의 오물로 범벅된 옅은 음모와 벌겋게 짓무른 성기가 보인다. (중략)

두 사람이 탄 차가 허둥지둥 떠난다. 웃음을 짓는 것도 잊어버린 가주는 겁 먹은 표정으로 우타를 보던 두 사람의 얼굴 앞에 두 개의 황갈색 손도장이 찍혀 있던 것을 알아차렸다. 그것은 두 사람의 뺨에 찰싹 들러붙어있는 것 같았다. 사람들의 실소를 수상하게 여겼는지 조수석에 앉아 있던 노인이 차를 세우고 내린다. 창문을 보고 새파랗게 질린 그는 황급히 손수건으로 창문을 닦는다. 그러나 그것만으로는 역부족이었다. 그 점잖은 노인은 차를 따라 비틀비틀 달리며 턱시도 소매로 똥을 닦았다. 새카만 고급차는 비웃음과 향긋한 냄새를 남기고 시민회관 주차장으로 사라졌다.[21]

황태자 부부의 뺨에 찰싹 들러붙듯 차창에 찍힌 우타의 '황갈색 손도장', 그리고 '옅은 음모'와 함께 드러난 '벌겋게 짓무른 성기'는 숭고하고 존엄한 천황가의 권위를 단숨에 무력화시킨다. 언어와 기억을 반쯤 잃어버린 치매 노인의 비정상적인 신체는 통상적인 규제의 범주로부터 벗어난 예외적인 신체에 다름 아니며, 이 예외적인 신체로 말미암아 천황가의 이데올로기적 효과는 단번에 파탄이 나고 만다. 작품의 배경이 된 헌혈운동추진전국대회는 일종의 관제 이벤트로서 국가 구성원의 신체와 사상을 예외 없이 균질하게 통합하고 훈육하는 정치적·사회적 수단이었다. 하지만 적어도 메도루마가 시도하고자 한 것은 규율과 감시의 대상인 개인이 역으로 천황이라는 상징과 국민국가적 상상력에 균열을 불러일으키는 일이었다. 「평화거리」에서 우타를 치매 환자로 등장시킬 필요가 있었던 것은 바로 그 때문이었다. 정상적으로 활동하지 않는 정신과 규제가 적용되지 않는 예외적인 신체를 가진 우타는 국가와 천황을 모독하고 질서를 위반해도 달리 교정할 방도가 없으며 끝까지 천황을 위협하는 신체로 남는다. 방 안에 감금되어 있던 우타를 풀어준 손자 가주 역시 마찬가지다. 가주 주변에는 할머니의 감금을 강요하는 카키색 사파리 재킷을 입은 건장

---

21 目取真俊, 「平和通りと名付けられた街を歩いて」, 『新沖縄文学』70号, 1986. 12. (目取真俊, 『平和通りと名付けられた街を歩いて』, 影書房, 2003, 152~153쪽.)

한 남자가 늘 따라다니는데, "소학교 5학년치고는 너무나도 작은 몸"을 한 가주는 "물총새 부리에서 도망치는 작은 물고기"처럼 보란듯이 남자의 감시망으로부터 도망친다. 이처럼 우타와 가주는 국가에 반역하고 탈주하는 몸의 상징으로 등장하고 있다.

그렇다고 우타의 행동을 단순히 치매 노인이 저지른 비이성적인 병리적 행동으로만 해석해서는 곤란할 것이다. 결론부터 이야기하면 우타의 오물 투척 테러는 치매로 인한 우발적 사건이 아니었다. 우타의 행동을 뒷받침하는 유일한 근거는 그녀가 살아온 전쟁과 전후의 경험이었다. 전쟁 중에 남편을 잃은 우타가 남자아이 하나와 여자아이 둘을 데리고 힘든 삶을 살아왔다는 것은 대충 짐작이 가지만, 작품 속의 그녀는 자신의 과거를 일절 드러내지 않는다. 그녀의 가장 친한 이웃 상인인 후미(フミ)만이 유일하게 우타가 전쟁 중에 장남 요시아키(義明)를 잃었다는 것을 들었을 뿐이다. 방위대에 끌려간 남편의 소식도 모른 채 동굴을 전전하다가 장남마저 잃어버린 우타의 기억은 좀처럼 언어화되는 일이 없었으며, 그로 인해 그녀의 기억도 풍화되는 듯했다. 하지만 그녀가 치매를 앓게 된 시점에 전쟁의 기억과 언어는 분명하게 다시 돌아왔다.

> 우타는 양 손으로 귀를 막고 무언가 알 수 없는 말을 중얼거리며 작은 몸을 더욱 작게 만들려고 하고 있었다.
> "할머니!"
> 가주는 가만히 우타의 어깨에 손을 얹었다. 할머니는 갑자기 가주의 손목을 세게 잡아채듯 하더니 가주를 땅에 넘어뜨리고는 그 위로 자신의 몸을 포갰다.
> "왜 이래, 할머니."

일어나려고 발버둥쳤지만 우타는 믿기 힘든 힘으로 가주를 누르고 있다.

"조용히 해. 병사가 온다고."(중략)

"할머니, 병사는 이제 오지 않아요."

잠시 시간을 보낸 뒤 가주는 부드럽게 우타의 손을 쓰다듬으며 귓속말로 속삭였다. 우타는 입을 다물고 몸을 떨고 있다. 뭔가 뜨뜻한 것이 가주의 등을 적신다. 가주는 손을 뒤로 뻗어 우타의 다리를 더듬어 보았다. 냄새가 코를 찌른다.

"할머니, 집에 가요."[22]

"이봐요, 어머니. 정신 차리세요. 무슨 짓을 하는 거예요?"(중략)

"밀감을 어디에 가져가시려고요."

"밀감을 얼른 요시아키에게 먹이지 않으면 안 돼."

아연실색한 세이안(正安)은 손을 놓고는 어머니 우타를 바라본다. (중략)

"어머니, 요시아키는 벌써 40년 전에 죽었잖아요."

세이안은 뒤에서 우타를 끌어안아 일으켰다.

"거짓말 하지마, 요시아키는 얀바루 산에서 날 기다리고 있다고."

우타가 자꾸 보챈다. (중략) 우타가 잠들자 세이안은 드라이버를 가지고 와서는 방문에 열쇠를 채우기 시작했다.[23]

---

22 目取真俊, 앞의 책, 97~98쪽.

23 目取真俊, 위의 책, 139쪽.

치매를 앓기 전에는 입 밖으로 나오는 법 없이 억압되어 있던 전쟁의 경험과 장남의 존재는 기억과 언어가 모두 질서를 잃은 순간 역설적으로 언어화된다. 문맥도 없고 상황도 고려하지 않은 채 급작스럽게 언어화되는 우타의 전쟁 기억은 그렇기 때문에 더욱 위협적이고 불온할 수밖에 없다. 카키색 사파리 재킷을 입은 남자가 가주 주변을 맴돌며 겁박하는 이유도 바로 여기에 있으며, 가주의 아버지이자 우타의 차남인 세이안이 직장 상사로부터 우타의 감시를 단단히 부탁받는 이유도 그 때문이다.

관리와 감독의 대상은 치매 노인과 같은 우타에게만 국한되는 것이 아니었다. 황태자의 방문을 앞두고 몇 개월 전부터 "경찰은 황태자가 통과하는 도롯가의 전 세대와 사업소 등을 대상으로 가족 구성원이나 근무처, 사상이나 정당 지지까지 조사하여 정보를 수집하고 있었다." "신문은 '과잉 경비'에 대한 변호사 단체의 항의성명과 몇몇 과도한 경비 사례를 소개하였"고, "황태자 부부의 경비를 위함이라는 명목으로 길 가의 불상화(佛桑花)나 자귀나무를 무참하게 잘라 버린 사진"을 보도하기도 했다. 포위망처럼 펼쳐진 전방위적인 감시와 통제가 황태자 부부에 대한 완벽한 환영과 안녕을 위해 존재하는 장치임은 새삼 지적할 필요도 없다. 그러나 작품에 나오는 다음과 같은 신문 보도는 노골적인 감시와 통제 체제를 후경에 감추고 마치 처음부터 오키나와가 황태자 부부를 환대하고 있었던 것처럼 그리고 있다.

8년 만에 현민(県民) 앞에 모습을 드러내신 황태자 부부를 보기 위해 길가를 메운 주민들의 눈이 일제히 쏠렸다. 인파가 크게 출렁이더니 환영의 작은 깃발이 펄럭였다. (중략) 이토만(糸満) 가두에서도 환영 인파는 끊이지 않았고 황태자 부부의 차가 모습을 드러내기 전부터 일장기 깃발을 든 주민들은 길가를 가득 메웠다. 차 안의 황태자 부부는 얼굴에 미소를 띠고 손을 작게 흔들며 주민들의 환영에 답했다.[24]

'환영의 작은 깃발'의 펄럭임과 황태자 부부의 화답은 양자 사이에 존재하는 간극과 분열을 말끔히 지우고 화해와 통합을 가시화하고 있다. 국민적 아이덴티티를 공유하도록 만드는 이 같은 패전트(pageant)는 '우치난추' 오키나와 사람을 비로소 '일본국민'으로 조형하고 포섭하는 상징적인 의용(儀容)이었다. 그러나 여기에 우타의 오물이 개입한다. 마치 원초적이고 근본적인 기억과 경험을 소환하듯이 그녀의 배설물은 황태자 부부의 얼굴에 손도장을 남기고, 그것은 위태로운 모양새로 겨우 '하나 된 일본'을 연출하고 있던 환영 분위기를 단숨에 전복시키고 만다. 우타의 오물 투척이 있고 난 뒤 인파 속에서는 곧장 "눈앞의 혼란과는 어울리지 않는 음미(淫靡)한 웃음이 새어나"오고, 그것은 또 "낮은 속삭임의 포자들"이 되어 "여기저기 흩날리더니 금세 주변을 감염시킨다". 이 기묘한 풍경은 천황이란 인물을 정점으로 하는 이데올로기적 지배 장치가 적어도 오키나와에서는 동의를 얻어내지 못하고 있음을 드러내는 부분이며, 설령 동의를 얻었더라도 거기에 내재된 불신은 언제든지 지배 장치를 역습할 수 있음을 시사한다.

이 역습의 계기를 우타가 체현할 수 있었던 것은 그녀의 몸이 바로 '전쟁을 사는 몸'이기 때문이었다. 황태자의 방문을 앞두고 우타를 보이지 않는 곳에 가두려 하는 행위는, 이야기되어서는 안 되는, 현시화되어서는 안

---

24 目取真俊, 위의 책, 136쪽.

되는 기억을 침묵 속에 봉인하려는 힘의 발동에 다름 아니다. 감금된 방 안에서 뛰쳐나온 우타의 일격은 언어를 빼앗긴 기억이 '지금 여기'라는 장(場)에 회귀하려는 힘의 발현이었던 것이다.[25]

5. 지역의 시차(時差)와 시차(視差)

황태자에 대한 '불온'한 상상과 행위를 해 보인 것은 비단 우타만이 아니었다. 우타의 손자 가주는 "할머니를 감금시킨 저들에게 반드시 복수를 해주어야겠다고 다짐"하며 "어떻게든 저 두 사람(황태자 부부)이 하려는 것을 방해하고 싶다"고 생각한다. 고민 끝에 그는 "두 사람을 환영하기 위해 일장기를 흔들며 거리를 메운 어른들 사이로 비집고 들어가 차를 기다린 다음 두 사람의 얼굴에 제대로 침을 뱉"어 보리라 다짐한다. 그날 가주의 눈에 비친 황태자 부부의 얼굴은 "신선도를 잃어버린 오징어처럼 핏기가 없고 부어오른 볼에는 웃음 주름이 잡혀 있으며 토우와 같이 부석부석한 눈꺼풀의 작은 눈 틈 사이에서는 희미한 눈빛이 새어나오고 있었다." 가주가 실제로 본 두 사람의 얼굴은 엄마 하쓰(ハツ)가 가지고 있는 부인잡지 속의 사진보다 훨씬 늙었고 보기 흉했다.

우타의 과거를 공유하고 있는 후미도 마찬가지다. 전쟁 중에 장남 요시아키를 잃은 사실을 우타가 이야기했을 때, 후미는 그것을 "마치 지금까지 자신이 경험한 일처럼 느꼈고", 마음속으로 다시 그 이야기를 곱씹을라치면 "그 일을 자신이 직접 체험하지 않았다는 것이 믿기지 않았다. 아니 나는 분명 배를 아파하며 요시아키라는 남자 아이를 낳았고 그 아이의 죽음

---

25 鈴木智之, 『眼の奥に突き立てられた言葉の銛-目取真俊の〈文学〉と沖縄戦の記憶』, 晶文社, 2013, 48쪽.

도 목격한 것이다. 손끝에는 아직 요시아키의 눈꺼풀의 감촉이 남아 있다"고 그녀는 생각할 정도였다. 상흔을 나누어 가진 탓인지 우타가 돌발적인 행동을 일으켜 시장 상인들로부터 비난을 받을 때면 후미는 우타나 상인들에게 화가 나는 것이 아니라 "알 수 없는 더욱 큰 어떤 것에 대한 분노"를 느꼈다. "알 수 없는 더욱 큰 어떤 것"이 무엇인지 작품에는 구체적으로 명시되어 있지 않지만, 후미의 "아버지와 오빠가 모두 천황을 위한다는 명목으로 군대에 끌려가 전장에서 숨을 거두"었다는 대목을 보면, 후미의 분노의 대상이란 거역할 수도 저항할 수도 없는 국가적 폭압이었음을 짐작할 수 있다.

그런 후미는 황태자의 오키나와 방문 당일에는 평화거리에서 생선 장사를 해서는 안 된다는 행정 당국의 지시를 어기고 혼자 거리로 나와 좌판을 연다. 거리에서 생선을 파는 행위가 비위생적일 뿐 아니라 생선을 손질하는 칼이 황태자를 위협하는 도구가 될 수 있다는 것이 당국의 입장이었다. 이처럼 황족과 오키나와의 하나 됨을 연출하기 위해 배후에서는 권력의 억압적인 감시가 끊임없이 이루어지고, 그 과정에서 오키나와는 어느새 통제하는 신체와 통제받는 신체로 양분되기에 이른다. 그와 동시에 조종과 감시의 시선으로부터 탈주하려는 시도들이 곳곳에서 분출하고 있었다. 그러한 의미에서 다음과 같은 장면은 매우 인상적이다.

검게 칠한 차체에 국화 문양을 장식하고 '지성'(至誠)이라 쓴 우익 선전차가 비에 촉촉이 젖은 일장기를 걸고 눈앞을 지나간다. 거기에서는 귀가 멍할 정도로 볼륨을 크게 높인 군가가 흐른다. 오늘 1시에 황태자 부부가 오키나와에 올 터다. 후미가 살고 있는 이토만(糸満)에는 황태자 부부가 다녀가기로 예정되어 있다. 여기엔 마부니(摩文仁) 전쟁유적공원이나 예전에 화염병 투척 사건이 있었던 히메유리의 탑 등이 있기 때문에 무시무시한 경비가 깔렸다. 도로 여기저기에 경찰이 서 있다. 오늘 아침 남편 고타로(幸太郎)의 화물차로 나하까지 갈 때 몇 번이나 검문에 걸린 후미는 짜증이 났다.

"한심한 녀석들이군. 섬 사람만이 아니라 내지 경찰까지 있네."

정말이지, 뭐가 황태자 오키나와 방문 환영이야? 모두 옛날 아픔을 잊었나 보군. 후미는 뒤따라오는 자동차를 무시하고 천천히 나아가는 우익 선전차에 돌이라도 던져버리고 싶었다.

소토쿠(宗德)도 그렇다. 전쟁으로 가족을 세 명이나 잃었으면서도 군용지 사용료를 받아 돈이 잘 돌아가자 자민당 뒤꽁무니나 따라다니고.

어젯밤의 일이다. 구장(區長) 소토쿠가 일장기 깃발 두 개를 가지고 왔다.

"뭐야 이건?"

술이라도 마신 건지 붉은 얼굴을 번쩍이는 소토쿠를 후미는 차갑게 바라보았다.

"내일 황태자 전하와 미치고 황태자비가 오시니까 모두 환영해야지. 깃발을 나눠주러 다니는 중이야."

"내가 왜 깃발을 흔들어야 하는 건데?"

"이건 그냥 기분 내려고 하는 거잖아."

"무슨 기분?"

"황태자 전하를 환영한다는 기분."

"환영? 넌 전쟁에서 형과 누나를 모두 잃었잖아. 참 잘도 환영할 마음이 드는구나. 나는 네 누나 기쿠(菊) 상에게 아단(阿檀)나무 잎으로 만든 풍차를 받은 걸 아직도 기억해. 착하고 좋은 사람이었지. 그런데 그 언니는 여자정신대에 끌려가 아직 유골도 찾지 못했어. 넌 그렇게 누나에게 귀여움을 받았으면서…"

"뭐야, 또 전쟁 얘기야? 나도 전쟁은 싫다고. 그치만 황태자 전하가 전쟁을 일으킨 게 아니잖아. 그것과 이건 다지."

"뭐가 달라. 네가 뭐라고 해도 난 환영 같은 거 못 한다."

후미는 깃발을 거칠게 잡아채 마당에 내던졌다.

"맘대로 해."

소토쿠는 화를 내면서 문 쪽을 향해 걸어갔다.

"야! 그 썩을 깃발 가지고 돌아가."

후미가 화를 냈지만 소토쿠는 뒤도 돌아보지 않았다. 맨발로 마당으로 뛰쳐나가 깃발을 집어 든 후미는 그것을 네 등분으로 찢어서는 변소 속에 던져버렸다.

"저 녀석은 머리가 벗겨지더니 기억도 벗겨졌나봐."[26]

위의 인용문 안에는 적어도 두 종류의 시차가 존재한다. 일장기를 흔들며 일본인의 한 사람으로서 '황태자 전하'를 환영하자는 소토쿠와 황태자 역시 전범과 다름없다고 생각하는 후미는 같은 대상을 바라보면서도 큰 시차(視差)를 보이고 있다. 군용지 사용료로 얼마간 생활이 윤택해진 소토쿠에게 전쟁이란 이미 지난 일이다. 그가 어떠한 의도에서 일장기를 흔든다 한들 그것은 훈육된 신체의 자발적인 복종에 다름 아니지만 이미 전후를 살고 있는 그에게는 아무럼 좋았다. 이렇게 전쟁 기억이 벗겨진 소토쿠에 비해 후미는 '여자정신대에 끌려가 아직 유골도 찾지 못한 기쿠'를 기억하고 있다. 전쟁 이후를 살고 있는 소토쿠와 전쟁을 살고 있는 후미는 시

---

26 目取真俊, 앞의 책, 130~132쪽.

간 감각으로도 큰 시차(時差)를 보이고 있는 것이다. 이 두 시차는 오키나와 내부에서 분화를 거듭하며 일본에 통합되는 신체와 통합되지 못하는 신체, 혹은 통제하는 신체와 통제되는 신체를 양산하고 있었다. 그 가운데서 우타나 후미와 같은, 혹은 가주와 같은 반란의 움직임들은 일어났다.

일장기를 찢어 변소 속에 던져버리는 후미의 행동을 마냥 허구라고만 할 수 없는 이유는, 다시 말해 메도루마의 「평화거리」가 현실에 육박하는 임장감과 긴박함을 가지고 있다고 말한 이유는, 이 장면 역시 1987년 10월에 일어난 지바나 쇼이치(知花昌一)의 일장기 소각 사건[27] 과 묘하게 중첩되기 때문이다. 지바나는 "오키나와 전투의 집단사 원인은 일장기와 기미가요, 천황에 의한 황민화 교육"에 있다고 말하며 "진정으로 평화를 사랑하는 사람들과 진정으로 전쟁을 거부하는 사람들을 생각하며 (중략) 나 자신을 걸고 일장기를 불태웠다"[28]고 사건 배경에 대해 밝힌 바 있다. 이처럼 오키나와에서 일장기란 오키나와 전투와 식민 지배를 환기시키는 상징 그 자체이며, 그것은 오키나와 사람들에게 여전히 폭력적인 사상 검열과 강제적인 동일화의 기제로 작동하고 있는 것이다.

천황에 대한 언급과 비판이 실종된 본토의 정치 상황이나 의도적으로 천황을 낭만화시키는 본토의 문화 코드는 매번 오키나와에서 시험의 대상이 되었다. 오키나와는 천황을 정점으로 한 순결한 일본의 시공간을 뒤흔드는 국가 내부의 타자를 자처했으며, 천황과 일장기, 기미가요를 통해 또

---

27 오키나와에서 개최된 제42회 국민체육대회 소프트 볼 경기장에서 일장기와 기미가요 없이 경기를 잔행하려던 요미탄손(讀谷村)에 대해 일본 소프트볼 협회 회장은 강경한 태도로 반대했다. 결국 요미탄손은 회장의 의견에 따라 일장기 계양과 기미가요 제창을 수용해야만 했다. 이에 지바나는 "한 사람의 권력자에 의해 3만 명의 마을 사람들의 의지가 꺾이는 현실에 대해 위기감"을 느껴 일장기를 소각하게 되었다고 사건 동기를 밝힌 바 있다(知花昌一, 『焼きすてられた日の丸. 基地の島·沖縄読谷から』, 社会批評社, 1996, 41~42쪽).

28 知花昌一, 위의 책, 42쪽.

다시 상상의 공동체를 공고히 하려는 일본의 퇴행적인 욕망을 비판하고 나섰다. 그것은 단 한번도 '전후'라는 시간을 가져본 적이 없는 오키나와의 시차(時差)와 '한 사람의 권력자'에게 끊임없이 전쟁 책임을 묻는 오키나와의 시차(視差)에서 비롯된 것이었다.

6. 환역(幻域)에 자폐하지 않는 힘

그렇다면 1980년대 중반에 이르러 오랫동안 금기시 되어왔던 황족을 다시 한 번 문학 공간에 불러들인 메도루마의 의도는 무엇일까. 적어도 이 작품을 통해 우리가 읽을 수 있는 것은, 하나는 복귀 이후 오키나와를 포섭하는 본토의 정치에 배제와 억압의 천황 권력이 강력하게 군림하고 있다는 사실이며, 다른 하나는 '전후'의 종언과 '전후 이후'를 구가하던 1980년대의 일본은 물론이고 복귀 이후 경제적 성장과 함께 전장의 기억이 풍화되고 있던 오키나와 모두를 겨냥해 이 작품이 전쟁·전후 감각의 실종에 대해 문제를 제기하고 있다는 것이다.

「평화거리」로 1986년도 신오키나와문학상(新沖縄文学賞)을 수상한 메도루마는 다음과 같은 수상 소감을 밝혔다. "1987년 국민체육대회를 목전에 두고 반대파나 정신적 장애자들에 대한 사전 경비가 은연중에 시행되고 있었다. 문학에 사회적 현실을 바꾸는 힘이 있다고 생각하는 것은 환상에 지나지 않으며 문학을 자신의 정치적 수단으로 삼는 것도 잘못된 일이다. 그러나 그러한 잘못을 두려워한 나머지 개인의 환역(幻域)에 자폐하는 것은 나의 문학관에 어긋난다."[29] 이러한 그의 발언에서도 확인할 수 있듯이,

---

29 目取真俊, 「受賞のことば」, 『新沖縄文学』 70号, 1986. 12, 173쪽.

「평화거리」는 당시 개최를 준비하고 있던 제42회 국민체육대회(1987년)를 염두에 두고 발표된 작품이었다. 국민체육대회를 앞두고 일장기와 기미가요로 사상을 검열하고 불온한 정신과 몸에 대한 감시와 처벌이 횡행할 때, 메도루마는 이 소설을 통해 전후민주주의와 상징천황제가 공존하는 전후 일본의 모순과 뒤틀림은 물론, 여전히 폭압적인 방식으로 오키나와를 포섭하고 통제하는 일본의 지배를 날카롭게 드러내고자 했다. 그는 자신의 문학 활동이 현실을 바꾸지 못하는 '환상'임을 알면서도 무기력하게 '환역'에 자폐할 수는 없었다. 국가 질서에 순응하는 '온순한 몸'을 완성하기 위해 또 다시 오키나와의 신체를 교정하려는 강제성에 대응하기 위해 메도루마는 문학의 힘에 다시 한 번 기댔던 것이다. 표현의 금기인 황태자라는 상징적인 존재를 표적으로 삼아 문학적 반기를 시도한 것은 바로 그러한 이유에서였다.[30]

여기서 1960년대 초에 등장했던 후카자와의 「풍류몽담」과 오에의 「세븐틴」을 다시 상기할 필요가 있다. 한국전쟁 발발을 계기로 '조선특수'(朝鮮特需)를 누린 일본은 패전의 충격에서 비교적 빨리 벗어날 수 있었다. 1955년의 국민총생산은 전전의 수준을 넘어섰고, 1956년에는 경제백서가 "더 이상 전후가 아니다"(もはや戦後ではない)라고 선언할 정도로 전후적 상황은 예상보다 빨리 종결되었다. 일본의 고도경제 성장이 시작되고, 자

---

30 천황에 대한 메도루마의 문학적 반기는 「평화거리」 이후에도 거듭되었다. 1989년에 발표된 「1월 7일(一月七日)」(『新沖縄文学』 1989. 12)은 실제로 쇼와 천황이 사망한 날을 배경으로 한 작품으로, 천황의 죽음 한편에서 벌어지는 일상의 섹스와 폭력의 난무를 묘사하고 있다. 천황의 신성한 죽음에 일상의 욕구와 욕망을 삽입시킨 작가의 의도란 천황에 대한 조롱이자 야유, 경멸에 다름 아니다. 또한 「평화거리」 발표 후 약 10년이 지난 1999년, 메도루마는 다시 한 번 오키나와국제해양박람회를 위해 오키나와를 방문한 황태자 부부를 소환한다. 「이승의 상처를 이끌고(面影と連れて)」의 '나'는 황태자 부부에게 화염병 투척을 기도한 한 남자를 회상하며 야만적이고 폭압적인 본토의 정치를 노골적으로 고발하고 있다.

민당과 사회당을 축으로 하는 소위 55년 체제가 출범하여 안정된 장기 보수정권이 성립한 것도 바로 이때였다. 그 가운데 1960년의 안보투쟁을 겪으며 불거져 나온 좌우 대립과 일련의 우익 테러는 전후 일본의 정치 과정과 경제 상황의 변화 속에서 풍화되거나 변질된 전후민주주의의 한계를 드러내고 있었다. 「풍류몽담」과 「세븐틴」은 그에 대한 응전이자 반기로서 제출된 작품들이었다. 하지만 그 뒤의 전개가 결국 언론과 지식인들의 패배 선언으로 끝난 것은 이미 언급한 대로다. 이후 문학의 언어는 적어도 천황에 대해서는 규준에 맞는 이야기만 하겠다는 암묵의 약속과 함께 침묵의 길을 걸었다.

「평화거리」에 천황이 등장한 1980년대 중반의 오키나와도 유사한 배경을 가진다. 패전 후 27년에 걸쳐 본토와 단절되어 있던 오키나와는 복귀 이후 빠르게 일본으로 회수되어갔고, 특히 국제해양박람회와 같은 국가적 이벤트는 오키나와의 낙후된 인프라를 정비하고 경제적 성장을 꾀하는 발판이 되어 일본으로의 포섭을 보다 용이하게 했다. 이런 시점에서 황태자가 일본과 오키나와의 심리적·상징적 통합 기제로 작용했음은 앞서 지적한 대로다. 관광입현(觀光立縣)이라는 지위를 앞세운 오키나와는 이후 관광 붐의 부침은 있었지만 '남국의 낙원'이 되어 지금에 이르고 있고 그 가운데 전쟁과 미군기지의 현실은 후경화되기 일쑤였다. 복귀 후 천황가의 전략적인 오키나와 방문이 있을 때마다 전쟁 책임과 전사자 위령 문제, 그리고 미군 기지 문제는 천황가의 신체를 위협하는 날카로운 칼날이 되었지만, 권력의 감시와 더불어 오키나와에 분화된 여러 층위의 시차가 그 칼날을 무디게 만든 것도 사실이었다. 메도루마가 이미 20여 년 전 본토에서 패배하고 침묵한 천황이라는 금기를 문학 공간에 다시 등장시키고자 한 것은 바로 그러한 상황에 대한 위화감과 위기감 때문이었다.

1986년 발표 당시 오키나와에서 문학상을 수상하고 2003년에 간행된 단편소설집의 표제작이기도 한 「평화거리」를 본토의 문학계나 언론계가 특별히 주목한 경우는 없었다. 그 무렵 본토에서는 무라카미 하루키(村上春樹)가 쓴 연애소설 『노르웨이의 숲(ノルウェイの森)』(講談社, 1987)이 커다란 반향을 불러일으키며 오늘날의 '무라카미 하루키 현상'의 출발을 알리고 있었다. 이런 서늘한 고독과 낙차는 일본과 오키나와 사이의 간극을 말해 주고 있으며, 지금 다시 「평화거리」를 읽어야 하는 이유기도 하다.

참고문헌

▸ 도미야마 이치로 지음, 임성모 옮김, 『전장의 기억』, 이산, 2002, 110쪽.

▸ 장 보드리야르, 「테러리즘의 정신」, 『아부 그라이브에서 김선일까지』, 생각의나무, 2004, 272쪽.

▸ 新川明, 『反国家の兇区』, 現代評論社, 1971, 130쪽.

▸ 大江健三郎・すばる編集部, 『大江健三郎再発見』, 集英社, 2001, 66~67쪽.

▸ 大城立裕, 『大城立裕全集 第13巻 評論・エッセイⅡ』, 勉誠出版, 2002, 206쪽.

▸ 岡本恵徳, 『現代文学にみる沖縄の自画像』, 高文研, 1996, 261쪽.

▸ 鹿野政直, 『沖縄の戦後思想を考える』, 岩波書店, 2011, 147~148쪽.

▸ 進藤榮一, 『分割された領土─もうひとつの戦後史』, 岩波書店, 2002, 66쪽.

▸ 鈴木智之, 『眼の奥に突き立てられた言葉の銛-目取真俊の〈文学〉と沖縄戦の記憶』, 晶文社, 2013, 48쪽.

▸ 新城郁夫, 『沖縄文学という企て-葛藤する言語・身体・記憶』, インパク出版会, 2003, 129~130쪽.

▸ 知花昌一, 『焼きすてられた日の丸─基地の島・沖縄読谷から』, 社会批評社, 1996, 41~12쪽.

▸ 友田義行, 「目取真俊の不敬表現-血液を献げることへの抗い」, 『立命館言語文化研究』 22(4), 2011, 154~157쪽.

▸ 西川長夫, 『日本の戦後小説─廃墟の光』, 岩波書店, 1988, 315~316쪽.

▸ 根津朝彦, 『戦後『中央公論』と「風流夢譚」事件─「論壇」・編集者の思想史』, 日本経済評論社, 2013, 180~192쪽.

▸ 目取真俊, 『平和通りと名付けられた街を歩いて』, 影書房, 2003, 89~161쪽.

사키야마 다미(崎山多美)

일본의 소설가이다. 본명은 다이라 구니코(平良邦子)이며 오키나와(沖繩) 이리오모테 섬(西表島)에서 태어나 어린 시절을 보냈고, 14살 때 미야코 섬(宮古島)으로 이주한 이후 오키나와 본섬에 있는 고자시(コザ市)로 또 다시 이주하였다. 섬에서 섬으로의 이주, 그리고 본섬으로의 이주는 그녀로 하여금 오키나와 언어의 여러 층차에 대해 깊이 고민하게 만들었다.

류큐대학(琉球大學) 법문학부에 진학하면서 소설 집필에도 관심을 가지게 되었으나 일상적으로 말하는 언어와 글로 쓰는 언어 사이의 괴리가 소설 집필을 어렵게 만들기도 했다. 고등학생 때 히가시 미네오(東峰夫)의 『오키나와 소년(オキナワの少年)』(1971)을 읽고 작가의 언어 감각에 크게 경도된 사키야마는 자신의 문학 언어 모색에 있어서 히가시 미네오의 영향을 많이 받았음을 여러 차례 언급한 바 있다. 두 번째 작품집인 『무이아니 유래기(ムイアニ由來記)』(1999)부터는 의식적으로 '섬 말(シマコトバ)'을 소설 언어로 쓰고 있으며 그 속에서 언어적 갈등을 풀어내고 있다.

1979년 『거리의 날에(街の日に)』가 신오키나와문학상 가작에 당선되면서 작가 데뷔하였고, 1988년 『수상왕복(水上往還)』으로 규슈예술제문학상 최우수작을 수상하였다. 『수상왕복』과 『섬 잠기다(シマ籠る)』(1990)는 각각 제101회, 제104회 아쿠다가와상 후보에 오르기도 했다. 『반복하고 반복하여(くりかえしがえし)』(1994), 『무이아니 유래기』(1999), 『유라티쿠 유리티쿠(ゆらてぃくゆりてぃく)』(2003), 『달은, 아니다(月や,あらん)』(2012) 등의 소설집을 발표하였으며 에세이로서는 『남도소경(南島小景)』(1996), 『말이 태어나는 장소(コトバの生まれる場所)』(2004)가 있다.

최근에는 오키나와에서 활동하는 신진작가 및 연구자들과 함께 『월경광장(越境廣場)』라는 잡지를 펴내며 지역과 국가를 넘어선 문학적 교류에 힘쓰고 있다.

고도(孤島)의 꿈 속 독백

온통 새까맣게 물든 시궁창 물이 흔들린다. 물 표면에 완전히 젖어든 밤이 어디에서 들어오는지도 모르는 빛을 받아 희뿌옇게 밝아져 가는 것 같다.

빛은 어딘가에서 쏟아지는 게 아니라 밤도둑처럼 검은 옷을 입고 조용히 침입하는 것처럼 느껴진다. 요란하게 그러나 하나의 줄기를 만들어 발바닥의 움푹 팬 곳을 간질이고서는 슬금슬금 올라간다. 등에서 옆구리를 지나 목덜미와 귀 뒤쪽을 더듬고는 마침내 정수리를 통과하는 그 빛은 아스라한 따스함을 머금고 조용히 발소리를 죽이며 다가온다.

—우오-ㅅ 우오오오-ㅅ오오오오ㅅ.

갑자기 시궁창의 물 위가 아비규환으로 변한다. 목구멍을 찢고 터져 나오는 듯한 거친 외침이 들리는 것이다. 사나운 맹수의 울부짖음처럼 들리기도 한다. -우오오오-ㅅ오오-ㅅ크-크-ㅅ오오오오-힛오오오오-ㅅ오오-힛.

어딘가에서 누군가가 깊숙이 가두어진 자신의 소재를 알리기 위해 검푸르게 젖은 구렁이처럼 그저 허공을 향해 팔을 흐느적대며 몸부림치고 있다. 귀를 기울여보니 그 목소리에는 애처로운 분열감이 느껴진다. 어느 미친 영혼이 갑자기 행방이 묘연해진 자신의 시체를 찾느라 어둠의 허공을 휘저으며 잡아채듯 힘껏 소리를 내지르는, 그런 기분이 든다. 느낌으로 알 수 있을 뿐, 보이지는 않는 새벽녘의 희미한 빛 속에서 미치도록 처참한 생각을 일으키는 아득한 목소리는 그렇게 들리고 있었다. 그때 갑자기 물이 쏟아지는 소리가 들린다…….

아닌 밤중에 홍두깨. 무심코 의자 등받이에서 등을 곧추세웠다. 잠깐 졸았던 모양이다. 꿈 속의 절규가 아직 목구멍에 남아 있는 것 같다. 어째서 이런 시궁창 꿈을 꾼 거지, 라고 말하는 대신 고개를 한번 크게 저었다. 앞을 바라본다. 이 때 나는 지금 이곳이 내가 늘 졸음을 청하던 원룸이 아니라는 사실을 알아차렸다.

그랬다. 어떤 연유에서인지 나는 여행지에서 연극을 보고 있었던 것이다.

연극치고는 정말 희한한 것이었다. 빈약한 무대 세트는 24시간 영업하는 만화 카페처럼 보였고, 책 선반에는 한때 오타쿠들 사이에서 은밀하게 팔렸다는 오바야시 아시노리(大林あしのり)의『멍텅구리 와시즘』[01] 시리즈가 너덜너덜하고 곰팡이가 핀 채로 빼곡하게 들어 차 있다. 그 앞으로 게임기가 놓인 테이블이 보인다. 한 여자가 그 테이블을 차지하고 있다. 얼굴엔 남방계통의 분위기가 흐른다. 멀리서 보면 젊어 보이지만 실은 인생의 고단함에 완전히 절어 늘어진 몸을 하고 있다. 맨 얼굴인지 치장을 한 것인지 알 수가 없다. 연극에 오를 양이면 맨 얼굴로 있지는 않을 터이지만 아무튼 여자의 모습은 거친 분위기다. 표정은 내가 잠깐 졸기 직전에

---

01 일본에서 극우인사로 알려진 만화가 고바야시 요시노리(小林よしのり)가 편집인이었던 만화 계간지『와시즘(わしズム)』을 패러디한 것으로 보인다. 잡지명인 '와시즘'은 1인칭 대명사 '와시(わし)'와 '파시즘(ファシズム)'을 조합한 것이다.

지었던 표정과 조금도 다를 바 없고 발은 계속 까딱까딱 하고 있다.

좀처럼 진정되지 않는 듯 요란하게 돌아가는 여자의 커다랗고 검은 눈. 거기에는 보는 사람의 마음을 움찔하게 만들 정도로 반항적인 기운이 담겨 있었다. 눈의 긴장을 풀며 이제는 게임도 지겹다는 듯 여자는 크게 하품을 한다. 목을 앞뒤로 젖히면서 꼰 다리를 바꾼다.

다리를 바꿀 때 테이블 모서리에 한쪽 다리를 걸쳤다. 그 타이밍에 맞춰 망가진 실로폰 소리와 같은 효과음이 킹- 하고 났다. 곧장 기세 좋게 한쪽 다리를 꼰다. 역시 마찬가지로 다리를 옮길 때 킹- 하는 소리가 났다. 대사도 없이 다리만 움직이며 난데없이 킹-하는 소리만 오가는 무대이다. 그것은 몇 번이나 반복되었다. 시궁창 꿈에 다시 푹 빠져버릴 것 같은 기분이다. 방금 졸음에서 깬 나는 이쯤에서 선하품을 억지로 참았다.

연극이 시작되고 나서 줄곧 이런 식이다. 이야기가 전개될 낌새가 보이지 않는다. 등장인물도 이 여자 한 사람뿐이다. 전혀 짐작할 수 없는 초조한 움직임만 보이고 있는 이 여자의 행동을 관객은 그저 주시하고 있을 수밖에 없다. 이는 무려 20분 가까이 이어지고 있다. 어이가 없을 정도로 지루하다. 배우도 괴로운 건 마찬가지일 것이다.

그때 여자가 행동에 변화를 줬다. 그때까지 자신의 몸을 단단히 조이듯 안고 있던 거무스름한 양 팔을 훌쩍 풀더니 한쪽 팔을 게임 테이블 쪽으로 뻗어 그 위에 나뒹굴던 세븐스타를 집어서는 담배 한 개비를 뽑아 들었다. 가슴이 크게 파인 민소매 옷 때문에 가슴골이 보일 듯 말 듯 하다. 가슴을 내밀고 허리를 흔들며 청바지 주머니를 뒤진다. 라이터를 꺼내 불을 붙인다. 카칙 카칙 하고 울리는 것은 효과음이 아니라 실제로 라이터를 켤 때 나는 소리이다. 담배 끝이 붉게 타들어간다. 후-하는 모양으로 턱을 내밀더니 뻐끔 뻐끔 담배를 핀다. 그 동작이 다시 반복된다. 게임하는 게 지겹다는 듯한 표정을 보여준 뒤에는 이렇게 또 담배만 흔들어대는 것이다. 이런 연기 재주밖에 없는 걸요, 라고 말하듯 말이다. 끊임없이 피워대는 탓에 하얀 도넛만 둥실둥실 어두운 공간을 계속 날아다니고 있다.

이런 일련의 여자의 몸짓을 보고 있노라면 무대 도중에 깜빡 대사를 잊어버린 배우가 갑자기 머릿속이 하얘져 난처해 하다가, 그렇다고 무대 뒤로 들어갈 수도 없어 자포자기하는 심정으로 뻔뻔하게 관객을 속이고 있는 것 같은 느낌도 든다. 그런데도 객석은 술렁이지도 않고 흥이 깨진 듯한 분위기도 감돌지 않는다. 뭐야 이게- 사람을 바보로 아냐, 여봐, 당장 그만 둬, 하는 야유도 쏟아지지 않는다. 이상한, 이상하다기보다 어딘가 찝찝한 느낌이 감도는 이 공간 속에서 나는 딱히 일어날 계기를 찾지 못해 그저 앉아 있었다.

프리랜서 사진작가. 이는 남에게 나 자신을 소개할 필요가 있을 때 사용하는 말이자 내가 처한 상황이기도 하다. 덧붙여 말하자면 올해로 서른아홉 살 독신이다. '깊은 못의 풍경'을 흑백으로 촬영하는 걸 메인 테마로 삼고 있지만, 아직 사진집 한 권 제대로 출판하지 못했다. 당연히 무명작가이다. 때때로 동료들은 빈정거림을 담아 내 작품에 대해 이렇게 평가하기도 한다. 요즘 같은 시대에 흑백으로 풍경 사진을 찍는 사람도 드물지 않아? 오히려 더 신선하게 보일지도 몰라, 라고 말이다. 작품에 관한 말이라면 모두 자극이 된다. 촬영을 계속 이어가게 만드는 자극 말이다.

깊은 못, 웅덩이란 풍경과 풍경이 미처 타협을 하지 못한 가운데 치솟아버린 장소이다. 세상 밖으로 내던져진 온갖 것들이 침몰하는 틈, 말하자면 세상의 구멍, 혹은 세상을 되돌려 바라보게 만드는 경계라 할 수 있는데 이것이 바로 내가 표현하고자 하는 촬영 주제인 것이다. 이렇게 관념적으로 말하긴 해도 실제 피사체는 시골 동네에 지어진 텅 빈 편의점이다. 먼 바다에서 좌초해 썩어 들어가는 어선, 사람처럼 머리를 드러낸 댐 바닥의 기암, 녹슨 가을 하늘을 가르는 구름의 꼬리, 분화구, 바위 동굴, 배가 지나간 형적 등, 모두 국내 풍경들이다. 그곳에 쏟아지는 빛과 그림자가 만드는 틈과 어둠을 여행갈 때마다 돌아다니며 찍는다. 인물은 찍지 않는다. 아마 겁쟁이라서 그런 것 같다. 이 세상에서 가장 자극적인 못은 사람과 사람 사이에 선 못일 것이다. 그런 기분이 든다. 그런 내가 이제 슬슬 화보 한 권 정도는 내야 하지 않을까 싶어 찾은 곳이 바로 오키나와였다.

오키나와. 밝기도 하고 무겁고 축축하기도 한, 가혹함과 우직함을 동시에 연출하면서 수다스럽게 보이지만 중요한 장면에서는 고집스러운 침묵을 연기하고 마는, 종잡을 수 없는 바보 같은 섬. 자칭 오키나와 통이라며 한 번 이야기를 시작하면 그칠 줄 모르는 몇몇 사진작가들을 알고는 있다. 하지만 나는 오키나와에 여러 차례 와 보도 뭔가 제대로 잡히지가 않았고 그저 외로운 섬들로만 보였다. 어쨌든 나는 오키나와의 북쪽 끝, 헤도미사키(辺戸岬)[02]를 대상으로 삼아 한 커트, 아니 「못의 풍경(淵の風景)」이란 제목의 사진집을 만들어 보기로 했다.

헤도미사키. 남도의 북쪽에 위치한 못이다. 그곳에 갈 요량이었지만 어쩌다 노선을 착각해 버스를 잘못 타고 말았다. 환승을 포함해 세 시간 가까이 버스에 흔들릴 각오로 올라탄 북쪽 행 버스 창에서는 어느덧 습기가 가득한 바닷바람 냄새가 사라지고 먼지 냄새가 나고 있었다. 그렇게 느낀 찰나, 버스는 구릉지를 천천히 오르고 있었다. 왼편에 나타난 펜스 너머의 풍경은 마치 커다란 식인 호랑이가 몸을 젖히고 낮잠을 자는 모습을 연상

---

02 오키나와현 북단에 위치한 구니가미군(国頭郡) 구니가미손(国頭村)에 속한 곳으로 태평양과 동중국해에 면해 있다.

시키는, 널따랗게 펼쳐진 미군 베이스캠프였다. 그곳을 가로질러 동쪽으로 꺾은 버스는 해안도로를 따라 섬 내부로 들어갔다.

버스를 잘못 탔다는 건 곧장 알아챘지만, 뭐 이것도 나쁘지 않겠지 하는 마음으로 가는 데까지 가보기로 했다. 이런 일은 여행지에서 자주 발생하기 때문이다. 촬영을 위한 여행에서는 그렇게 미래를 맡겨두는 게 좋다. 장소가 이끄는 대로 풍경이 보여주는 대로 찍으면 되는 것이다. 그것이 명색이 사진작가라 불리는 나 나름대로의 방식이자 윤리관이었다. 카메라를 꺼내 「못의 풍경」이라 스스로 이름붙인 장소를 계속 찍으면서 자신만의 의미를 발견하기 시작할 무렵, 나는 역으로 풍경이 나를 바라보고 있다는 것을 의식하게 되었다. 사진을 찍으려는 나의 야심을 꿰뚫어 보듯이 풍경의 시선이 나를 찔러댄다. 풍경은 나에게 찍히는 것을 거부하고 있는 것이다. 장소가 이끄는 대로 풍경이 보여주는 대로, 라는 말을 일부러 한 것은 피사체로부터 거부당한다는 걸 느끼면서도 찍고자 하는 욕망을 떨쳐버릴 수 없는 나 자신을 위한 변명이었다.

버스를 잘못 탔기에 일단 내려 보았다. 아무도 없는 한낮의 버스 정류장에서 멍하니 서 있으니 비가 내리기 시작했다. 갑작스러운 남도의 초가을 비.

촬영 장비와 여행 배낭을 어깨와 등에 나누어 메고서 오디오 가게 앞에 섰다. 마을을 흠뻑 적시는 비를 한동안 바라보았다. 몇 번 지나친 적이 있는 마을이라 관광 안내 비슷한 정보는 가지고 있었지만 이렇게 직접 들어가 본 것은 처음이었다. 그런 마을에서 비까지 맞게 되자 무겁고 우울한 기분이 들었다. 자, 이제 어떻게 하지? 문득 뒤돌아 본 쇼윈도에는 여러 가지 잡다한 안내 팸플릿이 붙어 있었다. 재즈, 오키나와 민요 라이브, 가요 쇼, 오페라 콘서트, 피아노 리사이틀, 코미디 쇼, 향토 예능, 연극 공연……

목만 뒤로 돌린 자세로 바라보고 있자니 시야가 흔들려 팸플릿 종이들이 울렁울렁 물결을 치기 시작한다. 그 울렁임 속에서 진하게 화장을 한 가수와 피아니스트, 연기자, 연극배우들의 얼굴이 하나로 겹쳐 다가온다. 황급히 고개를 돌렸다. 그러자 실제로 앞에 보이는 빌딩과 육교, 사람, 자동차까지도 후욱 부풀어 오르는 게 아닌가. 내 눈에는 마을 공간이 일그러지고 흔들리는 것처럼 보였다. 카메라를 손에 들고 있는 것도 아닌데 이 마을은 이미 나에게 보여지는 것조차 거부하고 있는 것일까.

아무래도 외부 세상과의 조율이 쉽지 않을 것 같다.

어떻게든 조율을 해보려고 다시 오디오 가게 쇼 윈도우를 돌아보았다. 그때 흔들림이 멈춘 눈에 초라한 팸플릿 한 장이 들어왔다. 직접 만든 게 분명한, 글자만 가득 들어찬 흑백 A4 용지. 정신 사나운 색색의 종이가 덕지덕지한 가운데 그곳만이 조용하게 세피아 느낌의 세상처럼 떠 있었다. 거기엔 당당하게 이런 문구가 적혀 있었다. "기억하시나요? 그 때 그 시절을. 떠올려 보세요. 그 마을의 그 사람을." 내 안에서는 검은 향수와 같은 것이 일어났다. 그 감정이 어디서 비롯된 것인지는 알 수가 없었다.

그건 바로 극단 '구쟈(クジャ)[03]의 연극 공연 팸플릿이었다. 공연 날짜는 200×년 ○월 △일. 오늘이다. 지금은 오후 1시 7, 8분 전. 그로부터 40분 후, 나는 어둑어둑한 공연장 입구에 서 있었다. 30분 뒤에는 연극이 시작될 터인데도 전혀 사람이 보이지 않았다. 시멘트 냄새와 곰팡내가 코를 찌르는 장내 입구 정면에는 희뿌옇게 먼지가 앉은 짙은 갈색 소파가 흰 목화솜 속을 드러내 보이며 앉아 있었다.

지금은 그저 적막하기만 한 골목 한가운데에 뜬금없이 서 있는 성인 전

---

03 고자 시(コザ市)를 일컫는 오키나와 방언이다. 현재는 오키나와 시(沖繩市)로 명칭이 바뀌었다.

용 영화관. 이미 수 년 전에 파산해 인수할 사람도 찾지 못한 채, 그렇다고 철거할 수도 없어 방치된, 보기에도 경사가 져 위험하기 짝이 없는 건물이다. 올려다보니 시멘트벽에는 균열이 가 있고 녹이 슨 철근도 불쑥 튀어나와 있다. 내가 볼 극단 '구쟈'의 공연은 바로 그 안에서 시작될 것이다. 버려진 허드레 건물에 연극 세트가 마련된 극장. 내 좌석은 극장 안이 거의 내려다보이는 출입문 근처 왼쪽 끝 마지막 자리이다.

다시 생각해보니 접수라는 것도 수상하다면 수상했다. '자유롭게 앉으세요' 라고 파란 매직으로 서툴게 쓴 동글동글한 글자가 긴 테이블에 붙어 있었고, '입장료 일금 5달러. 엔으로 환산하면 500엔'이라 쓰여 있는 작은 요금 통도 놓여 있었는데, 이는 미국인 손님을 위한 것인지 아니면 장난인지 분명치 않았다. 또 안내 팸플릿을 겉표지로 해서 만든 얇은 책자도 테이블 위에 아무렇게나 방치되어 있었다. 비상식적이라 여겨질 정도로 어설픈 무인 접수대를 당시에 내가 의심스럽다고도 속임수라고도 눈치채지 못했다는 것은 좀 이상하지만 말이다.

몰래 성인 영화를 보는 상황처럼 드문드문 관객이 앉아 있다.

그렇다 치더라도 담배를 무는 여자의 모습이 성급해 보인다. 텅 빈 위장에서 역류하는 신물을 누르려 하는 것 같다. 그녀는 담배 연기를 내뱉는 틈틈이 불편한 표정을 보인다. 알 수 없는 감정이 치미는 걸 가슴에 담은 여자는 무대 위에 그렇게 앉아 있다.

막이 오를 때부터 게임 테이블 위에는 아이스커피가 한 잔 놓여 있었다. 빛이 발하는 열기로 무대는 상당히 더울 터이다. 20분 간의 무언극이 진행되는 가운데 각 얼음은 완전히 녹아버렸다. 흰색과 흑갈색으로 분리된 잔 안의 액체가 여자가 어색하게 움직일 때마다 흔들거린다.

—기분 최에-악.

여기에서 겨우 대사가 들어간다.

그러나 대사는 상스러운 말 한마디뿐이다. 경박하고 가난 티가 줄줄 나는 다리의 흔들림이 여전히 이어지고 어쩌다 다리가 테이블에 부딪힐 때마다 킹- 하는 소리가 난다. 최에-악이라 말할 때 갈라지는 목소리가 껄끄럽게 귓속을 간지럽힌다. 아무래도 아직 역할에 녹아있는 것 같진 않다. 최에-악이라고 내뱉은 이후에도 여자는 게임 테이블을 차지하고 앉아 의미를 알 수 없는 발놀림과 킹-하는 소리만 반복해서 낼 뿐이다. 가끔 킹-하고 울리는 리듬이 어느덧 기묘한 박력을 가진 것처럼 들린다. 고집스레 대사 없이 몸짓만으로 공간을 가르는 여자의 퍼포먼스는 분명 계산된 연출일거야 라고 강박적으로 생각하기 시작한다. 그런데 대체 어찌된 일인지 상스럽게 흔들리는 여자의 다리를 따라 나의 하반신이 근덕근덕 움직이기 시작하는 게 아닌가. 젠장, 낚인 건가? 알 수 없는 중얼거림이 새어나오고 무대에서 눈을 떼려고 한 순간, 줄곧 흔들어대던 여자의 발목이 딱 멈춘다. 그리고선 일어나 『멍텅구리 와시즘』이 진열된 책장과 게임 테이블을 등지고 선다.

무대의 거의 중앙. 짙은 이목구비를 한 여자가 어깨까지 늘어뜨린 부스스한 머리를 쓸어 올리며 의도적인 기세로 성큼성큼 걸어 나온다. 객석 바로 앞까지 다가와서는 양 다리를 벌리고 서서 두 팔을 크게 펼친다.

―삿테모, 삿테모, 구스-요- [자, 자, 여러분]

어랏, 나도 모르게 몸을 앞으로 내밀고 말았다. 생소한 이국 말이라기보다 질펀한 사투리를 갑작스레 늘어놓는다. 구스-요- 라는 울림이 어쩐지 나의 가슴을 자극한다.

―오늘 이렇게 와주셔서 정말 감사합니다.

이렇게 말을 꺼낸 여자는 객석의 반응(세어 보니 겨우 열세 명)을 살피

듯 한번 휙 둘러보고서 휴- 하고 숨을 내뱉는다. 그리곤 양손을 허리에 짚고 쌓여 있던 감정을 터트리듯 말하기 시작한다.

그것은 지금까지 끊임없이 피우던 담배 대신 말을 내뱉을 거라는 선언이자 독백의 전조였다.

—삿테모, 삿테모, 구스-요- [자, 자, 여러분]

저쪽의 오빠도, 이쪽의 언니도, 뒤로 젖히고 앉아있는 저기 조금 통통한 아주머니도, 앗! 방금 꼬빡 졸다 일어난, 저 끝자리의 아저씨인지 오빠인지 모르겠는 양반(그렇게 말하면서 여자의 손가락은 바로 나를 가리키고 있었다)도, 자자, 눈을 똑똑히 뜨고 보세요. 또 귓구멍도 잘 파시고요. 왜 제가 이렇게 화가 나 있는지, 모처럼 여기에 멘소-챠루와 주신 구스-요여러분께 들려드릴 참이니까요. 저는 이제부터 마음대로 혼잣말을 할 겁니다. 자자, 자알 들어봐 주세요, 제 이야기를요. 그렇게 기운 없이 뜬 눈으로는 아무 것도 안 보일 겁니다. 두 눈을 크-게 뜨지 않으면 안 보여요.

팔락팔락팔락 역귀를 쫓기 위해 땅콩을 뿌리는 섣달그믐의 오니야라이(鬼やらい)처럼 사탕이 마구 쏟아진다. 갑자기 내렸다가 그치는 여름 소나기처럼 말이다. 시끄러운 랩처럼 여자의 말은 끊임없이 이어지고 있다. 마치 관객을 가지고 노는 듯이 여자의 목소리는 눈앞에서 그렇게 떨어지고 있었다.

—그래요. 번쩍 뜬 당신의 눈에 비치는 것처럼, 나는 피나-입니다. 아! 피나-란 말, 여러분들은 알고 있나요? 에이, 그런 찌무룩한 표정은 짓지 마세요. 그런 표정을 하면 제가 더 곤란하니까요. 별 게 아니에요. 피나-라는 말을 하기도 하고 듣기도 하는 걸요. 게다가 전 그렇게 쉽게 상처받는 타입은 아니랍니다.

음, 그 피나-는 말이죠, 필리피노란 말이에요. 자, 잘 보세요. 이 꼬불

꼬불한 머리카락을요. 동글동글하고 크-은 눈. 특히 삼촌들이 섹시하다고 느낀다는, 키스를 엄청 잘할 것 같은 통통한 입술. 봐 봐요. 찰진 엉덩이 (휙 옆구리를 비틀어서는 엉덩이를 옆으로 쭉 내민다). 무엇보다 여기, 이 피부색. 예쁜 갈색으로 잘 태웠죠. 아, 그런데 미리 말씀드리겠지만 지금 여러분들이 생각하고 있는 쟈파유키상(ジャパゆきさん)[04]은 전혀 아닙니다. 완전히 아니에요. 유감스럽게도요. 하이하이하잇. (양손으로 짝짝짝.)

제가 이 세상에 태어나기 전의 상황인데요, 그러니까 제가 이런 외모로 태어난 건 말이에요, 제 책임이 아니란 거죠. 사실 저는요, 이 마을한텐 미안한 말이지만 구쟈에서 자랐답니다. 그래요, 여러분들도 머물고 있는 이 마을은요, 아무튼 이 마을은, 숨길 필요가 뭐가 있겠어요, 사실 숨길 수도 없죠. 이 마을은 예나 지금이나 변함없이 미국 사람들이 왔다 갔다 하는 마을이죠. 분명하게 말해두겠지만 말이에요.

여자가 나고 자랐다는 마을, 무대의 여자가 가리키고 있는 이 마을에 나는 난데없이 와있다. 한낮인데도 어두침침하고 음침하며 곰팡내와 살기가 느껴진다. 게다가 어딘가에서 흙냄새와 썩은 냄새가 진동한다.

그런 곳이 바로 구쟈이다.

전쟁에 이어 찾아온 점령 시대의 혼잡함 속에서 주변 마을이나 낙도로부터 흘러들어 온 사람들이 반도의 구멍 같은 곳에 터를 잡아 살기 시작하면서 생겨난 마을. 역사의 장면 장면마다 만들어진 온갖 냄새는 표층을 떠다니다 그대로 마을의 체취가 되어 마을의 지반이 되었다. 그 어두운 마을에서는 길이나 지붕, 벽 할 것 없이 그런 냄새들로 풍겨져 나온다.

---

04 일본(Japan)과 가다를 뜻하는 유쿠(行く,ゆく)를 결합한 조어로, 동남아시아에서 일본으로 돈을 벌려 온 여성을 말하며 주로 유흥업소에서 종사하는 여성을 칭하는 경우가 많다.

음침한 마을 구쟈와 극단 '구쟈'는 서로 이름이 같은 것처럼 인연이 깊었던 것 같다. 극단 '구쟈'는 마을 구쟈의 체취를 자신의 신체에 그대로 옮겨놓은 듯한 배우들로 결성된 극단이기 때문이다. 느릿느릿하고 태평하게 흐르던 시마우타의 역사적 기억을 폭력적으로 발가벗기며 만들어진 이 마을에서 극단 '구쟈'의 무대는 꽤 좋은 평가를 얻고 있었다고 한다. 버블 경기로 들뜬 시대적 분위기가 음침한 촌구석 구쟈에도 '밝은 어둠'을 가져올 무렵이었지만, 배우들의 몸 자체가 어둡게 빛나는 극단 '구쟈'의 무대는 이 역시 시대의 탓인지 무시당하고 말았는데 이런 것도 인연이라면 인연일 것이다. 이는 무대가 시작되기 전에 내 손에 쥐어진 팸플릿에서 얻은 극단 '구쟈'에 대한 정보이다.

지금 무대 위에서 홀로 축제하듯 연기를 하고 있는 사람은 다카에스 마리아(高江洲マリア). 팸플릿에 소개된 배우의 이름은 그녀 한 명 뿐이다. 스텝의 이름조차 보이지 않는다.

다카에스 마리아. 본명인지 예명인지 모르겠다. 이름 자체에 그야말로 기지의 마을, 구쟈의 냄새가 가득 베여있다. 어쩌면 그녀는 극단 '구쟈'의 마지막 단원일지도 모른다. 시대가 외면한 탓에 결국 밥그릇을 잃어버린 단원들이 한 사람 두 사람 빠져나가자 결국 혼자가 된 마리아는 절박한 고립감 속에서 일인극을 생각해낸 것인지도 모른다. 자포자기하는 마음으로, 하지만 마지막까지 불사르는 심정으로 말이다. 그런 생각이 든다. 다카에스 마리아의 독백은 이제 제대로 된 이야기를 하려는 듯한 어조를 띠기 시작했다.

―히-야-사아사, 하, 이얏. 뭐 그런 인생이에요. 방금 이게 무슨 의미냐고요? 그건 여러분들 각자가 상상하는 수밖에요.

또 여러분들은 알고 계신가요? 있잖아요, 왜, 그 세계 최강의 제국과 가난한 아시아 게릴라 전사가 진흙탕 싸움을 벌였던 시대 말이죠. 그래요, 바로 그겁니다. 이러지도 저러지도 못했던 진퇴양난의 시궁창 게릴라전. 아, 지금도 똑같은 싸움이 질리지도 않는 듯이 서쪽에서 벌어지고 있다고 하죠. 여러분, 그 전쟁이나 이 전쟁이나 이 시들시들한 마을과 아주 깊-은 인연이 있는 걸 알고 계셨나요? 네, 그 전쟁이나 이 전쟁이나 거기에 가는 모든 제국의 병사들은 이 일대(양팔을 쫙 펼쳐 한번 빙 돈다. 이 일대를 나타내듯이)에서 날아간답니다. 뭐, 그런 건 그닥 재미있지도 않고 상관도 없다고요? 그렇지만요, 여러분에겐 재미도 없고 상관도 없는 일이지만, 그건 그렇다 치더라도요, 저에게도 나름의 사정이란 게 있답니다. 그러니 이 일대의 일에 대해 잠시 말씀 드릴게요, 아시겠죠?

당시엔 말이죠, 이 마을 뒷골목은 전장에 나갔거나 돌아온 미국 병사들로 가득했답니다. 낮에는 지저분하고 더러운 모습으로 마을을 돌아다니다가 밤이 되면 여자들과 뒹굴뒹굴 드러눕는 그런 장소였죠, 여기는. 국가의 명령을 받고 사람을 죽이러 가는 살인청부업자들이, 흠-, 어디 도망갈 곳도 없는 죽이거나 죽임을 당하거나 하는 그런 사람들이 자신들의 광기 어린 감정을 이 마을에 완전히 쏟아 부었던 거죠. 어떻게 표현하면 좋을까요. 뭐, 굳이 말한다면, 하아이-야-이-야- 같은 그런 느낌이었죠. 매일 밤 괴성이 난무했고 밤거리는 마치 나방 떼가 몰려다니는 것 같았답니다.

때문에 마을에선 이런 저런 사건이 자주 일어났어요. 여자 한 명을 두고 서로 다투거나 전장의 괴로움을 잊기 위해 병사들끼리 서로 싸우거나 하는 난폭한 사건이 엄청 잦았던 거죠. 밤이고 새벽이고 삐뽀 삐뽀 사이렌이 울렸고, 그 소리에 밖을 나가보면 검은 표범 같은 남자들이 피투성이가 되어 격투를 벌이는 일이 셀 수 없을 정도로 많았답니다. 아, 어째서 제가 그런 걸 잘 알고 있냐고요? 왜냐하면 저는 미국 병사에게 여자를 조달하던

업자의 집 뒷방에서 셋방살이를 했기 때문이죠. 막 철이 들 무렵이었지만, 이런 저런 사건은 저도 모르는 사이에, 비몽사몽간에 제 몸에 배어버린 것 같아요. 아, 생각해보니 이런 일도 있었네요. 무척이나 더웠던 어느 여름 날 저녁이었을 거예요. 나이도 어린 주제에 저는 항상 해가 진 후에야 집에 돌아가는 버릇이 있었는데, 그날 뒷골목에서 벌벌 떨며 웅크리고 있는 중학생 정도의 언니를 보았습니다. 자세히 보니 옷 여기저기가 찢겨 있고 얼굴은 새파랗게 질려 있었으며 시퍼런 입술도 떨리고 있었죠. 제가 뭘 물어봐도 아무 말도 않는 겁니다. 네다섯 살 정도밖에 안 된 저는 뭘 어떻게 하면 좋을지 몰랐지만, 차마 자기 입으로 말할 수 없는 험한 일을 당한 걸 눈치 챌 수 있었어요. 저는요, 그저 벌벌 떨고 있는 언니 옆에 그냥 앉았습니다. 언니와 같은 자세로 계속요. 왜 그랬냐고요? 아무래도 그렇게 해야 할 것 같은 기분이 들었으니까요. 지금도 가끔 생각해 봅니다. 언니는 그 뒤로 어떻게 살고 있을까 하고요. 언니가 당한 봉변이란 게 어떤 것인지 상상할 수 있게 된 건 꽤 시간이 흐른 뒤였어요.

그런데요, 그런데 말이에요, 그런 일이 매일 일어났는데도 병사와 여자들이 뒹굴뒹굴하는 소란스러운 밤은 늘 이어졌습니다. 그 진흙탕 전쟁이 끝나기 전까지 매일요. 그러니까 병사들과 여자들은요, 전쟁이 뱉어내는 똥 덩어리와 쓰레기 더미를 온전히 뒤집어쓰면서도 그 똥과 쓰레기 더미 속에서 생존의 양식을 구하기도 했던 거죠. 그래요, 그런 마을입니다, 여긴. 부끄러운 이야기지만요.

진흙탕 같은 검은 물의 울렁임이 눈앞을 스친다. 숨 막힐 듯한 더위 아래 흙탕물에 발을 붙잡힌 채 진득진득한 습지를 지나는 그림자. 낙엽이 쌓인 웅덩이 속에는 꿈틀거리는 그림자의 행렬이 보인다. 그 울렁임은 땅을 기고 하늘을 헤엄치며 검푸르게 젖은 덩어리가 되어 나를 압박하고 몰아세운다. 숨이 막히는 답답함에 몸을 비틀고 머리를 흔들어 본다. 머리 위에는 기괴한 적란운이 떠 있다. 순식간에 먹구름으로 바뀌더니 갑자기 엄청난 양의 정액이 비처럼 쏟아진다. 강렬한 썩은 냄새에 욱 하고 구역질을 하니 어깨까지 흔들린다. 그림자의 울렁임이 등 쪽을 기어가더니 죽음의 냄새가 감도는 진흙탕물 위로 미끄러져 들어간다. 계속 지켜보고 있자니 미끄러져 가면서 철버덩 철버덩 검은 물을 삼키는 소리를 내며 부풀어 오른다. 저 먼 시야 너머엔 큰 뱀이 꿈틀거리며 구불구불 움직인다. 또 낡아빠진 캐터필러 트랙터가 덜컹덜컹 소리를 내며 지나가는 게 보인다. 동시에 모래 먼지가 엄청나게 피어오른다. 모래 소용돌이 때문에 앞이 잘 보이지 않는다.

마리아가 이야기하는 사이사이에 꿈인 듯 생시인 듯 떠오른 망상. 이 마을에 들어 온 이후로 진흙탕 꿈을 가끔 꾼다. 차마 죽으려야 죽을 수 없었던 전장의 병사들의 원한이 구쟈에 떠돌고 있는 것인지, 혹은 그들의 죽음과 연루된 사람들의 고통스러운 마음이 나를 옭아매는 것인지, 아니면 사람들의 기억 외부까지 장악하고 있는 어둠의 냄새가 끝도 없는 시궁창 꿈을 꾸게 만드는 것인지 모르겠다.

눈을 떠본다. 마리아의 목소리가 밝은 여우비처럼 쏟아진다.

―딩동댕~ 네~ 맞습니다. 여러분들이 지금 상상하고 있는 게 바로 정답입니다. 감출 이유가 어디 있겠어요. 저는 필리핀계 미군이 낳은 아이랍니다. 여러분들이 보시는 대로 저는 피나―죠. 아, 그렇지만 제가 피나―라는 건 외모와 출신만 그렇다는 것이지, 제 속은 그렇지 않다는 걸 분명히 말해두어야겠군요.

왜냐하면, 봐 봐요, 여러분. 제가 지금 쓰고 있는 일본어, 일단 이해는 되시죠. 그게 첫 번째 증거가 아니겠어요? 제가 일본 사람이라는. 일본어를 쓰니까 일본 사람이지. 아, 뭔가 시원한 정의지 않아요? 뭐, 그건 그렇다 치고요.

—삿테모, 삿테모, 구스-요- [자, 자, 여러분]

이 마을이 미국 사람의 것도 일본 사람의 것도 아닌 시절이 있었다는 건 알고 계신가요? 이 마을 주변의 섬들도 말이죠, 가난했지만 나름대로 평온했던 시절이 있었다고요. 당시 먹고 사는 게 힘들어서 몰래 이 마을에 흘러들어와 살았던, 제 어머니를 낳아 준 할머니가 있어요. 지금 살아있다면 백 세는 훨씬 넘었을 텐데 암튼 엄청 장수한 외할머니가 있었는데, 요 앞에 돌아가시고 말았죠. 이 외할머니란 사람은요, 이 마을에 막 도착했을 때 야쿠자에게 붙들려 아버지 없는 딸을 낳아 혼자 키운 사람인데, 그렇게 태어난 딸이 바로 우리 엄마랍니다. 그 엄마가 병사들과 뒹굴뒹굴하다 낳은 딸이 바로 저죠. 전 어떤 연유에선지 부모님에게 버림을 받았는데, 그 버린 물건인 손녀를 외할머니는 지금까지 자신의 목숨보다 더 소중히 여기며 키웠답니다. 자, 보시는 대로 저는 이렇게 태어났기 때문에 물정을 좀 알기 시작했을 때부터 세상의 따가운 시선을 느낄 수가 있었어요. 다행히 학대는 받지 않았지만요. 어떻게든 살아갈 수 있었던 건, 그래요, 외할머니 덕분이죠. 그래도 뭐, 세간의 따가운 눈초리란 게 지금의 강한 저를 만들어 준 거라 생각하긴 합니다. 외할머니는 이 구쟈라는 마을에서 누구나 피하고 싶어 하는 힘든 일을 닥치는 대로 하면서 열세 살 때까지 절 키워주셨어요. 유일하게 저를 키워준 외할머니가 횡단보도를 빨간불에 건너다 차에 치여 죽었을 때엔 정말 대성통곡했죠. 이제 막 소녀가 된 제 몸이 완전히 비쩍 말라버릴 정도로 울고 또 울었어요. 안 돼, 말도 안 되는 일이야, 안 돼요, 할머니 하고 짠 눈물만 흘리며 울고불고 난리도 아니었죠. 왜

할머니가 죽어야 했는지 정말 이해가 안 되었어요. 할머닌 그냥 길을 건너려고 했을 뿐이잖아요. 세상이 바뀌었다며 길을 건너는 규칙 따위를 갑자기 강요한다한들 섬에서 태평하게 살던 할머니가 빨간불의 의미를 어떻게 알겠어요. 할머니가 빨간불에 건넌 게 잘못이라 하지만 말이에요. 죽은 할머니만 손해인 거죠. 그렇게 유일한 우리 할머니를 영문도 모른 채 빼앗겨버린 저는 어떻게 살아야 할지 몰라 그저 울 수밖에 없었답니다. 저는 매일 바보처럼 울었어요. 밥도 목구멍에 넘어가지 않았죠. 친척도 아닌 옆집 사람에게서는 아무래도 저 아이는 할머니를 잃고 외로움에 미쳐버렸나봐, 하는 말까지 들었답니다. 완전 미친 아이 취급을 당해 하마터면 병원에 들어갈 뻔 했다니까요. 그래서 그때부턴 어떤 일을 당해도 눈물 한 방울 흘리지 않게 되었답니다.

그 후로 여러 사정이 있었는데, 어찌하다 보니 이렇게 연극배우가 되었는데요, 극 중에 눈물을 흘리며 슬퍼하는 장면은 연기하는 것도 힘들고 보는 것도 힘듭니다. 그 일을 겪은 뒤로 말이죠. 눈물샘이 완전히 바짝 말라버린 것 같아요.

무대에서 이야기하는 마리아의 목소리가 나에게 도달한 것은 여기까지였다.

물소리가 들린다.

날카롭게 시간을 새기는 소리를 듣고 있다. 가라앉은 감각의 벽을 똑, 똑똑똑또또또또또또똑 하고 낮게 두드리듯 떨어지는 물방울 소리. 계속 듣고 있자니 산신(三線)의 남현(男弦)[05]을 장난스럽게 치는 듯한 느낌도

---

05 오키나와의 전통 현악기 산신(三線)은 세 개의 현으로 구성되어 있는데 각각 여현(女弦, 미-지루), 중현(中弦, 나카지루), 남현(男弦 우-치루)으로 불린다. 남현은 여현보다 한 옥타브 낮다.

든다. 둔하고 단조로운 리듬이 고막을 끊임없이 자극하고 무방비한 의식을 툭툭 아래로 떨어트린다. 때문에 희미한 빛을 찾으려 외부 세계로 나가려는 마음은 위축되고 만다. 이윽고 의식 밑바닥까지 내려온 떨어지는 물소리는 잠의 한가운데를 간지럽힌다. 간질간질, 간질간질간질간질. 너무 간지러워서 웃음이 터져 나올 것 같다. 간지러움을 참고 있다 보니 어느새 떨어지던 물방울의 막에 완전히 휩싸여 있는 것 같다. 반달 모양의 투명한 유리그릇 바닥에 있는 느낌. 물방울은 조금씩 커지더니 금세 크게 부풀어 올라 부웅 하고 떠올랐다. 둥둥 떠다니는 물방울은 수 미터 정도의 공중에서 터져 엄청난 비말을 눈앞에서 흩뿌렸다……. 그 중 하나가 내 뺨에 앉았다고 느낀 순간 놀라 흠칫 눈을 떴다.

자신이 만든 일인극에 완전히 리듬을 탄 것 같은 마리아의 표정에 알 수 없는 그림자가 드리워진 순간, 내 눈꺼풀에는 저항하기 힘들 정도의 수마가 덮쳐 버렸다. 남들과는 다른 신체 때문에 어디를 가더라도 늘 수런거림을 당해왔다며 힘든 경험담을 이어가던 다카에스 마리아의 독백을 지루하게 느낀 탓은 아니었다.

잠이 들기 직전, 갑작스럽게 나를 급습한 수마와 마리아를 향해 무심코 카메라를 들려 했던 내 움직임이 서로 연관되어 있다는 걸 알아차렸다. 자신의 독백에 완전히 몰입한 마리아의 눈에서는 의도적인 반항심이 선명하게 표출되고 있었는데 그 눈은 마치 나를 찌르는 빛과도 같았다. 그 눈에 반사된 내 손은 습관처럼 카메라 뚜껑을 열었다. 파인더를 통해 보이는 마리아의, 끊임없이 변하는 표정, 그 순간을, 찍었다, 고 느낀 순간이었다. 손끝에 떨림이 전해졌다. 찌릿하게 번개를 맞은 것처럼 저린다. 초점은 이미 어긋나 렌즈에 마리아의 모습은 보이지 않았다. 돌연히 정수리에서 등쪽으로 검게 흔들리며 내려오는 미지근한 무언가에 온몸이 휩싸이는 것 같았다. 갑자기 떨어진 검은 장막의 세계 속으로 나는 어지럽게 가라앉아 가고 있었다.

정신을 차려 보니 무대의 막이 내리고 있었다. 관객도 없다. 단 한 명도. 잠깐 조는 사이에 다카에스 마리아의 일인극은 끝나버린 것일까. 적막감만이 흐른다. 마치 극단 '구쟈'의 무대 따위는 처음부터 없었다고 말하는 것 같은 고요함이다. 그런데 대체 어찌 된 일인지, 난 어두컴컴하고 먼지가 낀 넓은 건물 내부에서 나뒹굴고 있었다. 소파나 의자 위가 아니었다. 회장 내부의 깊숙한 한 쪽 구석, 무대가 꽤 멀리 보이는, 벽이 있는 공간이었다. 나는 배낭을 베개 삼아 시멘트 바닥에 누워 있었던 것이다. 세계의 못에 내던져진 내 몸의 발견. 외로움과 울적함 때문에 잠시 상황을 확인할 생각도 일어나지 않았다.

꾸무럭꾸무럭 움직이며 배낭을 등에 지고 나왔다. 입구의 모습은 들어올 때와 마찬가지다. 긴 테이블 위에 놓인 작은 돈 통과 팸플릿도 아직 그대이다.

헤도미사키 곶보다 더 멀리 있는 벼랑 끝에 선 것은 비가 그친 저녁이었다. 그때부터 버스를 환승해 두 시간 가까이 걸려 도착한 곳에도 사람은 보이지 않았다. 카메라를 메고 관광객을 위해 만든 코스를 어슬렁어슬렁 걸어 보았지만 그 풍경을 카메라에 담고 싶은 마음은 들지 않았다.

한풀 꺾인 햇빛 아래에 서 있다. 벼랑 끝에서 바다를 바라보았다. 바다 건너편에 이름 모를 작은 섬이 희끗하게 떠있는 게 보인다. 사고 방지를 위해 쳐둔 울타리에 팔꿈치를 대고 극단 '구쟈' 팸플릿을 꺼내 표지 뒷면을 들여다보았다. 거기에는 극단이 가장 성황을 이루었을 때(해설에 따르면 1975년 무렵)에 활동했던 단원 열여덟 명의 얼굴 사진이 흑백으로 나란히 인쇄되어 있었다.

　단원들은 고색창연하면서도 뜻 모를 움직임이 있는 표정을 하고 있었다. 각각의 얼굴을 들여다보니 왠지 모르게 살아있는 느낌이 든다. 곱슬머리에 둥근 얼굴을 한 사람은 익살스러운 코믹 배우 같다. 윤기 나는 흑갈색 피부를 가진 바다 사나이는 사연이 있는 반편이 같고, 눈썹이 검고 광대뼈가 튀어나온 얼굴에 어딘가 그림자가 있는 여자는 섹시한 허스키 보이스를 가지고 있을 것 같다. 금발에 깊고 푸른 눈동자가 빛나는 몸집이 자그마한 남자는 수다스럽고 장난을 좋아할 듯 보인다. 땅딸막하고 얼굴이 붉은 이 양반은 수줍어 어깨를 흔드는 버릇이 있을 것 같다. 매부리코를 한 남자는 항상 겁을 씹을 사람처럼 보인다. 어딘가 버터 냄새가 나긴 하지만 밑도 끝도 없는 밝음과 아연색의 어두움을 안팎으로 풍기고 있는 녀석들. 달리 갈 곳도 없어 여기에 모였을 뿐이라는 식의 분위기였지만 무대 위에 서면 몸에서 뿜어져 나오는 짙은 오라로 관객들을 압도할 녀석들.

　곶의 풍경이 흔들흔들 흔들리기 시작했다. 바람이 불기 시작한 것이다. 저물어가는 햇빛으로 바다색은 바뀌어 가고 높이 이는 파도는 자신의 아랫배를 보여주었다 감추었다 한다. 드디어 시계가 갈피를 잡을 수 없을 정도로 넓어진다. 물 냄새가 자욱했다. 바다 냄새도 비 냄새도 아니다. 발밑의 갈라진 틈에서 뿜어져 나와 주변을 자욱하게 만드는 어둠의 냄새다.

조정민 옮김

'오키나와 문학'이라는 물음

사키야마 다미(崎山多美) 「바람과 물의 이야기(風水譚)」의 방법

조정민

1. '공모'라는 문법

자명한 존재로 서사되는 '오키나와' 담론에 대해 누구보다 엄격하게 비판해 온 신조 이쿠오(新城郁夫)는 '오키나와란 무엇인가'라는 질문 자체에 이미 정답과 같은 것이 내장되어 있으며, 암묵적인 양해에 기반한 '오키나와'란 이미 선취되고 수탈된 것에 지나지 않는다고 지적한다. 더불어 그는 '오키나와'에 대해 묻는 외부의 질문만큼이나 확신범적인 태도를 보이고 있는 것이 바로 오키나와 자신이라고 말한다. 즉, 오키나와 사람은 심문당할 때에 몇 가지의 자백 패턴을 가지고 할당된 발화 위치에서 스스로 언어를 조준하고 결정하여 흔들림 없는 확신으로 '오키나와'를 이야기한다는 것이다.[01]

오키나와를 묻고 답하는 사람 사이의 양해 관계, 혹은 공범 관계에 대해

---

01 新城郁夫, 『到来する沖縄―沖縄表象批判論』, インパクト出版會, 2007, 114~118쪽.

지적한 신조의 발언은 전후 오키나와문학을 둘러싼 담론 구조와도 무관하지 않다. 특히 일본 본토로부터 오키나와 문학에 대한 관심이 집중될 때에는 더욱 그러했다. 1966년 오키나와 타임스사(沖縄タイムス社)는 오키나와의 문학 부흥을 위해 잡지『신 오키나와문학(新沖縄文学)』을 만든다. 잡지 창간호가 "오키나와는 문학의 불모지인가(沖縄は文学不毛の地か)"란 주제로 좌담회를 기획한 것에서도 알 수 있듯이, 당시 '오키나와'와 '문학'의 조합이란 매우 생경한 것이었다.[02] 그러나 잡지 창간 이듬해인 1967년 오시로 다쓰히로(大城立裕)가「칵테일·파티(カクテル·パーティー)」로 오키나와에서 처음으로 아쿠타가와상(芥川賞)을 수상하자 상황은 단숨에 급변하고 만다. 예를 들어 1967년 7월 22일자『류큐신보(琉球新報)』는 오시로의 수상을 톱 기사로 다루며 곧장 "오키나와는 문학의 불모지가 아니다"라는 특집 좌담회를 마련했다. 단 1년 사이에 '문학의 불모지'로부터 벗어났다고 자평하는 이러한 담론은 오키나와 문단을 객관적으로 진단하는 기회를 마련했다기보다 본토의 인정에 일단 안도하고 자족하고 말았음을 시사하고 있다.

---

02 『신 오키나와문학』 이전에도 이 문제는 문단에서 다루어진 바 있었다. 예컨대 류큐대학 문예 클럽 학생들 중심으로 간행된 잡지『류대 문학(琉大文学)』(1953년 7월에 창간하여 휴간을 거듭하면서도 1978년 12월 제34호까지 간행했다. 훗날 오키나와 논단에 등장한 많은 논객들은 이 잡지에서 활동한 이력을 가지고 있다.)은 오키나와의 문학적 성과에 대해 집중적으로 성찰하기도 했다. 1954년 11월에 발간된 제7호를 보면「전후 오키나와문학의 반성과 과제(戦後沖縄文学の反省と課題)」라는 특집이 마련되어 있는데, 여기에서 논자들은 공통적으로 오키나와 작품에는 사상성이 부재하고 비평정신이 없다고 지적하고 있으며(太田良博, 4~5쪽), 당시의 시점에 비추어 볼 때 전후에 오키나와 문학이라고 할 만한 수확이 없다는 점(大城立裕, 10쪽; 嘉陽安男, 12쪽)에 대해서도 문제 삼기도 했다. 또한 같은 호에는 아라카와 아키라(新川明)의「전후 오키나와문학 비판 노트(戦後沖縄文学批判ノート)」와 가와미쓰 신(川満信)의「오키나와 문학의 과제(沖縄文学の課題)」라는 글도 게재되어 있다. 여기에서 두 사람은 전후 오키나와 문단에 발표되었던 수기와 문학 작품을 거론하며 아직 질적으로나 양적으로 문학적 비중을 갖지 못했다고 지적한다(新川明, 26쪽). 1966년『신 오키나와문학』이 제기했던 "오키나와는 문학의 불모지인가"하는 문제는 10여 년 전에도 논의되었던 것으로, 이는 전후 오키나와 문단의 오랜 과제이자 고민이었던 것으로 보인다.

즉 '일본에서 가장 권위 있는 상'을 거머쥔 일은 일본 문단에서 가장 확실한 방법으로 오키나와 문학을 승인받은 것에 다름 아니었던 것이다. 오시로 이후로 한동안 이어진 오키나와 작가들의 아쿠타가와상 수상은 오키나와를 토착적이면서도 세계적인 문학 소재가 매장되어 있는 '광맥'으로 변모시켰다.[03] 일각에서는 '또 오키나와 작품인가?'[04]라며 다소 진부하다는 반응을 보이는 경우도 있었지만, '오키나와 문학'은 누구도 부정하거나 이의를 제기하지 못하는 고유 영역으로서 일본 문단에 안착되어 갔다. 물론 이는 양자 사이에 이미 약속된 '정답'과 같은 것이 전제되어 있었기에 가능한 일이었다.[05]

문학이 문화 생산의 장에서 고유의 언어적 자산 및 문학성이라는 상징 자본을 통해 사회적 헤게모니를 구축하는 실체적, 구조적 장(場, 문학장, literary field)이라는 점을 염두에 둔다면,[06] 본토의 문학장에 임하는 오키

---

03 예를 들면 가와무라 미나토(川村湊)는 메도루마 슌의 「물방울(水滴)」이 1997년 상반기 아쿠타가와상을 수상한 것과 관련하여 『마이니치 신문(每日新聞)』 문예시평 란에 "문학의 광맥"을 노두(露頭)시킨 오키나와 고유의 뛰어난 소설'(1997. 03.25)이라고 평한 바 있다.

04 메도루마 슌의 「물방울」이 아쿠타가와상 수상작으로 결정되었을 때, 심사위원 중 한 사람이던 이시하라 신타로(石原愼太郎)가 한 발언이다. (『芥川賞選評』, 『芥川賞全集 18』, 文藝春秋社, 2002, 361쪽.)

05 오키나와에서 활동하고 있는 작가 사키야마 다미 역시 오키나와 작가의 아쿠타가와상 수상에 대해 다음과 같은 시사적인 발언을 남겼다. "히가시 미네오(東峰夫)의 아쿠타가와상 수상은 복귀를 앞둔 오키나와에 대한 본토의 '정치적 배려'라고 말하고들 한다. 그러나 그것은 『오키나와 소년(オキナワの少年)』에만 국한된 일이 아니라 '오키나와 문학'이 중앙의 시선에서 비평받을 때 반드시 따라다니는 논의이다. 지금도 유타, 오키나와적 정신세계, 토착, 민속, 신화 등의 시대착오적인 용어로 작품을 읽으며 치켜세우거나, 혹은 기지, 전쟁과 같은 표층적인 정치적인 상황과 연동시켜 해설하기도 한다. 오키나와 쪽도 거기에 응답하듯이 그런 소재에 기대어 작품을 쓰고 있다. 오키나와의 문학 상황과 중앙의 시선은 어딘가에서 이어져 있는 것이다. 즉 '어떤 정치적인 배려' 하에서 오키나와를 가두어 넣고 몰이해로 대충 과대평가하거나 과소평가하는 비평 방식이 이루어지고 있다고나 할까." (崎山多美, 「『シマコトバ』でカチャーシー」, 『21世紀文學の創造 2「私」の探求』, 岩波書店, 2002, 173~174쪽.)

06 피에르 부르디외 지음, 하태환 옮김, 『예술의 규칙-문학장의 기원과 구조』, 동문선, 1999,

나와 문학이란 일종의 전략과 전술을 가지고 본토 문학과 경쟁하는 사회적인 행위였을 터였다. 그리고 여기에는 앞에서 신조가 언급한 본토와 오키나와의 공모 관계가 다분히 작용할 수밖에 없었다. 오해의 소지가 없도록 미리 언급해 두지만, 여기서 필자는 본토의 문학장에서 문학적 권위와 상징적 권력을 탈취하기 위해 해당 작가들이 '몇 가지의 자백 패턴'을 가지고 '선취되고 수탈된' 오키나와를 연출해 보였다고 비난하고 있는 것은 아니다. 물론 오키나와에 대한 정형화된 시선이나 정치적인 독해를 조장하는 장치가 없었던 것은 아니지만, 이 글의 관심사는 양자의 공모 관계에 대한 도덕적·윤리적 접근에 있지 않다. 오히려 여기에서 문제 삼고자 하는 것은 본토가 상정한 오키나와 문학의 범주 후경에 어떠한 정치적, 사회적 맥락이 작동했는가 하는 것이며, 그에 대한 오키나와 문학의 미학적 성향은 어떠한 한계를 보이고 동시에 어떠한 가능성을 열어왔는가 라는 부분이다.

특히 이 글에서는 양자의 공모로부터 비어져 나와 용인 받지 못한 방식으로 오키나와를 감각하려 했던 사키야마 다미(崎山多美)[07]의 소설 「바람과

287쪽.

07 이 글의 이해를 돕기 위해 사키야마의 작품 경향에 대해 간략하게 소개할 필요가 있을 것이다. 1954년 이리오모테섬(西表島)에서 태어난 사키야마는 '섬'을 주제로 소설을 쓰기 시작했다. 「수상왕복(水上往還)」(1988), 「섬 잠기다(シマ籠る)」(1990), 「반복하고 반복하여(くりかえしがえし)」(1994) 등이 대표적인 작품으로, 여기에서의 '섬'은 실체가 모호하거나 환상적인 공간이다. 이후 사키야마는 작가 특유의 '섬 말'이 난무하고 청각적인 묘사에 치중하는 「무이아니 유래기(ムイアニ由来記)」(1999), 「유라티쿠 유리티쿠(ゆらてぃくゆりてぃく)」(2000) 등과 같은 작품을 발표했다. 또한 2006년부터는 잡지 『스바루(すばる)』에 오키나와 본섬에 위치한 고자 시(コザ市)를 배경으로 '구자(クジャ, 고자를 일컫는 오키나와 방언) 연작물'을 쓰며 여성의 이야기에 초점을 두기도 했다. 「고도 꿈 속 혼잣말(孤島夢ドゥチュイムニ)」(2006.01), 「보이지 않는 거리에서 숀카네가(見えないマチからションカネ一が)」(2006.05), 「아코우쿠로우 환시행(アコウクロウ幻視行)」(2006.09) 등은 이에 해당하는 작품이다. 한편 2012년에는 오키나와의 조선인 위안부 문제를 다룬 「달은, 아니다(月や、あらん)」를 발표하기도 했다.

물의 이야기(風水譚)」에 주목하고자 한다. 이 소설은 오키나와 문학에게 요청되는 갖가지 정치적인 욕망과 차별적인 상상으로부터 번번이 빗겨나가고 벗어나려는 지향을 가지고 있다. 말하자면 「바람과 물의 이야기」는 본토와 오키나와의 공모 관계로부터 해방될 수 있는 유효한 고민거리를 제시하고 있는 것이다. 이 작품이 가지는 역동적인 운동성과 전복성에 대해 분석하기 전에 우선 앞에서 언급한 본토의 문학장과 오키나와 문학의 조응에 대해 확인할 필요가 있을 것이다.

2. 본토의 승인-아쿠타가와상[08]과 전후 오키나와 문학

1967년 「칵테일·파티」로 아쿠타가와상을 수상한 오시로 다쓰히로와 1996년 「돼지의 보복(豚の報い)」으로 같은 상을 수상한 마타요시 에이키 (又吉栄喜)는 30년이란 긴 세월을 사이에 두고 동일한 상을 수상했지만, 두 사람의 수상 배경은 지나치다 싶을 정도로 닮아 있다.[09] 먼저, 오시로의 소설은 미군 기지를 안고 있는 오키나와의 정치 사회적 상황을 고발한 작품으로 오키나와의 본토 복귀가 정치적 현안으로 부상하던 시점과 맞물려

---

08 이이 글에서 오키나와 작가들의 아쿠타가와상 수상에 초점을 두는 이유는 각종 단체나 조직이 수여하는 여러 상에 비해 여전히 아쿠타가와상이 가지는 위상이나 주목도가 높기 때문이다. 뿐만 아니라 전후 오키나와 문학 담론이 아쿠타가와상 수상 작가들을 중심으로 구성된 사정도 고려하지 않을 수 없다. 무라마쓰 사다타카(村松定孝)가 지적하였듯이 아쿠타가와상 수상은 문단에 국한되지 않고 문예 저널리즘에서도 큰 평판을 얻는 계기가 되며, 특히 1955년 하반기 이시하라 신타로의 등장 이후로 이 상은 문단을 넘어 매스컴이 작가를 만들어 가는 경향을 뚜렷하게 드러내었다. 가이코 다케시(開高健)와 오에 겐자부로(大江健三郎) 등의 사회적 발언은 종래의 작가들이 하지 못했던 부분이기도 했다. (村松定孝, 「芥川賞と商業ジャーナリズム」, 長谷川泉編『芥川賞事典』, 至文堂, 1977, 38쪽.) 오키나와에서 아쿠타가와상을 수상한 작가들의 사회적 발언 및 저널리즘에 대한 영향도 같은 맥락에서 이해할 수 있을 것이다.

09 花田俊典, 『沖縄はゴジラか-〈反〉·オリエンタリズム/南島/ヤポネシア』, 花書院, 2006, 34쪽.

본토로부터 큰 주목을 받았다. 물론 당시 심사 위원이던 미시마 유키오(三島由紀夫)처럼 "소설의 주인공이 매력적이지 않고 게다가 모든 문제를 커다란 정치 퍼즐 속에 녹여놓고 있다"고 혹평하며 투표를 기권할 정도로 거부감을 드러낸 경우도 있었지만, 미국 점령 하에 있던 오키나와의 갖은 갈등을 『칵테일·파티』만큼 함축적으로 제시한 작품도 드물었다.

'오키나와'에서 '처음'으로 '아쿠타가와상'을 수상한 이 작품의 상징적 효과는 대단한 것이었다. 예컨대 오키나와에서는 "토착 문학에 대한 큰 자신감을 오시로 씨가 훌륭하게 입증"해 주었다거나 "중앙 문단에 대한 돌파구로서 귀중한 도약대"를 만들었다거나 "오늘날의 오키나와의 상황을 이야기하면서도 유니버설한 문제로 확장"시켰다거나 하는 높은 평가와 상찬이 이어졌다.[10] 그런데 본토에서는 오키나와와는 다소 결을 달리하는 방식으로 『칵테일·파티』를 읽고 있었다. 미시마가 지적한 것처럼 작품의 내용은 물론이고 수상 배경 역시 '커다란 정치 퍼즐' 속에 녹아있던 것에서도 짐작할 수 있듯이,[11] 본토가 '오키나와 최초의 아쿠타가와상 수상 작가' 오시로에게 요청한 것은 미군 기지와 관련된 오키나와의 정치적 현실이나 진상을 직접 고발하는 전달자 역할이었다. 그 단적인 예는 1971년 잡지 『세계(世界)』가 마련한 특집 「'복귀'를 묻는다(「復帰」を問う)」에서 잘 드러난다. 잡지 편집부는 오키나와가 본토로 복귀할 경우에 일어날 수 있는 여러 가지 첨예한 문제들, 예컨대 군사점령이나 헌법 9조, 반전·평화 사상 등을 검토하는 기획을 마련했는데, 이 때 오시로에게 기대한 것은 미군 점령 하

---

10 『琉球新報』, 1967.07.22..

11 이 작품을 추천한 후나하시 세이이치(舟橋聖一)조차도 '오키나와의 정치상황 때문에 선정된 것이 아니다'라는 말을 남겼지만 이는 역으로 정치적인 문맥 혔음을 증명하는 것이기도 하다(本浜秀彦, 『カクテル・パーティー』作品解説」 岡本恵徳·高橋敏夫 編, 『沖縄文学選-日本文学のエッジからの問い』 勉誠出版, 2003, 130쪽.)

에 있는 오키나와의 현실을 대변하고 또 미국과 일본 모두를 비판하는 역할이었다.[12]

자신의 사상의 입각점과 문학 세계를 모두 '정치'라는 커다란 상황 속에 용해시키려는 본토의 욕망을 오시로는 일찍부터 감지하고 있었다. 그는 아쿠타가와상 수상 직후 오에 겐자부로(大江健三郎)와 가진 대담에서 "본토의 일반 독자들 사이에서 문학성은 어느새 말소되고 정치적인 효과만 거론되어서는 곤란하다"[13]고 언급한 바 있었고, 이후에도 "나는 평소부터 『칵테일·파티』보다 『거북등 무덤』이 문학적인 가치가 높다고 생각하고 있었고 현지의 대부분의 독자들도 마찬가지이지만, 이건 본토에서는 상상도 못하는 일인 것 같다. 내 작품에 대한 중앙의 평가가 낮은 것은 기량의 문제인지 아니면 (중략) 그들이 오키나와를 모르기 때문인지 분명하게 알 수 없다"[14], "'오키나와'의 경우는 어째서 이런 상황론적인 작품만 다루어지는

---

12 松下優一, 「作家·大城立裕の立場決定-「文学場」の社会学の視点から」, 『三田社会学』 16, 2001, 111~112쪽. 손지연 역시 오시로에 뒤이어 히가시 미네오의 「오키나와 소년」이 아쿠타가와 상을 수상한 것에 주목하며, 본토가 기대했던 오키나와 문학이란 미 점령기의 오키나와, 즉 오키나와와 미국과의 관계를 어떻게 다룰 것인가에 있었다고 지적한 바 있다. (손지연, 「전후 오키나와(인)의 성찰적 자기서사 『신의 섬(神島)』」, 『한림일본학』 27호, 2015, 17쪽.)
   한편, 가노 마사나오(鹿野政直)가 『전후 오키나와의 사상상(戦後沖縄の思想像)』(朝日新聞社, 1987)에서 면밀하게 고찰했듯이 1968년부터 오키나와가 본토 복귀하는 1972년까지 오시로가 오키나와 내외 미디어에 게재한 글은 약 230편에 이르며 특히 에세이 종류의 글을 다수 발표하였다. 이는 오시로를 둘러싼 내·외적 요인이 작용한 결과라 할 수 있다. 즉 '현지' 사람으로서 '현지' 목소리를 본토로 발신해야겠다는 작가의 사명감과 함께 아쿠타가와상 수상 작가라는 지위에 기댄 본토 매체가 그를 통해 오키나와의 입장을 듣고자 했기에 오시로는 많은 글을 발표할 수 있었던 것이다. 오시로는 복귀라는 정치적 상황을 앞에 두고 본토와 오키나와의 관계를 집요하게 검토하는 한편 방대한 미군 기지가 배태시킨 산업, 경제, 문화, 인권 등의 문제를 두루 다루었다. (鹿野政直, 『戦後沖縄の思想像』, 朝日新聞社, 1987, 375~377쪽.)

13 大城立裕·大江健三郎, 「〈対談〉文学と政治」, 『文学界』 1967.10, 154쪽.

14 谷川健一編, 『わが沖縄 第1巻』, 木耳社, 1970. (大城立裕, 「沖縄で日本人になること」, 『沖縄文学全集第18巻 評論 II』, 国書刊行会, 1992, 56쪽.)

것일까. (중략) 「칵테일・파티」와 「소설・류큐처분(小説・琉球処分)」 등은 오키나와의 피해자적 상황을 그린 문제작이라고 이해되고 있으며 문제의식에 부합하지 않는 작품은 (본토에서) 버려지고 있다"[15]라고 토로하기도 했다. 그는 본토의 문제의식에 따라 오키나와의 작품 평가가 좌우되고 선별되는 것에 대해 대단히 비판적이었던 것이다. 또한 잡지 『지구적 세계문학』의 편집인 김재용 교수와의 최근 인터뷰에서는 「칵테일・파티」 이후에 발표된 소설로서 오키나와 전투의 집단사 문제를 심도 있게 다룬 「신의 섬(神島)」을 본토가 철저하게 외면한 것에 대해 크게 성토하기도 했다.[16] 이렇듯 오시로 문학에 대한 본토의 양해와 용인의 폭은 대부분 '정치'라는 부문에 한정되어 있었고 결과적으로 그의 문학 세계는 본토가 정한 규준 내에서 소화되는 경향을 가지게 되었다.[17] 오시로의 바람과는 달리 지금도 여전히 그

---

15 大城立裕, 「通俗状況論のなかで」, 『文学界』 12月号, 1975. (『大城立裕全集第13』, 勉誠出版, 2002, 360쪽.)

16 김재용×오시로 다쓰히로, 「작가와의 대담」, 『지구적 세계문학』 6호, 글누림, 2015, 146쪽. 작가 오시로의 말을 빌리자면 본토 복귀라는 정치적 논의를 염두에 두고 발표된 「신의 섬」은 "역사적 고민과 민속학적인 깊은 이해를 통해 완성한" 작품으로 "거기에는 일본에 대한 원망도 있었지만 친밀감도 있는, 동화와 이화 사이의 복잡한 심경을 표현"한 것이었다(146쪽). 훗날, 본토 복귀를 앞두고 오시로가 양자의 관계를 지속적으로 탐문한 저작 『동화와 이화의 사이에서(同化と異化のはざまで)』(1972)의 모티브가 되었다고도 할 수 있는 이 작품은, 작가가 본토를 비중 있게 의식하고 있었던 만큼 본토로서는 읽기 불편한 소설일 수밖에 없었다. 이처럼 「신의 섬」에 대한 본토의 수용 양상은 오키나와에 대한 배제와 통섭의 정치를 대변하고 있었다.

17 본토 복귀 직전 해인 1971년 하반기 아쿠타가와상은 히가시 미네오의 「오키나와 소년」이 차지했다. 이는 오시로의 경우와 마찬가지로 본토의 정치적인 결정이라고 읽히는 대목이다. 수상 이후 히가시에게는 오키나와를 주제로 한 원고 의뢰가 잇달았지만, 복귀 후에는 오키나와 관련 출판물이 썰물처럼 빠져나가 서점에서 모습을 감추었고 이 과정에서 히가시의 작품도 사장되어 갔다. 복귀라는 요란한 상황 속에서 소비되다가 결국에는 잊히고 만 것이다 (大野隆之, 『沖縄文学論』, 東洋企画, 2016, 95쪽). 한편, 이회성의 「다듬이질하는 여인(砧をうつ女)」도 같은 해(1971년 하반기)에 같은 상을 수상했다. 이 작품의 수상배경으로는 1968년의 김희로 사건, 1970년의 박종석 히타치사건과 같은 재일조선인 인권 문제와 결부시켜 생각해 볼 수 있다. 1971년 하반기 아쿠타가와상은 오키나와인과 재일조선인이 동시에 수상한 이례적인 해였다.

의 사상은 「칵테일·파티」로 대변되며, 이러한 정치적인 해석과 소비는 오키나와와 일본을 넘어 해외에서도 반복되고 있는 실정이다.[18]

오시로의 경우와 마찬가지로 마타요시 에이키의 수상 배경에도 역시 커다란 정치적 쟁점이 잠복해 있었다. 1995년 요미탄손(讀谷村)의 소베(楚邊)통신소[19] 토지 임대 기간 만료 문제와 더불어 같은 해에 일어난 미국 해병대원의 오키나와 소녀 성폭행 사건은 본토의 모든 눈과 귀를 오키나와로 집중시키고 있었다. 특히 해병대원이 일으킨 성폭행 사건은 단순히 기지에 부수하는 문제에 그치지 않고 비합리적인 미일지위협정[20]의 재검토

---

18 2003년에 출판된 오카모토 게이토쿠·다카하시 도시오 편의 『오키나와 문학선(沖縄文学選·日本文学のエッジからの問い)』은 아쿠타가와상 수상작 모두를 싣고 있다. 편자들은 본토가 2000년대 들어서 오키나와 문학에 대해 주목한 이유로 1995년 미군의 오키나와 소녀 성폭행 사건과 2000년 오키나와 서미트 등의 사회적 배경을 들고 있다(426쪽). 이처럼 오키나와 문학을 대하는 본토의 시선과 배경은 대동소이하며 현재까지도 반복되고 있는 실정이다. 위의 책은 2015년에 新裝版으로 재출간되었다. 한편 오시로의 「칵테일·파티」는 미국에서 영화로 만들어져 2016년 봄에 공개된 바 있다. 2001년에 이미 영어로 번역되어 하와이에서 낭독극으로도 공개된 이 작품은 이후 레지 라이프(Regge Life) 감독이 2015년부터 약 10년에 걸쳐 영화로 만들어 2016년에 발표했다(『琉球新報』 2016.04.05 참조). 영어로 번역된 소설 「칵테일·파티」가 낭독극과 영화로 만들어지는 과정에서 보듯이, 오시로에게 꼬리표처럼 붙은 정치 소설 「칵테일·파티」는 매체를 달리하며 끊임없이 재생산되고 있다. 오시로뿐만 아니라 오키나와에서 아쿠타가와상을 수상한 작품들은 대부분 영화로 만들어졌다. 히가시 미네오의 「오키나와 소년」(新城卓 감독, 1983), 마타요시 에이키의 「돼지의 보복」(崔洋一 감독, 1999), 메도루마 슌의 「바람 소리(風音)」(東陽一 감독, 2004) 등이 바로 그 예인데, 이는 본토의 문학장에서 획득한 상징 권력과 자본이 대중 매체인 영화의 장에서도 통용되고 있음을 알 수 있게 한다.

19 보통 코끼리 우리(象のオリ)라고 불린다. 냉전시기에 소련과 중국, 북한의 군사기밀을 감청하기 위해 만든 시설로 거대한 안테나 탑을 촘촘하게 연결한 것이다. 인공위성을 통한 첨단 감청 장비가 개발됨에 따라 1998년부터는 사용하지 않고 있다.

20 미일안보조약에 근거해 제정된 것으로서 주일 미군의 법적 지위 등을 규정하고 있다. 이 협정은 일본 측의 시설제공 의무와 주일 미군의 특권 등을 정하고 있다. 이 협정에 따라 정해진 형사특별법 등에서는 헬리콥터 등 미군의 재산을 수색, 압수하기 위해서는 미군의 동의가 필요하며, 미군기지 내에서 발생한 범죄나 미군 관계자간의 범죄에 대해서는 미군측이 우선적으로 재판권을 갖도록 하고 있다. 특히 일본인을 상대로 한 범죄와 같이 일본이 재판권을 가지는 것이 불가피한 사건의 피의자에 대해서도 미국 측이 먼저 그들을 구속한 경우

논의를 촉발시켜 오키나와 내외는 물론이고 해외에서도 크게 주목하고 있던 터였다. 이런 가운데 1996년 1월, 마타요시의 「돼지의 보복」은 제114회 아쿠타가와상을 수상하기에 이른다. 오키나와의 어느 술집에 돼지가 난입하면서 한 여자 종업원의 혼이 빠져나가자, 그녀에게 다시 혼을 찾아주고 돼지의 액을 씻기 위해 술집 여사장과 두 명의 여자종업원, 그리고 아르바이트 청년 쇼키치(正吉)는 '신의 섬(神の島)'이라 불리는 마쟈 섬(眞謝島)의 우타키(御嶽, 신령을 모시는 곳으로 오키나와에서는 가장 신성시 되는 장소)로 향한다. 이 네 명의 좌충우돌 여행을 그린 것이 바로 「돼지의 보복」이다. 간단한 소개에서도 짐작할 수 있듯이 이 소설에는 혼 불어넣기, 액 씻기, 우타기, 유타(무녀), 풍장(風葬) 등과 같은 오키나와의 관습과 풍경이 진하게 배어 있다. '오키나와라는 하나의 우주'를 그린 것 같다는 이시하라 신타로의 평가처럼 이 작품은 마치 우주의 기운을 빌려 정치 현안을 무화시키듯 독자들의 온 시선을 오키나와의 자연과 풍토, 풍습에 집중시키고 있었다.

이미 하나다 도시노리가 이 작품에 대한 아쿠타가와상 선평을 분석하여 본토가 정치적으로 규정한 '오키나와 문학'에 대해 논한 바 있기에 여기에서 반복할 필요는 없겠지만,[21] 이 소설의 수용 회로는 오키나와라는 지역이 가지는 비획일성에 대한 상찬, 즉 오키나와적 풍토에 대한 가치의 발견과 '고대'라는 시간 및 민속의 발견이라고 요약해도 무방할 것이다.[22] 심사

는 일본 검찰에서 이들을 기소한 이후에나 신병을 인도할 수 있도록 하고 있다. 이에 따라 일본 내에서는 검찰 기소까지 충분한 수사가 불가능할 뿐 아니라 중범죄자의 경우에도 일본 측의 조사 시점에는 구속되지 않으므로 지나치게 관대한 처분을 받는 것이라는 지적이 제기되어 왔다.

21 花田俊典, 앞의 책, 34~42쪽.

22 본문의 이해를 돕기 위해 선평의 일부를 소개하면 아래와 같다. (인용은 『芥川賞全集 17』文藝春秋

자로 대변되는 본토의 관심은 '마타요시 에이키'라는 고유한 작가의 문학 세계에 있었던 것이 아니라 오로지 '오키나와'를 향해 있었고, 이러한 담론 구조 속에서 마타요시는 '지역의 힘(地の力)'에 의존해 기존의 '오키나와'를 청신하게 갱신한 익명의 누군가에 지나지 않았다. 오키나와 문학에 대한 승인이 소위 주변부의 미분(未分)적 카오스가 가지는 풍요로움을 찬탄하며 여기에서 잃어버린 본래성을 되찾고자 하는 담론 속에서 이루어진다면, 이러한 논리는 주변의 카오스를 중심이 흡수하여 재활성화해 다시 '중심' 중심주의를 낳는 것으로 귀결될 뿐이다.[23]

사실, 「돼지의 보복」 이전의 마타요시는 일본 가운데 한 특정적인 주변 지역으로서 오키나와를 다루지 않았다. 「조지가 사살한 멧돼지(ジョージが 射殺した猪)」(『文学界』1978.03), 「긴네무 집(ギンネム屋敷)」(『すばる』1980.12) 등과 같은 작품에서 보듯, 그는 포스트콜로니얼적인 폭력이 끊임없이 발동되는 장소로서 오키나와를 포착하고 있었으며 그 시선은 매우 급진적이었다.[24]

社, 2002, 432~445쪽.)

• 미야모토 테루(宮本輝): 오키나와라고 하면 곧장 전장의 상흔이나 기지 문제, 정치적 상황 하의 오키나와 현민과 같은, 아무튼 정치적인 면만 부각되거나 역으로 토속적인 부분만 부각되어 작자도 독자도 그로부터 자유롭지 못한 경향이 있는데 마타요시 씨의 경우는 오키나와라는 고유의 풍토에서 사는 서민들의 숨소리와 생명력을 때로는 섬세하게 때로는 대담하게 그리고 있다.

• 고노 다에코(河野多惠子): 오키나와의 자연과 사람들의 매력에 끌려 자연이란 것, 인간이란 것을 다시 생각하고 싶은 기분이 들었다.

- 이시하라 신타로: 일본에서의 오키나와라는 풍토의 매력과 가치, 의미는 비획일성이다. (중략) 마타요시 씨의 작품은 오키나와의 정치성에서 벗어나 문화로서의 오키나와를 원점으로 삼고 있으며, 오키나와라는 작지만 확고한 하나의 우주를 느끼게 한다.

• 오에 겐자부로: 이야기를 전개시키는 기술이 탁월하며 다양한 여성상도 매력적이다. 그것은 오키나와 여성의 독자성으로 일반화시킬 수 있는 장점으로 보이며, 오키나와의 현대 생활에 밀접한 민속적인 고대 역시 앞으로의 창작 활동을 지탱할 것 같다.

23 花田俊典, 앞의 책, 40~41쪽.

24 花田俊典, 위의 책, 43쪽 ; 新城郁夫, 앞의 책, 100~101쪽 ; 又吉栄喜·新城郁夫·星雅彦「鼎談沖

그러나 「돼지의 보복」에서는 풍장의 관습이 남아 있는 '신의 섬'과 그곳으로 향하는 인물들을 조형하여 마치 오래된 오키나와의 시공간을 희구하는 것처럼 그리고 있었다. 물론 「돼지의 보복」을 기준으로 그 이전과 이후의 주제가 서로 다르다고 하여 그것이 곧장 문학적 혹은 작가적 모순을 야기하는 것은 아니지만, 본토의 문학장에서 이루어진 마타요시 문학의 사회화는 그의 문학적 가치나 문학 행위자의 위치를 일정하게 구조화된 성향 체계로 만들고 말았다.[25] 1999년 문예춘추사(文藝春秋社)에서 『돼지의 보복』단행본을 발간할 때, 원래 제목이 「아티스트 상등병(アーチスト上等兵)」(『すばる』1981. 09)이던 단편을 「등 뒤의 협죽도(背中の夾竹桃)」로 바꾼 것,[26] 그리고 오키나와의 일상에 잠복된 폭력과 광기를 날카롭게 보던 시선이 시간이 지나면서 '토착성'이나 '민속적인 혼'이라는 세계관 창조로 향하게 된 것은[27] 본토의 문학장에서 행해진 정치적 결정과 무관하지 않다고 여겨지며, 이는 본토가 오시로에게 요청한 노선과 크게 궤를 달리 하는 부분이기도 했다.[28]

縄文学の現在と課題-独自性を求めて」,『うらそえ文芸』8号, 2003. 05, 34쪽.

25 라영균, 「문학장과 문학성」, 『외국문학연구』17, 2004, 181쪽.

26 단행본으로 간행된 『돼지의 보복』표지(띠지)에는 "제 114회 아쿠타가와상 수상 오키나와의 멋진 삶이 여기에 있다(第114回 芥川賞受賞 すばらしき沖縄の暮しがここにある)"라고 쓰여 있다. 오키나와의 이국적인 정서와 마타요시의 문학을 중첩시키는 이러한 선전 문구는 본토가 마타요시 문학을 어떻게 소비하고자 했는지 가늠할 수 있게 한다. 한편 베트남 전쟁을 배경으로 젊은 미군 병사와 기지 마을에서 자란 한 소녀의 관계를 그린 「아티스트 상등병」은 단행본의 취지인 '오키나와의 멋진 삶'에 부합하도록 다소 낭만적인 제목 「등 뒤의 협죽도」로 바꾸었다. 하나다는 작품의 정치색을 후경으로 감추기 위한 일종의 배려가 아니었는가 하고 짐작하기도 했다. (花田俊典, 앞의 책, 46쪽.)

27 新城郁夫, 「問いかけとしての沖縄文学」, 岡本恵徳·高橋敏夫編, 앞의 책, 302쪽.

28 곽형덕은 마타요시의 문학 세계에서 보이는 토착이란 단순한 노스탤지어만을 의미하는 것이 아니라고 지적한다. 오키나와의 자연이나 문화유산은 물론이고 미군 기지나 미국인 하우스 등과 같은 전쟁과 점령의 기억, 그리고 현실이 난무하는 곳이 바로 마타요시의 '토착'

오키나와에서 '특별한 시공간'을 발견하는데 성공한 본토는 마치 그에 대한 반동처럼 이번에는 또 다른 '특별함'으로 오키나와를 재정의하려 했다. 마타요시의 아쿠타가와상 수상 이듬해인 1997년 메도루마 슌의 「물방울(水滴)」(『文学界』1997.04)이 같은 상에 선정된 것이다. 이 작품은 전쟁에서 생환한 도쿠쇼(德正)의 엄지발가락에 물방울이 들자 이 신비한 물을 마시러 밤마다 수많은 전사자들이 찾아오는, 말하자면 전쟁적 신체(전사자)와 전후적 신체(도쿠쇼)의 조우를 통해 오키나와 전투의 상흔을 그리고자 한 소설이다.

마타요시가 아쿠타가와상을 수상했을 당시 심사위원으로 있던 미야모토 테루는 "오키나와라고 하면 곧장 전장의 상흔이나 기지 문제, 정치적 상황 하의 오키나와 현민과 같은, 아무튼 정치적인 면만 부각되거나 역으로 토속적인 부분만 부각되어 작자도 독자도 그로부터 자유롭지 못한 경향"이 있다고 언급한 바 있었다. 어쩌면 그의 지적은 마타요시와 메도루마의 수상 배경을 동시에 짚은 것인지도 몰랐다. 다시 말해, 본토에서 통용 가능한 오키나와 문학의 범주란 '정치'나 '토속'에 국한되며, '작자도 독자도 그로부터 자유롭지 못한 경향'이 역설적으로 본토에 오키나와 문학을 존치시키는 조건이자 전제가 되어왔던 것이다.

미야모토의 예견처럼 「물방울」에 대해서는 "전후 50여 년에 이르기까지 피해자의 얼굴을 해 온 자기기만을 작자는 다시 묻고 있으며(중략) 주인공의 에고이즘이나 나약함, 어리석음을 작가는 모두 '전적으로 긍정'하고 있다. 윤리적, 종교적 측면이 아니라 오키나와라는 불가사의한 힘으

이라 보고 있다. (곽형덕, 「마타요시 에이키 문학에 나타난 '타자'와의 교섭 과정-"오키나와인 주체의 자세"를 묻다」 『탐라문화』 49호, 2015, 95쪽.)

로."[29], "또 오키나와 작품인가, 라는 느낌이 들었지만 이는 과거의 전쟁 경험을 포함하여 오키나와가 일본에서 특이한 지위를 가지고 있기 때문일 것이다. (중략) 오키나와의 전쟁 체험이란 단순한 유산에 그치지 않고 오늘날까지도 계승되는 재산으로, 오키나와 지방이 가진 개성을 분명히 한 작품이다"[30] 등의 선평이 이어졌다. 이렇게 '불가사의한 힘'과 '특이한 지위'를 가진 오키나와 문학은 때로는 '또 오키나와 작품인가'라는 식상한 반응을 부르면서도 결과적으로는 본토의 문학장에서 벌어지는 경쟁에서 유리한 고지를 점하게 만들고 있었다. 동시에 이는 작가 개인에 대한 조명이나 작품 속의 인물이 피력하는 사상성을 '불가사의한 힘'과 '특이한 지위'에 매몰시키는 결과를 낳기도 했다.[31]

여기에서 주의하고 싶은 것은 문학장 내에서의 본토와 오키나와의 권력 관계, 혹은 공범 관계를 메도루마가 선명하게 비판하고 있는 지점이다. 그는 소위 '오키나와 붐'에 투사된 본토의 식민지적 시선과 그에 순응하는 오키나와를 동시에 일갈하면서 오키나와 문학이 거듭해온 수사의 방식에 대해 다음과 같이 문제제기한다.

> '방언'을 쓰며 새로운 문체를 만들어 '일본어'를 풍부하게 한다든지, 오키나와 특유의 문화와 역사, 정치 상황과 풍습을 그려 획일적인 일본 문화와 정치의식을 흔들며 다양성을 확보한다든지

---

29 히노 게이조(日野啓三), 「芥川賞選評」, 『芥川賞全集 18』, 앞의 책, 352쪽.

30 이시하라 신타로, 「芥川賞選評」, 위의 책, 361쪽

31 메도루마의 「물방울」, 『芥川賞全集 18』, 앞의 책, 352쪽. 은 전쟁 기억의 표상의 한계를 거듭 시험하며 내셔널 히스토리에 대한 첨예한 비판을 시도했음에도 불구하고 대부분의 심사자들은 오키나와 전투를 '지방의 개성'으로 본질화, 토착화시켜 버리고 말았다. 특히 이시하라의 선평은 연구자들로부터 큰 비판을 받았다. (花田俊典, 앞의 책, 50~51쪽; 新城郁夫, 『到来する沖縄─沖縄表象批判論』, 9쪽.)

하는 어수룩한 논리들이 회자되고 있다. (이런 글을 쓰고 있는 나 역시도 항상 어수룩한 논리의 함정에 빠져 있다.)

'처음부터 일본이 존재하는 것이다. 야마토 출판사가 원고를 사 주니까 별 수 없지 않은가. 그게 싫으면 개인잡지를 발간해서 실컷 실험 소설이나 쓰면 된다. 요즘은 인터넷도 있지 않은가. 전편 우 치나 구치로 쓴 소설을 쓴다한들 누가 그걸 읽겠는가. 더 이상 '우 치나'도 '야마토'도 없으니 '오키나와 문학'도 '일본문학' 가운데 적 당한 장소를 찾아 제대로 자리를 잡으면 좋지 않은가. 그 이상 무 엇을 바라는가, 요즘 같은 시대에.' 이런 차가운 목소리가 들린다.

그러나 그 이상의 무엇을 찾지 않고 어떻게 소설을 쓸 수 있을 까. 마치 오키나와에는 소설을 만들어 내는 풍부한 토양이 있고, 그다지 노력하지 않아도 오키나와라는 '특권'에 의지하면 작품이 성립하는 것처럼 마구잡이로 말하는 연구자와 비평가가 지천에 있다. 창조라는 것과는 무연한 이들의 허튼 소리와는 정반대로 이 섬은 지금도 '가난'하다. 그 '가난'을 극복하지 않고 어떻게 소설을 쓸 수 있단 말인가. 요즘 같은 시대에, 요즘 같은 이곳에서.[32]

오키나와를 낭만화시키는 본토의 신화적 서사는 물론이고 그 시선의 정 치에 스스로 기투한 오키나와에게도 반성을 촉구하는 메도루마의 지적은 이 글에서 지속적으로 언급했던 본토와 오키나와의 양해관계 및 공인관계 에 대한 날카로운 비판이라 할 수 있다.

그렇다면 여기에서 다시 양자의 인준 관계를 상기해 보자. 문학장은 다 른 사회 영역들과 마찬가지로 문학장 특유의 수단을 근거로 투쟁하는 장 이다. 문학장 내의 여러 입장들이 서로 상호 작용하며 쟁취하려는 것은 다름 아닌 '상징권력' 혹은 '지칭권력'이다. 지칭권력이란 특정한 문학영역을 나름대로 지칭하면서 문학장 내의 우위를 선점하려는 투쟁을 의미한다. 이를 위해서는 특정한 삶의 방식을 미리 확정하고, 이를 근거로 나와 타자를 구분 지을 수 있는 문학 규정이 필요하게 된다.[33] 본토의 문학과 구분되는 '오키나와 문학'이란 명명에는 '오키나와'라는 한 지역의 특정한 삶의 방식이 미리 확정되어 있고, 이것이 지칭권력이 되어 문학장 내를 영위하는 방법이 되고 있다면, '오키나와' 혹은 '오키나와 문학'이란 명명 자체가 내포한 정치성에 대해 묻지 않을 수 없을 것이다. 그것은 단순히 '오키나와 문학'이란 명칭이 생겨나게 된 연원이나 정의를 묻는 것이 아니다. 메도루마가 말한 것처럼 '풍부한 토양'이나 '특권'을 지닌 오키나와가 아닌, 그러한 범주의 오키나와를 넘어서서 그와 대항할 수 있는 오키나와란 가능한가라는 물음이 제기되어야 하는 것이다. 여기에서 사키야마 다미의 「바람과 물의 이야기」를 살펴보는 것은 위와 같은 물음과 맞닿아 있다. 결론부터 말하자면 이 소설은 양자의 공모로부터 비어져 나와 용인 받지 못한 방식으로 오키나와를 감각하려 하고 있다. 이하에서는 「바람과 물의 이야기」를 중심으로 '오키나와 문학'에 대해 다시 고민해 보고자 한다.

3. 전도된 시선

1997년 1월 잡지 『헤르메스(へるめす)』에 발표된 「바람과 물의 이야기」는 본토에서 오키나와로 파견된 신문 기자 '나(私)'의 경험을 토대로 이야기가 전개된다. '나'는 푸른 눈을 가진 혼혈 여성 사토(サト)를 어느 여객선

---

33 라영균, 앞의 논문, 178쪽.

에서 처음 만난 이후로 교제를 이어오고 있다. 그녀를 만난 이후로 '나'에게는 바람의 속삭임에 이끌려 집 밖으로 나가 도심을 한없이 배회하는 습관이 생겼다. 어느 날 저녁에도 역시 바람을 따라 시내로 나간 '나'는 다리 위에서 창부로 보이는 한 여자를 만나고, 그녀와 함께 해안가에 늘어선 수상 점포로 향한다. 여기에서 '나'는 마치 왜곡된 시공간 속에 놓인 것처럼 바닷물 속에 빨려 들어가 의미를 알 수 없는 소리를 듣는다. '나'를 수상 점포로 유인한 여자는 어떤 이야기를 꼭 들어달라고 '나'에게 마지막으로 부탁하지만 좀처럼 그녀의 입에서는 말이 나오지 않고 기괴한 소리만이 들릴 뿐이다. 천장과 마루가 뒤바뀌는 공간의 흔들림 속에서 겨우 점포 밖으로 삐져나온 '나'는 사토가 잠이 깨기 전에 얼른 집으로 돌아가려고 걸음을 재촉한다.

언뜻 보기에 「바람과 물의 이야기」는 젠더 역할이 분명하게 명시된 소설로 읽힌다. 그것은 마치 페미니즘 영화이론가 로라 멀비(Laura Mulvey)가 지적한 대중 영화의 시각 구조, 즉 시선 보유자로서의 남성 주체와 이미지 대상으로서의 여성을 이분법적으로 설정한 것과 매우 유사해 보이는 것이다.[34] 우선 본토에서 오키나와로 파견된 남성 신문 기자라는 인물 설정부터 그러하다. '나'는 오키나와로 오기 전부터 "이 지역에 대해서는 넘칠 정도의 정보를 가지고 있었"고, 도착하고 나서는 "습관이 되어 버린 의식을 가지고", "섬의 구석구석을 염치도 없이 빤히 쳐다보는" 관찰자가 된다. 모든 현실의 이미지란 보는 사람의 시각을 중심으로 배열되어 소유와 통제, 그리고 지배의 대상이 되듯이,[35] '나'는 그렇게 섬을 응시하며 자신과

---

34 로라 멀비, 「시각적 쾌락과 내러티브 영화」, 『모더니즘 이후, 미술의 화두』, 윤난지 엮음, 눈빛, 1999, 436쪽.

35 주은우, 「근대적 시각과 주체」, 문화와 사회 연구회, 『현대사회의 이해』, 민음사, 1996, 77쪽.

섬 사이의 질서를 정비해 나간다. 그 가운데 '나'의 눈에 포착된 존재가 바로 사토라는 혼혈 여성이다. 특히 두 사람이 가지는 육체관계는 사토, 혹은 오키나와로 하여금 더욱 성적인 응시의 대상으로 존재하게 만든다. 시각의 결정권을 가진 남성 '나'의 응시로 인해 사토의 몸이 에로틱한 성적 대상으로 양식화되기 때문이다.[36] 여기에 혼혈이라는 사토의 몸은 또 하나의 젠더 질서를 상기시킨다. '나'는 사토를 처음 보고 '아이노코(あいのこ, 혼혈이라는 뜻으로 현재는 차별용어로 쓰지 않는다.)'라는 단어를 상기하며 "습하고 무지근한 통증"을 느낀다. 전쟁미망인이던 그녀의 어머니가 아버지를 알 수 없는 아이인 푸른 눈의 사토를 낳고 유기한 과정은 강간하는 신체로서의 미국과 강간당하는 신체로서의 오키나와라는 몸의 지배 양식을 선명하게 보여주기 때문이다. 그러나 이 소설이 기도하는 바는 위와 같은 극명한 이분법적 구도를 다음과 같이 완전히 전도시키는 데 있었다.

> 원래 나는 이 지역과는 인연도 연고도 없는 남자였다. 그런 내가 여기에, 이렇게 살고 있는 것은 회사가 발령을 내린 곳이 뜻하지 않게도 여기였기 때문이다. 전국에 정보망이 퍼져있는 중앙 신문의 지방 파견 기자 자격으로 말이다. 내가 자원한 것도 아니었지만 남쪽 지방으로 발령을 받았을 때, 직업 특성 상 이 지역에 대해서는 넘칠 정도의 정보를 가지고 있었다. 그러나 그곳은 어딘가 알 수 없는 이국의 땅이라는 기분이 들었고 작열하는 섬의 우울한 이미지가 나를 풀죽게 만들기도 했다. (중략)
> 비행기에서 내려 보니 섬 내부는 미개지는커녕 도심과 다름없는 두세 개의 소도시를 갖고 있었고, 주민들은 도시 모양새에 걸맞게 몇

---

36 로라 멀비, 앞의 책, 436쪽.

단계나 진보한 차림으로 일반적인 일본인을 연출하고 있는 듯 했다. 혹은 불합리한 역사의 난제로부터 눈을 돌리는 것이 이 섬에서 살아가는 유일한 방법이라고 말하고 싶은 듯이 보이기도 했다. 무사태평한 그리고 의외로 촌티가 나지 않는 사람들의 표정 때문에 남도에 대한 우울함은 해소되었지만, 남몰래 품고 있던 이국정취에 대한 기대가 빗나가 나의 섬 생활은 맥이 빠진 상태로 시작되었다. (중략)

취재 도중에 이 역시 업무라 생각하며 시내 안팎을 배회하거나 작은 낙도로 훌쩍 발을 옮기는 일도 있었다. 무심코 산책을 하다보면 섬은 몇 겹이나 두르고 있던 표층의 역사의 옷을 하나씩 벗기 시작한다. 새카만 피부를 드러낸 섬은 마치 본래의 모습을 자아내는 것 같다. 섬을 바라보는 나의 시선에 특별한 변화가 일어난 것은 아니다. 섬사람들의 거칠고 들러붙는 것 같은 억양. 짙은 눈썹과 크고 검은 눈. 일 년 내내 열기를 품은 공기. 질리지도 않는 듯이 반복되는 특이하고 다양한 연중행사. 그러한 모습들이 나에게 이러한 감정을 품게 만든 것도 아니었다.

오히려 거꾸로다. 보는 측과 보이는 측의 위치가. 섬의 시선에 내가 붙들려 버린 것이다. 아무 말도 하지 않는 바위굴 형상을 한 섬이 나를 지켜보고 있다. 그러한 기분에서 벗어날 수 없게 되었다.[37]

신문 기자로서 이 지역에 대한 대부분의 정보를 가지고 있던 '나'는 자신의 예비지식을 바탕으로 실제로 섬을 보기 이전부터 이미 그것을 보고 있었다. '나'가 짐작하기에 섬은 '미개지'나 다름없는 '우울한' 곳일 터였지만, 막상 현지에 도착해 보니 그곳은 전혀 다른 풍경을 하고 있었다. 두

37 사키야마 다미 지음, 조정민 옮김, 「바람과 물의 이야기」, 『지구적 세계문학』 8호, 글누림, 2016, 137~139쪽.

세 개의 소도시를 갖고 있으며 그곳에 사는 사람들마저 세련된 모습을 하고 있는 걸 보니 섬은 차라리 '일본'이라 부르는 것이 합당했다. '나'가 가진 시선의 권력, 혹은 본토에서 습득한 지(知)의 권력이 섬의 현실 앞에서 완전히 무너지고 난 다음, '나'가 또 한 번 박탈당한 것은 '응시'의 주체성이다. "새카만 피부를 드러내며 본래의 모습을 자아내는"듯한 섬의 시선은 '나'를 결박하고 있고, 그렇게 자신을 지켜보는 섬의 시선으로부터 '나'는 벗어날 수가 없다. 시각의 주체에 따라 지배와 소유의 관계가 달라짐을 염두에 둔다면 '나'는 더 이상 섬을 정복할 수 있는 시각의 주체가 아니다. 오히려 거꾸로다. '나'를 대상화시키며 시선으로 압도하고 있는 것은 바로 '섬'인 것이다.[38]

또한 '나'는 섬의 시선을 '기색'으로 느낀다. "갈 곳 없이 막다른 골목으로 치닫는 생활 속에서 앞을 보려고 발버둥치는 내 앞에 돌연히 섬의 진한 기색이 감돌 때가 있다. 얼굴을 돌리지 않고 그 기색 속에서 웅크리고 있으면 텅 빈 내 몸속으로 흘러들어와 가득 채우는 것을 느낄 때가" 있는 것이다. 섬의 기색으로 '나'를 구성하고 의미화 시킨다는 것은 더 이상 섬이 '나'의 시각의 대상이 아님을 의미한다. 바꾸어 말해 시각의 주체란 이미 '섬'이며 그것이 구성하고 지배하는 시각 구조 속에 '나'는 포획되어 있는 것이다.

섬의 시선과 기색에 압도당한 '나'의 모습은 창부와도 같은 정체 모를

---

38 작품 속의 '시선의 전도'는 선행 연구에서도 공통적으로 지적되었다. 신조 이쿠오는 오키나와를 둘러싼 '보다-보여지다'라는 비대칭적 '발견' 구도로부터 이 작품이 해방되어 있으며, 동시에 그럴싸한 모양으로 유통되고 있는 기호화된 오키나와에 대해서도 첨예한 비판을 가하고 있다고 평가했다. (新城郁夫, 『「風水譚」作品解説』, 岡本惠德·高橋敏夫編, 앞의 책, 404쪽.) 松下優一의 『〈沖縄文学〉の社会学-大城立裕と崎山多美の文学的企てを中心に』(慶應義塾大学大学院 社会学研究科 博士學位論文, 2014, 172쪽.), 소명선의 「사키야마 다미의 「풍수담」론-사키야마의 언어의식과 문학적 전략에 관해」(『일본근대학연구』 50, 2015, 272쪽.) 등도 유사한 지적을 하고 있다.

한 여자와의 관계 속에서도 드러난다. 어느 날 저녁, 다리 위에서 만나 '나'
를 수상 점포로 이끈 여자는 '나'가 도망칠 수 없는 시선으로 응시하고 섬
의 기색을 감지하게 만든다. 여자와 만난 순간을 '나'는 다음과 같이 고백
한다.

> 이 섬의 여자라면 반드시 가지고 있는 굴곡이 뚜렷한 얼굴과
> 깊은 눈빛으로부터 도망칠 수 없다는 예감에 사로잡히고 말았다.
> 이 섬에서 살기 시작하면서부터다. 이러한 기색 안에 자신을 가두
> 게 된 것. 섬 내부에 잠재하는, 눈에 보이지 않는 왜곡된 공간의
> 움푹 팬 곳에서 불시에 뿜어 나오는 사람의 짙은 기색으로 인해
> 현실에 대한 시선은 구겨지고 그 쪽으로 몸이 이끌려 간다.[39]

움푹 팬 섬의 왜곡된 공간에서 불시에 '나'를 엄습하는 기색은 자신이
인지한 현실을 모두 구겨놓고 '나'의 몸도 그 쪽으로 옮겨 놓는다. 또한 '성'
을 사고파는 관계에서도 '나'는 이미 어떠한 주도권이나 의지도 행사하지
못한다. '나'는 시각의 주체이기는커녕 의식적 주체라는 지위나 권위마저
도 박탈당하고 만 것이다. 적어도 위의 장면에서 확인할 수 있는 것은 본
토에서 온 남성 관찰자의 특권적 우위가 여자 혹은 섬의 시선과 기색에 의
해 효력을 빼앗기고 시선의 대상으로 전락하게 되었다는 점이다.

뿐만이 아니다. '오키나와'라는 기표와 기의의 기호학적인 등가 관계
마저 무너진 것은 혼혈인 사토가 선보이는 류큐 예능에서 분명하게 드러
난다. 미국인 아버지와 오키나와인 어머니 사이에서 태어난 사토는 부모

---

39 사키야마 다미, 앞의 책, 146쪽.

의 부재 속에 외할머니 손에서 자랐다. 그런 그녀가 습관처럼 중얼거리는 것은 외할머니로부터 듣고 익힌 '하나노 가지마야(花のカジマヤ)', 즉 꽃 풍차라는 섬 노래(시마우타)다. 이 섬의 사람이라면 누구나 다 알고 있다는 섬 노래와 그것을 읊조리는 푸른 눈의 사토는 우리가 암묵적으로 양해하고 있는 '오키나와 전통'과 그것을 연출하는 행위자 사이의 연결고리를 매번 끊어내고 있다. 시마우타 민요 클럽에서 북채를 휘두르며 에이사를 선보이는 그녀의 모습 역시 마찬가지다. "삿사, 삿사, 하, 이야, 하, 이야 이야 하고 날이 선 칼처럼 차진 박자로 북소리 리듬 사이사이에 소리를 내고 있"는 사토의 모습은 기표와 기의가 작용해야 할 대상, 즉 오키나와라는 지시대상이 이미 해체되었음을 시사하고 있다. 이처럼 「바람과 물의 이야기」는 남성 주체 '나'의 통제적 응시로 구성된 오키나와를 와해시키고, 동시에 지시대상으로서의 오키나와가 부재하는 가운데 역설적으로 오키나와라는 기호만이 난무하는 모습을 보여주고 있다.

4. 보이지 않는 것을 읽는 법

한편 '나'는 사토를 만난 이후로 바람의 속삭임에 이끌려 집 밖으로 나가 도심을 한없이 배회하는 습관이 생겼다. 그날도 '나'는 어김없이 바람의 속삭임에 이끌려 거리로 나간다. '사아사아사아, 소-소-소-'하고 귀를 간질이는 바람의 난무는 사토가 흥얼거리는 섬 노래 소리와 자주 포개어진다. 물속에서 흘러나오는 소리도 마찬가지다. '친 둔 덴 둔… 만친단…'이라는 소리가 분명하게 물속에서 전해져 오고, 그것은 사토가 외할머니로부터 자주 들었던 '꽃 풍차' 가락임에 틀림없다. 그러나 그 소리의 주인이 사토인지, 사토의 외할머니인지는 좀처럼 알 길이 없다. 그리고 바다는 또 하나의 사토이기도 하다. "농밀한 관계 뒤에 잠이 든 사토의 육체와 서로 교대하듯이 밤바다를 방황하는 사토가 나를 잠에서 깨우기 위해 다가오"고, 그렇게 "저 깊은 바다에 빠져버린" 사토야말로 진짜 사토라는 생각이 든다. 이처럼 작품의 제목에 드러난 바람과 물은 사토의 또 다른 모습에 다름 아니었던 셈이다.

바람과 물, 그리고 그들의 소리가 이 작품에서 중요한 이유는, 더 이상 자신의 눈으로 섬을 관찰하거나 장악하지 못하게 된 '나'에게 섬을 '보는 것' 대신 '듣는 것'이 허락되었기 때문이다. 사토를 만난 이래로 바람이나 물에서 소리를 들으며 그것을 사토의 모습과 중첩시키는 '나'는 도무지 시각적으로도 재현될 수 없고 물리적으로도 만질 수 없는 소리를 통해 섬을 인지해야만 한다. 문제는 바람과 물의 소리가 섬의 기색만큼이나 추상적이며 알 수 없는 기호들로 점철되어 있다는 점이다. 그것은 마치 처음부터 '나'의 이해를 구하지 않기 위해 존재하는 것 같다. 그러한 '나'와 소리의 교감, 혹은 투한이 극에 달하는 지점은 아마도 다음과 같은 장면일 것이다.

스치듯이 그야말로 노파가 부르는 것 같지만 어딘가 맑고 밝은 구석이 있는 노래 소리가 물에 젖은 내 귀로 들려온다. 친 둔… 만친단… 우니타리스누메- 우미가키레…. 그런 박자가 이어지는 것이다. 사토의 소리인지 할머니의 소리인지, 그 장단과 박자 사이에 뷰루루… 큐루루… 휴루루… 하는, 바다 소리라고밖에 형용할 수 없는 이상한 음이 섞인다. 그러한 소리들이 내 안에 가득 차 있던 슬픔 덩어리를 스치듯 전해 온다. 그리고 그 때 무언가가 덥석 발목을 잡았다. 나는 물속으로 푹 잠겨버린다. 여자다. 언제까지 기다려도 따라오지 않는 나를 참다못해 여자가 못된 장난을 치러 돌아온 것이다. 나는 그렇게 생각했다. 부드럽게 죄어드는 손의 근육이 내 오른 발목을 잡고 있다. 나는 물속으로 이끌려 들어가 버렸다. 이번에는 돌연히 센 힘으로 손목을 잡는다. 굉장한 힘이다. (중략) 발을 버둥거리다가 간신히 물 위로 떠올랐다. 호흡을 돌리는 순간 또다시 발목을 붙잡힌다. 뷰루루, 큐루루 하는 소용돌이치는 물소리가, 후훗 하는 여자의 웃음소리가 들린다. 여자가 하는 짓인지 물귀신의 장난인지. 아마 이것은 예정되어 있던 이니시에이션(initiation)일 것이다. 온전히 섬 세계로 들어가기 위한. 순간 세차게 흔들리며 뒤집힌 몸이 기괴한 쾌락으로 떨린다. 고통과 쾌락이 교대로 나를 엄습한다. 이해할 수 없는 세계로 빠져드려는 감각의 꿈틀거림에 스스로 이끌린다. 느닷없이 사토의 목소리가 들린다. 삿사, 하, 이야이야이야, 하고. 그 리듬에 깬 나의 양 발은 물을 힘껏 차올린다.[40]

　창부처럼 보이는 여자가 안내한 수상 점포로 들어간 이후 '나'는 무언가에 이끌리듯 여자를 안고 바닷물 속으로 들어간다. 여자는 "마치 오랫동안 바다에 살고 있던 생물"처럼 자유롭게 헤엄쳐 다니고 그녀를 쫓으려 버둥거리던 나는 결국 여자를 잃고 노래 소리와 만난다. 그 노래는 사토가 부르는, 아니 사토의 외할머니가 부르는지도 모르는 꽃 풍차 가락이려니 했지만, 어느새 노래에는 "뷰루루… 큐루루… 휴루루…"라고 형용할 수밖에 없는 물소리가 틈입한다. 소리와 함께 물속에서 자신의 몸이 여기 저기 붙들리는 것을 경험한 '나'는 그것이 마치 '섬 세계'와 온전한 합일을 이루기 위한 예정된 이니시에이션, 즉 통과의례처럼 느낀다. 바다 속에서 사라진

---

40 사키야마 다미, 위의 책, 154~155쪽.

여자는 이미 '나'의 가시권 밖으로 사라져 버렸고, 익숙하고도 낯선 소리와 함께 '나'는 자신이 놓인 장소를 붙잡아 보려 한다. 그러나 그것은 쉽지 않다. '나'가 여자를 찾기 위해서는, 그리고 '섬 세계'에 안전하게 착지하기 위해서는 여자와 마찬가지로 '나'도 시각으로 포착되지 않는 또 다른 형태의 어떤 존재가 되어야 하는지도 모른다. 그것은 청각적인 것이거나 촉각적인 것이다. 이미 자신의 특권적 시선을 섬의 시선과 기색에 빼앗긴 '나'는 이제 시각에서 청각, 혹은 촉각으로 감각을 전환해야만 한다.

그 어떠한 감각보다 특권적인 시각중심주의, 즉 시각적 현대성은 시각적 주체를 중심으로 동질적이고 규칙적인 공간을 구성하며 세계를 지배하고 소유한다. 푸코가 강조하듯이 권력의 효과적인 행사를 위해 동원된 것은 다름 아닌 시선으로, 이는 억압적 매체이자 체제인 것이다.[41] 이와 같은 논의에 비추어 볼 때, 시선을 박탈당한 '나'는 자신의 눈으로 '섬'을 제도화하거나 통치하는 것이 더 이상 불가능하다. 그러나 시각을 대신하여 '나'에게 부여된 바람과 물의 소리는 이 '섬'에 가장 가까이 가닿을 수 있는 방법이기도 했다. 섬에 도착했을 때 '나'의 눈에 비친 풍경을 다시 한 번 상기해 보자. '섬'은 '나'가 생각한 "미개지는커녕 도심과 다름없는 두세 개의 소도시를 갖고 있었고, 주민들은 도시 모양새에 걸맞게 몇 단계나 진보한 차림으로 일반적인 일본인을 연출하고 있는 듯이 보였다. 혹은 불합리한 역사의 난제로부터 눈을 돌리는 것이 이 섬에서 살아가는 유일한 방법이라고 말하고 싶은 듯이 보이기도 했다." 본토의 도심처럼 균질화된 섬과 불합리한 역사의 난제로부터 눈을 감고 무사태평하게 사는 섬사람을 포착해 낸 것이 '나'의 시각이라면 '청각'은 달랐다. 그것은 뜻을 잘 알 수 없고 귀에

---

41 주은우, 앞의 책, 82쪽.

담아두기도 어려운 "뷰루루… 큐루루… 휴루루… "와 같은 일종의 소음이 기도 했고 꽃 풍차 가락이기도 했다. 물과 바람으로부터 들리는 소리가 사토의 목소리와 겹치는 것에서도 알 수 있듯이, 그들 소리는 사토의 또 다른 신체이기도 했다. 사토의 목소리인지도 모르는 물과 바람의 소리는 '나'에게 합리적인 이해나 해석의 여지를 남기지 않는다. 때문에 나는 물과 바람의 소리를, 사토를, 그리고 섬을 '나'를 중심으로 질서지우거나 제도화시키지 못한다.

소리가 만들어 내는 '나'와 섬의 긴장은 마지막 장면에서 또 한 번 정점을 이룬다. 바다 속에서 청각, 촉각과 한바탕 싸움을 벌인 '나'는 사토의 "삿사, 하, 이야이야이야"하는 목소리와 함께 물 밖으로 나온다. 그리고 여자의 방에서 나오려는 순간, '나'는 또 한 번 자신을 겨냥한 소리와 격투해야 했다. 여자는 '나'의 등 뒤에서 어떤 이야기를 꼭 들어달라고 부탁했지만 좀처럼 말을 잇지 못했고 결국 내가 들은 것이란 "⊗●△⊠◎"와 같은 기괴한 소리였다. 소리를 확인하려 뒤를 돌아보려는 '나'에게 여자는 "돌아보지 마아", "무울 거푸움이 되고 시잎지 아않거드은-"이라고 외친다. 마지막까지 보는 것도 듣는 것도 허락하지 않은 여자와 그녀를 보는 것에도 듣는 것에도 모두 실패한 '나'는 '파열하는 부조화음'과 동시에 여자의 방에서 굴러 떨어져 나오고 사토의 곁으로 돌아가기 위해 걸음을 서두른다.

언어의 외부성을 예감시키는 소리 혹은 울림 "⊗●△⊠◎"은 '나'가 시도한 오키나와의 표상 구도가 완전히 해체되었음을 시사한다.[42] 중요한 것

---

42 사키야마의 작품에 나타난 청각성과 구어성, '소리'의 전략에 대한 연구로는 新城郁夫의 『沖縄文学という企て-葛藤する言語·身体·記憶』(インパクト出版会, 2003), 喜納育江의 「淵の他者を聴くことば-崎山多美のクジャ連作小説における記憶と交感」(『水声通信』 24号, 2008), 仲里効의 「悲しき亜言語帯-沖縄·交差する植民地主義』(未來社, 2012) 등이 있다. 사키야마 자신도 에세이 「〈소리의 말〉에서 〈말의 소리〉로(〈音のコトバ〉から〈コトバの音〉へ)」(『コトバの生まれる場所』 砂子屋書房,

은 섬을 포착하는 데 실패한 '나'의 경험이 일과성에 그치는 행위가 아니라는 점이다. 사토 곁으로 걸음을 재촉하는 '나'는 분명히 또 다른 밤에 바람 소리에 이끌려 도심을 배회하게 될 것이다. 그것은 사토를 만난 이후로 지속되어 온 습관이기 때문이다. 사토는 '나'로 하여금 바람과 물의 소리를 듣게 하는 계기이자 동력이다. 보는 것은 물론이고 듣는 것, 만지는 것마저도 불가능한 가운데 섬을 향한 '나'의 배회는 끊임없이 이어진다. 이는 바로 '나'가 섬을 읽는 방법이다.

5. '불가능'이라는 방법

아쿠타가와상과 같이 본토가 '오키나와 문학'을 선정·선별하는 방식에 비추어 볼 때, 사키야마의 「바람과 물의 이야기」는 분명 양자의 양해 관계로부터 비어져 나와 있는 작품임에 틀림없다. 그것은 비어져 나온 정도가 아니라 본토가 상정한 오키나와와의 관계를 불안정하게 만들고 가늠할 수 없게 만들며 심지어는 배반하기까지 한다. 여기서 필자는 사키야마 의 작품만이 본토의 문학장을 뒤흔들고 도발하는 힘을 가지고 있다고 말하고자 하는 것은 결코 아니다. 대부분의 지역 작가가 그러하듯이, 오키나와의 작가들은 오키나와라는 지역 내의 공모전을 거쳐 규슈라고 하는 보다 넓은 무대에서 자신의 작품을 시험하고, 그리고 또 다시 도쿄라는 소위 중앙 무

2004)에서 스스로를 "전적으로 쓰는 문자에만 의존해야 하는 표현 행위 속에서 '목소리'를 담으려는 욕구를 억누를 수 없는 자"라고 규정했으며, "귀를 스치고 사라진 '소리의 말'에 대한 생각을 어떻게 재생할 것인가", "나의 몸에 흔들림과 충격을 준 그 소리를 어떻게 문자로 쓸 것인가", "내 말을 잠깐이라도 접하는 사람들의 귀에 어떻게 '말의 소리'를 전달할 것인가"하는 초조한 의문을 드러내기도 했다(114~115쪽). 1990년대 이후에 발표된 그녀의 소설에는 반드시라고 해도 좋을 정도로 '소리의 방법화'가 다양한 형태로 시도되고 있다.

대에 데뷔한다. 이러한 경로는 사키야마도 마찬가지이며 그녀 역시도 아쿠타가와상 후보에 두 차례나 오르기도 했다.[43] 사키야마가 수상에 이르지 못한 것이 그녀의 소설이 가진 한계 때문인지 아니면 그녀의 소설이 오키나와와 본토 사이에 존재하는 표상의 문법을 따르지 않았던 탓인지는 알 수가 없고, 또 그것은 중요한 점도 아니다. 그러나 적어도 우리가 알 수 있는 것은 암묵적인 약속으로 정해져 있던 오키나와 문학의 범주를 「바람과 물의 이야기」가 크게 위반하고 있다는 사실이다. 그것은 아쿠타가와상을 수상한 오키나와 작가들의 문학적 소재나 평가가 사키야마의 경우와 크게 다르다는 점에서 충분히 짐작할 수 있는 바이다.[44] 실제로 일각에서는 "오시로 다쓰히로, 마타요시 에이키, 메도루마 슌은 모두 서사에서 오키나와적인 자기동일성의 환영을 추구"하지만 "사키야마 다미만큼은 '오키나와

---

43 사키야마는 1979년 「거리의 날에(街の日に)」가 신오키나와문학상(新沖繩文学賞) 가작에 당선되면서 오키나와 문단에 등장했고, 1988년 「수상왕복(水上往還)」으로 규슈예술제문학상(九州芸術祭文学賞) 최우수작에 선정되었다. 이 작품은 1989년 제 101회 아쿠타가와상 후보작에 올랐지만 수상에는 이르지 못했다. 이듬해인 1990년 「섬 잠기다(シマ籠る)」로 제 104회 아쿠타가와상 후보작에 다시 올랐지만 역시 수상에는 이르지 못했다.

44 사키야마는 「바람과 물의 이야기」를 발표한 다음 얼마 지나지 않은 1997년 5월 13일, 마타요시 에이키와 오시로 사다토시(大城貞俊)와 함께 한 좌담회에서 다음과 같이 말한다.
"오키나와라는 장소에서 살면서 문학의 미래라는 것을 구상하고 이야기를 전개시키려 하면 모든 표현자들은 기지와 전쟁, 신화, 유타, 민족을 구체적으로 짊어지고 만다. 그런 부분이 표현자들로 하여금 패턴화된 글쓰기를 하게 만든다. 7, 8년 전에도 역시 불모란 생각을 하였지만 지금 시점에도 이어지고 있는 것 같아 무거운 기분이 든다. (중략) 지금의 오키나와 문학에 대한 평가는 피상적인 것으로 전쟁이나 신화에 집착하는 것이 불만스럽다."(「県内作家座談会·沖繩の文化がやまとの風景を変える」『沖繩タイムス』 1997.05.13.)
앞에서도 언급한 바 있지만 이 좌담회가 열리기 전년도인 1996년에는 마타요시가, 이어서 1997년에는 메도루마가 각각 아쿠타가와상을 수상한 바 있었고, 이들의 작품은 사키야마가 언급한 '패턴화된 글쓰기', 즉 '기지와 전쟁, 신화, 유타, 민족을 구체적으로 짊어'진 소설로 비추어졌다. 사키야마는 본토의 요청에 호응하는 예정된 '정답'과 같은 오키나와 문학을 대단히 의식적으로 경계하고 있었다.

문학'이란 것에서 이류하고 있다"는 지적이 있기도 했다.[45]

그리고 또 다시 사키야마의 「바람과 물의 이야기」에 주목해야 하는 이유는 '오키나와'를 묻는 그녀의 시선이 궁극적으로 자신을 포함하여 오키나와 내부를 겨냥하고 대항하고 있다는 점이다. 그것은 단순히 사키야마의 소설이 오키나와를 둘러싼 표상 정치를 심문하고 있다는 뜻이 아니다. 시각을 강탈하고 청각을 강요하며 그로부터 '말의 소리'를 각인시키려 하는 그녀의 시도는 오키나와 내부에 존재하는 사람에게 조차 위화감을 주며 긴장하게 만든다. 또 그것은 오키나와 주변에 항상 따라다니는 심상 지리, 집합적 기억, 공통적 감수성 등을 모두 무화시키고 있다. 단지 약속된 오키나와로부터 시원하게 탈출한다고 해서 능사는 아닐 터이다. 사토로 인해 도심의 밤을 배회하다가 파편화된 소리 "⊗●△⊠◎"를 만나고 다시 사토 곁으로 돌아오는 '나'처럼, 「바람과 물의 이야기」는 우리로 하여금 다시 사토를, 그리고 다시 오키나와를 만나도록 추동한다. 이 끊임없는 운동성이야말로 '오키나와란 무엇인가', '오키나와 문학이란 무엇인가'를 묻는 질문에 대한 답일지도 모른다.

---

45 鈴木次郎, 「現代沖縄の遠近法—崎山多美の小説世界の行方」, 『EDGE』 第9・10合併号, 2000.03, 90쪽.

참고문헌

▶ 김재용×오시로 다쓰히로, 「작가와의 대담」, 『지구적 세계문학』 6호, 글누림, 2015, 146쪽.

▶ 곽형덕, 「마타요시 에이키 문학에 나타난 '타자'와의 교섭 과정-"오키나와인 주체의 자세"를 묻다」, 『탐라문화』 49호, 2015, 95쪽.

▶ 라영균, 「문학장과 문학성」, 『외국문학연구』 17, 2004, 178~181쪽.

▶ 문화와 사회 연구회, 『현대사회의 이해』, 민음사, 1996, 77~82쪽.

▶ 사키야마 다미 지음, 조정민 옮김, 「바람과 물의 이야기」, 『지구적 세계문학』 8호, 글누림, 2016, 132~158쪽.

▶ 윤난지 엮음, 『모더니즘 이후, 미술의 화두』, 눈빛, 1999, 436쪽.

▶ 소명선, 「사키야마 다미의 「풍수담」 론-사키야마의 언어의식과 문학적 전략에 관해」, 『일본근대학연구』 50, 2015, 272쪽.

▶ 손지연, 「전후 오키나와(인)의 성찰적 자기서사 『신의 섬(神島)』」, 『한림일본학』 27호, 2015, 17쪽.

▶ 피에르 부르디외, 『예술의 규칙-문학장의 기원과 구조』, 하태환 옮김, 동문선, 1999, 287쪽.

▶ 『芥川賞全集 17』, 文藝春秋社, 2002, 432~445쪽.

▶ 『芥川賞全集 18』, 文藝春秋社, 2002, 352~361쪽.

▶ 大城立裕・大江健三郎, 「〈対談〉文学と政治」, 『文学界』 10月号, 1967, 154쪽.

▶ 大城立裕, 『大城立裕全集第13巻』, 勉誠出版, 2002, 56쪽.

▶ 大野隆之, 『沖縄文学論』, 東洋企画, 2016, 95쪽.

▶ 岡本恵徳・高橋敏夫編, 『沖縄文学選-日本文学のエッジからの問い』, 勉誠出版, 2003, 130~404쪽.

▶ 沖縄文学全集編集委員会, 『沖縄文学全集 第18巻 評論 II』, 国書刊行会, 1992, 56쪽.

▶ 鹿野政直, 『戦後沖縄の思想像』, 朝日新聞社, 1987, 375~377쪽.

▶ 崎山多美, 「『シマコトバ』でカチャーシー」, 池澤夏樹・今福龍太編 『21世紀文学の創造 2-「私」の探求』, 岩波書店, 2002, 173~174쪽.

▸ _____, 『コトバの生まれる場所』, 砂子屋書房, 2004, 114~115쪽.

▸ 新城郁夫, 『到来する沖縄-沖縄表象批判論』, インパクト出版会, 2007, 9~118쪽.

▸ 鈴木次郎, 「現代沖縄の遠近法-崎山多美の小説世界の行方」, 『EDGE』第9・10合併号, 2000.03, 90쪽.

▸ 長谷川泉編, 『国文学解釈と鑑賞-芥川賞事典』, 至文堂, 1997.01, 38쪽.

▸ 花田俊典, 『沖縄はゴジラか-〈反〉・オリエンタリズム/南島/ヤポネシア』, 花書院, 2006, 34~51쪽.

▸ 又吉栄喜・新城郁夫・星雅彦「鼎談 沖縄文学の現在と課題-独自性を求めて」, 『うらそえ文芸』8号, 2003.05, 34쪽.

▸ 松下優一, 「作家・大城立裕の立場決定-「文学場」の社会学の視点から」, 『三田社会学』16, 2001, 111~112쪽.

▸ _____, 『〈沖縄文学〉の社会学-大城立裕と崎山多美の文学的企てを中心に』, 慶應義塾大学大学院 社会学研究科 博士学位論文, 2014, 172쪽.

▸ 『沖縄タイムス』1997.5.13.

▸ 『毎日新聞』1997.03.25.

▸ 『琉球新報』1967.07.22.

▸ 『琉球新報』2016.04.05.

▸ 『琉大文学』7号, 1954.11.

마타요시 에이키(又吉榮喜)

1947년 생. 오키나와 우라소에시(浦添市) 출신으로 류큐대학 법문학부 사학과를 졸업했다.
우라소에 시립도서관에 재직하며 작품 활동을 펼치다 퇴직 후에는 전업작가의 길을 걷고 있다.
1978년 『조지가 사살한 멧돼지』로 제48회 규슈예술제문학상을, 1980년 『긴네무 집』으로 제4회 스바루문
학상을, 1996년에는 『돼지의 보은』으로 제114회 아쿠타가와상을 수상했으며, 14권의 작품집을 냈고, 현재
도 왕성한 작품 활동을 하고 있다. 오키나와의 미군 기지 문제, 베트남전쟁에서의 오키나와의 역할, 일제말
오키나와에서의 소수민족(조선인 등) 탄압 등을 그리는 것에서 알 수 있듯이 오키나와를 피해자만으로 인식
하는 것을 넘어선 문학적 시도를 하고 있다. 오키나와의 지역(지방)적 특색을 지나치게 강조하기보다는, 세
계문학적 보편성을 지향하는 창작활동을 펼치고 있다. 주요 작품이 연극화 영화화 됐고, 2000년대 이후 영
어, 프랑스어, 이탈리어어 등으로 주요 작품들이 번역됐다.
한국에도 깊은 관심이 있어 수차례 방문해 경주와 부여 등을 답사했다.

터너의 귀

1

철조망 안에 있는 광대한 미군 보급기지에는 모두가 탐내는 물건이 수도 없이 많았다. 하지만 고지(浩志)는 무슨 수를 써도 안으로 몰래 들어갈 수 없었다.

이제 막 여름방학에 들어선 어느 날 오후 두 시 무렵, 직사광선이 세서 매우 더웠다. 고지는 깡마른 목덜미에 고인 땀을 닦은 후 비틀비틀 대며 조금 녹슨 통조림, 라벨이 없는 통조림, 찌그러진 통조림을 찾아 언덕 아래 쪽 움푹 팬 땅에 있는 미국인 하우스 쓰레기장으로 향했다.

중학교 3학년이 되고 갑자기 커진 손발과 함께 수치심이 커진 고지는 초등학생이 먼저 와 있으면 얌전히 물러났다. 그런데 오늘은 그들이 먼저 다녀갔는지 신기하게도 아무도 없었다.

고지의 눈에 바위 그늘에 가로놓인 커다란 자전거가 번뜩 눈에 띄었다. 순간 꿈을 꾸는 듯한 기분이 들었다. 눈을 크게 떴다. 스프링에 튕겨 나간 돌처럼 앞으로 뛰어갔다. 골판지 상자나 흠이 난 오렌지, 기름종이에서 비어져 나온 햄이나 치즈가 들어 있는 빵, 건조된 고기 따위를 밟아 뭉개며 달렸다. 체인은 빠져 있었지만 파손된 것도 없고 녹도 거의 보이지 않는 자전거다.

농부에게 들킬 위험이 있었지만 체인이 아래로 늘어진 자전거를 안고 지름길인 밭 옆길을 지나 몇 번이나 쉬면서 집으로 걸음을 재촉했다. 좀처럼 볼 수 없는 보물의 무게가 묵직하게 몸으로 전달됐다. 모두 식사를 하거나 혹은 낮잠을 자고 있는 것인지 아무도 보이지 않았다.

어머니가 "이제 그만 자렴. 자전거는 도망치지 않아." 하고 말하는 커다란 목소리와 손짓을 무시하고 오랫동안 현관 앞 벽에 세워둔 자전거를 넋을 잃고 바라봤다.

다음날은 평소보다 2시간이나 일찍 눈을 떴다. 이른 아침부터 자전거 수리에 착수했는데 몇 번이고 쉬면서 쳐다보고 만져서 그런지 다 고칠 때까지 3시간이나 걸렸다.

빵과 오렌지 잼으로 점심을 서둘러 먹고 시운전을 하러 외출했다. 체인의 상태는 나쁘지 않았는데 핸들이 생각한 것만큼 움직이지 않았고 안장도 빙글빙글 돌았다. 핸들을 세게 쥐고 똑바로 앞으로 나아갈 작정이었는데 왼쪽으로 자꾸 틀어졌다. 벨은 잘 울렸지만 라이트는 들어오지 않았다.

먼지 많은 길 오른편에는 은색으로 된 미군기지 철조망 펜스가 뻗어 있고, 왼쪽 들판에는 작은 밭이 점재해 있었다.

밭을 만지기라도 하듯이 불어오는 바람을 맞으며 멍하게 낮잠을 자고 있는 것인지 야채에 항상 날아드는 나비도 배나무진디도 보이지 않았다.

고지는 부서진 석회암이 깔린 흰색 길에 뚫린 구멍을 피하려고 핸들을 자주 틀었다. 자전거는 더욱더 흔들렸다. 반대편에서 흰 먼지를 날리면서 적동색 외제차가 달려오고 있었다.

고지는 자전거에서 내려 외제차가 지나가기를 기다리고 있었는데 브레이크가 듣지 않았다. 강한 햇살이 외제차 앞 유리에 반사돼 눈이 부셨다.

외제차가 급브레이크를 밟으며 타이어가 쓸리는 소리가 고지의 귓가에 날아들었다. 자전거가 기울었다. 비쩍 마른 몸에 강한 충격이 순식간에 전해졌고 고지는 자전거와 함께 단단한 땅에 미끄러졌다.

안경을 쓴 몸집이 큰 백인 남자가 외제차 문을 열고 달려왔다. 고지는 순식간에 자리에서 일어나 도망치려 했지만 꿈적도 할 수 없었다.

남자가 고지의 어깨에 손을 올렸다. 고지는 어찌하면 좋을지 알 수 없었다. 갑자기 차를 변상하라고 하면 큰일이라고 생각해 눈을 감고 온몸의 힘을 빼고서 기절한 척을 했다. 남자가 말을 걸며 고지의 어깨를 흔들었다. 글러브를 낀 것처럼 커다란 손의 감촉이 전해져 왔다. 긴바지를 입어서일까, 낙법이 좋았던 것일까 몸은 전혀 아프지 않았다.

똘마니에게 다음엔 뭘 훔칠까 하고 미군 기지 안을 물색하며 철조망을 따라 걷고 있던 만타로(滿太郎)가 사고를 눈치 챘다.

만타로는 단숨에 달려가서 숨을 크게 쉬며 남자에게 경례를 하고 고지의 머리 가까이 앉아서 "절대로 움직이지 마" 하고 속삭였다. 고지는 옅게 눈을 열었다. 팔뚝이 보였다. 만타로는 키가 작고 조금 살이 쪘지만 팔뚝의 근육은 불룩하고 검고 윤이 났다.

만타로가 남자에게 무언가를 말하고 있다. 엉터리 영어가 통하지 않는 것인지 상대방은 입을 다물고 있다. 하지만 만타로는 굴하지 않고 계속 말을 이어갔다.

고지는 전혀 아프지 않은데 계속 누워 있는 것은 자연스럽지 않다고 생각하고서 몸을 일으켰다. "움직이지 말라고 했잖아." 하고 만타로가 혀를 끌끌 찼다.

눈앞에서 몸을 구부리고 있는 남자의 등 뒤로 차가 보였다. 군용이 아니라 일반적인 대형 외제차가 철조망에 닿은 채로 멈춰 있었다. 남자는 군복이 아니라 노란색 노타이셔츠를 입고 있었다. 흰 팔뚝에 텁수룩이 나 있는 금색 털이 햇볕에 빛나고 있다. 고지는 안경너머로 보이는 남자의 투명한 듯 푸르스름하고 크게 뜬 눈이 유리구슬 같다고 생각했다. 시선을 맞추려 했지만 묘하게 맞지 않아 고지는 당황했다. 남자는 "아유오케이" 등의 말을 고지에게 하고 있었는데 큰 몸집에 맞지 않게 목소리는 가늘고 위압감이 느껴지지 않았다. 고지는 애매하게 끄덕였다. "임마 넌 좀 짜져 있어. 내가 알아서 할 테니." 하고 만타로가 말했다.

자전거 핸들과 바퀴가 휘어져 있다. 고지는 엉겁결에 자리에서 일어났다. 남자도 등을 폈다. 올려다봤다. 남자의 키는 190센티가 넘는다.

"네가 중학교에 입학할 때 부모님이 사준 소중한 자전거잖아." 하고 만타로가 고지에게 말했다. 만타로가 눈짓을 했다.

만타로는 남자에게 다시 말을 걸었다. 영어가 통한 것인지 남자는 끄덕였다. 만타로는 고지와 남자의 손을 잡더니 악수를 시켰다. 역시 글러브 같은 손이라고 고지는 생각했다.

"이 소년은 고지, 당신은? ……? 이쪽은 터너 씨야."

만타로는 터너와 무언가를 말한 후 고지 쪽을 향했다.

"터너 씨가 대단히 미안하다고 말하고 있어. 또한 너와 친구가 되고 싶으시대. 좋은 기분으로 미국에 돌아가고 싶으니 헌병을 부르지는 말고 변상도 제대로 할 거라고 하시네. 너만 좋으면 헌병도 경찰도 안 불렀음 하는데 어때? 부르더라도 네가 득을 볼 것은 없어. 오히려 벌을 받을 텐데 어찌 할래?"

"저 사람은 군인이야?"

"아마도."

"귀휴병(歸休兵)인가?"

"그런 건 나중에 알아봐도 되잖아. 어쩔래? 고지."

"만타로 선배한테 맡길게."

만타로는 터너를 올려다보며 조금 당황한 표정으로 이야기를 했다.

고지는 터너라고 하는 키가 큰 백인을 전에도 봤던 적이 있는 것 같았지만 잘 떠오르지 않았다.

술을 마신 것도 조수석에 있는 여자와 불장난을 하고 있던 것도 아니다. 또한 사람을 차로 친 것도 아닌데 어째서 이 백인은 저자세로 나오고 있는 것인지 고지는 신기하게 생각했다. 미국인은 사람을 차로 쳐서 죽여도 차에 치인 사람이 나쁘다며 정색을 하고는 조금도 죄책감을 느끼지 않는데…… 헌병을 불러도 자전거가 부서진 정도로는 내가 멀쩡해서 군대 이력에 흠집이 나지도 않을 텐데…….

"자전거 수리비용으로 10달러를 지불하겠다고 하고 있어. 괜찮겠어, 고지?"

고지는 바로 끄덕였다. 굉장한 돈이라 무언가 무서운 속셈이라도 있는 것이 아닌가 하는 생각이 갑자기 들었다.

"하우스보이로 고지를 고용하라고 으름장을 놨더니 바로 오케이를 했어."

"앗 뭐라고?"

"그러니까 터너 씨의 하우스보이를 하면 돼."

"하우스보이? 내가? 얼마 안 있어 미국으로 돌아간다고 하잖아?"

"매일 쓰레기장을 어슬렁거리고 있는 주제에 지옥에서 천국으로 가는 거라 생각해. 어떻게 하면 되는지 내가 가르쳐 줄게."

터너는 검은 가죽지갑에서 10장의 지폐를 꺼내서 고지에게 줬다.

자전거 변상금이지만 어째 하우스보이 일을 시작하는 착수금처럼 여겨졌다.

터너는 고지에게 손을 내밀었다. 크고 두툼한 손이다. 고지는 충분히 쥘 수 없었다. 터너는 차에 타더니 금방 사라졌다.

"저 백인이 혹시 헌병을 부를까봐 조마조마했어. 그러면 우리는 기지 안으로 끌려가서 울고 싶을 정도로 조사를 받았을 거야."

"저런 백인은 좀처럼 없어."

"내가 달려오지 않았으면 지금쯤 어떻게 돼 있었겠어. 돈은 맞아?"

만타로는 고지의 손에서 달러 지폐를 집어 들더니 반만 돌려줬다.

"반이나……"

고지는 입을 삐죽 내밀었다.

"고지, 의논 좀 해보고 싶은데 하우스보이 아르바이트 월급을 나와 반씩 나눠 갖지 않을래? 그 대신에 내가 안전을 보장해 줄게."

"터너는 위험한 사람이야?"

"군인은 발작적으로 무슨 짓을 할지 몰라. 특히 터너처럼 얌전한 군인은 더 주의를 해야 해. 하지만 내가 뒤에 있으니 손가락 하나 까딱할 수 없을걸."

"……조금 생각해 보고 싶은데."

"생각? 뭘? 뭐 좋아. 내일 오후 3시까지 터너의 집으로 가. 가기 전에 내가 지도를 보내줄게."

집 번호만 알면 바로 찾을 수 있을 텐데 하고 고지는 생각했다.

만타로가 자전거 핸들을 잡고 고지가 짐받이를 밀며 철조망을 따라 집락촌 쪽으로 걸어갔다.

만타로는 이제 갓 스무 살이 됐는데 평소부터 미국인을 곧잘 구워삶았다. 매년 여름과 겨울 기지 안에서 두 번 열리는 마라톤 대회에도 참가해

군사훈련을 받고 있는 미군 병사에게 참패를 당하면서도 가슴을 펴고는 "결과가 다가 아니야. 친선이지." 하고 말했다. 그러고는 히죽히죽 웃으면서 커다란 미제 물건을 가지고 돌아왔다.

만타로가 말하는 '친선'은 '구워삶기' 혹은 '물건 얻기'와 같은 의미라고 고지는 생각했다.

여름 마라톤 대회가 다음 달로 다가왔는데 만타로는 평소처럼 전혀 연습을 하지 않고서 미군기지에서 똘마니가 훔쳐온 물건을 몇 번이고 바라보며 이번에는 무엇을 훔칠까 하고 입맛을 다시고 있었다.

갑자기 돈을 빼앗긴 것 같은 기분이 들어서 화가 났다.

중학교를 졸업하지 않아서 기지 종업원이 될 수 없는 만타로의 등 뒤에서 "만타로 선배는 왜 군작업원이 되지 못 했어? 엉터리 영어라도 할 수 있으면서." 하고 조롱을 섞어서 물어봤다. 만타로는 가슴을 펴고 "기지는 일하는 곳이 아니야. 훔치는 곳이지." 하고 말했다.

우리의 적국 미국인의 물건을 훔치는 것이니 마음을 크게 먹고 죄악감을 품지 말고 오히려 긍지라고 생각하라고 말하며 똘마니를 늘 격려하고 있다고 한다.

만타로는 훔친 물건을 내다 팔아서 돈을 모은 다음에 곧 사업을 하겠노라고 때때로 으스댔지만 모은 돈은 얼마 안 있어 술값으로 죄다 사라졌다.

철조망 버팀목 냄새를 맡고 있던 검은 개가 공격자세를 취하며 고지 일행을 노려봤다. 이 부근을 어슬렁거리는 개는 군용견처럼 난폭하기에 평상시 강아지를 괴롭히는 만타로라 해도 고개를 돌리고 빠르게 지나갔다.

고지는 문득 깨달았다. 터너는 감사장을 받은 미군 병사다. 미군 병사 넷이서 가끔 방긋 웃으며 하얀 치아를 보였는데 그 중 한 명은 노면(노가쿠 能樂를 할 때 쓰는 가면-옮긴이 주)을 쓴 것 같은 얼굴을 하고 있었다.

상품도 상금도 없이 감사장뿐이라 화를 내고 있는 것이라 생각해서 웃지 않는 미군 병사를 눈여겨보았기에 기억이 생생하다.

작년 가을 중학교 운동장 확장공사가 끝났다. 전교생과 교직원 그리고 PTA(사친회, Parent-Teacher Association)가 정렬해 있는 가운데 학생회장이 가슴을 펴고 무료 봉사를 해준 미군 다섯 병사 대표에게 감사장을 직접 건네줬다.

내가 바라보고 있던 미군 병사는 웃지 않았지만 키가 크고 피부가 하얘서 명문학교를 나온 장교처럼 보였다. 갑자기 출세한 하사관이나 여자를 보면 야단법석을 떠는 전투 병사(GI)와는 확실히 다르다고 그 때도 생각했다. 저 미군 병사와 터너가 같은 인물이라면 사고가 났을 때의 신사적인 태도도 이해할 수 있다.

만타로가 뒤를 돌아봤다.

"알겠지 고지? 터너에게 아부를 해서 네 편으로 만들어. 무슨 말을 하든 맞춰주라고."

"뭐든지?"

"대답은 꼭 예썰! 하고 힘차게 하고 꼭 썰을 붙여. 터너가 기뻐할 거야. 터너가 말할 때 말끝을 올리면 질문을 하는 거니까 머리를 쥐어짜서라도 대답을 해야 해."

뭐든지 다 제대로 대답을 해야 한다는 것인가.

"내가 영어를 가르쳐줄까?"

하우스보이의 일은 구두를 닦거나 집주인의 잡일을 해주거나 하면 되는 간단한 일이지만, 간단한 영어를 알아듣지 못 하면 주인이 초조해한다고 만타로가 말했다. "그런데?" 하고 고지가 물었다. 수업료는 1회에 1달러라고 한다. 너무 비싸잖아 말도 안 돼 하고 고지는 생각했다.

"만타로 선배의 영어는 엉터리잖아?"

어차피 수업료를 낼 정도라면 PW(하와이 포로)로 잡혀 있다 돌아온 영어가 능숙한 공민관 관장에게 배워야겠다고 생각했다.

"터너와 너 사이의 까다로운 문제를 해결한 게 누구야? 내가 한 말을 제대로 알아듣지 못 하는 거야? 뭐 어쩔 수 없지. 일단 미군 하우스에서 일을 시작하면 제발 알려달라고 울며불며할 테니까."

만타로는 입술 끝이 일그러지며 웃었다.

군작업원 대부분이 영어를 할 수 없었지만 몸짓 손짓을 하며 한두 마디를 해도 미국인과 의사가 제대로 통했다.

나 또한 영어를 전혀 못 하는 게 아니라고 중얼거렸다. 중학교 2학년 때 영어 선생님은 제대로 회화를 하지 못 했다. 미국인 몇 명인가가 시찰을 하러 왔을 때 선생님의 영어가 통하지 않아서 급기야는 평소 시원찮았던 미국에서 돌아온 이과 선생님이 불려왔다. 이과 선생님은 유창하게 영어를 했다. 다음날 영어 수업 시간 때부터 대부분의 학생이 몰래 다른 공부를 했다.

작은 집락촌의 T자 도로로 접어들고 있었다.

만타로는 잡고 있던 핸들에서 손을 뗐다. 고지는 쓰러질 듯 하며 지탱했다. 만타로는 전부 나한테 맡겨 넌 정말 행운아야 하고 말한 후 돌무더기가 쌓여 있는 울타리 사이에 있는 뒷골목으로 사라졌다.

아주 조금 심은 푸른잎 채소와 고구마 밭에 둘러싸인 함석지붕 집에 도착했다.

어머니는 집에 없었다. 마을에는 여자가 할 수 있는 일이 거의 없어서 어머니는 매일 철조망에 둘러싸여 잔디 언덕에 점재해 있는 미국인하우스 구역으로 나갔다. 경비에게 통행증을 보여주고 게이트를 빠져나가 미국인

하우스에 세탁물을 배달하고 더러워진 옷을 받아왔다.

고지는 현관 벽에 자전거를 세워두고 처마 그림자가 떨어져 있는 툇마루에 앉았다. 미국인의 세탁물이 고구마 밭 맞은편의 소나무와 멀구슬나무 가지에 걸어둔 로프에 즐비하게 걸려 바람에 흔들리고 있었다.

미국인 하우스에 갔다가 폭행을 당한 마을 여자도 있다. 귀가 들리지 않는 어머니는 미국인에게 습격을 당하면 소리도 내지 못할 것이라고 어렴풋이 생각했다.

받아온 세탁물은 이틀 후에 다시 배달해줘야 한다. 매일 아침 날이 밝기 전에 일어나서 10여 명 분의 세탁을 하고 마르면 바로 거둬들여서 열심히 다림질을 했다.

빨랫비누 비용과 풀칠하는 비용과 다림질 전기료도 모두 자비다. 팁도 없으니 수입은 정말 쥐꼬리 같을 것이라고 고지는 생각했다.

터너에게 말해서 어머니에게 세탁물을 맡겨달라고 하면 어떨까 하는 생각이 갑자기 들었다. 하지만 일을 더 늘리는 것은 가혹하다고 생각해 그만뒀다.

언젠가 어머니의 세탁일을 한 번 도와드린 일이 있다. 빨래판에 미국인의 단단한 바지를 있는 힘껏 문질러서 때를 없앴다. 몇 개 밖에 세탁을 하지 않았는데 등과 허리가 극심하게 아파서 새우처럼 등이 굽은 채로 2시간이나 누워 있었다.

고지는 저녁밥으로 고구마를 먹으면서 하우스보이로 일하게 됐다는 이야기를 어머니와 필담으로 이야기 했다. 안색이 좋지 않은 어머니는 다소 걱정하면서도 기뻐했다.

어머니는 종전을 한 주 앞둔 어느 날 폭풍(爆風)을 맞고 청력을 잃었다. 전후 얼마 지나지 않아 '몸보다 마음이 소중'하다며 구혼한 옆 마을 직공과 결혼해서 고지를 낳았다.

고지가 두 살 무렵 아버지가 폐렴에 걸린 탓에 어머니는 밤낮없이 간호를 했지만 그 보람도 없이 며칠이고 심하게 앓다가 세상을 떠났다.

식사를 마친 고지는 뜰 앞 야채밭에서 울리는 벌레소리를 들으며 중학교를 졸업하면 팔자가 좋지 못 한 어머니를 어떻게든 편하게 모시려 했다. 우선 하우스보이가 돼 돈을 모아서 어머니의 귀를 꼭 고쳐드리고 싶었다.

2

고지의 실력으로 자전거 수리를 하는 건 어림도 없었다. 터너로부터 받은 수리비의 반은 만타로에게 빼앗기고 말았다. 마을 자전거포에 가져갈 생각은 없었다. 우선 열쇠를 채울 수 있는 헛간에 넣어두었다.

네 첩 반인 자기 방으로 들어갔다. 바닥판이 끽끽 소리를 내며 삐걱댔다. 어머니에게 사고가 난 것을 들키지 않으려고 비어 있는 미국제 분유통에 달러를 넣고 구석의 바닥판을 한 장 떼어낸 후 그 아래에 숨겼다.

오후 두 시 전에 나타난 러닝셔츠 차림의 만타로가 세탁물을 말리고 있는 귀가 들리지 않는 고지 어머니의 뒷모습을 바라보며 목소리를 죽여 말했다.

"고지, 의논을 좀 해 보고 싶어. 터너의 집에서 값이 나가는 것을 주머니에 넣어서 가져와주지 않을래? 게이트도 없고 경비도 없으니 신체검사도 받지 않을 거야."

고지는 만타로의 여드름이 난 옆모습을 바라봤다. 하우스보이 아르바이트를 제대로 하면 돈을 벌 수 있다고 생각했다.

"담배 한 대는커녕 말린 포도 한 알도 훔치지 않을 거야."

"훔치는 게 아니야. 주머니에 물건을 넣어서 가져오기만 하면 돼."

만타로의 눈빛이 험해졌다.

"만타로 선배, 급료의 사분의 일을 줄게."

"사분의 일이라고? 반이라고 했을 텐데. 말했잖아."

만타로가 입술을 잔뜩 일그러뜨렸다. 고지는 작게 끄덕였다.

"조금씩 훔쳐서 나오면 절대로 눈치 채지 못 해. 들어봐, 꼭 두 개씩 있는 것을 훔쳐. 하나만 있으면 눈치 채기 쉽잖아."

방금 전에 훔치는 게 아니라고 힘주어 말했으면서 뭐야 하고 속으로 혼잣말을 했다.

만타로는 카키색 헐렁한 바지 주머니에서 종이를 꺼냈다. 고지는 꾸깃꾸깃한 종이를 받아 들고 펼쳤다. 영문 잡지의 빈 부분에 터너의 집 지도와 번호가 간단히 적혀 있었다.

"내가 시간을 들여서 썼어. 공짜가 아니야."

만타로는 더러워진 손을 내밀더니 "십 센트야." 하고 말했다. 고지는 주저하다가 10센트 동전을 만타로의 손바닥 위에 놓았다.

"집 안에는 갖고 싶어서 안달이 나는 물건이 가득해. 너도 엉겁결에 주머니에 넣고 말거야. 뭐 네가 일을 시작한 후에 다시 이야기를 하기로 하자."

일도 하기 전에 훔치는 이야기라니 하고 고지는 묘하게 화가 났다. 나는 지금 하우스보이 일을 제대로 할 수 있을지 어떨지 긴장하고 있다.

"터너에게 아부를 해서 무언가 받으면 솔직하게 말해야 해. 반은 줘야 해. 아부를 해서 선심을 사라고 알려준 건 나잖아."

도둑질 다음은 받아내는 것인가 하고 생각했다. 애매하게 끄덕였는데 정직하게 말을 할 생각은 전혀 없었다.

구멍이 큰 세탁용 대바구니를 안고서 어머니가 다가왔다. 만타로는 "터너에게는 아무쪼록 잘 부탁해." 하고 입술 끝을 일그러뜨리며 말한 후 자리를 떠났다.

미국인과 만날 때는 꼭 선물을 가져가야만 한다고 고지는 생각했다. 전에 어머니가 세탁물을 배달하러 간 미군하우스에서 받아온 미제 담배 한 보루가 식기 선반 위에 있다. 어머니는 때때로 떠올린 듯이 담배를 피웠다. 고지는 주저했지만 두 갑을 주머니에 넣었다.

외출용 흰색 노타이셔츠와 감색 바지를 입은 고지는 집락촌에서 2킬로 정도 떨어진 바닷가 근처의 언덕 위에 있는 터너의 집으로 향했다.

미군하우스로 이어지는 언덕길 어귀 근처에 엄중한 미군기지 게이트가 있다. 직육면체 크림색의 게이트 초소 옆에 서서 철모를 쓰고 어깨에 카빈총을 걸고 있는 미군 병사와 그 다리 근처에서 엎드려 누워 있는 군용견이 고지를 힐끗 보고 있다.

고지는 언덕을 올라갔다. 미군하우스를 건설할 때 미군 불도저가 대대적으로 판다누스 숲을 허물어서 길을 냈다. 군용도로가 아니라서 아스팔트가 아니라 부순 석회암이 길에 채워져 있었다.

언덕 건너편에 몇 겹의 희고 거대한 적란운이 피어올라서 하얀 성냥갑처럼 생긴 미군 하우스 위에 올라타고 있었다.

언덕 위에 도착했다. 철조망 펜스도 없고 순찰하는 경비도 없었다. 평평한 암반이 노출돼 있고 곳곳의 움푹 팬 땅에 채워진 흙에 키 작은 잡초나 가느다란 관목이 자라고 있었다.

고지는 개에 쫓기기라도 하면 나무에 올라 난을 피했던지라 엉겁결에 높은 나무를 찾아 봤는데 어디에도 보이지 않았다. 여기저기 미군 하우스를 둘러봤는데 풀어놓은 파수 보는 개는 없었다.

지붕도 외벽도 모두 하얗게 칠한 미군 하우스가 10채 정도 점재해 있었는데 이웃과의 교류는 전혀 없는 것 같은 차가운 분위기가 감돌고 있었다. 약속한 3시까지는 아직 여유가 있었지만 터너의 집 현관 손잡이를 돌렸다.

눈앞을 막아선 흰색 목욕가운 차림의 터너는 문을 열 때 노크를 해야지 하는 제스처를 취했다. 고지는 "아임쏘리." 하고 대답했다. 터너가 손짓으로 불렀다.

샤워를 방금 전에 한 것인지 터너의 곱슬곱슬한 금발이 젖어 있었다. 목욕 가운 사이로 나온 다리는 털투성이로 봉처럼 똑바로 길게 뻗어 있다.

흰색 즈크화를 벗고 있는 고지에게 신발채로 들어오라고 터너가 말했다.

레이스가 달린 커튼, 새하얀 시트, 대형 냉장고, 중후한 집기가 고지의 눈에 날아들었다. 고지는 터너가 지시한 대로 커다란 검은 소파에 앉았다. 탄력이 있어서 몸이 조금 튀어 올랐는데 바로 다시 가라앉았다.

터너는 무언가를 곰곰이 살피듯이 고지의 눈을 응시하며 "아임쏘리. 미안해요." 하고 반복해 말했다. 군인이 여전히 가벼운 사고를 신경 쓰고 있다. 고지는 믿지 못 하겠다는 표정으로 어쩐지 섬뜩한 기분이 들었다.

고지는 가슴주머니에서 꺼낸 담배 두 갑을 내밀며 "프레젠트." 하고 말했다. 터너는 위로 세운 약지를 옆으로 흔들며 "노"라고 말했다.

담배가 마음에 들지 않는다면 다음에는 위스키를 구해서 가져와야겠다고 생각했다. "위스키 오케이?" 하고 고지가 손을 입가로 가져가더니 머리를 흔들며 술에 만취한 흉내를 냈다. 터너는 "노"하고 다시 고개를 옆으로 흔들더니 옆방으로 들어갔다.

술도 마시지 않고 담배도 피우지 않는 미군 병사가 있다니 정말로 뜻밖이었다.

간격이 넓지 않은 방충용 망창에서 바람이 불어오고 있었다. 커다란 가구도 있었지만 생각보다 한산했다. 바닥에는 회색 타일이 깔려 있었지만, 천정이나 벽에는 콘크리트에 직접 흰색 페인트가 칠해져 있었다. 소파 주위에만 융단이 깔려 있었다.

고지의 눈길이 어느새 부엌 선반 안의 은색 스푼이나 백자 쟁반에 고정돼 있었다. 만타로가 말했던 '값진 물건'을 찾고 있음을 깨달았다. 시선을 피했다.

미군 병사는 벽과 선반에 전쟁 무훈 메달, 트로피, 군복 차림의 사진을 반드시 장식해 놓는다고 만타로에게 들었던 고지는 주위를 둘러봤지만 그런 것은 하나도 보이지 않았다.

터너는 푸른색 윗옷과 갈색 바지로 갈아입고 나왔다. 이국의 향기가 나는 각양각색의 눈깔사탕이 놓인 붉은색과 오렌지색 그릇을 양손으로 들고 있었다.

고지는 조금 어린아이 취급을 받고 있는 느낌이 들었는데 터너가 내민 보라색의 기다란 사탕을 받아서 핥았다. 박하 향과 맛이 입안으로 퍼져서 갑자기 기분이 안정됐다.

고지는 비스듬히 건너편에 앉은 터너에게 제스처를 섞어서 "리턴 웬?"이라는 단어를 붙여서 "미국 언제 돌아가나요?" 하고 물어봤다.

터너는 손가락 세 개를 세워서 "쓰리 먼스 애프터." 하고 말했다.

고지는 영단어와 손짓을 섞어가며 어떻게든 대화를 했다. 터너는 미국에 있는 고향집에는 어머니만 있다고 했다. 고지는 "세임. 세임." 하며 자신의 얼굴을 손가락으로 가리키고는 터너와 악수를 했다.

일주일에 두 번 화요일과 목요일에 오라고 터너가 말했다.

다림질을 하거나 요리를 해야 하는 것일까 하고 고지는 생각했다. 주저하다 물어봤다. "넌 식모가 아니라 그런 건 하지 않아도 돼." 하고 터너가 말했다. 그럼 난 뭘 해야 하는 거야? 뭘 당하는 걸까? 하고 생각하다 알바비는 제대로 받을 수나 있는 거야? 하고 물었다. 물론 주고 말고. 터너가 대답했다.

어쨌든 구두를 닦자 하고 고지는 소파에서 일어서려 했다.

터너가 갑자기 머리를 감싸 쥐더니 테이블 위에 상반신을 엎드렸다. 고지는 깜짝 놀랐다. "기분 안 좋아요?" 하고 물었다. 터너는 새파랗게 질린 얼굴을 들더니 "오늘은 이만 돌아가. 이틀 후 9시에 와줘." 하고 말했다.

터너는 눈깔사탕을 한가득 집더니 고지의 양손에 쥐어줬다.

3

이틀 후인 목요일, 고지는 외출할 때 입는 노타이셔츠와 회색 긴 바지로 갈아입고 약속 시간인 9시에 늦지 않으려 집을 나섰다.

터너의 정문을 노크했다. 귀를 기울였는데 쥐 죽은 듯이 조용했다. 더 세게 두드렸다. 소리가 들렸다. "플리즈"라는 목소리로도 "낑낑" 하는 동물의 신음소리로도 들렸다.

안으로 들어간 순간 보랏빛이 나는 흰 연기가 얼굴로 육박해 오고 무언가가 타는 냄새가 코를 찔렀다. 불이라고 생각했지만 공기는 썰렁했다. 조금 현기증이 났지만, 들판에 불을 지르거나 모닥불 연기를 들이마셔서 숨이 막힐 때처럼 눈에 파고들거나 목이 막히거나 하지는 않았고 눈물도 나오지 않았다. 염소 털을 태울 때 나는 냄새와 비슷하다고 생각하면서 안쪽으로 들어갔다.

터너의 얼굴에서 증기기관차처럼 연기가 분출하고 있다. 소파에 가라앉듯이 앉아서 이상한 형태의 연초를 맹렬히 피우고 있다. 고지는 머리가 조금 몽롱해졌다. 안경 렌즈가 흐릿해졌기 때문인지 터너가 마치 다른 사람처럼 보였다.

고지는 창문을 열고 환기를 하려 했다.

"노." 하고 터너가 흰 벽에 달아놓은 에어컨을 가리켰다.

고지는 터너에게 다가갔다. 오렌지색 가운에서 더부룩한 금색 가슴털이 들여다보였다. 얼굴은 홍조를 띠고 안개가 걷힌 안경 너머 눈은 활력이 없는 것인지, 아니면 법열(法悅)에 빠져 있는 것인지 눈이 개개풀려 반쯤 열려 있었다. 하지만 두 콧구멍에서는 슉슉 하고 기세 좋게 연기가 뿜어져 나왔다.

분명히 터너는 담배를 피우지 않는다고 말했다고 생각하면서 고지는 그를 응시했다.

도넛을 먹고 있는 것처럼도 보였다. 건조된 잎을 몇 장이고 조심스레 만 연초는 도넛을 반으로 자른 것 같은 형태였다.

소파에서 일어나 한 걸음 내딛는 순간 터너의 양발이 얽히더니 코너에 있는 선반에 상체를 부딪쳤다. 고지는 엉겁결에 거구의 터너를 몸으로 지탱하려 했다. "술 안 마신다며 마셨어요?" 하고 고지는 술을 마시는 시늉을 하며 물었다. 터너는 고개를 옆으로 흔들더니 냉장고에서 콜라를 꺼내 고지에게 줬다.

현관문을 열었을 때 났던 악취는 어느새 뭐라고 표현하기 힘든 향기로 바뀌어 있었다. 머리가 어떻게 된 것인지 갓난아기였을 때 맡았던 냄새처럼 느껴졌다. 보랏빛 연기가 꽤나 아름다워 보여서 킁킁거리며 깊이 들이마셨다. 몸이 이삼 센티 정도 공중에 붕 떠 있는 것 같은 기분이 들었다. 정면 소파에 앉아 있는 터너의 목소리가 뒤에서 들려왔다. 잘 들어보니

"사탕을 먹어."라고 말했다.

고지는 선명한 색의 접시에서 눈깔사탕을 집어서 입에 넣었다. 눈깔사탕의 향기도 연기에서 나는 냄새에 사라졌다.

마약이 아닐까 하는 생각이 갑자기 들었다. 미군 병사가 마약을 마시게 했다는 옆 마을 젊은 여자의 이야기가 머릿속을 스쳤다.

2년 전, 마약중독에 빠진 여자가 휘발유를 뒤집어쓰고 성냥을 그어서 불덩이로 변했다. 불을 붙이기 직전에 몸에 구더기가 기어 다닌다며 울부짖었다고 한다.

"뭘 들이마셔?" 하고 고지가 엉겁결에 물었다. 터너는 아무런 말도 하지 않았다.

터너의 높다란 코의 양쪽 구멍에서 연기가 뿜어져 나왔다.

"터너 씨, 군대 무슨 일 해요?"

엊그제도 오늘도 집에만 있는 걸 보면 야근을 하는 것일까.

단어와 제스처로는 더 이상 말이 통하지 않는 것인지 터너는 대답을 하지 않았다.

작년 가을, 미야기중학교(宮城中學校)에서 감사장을 받았나요? 하고 묻기에는 감당하기 어려운 단어가 필요하다고 생각했다.

고지는 콜라를 다 마셔 버린 후 "나 하우스보이 구두 닦아." 하고 말하고서 현관으로 향했다. 터너가 불러서 세우더니 따라오라고 말했다.

왼쪽 안쪽의 네 평 정도 되는 방은 헛간인지 한쪽 면에 깔린 회색 비닐 시트 위에 부서진 의자와 골판지 상자 몇 개, 목공 도구 등이 놓여 있었다.

유리문을 열고 닫을 수 없는 내닫이창을 터너가 손가락으로 가리켰다. 창가에는 7개의 화분이 나란히 놓여 있었다.

고지는 거침없이 화분으로 다가갔다. 늘씬하게 뻗은 50센티 정도의 식물 잎은 조금 노란빛을 띠고 있었다. 부드러운 줄기에도 낭창낭창한 넓은 잎에도 잔털이 나 있었다.

"어떤 꽃 피나요?" 하고 고지가 물었다.

화분 몇 개인가에서 잎을 몇 개인가 뜯어낸 흔적이 있었다.

터너는 여전히 말이 없다.

잎이 해바라기와 비슷하다고 생각했다.

"미국산 해바라기?"

대답은 없었다.

터너는 이 잎을 말려서 연초로 말아 피운 것이 아닐까.

"터너가 피우는 연초는 이거?"

고지는 화분을 손가락으로 가리켰다. 묘하게 달변이다. 터너는 역시 대답하지 않았다.

어쨌든 아부를 하라는 만타로의 목소리가 머릿속에서 들려와서 "좋은 풀이군요." 하고 말했다.

"이걸 잘 관리해줘." 하고 터너가 말했다.

고지는 어릴 적부터 식물 재배를 좋아하지 않았다.

"내 일 침대 정리……"

"넌 가정부가 아니야. 전에도 말했잖아. 침대 정리는 내가 하면 돼. 넌 이걸 정원에 심고 잘 자라는지 살펴봐줘. 그것만 하면 다른 일은 아무 것도 하지 않아도 좋아."

터너의 부산한 제스처는 마치 고주망태가 춤을 추는 것과 비슷했다.

"그것만?"

"절대로 말려 죽이면 안 돼."

터너의 개개풀린 눈이 가만히 고지를 응시했다.

무언가를 지시 하면 기세 좋게 "예썰" 하고 '썰'을 붙여서 대답하라고 만타로가 말했지만 고지는 아무런 대답도 하지 않았다.

"……특별히 키우는 방법이라도?"

"오늘은 뜰에 옮겨 심고 물만 주면 퇴근해도 돼."

터너는 헛간에서 나갔다.

잎이 조금 노란빛을 띠고 있어서 제대로 자랄까 생각하며 화분을 두 개 들어 올렸다. 터너는 거실 소파에 앉아서 고지 쪽으로 고개를 돌렸는데 눈은 아무 것도 비추지 않는 것처럼 멍했다.

미국해바라기 잎은 부드러웠지만 두께가 꽤 있었다. 자란 잎을 건조시키면 터너가 피우고 있는 연초처럼 둘둘 말 수 있다. 고지는 마지막 화분을 옮기면서 터너가 입에 물고 있는 연초와 미국해바라기를 번갈아 손가락으로 가리키며 "세임? 세임?" 하고 물었다. 터너는 아무런 말도 하지 않고 미동조차 없었다.

화분 일곱 개를 현관 통로로 다 내놓은 후 삽과 물뿌리개를 가지러 헛간 방으로 돌아갔다.

거실을 가로질러 현관에서 나오려던 고지에게 터너가 다가왔다.

터너는 "이건 일주일 분의 돈이야." 하며 10달러 지폐를 고지에게 줬다. 고지는 너무나 큰 액수에 깜짝 놀랐다.

고지는 감사 인사를 하려 했다. 거실 쪽으로 걸어가던 터너는 머리가 총에 꿰뚫린 것처럼 머리부터 소파로 자빠졌다. 엎드려 누운 채로 미동도 하지 않는 터너를 고지는 한동안 바라보다가 숨을 쉬고 있음을 확인한 후 안심하고 현관문을 열었다.

화분을 들고 뜰로 돌아갔다. 말려 죽이면 아마도 잘릴 것이다. 일주일에 10달러라는 큰돈을 잃고 만다.

노출된 하얀색 암반은 둔하게 빛나고 있다. 미군하우스 남쪽 벽을 따라 10평 정도의 장방형 뜰이 있었다. 잡초가 화단 주위를 빙 두르고 꽃을 시들게 하고 있었고 작게 금이 간 흙에는 잡초만이 자라고 있었다.

고지는 주위를 둘러봤다. 수십 미터 떨어진 미군하우스 뜰에는 백일초나 칸나로 보이는 붉은색과 노란색 꽃이 피어 있었다.

삽으로 땅을 팠다. 생각한 것보다 단단하지는 않았다. 땅은 30센티 정도 객토 공사가 돼 있었다. 잡초를 다 뽑았다. 쏟아지는 햇볕에 쓴 적이 없는 삽날이 둔하게 빛났다. 약한 바람이 불어오고 땀이 배어 나왔다.

수십 센티 간격으로 일곱 개의 미국해바라기를 정성스레 심고 흙을 뿌렸다. 처마 밑에 있는 수도꼭지로 몇 번이고 물뿌리개에 물을 담아서 미국해바라기에 뿌려줬다.

4

고지는 다음날 점심식사 후에 수세미 꽃 위로 난비하는 몇 마리의 무당벌레를 보면서 툇마루 가에 엎드려 누워 있었다.

나비 한 마리가 날아갔다. 고지는 얼굴을 들고 나비를 바라봤다. 밭고랑 길에 만타로가 서 있었다. 만타로는 덧문을 열어젖혀 놓은 거처방에 앉아 다림질을 하고 있는 고지의 어머니를 신경 쓰고 있는 것인지 가까이 다가오지 않았다. 고지와 눈이 맞자 바로 손짓을 해 불렀다.

고지는 툇마루에 있는 어머니의 밀짚모자를 쓰고 뜰을 가로질러 밖으로 나갔다.

둘은 당근 밭 옆에서 자라고 있는 커다란 대만아카시아 아래에 앉았다. 만타로가 손을 계속 쥐고 펴는 모습을 고지가 이상하다는 표정으로 바라봤다.

"내 몫은?" 하고 만타로가 애태우지 말라는 듯 굵은 목소리를 냈다.

"다음 주에 받아. 두 주에 한 번 받는다고 하던데."

어제 받은 돈을 만타로에게 바로 나눠주는 것은 울화가 치밀기에 고지는 거짓말을 했다.

"보통 주급을 줄 텐데." 하고 만타로가 혀를 끌끌 찼다. "어쨌든 하우스보이 일을 소개한 건 나란 걸 잊지 마."

고지는 외면했다. 딱딱한 땅에 떨어진 대만아카시아 잎의 그림자가 흔들리고 있었다.

"주급으로 계산해서 얼마나 준데?"

고지는 10달러를 받았지만 그 반이라고 말했다.

"짜잖아. ……너 거짓부렁을 하는 거 아니지?"

만타로는 고지를 노려봤다.

"의외로 쩨쩨해, 터너."

고지는 알바비를 받기 위해 온갖 일을 다 하고 있다고 만타로에게 각인시켜야겠다고 생각했다. 구두닦이, 마루 청소, 침대 정리, 방 정리정돈, 세차 등을 한다고 생각나는 대로 말했다.

"침대 정리는 가정부 일이잖아."

만타로가 고개를 갸우뚱했다.

"구두를 닦으면 손으로 확인하고는 아직 더럽다고 화를 낸다니까."

고지는 기세를 타고 이야기를 만들어냈다.

"고지, 그럼 갈 때마다 주머니에 하나라도 넣어오지 않으면 타산이 안 맞아."

"좀도둑질 흉내는 낼 수 없어."

만타로가 다시 째려봤다.

만타로가 묻지도 않았는데 출근일은 매주 화요일과 목요일 두 번이고 시간은 아침 9시부터라고 말했다.

돈을 받으면 꼭 알리러 오라고 만타로가 신신당부를 했다. 돈을 받으면 거꾸로 만타로 쪽에서 찾아오는 게 이치에 맞잖아 하고 고지는 속으로 불평을 했지만 작게 끄덕였다.

"고지, 미군 집에 권총은 없어?"

"없어."

권총을 훔쳐오라고 할지도 몰라서 어디에 뭐가 있는지도 잘 몰랐지만 단정해 말했다.

집에 그런 걸 안 두려 하잖아. 군인은 바로 방아쇠를 당기려 하니까 하고 고지는 말하려다가 그만뒀다.

고지는 가끔 부모님의 밭일을 돕고 있는 만타로에게 미국해바라기를 키우는 법을 물어보려 했다. 하지만 바로 입을 다물었다. 물어보면 연기가 뭉게뭉게 피어나는 반 도넛 형태의 연초 이야기나 터너 씨 집에서 하는 일이라고는 미국해바라기 재배밖에 없다는 사실을 이야기해야 할지도 모르겠다고 생각했기 때문이다.

"고지, 영어 배우지 않을래? 싸게 가르쳐 줄게."

"손짓 발짓으로 괜찮아. 말은 못 해도 돼."

만타로의 엉터리 영어보다 자신이 발음은 훨씬 좋다고 속으로 혼잣말을 했다.

"네 어머니는 귀가 안 들리니까 너도 손짓 발짓은 잘 하겠네."

만타로는 자기 혼자 끄덕이며 웃었다.

아침부터 햇살이 따가웠다. 고지는 눈을 찌푸리고 구부정한 자세로 철조망을 따라 터너의 집으로 향했다.

터너의 집 창문 유리창이 번쩍번쩍 빛나고 있었다. 현관문을 두드리려다 뜰로 돌아갔다. 미국해바라기는 햇볕을 받아서인지, 혹은 흙이 좋아서인지, 화분에 있을 때보다 윤기가 더했다. 노란빛을 띠는 잎이 두 장 떨어지려 했지만 위쪽에 새로운 싹이 힘차게 나오고 있었다.

고지는 수도꼭지를 비틀어 물뿌리개에 물을 담은 후 미국해바라기에 뿌렸다. 몇 번이고 왕복했다. 흙이 촉촉이 젖었다. 터너는 인기척을 느끼지 못 한 것인지 모습이 보이지 않았다.

마야이라면 내게 옮겨 심으라고 하지는 않았을 것이라고 생각하며 현관문을 두드렸다. 반복해서 두드려도 반응이 없었다. 조용히 문을 열고 터너를 불렀다. 쥐 죽은 듯 조용했다. 실내의 연기는 지난주보다 적었지만 마시고 있는 사이에 향기로 변해서 머리가 멍해졌다.

거실 소파에도 터너의 모습은 보이지 않았다. 옆에 있는 침실을 들여다봤다. 엎드려 자고 있었다. 서 있을 때보다 더욱 키가 커 보였다.

터너가 질식해 죽어 있는 것처럼 느껴졌다. 몸을 뒤로 젖히려고 어깨에 손을 올렸다. 터너는 상반신을 벌떡 일으키더니 오른쪽 손을 힘껏 흔들었다. 고지의 얼굴에 스칠 정도로 날카로운 바람이 스쳤다.

고지는 엉겁결에 몸을 젖히고 침대 옆에 엉덩방아를 찧었다. 터너는 커다란 칼을 쥐고서 고지를 바라보고 있었다. 칼을 침대 어딘가에 숨겨놓고 언제 잡은 것인지 전혀 알 수 없었다. 터너의 텅 빈 눈빛이 쏟아졌다.

"말을 건 후에 내 몸에 손을 대는 게 좋아."

터너는 제스처를 섞어서 말했다.

고지는 한동안 일어나지 못 했다.

터너는 침대에서 내려와 칼을 던졌다. 문의 둥글고 단단한 이음매에 가서 박혔다. 연초를 피울 때는 마치 죽은 문어처럼 축 늘어져 있더니……이런 힘이 있다니 참으로 뜻밖이었다. 문에서 직각으로 싹이 튼 것처럼 깊이 박힌 칼은 접는 방식이 아니라 양날이다.

고지는 자리에서 일어나 칼로부터 멀리 떨어지려고 침실을 나왔다.

머리가 멍했을 텐데도 칼을 던질 때 흐트러지지 않은 것은 엄격한 군사 훈련을 받았기 때문이라고 생각하며 매우 감탄했다.

그대로 돌아가려 하다가 만타로가 뭐라고 할지 모르기에 생각을 고쳐 먹고 거실 소파 옆에 있는 작고 둥근 의자에 앉았다.

어쩌면 터너는 미국해바라기로 연초를 말아 피우면서 적과 싸웠던 것이 아닐까? 머릿속이 몽롱해져도 적을 향해 던진 칼이 명중하니 제대로 싸울 수 있다.

터너가 연초를 피우면서 다가왔다. 손에 유리병을 들고 있었다.

터너는 소파에 앉아서 테이블에 놓은 유리병 뚜껑을 열고 건조된 표고 버섯 같은 것을 꺼내서 알록달록한 접시에 올리고 고지 쪽으로 밀었다.

고지는 얼굴을 가까이 댔다. 엉겁결에 몸을 젖혔다. 사람의 귀다. 살아 있는 사람 옆머리에 붙어 있는 귀보다는 조금 작았지만 형태는 명확했다.

중학교에서 감사장을 줄 정도로 성실한 병사인 터너가 인간의 귀를 건조시켜서 유리병에 보관하고 있다니 믿을 수 없었다.

귀를 자르는 악행을 저지르는 사람으로 터너를 만든 상대방은 어떤 사람일까. 아마도 터너는 귀의 주인이 몹시 미웠던 모양이다. 고지는 귀의 뿌리 부분이 굼실굼실 해졌다. 문에 박힌 커다랗고 날카로운 저 칼에 걸린다면 옆머리에서 귀가 잘려 나가는 것은 순식간이다.

고지는 고개를 들고 자신의 귀를 가만히 응시하고 있는 터너에게 미소를 지었다. 왜 웃은 것인지 이유를 알 수 없었다.

터너는 자신이 자른 귀를 왜 내게 보여주는 걸까? 네 귀도 이렇게 하고 싶어라고 말하고 싶지만 제스처만으로는 통하지 않아서 샘플을 가져온 것일까?

"귀를 모아?" 하고 고지는 엉뚱한 질문을 던졌다.

터너는 초조한 듯이 연초를 뻑뻑 피웠다.

"장식해 둬도 아무도 기뻐하지 않아. 기분이 으스스할 뿐이잖아."

터너는 입을 다물고 있다.

여자의 귀? 하고 고지는 어림짐작으로 물었다. 무언가 말하지 않고서는 마음이 진정이 잘 되지 않았다.

"살아 있을 때는 아름다운 귀였어?"

아름다운 사람이었어? 하고 물었어야 하는데 허둥대다 엉뚱한 질문을 하고 말았다. 터너는 눈을 감았다.

여자를 좋아하게 되면 나라면 여자의 귀가 아니라 입술이나 눈을 떠올릴 텐데 하고 야릇한 생각을 했다.

이제 돌아가는 게 좋겠다고 고지는 생각했다. 어쨌든 자극하지 않으려면 귀 이야기는 그만둬야 한다. 자리에서 일어나려 했다. 터너가 눈을 떴다.

하지만 말을 하려는 것 같은 기색은 없었다. 고지는 무언가 말을 하지 않으면 큰일이라고 생각했다.

"이 귀는 나와 비슷한 또래의 소녀?"

고지는 다시 물었다. 말이 계속 튀어나왔다.

터너는 다시 눈을 감았다.

"여군의 귀? 터너."

고지는 터너의 무서운 눈빛을 피하려는 듯이 귀를 손가락으로 가리켰다.

"내가 이 남자를 죽였어."

터너는 조용히 말했다.

고지는 등줄기가 서늘해졌다. 순간 살해된 남자가 미국해바라기를 말려 죽인 것이 아니었을까 하는 생각이 들었다. "전쟁이지? 그러면 어쩔 수 없어." 하고 말했다.

"터너는 몇 명이나 죽였어?"

그렇게 말한 후 고지는 손을 입에 댔다.

"한 명."

터너는 명확하게 대답했다.

"고작 한 명?"

고지는 엉겁결에 물었다.

어째서 죽인 남자의 귀를 보관하고 있는 것인지 알 수 없었다. 터너는 얌전한 성격이라서 제사를 지내주고 있는 것일까?

고지의 손은 무언가에 이끌리듯이 건조된 귀를 잡았다. 판지처럼 가볍고 이상하게 느낌이 없었다. 냄새가 났다. 방부제와 같은 냄새가 났지만 방에 가득한 연초 냄새가 그것을 쫓아냈다.

터너는 귀를 다시 유리병에 넣고서 묘할 정도로 정중하게 그것을 들고서 침실로 들어갔다. 고지는 현관 밖으로 뛰어 나갔다.

5

터너가 남자의 귀를 자른 곳은 아마도 먼 전쟁터다. 건조된 귀에도 곧 익숙해 질 것이다.

하지만 우리 마을도 위험이 가득하다. 미군기지 근처를 지나던 사람이나 미군 하우스에 가까이 다가간 사람이 땅에 묻힌 것인지 불태워진 것인지 몇 명인가 갑자기 모습을 감췄다.

어머니가 드나들고 있는 미군하우스에도 섬뜩한 집주인이 살고 있는 것은 아닐까?

건조된 귀를 본 날 밤에 가슴이 짓눌리는 악몽을 꿨다. 터너가 미국으로 돌아가면 고액의 급료를 받지 못 하게 된다. 그리 길지 않은 기간이니 으스스한 미군하우스라 해도 참을 수 있다고 자신을 타일렀다.

터너의 집으로 향했다. 터너는 집에만 계속 있는 것 같은데 군대 일은 어쩌고 그럴까. 그는 볼 때마다 연초를 피우고 있었다. 내가 쉬는 동안 뜰에 심어 놓은 미국해바라기에게 물은 제대로 주고 있는 걸까?

고지는 집으로 들어가지 않고 뜰로 돌아갔다.

놀라서 숨을 죽였다. 미국해바라기가 시들어 있었다. 커다란 잎이 노랗게 변해 있고 가늘고 긴 줄기도 힘없이 활모양으로 굽어 있었다.

수도꼭지를 틀어서 물뿌리개에 물을 채우다가 손을 멈췄다. 고함 소리가 들려왔다. 고지는 수도꼭지를 잠그고 자리에서 일어났다. 사람의 목소리라고 하기보다는 목을 졸린 동물의 비명과도 같았다. 주위를 둘러봤지만 사람 그림자 없이 아주 조용했다.

고지는 현관의 흰 문을 열었다. 실내의 연기는 전보다 훨씬 지독하게 자욱이 끼어 있다. 고지는 터너의 이름을 부르며 침실로 들어갔다.

침대 위에 실내복의 앞가슴을 벌리고서 터너가 앉아 있었다.

고지 쪽으로 몸을 틀었지만 눈은 콘크리트가 드러나 있는 천정을 보고 있다.

시선이 천천히 내려와서 고지의 머리에 고정됐다. 지독하게 공허한 눈빛을 하고 있다.

터너는 자신의 붉어진 귀에 손을 대면서 무언가 중얼거렸다. 하지만 목소리가 가늘어서 알아들을 수 없었다.

고지는 되물었다.

"……지프차가 돌진해 왔어. 마구 쏘았어. 그 남자의 몸은 벌집이 됐어. 무서워서 통곡했어."

비명에 가까운 소리는 우는 소리였구나 하고 고지는 생각했다.

"다 꿈이야, 터너."

고지는 숨이 막혔지만 묘하게 아무렇지도 않게 말했다.

한 번 깼다가 다시 잠들었지? 무서운 꿈을 본거야 하고 속으로 말했다.

우두커니 서 있던 고지는 미국해바라기에 물을 줘야 한다고 생각하면서 흐트러진 침대 시트를 바로잡으려 했다. 하지만 바로 손을 멈췄다. 베개 아래에 긴 칼이 보였다.

터너가 소리를 내지 않고 웃었다. 잘 웃지 않는 사람이 웃으면 섬뜩하다고 느끼면서 엉겁결에 뺨을 오그리며 억지웃음을 돌려줬다. 터너가 갑자기 베개로 손을 뻗었다. 다음 순간 칼이 바람을 가르고 문에 깊이 박혔다.

칼이 얼굴을 스쳐지나간 날의 기억을 떠올리며 소름이 끼친 고지는 총총걸음으로 현관 쪽으로 걸어갔다. 이전에 깡마른 미군과 고지는 팔씨름을 한 적이 있는데 양손을 썼지만 상대방의 오른손은 꿈적도 하지 않았다. 거구인 터너는 그때의 상대보다 더욱 괴력이 있을 것이다. 그가 깔아뭉개면 전혀 움직일 수 없다. 글러브처럼 두툼한 손이 내 얼굴을 거칠게 움켜쥐고 귀를 싹둑 자르면…….

터너가 고지를 멈춰 세웠다. 경직된 얼굴로 뒤돌아 봤다.

터너는 불을 붙인 연초를 입에 물고서 휘청거리며 찬장에 기대서 작은 좌우 여닫이문을 열고 유리병을 꺼냈다.

유리병 안의 귀를 응시하며 다시 웃었다. 묘하게 잘 웃는다.

이번엔 마네키네코(앞발로 사람을 부르는 시늉을 하고 있는 고양이 장식물)처럼 고지를 불렀다. 고지는 도망치고 싶었으나 거실로 들어갔다.

터니는 소파에 앉아 연초를 피우면서 황홀한 표정으로 귀를 쳐다보고 있었다.

고지는 머릿속이 조금 멍해졌다. 방에 가득 찬 연기가 전쟁터에 자욱한 초연처럼 느껴졌다. 연기를 마시자 무서움이 옅어지는 듯한 기분이 들었다. 터너는 연초를 피우고 적을 한 명 죽이고 귀를 잘랐던 것일까? 연초를 피우지 않으면? 이상해지겠지 하고 고지는 중얼거렸다. 고지는 목을 흔들흔들 거리며 머리가 이상해진 것 같은 흉내를 냈다.

고지는 집게손가락을 세워서 가운뎃손가락에 가볍게 부딪치면서 "뜰에 심은 미국해바라기 다 베어버리는 게 좋아 터너" 하고 중얼거렸다.

터너는 알아들은 것인지 고지를 응시하며 고개를 옆으로 저었다. 터너가 그걸 자르면 네 목도 자를 거야 하고 눈빛을 보내고 있는 것 같아서 고지는 입술을 꽉 깨물었다.

터너는 유리병 뚜껑을 열고서 냄새를 맡고 있다. "뭐라고? 터너." 하고 고지가 물었다.

귀가 전보다 조금 상처를 입은 것처럼 보였다. 방부제를 바꿨어? 하고 묻고 싶었지만 방부제라는 영어 단어를 알 수 없었다.

귀를 내가 만질 수 있게 해서 공기에 닿은 것이 좋지 않았던 거야.

터너의 눈은 새로운 귀를 원하고 있다고 고지는 느꼈다. 이제 그 귀는 넣어두지 그래? 하고 속으로 말했다.

고지는 터너로부터 시선을 돌렸다.

"뭐라도 좀 마셔."

터너가 갑자기 소리치더니 냉장고에서 꺼내 온 콜라를 단숨에 들이켰다.

권하는 대로 콜라를 몇 병이나 마시자 구역질이 나서 화장실로 뛰어갔다. 위에서 식도를 통과해 역류해 오는 콜라 때문에 얼굴이 일그러지면서도 무슨 이유로 차례차례 콜라를 마신 것인가 하고 멍하니 생각했다.

화장실에서 돌아온 고지의 눈은 충혈돼 있었고 눈물이 흐르고 있었다.

"터너, 미국에 돌아가는 거야?"

전부 다 토를 했기 때문일까 기분은 꽤 차분해졌다.

터너는 말을 걸자 이미 눈을 감고 있었다.

터너, 귀를 처분하는 게 어때? 내가 도울게. 제사를 지내주고 귀 주인을 빨리 잊는 게 좋아 하고 고지는 중얼거렸다.

고지의 목소리가 들렸을 리는 없지만 터너는 절대로 잊어서는 안 돼 하고 말했다.

고지는 터나가 죽인 사람을 잊지 않기 위해 귀를 보관하고 있는 것이라고 생각했다. 있을 수 없는 일이다.

잘라낸 귀를 남자의 옆머리에 붙일 수 없는 것처럼, 죽인 남자를 다시 살릴 수는 없는 법이야 터너. 끔찍한 과거는 잊는 게 좋아 하고 고지는 다시 중얼거렸다. 귀를 정중하게 묻어주면 악몽을 안 꾸게 되지 않을까. 들판에 작은 무덤을 만들면 어떨까 하고 생각했다.

고지는 유리병 안에 들어 있는 귀에 흙을 뿌리는 시늉을 하고는 손을 모았다.

"귀가 사라지면 꿈인지 현실인지 내가 살아 있는 것인지 죽은 것인지 알 수 없게 돼."

고지는 터너의 영어를 어떻게든 일본어로 변환했는데 터너가 무엇을 말하고 싶은 것인지 알 수 없었다.

다음날 아침 만타로가 집 근처의 대만아카시아 나무 아래로 고지를 불러냈다.

오늘도 돈을 받아낼 목적으로 온 것이라고 생각하자 고지는 지겨워서 "터너는 돈은 없지만 귀가 있어." 하고 말했다.

"날 놀릴 셈이야."

만타로는 고지의 얼굴에 여드름이 가득한 얼굴을 들이밀고 무시무시한 눈빛을 하고는 러닝셔츠 밖으로 나온 검은 팔을 굽히고 근육을 실룩실룩 움직였다.

고지는 만타로가 여자에게 관심을 보인다고 생각했다.

"건조돼 있지만 여자의 귀 같았어."

남자의 귀였지만 거짓말을 했다.

"건조된 여자의 귀? 그렇다면 그건 부적이야. 그러니 터너는 전쟁터에서 죽지 않고 살아 돌아온 거야."

만타로는 나무그늘에 앉았다. 고지는 줄기에 기대서 앉았다.

"전쟁터였던 마을의 소녀라고 하던데."

고지는 기세를 몰아 거짓말을 더했다.

"기념물이야. 반지나 검은 머리카락과 똑같아. 넌 중학생이라 남녀 사이의 미묘한 관계를 잘 모르겠지만."

만타로는 간들거리는 웃음을 지었다.

반지나 검은 머리카락이라면 알 것도 같지만 귀는 도대체 알 수 없다고 고지는 투덜대며 말했다.

"고지, 터너가 그 귀에 무언가 속삭이지 않았어?"

고지는 고개를 갸웃했다. 계속 보고 있었지만 속삭이는 것처럼 보이지 않았다.

터너는 죽이고 싶을 만큼 소년이나 소녀가 좋은 것인지도 모른다고 만타로가 말했다.

"얼핏 봐서 진지해 보이는 미군 병사 중에도 그런 사람이 많아."

"소년도?"

"너도 마음에 들면 무슨 짓을 당할지 몰라."

고지는 깜짝 놀랐지만 얼굴에 드러내지는 않았다.

"귀를 좋아하는 것일까?"

"귀는 시작에 불과해. 정말로 좋아하면 목을 자를 걸."

사랑하는 적국 여자의 목을 미라처럼 건조시켜서 은밀히 가져가는 미군 병사도 있다고 한다.

고지는 입을 반쯤 벌렸다.

귀처럼 주머니에 넣을 수 없으니 가져가는 사람은 그리 많지 않다고 만타로가 말했다.

고지는 엉터리 급조된 이야기라고 생각하면서도 군법에 회부되지 않을까? 하고 물었다. 그야 안 들키려고 이런 저런 수를 쓰겠지 하고 만타로가 말했다.

"사랑하는 사람의 목이라면…… 가져가서 장식해 놓는 것일까?"

"장식을 하거나 소중하게 보관하겠지."

"영원히?"

"싫어지면 다른 방법을 찾을 거야."

액막이로 쓰거나 난치병을 고치기 위해 뇌수를 태워서 먹거나 한다고 한다.

이야기가 생생하다. 정말일까. 고지는 너무 놀라 가슴이 뛰었다. 숨이 답답하고 가슴이 울렁거리는 등 묘한 감각이다.

"내가 애써 널 만나러 온 이유는 잘 알겠지?"

만타로는 은근히 돈을 요구했다. 몇 번이고 터너의 집에서 무서운 상황에 직면했던 고지는 화제를 돌려서 터너가 칼을 가지고 있다고 말했다.

"군인에게 칼은 필수품이야. 사과나 고기를 잘라서 입에 넣잖아."

문에도 던진다고 말하고 터너가 전쟁터에서 죽인 사람은 남자 한 명뿐이라고 말했다.

"그걸 진짜로 믿어? 너도 참 어수룩하다. 죽은 적의 숫자를 미군 숫자로 나눠봐. 한 명당 몇 명이나 죽였는지 알게 되면 놀랄 거야."

그런 계산을 누가 할 수 있어 하고 고지는 속으로 말했다.

"한 명만 죽였다는 말이 진실이라면 터너는 장교 급이야. 장교는 책상에 지도를 펼치고 보면서 명령을 내리니까. 어쩌다 한 명을 죽인 거겠지."

만타로는 귀 주인과 살해된 남자가 다른 사람이라고 믿고 있다.

만타로는 손을 내밀었다. 고지는 주머니에서 나누기로 한 2달러 50센트를 건네줬다. 만타로는 돈을 세보더니 히쭉 하고 웃었다.

만타로는 터너가 어떤 사람인지 정체를 알아볼게 하고 말한 후 자리에서 일어나 밭고랑 길에서 잡초가 무성한 둑으로 올라가서 철조망을 따라 뻗어 있는 흰색 길로 사라졌다.

출근하는 날 이른 아침 만타로는 고지를 지난번처럼 대만아카시아 아래로 불러내더니 군병원에서 근무하는 불량한 미국인에게서 터너의 정체를 알아냈다고 말했다.

한동안 일부러 입을 다물고 있던 만타로는 돈을 달라는 듯이 손을 내밀었다.

　보통은 가치가 있는 정보인지를 가린 후에 돈을 내는 것이 일반적이지만 우연히 가지고 있던 25센트 동전을 만타로에게 줬다.

　만타로는 부족하다는 듯 혀를 찬 후 이야기를 시작했다.

　터너는 2년 전에 머리가 이상해져서 전쟁터에서 송환됐다고 한다.

　"몇 달 동안 기지 안에 있는 육군병원에 입원돼 있었어."

　만타로는 이야기를 잠시 멈췄다.

　병원에 불량한 미군이 근무하고 있는 것도 매우 위험한 일이지만, 나도 엄청난 미군하우스에서 일하고 있다고 고지는 생각했다.

　병은 이제 나은 것일까.

　"재택 치료를 했는데 자전거랑 부딪친 쇼크로 다시 병세가 나타난 모양이야."

　"설마…… 자전거랑 부딪친 정도로 군인이 쇼크를 받다니 이상하잖아. 군인은 사람을 깔아 죽여도 멀쩡하잖아."

　"원래 뿔뿔이 흩어져 있던 머리가 가까스로 붙어 있었던 것 같아. 네 자전거랑 부딪치면서 다시 흩어진 거지."

　만타로는 "네 자전거"를 힘주어 말했다. 그 이후부터 병원에서 받아가는 약이 늘은 것은 확실하다고 했다.

　그렇게 섬세한 사람도 미국에서는 징병을 하는 것일까 하고 생각했다.

　"얼마 안 있어 미국으로 돌아간다고 돌아가고 싶다고 했었는데……"

　"이제 쉽게 돌아갈 수 없어. 고지도 여름방학 동안에는 하우스보이를 계속하도록 해. 우린 돈을 듬뿍 벌 수 있어."

　"우리?"

　"나는 더 이상 일할 생각이 없어" 하고 고지는 말했다.

"그만둔다는 소리야? 돈을 이제 겨우 한 번 받았어. 귀 때문이지? 넌 겨우 귀 때문에 귀한 돈을 날릴 생각인 거야. 하우스보이로 소개해 준 내 면목을 짓밟을 셈이야?"

만타로는 강한 어조로 말했다.

"터너는 아파. 내가 감당할 수 없어."

만타로는 거칠게 자리에서 일어났다.

"넌 달러에 욕심도 안 나? 다시 미국인 하우스 쓰레기장을 뒤질 셈이야?"

고지의 눈앞을 노랑나비 몇 마리가 제 멋대로 날아다니고 있었다.

"어머니가 얼마나 고생하시는데. 좀 생각해 봐. 귀 따위는 좀 잊어버리고. 일어서 고지."

고지는 일어서면서 엄마도 그만두라고 하실 것이 틀림없어 하고 말했다.

"사실은 귀 따위는 없는 거지? 그만둘 구실을 만든 거잖아. 넌 고생스러운 일은 안 하려 하니까."

고생스러운 일을 안 한다고? 자기는 일하지도 않으면서 똘마니가 미군기지에서 훔쳐온 물건을 빼앗는 주제에 하고 고지는 속으로 말했다.

"그래 그만두게 해주지. 대신에 귀를 훔쳐서 나한테 보여줘. 네 말이 거짓말인지 아닌지 확인하고 싶어."

"귀를? 설마."

터너가 귀를 응시할 때면 황홀경에 들어 무아 경지에 빠져 있다. 만약에 귀가 없어지면 터너는 미쳐서 누군가의 귀를 분별없이 잘라낼 것이다. 그 칼이라면 어떤 귀라도 싹둑 하고 간단히 자를 수 있다.

미군 병사와 간단하게 우호 관계를 맺는 만타로지만 어째서인지 터너와는 거리를 두고 있다. 병원의 불량한 미국인으로부터 더 무시무시한 이야기라도 들었던 것일까.

"내 대신 만타로 선배를 터너에게 소개해 줄까?"

"소개? 하우스보이로? 네 소개는 필요 없어. 하고 싶으면 언제든 내가 하면 돼."

나무 사이로 새어나온 햇볕이 거무스름한 터너의 얼굴에 닿아 흔들리고 있다.

"남자라면 용기를 내봐, 고지. 언제 그만두면 되는지 내가 알려줄게. 그러고 나서 그만둬."

"그치만 목숨이 위험해."

고지는 다소 과장을 섞어 말했다.

"지금은 하우스보이를 하며 받는 돈이 더 중요해."

"하지만 돈보다 목숨이 더……"

"너랑은 친하니까 확실히 이야기를 해줄게."

도둑질을 시킨 똘마니가 경비에게 붙잡혀서 고문을 당했다고 한다.

"고문? 죽었어?"

"죽지는 않았지만 잘렸어. 그러니 지금 내게는 고지 너밖에 믿을 사람이 없어."

만타로의 신뢰를 받는 것은 몸이 근지러운 기분이 들어서 목을 움츠렸다.

똘마니 이야기가 사실인지 거짓인지 고지는 알 수 없었다. 몸도 건강한데 자기가 일하면 될 것을 하고 생각하며 만타로를 흘끗 봤다. 어쨌든 자신의 임무인 물주기라도 제대로 하자고 생각했다.

6

고지는 점심 식사 후 짙은 녹색 러닝셔츠의 옷단을 걷어 올려서 배꼽을 내놓고 툇마루에서 엎드려 누워 있었는데 만타로가 다시 찾아와 불러냈다.

각진 미군 모자를 푹 눌러쓴 만타로는 갈색이 물들어 있는 흰색 윗옷 단추를 풀고서 검게 탄 가슴을 내밀고 있었다. 긴 바지를 무릎 근처에서 잘라낸 헐렁한 바지를 입고 있다.

둘은 마늘밭 옆에 있는 대만아카시아 나무 그늘에 앉았다. 딱딱한 줄기에 말매미 몇 마리가 달라붙어서 울다가 날아갔다.

바람은 거의 없고 대만아카시아의 작은 잎사귀도 약하게 움직이고 있을 뿐이다. 앞쪽에 보이는 고구마 잎은 강한 햇볕을 받아 시들어 있다.

"고지, 내가 귀 주인이 누군지 알아냈어."

고지는 만타로에게 얼굴을 돌렸다. 만타로는 거드름을 피우듯이 잠시 간격을 뒀다.

"병원에 있는 불량한 미국인에게 들었어."

불량한 미국인은 맥주를 반 다스 주면 뭐든지 말해주는 편리한 녀석이라고 만타로는 말했다.

"최전선에 배치된 터너가 적군 병사를 쏴 죽이고 귀를 잘라냈어"

터너로부터 들었던 이야기라 그다지 놀라지 않았다. 고지는 설마 하는 마음으로 만타로의 번쩍이는 눈을 바라봤다.

"신경 쓰지 마, 고지. 전쟁이잖아. 적을 죽이는 것은 당연한 일이야."

죽인 남자를 잊지 않기 위해 귀를 보관하고 있다고 터너는 말했지만 "하지만 하필 왜 귀를?" 하고 고지는 물었다. 귀는 전과(戰果)라고 만타로가 대답했다. 부상병 병실의 벽 한쪽 구석에는 잘라낸 귀가 몇 개인지를 경쟁하는 막대그래프가 붙어 있다고 한다.

"반정부 쪽에 잡히면 여자 병사가 된다고 하면서 철수 전에 작은 마을의 소녀들의 귀를 잘라낸 병사들도 있다고 했어."

고지는 큰 동작으로 고개를 들었다. 눈이 깜깜해졌다. 새파란 하늘에 떠 있는 구름은 꿈적도 하지 않고 태양이 쨍쨍 내리쬐고 있다. 발밑을 봤다. 불룩해진 땅 주위로 커다란 개미가 움직이고 있었다.

"터너는 곧잘 목을 조르는 시늉을 하는 모양이야, 고지."

터너는 수건을 자신의 목에 감더니 세 개 조이며 섬뜩하게 웃었다. 자살을 하고 싶은 것인지 적을 죽이던 당시를 재현한 것인지 병원에 있는 불량한 미국인도 알 수 없었다고 한다.

"터너는 귀를 자랑하려고 날 고용한 것일까?"

그저 미국해바라기를 재배하는 것만이 아니라 귀를 보여줄 대상이 필요했던 것은 아니었을까.

군 동료도 애인도 아닌 네게 자랑할 리가 없어 하고 만타로가 말했다.

"혹시 네가 보여달라고 했어?"

"연초를 피우고 있는 도중에 갑자기 가져왔어. 일반적인 연초가 아니야."

고지는 자욱하게 방안에 끼어 있는 연기의 냄새며, 건조된 귀의 섬뜩함을 참을 수 없다고 말했다.

"냄새 나는 연기? 그게 뭐야."

"그걸 마시고 있어. 아마 내게 옮겨 심으라고 한 미국해바라기의 이파리야."

만타로는 눈을 크게 뜬 채로 한동안 입을 다물고 있다가 미국해바라기는 어떤 꽃이야 하고 물었다.

고지는 상세히 식물의 모습을 설명한 후 연초가 도넛을 반으로 자른 것 같은 이상한 형태를 하고 있으며 연기는 처음엔 냄새가 심하지만 얼마 안 있어 향기로 바뀌는데 머리가 이내 멍해진다고 덧붙여 말했다.

"그래 역시. 그냥 풀은 아니야, 고지."

만타로는 고지의 깡마른 어깨를 세게 흔들더니, 전에 불량 미국인에게 들었는데 연기가 자욱하게 끼는 것이 그것의 특징이라고 했다고 말했다.

"이상해진 후의 터너의 얼굴은 이런 표정이야?"

만타로는 이상한 표정을 지었다. 눈은 불상처럼 반쯤 열려있고, 입은 천국에 간 것처럼 반쯤 벌어져 있다. 비슷한 것 같기도 아닌 것 같기도 했지만 고지는 고개를 끄덕였다.

만타로는 원래 표정을 짓더니 "어떤 풀인지 터너가 말해줬어?" 하고 물었다.

"미국해바라기야. 내가 이름을 지었어."

"이름을 누가 짓든 말든 관심 없어."

갑자기 초조해진 만타로의 어조에 고지는 기분이 나빴다.

"화분은 한 개였어?"

사실은 일곱 개였지만 고지는 다섯 개라고 대답했다.

"그 풀을 재배하는 일을 한다고 했지."

"…………"

고지는 확실히 미국해바라기를 재배하는 일만으로 터너가 고액의 급료를 주는 것은 이상하다고 생각했다.

"풀은 마르면 안 된다고 했지."

"말려 죽이면 아마 난 칼을 맞을 거야."

한여름에는 매일 물을 줘야만 하는데 내가 쉬는 날 미국해바라기를 그렇게 소중히 생각하는 터너가 한 번도 뜰에 나온 흔적이 없다니 아무래도 이상하다고 생각했다.

사실 터너는 미국해바라기를 말려 죽이고 싶다. 연초를 더 이상 피우고 싶지 않다는 마음이 있는 것은 아닐까.

만타로는 "또 아는 사람이 있어?" 하고 물었다. "뭘?" 하고 고지는 되물었다. "그 풀 말이야." 하고 만타로가 목소리를 죽이고 말했다.

"미국해바라기? 아마 다른 미군하우스 사람들도 봤을 테지만 관심이 없던데."

만타로는 그건 아마 보통 풀로 보이기 때문일 거야 하고 혼잣말을 하다가 비명을 내지르더니 자신의 발을 세게 쳤다. "이 놈의 개미 새끼가." 하고 혀를 찼다.

미국해바라기를 건조한 연초를 피워서 터너는 귀를 자른 것일까. 아니면 남자를 죽인 죄책감을 참을 수 없어서 연초를 피운 것인지 고지는 신경이 쓰였다. 고지는 "연초와 귀는 상관이 있을까?" 하고 물었다.

"없지. 전쟁터에서 잘린 귀 따위 너무 널려 있어서 아무런 가치도 없어. 하지만 그 풀은 돈이 될 거야."

아니지, 무조건 관계가 있어 하고 고지는 생각했다.

"고지, 그 풀을 훔쳐 와."

"······설마."

만타로는 자기가 하고 싶지만 좀 있다가 미군기지 안에서 우호친선마라톤 대회에 나가야 하기에 지금 터너와 트러블을 일으킬 수는 없다고 말했다.

우호를 가장해서 똘마니에게 미군기지 안에 있는 물품을 훔쳐 오게 하는 만타로와 마찬가지로, 터너는 남자의 귀를 잘랐으면서 학교에서 감사장을 받았던 것일까 하고 고지는 생각했다.

"두 개만 훔쳐 와. 전부 훔치는 것이 아니니까 터너도 눈치 채지 못 해. 몇 번이고 말했지만 경비도 없고 게이트도 없으니 간단해."

"그러면 만타로 선배가 훔쳐오는 게 어때."

"내가 가고 싶은 마음이야 굴뚝같지만, 하우스보이인 너만 할 수 있어. 네게는 터너가 틈을 보일 거야. 뒷일은 내게 맡기면 돼. 돈은 똑같이 나눌 거야."

육군병원 안에도 풀을 사고 싶어 하는 사람이 꽤 많으니 황금알을 낳는 풀은 숨기고 잎사귀만 건조시켜 팔겠다고 한다.

만타로는 "내게 맡겨." 하고 말하면서 윗옷의 옷단을 말더니 알통을 만들었다.

"고지, 머리가 이상해진 군인은 무섭지 않아. 정상적인 군인이 무서운 법이야. 냉정하게 사람을 죽이니까. 터너는 위험하지 않아."

"만에 하나 터너에게 들키기라도 하면?"

"도망치면 되잖아. 연초를 마시고 있는 터너의 머리는 멍하고 머리는 어질어질하고 다리는 후들후들 할 거야."

"집요하게 나를 찾으러 오지 않을까?"

휘청거리면서도 칼을 던지면 적중률이 높은 것을 고지는 잘 알고 있다.

"네 얼굴은 바로 잊어버릴 거야. 그 풀을 흡입하면 모두 잊게 돼 있어."

확실히 터너는 며칠 전의 일밖에 떠오르지 않는다고 말했다.

얼마 안 있어 터너는 헌병에 붙잡힐 것이고 풀은 압수될 것이다. 지금 훔치지 않으면 평생 후회할 것이라고 만타로가 고지를 다그쳤다.

"만타로 선배, 정직하게 말해 주지 않으면 미국해바라기를 훔쳐오지 않을 거야. 나도 결사적이야."

"뭘?"

"만타로 선배가 전에 이야기 했잖아. 옆집 여자를 미치게 해서 죽게 만든 마약 말이야. 이거랑 똑같아?"

"정확히 말해줄게. 마시면 두려움과 슬픔도 없어지고 천국을 빙빙 떠돌고 있는 것 같은 기분이 들어."

아무 것도 정확히 말하고 있지 않다고 고지는 생각했다.

만타로가 손가락으로 가리켰다. 소나무와 멀구슬나무 가지에 걸어놓은 줄에 발돋움 하면서 고지의 어머니가 미군 병사의 바지를 말리고 있었다.

"중학생인 주제에 큰돈을 벌 수 있는 방법이 달리 있어?"

고지는 애매하게 고개를 기울였다.

"엄마가 미국놈 바지랑 팬티 따위를 빨게 하고 비참한 기분을 들게 하면서도 네가 사내자식이야? 너란 새끼는."

"팬티는 빨지 않아."

"뻔질나게 밀실 같은 미군 하우스로 세탁물을 받으러 가시잖아."

만타로는 무섭다는 듯이 얼굴을 찡그리고 미군 병사가 꼼짝 못 하게 괴롭히면 어쩔 거냐고 힘주어 말했다.

"무엇보다 너희 엄마의 귀가 걱정이야. 돈을 들여 치료하면 들리실 거야. 고지, 효도를 하려면 지금 밖에 없어."

"…………"

"넌 내 말은 믿지 않고 터너가 말하면 뭐든지 네네 하고 따르는 거야? 터너의 아버지 세대가 너희 엄마의 귀를 못 쓰게 만들었잖아."

남자 한 명을 죽이고 귀를 잘라낸 터너와 미국해바라기를 훔치려 하는 나, 둘 중에 누가 더 나쁜 것일까. 모두 알 거야 하고 고지는 자신을 타일렀다.

고지와 만타로는 미군 기지의 철조망 펜스를 만지거나, 곳곳에 생긴 작은 구멍을 피하면서 외길을 걸었다. 반대쪽에 점재하는 밭에 나비나 풍이(풍뎅이 과의 곤충)가 난비하고 있었다.

짙은 녹색 티셔츠의 옷자락을 걷어서 검은 근육을 자랑하듯이 내보인 만타로가 고지의 얼굴을 들여다보며 "풀이 두 개 있으면 오륙년은 호화롭게 살 수 있어. 더 이상 미군하우스 쓰레기장을 뒤지지 않아도 되잖아." 하고 말했다.

"수익은 반씩 제대로 나눌 거야?" 하고 고지가 물었다.

"그럼 둘이서 반씩이야."

만타로는 고지의 어깨를 툭툭 치며 녹이 슨 양동이를 떠안기듯이 주고서 뿌리가 상처를 입지 않게 두 그루를 훔쳐오라고 말했다.

양동이 안에 나무 손잡이로 된 주걱이 들어 있었다. 풀을 훔쳐오는 대신에 불량 미국인이 알려준 터너의 정보를 들려주겠다고 만타로가 말했다.

전쟁터에 파병된 터너는 바로 최전방으로 보내졌다. 자신을 다그치고 투쟁심을 계속 불태웠지만 적군을 한 명 죽이자마자 정신이 나갔다. 연대가 전의를 상실하고 혼란에 빠질 것을 두려워한 지휘관이 터너를 바로 불량 미국인이 있는 미군기지 안의 병원으로 송환했다.

고지는 몇 년이고 매일같이 살인하는 법을 몸과 머리에 주입받아온 군인이 미치면 대단히 위험하지 않을까 하고 생각했다.

터너는 육군병원을 퇴원한 후 군의관의 조언에 따라 마음의 깊은 상처를 치료하려고 군인과 군대의 그림자가 그래도 옅은 언덕 위 미군하우스로 옮겨서 살았다. 한때 육군의 감시 하에 있었지만 얼마 안 있어 '무해'하다고 판단돼 자유롭게 생활했다.

"터너가 풀을 손에 넣은 것은 감시가 해제된 후야."

"미국해바라기 연초를 피우기 시작한 것도?"

"네 자전거를 쓰러뜨린 후부터 대량으로 흡입한 모양이야. 약 대신에 말이지. 병원 약은 듣지 않았던 것 같아."

"터너는 귀를 왜 잘라낸 거야? 왜 보관하고 있어? 불량 미국인이 말해주지 않았어?"

자신이 죽인 사람을 잊지 않으려고 해서 그렇다고 터너는 말했지만 고지는 다시 물었다.

"그야 들었지."

잘라낸 귀는 살인한 사실을 잊지 않기 위해 생활반경 안에 놓고 있다고 했다.

"역시……"

"고지, 터너는 역시 제정신이 아니야. 군인은 모두 열에서 백은 사람을 죽이지만 군대를 떠나면 모두 모른 척을 하는데."

잊지 않아서 머리가 이상해지는 거다. 어째서 잊지 않으려고 매일 귀를 바라보고 있을까.

미국해바라기는 나쁜 풀이니까 훔쳐내면 터너를 구할 수 있고 엄마의 귀도 고칠 수 있다고 자신을 타일렀다.

"뭘 그렇게 투덜거리고 있어?"

만타로가 걸으면서 뒤돌아봤다.

미군기지 게이트 앞을 통과했다. 게이트에 있는 초소 안에는 커다란 수입 인형과 같은 헌병이 미동도 하지 않고 고지 일행을 보고 있다. 쇠사슬에 연결된 군용견 셰퍼드는 배를 깔고 엎드려서 긴 혀를 내밀고 분주하게 숨을 내쉬고 있다.

부서진 석회암이 가득 채워진 언덕길을 올라갔다. 언덕을 오르던 중에 만타로가 잡목 그늘로 들어가더니 "여기서 기다리고 있을게. 빨리 훔쳐 와." 하고 말했다.

넓적한 암반이 다 드러나 있는 언덕 위 미군하우스 구역에 도착했다. 내가 그 귀를 묻어버리거나 태우거나, 혹은 귀를 제사지내주면 사람을 죽인 사실이 터너의 머릿속에서 사라져서 편안하게 생활할 수 있지 않을까.

곧바로 터너의 집으로 가지 않고 지표에서 튀어나온 바위 그늘에 앉았다.

귀가 아무리 살인한 사실을 떠올리게 해도 미국해바라기가 그 공포심을 잊게 해준다……. 두 개를 훔쳐도 다섯 개가 남는다…….

고지는 자리에서 일어나 터너의 집 쪽으로 걸었다.

귀를 버리면 사람을 죽인 사실을 잊을 거야. 미국해바라기를 피우지 않아도 된다.

미국해바라기를 훔치려 하는 죄악감이 어디로 간 것인지 고지는 터너를 걱정했다.

사람 그림자 하나 보이지 않는 마을에서 미군하우스는 둔한 햇볕을 받고서 늘어지듯이 고요했다.

바로 터너의 집 뜰로 가서 미국해바라기를 뽑아서 양동이에 넣으려 하다가, 우선 터너에게 얼굴을 내밀자고 생각을 고쳐먹었다. 현관 앞에 양동이를 두고서 흰 문을 열었다.

에어컨을 틀어놓은 실내에는 보랏빛이 섞인 흰 연기가 가득했다. 냄새에는 다소 적응했지만 한동안 그 자리에 우두커니 서 있었다. 눈에 스며들지는 않았지만 시력이 흐릿해 가구나 벽이 조금 부옇게 보였다. 조금 입술이 저리고 머리가 멍해진 탓일까 담력이 세졌다.

터너는 죽은 것처럼 침실 침대에 엎드려 있었다. 서서히 낮잠이 길어지고 있다고 고지는 생각했다. 이제 제대로 걷지도 못 하고 외출도 하지 못하는 것 같았다.

말을 걸었다. 반응이 없어서 반복해서 불렀다. 터너는 손과 머리를 조금 움직였다. 얼굴을 옆으로 향했는데 눈은 뜨지 않았다. 며칠 사이에 터너의 팔뚝은 얇아졌고 뺨도 홀쭉해졌다.

터너, 잠들면 살해한 사람의 악몽을 꿀 거야. 미국해바라기를 들이켜서 졸린 거야 하고 고지는 중얼거렸다.

연기를 지나치게 많이 마신 것인지 청력이 저하돼 갑자기 불안감이 엄습해 왔다. 침대 옆에 있는 보조 탁자에 놓인 유리병이 보였다. 순간 터너가 소중히 다루고 있는 검붉은 죽은 자의 귀가, 귀가 들리지 않는 어머니를 비웃고 있는 것 같은 착각이 일어났다. 어머니를 희롱하고 있다고 생각했다.

고지는 거칠게 보조탁자로 다가가서 유리병의 뚜껑을 돌리고 안에 있는 귀를 주머니에 처박았다.

거실을 통과해 현관문을 연 순간, 갑자기 제정신으로 돌아왔다. 뒤에서 날카로운 칼이 날아올 것 같은 기분이 들어서 등줄기가 서늘했다.

양동이를 들고 뜰로 돌아갔다. 터너를 위해서다. 귀가 없어지면 미국해바라기도 필요하지 않을 것이라고 혼잣말을 했다.

미국해바라기의 부드럽고 두께가 있는 잎은 햇볕을 받아 빛나고 있다. 노란색을 띤 두세 장의 이파리 위로 넓고 싱싱한 잎이 기세 좋게 자라고 있다. 60센티 정도 자란 미국해바라기 두 그루의 주변을 파서 흙째로 양동이에 넣었다.

인기척이 갑자기 나서 뒤돌아 봤다. 거구의 터너가 서 있었다. 안경 안쪽의 푸르른 눈이 유리구슬처럼 보였다. 얼굴을 마주보고 있지만 초점이 없다고 고지는 느꼈다.

금색의 덥수룩한 털이 자라 있는 팔뚝은 전보다 꽤 얇아져 있었고 손에는 커다란 칼을 세게 쥐고 있었다. 고지는 양동이 손잡이에 힘을 넣자마자 튀어나가듯이 도망쳤다.

흰색 언덕길을 뛰어서 내려갔다. 석회암에서 작은 먼지가 피어올랐다.

언덕 중간의 나무그늘에서 기다리고 있던 만타로가 뛰어나오더니 큰 소리를 지르고 고지를 불러 세웠다. 고지는 이어달리기 배턴 터치를 하듯이 양동이를 만타로에게 넘겨주고 쏜살같이 뛰어갔다.

만타로는 순간 어안이 벙벙했는데 언덕 위에서 식칼과도 같은 커다란 칼을 휘두르고 무언가를 부르짖으며 쫓아오는 터너의 모습을 보더니 안색이 변하며 도망쳤다.

어떻게 된 거지 하고 고지는 도망치면서 생각했다. 미국해바라기를 피우면 몸과 마음도 축 늘어져서 달리기는커녕 서 있기도 힘들 텐데……. 터너를 완전히 미치게 하고 말았다. 붙잡히면 틀림없이 귀도 손도 다 잘린다.

만타로는 양동이를 안고서 어색하게 뛰고 있었지만 발이 빨라서 얼마 안 있어 고지를 추월했다.

만타로는 언덕길 옆 풀숲으로 미국해바라기가 들어 있는 양동이를 던졌다. 하지만 터너는 눈길도 주지 않았다.

"풀을 돌려줬는데도 왜 따라오는 거야?"

만타로가 거칠게 숨을 내쉬며 부르짖었다.

"고지 너 또 뭘 훔친 거야?"

"……귀 때문일까."

"귀? 귀를 훔쳐 왔어? 바보 같은 짓을 왜 한 거야."

터너의 비명과도 같은 소리가 날아들었다.

고지는 숨이 턱턱 막혔다.

"그런 걸 누가 훔쳐오라고 했어? 터너에게 얼른 돌려줘."

"돌려주라고? 지금? 저렇게 화가 나 있는데."

고지는 계속 달렸다.

"터너는 귀를 찾으러 쫓아오고 있어."

고지의 귓가에 "귀를 돌려줘." 하고 울며 외치는 듯한 터너의 목소리가 들려 왔다.

"던져서 줘 버려. 던지라고."

만타로가 숨이 막 끊어질 것 같은 목소리로 말했다.

고지는 귀를 아무렇게나 내던지면 목숨은 없는 것과 매한가지라고 생각했다.

"얼른 주라고." 하고 말하며 만타로가 큰 소리로 외쳤다.

달리면서 주머니에 손을 넣는 것은 지극히 어려운 기술인데 고지는 가까스로 귀를 꺼냈다. 만타로가 얼른 던져 버려 하고 외쳤다. 하지만 고지의 손가락은 굳어져서 움직이지 않았다. 멈춰 서서 정중히 귀를 돌려줘도 이제 터너는 용서하지 않을 것이라고 생각했다.

달리면서 주머니에 귀를 밀어 넣다가 귀 끝 쪽이 떨어졌다. 머릿속이 새하얘지고 귀를 산산조각 내고 싶은 충동이 일어났다. 필사적으로 그것을 참았다.

"미군 게이트에 던지자."

만타로가 큰 소리로 말했다.

둘은 언덕 어귀에 있는 콘크리트 제 직방체 초소로 숨어 들어간 후 의자에서 일어난 마른 미국인 경비의 발밑에 개처럼 웅크리고 앉았다. 군용견은 없었다. 교대를 한 것인지 전에 봤던 경비병이 아니었다.

미국인 경비와 옆 마을 출신의 조금 살이 찐 경비가 터너를 제지하려고 양손을 벌려서 장승처럼 우뚝 서서 버텼다. 하지만 터너는 속도를 줄이지 않고 칼을 휘두르며 돌진해 왔다.

미국인 경비가 권총대에서 권총을 빼서 사격 자세를 잡았다. 터너는 조금도 기가 죽지 않았다. 미국인 경비가 기성을 내질렀다.

살이 조금 찐 경비가 하늘을 향해 위협사격을 했다. 총성을 들은 터너는 더욱더 흥분해서 칼을 마구 휘둘렀다.

미국인 경비가 권총의 방아쇠를 당겼다. 터너는 무언가를 토해내는 듯한 소리를 내며 배를 움켜쥐더니 아스팔트로 포장된 땅 위에 웅크렸다.

멀리서 사이렌 소리가 서서히 커지며 다가오고 순찰차와 구급차가 급브레이크를 밟더니 게이트 앞 경비 초소에 멈췄다.

터너를 실은 구급차는 급발진을 해서 기지 안쪽으로 쭉 뻗은 아스팔트 도로를 달려 사라졌다.

"너희들 조사를 해야 하니 저기 철조망 앞에 앉아 있어."

살이 조금 찐 경비가 눈을 흘기며 말했다.

고지와 만타로는 은색 철조망에 기대서 힘없이 앉았다.

만타로가 무언가 이야기를 하고 있는 미국인 경비와 순찰차에서 내린 병사를 쳐다보며 고지에게 말했다.

"미국해바라기를 훔쳤다고만 말하지 않으면 금방 집에 갈 수 있어. 알았지 입이 찢어져도 그건 말하면 안 돼."

"귀는?"

"귀 이야기는 아무래도 좋잖아. 훔쳤다고 하지 마."

"터너는 날 원망하고 있을까?"

"원망? 터너는 입원해야 해. 네 얼굴도 까맣게 잊을 거야."

"…………"

"그렇지만 여기로 도망치길 잘 했어. 마을 경찰서로 도망쳤더라면 우리는 터너에게 마구 찔렸을 거야."

"……터너는 괜찮을까?"

"만약에 터너를 쏜 게 살이 찐 경비였다면 우리도 철저히 조사를 받았겠지. 미국인이 미국인을 쐈으니 이제 그건 미국의 문제야."

고지는 이제 평생 동안 터너와는 만나지 못 할 것이라고 느끼고 주위를 둘러봤다. 미국인 경비와 헌병에 살이 찐 경비에게 무언가를 묻고 있었다.

고지는 귀를 돌려받지 못 한 터너가 가엾게 느껴졌다.

고지와 시선이 마주친 살이 찐 경비는 미국인 경비에게 뭐라고 한 두 마디를 한 후에 고지에게 다가왔다.

살이 찐 경비가 주소와 이름을 물었다. 만타로가 고지를 찌르며 적당히 대답했다. 어째서 미국인이 너희들을 좇아온 거냐는 질문에도 만타로는 풍이를 잡으려고 언덕길을 걷고 있었는데 이유도 없이 좇아왔다고 거짓말을 했다. 스무 살이나 되는데 풍이를 잡다니 이상하다고 고지는 멍하게 생각했다.

살이 찐 경비는 바인더 종이 위에 무언가를 쓰면서 계속 이런저런 것을 물었지만 만타로는 거짓말을 이어갈 뿐이었다.

살이 찐 경비는 "다시 군에서 소환할지도 몰라. 오늘은 돌아가도록." 하고 말했다.

고지 일행은 미군 게이트에서 멀어졌다. 십여 미터 걸었다.

고지는 뒤를 돌아봤다. 미국인 경비와 헌병이 얼굴을 맞대고 심각한 표정으로 이야기를 나누고 있었다. 살이 찐 경비는 거기에 끼지 못 하는 듯

구석에 멍하니 서 있었다.

고지의 발걸음이 미군 게이트 초소로 향했다. 만타로가 "야 어디가?" 하고 혼내듯이 말하며 따라갔다.

살이 찐 경비가 둘에게 다가갔다.

고지는 주머니에서 귀를 꺼내더니 "이걸 터너에게 돌려주세요." 하고 말했다. "이게 뭐야." 하고 살이 찐 경비가 얼빠진 목소리로 말했다.

터너의 하우스보이를 하고 있었는데 엉겁결에 책상 위에 있는 귀를 주머니에 넣고 말았다. 눈치를 채니 터너가 쫓아왔다고 정직하게 말했다.

초소 안에 있는 미국인들은 이마를 맞대고 이야기에 집중한 나머지 셋의 움직임을 눈치 채지 못 했다. 살이 찐 경비는 고지의 손바닥 위의 건조된 상태의 귀를 바라봤다. 미국인 경비를 부르려는 움직임은 없었다.

만타로가 고지에게 "넌 도대체 뭘 들은 거야. 아무 것도 훔치지 않았다고 말하라고 내가 몇 번이나 말했냐고." 하고 소리를 죽여서 말했다.

카빈총을 어깨에 걸친 미국인 경비들이 가까이 다가왔다.

살찐 경비가 고지의 손바닥에서 귀를 재빨리 집어서 윗옷 주머니에 넣으며 "이 귀와 관련된 것은 군의 기밀 사항이다. 군에 알려지면 큰일이니 내가 처분한다. 귀에 관해서는 절대로 아무한테도 발설하지 말도록." 하고 말했다.

"터너는 죽을까요?"

고지가 물었다.

살 찐 경비는 고지와 만타로의 얼굴을 번갈아 쳐다봤다.

"앞으로 총을 맞은 그 미군 이야기는 하지 말아야 해. 어서 돌아가."

고지와 만타로는 걷기 시작했다.

"고지, 우리는 다시 소환되지 않을 거야. 터너는 제대로 말을 할 수 없을 거야. 어쩌면 죽을지도 모르니까."

미군 게이트에 다가가기 전에 터너에게 귀를 돌려줬다면 총에 맞지 않았을 텐데 하고 후회하면서 고지는 철조망을 따라 이어진 흰색 외길을 계속해서 걸어갔다.

＊이 작품은 「ターナーの耳」(『すばる』 2007.8)를 번역한 것이다.

곽형덕 옮김

마타요시 에이키 문학에 나타난 '타자'와의 교섭 과정

"오키나와인 주체의 자세"를 묻다

곽형덕

1. 마타요시 문학의 위치 - 전쟁과 폭력으로 중첩된 '원풍경'

마타요시 에이키(1947-)가 오키나와 문학(オキナワ文学)[01]의 차세대 작

---

01 다카하시 토시오는 '沖縄文学'을 'オキナワ文学'으로 표기하는 것이 '大和文学'과의 대립과 저항, 그리고 공동투쟁을 의식하기 위해서라고 쓰고 있다. 이는 '沖縄文学'과 '琉球文学'이 갖는 역사적인 피구속성을 인지하는 '본토' 지식인으로서의 도덕적인 '거리감'과 '사명'을 나타낸 것이다. 제주도에서 오키나와 문학을 읽는다는 것은 일본 '본토'와는 다른 연대의 공감이 전제되지만, 그렇다고 해도 주체적 동질성을 보장할 수 없다는 점에서 'オキナワ文学'이라는 표기는 유효할 것이다. (高橋敏夫, 「『学ぶ』ことから,「抗いの共闘のほうへ」『沖縄文学選—日本文学のエッジからの問い』 高橋敏夫, 岡本恵徳編, 勉誠出版, 2003.5 참조) 한편 오키나와 문학은 일본문학 가운데 하나의 이질적인 지방문학(혹은 周縁の文学) 혹은 '마이너문학(minor literature)'으로 규정돼 왔다. 하지만 오키나와 문학을 마이너문학으로 쉽게 정의내리는 것은 일본 내의 다른 소수민족 문학(재일조선인문학 등)과의 차이점 등을 고려해 봤을 때-개별 문학 사이의 좁힐 수 없는 차이를 고려하더라도 유효한 시도라 하기 힘들어 보인다. 특히 오키나와 문학은 우치나구치(ウチナーグチ[오키나와에])가 혼재된 양상으로 전개되고 있기에 더욱 그렇다. 물론 오키나와 문학은 일본(본토)문학의 영향을 받으며 형성됐기에, 해당 작가의 문학적 위치를 규명하는 작업도 본토와의 관련을 완전히 무시할 수는 없다. Davinder L. Bhowmik, Writing Okinawa : Narrative acts of identity and resistance(Taylor & Francis, May, 2008), Introduction 참조.

가로 등장한 것은 '일본 복귀(반환)'(1972.5.15)로부터는 3년, 미군의 베트남 철수로부터는 2년이 지난 1975년이었다. 마타요시는 제1회 신오키나와 문학상(가작)을 수상한 데뷔작 「바다는 푸르고(海は蒼く)」(『新沖縄文学』 1975.11) 이후 40년 간 왕성한 작품 활동을 펼쳐왔다. 특히 마타요시는 오키나와가 미군에게 점령된 이후 미군기지가 오키나와에 미친 영향에 대해서 어떠한 작가보다도 뛰어난 작품을 많이 남겼다. 마타요시 문학에 대한 일본에서의 연구는 제4회 스바루문학상을 수상한 「긴네무 집(ギンネム屋敷)」(『すばる』1980.12)에 나타난 '조선인' 및 '종군위안부'와 오키나와인 사이의 관계를 탈식민주의 이론 및 젠더론을 통해 살펴본 것에서부터, 오키나와의 토착적인 세계를 그린 제114회 아쿠타가와상 수상작인 「돼지의 보복(豚の報い)」(『文学界』1995.11)을 통해 오키나와의 현재를 조명하려는 것 등으로 이뤄져왔다.[02] 다만 작품 전반에 대한 평가 작업은 마타요시가 현재도 왕성히 창작활동을 하고 있는데다 작품의 특성-작품 안에 하나의 세계로 수렴되지 않는 충돌하는 서사와 인물이 공존하는, 등으로 인해 더디게 진행되고 있다고 말할 수 있다. 이는 현재 활동 중인 메도루마 슌(目取真俊)에 대한 문학 연구가 종합적으로 이뤄지고 있는 것과는 대조적이다.[03] 한편 한국에서 마타요시 문학에 대한 연구는 「긴네무 집」을 중심으로 전개되고 있다. 마타요시 문학은 한국의 전후 역사적 기억과 공유할 수 있는

---

02 村上陽子, 「〈亡霊〉は誰にたたるか : 又吉栄喜「ギンネム屋敷」論」『地域研究』, 沖縄大学地域研究所, 2014.3 ; 岩渕剛, 「又吉栄喜の沖縄(特集 沖縄復帰40年と文学)」『民主文学』559, 日本民主主義文学会, 2012.5 ; 伊野波優美「又吉栄喜『豚の報い』にみる「沖縄文学」のカーニバル化」『地域文化論叢』14, 沖縄国際大学大学院地域文化研究科, 2012 ; 宮沢慧「又吉栄喜『豚の報い』論--混沌の世界を生きる」『あいち国文』4, 愛知県立大学日本文化学部国語国文学科あいち国文の会, 2010.7.

03 메도루마 슌 문학에 대해 연구서로는 다음 두 권을 들 수 있다.
鈴木智之, 『眼の奥に突き立てられた言葉の銛 ―目取真俊の〈文学〉と沖縄戦の記憶』, 晶文社, 2013.3 ; ブーテレイ,スーザン, 『目取真俊の世界(オキナワ)―歴史·記憶·物語』影書房, 2011.12.

소재(미군 기지, 베트남 전쟁 등)가 풍양한 텍스트인 만큼 앞으로 연구가 더욱 활발히 전개될 것으로 예상된다.[04]

이러한 마타요시 문학의 좌표를 파악하기 위해서는 전후 오키나와 문학 및 일본 본토에서의 문학과의 관련을 살펴볼 필요가 있다. 우선 마타요시가 등장한 일본 복귀 즈음의 오키나와 문학은 오키나와적인 것(전통적인 생활, 풍속, 습관, 언어 등)을 전근대적인 산물로 파악하고 일본(문단)을 추수(追隨)했던 것에서 벗어나, 지역의 독자성을 추구하는 방향으로 나아갔다.[05] 마타요시가 오키나와 문학계에 데뷔한 1975년은 일본복귀 이전부터 전개되던 '오키나와적인 것(沖繩的なもの)'과 '토착'을 둘러싼 논의가 '본토'와의 관련성 속에서 활발히 제기되던 때였다. 오카모토 케토쿠(1934-2006)는 전후 오키나와에서 "미국이라고 하는 '이질'의 문화와 접촉하면서 일본의 사상이나 문화를 대상화 할 수 있는 계기"[06]가 마련됐다고 쓰고 있다.

---

04 「긴네무 집」에 대한 논문으로는 다음을 참고했다. 조정민, 「오키나와(沖繩)가 기억하는 '전후(戰後)': 마타요시 에이키 「자귀나무 저택」과 김정한 「오끼나와에서 온 편지」를 중심으로」 『일어일문학』45, 2010.2; 소명선, 「오키나와 문학 속의 '조선인'-타자 표상의 가능성과 한계성-」 『동북아문화연구』28, 2011; 이명원, 「오키나와 전후문학과 제주 4·3문학의 연대」 『오늘의 문예비평』95, 2014겨울.

05 岡本恵徳, 「沖縄の戦後の文学」 『沖縄文学全集第20巻 評論1』 国書刊行会, 1991.4, 260-287쪽 참조. (초출1975.10). 물론 이러한 방향성은 거시적으로는 미 점령군의 '류큐문화' 장려 정책(미군에 비판적인 출판/문화 검열)과 오키나와를 둘러싼 지정학적 변화(베트남전쟁 등)를 통해서, 그리고 문화적으로는 『琉大文学』(1953-1978)과 『新日本文学』의 관계 및 『新沖縄文学』(1966-1993)의 전개 과정 등을 통해서 설명될 수 있다.

06 岡本恵徳, 「戦後沖縄の文学」 『沖縄文学全集第17巻 評論1』 国書刊行会, 1992.6, 42쪽. (초출1972.6) 오카모토는 이 글에서 '토착'이 그 장소를 떠나서 생성될 수 없는 문화나 사상을 의미한다고 한다면, '오키나와적인 것'이란 일본 본토와의 대비를 통해 오키나와의 특수성을 추구하는 것으로 파악하고 있다. 즉 '오키나와적인 것'의 추구는 일본(을 비롯한 다른 지역을 포함해)과의 관계성 속에서 '민족 공동체(ethnic community)'의 사상적 기반을 상호 관계성 혹은 상호 배타성 가운데 추구한다는 점에서, 근대 내셔널리즘과 근저에서 이어진다. 이에 비해 '토착'은 그 자립성을 추구하는 방향성에서는 내셔널리즘의 맹아일 수 있지만, 오키나와라는 '지역성'에 수렴될 위험성도 상존한다고 볼 수 있다.

오카모토의 논의도 일본복귀를 즈음해서 제기된 것으로, 이는 류큐왕국이 멸망(류큐처분/1872-79)한 이후 식민지적 상황 하에서 자기 결정권을 완전히 상실한 채 외부 세력에 의해 자기 부정/긍정을 반복해서 당해왔던 오키나와의 근대를 시야에 넣고 있다. 한편 이 시기 제기된 토착에 관한 언설은 진흥/개발 담론에 대한 비판으로써 제기된 것이기도 했다. 대표적인 반복귀론자인 아라카와 아키라(新川明, 1931-)는 토착에 관한 언설이 정착론으로 흐르는 것을 경계하면서 "'토착'이면서 유민이고 유민이면서 '토착'인 관계성"[07]을 제기했는데, 이는 오키나와가 놓인 지정학적 위치를 고려할 때 현재까지도 유의미한 것이라 할 수 있다. 마타요시 문학은 일본복귀 전후에 오키나와에서 제기된 복귀론, 반복귀론 등의 언설을 그대로 드러내고 있지는 않지만 오키나와의 토착적인 것이 미군 및 미군기지와의 교섭 과정 속에서 변모돼 가는 상황 하에서 오키나와인 주체의 자세를 묻고 있는 특징을 지니고 있다.

이처럼 마타요시 에이키의 문학은 토착(오키나와적인 것)이 본토와의 관계성 가운데 본격적으로 사유되기 시작한 시기에 우라소에를 중심으로 반경 2km의 '원풍경(原風景)'[08]에 천착하며 출발했다. 마타요시 소설 세계에 투영된 작가의 '원풍경'은 오키나와의 토착적인 것을 의미하지만, 그 자체

---

07 도미야마 이치로 저, 『유착의 사상』, 심정명 옮김, 글항아리, 2015.2, 73쪽. 아라카와의 글 초출은 「土着と流亡ー沖縄流民考」(『現代の眼』 1973.3.)이다.

08 '겐후케(原風景)'는 문학평론가 오쿠노 다케오(奥野健男)가 1970년대에 만들어낸 용어로 이후 노스텔지어나 그리운 풍경 등의 함의를 갖고 사용돼 왔다. 山下曉子는 「原風景を再考する—故郷論の視点から—」(『横浜国立大学教育学会研究論集』 1-1, 横浜国立大学教育学会, 2014.)에서 『文学における原風景—原っぱ·洞窟の幻想』(1972)에서 제기된 개념이 대단히 중층적이며, 이 개념 안에 "인류적 원풍경, 국민적 원풍경, 지역적 원풍경, 개인적 원풍경"(1쪽) 등이 혼재돼 있음을 밝혔다. 본고에서는 마타요시의 원풍경을 오키나와의 자연이 가진 전통적인 토착성과 미군기지라고 하는 역사성이 합쳐진 것으로 파악하고자 한다.

가 미군기지에 둘러싸여 있다는 점에서 양자 사이의 상호 교섭과 파열을 전제한다. 오키나와에서 일본복귀 전부터 강하게 제기됐던 토착에 관한 언설은 근대 민족주의 자체가 고대 문화와의 관련 가운데 만들어졌던 것처럼[09] 류큐왕국(琉球王国) 이래 민족의 문화적 기억과 형성에 그 뿌리를 두고 있다. 신조 이쿠오가 밝히고 있듯이 마타요시 에이키는 주로 오키나와의 토착적인 세계를 그려온 작가로 알려져 왔다.[10] 하지만 초기 마타요시 문학이 자기규정의 근거로 삼고 있는 원풍경은 단순히 토착이라는 말로 설명할 수 없는 타자와의 교섭 및 관계의 파열 가운데 정립돼 가는 것으로 결코 고정된 것이 아니다. 다시 말하자면 마타요시 문학의 원풍경은 오키나와의 평화롭고 아름다운 자연 풍광에 대한 노스탤지어만을 의미하지는 않는다. 그 안에는 우라소에 구스크(요도레), 투우장, 카미지(거북바위) 등 오키나와적인 자연과 문화유산을 전쟁과 점령의 기억 및 현실-캠프킨저와 그 주변의 A사인바(A = Approved [for US Forces]), 하얀색으로 지어진 미국인 하우스 등의, 이 에워싸고 있다. 마타요시 에이키 문학에 나타난 오키나와의 '공동체성'은 이 원풍경에 담긴 역사적 현실(미국과 일본의 이중지배) 속에서, 우치난츄(ウチナーンチュ 오키나와 사람[민족]) 안의 갈등과 우치난츄 대 미군 및 야마토와의 교섭 과정에서 형성된 것이라 할 수 있다.

본고에서는 마타요시 문학에 나타난 타자와의 교섭 과정을, '나'라는 소년(우치난츄)의 공동체 규범 받아들이기, 타자(대부분 미군)와의 접촉 양상

---

09 베네딕트 앤더슨 저, 『상상의 공동체—민족주의의 기원과 전파에 대한 성찰』, 윤형숙 옮김, 나남, 2004.9, 33쪽. 앤더슨은 "민족주의는 의식적으로 주장된 정치적 이데올로기와의 결합에 의해서가 아니라, 민족주의 이전에 있었던 더 큰 문화체계와의 결합에 의해서 이해되어야 한다"고 쓰고 있는데, 오키나와의 토속에 관한 언설 또한 류큐왕국 이래의 문화체계를 상정한 것이라 이해할 수 있다

10 新城郁夫, 『到来する沖縄——沖縄表象批判論』, インパクト出版会, 2007.11, 100쪽.

으로 나누었다. 이를 통해 일본 복귀 이후 본격적으로 작품 활동을 개시한 마타요시 소설 세계를 미군을 중심으로 한 타자와의 교섭 과정을 통해서 구체적으로 검토해 보겠다.

2. 타자와의 교섭과 파열을 둘러싸고

마타요시 문학에 나타난 우치난츄와 미군 사이의 관계는 민족 대 민족의 관계를 전제로 하면서도, 민족 내부의 균열과 갈등을 전면적으로 드러내는 방식으로 전개돼 왔다.[11] 이는 우치난츄 및 미군 내의 다양성을 드러내는 방식을 취해왔다.[12] 마타요시는 미군을 단일한 수사로써 단순화해 말하는 것에 의문을 갖고, 미군이나 미군과 우치난추 사이의 혼혈아를 시점화자로 내세워 미군 내부의 다양한 인간군상을 다면적으로 드러내는 창작 경향을 보여왔다. 우치난츄가 아닌 미군 및 혼혈아를 시점화자로 내세운 소설은 오키나와 문학에서도 희유한 것으로, 이는 마타요시 문학의 큰 특징 중 하나다. 이에 해당하는 작품으로는 유학한 백인 병사의 내면을 그린

---

11 「돼지의 보복」은 갈등보다는 치유로 향해가는 방향성을 드러낸 작품이다. 오키나와의 토착적인 풍습과 아름다운 자연이 갈등을 해소하는 주요한 소재로 쓰인다. 이는 초기 마타요시 소설에서 투우가 오키나와의 토착성과 투쟁성을 드러내는 문화적 연원으로 과거와 현재를 잇던 방식과는 변별되는 것이다. 마타요시 소설에서 투우와 관련된 작품은 「カーニバル鬪牛大会」(『琉球新報』 1976.11), 「憲兵闖入事件」(『沖縄公論』 1981.5), 「島袋君の鬪牛」(『青い海』 1982.12) 등이 대표적이다.

12 이에 비해 1983년 「어군기(魚群記)」로 데뷔한 메도루마 슌은 아시아태평양전쟁에서부터 '현재'(일본복귀 전후)까지의 시간 축을 바탕으로 소년과 할머니의 현재와 과거를 교차시키는 작업으로 주로 소설을 써왔다. 메도루마 슌의 많은 소설이 우치난츄와 야마톤츄 및 '우군(友軍)[구 일본군]' 사이에 있었던 역사적 기억을 현재적 삶의 장소에서 다시 소환하는 방식은 마타요시 소설과는 변별되는 부분이다. 특히 이 두 작가의 작품에는 공동체 내외부 사이의 교섭을 둘러싼 방식이 접속과 격절(隔絕)로써 각기 달리 나타나고 있다는 점에서 비교 검토를 요한다.

「조지가 사살한 멧돼지(ジョージが射殺した猪)」(『文学界』 1978.3)와 혼혈아 여성과 미군 사이의 사랑을 그린 「아티스트 상등병(アーチスト上等兵)」(『すばる』 1981.9) 등이 있다. 이처럼 마타요시 문학에서는 미군조차도 단일한 수사로써 말할 수 없는 충돌 가운데 놓여진다. 한편 우치난츄 민족 공동체는 기지 경제가 안겨주는 '이익'을 둘러싸고 분열되는 양상으로 마타요시 문학에 나타나있다. 마타요시 소설에서 주로 미군과 직접적으로 교섭하는 중심인물은 10대 초중반의 소년/소녀[13] 및 A사인바에서 일하는 호스티스나 종업원 들이다. 그중 소년/소녀는 오키나와 전(戰) 이후 형성된 우치난츄의 역사적 트라우마를 계승하는 존재로서 등장한다기보다 미군과의 접촉을 통해 궁핍한 삶을 타개해 전후 부흥을 계승하려는 주체로서 등장한다.

> "어쩌면 받을 수 있을지도 몰라."
> 야치는 지금까지 미군으로부터 받았던 것이 무엇이었는지 득의 양양한 듯 공표했다. 나는 귀까지 덮을 수 있는 모자가 갖고 싶다. 확실히 저 파라슈트 병사는 모자를 쓰고 있다. 아마도 가죽으로 만든 것으로, 부드럽겠지, 소가죽으로 만든. (중략) 하지만 파편이 철조망을 넘어서 날아오지는 않는다. **나는 폭발음이 크면 클수록 폭발이 많으면 많을수록 폭발하는 장소가 가까우면 가까울수록 가슴이 두근거린다. 오늘은 스크랩(파편)을 꽤 많이 주울 수 있을 테니까.**[14] (인용 자료의 번역 및 굵은 글꼴 = 인용자, 이하 동)

---

13 소년과 소녀의 연령은 대략 9세에서 17세까지로 설정하는 것이 통설로 보인다. 예를 들어 서울시 소년소녀합창단은 초등학교 2학년부터 고등학교 1학년을 대상으로 하고 있다.

14 又吉栄喜, 「パラシュート兵のプレゼント」 『パラシュート兵のプレゼント』, 海風社, 1988.1, 128-140쪽. (초출 『沖縄タイムス』, 1978.6)

챔버즈는 튼튼하게 만든 불빛이 센 회중전등을 가져왔다.

나는 갖고 싶었다. 회중전등이 있으면 밤이 낮과 다를 것이 없다.[15]

위에서부터 두 인용인 「파라슈트 병사의 선물」(1978)에 등장하는 중학생 소년들은 낙하산 훈련 중 궤도를 이탈한 미군 병사 챔버즈를 부대까지 배웅해주고, 그 대가로 불발탄이나 포탄의 파편을 요구한다. 이 소년들은 훈련으로 발생한 부산물인 불발탄을 수집해 어른들(중개상)에게 싼 값에 넘기는데 혈안이 돼 있다. 소년들이 오키나와 전을 상기하지 않는 것에서도 드러나 있듯이, 화자는 '지금 이곳'의 현실에만 포커스가 맞춰져 있다. 게다가 이 소년들은 큰 이득을 취하기 위해 친구인 마사코의 육체를 교환 조건으로 설정하는데 이는 오키나와에서 기지 경제에 의존하는 어른들의 생활방식을 그대로 재현한 것이다. 여성의 신체야말로 기지 경제로 돈벌이를 하는 어른들이 미군의 달러와 교환할 수 있는 최상의 '상품'이며, 이는 어린아이들의 세계에서도 반복돼 나타나고 있다.

마사코는 이미 어른이다. 나는 그것을 알고 있다. 미군이 젊은 여자를 안고 싶어한다는 것을. (중략) 마사코는 눈도 입술도 아름답다. 가슴도 부풀어 있다. 언젠가 산바시(浅橋)에서 봤던 허니와는 비교조차 할 수 없다. (중략) (연못에서) **미역 감고 있는 마사코를 몰래 미군 병사에게 가르쳐주면 무언가 받을 수 있겠지. 커다란 스크랩(불발탄)을 놀랄 정도로 받을 수 있을지도 모른다.** 챔버즈도 다르지 않을 것이다.[16]

---

15 상동, 166쪽.

16 상동, 148-150쪽.

'나'는 마사코의 목욕 장면을 볼 수 있는 연못을 챔버즈에게 알려주고 이득을 취하려다 마사코를 독점하려는 야치의 제지를 받는다. 마사코는 소년들 사이에서도, 소년들과 미군 사이에서도 교환 가치를 지니고 있지만 스스로 발화하지 않는 존재로 그려져 있다. 요컨대 이 소년들은 자신들끼리는 물론이고 미군 병사와의 접촉에서도 타자와 공감을 이루지 못하고 상대방을 이득을 취할 수 있는 대상으로 고정화시킨다.

마타요시는 「파라슈트 병사의 선물」 이후 30년이 지난 시점에서도 일본 복귀 이전 우치난츄와 미군 사이의 교섭 및 파열을 그린 중단편 소설을 계속해서 썼다. 「철조망 구멍」(2007), 「터너의 귀」(2007)가 바로 그 소설이다.[17] 이 작품에서 우치난츄 소년과 미군의 교섭 과정은 철조망이나 미군기지 게이트 앞에서 이뤄지던 것에서 벗어나, 철조망을 잘라내고 미군 하우스에 침입해 절도를 하는 등 과감한 형태로 나타난다. 「철조망 구멍」에서 초등학교 5학년인 케스케(啓介)는 미국인 하우스 주변에 쳐진 철조망 옆을 지나다 구멍 밖으로 나온 미군 군용견에게 다리를 물려 심하게 다친다. 이 구멍은 동년배 미쓰오(美津男)가 절도를 하려고 잘라놓은 것으로, 이 사건을 계기로 마을 어른들(특히 가짜 치과의사)은 미군에게서 보상금을 받아내려 한다.

"이렇고 저렇고 말할 것도 없어. 어쨌든 교섭을 해야지."(중략)
"하라다 씨, 미국인에게 맥주를 선물합시다. 친선으로 말입니다."[18]

---

17 마타요시 에이키는 이 소설 외에도 「土地泥棒」(『群像』 1999.3), 「落とし子」(『すばる』 2001.7), 「宝箱」(『世界』 2004.9), 「野草採り 上中下」(『明日の友』 2004 연재분), 「司会業 1-3」(『明日の友』 2008-2009), 「凧の御言」(『すばる』 2009.9), 「歌う人」(『すばる』 2012.2), 「サンニンの答」(『文化の窓』 2012), 「招魂登山」(『すばる』 2013.10), 「松明網引き」(『文学界』 2014.3), 「猫太郎と犬次郎」(『江古田文学』 2014.3), 등의 중단편을 썼다. 장편소설은 생략한다.
18 又吉栄喜, 「金網の穴」 『群像』, 2007.12, 204쪽.

여기서 '교섭'이나 '친선'은 마치 우치난츄 공동체의 체면과 공동의 이해를 증진하기 위한 것처럼 위장되지만, 사실상 미군에게서 돈을 뜯어내 개인의 이익을 확보하기 위한 수사로써 기능한다. 하지만 미군 기지에서 일하는 다쓰오(龍郎)의 밀고로 미쓰오가 미군 헌병대에게 체포돼 연행되면서 허위에 가득 찬 '교섭'과 '친선'은 파탄을 맞이한다. 그 파탄은 미군과의 협상을 통해 경제적 이득을 취하려는 우치난츄 사이의 갈등으로 극대화돼 간다. 한편 「터너의 귀」(2007)는 중학교 3학년이 된 코우시(浩志)가 베트남전쟁에서 적군을 죽이고 PTSD 증상에 시달리고 있는 터너의 자동차에 치이면서 시작된다. 이 사건의 중재자를 자처하는 선배 만타로(滿太郎)는 코우시를 시켜서 터너에게서 돈을 더 뜯어내려한다. 코우시는 오키나와 전 당시 귀를 잃은 어머니와, 자신이 죽인 병사의 귀를 보관하고 있는 터너를 중첩해서 보기 시작한다.

한순간 터너가 소중히 여기고 있는 검붉은 귀가, 귀가 들리지 않는 어머니를 비웃고 있는 듯한 착각이 들었다. 어머니를 가지고 놀고 있다는 생각이 들었다.

위 인용은 「파라슈트 병사의 선물」로부터 30년 만에, 오키나와 전과 베트남전쟁을 처음으로 겹쳐서 읽고 있는 장면이다. 마타요시 소설에서 우치난추 소년과 미군 사이의 관계는 물물의 증여를 둘러싼 교섭으로 이뤄져 왔다. 그것이 「철조망 구멍」에서는 철조망에 구멍을 내고 체포되는 내용으로, 「터너의 귀」에서는 터너가 집착하는 귀를 훔쳐서 터너를 발광하게 만드는 관계의 파국, 즉 극단적인 형태로 드러났음을 알 수 있다.

한편, 타자와의 교섭이라는 면에서 유사한 구조를 지니면서도 결정적인 차이를 내장한 소설은 바로 「긴네무 집」(1980)이다. 이 소설은 매춘부

요시코('지적장애')를 '조선인'이 성추행했다는 거짓 소문을 유키치가 퍼뜨리면서, 전전에 '조선인'을 죽음으로부터 구해준 '나'(미야기 토미오)가 우치난츄의 이익을 대변해 그에게서 이득을 취하려 한다.[19]

> 결국, 조선인으로부터 돈을 우려내 삼등분하기로 했다. (중략)
> 과연 배상금이나 위자료를 **받아낼 수 있을지** 나는 의아했다.[20]

하지만 「긴네무 집」은 「파라슈트 병사의 선물」과는 달리 타자인 '조선인'을 단지 이득을 취하기 위한 대상으로서만 보지는 않는다. 여기서 '조선인'은 오키나와의 가해자성 및 위선을 강하게 환기시키는 존재로 그려져 있다. 「파라슈트 병사의 선물」에서는 소년들과 미군 사이의 접촉과 교섭이 끊임없이 이뤄지지만 상호 공감보다는 단절만이 두드러진다. 이에 비해 「긴네무 집」에서는 전전과 전후를 잇는 전쟁의 기억을 매개로 해서 미야기 토미오(우치난츄)와 조선인('나'와 '조선인' 사이)이 일제 말 전쟁에서의 인연을 바탕으로 민족을 뛰어넘은 교감을 한다.[21] 하지만, 그것은 '나'가 한때 조선인의 목숨을 구해줘 놓고 그를 자살로 내몰아넣었다는 죄책감을

---

19 요시코와, 조선인 '종군위안부' 강소리(江小莉)는 이 소설에서 스스로 발화하지 못하는 존재로 그려지고 있다. 그런 만큼 두 여성 사이의 공감은 전혀 이뤄지지 않으며 단절돼 있다. 이는 메도루마 슌의 소설 '나비떼 나무'에 등장하는 종군위안부 고제이와 조선인 여성 사이의 직접적인 관계와 대비되는 부분이다. 目取真俊, 「群蝶の木」『面影と連れて―目取真俊短編小説選集3』, 影書房, 2013.11. (초출은 2000.6) 이 소설은 「나비떼 나무」(곽형덕 옮김, 『지구적 세계문학』제5호, 2015.3) 참고.

20 又吉栄喜, 「ギンネム屋敷」『ギンネム屋敷』, 集英社, 1996.2, 제3쇄, 166쪽. (초출『すばる』 1980.12) 인용은, 「긴네무 집」곽형덕 옮김, 글누림, 2014.4,

21 이 소설에서는 오키나와 전을 겪은 적이 없는 전후 태생의 소년이 아니라 오키나와 전 당시 가족을 꾸리고 있던 성인이 주인공으로 등장한다.

수반한 것이다.[22] 마타요시는 우치난츄가 미군을 상대로 할 때는 '교섭'과 '친선'을 통해 다가갔지만, 조선인에게는 협박과 박해를 가한 것을 「긴네무 집」이라는 희유한 소설을 통해 가감 없이 보여주고 있다.

이처럼 마타요시 문학의 핵심은 우치난츄와 미군 사이의 교섭 과정을 통해 파열돼 가는 자신들 내부의 문제를 다루고 있다. 그런 의미에서 「긴네무 집」은 우치난츄와 조선인(미군)의 관계를 전전에서 전후까지를 시야에 넣은 희유한 작품으로 접촉 대상의 변화로 타자에 대한 인식의 내실이 급격히 변모했음을 보여준다.

3. 중층적인 타자 묘사의 해방-미군을 중심으로

일본 프롤레타리아 문학은 타자(계급)를 고정된 일면적인 것으로 상정해서 대단히 도식적으로 소설이 흐르는 경우가 많았다. 예를 들어 고바야시 다키지는 "우리들의 동지는 공장에 있을 때는 자본가에게 쥐어 짜이고, 전쟁에 나가서는 적탄에 희생된다. 하지만 우리들 동지를 지키는 것은 우리들 밖에 없다."[23]고 쓰면서 자본가와 동지들 간의 대립구도를 명확히 나눠서 썼다. 구로시마 덴지(黑島伝治)가 '시베리아 전쟁'에 출병한 사병과 장교를 극명히 다르게 작품 속에서 묘사하는 것에서 알 수 있듯 이러한 도식화는 프로문학에서는 일반적인 것이었다. 오키나와 문학에서 지배자 대 피지배자(미군 대 우치난츄 혹은 야마톤츄 대 우치난츄)의 관계를 일면적으로

---

22 아시아태평양전쟁과 '우군(友軍)' 그리고 조선인 군부 및 '종군위안부'는 마타요시 소설 전체를 놓고 보면 대단히 희유한 시간 축과 인물이다. 마타요시 소설에 조선인이 직접적으로 등장하는 것은 배봉기 할머니 이야기가 오키나와는 물론이고 일본 내에서 쟁점화된 것과도 관련지어 생각할 수 있다. 배봉기 할머니는 오키나와의 일본복귀 이후 불법 체류자 신분의 강제 퇴거 대상이 되면서, 조사 과정에서 '종군위안부'였음이 밝혀지게 된다.

23 小林多喜二, 「党生活者」『蟹工船·党生活者』新潮文庫, 1983.8, 63쇄, 185쪽. (1932년 8월 집필)

설정하는 것은 그리 힘든 일이 아니다. 하지만 마타요시 문학은 우치난츄는 물론이고 미군을 그리는 것도 단일 시점을 취하고 있지 않다. 마타요시 소설에서 집단과 개인은 완전히 연동된 것이 아니라, 개인이 집단에 의해 피해를 입거나 이익을 취하는 등 다양한 형태로 그려진다. 이는 물론 미군을 그릴 때도 마찬가지이다.

일견 분열된 것으로 보이는 마타요시 소설 속의 인물 및 민족에 대한 묘사는 우치난츄라는 민족 공동체, 혹은 마을 공동체 구성원 사이에 일어난 갈등과 분열 가운데 그려진다. 「텐트집락기담」(2009)은 여성을 주인공으로 내세운 소설로 오키나와 전이 끝나고 폐허가 된 우라소에(浦添)에 철조망이 둘러쳐진 수용 텐트촌에서 미군들이 매일매일 찾아와서 원하는 물건을 제공해줄 정도로 아름다운 '나'에게 마을 어른들이 대놓고 반감을 드러내는 등 갈등을 전면으로 내세운 작품이다. 여기서 '나'는 미군들보다는 우치난츄에 의해 더욱 탄압받는 존재로 나타나며, 공동체 내부의 분열은 이단자인 '나'를 죽음으로 내몬다.

> (전략) 집락장은 "당신의 공주님은 텐트 집락 사람들의 화합을 깨고 있어. 귀축영미와 마을 사람들 중에 누가 더 중요한 거야. 배신자 같으니라고." 하고 내뱉는 말을 남기고 황망히 자리를 떠났다. (중략) 제가 죽은 것은 8월 중순으로 아직 밤이 다 밝기 전이었습니다. 몸은 틀림없이 쇠약해졌지만 병사한 것은 아닙니다. (중략) 뒤에서 머리를 누군가 눌러서, 머리가 처박혔습니다. (중략) 제 아름다움은 자신이 봐도 공포에 젖을 정도였습니다. 자만할 생각은 없습니다.[24]

---

24 又吉栄喜, 「テント集落奇譚」, 『文學界』 2009. 2, 142-149쪽.

'나'의 죽음은 미군 병사에게서 받은 갖가지 장신구를 집락을 위해 사용하지 않았던 것에 공분을 샀기 때문이다. 다시 말해서 이 소설의 대결구도는 우치난츄 대 미군이 아니라, 우치난츄 내부에서 미군에게 호감을 산 아름다운 '나' 대 미군에게서 아무 것도 받을 수 없는 집락사람들임을 알 수 있다. 미군을 매개로 한 우치난츄 사이의 갈등은 제2장에서 살펴본 「파라슈트 병사의 선물」에서는 챔버스를 경유한 이권을 영어 회화능력을 통해 독점하려는 야치와, 마사코를 교환 가치로 써서 챔버스와 직접 교섭하려는 '나' 사이의 갈등으로, 또한 「터너의 귀」에서는 터너와 유대 관계를 맺고 몇 배의 급료를 받는 하우스보이 코우시(浩志)와 미군 하우스에서 절도 행각을 벌이는 만타로(滿太郞) 사이의 갈등으로 나타난다(「철조망 구멍」에서도 이 구조는 반복된다).[25] 다시 말해서 마타요시 소설에 드러난 공동체 내부의 분열은 미군과의 관계를 통해 획득할 수 있는 이익을 서로 더 많이 차지하려는 과정에서 발생된다. 이는 일본복귀 이전, 오키나와의 정치, 경제, 사회를 좌지우지했던 것이 미군기지였다는 것을 결과적으로 드러내는 동시에, 그것이 공동체 내부에 남긴 상흔을 극명하게 보여준다.

마타요시 소설에서 미군은 두 가지 기본 축을 전제로 그려진다.

첫째, 전전에 형성된 미군에 대한 프로파간다를 상기시키면서 집단에 대해 형성된 역사적 기억을 상기시키는 방식.

둘째, 미군을 집단과 개인으로 철저히 분리해서 바라보는 방식.

(이 두 가지 방식은 시점 화자의 묘사와 개별 인물 대사에서 각기 다르게 혹은 때로는 혼재된 방식으로 나타난다.)

---

25 「긴네무 집」의 결말 부분에서 '나'가 '조선인'의 유산을 전부 상속받는 것에 대해 유키치와 할아버지가 우치난츄라는 동질성을 강조하는 부분에서 그 파열과 균열은 역설적으로 드러난다. 다만 이 소설에서는 미군이 아니라 '조선인'이 교섭 대상으로 나타났다는 차이는 결정적으로 존재한다.

우선 첫 번째에 대해 살펴보면, 미군은 총이 발사되면 혼비백산해서 다 도망치거나 언제고 이유 없이 사람을 죽일 수 있는 존재로 그려진다.

(전략) 미군 병사는 한 발의 총성이 나면 눈 깜짝 할 사이에 숨어서 무턱대고 기관총을 쏴댄다. **정말로 겁쟁이라고 말했다.**[26]

"왜 도망치는 거야?" (중략) "놈들은 나약해. 아버지한테 들었는데, 지난 전쟁에서도 겁쟁이처럼 굴었다던데. 기가 막힌다니까." / "그래도 총을 가지고 있잖아." / 히데미쓰가 말했다. / "이놈들은 못 쏴." / 야치는 히데미쓰를 노려봤다. / "어째서?" / 나는 물었다. / **"겁쟁이라니까."**[27] (/ = 줄바꿈, 인용자)

이 두 소설에 드러난 미군에 대한 역사적 기억은 전전에 유포된 것이지만, 전후 오키나와에서 미군에 대한 두려움을 상쇄시키는 방향으로 전유되고 있음을 엿볼 수 있다. 전후 베트남전쟁기의 미군에 대한 인식(두 번째 방식)이 과거의 기억에 덧씌워지면서 마타요시 소설의 미군상은 구체적으로 드러난다.[28] 이는 전쟁을 수행해 베트남 사람들을 죽이는 집단으로서의 미군에 대한 거부감으로 나타난다. 하지만, 기존의 미군상과는 유리된 개인으로서의 미군 병사가 겪는 혼란과 괴로움에 대해서는 최대한 공감을 표하는 상반된 미군 상으로 표출된다.

---

26 전게서, 又吉栄喜, 「金網の穴」, 199쪽.

27 전게서, 又吉栄喜, 「パラシュート兵のプレゼント」, 127쪽.

28 마타요시 소설과 베트남전쟁의 관련에 대해서는 김재용 「오키나와에서 본 베트남전쟁」(『역사비평』2014여름)을 참조할 것.

제방에 올라간 조금 살찐 **푸에르토리코 계 미군**은 음악에 맞춰서 몸을 흔들면서 가장자리를 외발로 걸으면서 익살맞은 포즈를 취했다. (중략) "나는 이제 누구를 죽이면 되는지 모르겠어. **베트콩도 나한테 아무런 짓도 하지 않아…… 난 베트남에서는 적을 죽일 수 없으니 오키나와 사람을 죽이려고 할런지도 몰라.**"[29]

백인 병사와 호스티스 사이에 태어난 미노루(稔)를 시점인물로 내세운 위 소설에 등장하는 미군 병사는 죽을지도 모른다는 공포 때문에 술로 날을 세운다. 한편 백인 병사와 오키나와 여성 사이에서 태어난 미치코(ミチコ, 고등학생)와 미군병사 재키 사이의 연애를 다룬 「등의 협죽도」(1981)[30]는 베트남에 가기 직전 탈영한 미군 병사 재키와 미치코의 동거를 다룬 소설이다. 이보다 훨씬 심각한 형태는 베트남전쟁에 가서 언제 죽을지 모르는 내향적 성격의 조지를 시점인물로 내세운 「조지가 사살한 멧돼지」(1978)다. 조지는 "베트남에서는 적을 죽일 수 없으니 오키나와 사람을 죽이려고 할런지도 몰라"라고 했던 푸에르토리코 계 병사의 대사를 실천이라도 하듯이 스크랩을 주우러온 오키나와인 노인을 멧돼지라 말하며 죽여서 자신의 불만을 자신보다 약한 대상에게 쏟아 붓는다.

이처럼 마타요시 문학은 미군과의 관련을 중점적으로 다루고 있으며, 미군과의 관련을 통해 형성돼가는 오키나와 공동체 구성원들의 관계에 천착한다. 또한 미군에 대한 기술은 앞서 살펴본 대로 두 가지 층위로 나타난다. 이는 공동체의 규범과 논리와 어긋나는 개인의 비극을 민족을 떠나

---

29 又吉栄喜, 「シェーカーを振る男」『パラシュート兵のプレゼント』, 海風社, 1988. 1, 51쪽. (초출은『沖縄タイムス』1980. 6)

30 전게서, 又吉栄喜, 「背中の夾竹桃」

서 중립적으로 기술하는 방식으로 베트남전쟁에 참전해야 하는 미군 청년이 오키나와 청년보다 더 비극적일 수 있음을 드러낸 것이기도 하다(「파라슈트 병사의 선물」 끝부분 참조). 이는 미군 병사 개인의 시점을 소설에 도입해서 베트남전쟁은 물론이고 오키나와(우치난츄)를 상대화해서 중층적으로 보려는 작가적 시도라고 할 수 있다.

4. "피해자인 동시에 가해자"라는 인식의 의미

오다 마코토(小田実, 1932-2007)는 '베트남에 평화를! 시민연합(ベトナムに平和を!市民連合)'(1965-74)이 주최한 '반전과 변혁에 관한 국제회의'(1968.8.11-13, 교토)에서 "우리들(私達)"이 "피해자인 동시에 가해자"임에 대해서 연설했다.[31] 오다에 따르면 베트남전쟁에 협력을 강요당하고 있다는 의미에서 "우리들"은 피해자이지만, 베트남 사람들에게는 가해자이며, 이는 미국인의 경우도 마찬가지라고 하고 있다.[32] 이는 전쟁을 수행하는 국가 및 사회구조, 즉 메커니즘을 중요한 문제로 제기하고 있는 것이다.[33] 반면, 개인은 이러한 체제를 형성하고 있으나 이로부터 이탈해 저항할 수 있는 주체로서, 연대의 대상으로 설정된다. '베트남에 평화를! 시민연합'이 제기한 "피해자인 동시에 가해자"라는 인식은 마타요시 문학 가운데 베트남전쟁과 관련된 작품을 이해하기 위한 중요한 키워드라 할 수 있다. 다만 오다가 말한 "우리들"이라는 단일한 수사는 일본복귀 이전의 오키나와 사람들을 '동포'로 설정하고 있다는 점에서 복귀가 현실화돼가고 있던 시

---

31 大野光明, 『沖縄闘争の時代1960/70—分断を乗り越える思想と実践』, 人文書院, 2014.9, 74쪽.

32 상동.

33 상동.

기에 일본 본토와 오키나와에서 고양돼가던 연대의 감정을 상징적으로 드러내는 말이다. 베트남전쟁 시기 가해자로서의 오키나와라는 인식은, 마타요시에게 아시아태평양전쟁 당시 오키나와인과 조선인 사이의 관계를 새롭게 인식하는 계기를 만들었을 것이라 추측해 볼 수 있다. 다만, 오키나와가 "피해자인 동시에 가해자"라는 인식은 구제국과 신제국 내 각 민족의-폭력과 저항을 둘러싼, 비대칭성과 연동돼 고찰되지 못한다면 자칫 피해자성=가해자성으로 연결되는 담론장을 만들어낼 우려가 있다. 그런 의미에서 마타요시가 시점인물로 오키나와인만이 아니라 미군 및 혼혈(오키나와인 여성-미군 병사)을 내세운 것은 효과적으로 보인다. 왜냐하면 오키나와인만을 시점인물로 내세울 경우 그들의 가해자성과 분열상만이 작품에 드러날 우려가 있기 때문이다.

오시로 다쓰히로(大城立裕, 1925-)는 마타요시보다 앞서서 "오키나와인 주체의 자세"[34]를 「칵테일·파티(カクテル·パーティー)」(1967)를 통해서 물었다. 오시로는 "일본 내 마이너리티로서의 비애"[35]를 그린 오키나와 문학이 아닌, 주체의 자세를 한 단계 더 끌어올린 작품으로 『인류관(人類館)』(1976년 작, 치넨 세신[知念正真, 1941-2013])과 「조지가 사살한 멧돼지」(1978년 작, 마타요시 에이키)라고 쓰고 있다. 즉, "타자에 대한 저항으로부터 자기를 인식하는 방향으로"[36] 오키나와 문학이 옮겨가고 있음을 위 두 작품이 보여줬다는 것이다. 마타요시는 오시로 문학이 제기한 문제의식의 계승자로서 "오키나와인 주체의 자세"를 오키나와인과 미군 사이의 교섭 양상에 집중해 묻고 있다. 이는 지역 공동체 혹은 민족 공동체의 '현재'에 대한 마타요

---

34 大城立裕, 「復帰二十年 沖縄現代文学の状況」『琉球の季節に』, 読売新聞社, 1993.8, 98쪽.

35 상동.

36 상동, 99쪽.

시의 물음이기도 하다. 또한 마타요시가 미군과의 교섭 양상을 그리면 그릴수록 드러나는 것은 전쟁을 수행하는 기지의 섬 오키나와의 실상이다.[37] 다만, 마타요시 문학에는 가시화된 오키나와인 대 미군의 관계만큼이나, 비가시화된 오키나와인 대 일본인(야마톤츄)의 교섭과정이 '그림자'를 드리우고 있다. 이는 마타요시 문학의 또 다른 축인 여성(자연), 원시적인 것, 토착 등에 대한 지향과 밀접히 관련된 것이다.

---

37 이에 대해서는 거번 매코맥, 노리마쓰 사토코 저, 「저항하는 섬, 오끼나와」(정영신 옮김, 창비, 2014.7)를 참고. 이 책은 류큐처분에서 헤노코 신기지 문제에 이르기까지를 다루고 있다.

지역공동체에서 평화공동체로 가는 상상력

마타요시 에이키 초기소설의 의미

김동윤

1. 들머리

마타요시 에이키(又吉榮喜)는 1947년 오키나와(沖繩) 우라소에(浦添)에서 태어나 줄곧 오키나와에서 성장하고 생활한 작가다. 류큐대학 법문학부 사학과를 졸업한 그는 20대 후반이던 1975년 11월 「바다는 푸르고(海は蒼く)」로 신오키나와문학상을 수상하며 작품 활동을 시작하였다. 이후 그는 1978년 규슈예술제문학상, 1980년 쓰바루문학상, 1996년 아쿠타가와상을 수상하는 등 왕성한 창작 활동을 펼치면서 오키나와의 대표적인 소설가로서 각광을 받고 있다.

마타요시의 작품 중에서 현재까지 한국어로 번역된 작품은 「카니발 소싸움 대회(カーニバル鬪牛大會)」(1976), 「조지가 사살한 멧돼지(ジョージが射殺した猪)」(1978), 「창가에 검은 벌레가(窓に黒い虫が)」(1978), 「셰이커를 흔드는 남자(シェーカーを振る男)」(1980), 「긴네무 집(ギンネム屋敷)」(1980), 「헌병 틈입

사건(憲兵闖入事件)」(1981) 등 여섯 편인데,[01] 모두 그가 20대 후반에서 30대 초반까지 발표한 초기작에 해당한다. 이는 1950년대의 오키나와를 무대로 한 「카니발 소싸움 대회」, 「긴네무 집」, 「헌병 틈입 사건」과 1960년대의 오키나와를 배경으로 삼은 「조지가 사살한 멧돼지」, 「창가에 검은 벌레가」, 「셰이커를 흔드는 남자」로 나눌 수 있다. 이들 작품에서 마타요시는 오키나와를 중심으로 전개되는 제국주의 폭력의 문제에 천착하고 있다. 일본의 식민 지배 아래서 전쟁의 참화를 겪었으며, 미군의 주둔으로 기지의 섬에서 최전선의 삶을 강요당하며 살아온 오키나와의 역사와 현실을 특유의 시각으로 짚어낸 것이다.

마타요시는 자신이 나고 자란 지역인 우라소에의 반경 2km 속에 응축된 세계를 '원풍경(原風景)'으로 삼아 그것을 응시하고 정리하여 질서를 부여하는 방식으로 창작한 경우가 많았다. 그가 말한 원풍경 속에는 미군기지, 미국인 하우스, A사인바, 소싸움장, 왕릉, 긴네무 숲 등이 있었다.[02] 초기 작품에서도 그러한 원풍경이 제재로 적극 활용되었음은 물론이다.

여기서는 마타요시 문학에서 포착되는 제국의 폭력 문제의 양상을 구체적으로 검토하고, 나아가 그것을 관통하는 저변의 울림이 어떤 것이며 그 의미가 무엇인지를 구명해 보고자 한다. 특히 작가의 상상력이 지역공동체 문제를 근간으로 어떻게 평화공동체를 꿈꾸는 방향으로 나아가게 되

---

01 「카니발 소싸움 대회」는 『지구적 세계문학』 2016 가을호(글누림)에, 「헌병 틈입 사건」은 『제주작가』 2015 겨울호(제주작가회의)에 각각 곽형덕의 번역으로 실렸으며, 「셰이커를 흔드는 남자」는 조정민 번역으로 김재용·손지연 편, 『오키나와 문학의 이해』(역락, 2017)에 수록되었다. 나머지 세 작품은 마타요시 에이키(곽형덕 옮김), 『긴네무 집』(글누림, 2014)에 엮여 단행본으로 출간되었다. 이 글에서 작품 인용은 이들 텍스트를 활용하는바, 인용 시에는 이들 텍스트의 쪽수만 ( )에 밝히기로 한다.

02 마타요시 에이키, 「일본어로 쓴 아시아문학—반경 2km에 응축된 세계」, 『긴네무 집』, 곽형덕 옮김, 글누림, 2014, 249~252쪽.

는지를 고찰할 것이다.

2. 두 제국의 폭력과 지역공동체의 대응방식

마타요시의 초기 소설에서는 "오키나와의 토착성과 투쟁성을 드러내는 문화적 연원으로 과거와 현재를 잇"[03]는 방식으로 소싸움[04]이라는 전통 놀이가 활용되었다. 「카니발 소싸움 대회」와 「헌병 틈입 사건」은 거기에 해당하는 작품들이다.[05] 소싸움장을 중심으로 오키나와 사람들과 외국인들 간의 갈등이 의미 있게 그려진다. 전자에서는 소싸움장에 대기 중이던 소와 외국인의 자동차가 부딪치는 일이, 후자에서는 소싸움대회를 미군이 중단시키는 일이 각각 발단이 된다.

「카니발 소싸움 대회」는 1950년대 후반을 배경으로 기타나카구스크(北中城) 마을에 있는, 미군 병사가 오락용으로 미식축구나 축구를 하는 광장에 마련된 소싸움장에 구경 간 오키나와 소년의 눈으로 이야기가 진행된다. 남미 계열인 듯한 작은 체구의 외국인이 외제차를 몰고 가다가 소와 충돌하자 차에서 내려 소 주인에게 호통을 치기 시작했다. 소의 머리에도 혹이 생겼건만 소 주인은 아무 대꾸도 못한 채 고개를 숙이고 있다. 도와주는 사람도 없다.

---

03 곽형덕, 「마타요시 에이키 문학에 나타난 '타자'와의 교섭 과정」, 오키나와문학연구회, 『오키나와 문학의 힘』, 역락, 2016, 96쪽.

04 '소싸움'의 원어는 鬪牛인바, 일부에서는 한자음대로 '투우'로 번역한 경우도 있지만, 그럴 경우 사람이 소를 상대하여 싸우는 유럽과 남미의 오락과 구별되지 않는다. 소끼리 싸움을 붙이는 오키나와의 '鬪牛'는 '소싸움'으로 옮기는 게 마땅하다. '鬪牛場'도 '소싸움장'으로 옮겨야 함은 물론이다.

05 「시마부쿠로 군의 소싸움(島袋君の鬪牛)」(1982)과 「소싸움장의 허니(鬪牛場のハーニー)」(1983)도 소싸움을 다룬 마타요시의 초기 소설이지만, 전자는 아직 번역되지 않았고, 후자는 최근 (2017.9)에야 번역되었다.

백 명에 가까운 인파는 내내 서 있었다. 몸을 거의 움직이지 않았다. 모두 어떻게 된 거야. 소년은 사람들을 둘러봤다. 같은 고향 사람이 지금 혹독한 일을 겪고 있잖아. 상대는 고작 한 명이 아닌가. 어떻게 된 거야 다들. (114~115쪽)

만에 하나라도 이들이 작다리 외국인과 싸워서 질 리가 없다. 어째서 싸우지 않는 것일까. 소년은 그것을 알 수 없다. 같은 편이 백 명이나 있는데. 자연히 소년의 눈은 다른 사람을 찾고 있다. 토우마(當間)의 할아버지(탄메)는 평상시에 우리를 모아두고 가라데를 보여 주면서 얼마나 득의양양했던가. (117~118쪽)

소년은 소 주인만이 아니라 그 주변을 둘러싼 백여 명의 오키나와 사람(우치난추)들이 침묵하고 있음을 이해할 수가 없다. 작다리 외국인과는 일대일로 싸워도 절대 질 리가 없건만 그의 부당함에 아무도 맞서 싸우지 못하고 있다. 소년은 누군가 나서주길 기대한다. 그러나 가라데를 과시하던 토우마의 할아버지마저도 움직임이 없다. 갈색 팔 근육을 지닌 장신의 어부 노부히코도, 교감 출신으로 지역에서 두터운 신망을 받으며 영향력을 행사하는 요시무라도, 도살업자인 히가도, 소 훈련시키는 일을 하는 쓰하도 나서지 않는다. 그때 누군가 우치나구치(오키나와 방언)로 그를 해치우자고 외친다.

"야나, 아메리카와 다쿠르세(이상한 미국인을 해치워 버려!)"06

---

06 곽형덕은 작중인물의 대화에 나타나는 우치나구치(오키나와 방언)는 발음 그대로 옮기고서 그 뜻을 ( ) 안에 적는 방식으로 번역했다.

갑자기 목소리가 터져 나왔다. 젊은이의 목소리 같았다. 한참 뒤쪽에서 들려온 빠른 말이었다. (…) "야사, 다쿠르세(그래 해치워 버리자!)" (…) 목소리를 낸 사람은 다시 입을 열지 않았다. 주위가 술렁이기 시작하더니 그것이 점차 확대돼 커졌다. 바로 옆에 있지 않고서는 누가 낸 소리인지 알 수 없다. 큰 소리를 낸 주인공들은 정말로 이 작다리 외국인을 해치울 마음이 있는 것일까. (121쪽)

하지만 한둘의 대구와 약간의 술렁거림으로 끝이었다. 사람들은 모두 "아무런 말도 하지 않는 것으로 서로 통하고 있었"을 따름이었다. 소년은 주민들 각자가 "한 사람도 빠지지 말고 마구잡이로 날뛰어라. 그러면 나도 날뛸 것이다."라고 여기는 것으로 느껴졌다. 자신을 드러내어 저항하는 이가 아무도 없었다. 그래서 오히려 "많은 사람들이 주목하고 있는데도 위축되지 않는 작다리 외국인을 소년은 한순간이지만 선망"(124쪽)하기도 했다.

그런 상황을 바꾼 것은 우치난추가 아니라 또다른 외국인인 맨스필드였다. 신장 195센티, 체중 130킬로의 거구인 그가 나서자 작다리 외국인은 꼬리를 내렸다. 그때서야 젊은 오키나와 남자가 나서서 맨스필드에게 상황을 설명하였고, 맨스필드는 박력 있게 작다리에게 유창한 영어로 말했다. "말수가 점점 적어져서 입을 다물어 버린 작다리 외국인은 갑자기 두세 번 고개를 크게 끄덕이며 웃더니 손을 내밀"(129쪽)고 맨스필드의 '글러브와 같은 손'을 잡은 후 "일부러 액셀을 세게 밟아서 배기가스와 흙먼지를 피우며 난폭하게 차를 운전하며 사라져 갔다."(130쪽) 백여 명의 우치난추들이 침묵하는 가운데 거구의 맨스필드가 작다리 외국인을 순식간에 진압한 것이다.

「헌병 틈입 사건」도 1950년대 후반⁰⁷의 소싸움장에서 이야기가 전개된다. 여기서는 소싸움장에 미군 헌병들이 진입하여 경기를 중단시킨다. 삼천 명의 관중들이 규모 있는 경기장에서 소싸움협회 주최로 벌이는 소싸움대회를 관람하던 중이었다. 모든 우치난추들이 나서지 않았던 「카니발 소싸움 대회」에서와는 달리, 「헌병 틈입 사건」에서는 중부 소싸움협회 회장인 가마스케가 미군들에게 나아갔다.

> "교카 이이텐도(허가를 받고 하는 것이오)."
> 관중은 방긋 웃었다. 하지만 웃음소리는 커지지 않았다. 박수갈채도 없다.
> "헤쿠나, 이치쿠와란레, 타쿠루슨도(어서 나가지 않으면 쫓아버리겠소.)"
> 관중의 술렁거림이 여기저기서 커지며 점차 퍼져나갔다.
> "가마스케 잘 하고 있어."
> "가마스케는 배짱이 있다니까."
> "지겨운 미국 놈들 소싸움을 못하게 하려고 그러는 거잖아?"
> "왜 그러는데? 허가를 받고 하는 것이잖아…… 니들 맘대로 했다간 무사하지 못할 줄 알아."
> "지겨운 미국 놈들 같으니라고."
> "지겨운 미국 놈들……"(103쪽)

가마스케는 침범해 들어온 미군 헌병들의 행위에 대해 그 상관에게 우치나구치로 항의한다. 가마스케의 배짱 있는 태도에 우치난추 관중들도

---

07 "일본과 미국 사이의 전쟁이 끝난 지 15년도 지나지 않았다"(113쪽)는 부분에서 이 소설의 시간적 배경이 1950년대 후반임이 확인된다.

점차 호응을 한다. 그들은 이구동성으로 '지겨운 미국 놈들'이라고 하면서 미군 헌병이 물러나길 바란다. 그런데 가마스케가 발화하는 우치나구치는 헌병 상관에게 잘 전달되지 않는다. 헌병 상관의 영어 역시 우치난추들은 알아들을 수 없다. 그렇게 제대로 소통이 되지 않는 채로 한동안 대치가 이어지던 중, 긴조가 통역하겠다고 나섰다. 긴조는 마키미나토 소재 미군 제2병참부대에서 일하고 있는 이였다. 즉시 소싸움을 멈추라는 헌병의 뜻을 긴조가 전하니, 가마스케는 허가 받았다고 응수한다.

"동물 학대는 안 된다고 말하고 있습니다만."
"학대? 학대한다니 그게 무슨 말이야."
"뭐라고 하면 좋을지…… 음음…… 요컨대 소끼리 싸우게 해서
는 안 된다 정도로 말하면 맞을 겁니다."
"뭐라고! 예부터 있던 것인데 뭐가 나빠!"
"헌병이 안 된다고 말하고 있지 않습니까."
"그러니까 어째서 안 되는 것이냐고 묻고 있지 않나."
긴조는 한동안 입을 다물었다. 일부러 그러는 것 같았다. 마침
내 상관에게 무언가 말했다. (108쪽)

긴조를 사이에 두고 가마스케와 헌병 간에 시비가 오가던 끝에 가마스케는 참모본부에서 발급받았다는 허가증을 가져오겠다며 경기장을 잠시 떠나게 된다. 이때 허가증 문제로 관중들 간에 가마스케 비판파와 옹호파로 의견이 나뉘면서 장내가 소란해지는 상황이 벌어진다. 이에 미군 헌병 상관이 권총을 지면으로 발사한다. 그러자 순식간에 상황이 달라진다. 소싸움꾼들은 경기장을 빠져나가기 시작했고 관중들은 우왕좌왕했다. 우치

난추들은 끔찍한 기억을 떠올리며 무력한 존재임을 확인한다.

> 사람이 삼천 명이나 있다. 겨우 여덟 개의 총구에서 탄환을 발
> 사할 수 있을 뿐이다. 하지만 삼천 명 가까운 사람들은 그 탄환이
> 바로 자기 몸에 명중할 것 같은 기분을 느꼈다. 일본과 미국 사이
> 의 전쟁이 끝난 지 15년도 지나지 않았다. 탄환에 부모, 형제, 자
> 식이 살해당한 사실이 여전히 생생하다. (113쪽)

전후 15년이 되어가지만, 전쟁이 여전히 계속되는 상황과 다름없다. 오
키나와의 다른 작가인 메도루마 슌(目取真俊)이 말한 '전후 제로 년(戰後ゼロ
年)'[08]의 상황인 셈이다. 헌병의 총소리에 경기장 관중들이 갈팡질팡하자
긴조는 장내 아나운서에게 귀가하라는 방송을 하라고 했다. 결국 우치난
추들은 모두가 퇴장한다. 미군 헌병들도 경기장을 떠난다.

> 지프차는 배기음과 흙먼지를 흩뿌리며 관중과 반대 방향인 미
> 군부대 쪽으로 사라졌다. 건조된 산호초 석분이 차례차례 날아올
> 랐다. 하지만 흰색의 외길을 달려서 사라지는 지프차에 짧고 검은
> 그림자가 어디까지고 들러붙어 있다. 길을 따라 있는 잡목 잎이나
> 잡초는 구석구석까지 흰 먼지를 뒤집어써서 햇볕의 반사도 무뎠
> 다. 말매미 우는 소리만이 그곳에 소란스럽게 남았다. (114쪽)

---

08 메도루마 슌(1960~)은 오키나와의 현실에서 전쟁이 끝난 후라는 의미의 '전후(戰後)' 시대는
　 존재하지 않는다면서 '전후 제로 년'이라는 표현을 썼다. 안행순에 의해 번역된 『오키나와
　 의 눈물』(논형, 2013)의 원제는 『沖繩戰後ゼロ年』이다.

소설의 마지막 부분이다. 미군 헌병들의 지프는 먼지를 날리며 부대로 들어가고, 그 길가의 나무와 풀들은 먼지를 뒤집어썼다. 이는 결국 미군에 의해 오키나와 공동체가 '구석구석까지' 훼손되고 있음을 의미하는 것으로 해석된다.

이상에서 보듯이, 이 두 소설은 외세에 짓밟히는 오키나와 공동체의 상황을 빗대어 말하고 있는 것임을 알 수 있다. 두 작품에 공히 나오는 소싸움장의 사람들은 물론 오키나와 공동체를 말한다. 소싸움은 오키나와 전통 민속경기인바, 그것이 제대로 열리지 못하는 상황의 설정은 오키나와 공동체의 정체성이 외부적 요인에 의해 심각하게 위협받고 있음을 드러내려는 작가의 의도로 읽힌다는 것이다.

이런 상황에서 오키나와 공동체의 자괴감을 주목할 수 있다. 「카니발 소싸움 대회」의 소년은 "외국인에게 어서 꺼져라 하고, 마치 시끄러운 파리가 귀찮게 하고 있다고 말하는 것처럼 꼬리를 휘두르"면서 "외국인이 싸우려 덤비면 언제라도 맞서 싸우겠노라 마음먹은 소의 속마음"을 읽는 반면, 주위에 몰려든 많은 사람들을 "열등하고 무력한 존재"(116쪽)로 인식한다. 오키나와 사람들이 소만큼도 저항을 못하는 게 아닌가 여기는 것이다. 이는 불가항력적인 힘에 제대로 맞서지 못하는 지역공동체의 비참한 현실에 대한 탄식이기도 하다.

이와 더불어 중요한 문제는 외부 세력의 성격에 관한 것이다. 소싸움장에 출현한 이질적인 존재들인 이들에 대해 좀 더 짚어볼 필요가 있다.

우선 「카니발 소싸움 대회」인 경우, 작다리 외국인과 맨스필드는 외견상 모두 미국인으로 보인다. 그럴 경우 이들은 제국 내부에서도 존재하는 권력 크기 문제나 그 세력의 다양한 층위 정도로 해석될 수 있다. 그런데 이는 표면적인 성격 혹은 일차적인 성격일 따름이라고 판단된다.

달리 생각해 보면, 이들의 이면적인 성격 혹은 이차적인 성격은 오키나와를 둘러싼 두 개의 제국으로 해석된다. 말하자면, 작다리 외국인은 일본(야마토)이고, 맨스필드는 미국을 의미한다고 볼 수 있다는 것이다. 작다리 외국인의 경우 "매우 큰 코만 아니면 오키나와 사람과 혼동될 정도로 닮은 남미계열인 듯한 작은 체구의 남자"(113쪽)라는 표현은 야마톤추(본토 일본인)를 의식한 의도적인 서술로 읽을 여지를 준다. 물론 그가 영어를 구사하고 있으며 우치난추들이 '이상한 미국인'이라고도 언급했기에 외견상 미국인으로 설정된 것은 거의 분명하지만, 그것이 바로 야마톤추의 은유로 읽힌다는 것이다. 작다리 외국인을 꼬리 내리게 하는 거구의 맨스필드는 작품에서 국적이 드러나진 않았지만 영어를 구사한다는 점과 그 이름을 감안하면 미국인으로 봄에 의심의 여지가 없다.

소싸움 대회는 오키나와 공동체의 정체성과 관련되는 행사인데, 그것을 훼방 놓는 작다리 외국인에 대해 아무런 저항을 못하고 있음은 일본의 침탈에 짓눌리던 상황을 보여주는 것이며,[09] 그러던 중에 맨스필드의 개입으로 작다리 외국인이 물러간 것은 오키나와 전쟁에서 일본군이 미국군에 패퇴하는 상황을 보여주는 것으로 해석된다. 흥미로운 것은 "갑자기 "아이고 정말(아키사미요)" 하고 어긋어긋하고 묘한 억양으로 맨스필드 씨가 외쳐서 사람들이 큰 소리로 제각각 웃었다"(125쪽)거나 "향기로운 미제 과자를 줬기 때문에 소년들은 언제나 맨스필드 씨를 둘러싸고 모여들었다"(127쪽)는 점이다. 맨스필드가 우치난추들에게 호감을 사기 위한 행동들인바, 오키나와 점령 후에 미국이 펼친 유화적 정책들과 관련된다. 여기서 또한 소싸움장의 사람들이 맨스필드에게 진정한 고마움을 느끼지 않

---

09 이는 류큐처분(1879) 이후를 말할 수도 있겠고, 일본군이 옥쇄작전을 위해 오키나와를 요새화하는 상황을 말할 수도 있겠는데, 후자로 보는 것이 더 좋을 것 같다.

는다는 사실을 주목할 필요가 있다. "속마음으로는 기뻐하지 않"(130쪽)음을 소년은 확신한다. 그러기에 소설 말미에 "맨스필드 씨가 머리 꼭대기에 올린 애용하는 바로야자 잎으로 만들어진 삿갓이 묘하게 어울리지 않는다는 사실을 소년은 신경 쓰고 있다"(131쪽)고 서술한 것이다. 오키나와 산(産)을 착용했지만 위장에 불과하다는 말이다. 다소 유화적인 제스처로 오키나와 공동체에 어설프게 다가서려던 미 제국주의에 대한 부정적 인식을 여실히 보여주고 있다고 하겠다.

이런 방식으로 말한다면, 「헌병 틈입 사건」은 미군이 오키나와를 완전히 점령하고 대일강화조약과 미일안보조약(1951)을 체결한 이후의 상황을 보여준다고 볼 수 있다. 미군 헌병들은 물론 점령국 미국을 말함이다. 동물학대라는 이유로 소싸움을 중지시키는 헌병의 횡포는 점령 후에 시행된 미국의 정책이 어떤 양상을 띠었는지 가늠하게 한다. 오키나와 공동체의 전통을 이해하려고 하지 않은 채 자신들의 관념을 무조건 관철시키려는 제국의 폭력성이 고스란히 드러나고 있다. 야만을 계몽하는 문명이라는 제국의 시선을 보여주는 셈이다.

헌병에 맞서는 가마스케에게 응원을 보내고 있는 관중들의 모습은 미군의 부당한 정책에 이의를 제기하는 오키나와 지도자에게 우치난추들이 호응하는 상황을 그린 것이다. 1956년에 전개된 '섬 전체 투쟁(島ぐるみ鬪爭)'[10]의 상황을 보여준다고도 할 수 있다. 하지만 그런 움직임은 권총 한 발에 바로 제압당한다. 한 번의 총성에 "관중 대부분은 경련을 일으킨 것처럼 깡충 뛰어올랐"고 "서로 도망치려고 우왕좌왕"하는가 하면 "둑에서 여러 명이 굴러 떨어"(113쪽)지기도 했다. 오키나와공동체의 항쟁이 제국의

---

10 아라사키 모리테루, 『오키나와 이야기』, 김경자 옮김, 역사비평사, 2016, 88~92쪽; 아라사키 모리테루, 『오키나와 현대사』, 정영신·미야우치 아키오 옮김, 논형, 2008, 37~41쪽.

거대한 힘에 좌절되고 마는 안타까운 상황에 대한 비유적 서술이다.

　이 소설에서도 야마토의 실체를 보여주는 존재를 찾아볼 수 있는데, 통역에 나선 긴조가 바로 그다. "미군 불하품 그린베레 모자와 검은 가죽 구두가 많은 사람들에게 언짢은 기분을 즉시 안겨줬"고 특히 "검은 테의 커다란 근시 안경이 이상하게 불쾌했"는데, 이는 "이런 안경을 쓰는 오키나와 사람은 많지 않"(107~108쪽)았기 때문이다. 이처럼 이 작품에서는 오키나와를 희생시킴으로써 본토의 안전을 도모했던 야마토가 전후 오키나와 주민과 미군 간의 갈등 국면에 어떤 역할을 해보려고 나서는 상황을 못마땅하게 여기고 있음을 긴조에 대한 인식을 통해 보여준다. 헌병의 입장을 대변하는 듯한 긴조에게 "넌 오키나와 사람이 아닌 거야"(109쪽), "그 대신 네 놈도 무사하진 못해"(110쪽)라고 가마스케가 말하는 부분은 그런 점을 확인시켜 준다. 이 상황에 대해 "양자 사이에 커뮤니케이션이 전혀 성립되지 않았음에도 불구하고 그 관계는 안정적이었고 오히려 즐겁기까지 했"다면서 "통·번역이 반드시 의사소통이 가능한 이상적인 관계를 보장하지 않는다"는 견해도 있지만,[11] 미군과 오키나와인 사이의 문제 해결에 나서는 야마토가 오히려 본질적 문제 해결에 저해된다는 해석이 더 설득력이 있다고 본다.

　이렇게 볼 때 이들 소설에서는 자기결정권 훼손의 문제를 부각시키면서 오키나와 공동체의 위기를 강조하고 있다. 표면적으로는 미군과 미군 부대가 주로 등장하고 있어서 "오키나와의 토착적인 것이 미군 및 미군기지와의 교섭 과정 속에서 변모돼 가는 상황 하에서 오키나와인 주체의 자세를 묻고 있는 특징을 지니고 있"[12]다고 파악되지만, 이면적으로는 야마

11　조정민, 『만들어진 점령서사』, 산지니, 2009, 249~252쪽.

12　곽형덕, 앞의 논문, 94쪽.

토에 대한 비판적 태도가 상당한 무게로 깔려 있다고 보는 것이 바람직하다.[13] 작가의 야마토에 대한 비판이 미국에 대한 비판에 결코 뒤지지 않다고 판단된다는 것이다. '보이는 미군'과 '안 보이는 야마토'라는 표면적인 차이가 있을 따름이지만, 제국의 폭력이라는 본질에서 그 둘은 다를 바 없다는 말이다.

결국 마타요시 초기 소설에서는 오키나와 공동체가 크게 훼손되는 상황을 문제 삼으면서 외세에 대한 비판을 분명히 드러내고 있다고 할 수 있다. 전통이 무시되고 정체성 포기를 강요당하는 오키나와 현대사의 아픔이 고스란히 반영되어 있다고 하겠다.

한편, 「긴네무 집」은 1953년이 소설적 현재로 설정되어 있으면서 전쟁의 상흔이 강하게 드러난 소설이다. 태평양전쟁 시기 조선인 군부와 위안부가 등장하면서 한국 연구자들에게 많은 주목을 받는[14] 작품이기도 하다.

이 소설의 인물들은 하나같이 비정상적인 삶을 살아가는 이들이다. 그런 비정상적인 삶은 모두 전쟁과 관련이 있다. 30대 중반의 '나'(미야기 토미오)는 전쟁 때 아들(히로시)을 잃은 후 아내 쓰루를 둔 채 하루코와 동거하면서 술집에 나가는 하루코에게 용돈을 받는다. 미야기는 암산의 방공호에 묻혀버린 아들로 인해 피해망상에 시달린다. "떨어져 나간 아들의 목은 아버지 아파요 하고 외치면서 어디까지고 굴러가서 (…) 그 목을 쫓아

---

13 곽형덕은 "비가시화된 오키나와인 대 일본인(야마토츄)의 교섭 과정이 그림자를 드리우고 있다"고 언급하면서도, 그것을 구체적으로 논증하지는 않았다. 위의 논문, 108~109쪽.

14 이명원, 「오키나와 전후문학과 제주 4·3문학의 연대—마타요시 에이키의 「긴네무 집」과 현기영의 「순이삼촌」의 세계성」, 『오늘의 문예비평』 2014 겨울호; 조정민, 「오키나와가 기억하는 전후—마타요시 에이키 「자귀나무 저택」과 김정한 「오끼나와에서 온 편지」를 중심으로」, 『일어일문학』 제46집, 대한일어일문학회, 2010; 소명선, 「오키나와문학 속의 '조선인'—타자 표상의 가능성과 한계성」, 『동북아문화연구』 제28집, 동북아문화학회, 2011; 소명선, 「오키나와문학 속의 일본군 '위안부' 표상에 관해」, 『일본문화연구』 제58집, 동아시아일본학회, 2016; 곽형덕, 위의 논문 등이 대표적이다.

가 봤지만, 발이 움직이지 않는"(220쪽) 꿈을 꾸기도 한다. 아내 쓰루는 전쟁에서 외아들을 잃고 친형제가 전멸하자 한동안 정신을 놓고 살아가다가 겨우 자활을 시작했으나 남편이 없다느니 곰팡이가 피었다느니 하는 업신여김을 당하면서 살다가 다른 남자와 동거한다. 아사토는 오른쪽 다리가 절단된 몸으로 지적장애인이자 매춘부인 손녀 요시코를 데리고 살고 있는 노인이다. 그는 후루가니고야(고물상)나 빈고야(폐병팔이)라도 하고 싶어도 한쪽 다리만으로는 일하기가 어려운 형편이다. 유키치는 가라데 유단자이지만 스크랩 줍기로 연명하는 가운데 남을 속이고 요시코를 강간한다.

이 작품에 등장하는 조선인 남자는 태평양전쟁에 동원되어 오키나와로 끌려왔다. 요미탄(讀谷)에서 오키나와인, 대만인과 함께 비행장 건설 강제노동을 하고 있던 때, 수십 미터 앞에 멈춘 군용트럭에서 고향의 사랑하던 여인 강소리가 내리는 것을 보게 된다. 그녀 쪽으로 달려가다 붙잡혀 담당 반장에게 호되게 두들겨 맞았는데, 그때 그의 얼굴에 묻은 피를 수건으로 닦아주고 얼마 남지 않은 수통의 물을 마시게 해줬던 젊은 오키나와인이 바로 '나'였다. 그때의 조선인 동료들은 일제히 동굴 안에 갇힌 채 학살당했으니, 당시 상황을 짐작할 수 있는 이는 '나'밖에 없다. 이후 본 부대가 강소리를 데리고 남부로 이동하자 조선인은 부대를 따라 도주를 꾀하다 실패했다. 이후 미군의 포로가 되어 미군 군함에서 마이크로 일본군에게 항복하라고 소리 지르는 일을 하게 된다. 종전 후 미군부대에서 엔지니어로 살아가던[15] 그는 8년 만에 매춘소에서 강소리를 찾아내지만, 그녀는 그를 알아보지 못할 정도로 피폐한 상태였다. 결국 그의 손으로 그녀를 죽이는 상황에 이르고 만다.

이밖에도 이 소설에서는 조선인의 희생된 상황을 구체적으로 언급한다.

---

15 "오키나와에서 미 군속으로 살고 있는 조선인이 1953년에 미군의 엔지니어라는 점은 한국

다음은 스파이로 몰려 참혹하게 살해당한 조선인을 회고하는 부분이다.

> 전쟁 때 보던 광경은 여전히 생생하다. 중년의 조선인은 울고 아
> 우성치며 두 손 두 발을 뒤에서부터 잡고 있는 오키나와인의 손을
> 풀려고 날뛰었다. 조선인의 마르고 벌거벗은 가슴을 총검으로 천천
> 히 문지르던 일본 병사가 갑자기 엷은 웃음을 거두더니 스파이라고
> 하며 이를 갈았다. 그 직후에 조선인의 가슴팍 깊숙이 총검을 꽂고
> 심장을 도려냈다. 나는 눈을 감았지만 그 기계가 삐걱대는 듯한 조
> 선인의 목소리는 지금도 귓가 깊숙이에서 되살아난다. (200쪽)

제국의 폭력에 희생된 것은 우치난추들만이 아니라는 지적이다. 긴네무
집에 사는 조선인은 수많은 조선인의 희생이 기억되지 못하고 있는 현실을
말한다.

> 그 우물 안에도 두 구 정도 백골이 가라앉아 있습니다. (⋯) 당신
> 들은 뼈는 오키나와 주민 것이거나, 미군 것이거나, 일본 병사의 것
> 이라고밖에 생각하지 않지요. 그럼 수백 수천 명에 이르는 조선인
> 은 뼈마저도 썩어버린 것일까요. (216쪽)

이처럼 마타요시는 그의 문제의식을 오키나와 공동체만의 문제로 한정
하지 않았다. 조선인 군부와 위안부를 끌어들이면서 야마토의 폭력을 광범

전쟁의 직접적 가담을 의미"한다면서 "점령군의 일원으로서 지배자가 될 수도 없고 더 이상
전쟁 패배자 입장에 설 수도 없는 위치에 놓인 조선인"을 주목한 일본 연구자의 논의도 주목
된다. 무라카미 요코, 「오키나와문학은 오키나와전의 기억을 어떻게 그려왔는가」, 『동아시아
섬 지역의 언어와 문학(학술대회 자료집)』, 안행순 옮김, 제주대학교 탐라문화연구원, 2017, 57
쪽.

위하게 보여준 것이다.

제국의 폭력에 대한 지역공동체의 대응은 뚜렷한 성과를 거두지 못하는 가운데, 우치난추가 나약한 조선인을 궁지로 모는 등의 실상이 드러나기도 한다. 조선인을 성폭행범으로 몰아 돈을 뜯어내려는 유키치의 행위는 오키나와 공동체의 치부를 노골적으로 노출한 것이다. 유키치의 말만 믿고 조선인을 협박하는 데 동행한 요시코 할아버지와 '나'도 그러한 부끄러움에서 자유롭지 못하다. 이런 점에서 마타요시는 오키나와 공동체의 자기비판적 인식도 드러내었다고 할 수 있다.

이상에서 보았듯이 마타요시는 일본과 미국이라는 제국의 지배 여파로 형성된 동아시아 속의 오키나와를 다루면서 그 의미의 확산을 용의주도하게 도모하였다. 제국의 폭력에 대한 지역공동체의 대응방식은 자괴감과 자기비판적인 인식으로 나타나면서 더 깊은 성찰을 가능하게 하였다.

3. 전쟁의 광포성과 중층적 공감 서사

「조지가 사살한 멧돼지」·「창가에 검은 벌레가」·「셰이커를 흔드는 남자」는 모두 미국이 베트남전쟁을 치르던 1960년대 후반이 소설적 현재로 설정되어, 오키나와의 미군 기지와 그 주변에서 벌어지는 사건들을 그렸다. 베트남이나 미국이 아닌 오키나와에서 베트남전쟁을 보고 있음에 따라 일정한 거리가 확보되면서 전쟁의 문제에 대한 근본적인 성찰을 가능하게 해 준다.

「조지가 사살한 멧돼지」는 21살의 미군 조지가 주인공이다. 조지는 베트남전쟁에 참전하기 위해 오키나와 기지에서 훈련을 받고 있지만, 동료와 상급자들로부터 나약한 군인으로 찍히면서 따돌림을 당한다. 일인칭

주인공 시점이어서 미군 병사의 심리가 퍽 세밀하게 그려지며, 조지 주변 동료들의 모습도 잘 포착된다. 조지와 그 동료들에게 오키나와인들은 인간으로 존중되지 않는다.

> 존이 떠나면서 협박의 말을 뱉었다. 어째서 저리도 난리를 떨어대나. 그저 장난을 조금 했을 뿐이잖아. 전쟁에 진 열등한 놈들 주제에. (24~25쪽)

> 오키나와 여자 따위 두들겨 패버려야 한다. 조지는 자신을 타일렀다. 무엇을 겁내고 있나. 그 정도도 못하나. 와일드는 PX 여자를 워싱턴은 하우스메이드를 존은 여자고등학생을 성폭행했다고 자랑한다. (40쪽)

미군들의 오키나와인들에 대한 멸시의 감정이 잘 드러나고 있다. 미군들에게 오키나와인들은 전쟁에 진 열등한 존재이기에 존중받아야 할 인간으로 여겨지지 않는다. 폭행하고 강간하다라도 죄의식이 없다. 따라서 미군이 "오키나와 사람을 죽여 버리겠노라며 목소리를 높이"(25쪽)는 일이 다반사다. 동료들의 이런 분위기는 심약한 조지에게로 이어져 후반부에 "패잔한 오키나와인 주제에"(52쪽)라는 자기합리화 과정을 거치면서 오키나와 노인 사살을 결행하는 데 기여한다.

조지는, 아직 베트남전에 투입되기 전이지만, 전쟁의 한복판에 있는 것이나 다름없다. 실전이 벌어지는 전선은 아니어도 오키나와는 사실상 전투를 수행하고 있는 현장이었다고 해도 무방하다.

귀청을 찢는 귓속에서부터 치밀어 오르는 저 무수의 제트 전투
기 엔진 조정음은 밤새 거의 매일 밤 끝도 없이 계속된다. (50쪽)

　　조지는 이명이 울리는 것을 깨달았다. 오늘밤에는 정말 희귀하
게도 제트엔진 조정음이 울리지 않는다. 앗, 그런데 내 귓속 깊은
곳에서부터 키-잉 하고 그치지 않고 연속해서 울리는 쇳소리는 뭐
란 말인가. (55쪽)

　　수많은 전투기들이 오키나와에서 베트남으로 향한다. 그런 현장에서
"정신이 아찔해지는 훈련"(35쪽)을 수시로 받는 조지는 전투기가 출격하지
않는 상황에서도 조정음의 환청을 듣게 된다. 그는 사실상 매일 최전선에
서 전쟁을 치르는 상황이었던 것이다.

　　그러나 조지는 그러한 전쟁에서 아무것도 수행하지 못한다. 전쟁터의
저돌적인 병사다운 폭력적인 행동을 하지 못해 동료들에게 무시당한다.

　　한밤중까지 불면이 계속됐다. 나는 만에 하나라도 싸워서 질
위험이 없는 무력한 부녀자에게조차 아무것도 할 수 없단 말인
가. (49쪽)

　　조지는 자신이 방아쇠를 당기면 모두에게 존중받을 것이라고 믿게 된
다. 그는 비로소 총을 들고 전쟁에 나서게 되었다. 결국 그는 자신만의 과
녁을 찾았다. 기지 옆에서 불발탄을 줍는 노인이 적이요 사냥감이 되었다.

　　조지는 공포, 증오, 앗 하고 지금 알아차렸다. 적의 눈이다. 검

고 욕심이 가득한 눈, 공포와 증오로 크게 뜨여진 눈. 베트남인의
눈. 피부의 색, 몸의 모양, 게릴라. 내 적은 저런 인간이다. 조지는
갑자기 몸서리를 쳤다. (52쪽)

노인은 발견된 것이다. 살인자인 내게. 운이라고밖에 말할 수
없다. 베트남도 마찬가지다. 우리들이 아무리 아등바등 날뛰어본
들 어떻게 할 수 없다. (53쪽)

조지는 노인과 전혀 무관한 존재다. 노인은 그에게 도움을 주지도 않았
지만 피해를 끼치지도 않았다. 그런데도 적이 되었다. 그런 것이 전쟁이
다. "나는 이런 곳에 있고 싶지 않아. 어쩔 수 없어서 있는 것뿐이야. 무슨
수가 있겠어."(56쪽)라는 조지의 독백은 전쟁의 실상을 잘 보여준다.

제국주의 탐욕 앞에서는 기어코 모든 곳이 전쟁터가 되고야 만다. 전쟁
터에 놓인 인간은 끝내 극도로 황폐해지게 마련이다. 거기에 무고한 양민
들이 희생되는 일은 비일비재하다. 마타요시의 「조지가 사살한 멧돼지」는
베트남전쟁 시기의 오키나와를 통해 그것을 여실히 입증하고 있다.

「창가에 검은 벌레가」는 오키나와의 A사인바(미군에 의해 영업허가를 받
은 바)를 중심으로 이야기가 전개된다. 바의 손님들은 베트남전쟁에 참전
하고서 휴가를 나오거나 참전 예정이거나 참전을 뒷받침하는 미군들이다.
작품에 나오는 거의 모든 우치난추들은 그들에 얹혀 생계를 이어간다. 즐
비한 A사인바는 물론이요 대부분의 집이 골목길까지 방을 늘려서 미군 허
니들에게 비싼 값으로 세를 주고 있다. 미군의 위안부 역할을 하거나 그
도우미를 하면서 살아가는 셈이다.

대학 1학년생 '나'(준(順))가 초점화자다. 아버지가 A사인바를 운영하

고 있어서 그 바의 일을 돕는다. "아메리칸이 마시고 떠들며 페팅을 하는 동안 호스티스들의 갓난아기들을 돌보는"(143쪽) 일, "서너 명의 갓난아기에게 우유를 먹이거나 안아주거나 장난감을 흔들어 주는"(144쪽) 일 따위를 해야 한다. 아버지는 A사인업자조합 코자지부의 부회장이다. 머지않아 귀환하는 해병대를 근처 부대에서 유치하기 위해 업자들과 함께 정부나 시나 군부대 등에 섭외를 나가기도 한다. 밋치는 준이 호감을 갖는 한 살 위의 호스티스다. 야에야마(八重山) 출신으로 일 년 전에는 밤중에 울면서 아메리칸이 무섭다고 말하기도 했던 여자다. 외로움, 분함, 수치심, 특히 괴로움 때문에 울곤 했다. 그런 그녀가 얼마 전부터 미키라는 쿠론보(흑인)의 허니가 되었다. 마사코 아주머니에게는 7, 8세 정도 되는 정신박약에 혼혈인 딸이 한 명 있다. "아메리칸은 모두 배신자"(75쪽)라고 생각하면서도 미군에게 계속 접근한다. 겁쟁이인 존을 무릎에 안고 언제까지고 울게 해주기도 한다. 아이들도 이런 환경에 거의 무방비하게 노출되었다.

> 이 골목길 근처 아이들은 "미-가이추미(보러 갈까)?" "미-가이카(보러 가자)." 등을 큰 소리를 내며 신이 나서 곧잘 떠들고 돌아다닌다. 그것은 아이들의 놀이 중 하나가 됐다. (…) 마사오가 전신주에 기어올라 꽤 높은 철로 된 지지대에 발을 걸고 양손으로 달라붙어서 밋치의 방 안을 훔쳐본다. (95쪽)

> 이 일대의 여자아이들은 아무렇지도 않게 미군 병사와 키스를 하거나 그들에게 가슴을 만지게 해주고는 달러를 달라고 조른다는 소문이 돌았다. (127쪽)

형편이 이렇다 보니 끝내 충격적인 사건이 벌어지고 만다. 밋치의 이부 (異父)동생 유키는 내년에 중학생이 되는데, 미군의 허니가 되고 싶다면서 미군과 단둘이 방에 들어가 문을 잠그는 소란을 피우기도 한다. 다른 곳에 살고 있던 동생을 잘 키우려고 데리고 왔던 밋치로서는 큰 슬픔에 빠진다.

그러나 우치난추들은 그러한 절망적 상황에 무기력하게만 지내는 것은 아니다. 준은 대학에 입학하자마자 미군기지 항의 데모에 나갔으며, 준의 친구 유키오는 데모나 스트라이크에 참가하며 투쟁활동을 전개하고 있고, 군대 고용인이자 A사인바 보이인 마사지는 철야 단체교섭이나 스트라이크 에 참가한다. A사인바 업주인 아버지 역시 투쟁에 참가한 준에게 불평 한 마디도 하지 않는다. "하계휴가에 들어갔어도 대학에서는 스트라이크를 결 행"(83쪽)하고, "선생들이 스트라이크를 일으"(87쪽)키며, "대학은 스트라이 크를 하다 해제하고 다시 파상(波狀) 스트라이크가 계속되고 있는"(146쪽) 상황을 작가는 넌지시 보여준다. 마타요시는 이처럼 암울한 상황에서도 힘 겨운 투쟁을 이어가는 우치난추들을 포착해낸다. 결코 우치난추들의 미래 에 대한 희망의 끈을 놓지 않고 있다는 것이다.

물론, 이 작품에서도 전쟁의 폭력성에 시달리는 미군들의 모습은 여실히 그려진다. 미군 병사들 역시 전쟁의 피해자라는 점을 주민들은 공감한다.

"지금까지는 얌전했…… 는데…… 말이야…… 지나치게 얌전해 서, 나도…… 말이 없어서…… 베트남 이야기를 했어…… 전쟁 이 야기는 싫은 거겠지…… 한 마디도 하지 않더라구…… 내가 반복 해서 물어…… 댔더니…… 말이야, 화가 난 모양이야."

"그건 터부잖아, 알면서 왜 그랬어?"

나는 미군 병사를 보지 않고 말했다.

"전쟁을 잊으려고 마시러 오는 거잖아. 전쟁을 생각나게 하면
　안 돼."(70쪽)

　　전쟁으로 인한 트라우마에 시달리는 미군들에게 베트남전쟁 관련 이야
기는 금기다. 그들의 트라우마는 오키나와에서 이상행동으로 나타난다.
그들을 대할 때 뒤로 돌아가면 그들은 갑자기 술병 등으로 때리려고 덤벼
들곤 한다. "전쟁터에서 든 버릇 때문인지 배후에서 오는 것에는 특히 벌
벌"(72쪽) 떨기 때문이다. 적이 항상 주위에 있다고 생각해서 "어디에 있어
도 언제나, 나이프나 피스톨을 갖고 있지 않으면 불안"(73쪽)해 한다.
　　결국, 이 작품에서도 궁극적으로 작가가 노리는 지점은 전쟁의 폭력성
에 대한 고발이다. 나아가 그러한 전쟁을 유발하는 요인은 제국주의적 탐
욕이라는 것이 마타요시의 메시지다. 무조건적인 반미가 아니라, 좀 더 근
원적인 성찰이라고 할 수 있다.
　　「셰이커를 흔드는 남자」에는 킹 엔 퀸, 문 라이트, 센트럴, 앤틱, 미시시
피, 나리스, 플라워펀치 등 수많은 A사인바들이 등장한다. 여기에 종사하
는 사람들은 물론 대부분이 우치난추들이다. 현역 미군이 주요 인물로 등
장하지는 않지만 미군 출신의 미국인 가족이 바에서 일하는 오키나와인들
과 갈등을 벌인다.
　　주인공 미노루는 미군 해병대 아버지와 우치난추 어머니 사이에서 태
어난 혼혈아(아메리카 만차)로, 외할머니 바의 바텐더로 일한다. 백인인 아
버지를 닮아서 미국인으로 오해를 사기도 하는 그를 오키나와에 거주하는
미국인인 윌리엄스의 딸 린제이가 좋아한다. 윌리엄스 가족은 린제이를
미노루와 결혼시키기 위해 갖은 노력을 기울인다. 그러나 미노루에게는
미사코라는 우치난추 애인이 있어서 그들의 뜻대로 되기가 어려웠다. 급
기야 린제이는 미사코를 총으로 쏘고서 미군 헌병 차에 실려간다.

이 소설에는 미국인의 오키나와인에 대한 멸시의 감정이 매우 구체적으로 드러난다. 린제이는 계획적으로 미사코를 살해하면서도 죄의식을 느끼지 않는다. 그녀는 미군 헌병대에 체포되어 끌려가는 것이 아니라 사실상 미군 헌병대의 보호를 받기 위해 동행하는 것이다. 윌리엄스는 "걱정마. 안심해. 파파가 뭐든 해결해 줄 거니까."라며 딸을 안심시킨다. 우치난추들은 "사형시키지 않으면 용서하지 않을 거야."(395쪽)라고 외치지만, 상응하는 처벌을 받지 않을 것임은 분명하다. 윌리엄스 가족이 미노루를 한때 우호적으로 대해줬던 것은 그가 미국인을 닮았기 때문이다. 그들에게는 뜻대로 되지 않으면 함부로 해를 가해버려도 무방한 대상이 오키나와인들이다.

여기서도 미군 병사는 전쟁의 공포에 시달린다. 작은 자동차수리공장에 있다가 징집된 미군은 "……죽는 게 두려워……죽이는 것도 두려워……어쩔 수가 없어."(286쪽)라며 바에서 난동을 피우며 자해 소동을 벌인다. "……미쳐버릴 것 같아"(324쪽)라며 괴로워하기도 한다. 베트남에 다녀온 어느 미군 병사는 오른팔을 잘라내야 했다. 지미라는 미군 신병은 스무 살도 되지 않았다.

베트남전쟁에서 미군 병사의 이러한 상황들은 그들도 제국의 폭력에 희생되는 존재임을 입증한다. 베트남전에 참전한 미군들의 경우 미국에서 소외된 계층이 대부분이었다. 실제로 "베트남에 간 250만 명 중 약 80퍼센트는 노동자 또는 가난한 집안에서 태어난 젊은이들이었다. 노동 계층의 아이들은 군대에 가고 부잣집 아이들은 대학에 갔다. 웨이터, 공장노동자, 트럭운전사, 회사의 비서, 소방관, 목수, 영세 상인, 경찰관, 영업 판매원, 광부, 그리고 농부 가정 출신이 주로 징집의 대상이 됐다."[16] 지미라는

---

16 박태균, 『베트남전쟁』, 한겨레출판, 2015, 126쪽.

신병에서 확인되듯이 스스로 정치적 결정에 참여할 수 없는 젊은이들[17]이 전쟁터로 나가기도 하였다.

이는 또한 전쟁을 둘러싼 부정적 순환 양상을 보여준다. 소외된 계층을 중심으로 꾸려진 미군이 베트남전쟁에 동원되고 "목숨을 담보로 얻어진 미군의 달러 다발이 오키나와 여성의 목숨을 위협하거나 착취하는 수단으로 바뀌고, 성적 위안을 얻은 미군이 다시 베트남으로 파병되어 오키나와로 돌아오는 순환 과정은, 죽음정치적 노동자로 전락한 미군 병사와 오키나와 여성이 냉전이라는 구조 속에 갇힌 채 순환운동을 이어나가고 있음을 시사한다."[18] 오키나와야말로 그런 부정적 순환운동을 여실히 보여주는 지역이라는 것이다. 그러기에 작가는 전쟁에 동원된 미군에 대해 제국주의 세력이라는 단일한 틀로써 접근하지 않았다. 그러한 중층적 관점이야말로 마타요시 문학에서 매우 중요한 부분이다.

이상에서 보았듯이 마타요시 초기소설에서는 오키나와에서 체험하는 베트남전쟁을 통해 전쟁의 광포성을 잘 드러내고 있다. 미군과 미국인들이 보이는 오키나와인들에 대한 멸시의 감정과 폭력의 양상을 제시하면서도, 그들 역시 피해자라는 관점을 드러낸다. 이러한 공감의 서사는 새로운 상상력을 추동해내는 힘의 근원으로 작용하게 된다.

---

17 미국의 선거에서 투표 연령은 1971년에야 스물한 살에서 열여덟 살로 낮아졌다. 위의 책, 127쪽.

18 조정민, 「전후 오키나와 젠더 표상의 탈구적 가능성에 대하여」, 오키나와문학연구회, 『오키나와 문학의 힘』, 역락, 2016, 80쪽.

4. 평화공동체를 지향하는 아시아적 상상력

여섯 편의 초기소설을 통해 확인된 것처럼 마타요시는 1945년 미국이 오키나와를 점령한 이후에 오키나와가 미국의 대아시아 기지로 변질된 현실을 원풍경으로써 체득하였다. 나아가 그는 오키나와가 원하든 원하지 아니하든 아시아의 다른 지역의 나라나 종족들과 밀접한 관련을 맺게 되었다는 사실에 각별히 주목하였다. 실제로 그의 초기소설은 그가 현재 거주하고 있는 우라소에와 그 주변이라는 좁은 지역을 배경으로 하고 있지만 그것이 다루고 있는 상상력은 아시아 전반을 포괄할 정도로 폭넓다. '아시아적 상상력'이 유효적절하게 작동한다는 것이다.[19] 이러한 아시아적 상상력이야말로 마타요시 문학의 핵심이요 특장이라 할 수 있다. 그의 다음과 같은 발언에서도 그런 점을 가늠할 수 있다.

> 저는 아시아의 모든 것이 오키나와에 응축돼 있는 것과 같은 느낌이 들었습니다. 그것은 류큐왕국(琉球王國)이 아시아와 활발히 교류를 했던 것과도 관련이 있다고 생각합니다. 그런 의미에서 제 작품은 오키나와 문학인 동시에 아시아문학이라고 생각합니다.[20]

마타요시는 미국이 지배하고 있는 세계질서 속에서 오키나와를 놓고서 그 주변에 일본 본토와 베트남과 한국과 대만 등지를 포진시켰다. 그의 아시아적 상상력은 항상 미국이 주도하는 세계질서와 연관된다는 점에서 지

---

19 김재용, 「한국에서 읽는 오키나와 문학」, 오키나와문학연구회, 『오키나와 문학의 힘』, 역락, 2016, 207~208쪽.

20 「일본어로 쓴 아시아문학—반경 2km에 응축된 세계(작가 인터뷰)」, 『긴네무 집』, 글누림, 2014, 255쪽.

구적이다. 그렇기 때문에 오키나와에서 세계의 분쟁을 읽는 것이 주는 또다른 시야는 바로 신제국주의로서의 미국의 역사적 존재에 대한 질문이다.[21] 그런 점에서 마타요시의 아시아적 상상력은 제국주의 폭력의 실체를 거시적으로 짚어내는 유용한 수단이 되기도 한다.

마타요시는 오키나와의 역사와 현실 문제에 강한 천착을 하고 있으면서도 배타적 지역공동체를 추구하지 않는다. 그에게 오키나와 공동체는 소중하지만 그것은 종족 중심의 독자성과 정체성만을 고집하는 방향으로 나아가지 않는다는 것이다.

> ① 모두가 취해 있다. 제정신이 아니야. 나도 그래. 정상이 아니야. 도대체 나를 이런 곳에 처넣은 것은 누구냐. 누구의 짓이냐. 이런 도회의 이런 섬에. (『조지가 사살한 멧돼지』, 34쪽)

> ② "나는 더 이상 누구를 죽여야 할지 모르겠어. 베트콩도 나에게는 아무 짓도 하지 않았다고…… 나는 베트남에서 적을 죽일 수 없어서 오키나와인을 죽이려 하는지도 몰라 (…)"(『셰이커를 흔드는 남자』, 323~324쪽)

> ③ "쿠론보 쿠론보 제발 그렇게 말하지 마. 오키나와 사람과 무슨 차이가 있다고 그래……. 그 사람들도 귀여운 구석이 있어. 응석받이들이야. (…)"(『창가에 검은 벌레가』, 103쪽)

---

21 김재용, 「오키나와에서 본 베트남전쟁」, 오키나와문학연구회, 『오키나와 문학의 힘』, 역락, 2016, 227~228쪽.

④ 종군간호부라면 모두 위안부가 아닙니까? 그렇지요? 오키나와 여자라도 마찬가지입니다. 당신의 여동생은 징용되지 않았나요? (…) 그렇지만 말입니다. 오키나와인은 전쟁이 없는 곳으로 소개(疏開)하고 조선인은 격전지에 가야 한다니, 어딘가 이상하다고 생각하지 않습니까? (…) 한때는 여러분들이 옥쇄(玉碎)하지 않은 것이 분했습니다. 삼십 만 명이나 살아남은 것은 비겁하다, 한 사람도 남김없이 전부 스파이라서 그랬다고 생각했습니다. 그렇지만 저는 오키나와인을 원망하지 않습니다. 미군도 원망하지 않습니다. 우리를 끌고 간 인간을 원망합니다. (「긴네무 집」, 211쪽)

위에 제시된 미군의 발언(①, ②), 우치난추의 발언(③), 조선인의 발언(④)은 사실상 거의 동일한 맥락이다. 그들의 발언에서는 각기 자신의 처지만을 내세우지 않고 자신과 관계를 맺는 존재들을 함께 포용하려는 태도가 감지된다. 구별 짓지 않고 공존한다는 생각이다. 그의 문학에서 타자는 종족이나 국가로써 규정되지 않음이 확인된다는 것이다. 결국 마타요시 초기 소설의 전반을 관통하는 것은 진정한 평화공동체를 지향하는 인간 해방의 메시지가 아닌가 한다. 물론 그것은 오키나와를 둘러싼 폭력적 현실에 대한 진지한 성찰에서 기인한 것이다.

마타요시 초기소설에서 포착되는 오키나와 문학의 힘은 대단하다. 그의 소설에서 오키나와는 난공불락의 권력 구조로 무장한 제국에 대해 그 탐욕이 관철되지 못하도록 탈주하기도 하고 저항해 보이기도 한다. 물론 그 틈새에서 확인할 수 있는 오키나와의 저항의 목소리와 흔적들은 압도적인 제국과 국민국가 세력에 의해 사장되거나 은폐되기도 하고 때로는 작은 울림으로만 남기도 한다. 그러나 그 목소리와 흔적은 기어코 살아남아서 결국 "이들의 목소리가 대항 서사가 되어 기존의 오키나와와 미국, 일본의 관계를 불안하게 만들 가능성을 담지하고 있음을 역설적으로 대변"[22]한다. 여기서의 '관계를 불안하게 만들 가능성'이야말로 새로운 세상을 열어젖히는 힘이 되는 것이다.

마타요시 에이키는 말했다. "폭력은 가장 밑바닥으로 흐르게 됩니다"[23]라고. 그는 오키나와에서 벌어지는 폭력의 제반 양상을 다루면서도 눈에 보이는 폭력 그 자체가 아니라 그 폭력의 근원을 문제 삼는다고 할 수 있다. 그 근원은 바로 제국주의의 탐욕이다. 미국 패권의 역사는 퍽 오래 전부터 세상을 지배하고 있고, 일본 제국주의의 야욕도 그와 유사하게 행사된 바 있다. 오키나와는 '제국의 군도'[24]에서 핵심적인 지역이기에, 마타요시가 역사와 현실에 천착하고 성찰하면서 그러한 폭력의 근원을 잘 추출해 낼 수 있었던 것이다.

이처럼 마타요시의 초기소설들은 전쟁의 폭력성을 고발하고 제국주의의 탐욕을 비판하는 가운데 오키나와 공동체의 위상에 대해 밀도 있게 고민한다. 그런 고민의 방향은 지역공동체의 배타의식을 부각시키거나 무조건적인 반미·반일을 내세우는 쪽으로 이행되지 않는다. 좀 더 근원적인 성찰로 나아감으로써 웅숭깊은 성취를 획득한다는 것이다. 그의 문학에서는 타자를 민족이나 국가나 지역으로써 규정하지 않으면서 주체와 타자가 평화로 어우러지는 세상을 꿈꾼다.

지역의 독자성도 중요하지만 더불어 평화롭게 살아가기, 즉 평화공동

---

22 조정민, 「전후 오키나와 젠더 표상의 탈구적 가능성에 대하여」, 앞의 책, 88쪽.

23 「일본어로 쓴 아시아문학—반경 2km에 응축된 세계(작가 인터뷰)」, 앞의 책, 254쪽.

24 브루스 커밍스, 『미국 패권의 역사: 바다에서 바다로』, 박진번·김동노·임종명 옮김, 서해문집, 2011.

체가 더 중요하다는 것이 마타요시의 생각이다. 이 평화공동체야말로 우치난추들이 꿈꾸는 '니라이 카나이(ニライカナイ)'[25]라고 할 수도 있겠다. 그런 면에서 마타요시의 신념은 오키나와의 독립보다는 무정부주의에 더 가깝다고 할 수 있다고 본다. 여러 다른 유형의 사람들이라고 하더라도 발딛고 선 지역을 기반으로 모든 구성원들이 서로 이해하며 어우러져 살아가는, 그런 평화로운 세상을 그는 오키나와에서 꿈꾸고 있는 것이다. 이것이 지역공동체에서 평화공동체로 가는 마타요시 특유의 상상력이라고 할 수 있다.

5. 마무리

이 논문에서는 오키나와의 대표적인 작가인 마타요시 에이키가 20대 후반에서 30대 초반까지 발표한 초기 소설 6편을 대상으로 그 의미를 고찰하였다. 「카니발 소싸움 대회」, 「긴네무 집」, 「헌병 틈입 사건」은 1950년대의 오키나와가, 「조지가 사살한 멧돼지」, 「창가에 검은 벌레가」, 「셰이커를 흔드는 남자」는 1960년대의 오키나와가 각각 그려졌다.

1950년대 배경의 작품 중 「카니발 소싸움 대회」와 「헌병 틈입 사건」에서는 오키나와 전통 민속인 소싸움과 관련하여 주민과 외국인들 간의 갈등이 벌어진다. 여기서 미군(미국인)은 제국의 폭력성을 보여주는 존재로 그려지며, 야마토(일본 본토)에 대한 비판도 은유적으로 제기된다. 미·일 제국의 폭력에 제대로 저항하지 못하는 오키나와인들의 자괴감도 드러난다. 「긴네무 집」에서는 미군이 범접하기 어려운 대상으로만 배경화된 반

---

25 정진희, 「오키나와 신화를 읽는 법」, 강정식 외 7인, 『아시아 신화 여행』, 실천문학사, 2016, 181쪽.

면, 태평양전쟁에 동원됐던 조선인 군부와 종군위안부를 통해 야마토의 폭력이 전경화된다. 오키나와인들이 가해자일 수도 있음을 말하면서 자기 비판적 인식을 표출하기도 한다.

1960년대 배경의 작품들은 모두 베트남전쟁 시기에 오키나와의 미군기지와 그 주변에서 벌어지는 사건들을 그렸다. 「조지가 사살한 맷돼지」와 「셰이커를 흔드는 남자」에서는 미군과 미국 처녀가 오키나와 노인과 처녀를 각각 사살하는 방식으로, 「창가에 검은 벌레가」에서는 기지 주변에서 성 상품을 팔며 살아가는 주민들의 모습을 살피는 방식으로 미군과 미국인들의 오키나와인들에 대한 멸시의 감정과 폭력의 양상을 제시한다. 오키나와인들이 거기에 맞서 힘겨운 투쟁을 계속 전개하고 있음도 그려낸다. 또한 이들 작품에서는 전쟁의 공포에 시달리는 미군들에 주목함으로써 그들 역시 전쟁의 피해자라는 해석을 보여준다. 이러한 중층적 공감의 서사는 새로운 상상력을 추동해내는 힘이 된다.

이처럼 마타요시의 초기소설들은 전쟁의 폭력성을 고발하고 제국주의의 탐욕을 비판하는 가운데 오키나와 공동체의 위상에 대해 깊이 고민한다. 지역공동체가 지니기 쉬운 배타의식을 극복해내는 가운데 반미·반일의 구호도 무조건적으로 외치지 않는다. 제국의 폭력에 대한 좀 더 근원적인 성찰을 통해 마침내 웅숭깊은 성취를 이루어낸다. 그러기에 그의 문학에서 타자는 민족이나 국가나 지역으로써 규정되지 않는다. 그는 오키나와에서 전개되는 전쟁과 기지의 문제를 주도면밀하게 탐색하면서 '폭력은 가장 밑바닥으로 흐른다'는 확신을 다지게 되었고, 그것을 토대로 발휘된 아시아적 상상력은 진정한 평화공동체를 꿈꾸는 방식으로 구현되었다고 할 수 있다.

참고문헌

1. 기본자료

▶ 마타요시 에이키, 「카니발 소싸움 대회」, 『지구적 세계문학』 8, 곽형덕 옮김, 글누림, 2016.

▶ 마타요시 에이키, 「헌병 틈입 사건」, 『제주작가』 51, 곽형덕 옮김, 제주작가회의, 2015.

▶ 마타요시 에이키, 「셰이커를 흔드는 남자」, 김재용·손지연 편, 『오키나와 문학의 이해』, 조정민 옮김, 역락, 2017.

▶ 마타요시 에이키, 「조지가 사살한 멧돼지」, 『긴네무 집』, 곽형덕 옮김, 글누림, 2014.

▶ 마타요시 에이키, 「창가에 검은 벌레가」, 『긴네무 집』, 곽형덕 옮김, 글누림, 2014.

▶ 마타요시 에이키, 「긴네무 집」, 『긴네무 집』, 곽형덕 옮김, 글누림, 2014.

2. 논저

▶ 개번 매코맥·노리마쯔 사또꼬, 『저항하는 섬, 오끼나와』, 정영신 옮김, 창비, 2014.

▶ 곽형덕, 「마타요시 에이키 문학에 나타난 '타자'와의 교섭 과정」, 오키나와문학연구회, 『오키나와 문학의 힘』, 역락, 2016.

▶ 김재용, 「한국에서 읽는 오키나와 문학」, 오키나와문학연구회, 『오키나와 문학의 힘』, 역락, 2016.

▶ 김재용, 「오키나와에서 본 베트남전쟁」, 오키나와문학연구회, 『오키나와 문학의 힘』, 역락, 2016.

▶ 메도루마 슌, 『오키나와의 눈물』, 안행순 옮김, 논형, 2013.

▶ 무라카미 요코, 「오키나와문학은 오키나와전의 기억을 어떻게 그려왔는가」, 『동아시아 섬 지역의 언어와 문학(학술대회 자료집)』, 안행순 옮김, 제주대학교 탐라문화연구원, 2017.

▶ 박태균, 『베트남 전쟁』, 한겨레출판, 2015.

▶ 브루스 커밍스, 『미국 패권의 역사 : 바다에서 바다로』, 박진빈·김동노·임종명 옮김, 서해문집, 2011.

▶ 소명선, 「오키나와문학 속의 '조선인'—타자 표상의 가능성과 한계성」, 『동북아문화 연구』 제28집, 동북아문화학회, 2011.

▶ 소명선, 「오키나와문학 속의 일본군 '위안부' 표상에 관해」, 『일본문화연구』 제58집, 동아시아일본학회, 2016.

▶ 아라사키 모리테루, 『오키나와 현대사』, 정영신·미야우치 아키오 옮김, 논형, 2008.

▶ 아라사키 모리테루, 『오키나와 이야기』, 김경자 옮김, 역사비평사, 2016.

▶ 이명원, 「오키나와 전후문학과 제주 4·3문학의 연대 — 마타요시 에이키의 「긴네무 집」과 현기영의 「순이삼촌」의 세계성」, 『오늘의 문예비평』 2014 겨울호.

▶ 정진희, 「오키나와 신화를 읽는 법」, 강정식 외 7인, 『아시아 신화 여행』, 실천문학 사, 2016.

▶ 조정민, 『만들어진 점령서사』, 산지니, 2009.

▶ 조정민, 「전후 오키나와 젠더 표상의 탈구적 가능성에 대하여」, 오키나와문학연구 회, 『오키나와 문학의 힘』, 역락, 2016.

▶ 조정민, 「오키나와가 기억하는 전후 — 마타요시 에이키 「자귀나무 저택」과 김정한 「오끼나와에서 온 편지」를 중심으로」, 『일어일문학』 제46집, 대한일어일문학회, 2010.

오시로 다쓰히로(大城立裕)

1925년 오키나와 현 출생. 1943년 상하이 동아동문서원대학(東亞同文書院大學) 입학, 패전으로 1946년 학업을 중단하고 귀국. 미 점령하 오키나와에서 고등학교 교사로 재직하였으며, 류큐정부, 오키나와현청 소속으로 오키나와사료편집 소장, 오키나와현립박물관장 등을 역임하였다. 1967년 오키나와 출신 작가로서 처음으로 아쿠타가와상(芥川賞, 제57회) 수상. 수상작 『칵테일파티』는 일본과 미국의 대립 구도 위에 오키나와와 중국을 대치시킴으로써 전후 위기에 빠진 오키나와인의 아이덴티티를 그 어떤 작품보다 효과적으로 표현하고 있다. 그 외 『소설 류큐처분』, 『환영의 조국』, 『가미시마』, 『동화와 이화의 사이에서』 등 다수의 소설과 희곡, 에세이를 발표하였다. 최근 2015년에는 자전적 소설 『레일 저편』으로 가와바타야스나리문학상(川端康成文學賞, 제41회)을 거머쥐었다.

후텐마여

1

"난 이미 80을 넘었으니까 말이야……"

라고, 할머니가 말했다. "전쟁에서 살아남아 지금까지 살아온 증거를 남기고 싶은 게야. 너를 위해서도 사다미치(貞道)를 위해서도 말이다. 미국의 비행장이 되어 버린 땅이지만, 이 비행장을 방해할 생각은 없으니, 이 늙은이의 소원쯤은 들어주겠지?"

나는 지금 25세로, 나하(那覇)에 있는 신문사의 사장 비서로 일하고 있다. 할머니의 부탁을 받고 생각했다. 앞으로 몇 년이나 할머니의 부탁을 들어드릴 수 있을까.

그것을 어머니한테 말하니, 어머니의 시원스런 대답이 돌아왔다.

"그건 그렇지만, 무리한 부탁이야."

어머니는 류큐(琉球) 무용 강습소에서 강사로 일하고 있으며, 나는 그녀의 제자이기도 하다. 할머니의 부탁을 무리라고 서둘러 예단해 버리고, 나에게 그럴 시간이 있으면 곧 있을 콩쿠르 준비에 열중하는 편이 좋을 거라고 잘라 말했다. 나는 고등학교 1학년 때 신문사 주최의 무용 콩쿠르에서 신인상을 받은 적은 있지만, 아직 우수상은 받지 못했다. "그러게 대학 다닐 때 받아 두면 좋았잖니", 라며 엄격한 심사위원 같은 어머니의 말이 이어진다. 나 스스로도 올해는 다짐을 단단히 한터라, 할머니의 소원을 들어드리는 건 무리일지도.

기노완(宜野湾) 마을 아라구스쿠(新城). 예전 마을은 전쟁 후 완전히 기지 안으로 흡수되었고, 주민들은 후텐마(普天間) 옆쪽으로 밀려났다. 전쟁 전에는 밭이었던 곳으로, 남북으로 길게 뻗은 비행장 북단에 접해 있다. 군용기가 하늘 위를, 때로는 지붕 위를 아슬아슬하게 부딪칠 것 같은 착각이 들 정도로 초저공비행을 하며 굉음을 뿌리며 지나간다. 하루에 수 십 회나 되니 그것이 일상의 소리가 되어버렸다. 그 소리에 휩싸여 있으면서도 무용연습을 게을리 하지 않는 것이 나의 자긍심이기도 했다. 그 한편에서 할머니가 미군기지에 도전하는 듯한 일을, 나에게 도와달라고 한다. 마음은 알겠는데, 그것을 내가 어떻게 도와드릴 수 있을까. 후텐마곤겐((普天間権現), 류큐8사(琉球八社)의 하나인 후텐마궁(普天間宮) 내 동굴을 이르는 말) 신은 그 일을 과연 어떻게 생각하실까?

후텐마 마을은 동서와 남으로의 교통로가 교차하는 곳으로, 전쟁 전부터 대중음식점이 들어설 정도로 번화한 곳이었다고 한다. 남쪽으로 난 도로는 슈리(首里)라는 왕국시대의 수도로 근세시대에는 후텐마에서 기노완마기리(宜野湾間切, 현재 마을) 남단에 있는 아자가네코(字我如古)까지 아름다운 소나무 가로수가 늘어서 있었다고 하는데, 우리 세대에는 볼 수 없게 되었다. 전시에 방공호를 만들기 위해 베었다는 이야기도 있고, 남아있던 것은 전후에 송충이의 습격을 받은 모양이다. 그리고 그마저도 지금은 미군기지가 삼켜버린 것이다. 혹여 소나무 가로수가 이전처럼 울창했다면 기지는 그곳을 피해가며 만들었을까. 믿기 어려울 정도로 미군들은 제멋대로 기지를 만들고, 소나무 가로수도 그 안으로 삼켜버렸다. 그것에 도전장을 내미는 듯한 할머니의 소원을 과연 곤겐 신은 인정해 주실까?

　시청에는 '시설 내 입역허가신청서(施設內入域許可申請書)'라는 것이 있어서, 입역 이유가 '성묘'라든가 '청소' 등으로 정해져 있고, 목적지는 '분묘(墳墓)' '옛 주거지' 등으로 제한하였다. 이것은 어디까지나 오키나와 독자의 문화, 풍습에 근거한 것이니, 왜 이러한 절차가 필요한지 미군 당국의 이해를 쉽게 구했을까, 아니면 미군은 이러한 서비스를 베푸는 것으로 기지 점유를 당연시했을까?

　어찌되었든 할머니의 기획이 어느 쪽에도 해당되지 않아 허가신청을 중개하는 시청 측이 난감해 했다. "그런 이유는 들어본 적이 없어요, 좀더 일반적인 이유를 써 주세요, 예컨대 흔히들 쓰는 '성묘'라든가요."라며 창구 직원이 재촉한다.

　성묘도, 옛 주거지 청소도 아니라면, 인정받을 수 있는 이유가 하나 더 있다. 아라구스쿠 청소가 그것이다.

　지금은 비행장 안에 흡수되어 있는 천연 샘은 장대한 동굴과 연결되어 있다. 이 샘은 예로부터 맑고 투명하여 두부를 만드는 물로도 사용되었다. 그 옆쪽으로 동굴로 이어지는 길이 있어 안으로 들어 갈 수 있었다. 전쟁이 일어나고 처음 들어가 보는 이들도 많았다. 전후가 되어 묘지 설계를 위해 측정한 적이 있는데, 샘에서 동쪽으로 112미터, 서쪽으로 280미터, 총 392미터나 된다고 한다. 미군이 본섬 서쪽 해안에 있는 게라마(慶良間)에 상륙한 것은 3월 26일로, 차탄(北谷)에 상륙한 것은 4월 1일인데, 구장이 선견지명이 있었던지, 정신을 차리고 보니 아라구스쿠 마을 사람들 전원이 동굴의 보호를 받고 있었다. 샘터 옆쪽으로 난 동굴 안으로 들어가 서쪽으로 100미터 정도 걸어가면 거기에 생각지도 못한 큰 공터가 나온다. 거기에 많은 사람들이 모여 있었는데, 누군가의 제안으로 천정에 몇 개의 구멍을 뚫어 공기를 통하게 했다.

영어를 말할 줄 아는 사람이 둘 있었다. 이민을 많이 보냈던 마을로, 이 무렵 80채 정도 되는 마을 대부분이 초가지붕이었는데, 그 중 20채는 기와지붕이었다. 모두 이민으로 돈을 벌어온 집이었고, 그 가운데 영어를 말할 줄 아는 이가 있었던 것이다. 다른 한 명은 하와이 하이스쿨을 나온 여자였다.

이 둘은 입을 모아 만약 미국이 들어와도 저항하지 말라고 했다. 피난민 가운데는 당시 유행하던 죽창을 연마하여 저항을 도모하는 이들도 있었지만, 미군이 4월 1일에 가데나(嘉手納) 가까이에 상륙한 후 얼마 안 되어 이 마을에 들어왔을 때, 시키는 대로 저항하지 않았다, 두 사람의 영어 실력은 미군들을 놀라게 하였고, 4월 4일에는 마을사람 전원이 살아서 수용소로 보내졌다. 게라마의 '집단자결(集団自決)'과 정반대의 상황을 맞게 된 것이, 오늘날 이 마을의 자랑이기도 하다. 아이러니하게도 지금은 하루에 수 십 번씩 폭음의 위협에 시달리면서도 틈만 나면 아라구스쿠 샘을 자랑스럽게 입에 올린다.

그곳을 청소하는 일은, '성묘'도 '옛 주거지' 청소도 아니지만, 굳이 말하자면 오늘날의 평화를 기뻐하고 염원하는 청소라고 할 수 있겠다.

그 청소는 음력설에 행해지는 것이 관례인데, 거기에 참가하는 것처럼 해서 목적을 달성하는 것이 어떻겠냐고, 시청 측이 지혜를 짜냈다.

"음력설까지 못 기다려. 내가 그전에 죽으면 당신은 후회할거야."

라고, 할머니는 눈을 반짝였다.

귀가 어두워 자기주장을 할 때면 목소리가 특히 커졌는데, 그 목소리를 들은 사무직원이 놀란 듯 입을 벌리고 할머니를 쳐다보았다.

할머니의 양쪽 눈에서 발하는 강한 빛에 나는, 숨을 죽였다. 나는 할머니와 함께 시청을 방문하기 위해 휴가를 냈지만, 그런 사무적인 일이 아닌, 이 눈빛을 본 것만으로도 휴가를 낸 보람이 있었다고 생각했다. 아니나 다를까 할머니의 말씀은 더 길게 이어졌다.

전쟁 전 우리 집은 아라구스쿠 마을에서도 눈에 띄는 집이었다고 한다.

나로부터 5대로 거슬러 올라가면 메이지 전인데, 당주(当主)가 슈리에 사는 기노완마기리의 마름(地頭, 일본 중세의 장원(莊園)에서, 조세 징수·군역·수호(守護) 등을 맡았던 관리자) 댁에서 1년 간 봉공했다. 어떤 일을 했는지는 할머니도 들은 바 없는 모양이지만 아마도 집 청소나 가축 돌보는 일, 정원 손질과 같은 잡일이 아니었을까 한다. 일을 마칠 때 보수로 마름이 별갑(鱉甲, 자라등딱지)으로 만든 빗을 선물해 주었다.

전쟁 당시 할머니는 이 집에 시집오기 전이니, 전쟁 후 시어머니로부터 들은 이야기일 게다. 아라구스쿠 샘터로 피난을 떠나며 시어머니는 고심 끝에 별갑으로 만든 빗이 사람들 눈에 띄지 않도록 집 가까이에 있는 돈누야마(殿の山)라고 하는 배소(拝所, 오키나와 지역의 신(神)에게 배례하는 장소)에 숨겨두고 아라구스쿠 샘터로 길을 나섰다고 한다. 언젠가 다시 찾아오마고 시어머니는 몇 번이고 몇 번이고 말했다. 뜻을 이루지 못한 채 시어머니도 시아버지도 세상을 떠났지만, 그것을 반드시 되찾겠다는 것이 할머니의 바람이었다. 이를 위해서는 기지 입역허가증이 필요하다는 것이었다. 집안의 자긍심이 걸려 있는 문제이니만큼 솔직하게 말하고 뜻을 이루고 싶은데, 그것이 시청에 통용될 리 없었다.

그래서 일단은 한발 물러섰다.

"정말은 네가……"

라고, 아버지에게 말했다. "이 집의 당주로써 선조의 영광을 이어가는 별갑 빗을 찾아주길 바랐어."

이를 아버지는 단호하게 거절했다. 옛 집터도 돈누야마도 기지에 흡수되어 지금은 어디가 어딘지 구분하기도 힘든데, 하물며 그 빚이라는 게 아직 무사하겠냐며 아버지는 상대도 하지 않았다.

"시대착오적이야."

전후에 태어난 아버지는 다섯 살 때 부친을 여의고, 홀어머니 손에 자란 탓에 대학에 진학하지 못했다. 그의 어린 시절은 조국복귀운동(祖国復帰運動)의 계절이었다. 마치 오른쪽 귀로 미국 비행기의 폭음을 듣고, 왼쪽 귀로는 복귀운동을 외치는 소리를 듣는, 그러한 생활 속에서, '일본'으로 반환되면 오른쪽 귀가 해방될 거라는 기대감도 있었지만, 왼쪽 귀 안쪽 뇌에서는 이 폭음이 쉽사리 사리질 리가 없다는 의심이 가시지 않았다.

아버지는 후텐마 고등학교를 졸업한 후, 시청에 근무했는데, 조국복귀운동 집회에 남들보다 갑절은 열심히 참가했고, 기지반환촉진운동 사무소 활동이 활발해지면서 그쪽으로 자리를 옮겼다.

할머니의 바람은 당연하다고, 이것을 오른쪽 뇌에서는 생각하지만, 왼쪽 뇌에서 부정했다. 왼쪽 뇌는, 일본 정부에 대한 불신을 갖고 있다.

"복귀운동도 반환운동도 열심이면서, 어째서 내 바람은 거절하는 게냐."

라고, 할머니는 이해할 수 없다는 표정을 짓지만,

"그렇기 때문에 더 들어 드릴 수 없는 거예요."

조국복귀든 기지반환운동이든 사사로운 일에 얽매이면 큰 줄기를 잃게 된다는 것이 아버지의 지론이었다. 별갑 빚을 설령 미군의 양해와 협력을 얻어 찾아냈다고 합시다. 또 다른 구체적이고 소소한 교섭을 해 오는 이가 나올 거고. 이정도 들어주면 되지 않았나, 라며 미군은 우쭐대며 큰 줄기의 운동을 상대하지 않게 되겠죠, 라는 것이 아버지의 논리였다. 이 할머니의 바람은 아버지에게는 머나먼 이상에 지나지 않은 듯했다.

어머니의 제자들 가운데 혹시 시청에 아는 이가 없는지 알아봐 달라는 할머니의 간청도 어머니는 못 들은 척 했다.

아버지와 어머니, 저마다 이유를 댔지만 실은 할머니의 바람이 시대착오적이라고 상대하지 않았던 것이다. 그런데,

"의외로 시대착오적인 게 아닐지 몰라."

라고 말하는 이가 있었다. 헨나 다다시(平安名完)다. 신문기자로 나와 사귄지 1년이 된다. 오키나와국제대학(沖縄国際大学) 2년 선배이기도 하다.

"별갑 빗을 그리워하며 찾는 것은 시대착오적일지 모르지만, 미군기지가 견고하게 닫아버린 것을 무리하게 파헤쳐 내려는 것은 현재로서 할 수 있는 최대의 저항이 아닐까?"

그러고 보니, 어머니의 말이 생각났다. 내가 무용 콩쿠르에서 세 번이나 낙선했을 때, 폭음 때문이라고 불평했더니, 어머니는 이렇게 말했다.

"어쩔 수 없잖니? 저마다 사정없는 사람은 없단다."

매우 담백한 체념 같아 보이는데, 주어진 조건을 어떻게 참고 견뎌내느냐, 혹은 돌파하느냐의 문제다. 기지 주변에 류큐무용 강습소가 20여 곳 이상인데, 모두 같은 조건에서 승부하는 것이라는 의미이리라.

그 이야기를 아버지에게 하자, 아버지는 소리 내어 웃으며 말했다.

"그야 그렇지. 돌파하는 것과 참고 견뎌내는 것은 종이 한 장 차이이니까."

맞는 말인 듯, 아닌 듯해서 다른 적당한 답을 찾아보려 했지만, 이 논의를 정면으로 돌파하지는 못했다.

이 이야기를 헨나 다다시에게 하자, 그 역시 웃으며 말했다.

"맞는 말이네……"

그리고는 잠시 생각에 잠겨 있었다. "1949년부터 지금까지, 이 기지 주변은 늘 인종(忍從)을 강요당해 왔는데, 그것이 오히려 돌파의 에너지가 되었다고 생각해."

1949년이라고 하면, 우리 세대는 중국 혁명으로 중화인민공화국이라는 이름을 세계에 알린 해라고만 배웠는데, 오키나와로 보자면 이 해부터 오키나와의 미군기지가 급격하게 정비되고, 확장의 길로 들어서게 되지. 이 후텐마 비행장 역시 전시에 5개 마을과 농지였던 토지를 접수하고, 전후에 들어서, 특히 1949년부터 확장에 박차를 가해 간 거고.

그 남단이 지금의 오키나와국제대학과 맞닿아 있다. 이 대학은 1972년 오키나와의 시정권반환(市政權返還) 이른바 '조국복귀(祖國復歸)'의 해에 건설되었고, 그 이후부터 폭음피해가 발생했다고 하는데, '복귀' 전에는 폭음피해가 별로 없었던 걸까? 뭔가 이상하다. 복귀 이후부터 유난히 심해진 거라고 보는 것도 이상하고 말이지.

"비행기 16기와 헬리콥터 36기."

헨나 다다시는 혼잣말처럼 되뇌고 어깨를 움츠렸다.

지금 아라구스쿠 마을 남단에 기지와 접해 있는 후텐마 제2 초등학교가 있는데, 거기서 올 여름 하루 날을 잡아 오전 10시부터 1시까지 소음을 측정해 보았다고 한다. 그 결과, 4분 30초에 한 번 꼴로 대형유송기의 터치앤드고(Touch and go) 훈련이 있었다. 남단 하늘에서 비행하고 착륙하는 훈련으로, 땅에 닿았나 싶으면 다시 날아오르는 훈련이, 이 초등학교 바로 위에서, 아무렇지도 않게 굉음을 폭탄처럼 터뜨리며 북쪽으로 날아 사라진다. 그리고는 크게 돌아서 남쪽으로 다시 진입해 땅에 닿았다가 날아오르기를 반복한다. 그 외에도 헬리콥터 훈련이 머리 위에서 9번이나 있었다. 그것이 상시 이뤄지는 훈련인데, 그로 인한 폭음 공해에 대해서는 전혀 문제 삼은 바 없다.

북쪽에는 후텐마곤겐 사원이 있는데, 그 신이 노여워하지나 않을지, 교사들이 웃으며 말한다. 그렇게 웃어넘길 수밖에 없는 상황에서, 교사와 학생들은 폭음을 과연 어떻게 견뎌내고 있을까? 수업을 중단할지 말지는 교사들의 재량이다. 4, 5분마다 수업을 중단한다는 것도 믿기 어려운 일이지만 말이다.

내가 초등학교 다닐 때보다 폭음 횟수가 더 늘어난 것 같다.

아버지도 언젠가 학교 옥상에 올라가 직접 체험한 적이 있는데, 그날 집에 돌아와서 아무런 말도 하지 않았다. 그때의 아버지의 굳은 표정을 잊을 수 없다.

이 일을 헨나 다다시에게 말을 한다한다 하면서 아직 하지 못했다.

해병대 헬리콥터 기지가 규모, 소음 면에서 현(県) 내 으뜸이라고 하는데, 과연 그것을 어떻게 참고 견뎌낼 것인가. 아버지나 헨나 다다시와 이에 관해 이야기를 나누고 싶지만 아직 하지 못했다. 다른 이유가 있어서일까, 아직 생각이 정리되지 않은 탓일까.

2

유타를 불러오렴, 하고 할머니가 말했다.

어머니에게 먼저 말을 꺼냈으나, 어머니는 애써 피하려는 나에게 미룬다.

"무슨 일로요?"

"별갑 빗……"

어머니는 거기까지 말하고, 다음 말은 찾지 못하겠다는 표정이었다.

"별갑 빗이 왜요?"

"거기 반드시 있겠지, 하고 물으시네."

"거기 있다고 한들 어쩔 도리가 없지 않나요?"

나는 할머니의 절실한 마음을 이해하면서도, 어머니에게는 짐짓 그렇지 않은 양 대답했다.

만일 유타의 점대로 별갑 빗이 확실하게 묻혀있을 경우를 나는 상상했다.

할머니는 필시 유타를 대동하고 시청에 갈 것이다. 거기서 유타의 설득이 먹혀서(라기 보다 시청 측이 항복하고 규정을 어겨) 허가증이 발행되면, 그 다음은 어떻게 될까?

누가 함께 기지 안으로 들어갈까?

"나는 싫어."

"나도."

어머니도 나도 같은 말을 했다. 그렇다면 다음 전개는?

"유타가 묻혀 있는 곳을 찾아낼 수 있을까?"

나는 의문이라기보다 부정적인 기분이 앞섰다.

"그보다 나는 실패했을 경우를 생각하는 것이 우울해."

어머니는, 그 후 몰려올 실망감을 걱정했다.

실패한다는 것은 집터든, 별갑 빗이든, 그 어느 쪽을 못 찾았을 경우의 일이다.

"유타는, 어떻든 자기가 책임질 말은 하지 않는 법이 거든……"

라며, 어머니는 "집터는 다른 곳이어도 적당히 둘러댈 수 있겠지만, 별갑 빗은 없는 것을 있다고 할 수 없는 노릇이니."

말끝을 흐리는 것이, 만약 그런 일이 생길 경우, 어떻게 해야 할지 걱정이 태산인 모양이었다. ─바로 그때 내게 좋은 생각이 떠올라서, 그것을 말하려고 할 때, 평소보다 유난히 큰 폭음이 내 말은커녕 아이디어까지 집어삼켜 버렸다.

"그보다⋯⋯"

나에게 다른 생각이 떠올랐다. "단념하게 합시다."

"어떻게? 뭐라고 말씀드려?"

"후텐마곤겐에서 대신하는 걸로."

어머니가 할 말을 잃은 듯 했지만, 곧,

"그게 가능할까?"

좀더 자세하게 말해보렴, 하고 재촉을 하여,

"유타한테 부탁하는 걸로 하고, 기지에 들어가 찾는 건 생략하는 거죠."

"믿어줄까?"

"믿게 해야죠."

거기까지 말하고, 나는 일요일에 유타 집으로 달려갔다. 전부터 소문으로 들었던 유명한 유타였는데, 방문하는 건 물론 처음이다.

이렇게 젊은 사람이 유타를 찾는 일은 좀처럼 없는 일로, 60대의 홀쭉한 볼을 한 유타가 이상하다는 듯한 얼굴로 맞는다. 나의 용건을 듣더니 그거 참 재미있다는 얼굴을 하며, 알이 굵은 갈색 염주처럼 생긴 목걸이를 어루만졌다.

"할머니의 소원은 펜스 안으로 들어가서 점을 쳐주기를 바라는 것 같은데, 그건 절차상 무리라고 제가 설득하겠습니다. 그러면 당신은 후텐마곤겐에서 현장을 보는 것처럼 해서 점을 쳐 주면 됩니다."

말을 마치고, 핸드백에서 준비해온 하트론지 봉투를 꺼내어 테이블 위에 올려놓았다. 만 엔이 들어있다.

"우선 착수금을 드릴게요." 유타의 시선이 그것에 잠깐 머무는가 싶더니, 능숙하게 앞에 놓여 있던 과자상자 같은 종이상자 안에 집어넣고는, 아무렇지도 않게 말을 이어간다.

"현장을 보지 않고 점을 치는 건, 거짓으로 점치는 초보 유타나 하는 짓인데, 시대가 시대이니만큼."

이것은 승낙한다는 말이었다.

그로부터 일주일이 지난 일요일, 나는 공양에 필요한 생과자와 과일 등을 준비해 할머니와 유타를 따라 곤겐으로 향했다.

"너, 연습은 어쩌고?"

어머니가 말했다. 유타를 사면서까지 기도를 올리는 건 찬성하지 않았지만, 그렇다고 무작정 반대하기도 어려운 모양이었다. 나도 콩쿠르 연습은 열심히 할 생각이다.

"콩쿠르에서 우수상 받게 해 달라고 함께 빌고 올게요."

내 말에 어머니가 어이없는 얼굴을 했지만, 바람이 잘 통하는 조금 떨어진 곳에서 기분 좋은 얼굴로 준비가 끝나기를 기다리고 있는 할머니를 생각해선지, 뭐라고 한 마디 더 하려다 멈춘다.

후텐마곤겐은 우리 집에서 직선거리로 2백 미터 쯤 떨어진 곳에 있다. 도로를 따라 가도 3백 미터 정도다. 이 동굴은 전쟁을 겪으면서도 모습이 그대로라고, 전쟁 전부터 알던 사람들은 말하지만, 기도를 올리는 사람들의 모습은 어떤가 하면, 그건 또 다른 이야기인 듯하다.

택시로 가기로 했다. 후텐마 마을 중심지에 사는 유타를 택시로 태워 가도 3백 미터 정도밖에 안 되는 거리여서 택시 기사에게 미안했지만, 의외로 이런 손님들이 많은 듯 아무렇지도 않은 얼굴로 목적지에 내려주었다.

동굴 입구 위쪽으로 펼쳐진 울창한 소나무 숲은 마치 동굴을 보호하고 있는 것처럼 보인다. 그곳에서 기도에 열중하고 있을 때, 비행기가 날아다녀도 괴롭지 않은 것은 곤겐의 공덕 때문인 걸까?

택시에서 내려 언덕을 5, 60미터 정도를 헐떡이며 오르면 동굴이 나온다. 그곳으로 들어가면 바로 눈앞에 제단이 펼쳐진다. 곤겐이다. 오른쪽으로 가면 바로 지상으로 빠져나갈 수 있는데, 왼쪽 동굴은 어둠이 어디까지 이어져 있는지 아무도 모른다. 들리는 설에 의하면 바다로 통해 있다고 하는데, 확인된 바는 없다.

준비해 온 과일과 과자를 올리면, 그것으로 나의 임무는 끝이다.

원래 계획은 곤겐의 역사라도 공부해 올 생각이었지만 생략했다.

별갑 빗에 얽힌 할머니의 자랑이 길게 이어지고,

"꼭 찾고 싶어요."

유타는 조용히 고개를 끄덕이며,

"댁의 야고(屋号, 한 집안의 본래의 성씨 대신 이르는 명칭)는?"

여기서부터 유타의 임무가 시작되었다. 나는 문답연습을 미처 하지 못했다는 생각이 들었다. 공양물 준비만 머릿속에 가득했던 것이다.

야고를 묻자, 할머니의 눈빛이 반짝였다. 어찌되었든 아라구스쿠 마을로 거주지를 강제로 옮겨야 했고, 가옥 배치도 전쟁 전과, 즉 기지에 흡수된 구 마을과 달라졌다. 전쟁 전부터 살던 사람들은 억울할 법하다. 내가 듣기로는 전쟁 전에는 본래의 성씨와 다른, 혈통의 이력을 나타내는 야고라는 것이 있어 그것으로 불리었다고 했다.

할머니는 목소리에 힘을 주어 그 야고를 말하고는, 유타가 자신의 말을 신뢰해 줄 것이라는 얼굴을 했다.

유타의 기도가 시작되었다. 아라구스쿠라는 지명과 할머니가 말한 야고만 고유명사였다. 듣고 있자니, 리드믹컬한 것이 전부 류큐어였는데, 우리 세대는 알아 들일 길 없어 유감이다. 할머니의 소원은 위엄이 있는 것처럼 느껴졌고, 동굴 안에 아름답게 울려 퍼졌다. 기도문은 사방을 어둠으로 물들였다. 유타는 착각을 진실로 만드는 힘을 갖고 있다고, 나는 생각했다. 미리 팁으로 지불한 만 엔의 효과일지 모른다.

"자, 그럼."

하고, 유타가 기도를 마치고 표정을 바꾸며 말했다. "알았나요?"

"아니요."

할머니가 단호하게 대답하고는, 머리를 양옆으로 흔들었다.

나는 놀랐다. 할머니라면 알지 못해도, 아는 것으로 착각하고 고개를 크게 끄덕일 것이라고, 예상했던 것이다.

"몰라도 괜찮아요……"

유타는, 할머니의 대답 따위는 어떻든 상관없다는 듯 반응했다.

갑자기 굉음 같은 폭음이 바위를 감싸고 있는 숲 위쪽을 통과해 들려왔다. 유타의 말이 흩어져 들리지 않을 거라고 생각했는데 의외로 생생하게 되살아났다. "어쨌든, 댁의 야고는 사라지지 않고 기지 안에 남아 있어요. 그리고 별갑 빗도 썩지 않고 영원히 묻혀있을 겁니다."

나는 감동했다. 할머니의 애초의 바람과는 빗나갔지만, 할머니는 납득한 것이다.

기지의 승리일까, 할머니의 승리일까.

아니, 어쩌면 진정한 승리자는 유타일지 모른다.

유타에게 사례금을 기분 좋게 지불하고, 집에서 기다리는 어머니 걱정도 풀고, 거기다 어머니를 납득시킬 수 있었던 건, 모두 유타 덕분이다.

돌아가는 길 택시 안에서 문득 후텐마전설이 떠올랐다.

슈리(首里)의 도바루(桃原)라는 마을에 천을 짜는 아가씨가 살았는데, 그녀는 자신의 모습이 다른 사람들 눈에 띄는 것을 극도로 꺼려했다. 그러던 어느 날, 여동생이 집에 사람을 데려오는 바람에 화가 난 아가씨는 그만 집을 나가버렸다. 그녀가 뛰쳐나간 자리에 실이 길게 늘어뜨려져 있어, 가족들이 그 실을 되감으며 따라가 보니 후텐마동굴과 연결되어 있었다. 그러나 아가씨는 그 안에서 영원히 나오지 않았다고 한다. 이것이 곤겐 발상 설화다. 전국 몇몇 지방에 이와 유사한 전설이 있는데, 예컨대 미야코 섬에는 동굴 안에 아가씨의 화신인 뱀이 실을 입에 물고 있다는, 요염한 자태를 방불케 하는 이야기가 전해 내려온다.

후텐마 비행장으로 인해 잃어버린 마을의 마부이(靈)가 곤겐 동굴에 머물고 있는 건 아닐까, 하는 생각을 해보았다. 이러한 상상이 사실일 수도, 아닐 수도 있지만, 기지가 삼켜버린 5개 마을(宜野湾, 神山, 中原, 真栄原, 新城)의 마부이는 반드시 살아있으리라. 할머니가 유타의 사기에 잘도 속아 넘어가 납득한 것은, 그야말로 동굴의 신 덕분일지 모른다……

유타와 곤겐의 이야기를 헨나 다다시에게 들려준 지 3일째 되던 날 해질 녘에 휴대전화가 울렸다. 나는 사장실에 있었다.

헨나 다다시라는 걸 알아차린 순간,

"살려줘."

갑자기 평소와 달리 거친 비명소리가 들려왔다.

"왜 그래? 무슨 일이야?"

"후텐마 동굴 안."

놀라고 있을 때가 아니었다.

사장의 허락을 받아 서둘러 조퇴했다. 기노완 시 소방대의 도움으로 일단 구조에는 성공했지만, 그 과정을 설명해 주는 이는 아무도 없었다.

한 가지 분명한 건 있다. 휴대전화가 터졌다는 것은, 입구에서 꽤 가까웠다는 것이고, 그 덕에 구조가 어렵지 않았다는 것. 또 그 SOS는 나를 믿었기 때문이라는 것이다. 나는 기쁘기도 하고 어의도 없었다. 이렇게 되리라고 상상이나 한 건지 어떤 건지,

"후텐마 기지를 초월하는 권위가 있다는 걸, 입증하고 싶었어."

모험 동기를 의기양양하게 말했다.

이 땅에 전해내려 오는 전설은, 군사기지라는 속세의 권위를 훨씬 능가하는 신비적인 권위를 갖는다, 고 주장하고 싶은 듯했다.

그런데, 동기야 어찌되었든, 이런 행동은 마뜩치 않다.

"바다와 통해 있다고들 하는데, 정말인지 보고 말이야."

그것도 확인하고 싶었다고 말하면 바보 취급당할게 뻔했다. 동굴 입구에서 해안까지 도로가 직선이라는 보장도 없고, 틀림없이 도중에 몇 갈래로 나뉠 것이기 때문이다.

이도저도 아닌 모험이 되어버렸다.

"그런데 기지의 미국인들은 민간의 우타키(御嶽, 오키나와의 성지, 신이 존재하거나 방문하는 장소)에 이러한 위력이 있다는 것을, 모르겠지?"

위력은 무슨 위력, 하고 생각했지만, 그렇게 믿는 편이, 정신적 압박 없이 자신의 행동을 정당화시키는 방법일지 모른다.

이 어처구니없는 실수는 거기서 끝났지만, 회사에서 시말서를 요구한 것은 당연했다. 그 이상의 벌은 없을 거라고, 나는 말했다. 사내의 웃음거리가 되는 것이 신경 쓰인 것은, 나만의 몫이었다. 그러면서도 나는 세상과 동떨어진 그의 이상주의를 내심 경외했다. 기지사회를 살아가는 또 하나의 삶의 방식이라고 생각했다.

헨나 다다시가 사고를 일으킨 날, 저녁식사를 하면서 아버지에게 후텐마와 유타의 이야기를 들려드렸다. 내가 무엇을 느꼈는지는 자신이 없으므로 접어두고, 할머니의 건강한 정신에 감동했다는 이야기를 했다. 할머니가 옆에서 듣고는, 만족스러운 듯 고개를 끄덕였다.

"그거 반가운 소식이군."

아버지는 기분이 좋은 모양이었다. "그런데, 좋은 소식으로 끝나면 좋겠지만."

"무슨 말씀이세요?"

나는 바로 되물었다.

할머니도 순간 궁금한 얼굴을 했지만, 자기에게 불리한 이야기는 한 귀로 흘려버리겠다는 표정으로 말문을 닫았다.

아버지도 여기서 입을 다물었다. 그 말이 나중에 들어맞았다.

의외였다. 아버지가 기지반환운동 사무소에 근무하면서, 요즘 부쩍 어두운 얼굴을 하고 있기에 기분도 풀어드릴 겸 이야기를 꺼낸 것이었다. 잘못 판단한 걸까. 그렇게 심각한 표정을 하리라고는 생각지 못했다.

할머니와 나, 둘만 기지 안으로 들어갔다.

할머니가 유타의 말을 곧이곧대로 믿어, 현장에 가지 않아도 되었는데, 그것이 긁어부스럼이 되고 말았다.

한여름이어서 날이 저물 무렵에 나가기로 했다.

10일 전쯤, 시청에서 전화가 와서 입역 허가서가 나왔으니, 신청서를 제출하라는 것이었다. 흔히 하는 말로 아닌 밤중에 홍두깨인가 했더니, 잘 들어 보니, 아버지가 시청에 전화를 해서 특별히 부탁을 했다는 것이다.

"아버지가 시청에 전화해서 부탁하셨다면서요?"

저녁을 먹으며, 아버지에게 확인했다.

아버지는 대답대신 눈을 가늘게 뜨고 나를 바라봤다.

"그랬으면 그랬다고 말씀이라도 주시지. 무슨 일인가 했어요."

"기지섭외과에 친구가 있어서 말이야."

조금 동떨어진 대답이 돌아왔다. 얼버무린 대답이었지만, 할머니를 생각하는 마음이 엿보였다.

내가 이번에도 공양물 준비를 맡기로 했다. 나의 이 변절을 어머니가 보고 비웃었다.

"아라구스쿠 샘터까지 보고 오라는 건 아니라고 했어." 아버지는 힘주어 말했다.

나는 깜짝 놀랐다.

아라구스쿠 샘터는 전쟁을 체험한 아라구스쿠 사람들의 마음의 고향일 터다. 할머니는 필시 이 기회에 둘러보고 싶어 하실 게다. 이런 일로 할머니가 법이라도 어기면, 자신의 일에도 영향이 미치게 될 거라고 아버지는 염려했다. 어찌되었든 지금 아버지의 눈에는 기지반환운동이라는 커다란 움직임만 보일 뿐이었다.

비행장 안은 필요 이상으로 넓게 느껴졌다. 옛 아라구스쿠보다 훨씬 남쪽에 터치앤드고 운용기 라이트가 한낮의 태양 속에서 빛을 발하더니, 그것이 천천히 이쪽으로 다가오는가 싶더니 순간 날아올랐다. 우리 머리 위를 넘고, 학교 위를 넘어 더 멀리 곤겐 위를 넘어서, 다시 돌아 남단으로 되돌아오는 듯했다.

예전 농경지와 5개 마을을 밀어버리고 주민을 하나도 남김없이 몰아내고, 외국 군대가 전쟁 대비를 위한 비행기와 헬리콥터 공간만으로 사용하고 있다. 거기에 타국에서 온 병사들이 아무런 거리낌 없이 터치앤드고 훈련에 열심이다.

게다가 동쪽 끝 철망을 따라 조성된 인공 삼림이 동서 4백 미터, 남북 1천 8백 미터나 유유히 뻗어 있어 추락의 완충지대로 사용되고 있다고 한다. 훗날 남쪽 저 멀리 떨어져 있는 오키나와국제대학 캠퍼스에 추락한 것을 생각하면 아이러니한 일이다. 여기서는 보이지 않는 남단 숲은 장교들의 숙사를 감추고 있다. 5개 마을 주민들은 쫓겨나 빡빡하게 뒤엉켜 생활하고 있는데, 그 장교들은 유유히 푸르른 공기를 마시고 있다. 지금 할머니와 내가, 그들 모르게, 그들의 모습이 보이지 않는 곳, 그 한 가운데에, 그 공간에 서 있다는 것이 정말 이상하게 느껴지는 순간이었다. 지금 이 순간, 아라구스쿠 샘터의 청정한 물의 존재를 믿으며, 할머니 혼자만이 알고 있는 별갑 빗을 위해, 이 장소에 와 있다는 것이, 군용기가 쉴 새 없이 머리 위를 날며 폭음을 투하하는 것이 전혀 현실처럼 느껴지지 않았다.

'할머니. 힘내세요……'

지금까지 한 번도 입 밖에 내보지 못한 말을, 마음속에서 하고 있자니, 간편한 가리유시(かりゆし, 정부가 하절기용으로 보급하는 시원한 소재의 셔츠) 차림으로 따라온 시청 젊은 직원이 손에 든 지도와 비교하면서 아라구스쿠 마을이 있던 곳이 이쯤일 거라고, 땅을 발로 고르며 알려주었다.

"돈누야마는?

라며, 할머니는 가장 중요한 목적은 그것이요, 라는 얼굴을 하고 말했다.

시청 직원은 아라구스쿠 샘터라면 종종 이야기를 들어 잘 알고 있지만, 할머니가 말하는 돈누야마라는 곳은 처음 듣는다고 대답했다.

"그럼, 소싸움 터는?" 할머니가 재차 묻자, 직원이 "지도상으로는, 이쯤이 아닐까 싶네요."라며 한 곳을 가리킨다. "그럼, 돈누야마는 그 북쪽이야."하며, 할머니는 시어머니에게 전해들은 이야기를 믿기라도 하듯 빙그레 웃으며 북쪽 부근을 향해 쭈그려 앉았다. 잡초가 무성한 한 가운데다. 활주로가 아니어서 다행이라고 생각했지만, 할머니에게 말하지는 않았다. 하나마나한 이야기로 할머니의 기분을 망쳐선 안 된다고 생각했다.

"고마워요."

할머니가 정중하게 인사를 건네는 것으로 보아 여간 기뻤던 게 아닌 모양이다.

시청 직원은 이해할 수 없다는 표정으로 돌아가야 할 시간을 다시 한 번 확인한 후, 동쪽 숲으로 사라졌다. 그 쪽에 게이트가 있었다.

하늘을 올려다보니, 구름 한 점 없었다. 시야 한 가득 들어오는 하늘과 이 비행장, 어느 쪽이 더 넓을까, 부질없는 생각을 했다. 두 곳 모두 비행장과 헬리콥터만을 위해 있는 걸까, 라는 생각을 하면서, 지금 할머니와 내가 그것에 길항하고 있는 것 같은 착각을 느꼈다.

"저기, 저쪽 편에 아라구스쿠 샘터가 있어. 적이 상륙하기 전에 숨어들어서 함께 살았지."

할머니가 동쪽을 가리키며 하는 말을 들으니, 조금 전 하늘과 비행장을 비교했던 것이 아득히 먼 일 같았다. 그러나 할머니는, 아라구스쿠 샘터를 확실하게 기억해 낸 자신만이 진실이라고 말하는 듯했다.

어찌되었든 소나무 가로수 흔적을 넘어, 지금의 국도와 그것을 따라 늘어선 철망이 바로 눈앞에 있는 것 같았다. 그 아라구스쿠 샘터와 비행장이 마치 경쟁이라도 하는 듯했다.

아버지의 심정을 헤아려 보았다. 할머니가 아라구스쿠에 얼마나 애착을 갖고 있는지 충분히 인지하고 있다. 자신들 세대는 짐작조차 할 수 없으나, 모처럼 비행장에 들어갔으니 아라구스쿠까지 보고 싶어 할 게 분명하다고. 그런 효행을 헤아릴 줄 아는 세대라고, 아버지는 스스로를 그렇게 생각하고 있을 것이다. 그런데 미군이 혹시라도 허가증 약속을 파기할까 봐, 아버지는 그것이 염려되었던 것이다.

"아버지?……."

나는 아버지에게 휴대전화를 걸었다. "할머니는 아라구스쿠에는 안 가실 테니 걱정하지 마세요."

잠시 말이 없었다. 안심하는 표정이 보이는 듯했다.

"알았다."

아버지는 그 말만 하고 전화를 끊었다.

나는 내가 할머니의 손녀이고, 아버지의 딸이라는 것이 자랑스러웠다. 꼭 할머니를 안전하게 모시고 이 기획을 성공시키리라 다짐했다.

할머니는 잠시 땅을 응시하더니, 고개를 숙여 땅 소리를 듣는다.

"여기를 파 보렴."

라고 말하면서, 땅 한 곳을 가리켰다.

나는 가지고 온 낫으로 풀을 베고, 삽으로 땅을 팠다. 3회 정도 파나가는데, 어김없이 머리 위로 비행기가 통과하며 폭음을 쏟아 붓고 사라졌다.

잠시 후 다시 땅을 파는데, 다시 폭음이 덮쳐왔다.

"땅 안에서 소리가 들릴 게다."

할머니는 마치 유타라도 된 양 말씀하셨다.

지금까지 유타고토(巫女語) 같은 건 한 번도 입에 올린 적 없는 할머니가, 왜 이런 말을 하는 지, 나는 충분히 이해할 수 있었다. 할머니의 귀가 어두워진 건 나이 탓 때문만이 아니라, 폭음에 과도하게 노출되었기 때문이라고 생각해 왔는데, 지금 그 폭음의 원천인 곳에 서 있는 것이다. 그 재앙을 마음속에 눌러 놓고, 멀어버린 귀를 땅속 깊은 곳까지 기울이고 있는 것이다. 그런데 그 목소리는 환상에 지나지 않았다. 머리 위를 나는 비행기의 존재를 완전히 무시한 몸짓이었다.

"이 주변에 돈(殿)이 있었어……."

라며, 다시금 손바닥으로 어루만지듯 가리켰다. 그 뒤편에 구멍을 파고 묻었어, 라는 말을 들었다고 한다.

우리 집이 그 주변에 있었고, 라는 말도 덧붙였지만, 그것이 과연 맞는 말인지 어떤지는 보증할 길이 없다.

"시간이 별로 없어요."

라고, 내가 말한 것은, 단순히 시간이 없었기 때문이 아니고, 다그칠 생각도 아니었다. 오히려 확실하게 실패로 끝나리라는 것을, 그것이 실패했다는 사실을 깨닫기 전까지 시간을 벌어드려야겠다는 나 나름의 효행이었던 것이다.

나의 이러한 판단이 옳았다고, 게이트를 향해 걸으며 생각했다.

"할머니, 속상하세요?"

확인하기 위해, 조금 짓궂게 물었다.

"별로……."

라며, 할머니는 엷은 미소를 띠며, 대답했다. "미국과의 교제는, 본래 그런 법이야."

"옛날에도, 그런 일이 있었어요?"

"말린 사과라는 것이 있었는데 말이야."

"들은 적 있어요. 맛있었어요?"

"그저 신기할 뿐이었지. 그런데 진짜 사과를 먹으면 더 신기했어."

"정말요? 왜요?"

"어느 쪽이 진짜일까 하는 생각에 말이야."

하하하하, 하며 나는 그만 웃어버렸다.

"어느 쪽이 진짜일 거라고 생각하셨어요?"

"그냥, 속으로만 생각했지……."

화제가 옮겨갔다. "어느 쪽이 진짜든 상관없었지만, 미국이 부자라는 건 알았지. 그래도 그걸 알게 되었을 때 이런 생각이 들었어. 그렇게 부자 나라가 왜 이런 조그만 섬에 욕심을 부리는 걸까 하고. 미국은 아주 큰 나라라고 하잖니."

나는 말문이 막혔다. 할머니가 가지고 있는 부의 관념은 내 상상으로는 도저히 따라갈 수 없으니 말이다.

그러나 그 터무니없는 상상이, 내쫓겨 살게 된 가짜 아라구스쿠 마을에서 폭음에 길들여져 살고 있고, 무리하게 별갑 빗을 비행장에서 발굴하려 하고 있으며, 그것이 불가능하다는 걸 알고 또 이렇게 아무렇지도 않게 집으로 돌아가는, 이러한 유들유들함이 나 자신 안에 있었다니, 라는 생각을 하는 사이에 어느덧 게이트 앞까지 왔다.

게이트를 막 빠져나가려고 할 때, 다시 폭음이 엄습했다. 오늘 일은 이 폭음에게 패배한 것일 텐데, 할머니의 표정은 밝았다. 전혀 졌다고 생각지 않는 모양이다.

그 표정은 나를 충분히 납득시켰고, 집을 나서기 전에 성공을 기원하던 마음과도 모순되지 않는다고 믿었다. 기지와의 싸움은 본디 그런 것일지 모른다.

3

해질 녘에, 남동생 사다미치가 학교를 마치고 돌아왔다.

"빨리 왔네."

어머니는 무심히 던진 말인 듯했는데, 나는 유도 동아리를 빼먹었나, 하는 억측이 들었다.

나는 두통 때문에 평소보다 일찍 퇴근했다. 집에 도착하니 두통이 사라졌다. 어머니에게 폭음 탓일까 하고 말하니, 폭음이 없는 곳에서 생긴 두통이 폭음이 있는 곳에서 낫는 일도 다 있다니? 라며 어이없는 표정을 했다. 조만간 큰 병원에서 검사를 받아야 되나, 하는 생각이 문득 들었다.

"누나도 빨리 왔네."

하며, 자기 방이 있는 2층으로 올라갔다. 유도하는 남자의 뒷모습, 엉덩이만 보이며 말한다. 어른들 이야기에는 일절 끼지 않는 스타일이어서 나도 어머니도 별로 신경 쓰지 않았다.

그런데, 어쩐 일인지 저녁식사 시간에 대학에서 있었던 이야기를 들려주었다.

"야마시로(山城) 교수님이 수업 중에 하신 말씀을 헬리콥터 추락 후유증이라고 말하는 녀석이 있어."

라며, 쉽지 않은 주제를 꺼냈다.

6년 전, 2004년 8월 13일 정오에, 기지를 날아오른 헬리콥터가 오키나와국제대학 구내에 추락했다. 대학은 기지 남단에 접해있다. 비행장과 길항하는 위치에 자리한 건물이다. 가까이에 주택가가 있어서, 거기에 사는 사람들은 집이 흔들리는 것 같은 느낌을 받았다고 한다. 1972년에 세워졌는데, 그 무렵은 일본복귀를 눈앞에 둔 시점으로 이 비행장이 앞으로 이렇게 커지리라고는 생각지 못했을 것이다.

여름방학이었는데도 몇몇 교실에 사람들이 있었고, 나도 열 명 쯤 되는 학생들과 경제수업 보강을 받고 있었다.

갑자기 온몸을 때리는 듯한 굉음이 들리더니 머리가 부르릉 하고 떨렸다. 그와 동시에,

"추락했어."

누군가 외쳤다.

캠퍼스 남쪽 본관 주변이라는 걸 즉시 파악하고, 복도로 나온 학생들과 경쟁하듯 나도 그쪽으로 뛰어나갔다. 현장에는 벌써 사람들이 무리를 지어 있었고, 그 건너편에 기체가 머리를 박고 날개 꼬리를 쳐올리고 있었다. 회전날개 하나가 하늘을 찌른 채 꼼짝 않고 있는 모습이 어쩐지 기분이 으스스했다. 검은 연기가 솟아올라 주변 공간을 가득 메우며 하늘을 온통 뒤덮었다. 3층 건물 본관 외벽 한쪽 면이 검게 그을렸다. 학생과 직원들만 웅성거리며 얼굴을 일그러뜨리고 있다. 게 중에는 앞쪽에서도 잘 보이지 않았던지 뒤로 물러나는 이도 있었고, 늦게 도착한 주제에 무리하게 밀치며 앞으로 나가는 이도 있었다. 나는 앞쪽 열과 뒤쪽 열 사이에 끼여서 옴짝달싹하지 못했다. 그냥 멍하니 서서 사람들 어깨너머로 잔해만 바라볼 뿐이었다. 강의는 그대로 끝이 났다.

1959년 이시카와(石川) 시 미야모리(宮森) 초등학교에서 있었던 추락사고가 떠올랐다. 나는 물론 태어나기 전이다. 사람들한테 들은 이야기와 자료를 종합해 보면, 수업 중에 미군 제트 전투기가 교사에 추락해서 초등학생 11명을 포함한 17명이 사망했고, 부상자가 210명에 달했다고 한다. 부상자 가운데 아이들이 156명. 교실과 민가가 모두 전소되었고, 검은 연기가 이시카와 시 상공을 뒤덮었다고 한다. 이시키와 시골 마을에 전후 처리를 위한 난민수용소가 세워졌던 탓에, 억새지붕 주택이 도시처럼 빽빽하게 밀집해 있었는데, 그곳이 온통 검은 연기로 뒤덮였다고 한다. 남쪽으로 2킬로 정도 떨어진 이하(伊波) 마을에서 이 광경을 목격한 사람은 또 전쟁

이 일어난 것으로 착각했을 정도였다고 한다. 전쟁이 끝난 지 14년이 되던 해다.

이번 사건은 사망자는 발생하지 않았고, 탑승자 이외의 민간인 부상자는 없었던 것이 불행 중 다행이었다.

충격적이었던 것은, 현(県) 경찰에서 파견된 경찰 20명이, 10명 쯤 되는 MP들에 의해 밖으로 밀려나는 광경이었다. 미군 사고는 미군이 조사하겠다, 오키나와 현 경찰은 물러나 있으라, 라는 뜻일 터다. 소방작업은 기노완 소방서가 맡았다. 헬리콥터 내부에 장착된 군사기밀이 알려지는 걸 우려했기 때문이라는 말도 있다.

남단 도로 건너편에 맨션이 들어서 있는데, 그곳 주민들이 창문 너머로 얼굴을 일그러뜨리며 내다보고 있다. 그들의 정면에 검게 그은 본관 벽이 자리하고 있으니 당분간은 이것을 마주하며 살아가야 할 것이다.

다음 날부터 쏟아지기 시작한 신문기사 가운데 인상적이었던 것은, 총리대신이 여름휴가 중이라 와보지 않았다는 것이었다. 본토에서 발생한 사건이었다면 곧장 날아왔을 것이라는 내용이었다. 전국지 중 하나는, 프로야구계의 거물로, 나베쓰네(ナベツネ)로 불리는 와타나베 쓰네오(渡辺恒雄)가 사임한 이유를 이튿날 조간 1면 톱기사로 다루었다. 선수 선발을 둘러싼 잡음이 화제가 되었다. 이렇든 저렇든 마치 오키나와가 아직 일본으로 반환되지 않은 듯, 강 건너 불구경 하듯 보고 있는 것이다. 물론 오키나와 신문은 연일 크게 다루었는데, 그 보도 이후 오키나와에 확산된 화제는, 미일지위협정을 개정하라는 요구였다. 현 경찰이 현장검증을 거부당한 것이, 시정권반환에 따라 치외법권으로부터 해방되어야 마땅한 오키나와에서는 큰 문제가 아닐 수 없다. 현 경찰의 권위를 되찾기 위해서는 미일지위협정을 개정해야 한다는 주장이었다. 그런데 정부는 이 문제에 매

우 냉담했고, 그런 상황은 지금까지 계속되고 있다.

여름방학이 끝나자, 현장의 검게 그은 건물 벽을 그대로 보존하자는 운동이 대학 내부에서 교수와 교직원을 중심으로 일었다. 나도 그 운동의 사무를 도왔다. 다만, 도로 건너편 맨션 주민들 입장에서 보자면, 검게 그은 벽을 보존하는 것은, 일상생활 면에서나 정신적인 면에서나 그다지 좋은 일은 아닐 거라는 약간 복잡한 생각이 들기도 했다.

지금은 건물을 새로 단장해 그럴 염려는 사라졌지만, 과연 옳은 선택이었는지 반성하게 된다.

헨나 다다시도 졸업생으로써 집회를 예의주시했다.

그 6년 전 기억이, 후유증이라는 말과 어떻게 연결되는지, 나는 사다미치의 이야기에 좀더 귀 기울여 보기로 했다.

"역사 시간에 야마시로 교수님이 재미있는 이야기를 해주셨어."

"쇼와 20년 시절 얘기?"

사다미치는 입을 벌리고 내 얼굴을 뚫어지게 바라봤다.

"누나들 시절에도 들었어?"

"자주 레파토리 같던데?"

대학이 만들어진 것은, 1972년 '조국복귀' 직전이다. 야마시로 교수는 그 당시를, 선배들에게서 들은 이야기를 섞어가며 자주 말씀하셨다.

명색이 대학이지 건물은 판자로 만든 가건물로, 낮에도 교실에 모기가 들어와서 모기향을 피우며 수업을 했다고 한다. 그것이 쇼와 20년(1945), 즉 종전 당시 이 일대의 일반적인 풍경이었다고 한다. 물론 전쟁으로 황폐해진 농경지 한쪽 편에 발 빠르게 미군기지를 위한 몇몇 가건물도 세워졌다고 한다. 그 역사를 잊어서는 안 된다는 것이 야마시로 교수의 주장이었다.

"그런데 지금은 거기다 헬리콥터 이야기가 추가되었지."

라며, 사다미치는 이야기를 이어갔다. 어머니의 미간이 일그러졌다. 잘 모르겠다는 얼굴이다.

"그게 뭔데?"

라며, 내가 솔직하게 묻자, 어머니가 나를 보고 고개를 끄덕였다. 할머니는 아무런 표정 변화 없이 묵묵히 다마나(양배추) 찬프르를 먹고 있다. 귀가 잘 안 들려 이해하기 어려웠던 모양이다.

"모기향이 쇼와 20년을 은유하는 것이라면, 대학에 헬리콥터가 추락한 것은 어떤 은유일까, 라는 질문⋯⋯."

뭘까, 나는 얼버무리며 말했다.

"전쟁과 관련 있겠지?"

그런 통속적인 비유를 하다니, 지금은 새삼스러운 일도 아닌데, 나는 약간 불만이었다.

"통속적이라고 생각했지?⋯⋯"

사다미치는 웃음기 없이 말했다. 야마시로 교수는 그런 통속적인 비유야말로 중요하다고 하셨어.

아, 그런 뜻이었구나, 나는 솔직히 좀 부끄러웠다.

"그걸 헬리콥터 후유증이라고 말하는 녀석이 있어."

사다미치의 이야기가 이렇게 연결되는 거로구나, 나는 뒤늦게 감동했다. 잡담이 토론으로 발전해 가다니, 신선한 기분이 들었다.

"그래서 너는 뭐라고 했어?"

어머니는 거기까지 듣고는, 대화에 집중하기를 포기한 듯한 얼굴을 했다. 그런데 이어지는 사다미치의 말에, 다시 귀를 기울이는 표정을 한다.

"통속적이라면 통속적일 수 있는데⋯⋯."

사다미치는 어머니의 기분을 살피면서,

"헬리콥터와 그것을 둘러싼 기지를 전쟁의 기억과 연결시켜 통속적인 방식으로 증오하는 야마시로 교수는 정말 훌륭하다고 생각해."

내가 태어나기도 전에 기지가 만들어졌고, 그런 방종이 통용되고 있는 것을 증오하는 것만으로도 훌륭하지 않아? 라는 말로 끝을 맺었다.

나는, 돈누야마에서 별갑 빗을 찾아내겠다는 할머니의 눈에, 증오의 그림자가 보이지 않았던 것을 떠올렸다. 비행장 게이트 안을 걸으면서 꽤나 안심한 듯한 할머니의 얼굴을 떠올리고, 우리 세대에게는 도저히 찾아보기 힘든 표정이라고 생각했다. 사다미치는 어떨까, 상상하면서 이야기를 이어갔다.

"시지프스 신화, 알지?"

"제목은 들은 적 있어."

그리스 신화잖아, 사다미치는 어머니를 의식하는 얼굴을 했다.

"프랑스 까뮈라는 작가가, 자세하게 해석한 철학책을 내기도 했는데……."

시지프스라는 남자가 산 위에서 굴러 내려오는 커다란 바위를 힘으로 막아내는데, 아무리 막아도 다시 굴러 내려온다는 이야기라고, 사다미치에게 알기 쉽게 설명해 주었다.

"그런데 말이야. 야마시로 교수는 까뮈와 정반대의 해석을 내놓았어."

아무리 막아내도 굴러 내려오는 것이 아니라, 아무리 굴러 떨어뜨려도 밀어 올린다는, 그렇게 해석하고 싶다고, 그 말은 상당히 설득력이 있었다. 이것은 오키나와국제대학만이 아니라, 모든 오키나와 문제에 적용될 듯했다. 그것은 할머니의 눈에 증오의 그림자가 보이지 않았던 것과도 맞물린다. 그 운명적인 부합에 나는 내심 감탄했다.

"헬리콥터 후유증이라고 말한 녀석은, 벤츠를 모는 녀석이야……."

아, 여기에도 군용지료(軍用地料)의 **은혜**(강조는 원문)가 있다니, 라는 생각이 들었다. 막대한 군용지료를 받아 어디에 써야할 지 몰라 주체를 못하는 집, 외제차를 두 대나 보유한 집 등은 새삼스러운 일도 아니었다. 사다미치도 같은 생각을 하고 있었다니……

"헬리콥터에 마비되었군. 그 대가로 받은 군용지료 때문이지."

"그런 일은 또 있어. 헬리콥터에 마비되었다기보다, 세간의 비판에 마비되었다고나 할까. 근거 없는 자신감으로 뻔뻔해졌다고나 할까."

"그러고 보니……"

나는 근무하고 있는 신문사 이야기를 꺼냈다.

매일을 기지 정보를 접하는 직장인데도, 그것을 문제 삼는 이가 없다. 군용지료를 받은 가정에서 자란 이가 없지 않을 텐데 말이다. 그것은 사회의 비판에 마비되었기 때문으로, 그것이 도대체 얼마만큼 나쁜 일인지, 아무도 말하지 않고, 아무도 문제시하지 않는다.

헬리콥터 추락 사건이 있었을 때, 나는 아직 신문사에 입사하기 전이어서 어떤 분위기였는지 모른다. 방대한 양의 정보를 다루는 직장이니만큼 그 어떤 정보에도 마비되어선 안 될 터인데, 사건이 발생했는데도 기사가 나가지 않았다는 것은, 마비 상태가 상당히 심각했음을 의미할 것이다.

헬리콥터 추락 사건에 앞서 발생한 1995년 초등학생폭행 사건 때는 어땠을까. 그 사건이 있기 전까지 대략 10년을 무사히 지내온 오키나와 사람들을 모두 우울의 늪으로 빠져들게 했다. 그때 나는 겨우 10살이었다. 해병대 후텐마 기지 소속 병사가 일으킨 사건으로, 오키나와 전체를 더 이상 돌이킬 수 없는 반미, 기지철거운동으로 단결하게 했다. 나는 자세히는 알지 못했지만, 분노한 사회를 보았다. 그 당시 신문사가 이 사건에 어떻게 대처했는지 헨나 다다시와 이야기를 나눈 적이 있다.

"특별히 눈에 띄는 움직임은 없었던 것 같은데……."

헨나 다다시 역시 당시 초등학생이어서 그다지 정확하진 않지만, "그 이후부터 후텐마기지반환운동을 확고하게 정착시키는 방향으로 대응해 갔던 것 같아."

어찌되었든 1995년 이후 후텐마 기지가—아니, 오키나와 전체가 기지 철거라는 하나의 방향성을 갖고 결집했던 것만은 분명하다. 그것을 강한 어조로 말하려 하는데, 사다미치가 표정을 누그러뜨리며 말했다.

"헨나 씨가 대학에 왔었어."

"언제?"

"오늘. 바쁜 거 같아서, 그냥 헤어졌지만."

"말은 했어?"

"아니."

헨나 다다시는 오키나와 시에 있는 중부(中部) 지사 소속으로 담당 범위가 넓은 편으로, 헬리콥터가 추락했을 당시, 신참인데도 취재를 나갔다고 한다. 이번엔 무슨 일로 간 걸까.

4

아버지가 증발했다.

내가 유타 이야기를 아버지에게 한 후, 2주 정도 지난 어느 날, 사무소에서 귀가하지 않고 그대로 사라졌다. 내 이야기를 납득한 건지 아닌지 알 수 없는 반응을 보였는데, 그 영향 때문인 걸까.

혹시나 하면서 이틀 동안 기다리다가, 헨나 다다시에게 전화로 간단히 아버지 이야기를 하자,

"설마. 그렇게 단순한 이유가 아닐 거야."

라며, 저녁에 집으로 달려왔다.

"동기는 확실할 거라고 생각해. 어디 집히는 데 없어?"

헨나 다다시의 걱정을 뒤로하고, 나는 다음 날, 기지반환운동 사무장을 찾았다. 사무장은 아버지와 고등학교 동창으로, 아버지를 사무소로 부른 사람이기도 하다.

"요즘 들어 깊은 생각에 잠길 때가 많아서, 걱정하던 참이다."

라며, 사무장은 애교 있게 기른 콧수염을 어루만지며 말했다.

"어쨌든 이 일은 단순하면서 복잡한 일 같다. 앞이 보이지 않는 만큼, 절망의 늪이 조금이라도 보이면 위험하니까 말이야."

자기 자신도 예전에 그랬던 경험이 있고, 일상으로 돌아오는 데 시간이 걸렸다고도 했다.

"할머니 얘기를 하던데, 집히는 일 없니?"

할머니의 행동이 어디까지나 한풀이라는 걸, 나는 안다.

"어쨌든 대단해, 라는 소리를 연발하더구나. 전쟁 전에 태어난 사람들은 말이야, 라고."

나는 할머니와 아버지를 번갈아 가며 생각하면서, 집으로 발길을 돌렸다. 아버지가 할머니에게 특별한 존경심을 갖고 있다면, 전쟁 전 젊었을 때 검소한 생활을 했고, 그것을 지금도 부끄럽게 생각하지 않고 자긍심을 갖고 있는 점이다.

아버지가 모친 앞에서는 무뚝뚝하게 대해도, 뒤로는 존경의 마음을 친구들에게 드러냈다고 하니 마음이 뭉클했다.

그런 아버지를 증발로부터 구해내야 한다, 아니 반드시 찾아내리라 다짐했다.

우선 경찰에 신고했는데, 수색에 진전이 없는 가운데 헨나 다다시의 인사이동이 있었다. 후텐마 동굴 소동도 영향을 미쳤을 것이다. 그건 그렇고 아버지 실종 사건도 해결하지 못했는데 인사이동이라니 심란했다.

인사이동보다 아버지 일이 더 걱정이었다.

"어떤 계기가 있지 않았을까?"

헨나 다다시도 근심어린 얼굴을 했다.

나는 사무장과 만났던 이야기를 했다.

"음……."

헨나 다다시는 평소와 다르게 깊은 생각에 잠긴 얼굴로, "확실히 전쟁 전에 태어난 사람은 대단해. 그런데 그런 생각을 한 아버님도 대단해. 그런 분이라면 절대 죽거나 하지 않을 거야."

조금 과장이 섞인 말이었지만, 나는 기분이 좋았다.

"오키나와국제대학에 취재하러 갔다면서?"

나는 화제를 바꿨다.

"검게 그은 건물을 보존하자는 운동이 타협 끝에 건물을 새롭게 단장하게 되었는데, 그 후일담이 듣고 싶어서 말이야."

"별로 대수롭지 않게 여길 걸"

나는 그냥 하는 말이 아니라, 진심으로 그렇게 생각했다.

기지 오키나와에서 그런 사례는 셀 수 없이 많을 것이다. 따라서 후유증이라고 하는 것이, 거의 사라진 것처럼 보이지만, 결코 사라진 것이 아니다. 중요한 시기에 다시 부상한다. 그렇지 않으면 비슷한 사고가 다시 발생한다.

"1995년이 또 되풀이되지 않으리라는 법이 없지 않나?"

"1955년부터 50년 동안 벌써 몇 번째지?"

나는 이 말에 맞장구를 쳐야 하는 사실이 더 분했다.

1955년에 유미코라는 이름의 6세 소녀가 미군 병사에게 성폭행 당한 후 살해되어 쓰레기장에 내버려졌다. 그것을 계기로 기본적인 인권 보장, 즉 치외법권탈각이라는 헌법체제를 요구하며 일본복귀운동이 무르익었다. 그런데 그 운동을 비웃기라도 하듯, 헌법이 없는 채로, 아니 '일본국'이 되어서도 몇몇 유사한 사건이 발생했고, 50년 후인 1995년에 큰 사건이 뒤를 잇게 된 것이다.

1980년대는 우연히도 사건다운 사건이 없었기 때문에 그냥 넘어간 것이고, 그런 만큼 95년 사건은 전 현민을 놀라게 하고 또 분노하게 했다. 잊고 있었다는 것은 거짓말이었다. 그 와중에 후텐마기지반환운동에 불이 붙었고, 헬리콥터 추락 사고도 그런 와중에 일어났으니, 후일담이 없을 리 없다. 그러나 그것은 일상생활에 묻혀 버렸다.

"별로 대수롭지 않게 여긴다고 해도, 뭔가 할 말이 있을 텐데."

거기서 어떤 말이 나올지 모르지만, 그 말도 다시 반추해 봐야 할 거야, 고 말하며 헨나 다다시는 눈을 가늘게 떴다.

아버지의 증발은 그것과 관련이 있을 거라고 생각했지만, 논리적으로 설명하는 건 불가능했다.

할머니가 응접실로 들어왔다. 무언가를 찾는 듯 주위를 살폈다.

"무슨 일이에요, 할머니?"

나는 헨나 다다시에게서 눈을 돌려, 할머니에게 물었다.

"안경."

"안경은 지금 쓰고 계시잖아요."

할머니의 손이 안경으로 가더니, 아, 그렇구나, 하며 그대로 밖으로 나갔다.

"하하하하⋯⋯오키나와 문제 같군."

라는, 헨나 다다시의 지나가는 말을 나는 알 듯 말 듯했으나, 뭔가 깊은 의미가 있는 것 같았다. 그의 다음 말을 기다렸으나 만족할 만한 내용은 아니었다.

아버지가 증발했다는 이야기를 듣고도 할머니는 놀라지 않았다. 조금 있으면 돌아오겠지, 라며 태평하게 말한다. 이것은 별갑 빗을 발견하지 못해도 납득한 얼굴을 했던 것과 어딘지 모르게 닮아 있었다. 하지만 그 결과는 아버지가 돌아와야 비로소 알 수 있을 것이니, 잠시 접어두기로 한다. 지금 와서 보니, 별갑 빗이 과연 할머니에게 중요한 물건일까, 하는 의심이 들기도 한다. 어떻게 생각하면, 비행장의 구 아라구스쿠 현장에 도전해 보는 것이 목적이었나 싶기도 하다. 아버지도 일단 증발했지만, 돌아오면 그만인 것이다. 그것을 우리 세대는 시간이 지나야 비로소 알게 되지만, 할머니 세대는 본능적으로 알고 있는 것일지 모른다.

5

한 달이 지나 헨나 다다시가 북부지국으로 인사이동을 했다.

가을바람이 불었다.

"좌천이라고 생각 않기로 했어."

라며, 헨나 다다시는 예의 그 씩씩함을 잃지 않으며, 나고(名護)로 이사를 했다.

"헤노코(辺野古) 전문가가 되고 싶다는 생각을 했어."

나는, 잠시 하던 말을 멈췄다. 할 말이 없어서가 아니라, 너무 많은 생각이 동시에 들었기 때문이다.

"후텐마에서 도망치는 것 같아 속상하진 않고?"

"그렇다기보다, 새로운 문제와 맞닥뜨리고 있는 헤노코에서 도망치고 싶지 않다고나 할까."

"조삼모사라는 말 알지?"

"웬 유식한 말씀."

헨나 다다시는 쓴웃음으로 응수했다.

원숭이에게 도토리를 아침에 3개, 저녁에 4개를 주려하자, 아침에 4개 달라고 졸라서, 그럼, 아침에 4개, 저녁에 3개 주마했더니 그제야 원숭이가 승복하고 얌전해 졌다는 말이다.

후텐마에서 헤노코라는 것도, 이와 유사한 예라고 내가 말하자, 헨나 다다시는 쓴웃음을 지어 보인다. 그 조삼모사의 실태를 조사한들, 무슨 변화가 있겠어, 라고 내가 말하자,

"어쨌든 조사는 신문기자의 임무니까."

라며, 진심인지 장난인지 큰소리를 쳤다.

전화가 있으니, 언제든 연락은 가능하지 않겠냐며 서로 웃고 헤어졌는데, 역시 조금 얼이 빠진 듯했다.

3일 째 되던 날 전화가 왔다. 헤노코 이야기를 하려나 했더니,

"조삼모사가 아니었어……"

엉뚱한 이야기로 흘러갔다. "그러면, 오키나와의 요구로 헤노코로 이전했다는 거네."

아, 과연, 바로 납득했다.

"그건, 헤노코를 보고 알게 된 거야?"

"정부의 속내를 본 것 같았어. 헤노코 정말 대단해."

이상한 칭찬 같아서 마음에 걸렸지만, 그의 버릇이라는 걸 곧 알아차렸

다. 사람을 들었다 났다 하는 말투는, 나밖에 상대할 사람이 없다.

"헤노코 바다는 절묘하게 아름다워."

"그렇다고들 하더라. 빨리 가보고 싶다."

라며, 응석을 부리자,

"그럴 때가 아니야. 세계 유산이라고 해도 좋을 산호와 듀공의 낙원을, 방위청이 싹 다 없애 버리려 하고 있어……"

신문기자가 그렇게 흥분해도 되는 건가 싶어 나는 조금 마음에 걸렸지만, 그가 묘사하는 대로 방위청이 설치한 해저 시추 모습을 떠올려 보았다. 미일 정부에 대한 야유의 의미를 담아 새로운 조삼모사 사자성어를 만들어 보면 어떨까 하는 생각도 해봤다.

"그 시추망을 반대운동 무리들이 흔들어대고 있어. 시추 공사를 하는 기술자들도 우치난추(ウチナンチュ)인데 말이야. 골육상쟁을 보는 듯해서 속상해. 거기다 공사 예산은 이제 막 시작하는 활주로 건설까지 야마토(ヤマト) 제네콘(ゼネコン)이 가져간다고 하고 말이야."

이것은 조삼모사 정도가 아니다. 이것을 야유하는 새로운 사자성어를 만드는 것은, 우리의 숙명인 걸까, 지금까지는 패배의 연속이다.

가을바람이 드디어 차가워졌다. 가을바람만이 아니다. 곧 하늘 높이 왕새매(サシバ)가 원을 그리며 날아다닐 것이다. 헤노코 하늘에 그 계절이 찾아오면, 그것과 미군 비행기가 경쟁하며날겠지.

후텐마 비행장 상공에도 왕새매가 날겠지만, 그것은 터치앤드고보다 훨씬 더 높은 상공을 날기 때문에 왕새매가 비웃을 거라고, 누군가가 말했다.

10월에 헨나 다다시가 놀라운 이야기를 했다.

"아버지를 찾았어."

헤노코의 한 민박집 사무 일을 돕고 있다고 한다.

어떻게 할지 어머니와 상담했다.

"내가 가야할 텐데."

어머니는 곤란한 얼굴을 하고, 방 한쪽 구석에서 주간지 그라비아(グラビア)를 보고 있는 할머니를 돌아보았다. 집을 비우면 할머니를 돌봐 드릴 사람이 없기 때문이다.

할머니는 귀가 어두워 잘 듣지 못하니, 나에게 대답을 구하는 질문이라는 걸 안다.

내가 휴가를 내고 다녀오기로 했다.

민박집 전화번호를 알아 두었으니, 우선 전화를 해 보는 방법도 있겠지만, 그러면 다른 곳으로 도망가 버릴 지도 모른다고 두 사람은 의견의 일치를 보았다.

나고로 향했다. 거기에서 동쪽으로 10킬로 정도 떨어진 거리에 헤노코가 있다. 자가용은 신문사에 주차시켜 놓고, 헨나 다다시 차로 가기로 했다.

짙은 녹음 사이를 지날 때마다 몇 번이고 숨을 깊게 들어 마셨다. 아라구스쿠의 폭음과 주택이 빼곡한 곳을 빠져나오니, 그동안 잊고 있던 기분이 되살아났다. 이 아름다운 자연을 더 이상 파괴시킬 수 없다는 생각과 오로지 미군장교들 가족들만이 향유하고 있는 숲도 소중한 자연으로 보호해야 하는 걸까, 여러 생각이 교차하였다. 그러는 사이에 민박집에 다다랐다.

현관 앞에 차를 세우고 주위를 둘러보았다. 그렇게 멀지 않은 곳에 줄지어 있는 산들이 아름다웠다. 그 바로 앞에 커다란 기와지붕 건물이 자리하고 있었다. 무슨 회관이라고 하는데, 비옥한 토지를 보여주는 듯하면서도, 뭔지 모를 위화감도 들었다. 이 건물은 국가 예산으로, 캠프 슈와브(Camp Schwab, 오키나와 현 나고 시와 기노완에 걸쳐 있는 제일 미군해병대 기지)와의 친선을 위해 지어졌다고 한다.

"이렇게 보니, 꽤 잘 사는 것 같은데……."

헨나 다다시는 내 마음을 꿰뚫어 보듯 말했다.

'그러게 말이야…….'

나는 마음속으로 말했다.

1960년대에 지역 경제력을 위해서는 기지가 필요하다는 주장이 일부에서 제기되기도 했지만, 이러한 타협은 이미 운동을 통해 극복되었다고 해도 좋다. 정부가 사탕을 쥐어 주듯 세워준 건축물 등을 단순히 부정하는 것이 아니라, 그것과 별개로 새로운 기지반대를 주장하는 것뿐이다.

아버지는 분명 그곳에 있었다. 조금 살이 오른 것이, 현재 생활에 꽤나 만족하고 있는 듯 보였다. 나는 순간 의욕이 꺾이는 듯했지만, 이대로 물러설 수 없으니, 솔직하게 그러나 단어를 골라가며 말을 건넸다.

"뭐 하고 계셨어요?"

"아무 말 없이 집을 나온 건 미안하다."

아버지는 순순히 사과했지만, 왜 그렇게 거친 방법으로 가출한 건지, 이에 대한 적절한 답은 찾지 못한 듯했다.

"솔직히 말하면, 나도 나를 잘 모르겠어."

라고, 변명한다. 이건 거짓말은 아닌 것 같다.

"아라구스크에서 일상적인 폭음에 시달리면서, 다른 한편으로는 기지반환운동을 일상적으로 지속하고 있는 자신이, 뭔가 위선이라는 생각이 들었어."

그런 생각의 악순환에서 벗어나고 싶어서, 집을 나왔다는 고백이었다.

나는 사무장을 만나고 나서 든 생각 — 전쟁 전에 태어난 세대에 대한 생각을 말할까도 했지만, 지금 그런 말은 필요 없을 듯하다. 오히려 아버

지의 생각을 더 혼란하게 할 것 같았다

"그건 솔직한 심정일게요……."

머리가 벗겨진 민박집 주인이 아무렇지 않은 듯 이야기에 끼어들었다. "미안해요. 그에 대한 답은 내가 하는 것이 좋을 듯해서."

조금 예의가 없긴 했지만, 지금 아버지에게 필요한 말일지 모른다.

"온통 후텐마 기지와 투쟁해 온 삶이었는데, 거짓말처럼 보였던 모양이요."

"그건 혼자만의 생각일 뿐이에요." 이렇게 말한 것은 내가 아니라, 헨나 다다시였다.

"누구든 그런 고민이랄까, 착각으로 괴로워하고 있을 거예요."

"조금도 괴로워하지 않을 걸. 적당히 타협하면서 살아가겠지."

아버지의 말투가, 언제나처럼 자기중심적이어서, 오히려 나는 안심했다.

"그건, 아버지 생각이죠."

이것은 내가 한 말이다. 여기에는 두 가지 의미를 포함하고 있다. 아버지의 자기중심적인 태도를 지적한 것도 있지만, 기지의 삶을 강요당하며 살아가는 자들, 여기서 한 발짝도 나아갈 수 없는 같은 입장이라는 것을, 서로서로 이해하자는 것이다.

"그런데……."

나는 웃음을 보이며 말을 이어갔다. "후텐마에서 굳이 헤노코로 오신 것을 이해하지 못하겠어요. 그냥 장소만 바꾼 것 아닌가요?"

"그건 그렇지 않아요", 라고 민박집 아저씨가 말했다.

"분명 여기에도 기지가 존재하지만, 아버지 입장에서는, 집에서 느끼는 것과 이곳에서 느끼는 책임감이 다를 거예요. 물론 생활환경이 익숙한 곳이라면 적응이 더 빠르겠죠. 그렇죠?"

아버지에게 묻자, 아버지는 부끄러운 듯 고개를 끄덕였다.

여기서 떠오른 생각이 있다.

초등학교 5학년 때였다. 히가(比嘉)라는 이름의 청년이 갑자기 찾아왔다. 그는 막대한 군용지료를 받고 있는 자로, 아버지가 기지반환운동을 하는 것에 앙심을 품고 항의하러 왔다는 것을 바로 알아차렸다. 현관에서 소리 지르는 것으로는 진정이 안 되었는지, 양해도 구하지 않고 거실로 거침없이 올라와서는 부엌을 향해 서서 호령을 했다.

"이 냉장고, 이 부엌. 이런 물건들을 사들이는 데 기지 덕이 없었다고 말할 수 있나?"

"무슨 소리요, 그건……"

아버지는 역시 거기까지 밖에 말을 잇지 못했다.

나는 어렸지만 이상하게 생각했다. 냉장고든, 시스템키친이든, 어느 가정이나 갖추고 있는 건 당연한데, 기지 덕택이라니. 그것을 기지 덕이라고 하는 건, 히가가, 혹은 막대한 군용지료에 안주한 사람들이 뭔가 착각하고 있는 건 아닐까, 하는 의문이 들었다. 그러나 그것은 다분히 표피적인 해석으로 아버지로 하여금 반성하는 계기가 되었던 모양이다.

아버지는 그 때, 한 마디도 응수하지 못했다. 큰 틀에서 보면 분명 기지 수입 덕일지 모른다. 전쟁 전에 비해 생활이 윤택해졌다는 것을 아버지도 느끼지만, 군용지료를 받지 않았으니 책임이 없다는 걸 히가에게 어떻게 설명해야 할지, 몹시 곤혹스러워했다. 그리고 그것을 히가도 모를 리 없을 것이다.

아버지는 아마도 히가 청년을 통해 깨닫게 된, 자신들의 운동이 피상적이라는 것을 부끄럽게 여겨 증발한 것 같다. 익숙한 생활에서는 그 상황을 벗어나기란 불가능하다 — 헤노코 민박집 아저씨도 같은 생각이었던 것 같다, 그 깨달음을 선물 삼아 아라구스쿠로 돌아가자⋯⋯"

"후텐마 비행장 곁으로 돌아가 봐야 그게 그거지만, 그래도 돌아갑시다⋯⋯"

나는 그렇게 말할 수밖에 없었다.

아버지는 부끄러운 듯 고개를 끄덕였다.

할머니가 어떤 생각으로 맞이할지, 문득 궁금해졌다. 비행장 안에 틀림없이 별갑 빗이 묻혀있을 거라고, 정말 그렇게 믿고 계신 걸까. 현장에서는 몰랐는데, 헤노코에 와보니 그런 생각이 들었다. 아버지가 자기기만을 부끄럽게 여기는 표정에서도. 다만 이것은 나 자신에 대한 부끄러움이기도 했다.

"저도 곧 돌아갈 거예요."

헨나 다다시가 자기 멋대로 책임지지 못할 말을 한다. 그러나 그것이 아버지에 대한 그의 성의 있는 위로라고 나는 해석했다.

집으로 돌아가는 길에 조금 전 지나온 녹음과 다시 만났다. 녹음에 취해 아버지의 옆얼굴을 바라보며 이 증발 체험이 부디 좋은 결과가 있기를 바랐다. 차창 밖 녹음이, 가는 길에 만났던 그것과 다른 푸름으로 빛났다. 기지가 어떻게 변화할지, 기지가 파괴되지 않은 한, 이 녹음은 변함이 없을 것이라는, 당연한 생각을 해본다. 60 수년 전 전쟁으로 불타버린 나무들에 푸른 싹을 틔운 강인함을, 믿고 싶었다. 아버지도 나도 같은 생각이기를 바랐다. 후텐마 비행장이 어떻게 변하든, 또 변하지 않든, 그런 것과 별개로 말이다.

"다녀오마."

아버지의 귀환을 모두가 기뻐하는 와중에 인사를 하는 할머니의 목소리가 들려왔다. 얼마 전 아들이 가출했다고 해도 별로 걱정하는 기색 없이, "건강하기만 하면 돼. 언젠가 돌아오겠지."라고 낙관하며 "그런데 내가 죽기 전에는 돌아와야 해."라는 단서를 붙였다. 그것은 살아있는 동안 만나지 못할 거라는 생각은 전혀 없는 낙천가라는 증거이기도 하다. 그러나 무엇보다 아들에게 배신당하지 않았다는 사실이 기쁜 모양이었다.

별갑 빗에 대한 건은 잊은 듯했다. 그러나 그 체험을 한 것만으로도 할머니는 새롭게 살아갈 힘을 얻은 듯 보였다. 아버지에게는 말하지 않겠지만. 그런 것은 잊은 듯한 얼굴로 치과에 다녀오겠다며 집을 나선다.

얼마 전, 그러니까 내가 헤노코에 가서 집을 비운 사이, 2층 침실에 오르려다 계단을 잘못 밟아 앞니가 나갔다고 한다. 자칫 이마라도 부딪혔으면 뇌경색으로 사망했을 지도 모르는데, 이렇게 가볍게 그쳐서 불행 중 다행이라고, 어머니가 말했다.

"모셔다 드리렴."

하고, 어머니가 나에게 말했다. 집근처 가까이에 치과가 있어, 이 정도는 걸어 다녀야 한다는 것이 할머니의 신조였다.

내가 할머니를 차로 모셔다 드리면 그만인데 말이다.

그런데 집을 나서자마자 바로 돌아왔다.

"벌써 다녀오신 거예요? 뭐 놔두고 가셨어요?"

어머니가 나에게 확인하듯 시선을 건넸지만, 내가 귀찮아서 대답하지 않고 있으려니, 할머니가,

"보청기."

라고, 짧게 말하고는, 천으로 만든 핸드백에서 신문지에 싸인 것을 펼쳐 보였다. 검은 보청기가 나타났다.

"하하하하……"

아버지가 크게 웃었다. 어머니도 그것을 보고, 재미있다는 듯 웃어 보인다.

할머니가 부러진 이를 싸서 서랍장 안에 넣어 둔 것까진 좋았는데, 보청기를 싸 놓은 것하고 헷갈려 잘 못 가져간 모양이었다. 검고 작은 보청기는 부러진 이보다 컸을 텐데,

요즘 들어 보청기를 귀에 끼면 폭음 소리가 너무 크게 울린다고, 할머니가 언짢아 하셨다. 우리와 같이 보청기를 끼지 않고 들리는 소리와 비교해 보고 싶었지만 아직 시도해 보진 않았다.

폭음이 들려왔다. 아버지가 순간 천정을 올려다봤다. 그러나 곧 멈췄다. 앞으로 몇 천 번일지, 몇 만 번일지, 아니 평생을 들어야 할 소리일지 모른다. 그 한 가운데로 돌아온 것이 속상했을까, 안심했을까, 나는 알고 싶었다……"

무용 콩쿠르까지 얼마 남지 않았다. 나는 3년 전부터 우수상을 목표로 했는데, 아직 수상하지 못했다. 그것에는 여러 가지 이유가 있다. 어머니가 심사위원에 들어가 있어서, 다른 심사위원이 점수를 짜게 주거나 오히려 불리하게 점수를 주는 거라고, 친구는 말했다. 그것은 내가 확인할 수 있는 일은 아니다.

어쨌든 연습에 정진하는 길밖에 없다.

강습소에 갔다. 작은 규모지만 여기서 2명의 우수상과 7명의 신인상을 배출했다. 조금 있으면 최우수상이 나올 거라고, 어머니도 나도 낙관하고 있다.

강습소에서는 부모 자식도 없다. 스승과 제자라는 관계 이외의 감정이 개입할 여지가 없다.

이 강습소는 마루가 반짝반짝 윤이 난다. 어머니가 제자들을 엄하게 훈련시키는 편인데, 그것이 싫어서 떠나는 사람도 있지만, 어머니는 그런 건 신경 쓰지 않는 듯 했다.

어머니를 따라 처음 강습소에 왔을 때, 2, 3명의 제자들이 특히 경계하는 눈빛을 보였는데, 나는 신경 쓰지 않았다.

제자는 20명 남짓인데, 오늘 출석한 사람은 10명이다. 콩쿠르를 대비한 특별연습이 있는 날이어서, 대회에 나가지 않는 사람은 나오지 않았다.

올해 우수상 지정곡은 '누하부시(伊野波節)' 단 한곡으로 예년에 비해 이례적이다. 보통은 3곡이 지정된다. 대부분의 곡이 4, 5분이면 끝나는 반면, 누하부시는 19분이나 되니 콩쿠르의 원활한 진행을 위해 한곡으로 정한 것 같다. '누하부시'는 난해한 곡이니만큼 무용 실력을 판가름하기도 좋을 것이다. 나는 어머니에게 곡에 대한 설명은 듣지 않기로 했다. 어머니는 심사위원으로서 지켜야할 법도를 그 누구보다 엄격하게 지키는 사람이기 때문이다.

누하부시— 이 극한의 사랑을 표현한 무용을, 나는 초등학교를 졸업하던 해 류큐무용을 처음 배우면서 접했다. 몇 십번 아니 몇 백번을 추었는지 모른다. 그 가운데 몇 번인가는 헨나 다다시도 본 적이 있다.

"이건 실연의 노래 같은데."

우타산신(歌三線, 고전민요와 오키니와 샤미센을 일컫는 말) 반주가 4곡 연속 명인의 연주로 흘러나온다.

　　만나지 못하는 밤의 괴로움/ 혹여 다른 여자를 마음에 둔 것은
　　아닌지/ 원망스럽지만 참으리/ 사랑도 연습이려니

운나의 소나무 아래에/ 금지 팻말이 세워졌다 한들/ 사랑마저 어이 금하겠느냐(류큐왕국 시절 중국 책봉사 일행이 류큐의 북부 명소를 둘러보게 되어, 당시 야간에 남녀가 자유롭게 교제하던 '모아소비(毛遊び)'를 풍기문란으로 규정하고 이를 금하는 내용의 〈운나 소나무 아래 팻말(恩納松下の牌)〉을 세움)

층층이 쌓인/ 담벼락의 꽃도/ 향기가 나는 것까지/ 어이 금하겠느냐

만나지 못하고/ 돌아오는 길에/ 운나다케를 올려다보니/ 흰 구름이 걸쳐있구나/ 그리움이 쌓여 보고 싶은 마음 간절하네

사랑하는 이를 만나지 못하고 돌아오는 길의 안타까운 심정, 혹여 다른 여자를 마음에 둔 것은 아닐지 하는 망상과 질투. 말아야지 하면서도 그러지 못하는 사랑이라는 감정. 만나지 못하고 돌아오는 길, 뒤돌아보니, 운나다케(恩納岳, 오키나와 본도, 미군기지인 캠프 한센 내 실탄연습장에 자리하며, 일반인은 출입이 금지되어 있다)에 흰 구름이 걸쳐 있는 것이 보인다. 보고 싶다는 간절한 마음……

실연을 넘어선 여자의 바람, 그 진실이 여기에 있다. 모든 환경을 자신이 짊어지고 묵묵히 앞으로 나아가는 여자―라기 보다 인간을, 사랑스럽게 표현하고 있다. 누하부시 시대의 여자가 부러웠다. 부러워한들 소용없는 일이지만, 그냥 부러워하는 마음만은 허락되기를, 하고. 후텐마 기지에 산다는 것은, 그렇게 밖에 살지 못하는 걸까, 하고.

그것을 헨나 다다시에게도 말했는데, 그렇게 막다른 곳으로 몰아가는

것은, 사양한다고 넌지시 말한 것이 통한 걸까.

춤을 출 때마다 그때의 문답을 떠오른다. 그리고 내 자신이 자랑스럽다.

그런 생각을 하면서, 잡념을 떨치고 춤을 추기 시작했다. 3곡을 무사히 마치고 4곡 째에 접어들어,

"만나지 못하고 돌아오는 길에……"

갑자기 울린 폭음이 테이프레코더의 우타산신 노랫소리를 지워버렸다. 헬리콥터. 전에 없이 가깝게 들린다. 바로 위 상공이다. 어차피 몇 초 지나면 지나갈 것이니 나의 춤에 혼신을 다해 집중하기로 하고 춤을 이어갔다. 그런데 그것은 몇 초가 아니었다. 몇 10초가 아닌, 몇 분은 되는 것 같았다. 헬리콥터가 이 강습소 상공 가까이에서 선회하고 있는 걸까. 이런 일은 처음이다. 테이프레코더가 덧없이 회전한다. 어머니는 아무런 지시도 하지 않았다. 콩쿠르 실전에서는 설마 이런 사고가 일어나지 않기를, 바라며 계속해서 춤을 이어간다.

'……운나다케를 올려다보니, 흰 구름이 걸쳐있구나……'

내 마음속의 노래에 맞춰 춤을 춘다.

"그리움이 쌓여 보고 싶은 마음 간절하네"

노랫소리가 다시 들려왔다.

'맞는다……'

음악과 손동작이 훌륭하게 맞아 떨어지는 것이, 신기하기도 하고 자랑스럽기도 했다.

"잘했어."

어머니의 칭찬에 나도 모르게 눈물이 흘렀다.

'들었지……'

어두운 상공을 향해 말했다. '내가 이겼어……'

미군 조종사는 나이가 얼마쯤 됐을까. 아내나 연인이 있겠지? 사랑하는 이도 잊고 조종에 전념하고 있을 때, 나는 연인을 열렬히 그리워하는 여자의 마음을 춤으로 표현했다. 춤추던 사이사이 당신은 나의 마음을 빼앗은 듯했지만, 나는 빼앗기지 않았어.

내 춤이 한 치의 오차도 없이 음악과 맞아 떨어졌거든.

헨나 다다시에게 보여주고 싶었다. 좀처럼 없는 일이다. 이런 행운과 나의 실력을 보여주고 싶었다. 틀림없이 알아 줄거야. 콩쿠르 때도 오늘처럼 헬리콥터가 날아와 주면 좋을 텐데……라는 생각이 머리를 스쳤다. 불손한 생각이지만, 후텐마에서 춤을 배우는 자만의 특권이 아닐까, 하는 생각을 해본다.

(원문:『普天間よ』, 新潮社, 2011)

손지연 옮김

오시로 다쓰히로 문학에서
'미군'이 내포하는 의미[01]

오키나와·미국·일본 본토와의 관련성을 시야에 넣어

손지연

1. 들어가며

이 글의 관심은 오시로 다쓰히로(大城立裕) 문학 속 '미군' 등장인물이 내포하고 있는 의미를 동시대의 시대 상황, 그 가운데에서도 오키나와, 미국, 일본 본토의 관련성 속에 위치시켜 사고하는 데에 있다. 오시로 문학의 가장 큰 미덕은 전후 오키나와와 미국의 관계를 말할 때, '오키나와 vs. 미국'이라는 이항대립구도에 매몰되지 않고, 전후 냉전체제 속에서 다시 등장하는 일본이라는 국민국가와의 긴밀한 관계성을 놓치지 않는다는 점에 있다.

그의 문단 데뷔작 『2세(二世)』(1957)에서의 '미군'은 명확한 점령자이지만 그 위치가 애매하다. 주인공을 '미군'으로 설정함으로써 오키나와가 '피점령' 상황이라는 점은 충분히 드러내었으나, 폭력적 점령 시스템에 대한

---

01 이 글은 『일본연구』39(중앙대학교 일본연구소, 2015)에 같은 제목으로 수록된 것임을 밝혀둔다.

비판은 상당 부분 유보되어 있다. 이와 반대로 『칵테일파티(カクテル·パーティー)』(1967)에 등장하는 '미군'의 면면은 폭력적이고 억압적인 '점령자'의 모습 그 자체다. 그 피해의 당사자는 물론 오키나와인(특히 여성)이다. 10여 년의 차이를 두고 간행되었지만, 두 작품 모두에서 '미군'의 존재는 일본 본토의 관계를 규정짓거나, 오키나와 아이덴티티의 향방을 가늠하는 데에 빼 놓을 수 없는 전략적 수사라는 것을 알 수 있다. 이러한 문학적 특징은 복수(複數)의 미국, 미군의 이미지를 차단하고, 단일한 미국, 미군상(像)만을 상상 혹은 욕망한다는 점에서 한계로 볼 수도 있지만, 그보다는 오키나와만의 굴곡의 역사를 충실하게 반영한, 문학적 수사 그 이상의 함의가 내포된 것으로 이해되어야 할 것이다.

오키나와 문학과 미국(미군)의 관련성을 다룬 선행연구는 소수이긴 하지만 주목할 만한 논의가 있다. 몇몇 논의를 꼽자면, 오카모토 게이토쿠(2000)「오키나와 전후 소설 속 미국」(岡本惠徳 『沖繩文學の情景』 ニライ社), 마이크 몰라스키(2006)「문학으로 보는 기지의 거리」(マイク·モラスキー『占領の記憶 記憶の占領』 青土社), 나카호도 마사노리(2008)『미국이 있는 풍경』(中程昌徳 『アメリカのある風景-沖繩文學の一領域』) ニライ社), 나미히라 쓰네오(2001)「오시로 다쓰히로 문학에서 보는 오키나와인의 전후」(波平恒男 「大城立裕の文學にみる沖繩人の戦後」 『現代思想 戦後東アジアとアメリカの存在』所收 青土社)가 있다.[02]

---

02 오카모토의 논의는 개별적인 텍스트를 분석하기보다 오키나와 문학과 미국과의 관련성을 총괄하여 그 흐름을 소개한 것으로, 오키나와와 미국의 관계가 '복귀' 이전 '공동의 관계성'에서 복귀 이후 '개인적 관계성'으로 변모해 가는 특징을 지적하였다. 마이크 몰라스키의 경우, 일본과 미국의 상황을 일본 본토의 피점령 체험 문학을 분석한 것으로, 오키나와의 피점령 상황을 보여주는 작품으로 오시로『칵테일파티』와 히가시 미네오의 『오키나와 소년』을 들어 설명하고 있다. 미 점령기 기지문화에 대한 풍부한 자료 제시와 함께 오키나와와 일본 전후문학을 넘나드는 흥미로운 분석이긴 하나 일본 본토와 다른 오키나와(작가)만의 특수성을 충분히 드러내었다고 보기 어렵다. 나카호도의 단행본은 '미국'을 키워드로 하여 오키나와 문학을 분석한 것으로, 여타 선행연구에서 주목하지 않았던 류큐신보(琉球新報)

이 가운데 전후 오키나와의 사상과 문학을 넘나들며 오키나와 전후 체험의 특징을 제시한 나미히라의 글은, 오시로 작품과 미국의 관련성을 사고하는 데에 적지 않은 시사점을 안겨주었다. 본 논문에서는 이상의 선행연구로부터 받은 풍부한 시사를 토대로 본격적으로 다루어지지 않았던 오시로 문학에 초점을 맞춰 보고자 한다. '미 점령 하'라는 현실을 테마로 한 문학텍스트는 한국에서나 일본에서나 어렵지 않게 접할 수 있지만, 오키나와 문학의 경우는 '교전 중 점령'이라는 상황, 패전과 함께 '조국'마저 상실하게 되는 매우 특수한 사정들이 녹아들어 있어 여타 문학에서 보아왔던 미국 인식이나 미군 표상과 여러모로 변별될 듯하다.

2. '미군' 표상의 오키나와(적) 변용

오키나와 문학에서 '미군'을 등장시킨 가장 빠른 시기의 작품은 1947년에 간행된 오키나와전(沖繩戰)의 기록과 증언을 담은 요시카와 나루미(吉川成美)의『오키나와의 최후(沖繩の最後)』이다. 작가 자신의 자전적 요소가 강한 작품으로 1944년 일본군의 일원으로 오키나와전에 참전하여 미군의 포로가 되기까지의 과정을 담고 있다. 이때의 미군은 일본군과 달리 친절하고 호의적인 이미지로 표상된다. 이후 1950대에 들어서면 '히메유리 학도대(ひめゆり學徒隊)'나 '철혈근황대(鐵血勤皇隊)'03를 테마로 하여 오키나와전의 비참함을 폭로하는 데에 집중한다. 이시노 게이치로(石野径一郎)의

단편소설상 수상작 등 소설 텍스트를 폭넓게 다루고 있는 점이 돋보인다. 그러나 제목에도 나타나 있듯 '미국'이 있는 '풍경', 즉 표상을 추출하는 데에 그치고 있어 아쉬움이 남는다.

03 히메유리 학도대란, 오키나와전에서 종군간호부로 동원되었던 오키나와 사범여자부와 오키나와현립 제1고등여학교 학생과 교직원을 통칭하는 말로, 여학생 222명이 동원되어 123명이 사망했다고 한다. 철혈근황대는, 오키나와전에 아직 징병 연령에 달하지 못한 14-17세 소년들을 학도병으로 동원한 것을 이른다.

『히메유리의 탑(ひめゆりの塔)』(1950)은 그 대표적인 작품으로, 미군의 공격에 의한 '히메유리 학도대'의 '희생'이 부각되어 나타난다. 이와 유사한 주제로 나카소네 세이젠(仲宗根政善)의 『오키나와의 비극(沖縄の悲劇)』(1951)이 있다. 미군이 상륙하기 전 함포공격 장면에서 시작되는 이 작품 역시 '히메유리 학도대'에 동원되었던 여학생들의 수기를 통해 오키나와전의 비극을 극대화시키고 있다. 이들 작품은 작가 자신의 체험이나 수기에 기댄 전쟁 증언·기록물에 가깝기 때문에 작품 내 미군의 위상을 가늠하기 어려운 측면이 있다.

그것이 가능해지는 것은 오시로 다쓰히로 등의 주도로 『신오키나와분가쿠(新沖縄文学)』(1966)가 창간되면서부터라고 할 수 있다. 창간호에 게재된 가요 야스오(嘉陽安男)의 『포로(捕虜)』(『新沖縄文學』創刊号, 1966) 3부작은 기존의 작품들에서 다루었던 오키나와전 체험을 주제로 하고 있으나, 단순히 전쟁의 비극을 그리는데 그치지 않고 전쟁이 초래한 심리적 트라우마를 보다 섬세하게 포착한다. 미군의 묘사에 있어서도 변별된다. 이를테면 앞서의 작품들이 미군의 휴머니즘을 상찬하거나 '적'으로서의 미군이라는 어느 한쪽에 치우친 일면적 묘사였다고 하면, 『포로』에 등장하는 미군의 경우는 '해방자'이기도 하고 '점령자'이기도 한 양가적 이미지가 혼재되어 나타난다.[04]

이때 소설의 무게중심은 미군의 존재가 '해방자'이냐 '점령자'이냐에 있기보다 소설 속 주인공 스스로가 느꼈던 '해방감'에 놓여있다. '누구'로부터의 '해방'인가를 생각할 때 그 대상은 물론 일본 본토였으며, 여기에서 '오키나와 vs. 미국 vs. 일본'이라는 3자의 관계성이 부각되어 나타나기

---

04 나미히라 쓰네오는, 오키나와전에서 보여준 '해방자'로서의 미군의 이미지가 단순히 '일본군의 악행'과 상반된 모습에 의해서만 구축된 것이 아니라, 미군 자체가 갖고 있던 '수준 높은 모럴'도 한몫했음을 지적하며, '구체적인 적'이 '구체적인 해방자'로 그 모습이 변화되기까지의 정황을 기술하고 있다(波平恒男[2001] 앞의 책 p.131).

시작한다. 이를 가늠할 수 있는 보다 본격적인 작품은 이듬해 1967년에 간행된 오시로의 『칵테일파티(『新沖縄文學』, 沖縄タイムス社)라고 할 수 있다. 이 소설은 아쿠타가와(芥川) 상을 수상하면서 문학의 불모지였던 오키나와 문단에 커다란 활력을 불어 넣었으며, 무엇보다 미국의 폭력적이고 지배적인 점령 시스템에 대한 비판과, 피해자인 동시에 가해자라는 역설적 자기인식을 포함한 오키나와인의 성찰적 글쓰기의 표본을 보여준 기념비적 작품이라고 할 수 있다.

일본 본토로의 '복귀(반환)'가 이루어진 1970년대에 들어서면 히가시 미네오(東峰夫), 마타요시 에이키(又吉榮喜) 등 역량 있는 오키나와 출신 작가들이 대거 배출된다. 이에 따라 미군의 표상 또한 다양해졌다. 오시로에 이은 두 번째 아쿠타가와 상 수상자인 히가시 미네오는, 『오키나와 소년(オキナワの少年)』(1971)을 통해 남성성이 발현되기 이전의, 아직 성에 눈뜨지 못한 '소년'을 주인공으로 하여 성(性)산업으로 얼룩진 오키나와 사회의 암부가 미국의 파행적 점령정책에 기인한 것임을 폭로한다. 마타요시 에이키의 『조지가 사살한 멧돼지(ジョージが射殺した猪)』(1978), 『파라슈트 병사의 선물(パラシュート兵のプレゼント)』(1978), 『등의 협죽도(背の夾竹桃)』(1981), 『철조망 구멍(金網の穴)』(2007) 등 베트남전쟁의 대리전장이 된 오키나와 사회를 반영한 일련의 작품은 겁 많고 나약한 보통 인간으로서의 미군의 모습을 묘사함으로써 강하고 폭력적인 모습의 미군상에 균열을 내었다. 오키나와와 미국 사이의 불평등한 관계를 전제로 하면서도 오키나와 내부에 존재하는 균열과 갈등을 포착하고 있어 마타요시 특유의 성찰적 시점이 돋보인다.[05]

---

05 곽형덕은, 마타요시 문학에 나타난 오키나와인과 미군 사이의 관계가 "민족 대 민족의 관계를 전제로 하면서도, 민족 내부의 균열과 갈등을 전면적으로 드러내는 방식으로 전개"되었음을 지적하고, "우치난츄 간, 혹은 어린이 간, 허니(미군의 애인) 간, 미군 내의 인종 간 개인 간"이라고 할 수 있는 다양한 스펙트럼을 드러내고 있다고 지적하였다(『마타요시 에이키 문학에

이외에도 나카하라 신(中原晋)『은색 오토바이(銀のオ-トバイ)』(1977), 시모카와 히로시(下川博)『로스엔젤레스에서 온 사랑의 편지(ロスからの愛の手紙)』(1978), 히가 슈키(比嘉秀喜)『데부의 봉고를 타고(デブのボンゴに揺られて)』(1980) 등 1970년대 후반에서 80년대 작품에 이르면, 보다 다양한 미군의 모습을 목격할 수 있다. 그 양상을 미군과 오키나와 여성의 관계에 초점을 맞춰 보면, 오키나와 여성은 더 이상 무력한 오키나와 남성의 딸이나 아내, 즉 미군에 의한 강간의 피해자이거나, 미군에게 몸을 파는 창부이거나 미군의 현지처로 살다 버려지는 존재로 그려지지 않는다. 미군과 대등한 연인관계이거나 부부관계로 발전한 모습으로 등장하거나, 때로는 양다리를 걸치고 미국인 병사를 배신하기도 한다. 아울러 일본 복귀 이전에는 보이지 않던 본토 출신 남성들이 작품 속에 나타나기 시작한다. 본토 출신 남자가 묘사되는 방식 또한 흥미로운데 대부분이 불륜상대이거나 사기성이 농후한 부정적인 이미지로 그려진다. 본토 출신 남성에 대한 부정적 인식은 전쟁을 직접 경험한 기성세대 일수록 강하게 나타난다. 이것은 달리 말하면 미국의 영향력에서 벗어남과 동시에 일본 본토의 힘을 다시 감지하는 일이기도 했다.[06] 미군 표상의 변화는 이러한 수많은 변수들이 작동하는 오키나와의 사회상을 발 빠르게 포착한 결과라고 할 수 있다.

지금부터 살펴볼 『2세』와 『칵테일파티』는 오시로 문학 가운데에서도 특유의 '타자'와의 관계성이 돋보이는 작품으로, 미국(미군)을 조망하는 데에 있어 오키나와(적) 틀을 제공한 선구적 텍스트라 할 수 있다.

나타난 오키나와의 '공동체성' - "오키나와인" 주체의 자세를 묻다』『제국의 폭력과 저항의 연대 4·3의 땅에서 오키나와 문학을 보다』제주 4·3 제67주년 기념 학술심포지엄 발제문 제주대학교 탐라문화연구원 p.25).

06 이에 관한 논의는 졸고(2013)「유동하는 현대 오키나와 사회와 여성의 '내면' - 오키나와 및 본토 출신 여성작가의 대비를 통하여」를 참고바람(『비교문학』61輯 한국비교문학회 p.221).

3. 오키나와계 미국인 '2세'라는 설정 : 『2세』

오시로의 문단 데뷔작인 『2세』는, 1957년 11월 『오키나와분카쿠』창간호 제2호에 게재되었다. 실제 오키나와전에서 형은 미군으로 동생은 일본군으로 참전하여 형제가 '적'으로 재회한다는 기구한 운명을 모티브로 하고 있다.[07] 소설의 큰 줄기는, 육군보병으로 오키나와전에 투입된 헨리·도마 세이치(ヘンリー·当間盛一)가 미국(군)과 오키나와(인) 사이에서 갈등을 겪다가 마침내 자신의 진정한 정체성을 확립해 간다는 내용이다.

주인공 헨리·도마는 부모의 미국(하와이) 이주로 그곳에서 태어나고 성장한 오키나와계 미국인 2세다. 헨리·도마와 달리 남동생 세이지(盛次)는 그가 6세가 되던 해에 오키나와에서 태어나 외조모의 뜻에 따라 부모 형제와 떨어져 줄곧 숙부의 손에 키워졌다. 헨리·도마가 동생을 처음 만난 것은 지금으로부터 5년 전, 그의 나이 15세, 동생 10세 때였다. 오키나와에 홀로 남겨진 동생 세이지의 존재는 헨리·도마로 하여금 미국(군)의 일원으로서 오키나와전에 참전하여 겪게 되는 혼란을 가중시키는 요인이 되며, 다른 2세와 달리 오키나와(인)에 대한 연민과 애정, 때로는 수치심이 혼재한 중층적 아이덴티티의 인물로 형상화된다.

소설 속 현재는 1945년 6월 23일 오키나와전이 종식되고 얼마 되지 않

---

07 문학 평론가 나카호도 마사노리는 『2세』의 모델이 분명하지 않으며(仲程昌徳[2008] 앞의 책 p.43), 여타 선행연구에서도 하와이 이민의 실태를 수기로 남긴 히가 타로(比嘉太郎)의 『어느 2세의 흔적(ある二世の轍)』을 언급하며 『2세』의 모델을 추론하는 선에 그치고 있으나(里原昭 [1997] 『琉球弧の世界 -大城立裕の文学』 本処 あまみ庵 pp.127-132), 필자가 직접 저자와 교신한 결과, 형 헨리·도마의 모델은 따로 정하지 않았고, 동생의 모델은 아가리에 야스하루(東江康治) 씨라고 한다. 저자가 류큐대학 재학 시절 친척집에서 하숙하던 때에 그에 관한 이야기를 접했다고 한다. 따라서 오키나와 출신 형제가 미군과 일본군으로 재회한다는 설정 이외의 것은 모두 작가의 상상력에 의한 것이라고 하겠다. 참고로 아가리에 야스하루는 미군정 시절 미국에 유학하여 교육심리학을 전공하고 류큐대학 학장, 메이오(名桜)대학을 창립하여 교육과 평화를 위해 헌신하다가 최근(2015.4.5.)에 사망하였다.

은 때로, '전시 점령 하' 오키나와다.[08]

> 난민은 이곳에 모여 무너진 벽을 한 집, 돼지가 사라져 말라버린 돈사에 잡거(雜居)했다. (중략) 마침 무언가 배급이 있는 모양으로 여자들이 무리지어 있었다.
>
> 그 무질서한 광경은, 하나의 장관을 이루었다.
>
> (중략)
>
> '마치 돼지나 닭 같다!'
>
> 헨리·도마는 난민 무리를 내려다보며 눈살을 찌푸렸다. 그러나 이어서,
>
> '그래도 이곳은 내 부모의 고향이다. 그들은 내 동포이고, 나는 그들을 사랑하고 있는 것이다.'[09]

> 그는 수용소에서 목격하는 오키나와 민중의 무질서, 비문명을 혐오했지만, 그것은 그의 오키나와에 대한 사랑과 공존했다. 동생과 적이 되어 싸우고 있는 비극도, 그에게는 이미 "동생과 만나게 되면……"이라는 로맨틱한 장면으로 바뀌어 있었다. (p.16)

오키나와 주민 대부분은 미군의 포로가 되어 비참한 수용소 생활을 이어가고 있다. 미국의 선진문명의 혜택을 받은 헨리·도마의 눈에 비친 패

---

08 오키나와는 본토보다 빠른 6월에 패전을 맞았다. 오키나와 수비군사령관 우시지마 미쓰루(牛島満)가 자결한 1945년 6월 23일을 '종전'의 의미를 담아 '위령의 날(慰霊の日)'이라는 이름으로 기념해 오고 있다.

09 大城立裕(1957)『二世』『沖縄文學』第1巻2号; 大城立裕全集編集委員会(2002)『大城立裕全集 9』勉誠出版 p.3(이하 소설 텍스트의 인용은 별도의 표기가 없는 한 전집 9권에 따르며 본문에는 페이지 수만 표기함, 아울러 한국어 역 및 밑줄, 강조는 모두 필자에 의함).

전 직후 오키나와의 상황은 사람과 동물이 뒤엉켜 "잡거"하는 "무질서"한 "비문명" 그 자체지만, "부모의 고향"이자, "내 동포"이기 때문에 사랑하지 않을 수 없음을 말하고 있다. 더구나 그에게 있어 오키나와, 오키나와인은 '점령'해야 할 대상이기도 했지만, 다른 한편으로는 포용하고 껴안아야할 '부모의 고향'이자 유일한 혈육 '동생'이 남겨진 또 하나의 '고국'이기도 했다. 점령국 미군의 일원이면서 피점령지를 고국으로 둔 데에서 그의 갈등은 파생된다. 이러한 2세라는 특수한 출신 배경을 놓칠 리 없는 미합중국 사령부는 그에게 오키나와와 미국을 매개하는 임무를 부여한다. 즉 "미국 시민 출신의 일본어를 말할 줄 아는 병사"(p.3)로서의 역할을 부여하였으며, 그것은 어디까지나 "합중국 군인으로서의 자각"(p.3) 미국에 대한 "충성심"(p.3)을 바탕으로 한 것이어야 함을 강조했다.

한편 헨리·도마가 관할하는 수용소 내에는 그가 마음을 터놓을 수 있는 유일한 상대이자, 잘못하면 꾸짖기도 하는 '선배' 같은 존재가 있다. 동생 세이지의 행방을 알려달라는 개인적인 부탁을 하게 되면서 친분을 맺게 된 아라사키(新崎)라는 이름의 오키나와인이다. 나이 40이라고 하는데 고생을 많이 한 탓인지 50세는 되어 보이는 그는, 중국 전선에서 오른 팔을 잃어 방위대로 착출되지 않고 비전투원 수용소에서 생활하고 있다. 텍스트 곳곳에는 헨리·도마가 스스로의 정체성을 되묻거나 확인하는 장면들이 펼쳐지는데, 주로 오키나와인 아라사키를 향해 있다.

> "나는, 오키나와인이에요. 일본인이에요. 내 형제들이, 그 안에서 고통 받고 있는 호(壕) 안에, 수류탄이 던져지는 것을, 볼 수 있다고, 아라사키 씨, 생각합니까? 내가, 그 때, 어떤 기분이 들지, 아라사키 씨, 아십니까?"

"알아요."

"알지 못할 거예요, 아라사키 씨는……"

"아라사키 씨, 역시, 당신은, 나를 보통 미국인 병사처럼 생각하고 있군요."(p.5)

위의 상황은 미군의 오키나와 점령이 완료되었지만 아직 방공호에 남아 저항하는 주민들 수류탄으로 폭파시켜 제압하겠다는 군의 결정에 헨리·도마가 깊은 고뇌에 빠진 모습이다. 같은 "오키나와인"이고 "일본인"이며 "형제"라는 점을 들어 군의 명령대로 수행하기 어려움을 토로하지만, 아라사키는 그의 진심을 완전히 믿지 못하는 눈치다. 무엇보다 아라사키에게 자신이 "보통 미국인 병사"로 비춰지는 데에 심한 자괴감을 느낀다.

여기까지 보면, 헨리·도마의 정체성은 미국보다 오키나와 쪽으로 더 많이 기울어 있음을 알 수 있다. 이것은 같은 오키나와계 미국인 2세 출신 병사 존·야마시로(ジョン·山城)와 비교해 보면 더욱 명확해진다. 존은 '미국 시민'이라는 말을 빈번히 입에 올리는, 미국인 정체성을 완전하게 체화한 인물이다. 마을을 통과하며 오키나와 아이들에게 초콜릿이며 츄잉껌을 장난삼아 던지는 미군 무리에 섞여 있어도 아무런 위화감이 없다. 이 장면을 목격한 헨리·도마가 "너는 오키나와인이지? 여기서 태어났다고 생각해봐. 부끄럽지 않아?"(p.7)라며 일침을 가하지만, 존은 "쓸데없는 참견이야. 네가 언제부터 미국 시민이 아니게 된 거지?"(p.8)라는 비아냥 섞인 말로 응수한다. 오키나와를 향한 존의 시선은 피점령자 오키나와인의 우위에 선 점령자 미군의 시선 그것이며, "합중국 군인으로서의 자각"을 바탕으로 한 "보통 미국인 병사"의 모습이라고 할 수 있다.

실제로 헨리·도마나 존·야마시로처럼 오키나와전에 파병된 2세 출신

미군이 많았으며, 이러한 상황은 문학 속에도 그대로 반영되어 오시로의 또 다른 작품 『역광 속에서(逆光のなかで)』(『新沖縄文學』, 1969)나 앞서 언급한 가요 야스오의 『포로』 등에도 2세 출신 미군이 등장한다. 이들 인물의 내면을 이해하기 위해서는 오키나와의 미국(하와이) 이민에 대한 역사적 배경을 알아둘 필요가 있다. 오키나와인의 하와이 이민의 역사는 메이지 시대로 거슬러 올라간다. 메이지 정부가 1905년부터 이듬해에 걸쳐 실시한 오키나와의 '토지정리'를 계기로 개인이 토지를 소유할 수 있게 되었고 보다 나은 생활을 위해 본토나 이민을 선택할 수도 있게 되면서 오키나와의 이민의 역사가 시작되었다. 그것은 그 이전까지 오키나와 땅을 벗어날 수 없었던 이들에게 '해방'의 의미이도 했으며, 징병을 기피하기 위한 수단이 되기도 하였다. 무엇보다 이민 1세의 특징은 본토의 차별을 경험한 데에서 오는 마이너리티 인식과, 오키나와 전통(토착)문화를 고수하려는 의지가 강하게 나타나는 점을 들 수 있다. 그 후 2세, 3세로 가면서 점차 미국식 문화에 익숙해지게 되고 1세에서는 찾아 볼 수 없는 미국인으로서의 사명감을 갖게 되지만, 그와 동시에 오키나와인이라는 정체성에도 눈뜨게 된다. 일본어가 아닌 오키나와어=우치나구치(ウチナグチ)를 계승하고 오키나와 토착문화에 관심을 보이는 것 등이 그러하다.[10] 이렇듯 중층적 인식을 갖게 된 데에는 1세대의 영향이 컸던 것으로 보인다. 아이를 조부모에게 맡기고 부모만 하와이로 떠난다거나, 몇 년은 오키나와로 보내 전통문화를 익히게 하는 경우도 적지 않았다고 한다. 『2세』 속 세이지가 오키나와에 홀로 남겨지게 되는 설정도 그러한 사정과 무관하지 않을 것이다.

다시 이야기를 헨리·도마가 고뇌하는 장면들로 되돌려 보자.

---

10 里原昭(1997) 앞의 책 pp.127-132 참조.

그는 수용소에 들어온 이래 몇 번인가 머릿속으로 오키나와의 미래상을 그려보려고 애썼다. 그러나 무리였다. (중략) '데모크라시'라는 말이 자주 교육을 위해 동원되었다. 그것은 그러나 아직 그림자 같은 인상밖에 주지 않았다. 게다가 정치, 경체 체제가 장래에 어떤 영향을 미칠지 알 수 없었다. 세간에서는 <u>미국이 될 것이라고 시끄럽게 떠들지만, 그는 그것도 믿지 않았다. 그렇다고 해서 이대로 일본으로 되돌려진다고 해도 그것이 어떤 모양새를 하게 될지, 마냥 순수하게 받아들이지는 못할 것 같다.</u> (p.13)

헨리·도마 앞에 펼쳐진 '점령 하' 오키나와의 상황은 매우 불안정하다. 이대로 미국의 손에 넘어가게 될지, 다시 일본 본토로 되돌려질지 가늠하기 어려운 상황인 것이다. 그도 그럴 것이 당시 오키나와는 미군의 무차별적인 기지 건설과 주민들의 강제수용으로 몸살을 앓고 있었다. 1945년 4월, 오키나와에 상륙한 이후 이른바 '헤이그 육전법규(Hague Regulation land warfare)'를 빌미로 오키나와의 거의 모든 지역을 군사적 용도로 임의로 사용하였고, 토지를 헐값에 임대하거나, 군용지 일괄 매수를 겨냥한 '토지수용령'(1953), '프라이스 권고'(1956)를 잇달아 발표·시행하던 때였다. 이에 대한 오키나와 주민의 반발은 '섬 전체 투쟁(島ぐるみ鬪爭)'의 형태로 불거졌다. 점령 초기 잠시나마 희망을 걸었던 미군에 대한 기대감이 점차 절망으로 바뀌면서 일본 본토로 되돌아가자는 '조국복귀' 움직임이 불거지는 것도 1950년대의 일이다.[11]

---

11 일본의 포츠담선언 수락을 하루 앞둔 1945년 8월 13일 지넨(知念)수용소에서는 이미 일본의 패전을 예감하며 일본으로의 복귀를 주장하는 이들이 등장하였다. 그 대표적인 인물이 나카요시 료코(仲吉良光)인데, 그의 주장은 당시에는 지지를 얻지 못했지만 1950년대에 이르러 대중적인 움직임으로 발전했다. '일본복귀촉진기성회(日本復歸促進期成会)'(1951), '오키나

위의 인용문은 바로 이러한 어수선하고 혼란한 사회 분위기를 반영한 것으로, 주인공 헨리·도마를 앞세운 작가 오시로의 시대 인식에 주목할 필요가 있어 보인다. 즉 미국으로도, 일본 본토로도 그 어느 쪽으로 편입되더라도 오키나와의 미래에 대한 전망은 그리 밝지 않으리라는 것을 이미 예견한 듯하다. 그런데 이 작품이 씌여진 시점에는 이러한 정황이 가시화되었다 하더라도, 소설 속 현재는 아직 일본 본토는 패전도 맞지 않았고, 오키나와는 '전시 점령 하'라는 점을 상기할 필요가 있다. 헨리·도마가 대변하는 미군의 모습이 폭력적이거나 억압적인 점령군의 모습과 다른 것은 그런 연유다.

> "미국은, 오키나와 민중을 살해하는 것은, 전혀 생각하지 않았다."(p.6)
> "그래도 오키나와를 좋게 하기 위한 것입니다. 치안유지를 위해서도 필요할 테죠."(p.9)
> "그건 그렇지 않습니다. 그것은 군국주의. 이것은 민주주의에요……"(p.9)

다소 어눌해 보이는 어투로 헨리·도마가 아라사키를 향해 자신을 포함한 미군의 입장을 대변하는 장면들이다(헨리·도마가 오키나와인 아라사키와 대화하는 장면은 모두 가타카나로 표기되어 있고 문장도 단문이어서 일본어에 서툴다는 인상을 준다). 미군의 대(對) 오키나와 정책에 끊임없이 경계심을 갖는 아라사키의 '오해'를 풀어 주고 미군의 '선의'를 대변하려는 노력이 엿보인

와제도조국복귀촉진협의회(沖縄諸島祖国復帰促進協議会)'(1953) 등이 잇달아 결성되고, 오키나와청년단협의회와 관공청노동조합협의회를 중심으로 한 '오키나와현조국복귀협의회(沖縄県祖国復帰協議会)'(1960)가 결성되면서 본격화되었다(졸고[2013]「변경의 기억들 - 오키나와인들에게 '8·15'란 무엇인가?」『일본연구』35집 일본연구소 pp.271-272).

다. 아라사키는 이번 오키나와전에서 일본군의 배신을 몸소 겪은 인물로 본토도 믿지 않고, 새로운 점령자 미군에게도 온전히 마음을 열지 않은 상태다. 그렇지만 헨리·도마에게 만큼은 호의적이다.

한편 헨리·도마는 아라사키에게 방공호에 남아 저항하는 오키나와 주민들을 설득 하러 가자고 제안한다. 평소 같은 '오키나와인' '동포'라고 주장해 왔지만 아무래도 오키나와 주민들 입장에서는 2세인 자신보다 아라사키의 설득이 유효하리라는 판단에서다. 아라사키는 처음엔 그가 왜 군의 명령을 어기면서까지 방공호 주민들을 구출하려는지 의문을 품지만, 그 안에 자신의 동생 세이지가 있으리라는 기대감에서일지 모른다는 생각에 미치자 선뜻 따라 나선다.

그런데 방공호에 이르기 전 우여곡절 끝에 동생 세이지와 재회하게 되는데, 막상 눈앞에 비쩍 마른 초라한 모습의 동생을 대하자, 헨리·도마는 생각지 못한 자신의 감정에 동요한다. 어린 시절 "추한" 모습의 조모에게서 느꼈던 "육친이 아니었으면 좋겠다"라는 "원망이 수반된 공포"(p. 31)를 동생 세이지에게서도 느낀 것이다. 헨리·도마가 스스로도 예상하지 못했던 복잡한 감정과 마주했다면 동생 세이지는 형에게 분명한 태도를 보인다. 그것은 자신의 조모를 살해한 미군과 그 군에 소속된 형에 대한 원망이었다. 부상을 입었음에도 백인 군의관에게는 치료 받지 않을 정도로 강한 적대감을 표출한다.

오키나와의 후진성을 그대로 체화한 조모와 동생을 부정하거나, MP 초소 부근에서 감자를 캐는 꾀죄죄한 주민들의 모습을 보는 것만으로 살의를 느끼기는 등, 가늠키 어려운 헨리·도마의 양가적 감정선은 박애정신으로 무장한 미군의 이중성과 맞닿아 있다. 그렇다고 미군과의 일체감을 갖기도 어렵다. 동생 세이지와의 재회 이후, 오키나와인으로서도 미국인으로서도 온전한 자신의 자리가 없음을 깨닫고 극심한 고독감에 빠지지만, 마지막 장면에서 비로소 자신의 정체성이 오키나와에 있음을 확신한다.

> 그림자는 헨리의 존재를 발견한 순간, 안쪽으로 사라졌다. 키가 큰 미군 병사 두 명과, 주민 여자가 한 명, 모두 세 명이 있는 것을 헨리는 확인했다.
>
> (중략)
>
> "God dem Jap!(제기랄. 쟈프놈[일본인을 비하하여 일컬음-인용자])"
>
> 헨리는 있는 힘껏 눈을 부릅뜨고, 초점을 맞췄다. 두 명의 상대가 증오스럽게 그를 내려다보고 있었다.
>
> "Yah, I'm Japanese!(그렇다 나는 일본인이다) And you are……(그리그 너희들은……)"
>
> (중략) 헨리가 손을 흔들며 신호를 보내자, 여자는 몇 초 동안 응시하더니, 다시 머리카락을 흩날리며 뒤돌아섰다. 헨리는 여자의 얼굴을 보고, 문득 조모의 얼굴은 이렇게 생기지 않았을까, 하고 생각했다.
>
> (중략) 정조를 구해 주었을 뿐만 아니라 게다가 동포로서의 친애의 정을 표한 그를 더더욱 믿어주지 않는 데에 대한, 슬픔 때문일는지 모른다.
>
> '사랑해 줄 테다, 사랑해 줄 테다……'
>
> 헨리는 목이 아픈 것을 참으며, 또 다시 주체할 수 없이 쏟아져 내리는 눈물을 훔치며, 또 다시 여자의 뒤를 쫓는다. (pp.32-33)

위의 인용문은 두 명의 미군들에게 겁탈 당하기 직전의 오키나와 여성을 위기에서 구출하고 주체할 수 없는 눈물을 쏟으며 다시 길을 나서는 소설의 마지막 장면이다. 미군으로부터 "정조"를 구해주고 "동포로서의 친애의 정"을 표하였음에도 자신을 믿어주지 않는 오키나와 여성에 대한 섭섭함을 표출하고 있다. 캠프 밖에서 마주친 동료 전우인 미군은 정작 그가 미군이라는 사실을 인지하지 못한다. 그런 그에게 헨리는 자신이 미군임을 밝히기보다 "일본인"이라고 당당히 응수한다. 미군의 입장에서는 그가 오키나와인이든 일본인이든 같은 '동양인'의 모습으로 비춰졌을 테고, 이를 간파하고 있는 헨리·도마 역시 미군 앞에서 굳이 자신이 미국인임을 강조하지 않는다. 그러나 헨리·도마의 정체성이 궁극적으로는 미국, 더 나아가 일본 본토와 구별되는 오키나와에 두고 있음은, 미군으로부터 오키나와 여자를 구해내고, 그 여자의 얼굴에서 그토록 부정하고 싶었던 가장 오키나와다운 토착 오키나와의 상징인 조모의 얼굴을 겹쳐 떠올리는 것에서 충분히 짐작할 수 있을 것이다.

『2세』가 간행된 1950년대 중후반이라는 시대는 앞서 언급한 것처럼 미군의 폭력적 점령 시스템이 본격화되고 이에 따른 오키나와 주민의 고뇌와 반발이 깊어가던 매우 혼란한 시기였다. 작가 오시로가 훗날 작품 후기에서 밝히고 있듯, 당시의 오키나와 "현실은 한쪽면만 잘라내기에는 너무도 복잡"했고, 그 방법으로서 "'타자'와의 관계를 쓰는 것으로 '자신'을 드러내고자 한 것이다."[12] 그 첫 시도가 바로 『2세』였다. 이때 '타자'라고 하는 설정은 분명 폭력적 점령의 주체인 미국이라는 점은 상상하기 어렵지 않으나, 작가는 단순히 '오키나와 vs. 미국'이라는 이항대립구도에 매몰되지 않는다. 오키나와계 미국인 '2세' '미군'이라는 설정이 그것인데, 이를

---

12 大城立裕(2002) 「著者のおぼえがき9 動く時間と動かない時間」 大城立裕全集編集委員会 앞의 책 p. 467.

통해 보여 오는 또 다른 '타자'의 존재는 다름 아닌 일본 본토이다. 그런데 『2세』에서는 아직 '타자'로서의 일본을 제대로 분리해 내지 못한 듯하다. 오키나와 정체성을 체화한 동생 세이지가 '일본 국민'의 일원으로서 의심 없이 일본의 승전을 기원하고, '일본군'의 위치에서 미군으로 대변되는 형 헨리·도마와의 대결구도를 형성하는 데에 그치고 있기 때문이다. 형의 입장에서 동생을 더 사랑해 주겠노라 다짐하는 다소 애매한 결론을 내린 것과 맞닿아 있다. 이에 더 하여 지적해 두고 싶은 것은, 『2세』에서의 미군은 명확한 '점령자'이지만 '2세'를 주인공으로 내세움으로써 그 위치를 모호하게 하는 결과를 낳았다는 점이다. 미국의 대(對) 오키나와 점령정책에 대한 비판 또한 상당 부분 유보되어 있다. 소설의 마지막 장면에서 미군에 의한 오키나와 여성의 강간을 미수에 그치게 한 설정은 그 좋은 예다. 이러한 모호한 지점들은 『2세』 간행으로부터 정확히 10년이 지나 발표한 『칵테일파티』에 명확한 형태로 그 모습을 드러낸다.

4. '오키나와 vs. 미국'이라는 구도가 현현(顯現)하는 것들 : 『칵테일파티』

『2세』와 달리 『칵테일파티』에서 미군 표상을 파악하는 일은 어렵지 않다. 『칵테일파티』에 묘사되고 있는 미군의 면면은 박애정신과 친선으로 무장했던 '가면'과 '위선'이 벗겨진 명확한 '점령자'의 모습 그 자체이기 때문이다. 그리고 이를 거꾸로 뒤집으면 '피점령자' 오키나와인(특히 여성)의 모습이 된다. 이 '점령=가해=미군 vs. 피점령=피해=오키나와인'이라는 스테레오타입 대립구도가 소설에서 어떤 방식으로 형상화되는지 확인해 보도록 하자.

소설의 시대적 배경은 1963년으로 페리함대가 오키나와에 내항한

1853년으로부터 110년이 되는 해이다. 이를 기점으로 '미·류 친선(米琉親善)'을 공고히 하기 위한 각종 행사가 펼쳐진다. 오키나와 출신 주인공 '나'는 중국에 체류한 경험이 있는 엘리트로, 미군을 비롯해 인터내셔널한 인맥과 친분을 자랑한다. '나'는 미군사관 미스터 밀러(ミスター·ミラー)를 비롯해, 중국인 변호사 쑨(孫), 일본 본토 출신 신문기자 오가와(小川) 등과 친목을 도모하는 사이다. 이들은 중국어 서클 멤버이면서, 미군기지 내에 있는 밀러의 자택에서 국제친선을 도모하기 위해 정기적으로 열리는 '칵테일파티'에도 빠지지 않고 참석하는 막역한 사이다.

소설의 구성은 크게 전장(前章)과 후장(後章) 두 파트로 나뉘어져 있다. 전장에서 미국과 오키나와, 일본, 중국을 대표하는 인물들의 두터운 친분 관계를 통해 '미·류 친선'을 부각시켰다면, 후장에서는 주인공 딸이 미군 병사에게 강간당하는 사건을 설정하여 지금까지의 '친선'의 분위기를 급반전시킨다. 이 과정에서 오시로는 미국의 폭력적이고 기만적인 점령 시스템에 갇혀있는 오키나와의 현실을 낱낱이 폭로한다. 본토 출신 오가와는 이 '친선'이나 '우정'이라는 가면 속에 숨겨진 미국과 오키나와의 불합리한 관계(권력구조)를 벗겨내는 데에 일정한 역할을 담당한다.

무엇보다 후장의 주요 모티브는 미군에 의한 오키나와 소녀의 강간사건이다. 피해자는 주인공의 고교생 딸이고, 가해자는 미군 병사 로버트 할리스(ロバート·ハリス)다. 그는 주인공 '나'의 집에 하숙을 하던 미군 병사로, 평소 애인도 자주 드나들었고 딸을 비롯한 가족들과도 가깝게 지내던 사이였다. 전혀 예상치 못한 상황인데다, 딸이 명백한 피해자임에도 불구하고 가해자를 쉽게 고소하지 못하고, 딸이 오히려 가해자를 벼랑으로 밀어 부상을 입혔다는 죄명으로 미군범죄수사과 CID(Counter Investigation Division)에 체포된다. 이에 분노한 주인공은 딸의 사건을 고소하기로 마음먹고 시에 있는 경찰서를 찾지만, 패전 이후 도처에서 발생하고 있는 강간사건에서 승소한 예가 없고, 사건을 담당하는 류큐민정부(琉球民政府) 재판소의 경우 미군을 증인으로 소환할 수 있는 권한이 없는데다 재판도 영어로 진행되기 때문에 고소 자체를 만류하는 실정이라는 답변을 듣고 절망한다. 그렇다면 가해자가 자발적으로 증인으로 나서게 하면 된다는 한가닥 희망을 품고 주변에 도움을 요청하기로 한다. 먼저 가해자와 같은 미국인인 미스터 밀러에게 도움을 청하지만 거절당한다. 딸의 일은 개인적으로는 매우 불행한 일이지만 특별히 오키나와인이기 때문에 당한 것은 아니며, 자신이 그간 구축해 온 미국과 오키나와의 친선 관계를 무너뜨릴 수 없다는 이유에서였다. 자신과 친밀한 관계라고 믿었던 미스터 밀러의 반응에 강한 배신감을 느낀다. 이외에도 군 소속 미스터 모건(ミスター・モーガン)이 등장한다. 모건은 소설 전장 부분에 등장하는데 칵테일파티 도중 세 살 난 아들이 사라지자, 오키나와인 메이드가 유괴한 것으로 오인하여 큰 소동을 일으킨 바 있다(이후 모건 부부는 이 여성을 고소한다).

여기까지 미군으로 등장하는 인물을 정리하면, 미스터 밀러, 미스터 모건, 로버트 할리스 총 세 명이며, 이들은 모두 힘과 권력을 지닌 점령국 미국을 상징한다. 그리고 이에 대항하는 세력으로 오키나와, 일본, 중국을 상징하는 주인공, 오가와, 쑨 씨를 설정한다. 이들의 관계가 개인적 차원에 그 치는 것이 아니라 각각의 국가를 상징하는 대표성을 띠게 되는 것에 주목할 필요가 있다. 이를 뒷받침할만한 내용은 작가의 『칵테일파티』 집필 동기에서 확인할 수 있다.

미류친선 파티는 그렇다하더라도 그 이면의 모순적인 비극, 차별이 있으리라는 추측은 어렵지 않을 것이다. 다만 그것을 고발하는 데에 그친다면 너무 단순하다. (중략) 적어도 소설화하기 위해서는 다른 수가 있어야 했다. 이 난관을 돌파하는 데에 상당한 시간이 걸렸다. 『칵테일파티』를 집필하기 시작한 것이 1965년이므로 7, 8년이나 걸린 셈이다. 그러던 중 소박한 저항, 비판을 벗어날 수 있는 길은 '중국에서의 일본군'을 통해 자기비판을 하는 것임을 알았다. 이것은 커다란 발견이었다. **단순한 저항이 아니라 자신의 과거를 재단하고 그런 후에 미군지배의 부조리를 재단할 자격을 얻도록 하자라는 생각에 미쳤을 때 이것을 소설화할 수 있으리라 생각했다. '미군에 의한 강간' 사건을 큰 모티브로 삼고자 한 것은 출발로서는 성공적이었다.**[13]

이렇게 볼 때, 현 미국의 오키나와 지배에 대한 비판, 즉 '오키나와 vs. 미국'이라는 대립구도를 드러내는 것이 집필의 궁극적인 목적은 아니었음을 확인할 수 있을 것이다. 오키나와 역시 전쟁책임에서 자유롭지 않다는 사실을 통감해야 하며, 그에 대한 오키나와인의 진지한 성찰이 결여되어 있는 한, 그것은 "소박한 저항" "단순한 저항"에 불과하다는 주장이다. 그렇다면 그 대안으로 제시한 "자신의 과거를 재단"하고 "미군지배의 부조리를 재단할 자격"을 갖는다는 의미는 무엇이었을까?

우선 주인공 딸의 강간사건 이후의 전개에서 국가 간 대립구도의 조정이 눈에 띈다. 즉 '오키나와 vs. 미국'의 구도가 '오키나와-일본-중국 vs. 미국'으로 바뀌는 양상을 볼 수 있다. 로버트 할리스를 고소할 방법을 찾던 주인공이 다음으로 찾은 곳은 본토 출신 오가와였다. 오가와는 미스터

---

13 大城立裕(2003) 「『カクテル·パーティー』の誕生まで」 岡本惠德·高橋敏夫 『沖縄文學選』 勉誠出版 p.128.

밀러와 달리 주인공에게 닥친 불행에 공감하며 도움을 주기로 한다.

> 오가와 씨는 자리에서 일어나 수첩을 가져와서 보여주면서,
> "이것은 미류친선회의 멤버 리스트입니다. 이전에 페리 내항
> 110주년 기념행사 때 처음 조사한 것입니다만……"
> "아"
> 당신은 한눈에 일행을 발견하고는 작게 탄성을 질렀다.
> "미스터 밀러의 이름이 있어요. 직업은 CIC!"
> "그렇습니다. 그렇다면 당신도 처음으로 이 사실을?"
> (중략)
> "당신은 상하이 학원에서, 나는 베이징에서 태어나 도쿄외국어
> 대학에서 배웠지요. 그러나 미국 육군에서 중국어를 배웠다면 그
> 목적은 과연 무엇일까요? 첩보, 선무(宣撫) 그 둘 중 하나일 가능성
> 이 높은데요? 게다가 직업을 알리고 싶어 하지 않은 것은 왜일까
> 요?"
> (중략)
> "승낙해 주시는 건가요?"
> "미스터 밀러와 같은 태도일 거라고 상상하셨습니까?"

(pp.108-110)

주인공과 오가와가 의심 없이 공유하는 미스터 밀러의 숨겨진 정체는
둘의 연대감을 증폭시키기에 충분해 보인다. 둘은 의기투합하여 변호사인
쑨 씨를 찾아가 사건 해결을 위한 조언을 구한다. 쑨 씨가 가세하여 셋은
로버트 할리스가 입원한 병원을 찾아 자진해서 증인으로 출석해 줄 것을
요청하지만 보기 좋게 거절당한다. 오가와는 가해자의 거만한 태도에 분

노하는 주인공의 감정을 조절하고 중재하는 역할을 마다하지 않는다.

주인공, 오가와, 쑨 씨와 미국인 로버트 할리스, 미스터 밀러, 미스터 모건의 대립은, 다시 말하면 점령국 미국에 의한 피해자라는 아시아(적) 연대 의식을 공유함으로써 가능한 것이었다. 다음 인용문은 주인공 '나'가 딸의 사건에 도움을 주지 않았던 미스터 밀러에게 원망을 쏟아내는 장면이다.

— (원한을 잊고 20년 간 친선을 위해 애써온 노력을 깬 것은- 인용자) 제가 아닙니다. 오가와 씨도 아니지요. 로버트 할리스가 그것을 파괴했어요. 미스터 밀러가 파괴했어요. 미스터 모건이 파괴했어요.

밀러 : 미쳤군요. 친선의 논리라는 것을 모르는군요. 두 국민간의 친선이라 해도 결국은 개인과 개인이 아닌가요? 증오라고 해도 마찬가지예요. 한편에서 증오로 대결하는 곳이 많이 있지만, 다른 한편에 더 많은 친선이 존재하지요. 우리는 그러한 친선관계를 가급적으로 많이 만들려고 해요. 같은 인간끼리도 마찬가지예요. 지금은 증오해도 언젠가는 친선을 맺으리라는 희망도 갖게 되고.

— 가면이에요. 당신들은 그 친선이 마치 전부인 양 가면을 만들어요.

밀러 : 가면이 아닙니다. 진실입니다. 그 친선이 전부이길 바라는 소망이 담긴 진실입니다.

— 일단은 훌륭한 논리군요. 그러나 당신은 상처를 입은 적이 없으니, 그 논리에 아무런 파탄도 느끼지 못하는 것입니다. 한번 상처를 입어보면 그 상처를 증오하게 되는 것도 진실입니다. 그 진실을 은폐하려고 하는 것은 역시 가면의 논리지요. 나는 그 논리의 기만을 고발하지 않을 수 없어요. (p.123)

딸의 사건을 단순히 개인의 일로 치부하려는 미스터 밀러와 국가 간 문제로 확대하려는 주인공 사이의 인식의 차이는 커 보인다. 주인공의 논리대로라면 위선(가면)적 친선의 논리에서 배제되는 것은 미국뿐이다. 일본 본토나 중국의 경우는 오키나와 편에 서 있다.

그런데 이러한 구도의 다른 한편에서는 미국인 점령자에 대항하는 아시아인 동맹이 해제되어 아이덴티티의 균열로 이어지는 지점들도 발견할 수 있다. 예컨대 중국인 쑨 씨의 반응이 그것이다. 사실 주인공과 오가와가 쑨 씨를 찾았을 때, 쑨 씨는 자신이 변호사 신분이긴 하나 중국인이므로 미군을 상대로 한 재판에서 승소를 기대하기 어렵다며 소극적인 자세를 취한다. 오가와는 그런 쑨 씨를 비겁하다고 몰아세우지만, 주인공의 입장에서 보면 쑨 씨와 오가와는 그가 알지 못하는 둘만의 연대감을 갖는 존재이다. 쑨 씨에게는 자신의 아내가 일본군에게 강간당한 충격적인 비하인드 스토리가 있기 때문이다. 그러나 딸이나 아내가 강간의 피해자라는 연대의식을 공유하는 순간, 주인공 '나' 자신 역시 과거 일본군의 일원으로서 전쟁에 가담한 가해자이기에 오키나와인 아이덴티티에 심각한 균열을 피할 수 없게 된다. 그런 측면에서 중국인 쑨의 아내가 일본군, 더 직접적으로는 과거 일본군의 일원으로 침략전쟁을 수행한 오키나와인에 의해 강간당했을 수도 있다는 설정은 오키나와, 일본, 미국의 관계성을 조망하기 위한 빼 놓을 수 없는 전략적 장치라는 것을 알 수 있을 것이다.

잘 알려진 것처럼 오시로는 이 소설로 아쿠타가와 상을 수상하면서 오키나와 출신으로서는 처음으로 일본 본토의 주류 문단에 합류하는 쾌거를 이루었다. 때마침 오키나와 문단에서도 전후 문학의 방향성을 모색하던 터라 수상 소식에 "전전, 전후를 통틀어 처음 있는" 획기적인 사건이자

"메이지 이래의 꿈을 이루었다"[14]며 크게 환영했다고 한다. 일본 본토 문단에서는 오키나와의 정치상황을 너무 민감하게 반영한 것이 아니냐를 두고 의견이 양분되었지만,[15] 정치적 상황을 완벽하게 배제한 선정은 아닌 듯 보인다. 그로부터 4년 후, 오시로의 뒤를 이어 히가시 미네오가 『오키나와 소년』으로 같은 상을 수상하는데, 이 작품 역시 '미 점령 하' 오키나와 사회를 전면에서 다룬 것이었다. 오키나와의 본토 복귀가 얼마 남지 않은 상황임을 상기할 때, 비판적 시선이 돋보이는 이 두 작품에 대한 본토의 반응이 나쁠 리 없었을 듯하다. 작가 오시로가 의도했건 아니건 『칵테일파티』의 근간을 이루는 '오키나와 vs. 미국'이라는 구도가 소설 밖에서도 유효하게 작용했으리라는 점은 당시 오키나와를 둘러싼 사회 분위기로 미루어 보아 충분히 짐작할 수 있을 것이다.

오시로 다쓰히로는 2002년 간행된 자신의 전집 후기에서 "전후 오키나와가 복잡한 것 안에는 미국인들과의 밝은 교제도 포함되어 있다. 오키나와는 기지문제로 큰일이라며, 야마토 사람이 동정하면, 그런데 미국인과의 밝은 교제도 있어요, 라고 답한다. 오키나와를 방문하는 사람이 의외로 평화롭다고 말하면, 이면에 비극이 숨겨져 있어요, 라고 답한다. 그 양면을 동시에 끌어내려는 시도가 『칵테일파티』라고"[16] 언급한 바 있다. 과연, 그의 말대로 소설 속 미국인 등장인물의 면면은 동전의 양면처럼, 오키나

---

14 本浜秀彦(2003)『カクテル・パーティー』作品解說 岡本惠德・高橋敏夫 앞의 책 p.130.

15 이를테면, 당시 심사를 맡았던 미시마 유키오(三島由紀夫)는 소설의 주인공이 매력이 없는 것은 물론 모든 문제를 정치라는 퍼즐 속에 녹여버렸다며 혹평하였고, 이와 반대로 오시로 작품에 한 표 던졌던 후나바시 세이치(船橋聖一)는 오키나와의 정치상황을 고려하여 선발한 것이 아니라며 애써 부정했다고 한다. 이러한 발언으로 미루어 볼 때, 이 작품이 당시 일본 본토 문단의 성향이나 흐름과 동떨어진 주제였던 것은 분명해 보인다(本浜秀彦[2003] 앞의 책 p.130).

16 大城立裕(2002)「著者のおぼえがき9 動く時間と動かない時間」 앞의 책 p.468

와인의 "밝은 교제"의 대상이 되었다가 "비극"을 유발하는 주체가 되기도 하였다. 엄밀히 말해 작가 오시로가 『칵테일파티』를 통해 보여주고자 한 것은, 미국과 오키나와의 관계, 그 사이에 가로놓인 차별적 권력구도의 폭로에 있다기보다, 이러한 구도를 보다 보편화함으로써 성찰적 자기인식에 이르는 방법을 모색하는 데에 있었다고 할 수 있을 것이다. 이때 미군의 존재는 오키나와와 일본 본토의 관계(향방)를 규정짓거나, 오키나와 사회가 처한 특수한 상황을 보여주기 위한 더 없이 중요한 수단이 되었다고 볼 수 있다. 그 결과 다양한 미국, 미군의 이미지는 차단되고, 이 같은 스테레오 타입의 이미지만 남게 된 것으로 보인다. 이후 오시로 문학의 관심은 미국에서 완전히 벗어나 온전히 일본 본토, 혹은 오키나와 내부를 향하게 된다.

아쿠타가와 상 수상 첫 번째 작품을 쓰라는 주문을 받아 한 달에 백 장을 쓰기에는 시나리오 스타일로 쓰는 것이 좋겠다고 생각했다. 다행히 주제가 있어 「쇼리의 탈출」을 썼는데, 가벼운 것이 되고 말았다. (중략) 전후의 현실이라고 해도, **정치적 접근은 의외로 내 성격과 맞지 않았다.** 정치적 접근으로 보이면서 그 저변에 토속을 감추지 못하는 태생적인 성향은, 「역광 속에서」의 장례식 장면에도 나타내었다. 타자와의 관계를 쓰는 데에 있어서도 나 자신은 깊이 있는 **토속을 읽어내고 싶었다.** (중략) 「니라이카나이의 거리」는, 미국과의 교제 방식에 밝은 면이 있음을 쓰고 싶었다. '기지 오키나와'라는 것이, 어두운 면만 강조되던 시대였다. 오늘날과 같이 토속의 밝은 면이 인정받지 못하였다. **「칵테일파티」가 미국과의 관련성을 썼다고 하면, 유사한 관계를 야마토와 관련해서 쓰고자 기획한 것인 「가미시마(神島)」다.** 이것은 그러나 미국을 상대로 할 때만큼 마음이 편하진 않았다. 이것을 연극으로 만들어 극단

세이하이(靑俳)가 상연했는데, 그 1970년이라는 시점에서 **"야마토에 대한 친근감과 위화감의 공존, 상극"**이라는 것을 배우를 포함해 도쿄 사람들에게 이해시키는 것은 쉽지 않았다.[17]

『칵테일파티』 이후 집필한 『쇼리의 탈출(ショーリーの脱出)』(『文學界』, 1967), 『역광 속에서(逆光のなかで)』(『新沖縄文學』, 1969), 『니라이카나이의 거리(ニライカナイの街)』(『文藝春秋』, 1969) 이 세 작품은, 오시로 문학에 있어 미군이 주요인물로 등장하는 사실상 마지막 작품군이라 할 수 있다. 그것도 오키나와의 전통과 토속적 요소를 가미하여 가능한 정치적 문맥을 배제한 것으로 보인다. 특히 미국과의 관련성을 쓴 『칵테일파티』의 '야마토'=일본 본토 버전이 『가미시마』(『新潮』, 1968)[18]라는 위의 발언에서, 작가의 관심이 미국에서 일본 본토로 대체(이동) 완료되었음을 간파할 수 있을 것이다. 이러한 변화는 오시로 뿐만이 아니다. 오키나와 문학 전반으로 볼 때에도, 미군에 대한 묘사는 점령기보다 복귀를 전후한 1960년대 말에서 70년대에 집중되었으며, 70년대 말부터 눈에 띄게 줄다가 80년대 후반에는 주요 테마에서 완전히 벗어나게 된다.[19]

어찌되었든 『칵테일파티』의 중심축을 이루는 '오키나와 vs. 미국'이라는 구도가 현현(顯現)하는 또 다른 측면은 바로 이 전후 냉전체제 속에서 다시 등장하는 일본 국민국가의 존재에 다름 아닐 것이다.

---

17 大城立裕(2002) 「著者のおぼえがき9 動く時間と動かない時間」 위의 책 pp.469-470.

18 『가미시마』는 『신의 섬』이라는 제목으로 한국어로 번역·간행되었다(『오시로 다쓰히로 문학선집』, 글누림, 2016).

19 岡本恵徳(2000) 「沖縄小説のなかのアメリカ」 앞의 책 p.40.

5. 나가며

지금까지 살펴본 오시로 다쓰히로의 작품세계는 크게 일본 복귀 이전과 이후로 나눌 수 있다. 더 정확하게는 『2세』로 집필활동을 시작하는 1950년대 중후반과 『칵테일파티』로 아쿠타가와 상을 수상하는 1960년대 후반을 경계로 나눌 수 있을 듯하다. 그 근거의 하나로, 두 작품 모두 '미점령 하'라는 오키나와의 현실을 다루고 있지만, '미군'을 묘사하는 방식에 있어서 커다란 차이를 보이고 있는 점을 들 수 있다. 이것은 작가 오시로 개인의 인식의 변화라기보다 급변하는 미일관계 속에서 자신의 위치를 (재)조정해야 하는 전후 오키나와 아이덴티티와 직결된 문제로 보아야 할 것이다.

요컨대 『2세』에서의 미군은 명확한 점령자이지만 그 위치가 애매하다. 주인공을 '미군'으로 설정함으로써 오키나와가 '피점령' 상황이라는 점은 충분히 드러내었으나, 폭력적 점령 시스템에 대한 비판은 상당 부분 유보되어 있다. 왜냐하면 문제의 핵심이 그러한 상황에서 오키나와, 오키나와인을 어떻게 자리매김할 것인지에 놓여 있었기 때문인 듯하다. '미군'이면서 오키나와계 미국인 '2세'라는 설정, 그것도 '혼혈'이 아닌 이민자이나 '순수'한 오키나와의 후예로 설정한 것은 그러한 작가 오시로의 깊은 고뇌를 반영한 것이라고 볼 수 있다.

이와 반대로 『칵테일파티』에 등장하는 '미군'의 면면은 폭력적이고 억압적인 '점령자'의 모습 그 자체다. 그 피해의 당사자는 물론 오키나와인(특히 여성)이다. 『2세』에서 미수에 그쳤던 강간사건을 『칵테일파티』에서는 실제 강간사건으로 묘사한 것은 그 단적인 예에 해당한다. 이때 '점령=가해=미국(미군) vs. 피점령=피해=오키나와(인)'이라는 스테레오타입의 대립구도는 오키나와와 일본 본토의 관계를 규정짓거나, 오키나와 아이덴티티의 향방을 가늠하는 데에 빼 놓을 수 없는 수사라는 것도 확인할 수 있었다. 그 결과 복수의 미국, 미군의 이미지를 차단하고 단일한 미국, 미군상 만을 상상 혹은 욕망하는 한계를 드러내었지만, 오키나와만의 굴곡의 역사를 상기할 때 그 안에는 문학적 수사 그 이상의 함의를 내포하고 있음을 간과해서 안 될 것이다. 오시로의 미국을 향한 비판적 인식은 문학의 장(場) 밖에서 실천적이고도 현재진행형으로 발화 중이다.[20]

지금까지 살펴본 『2세』와 『칵테일파티』에는, 미국과 오키나와의 관계를 명확하게 규정한 것과 달리 오키나와와 일본 본토의 관계에 대한 판단은 유보되어 있었다. 소설 집필 당시 일본 본토로의 복귀 움직임이 가시화되어 가는 민감한 시기임을 상기할 때, 이에 대한 작가의 전망이 쉽지 않았으리라는 점은 상상하기 어렵지 않을 것이다. 그런데 그로부터 50여 년이 흐르고 있는 지금, 당시 유보되었던 그의 육성이 터져 나오고 있다. 일본 본토를 향한 우려와 경계의 목소리다. 오키나와를 '배제'한 미일안보체제 강화 움직임이 몰고 올 파장이 비단 오키나와, 오키나와 현민 만의 문제가 아니라는 점을 충분히 인식한다면, 오늘날 오키나와가 직면한 현안과 그의 목소리에 보다 깊은 관심과 주의를 기울여야 할 것이다.

---

20 지난 2013년 4월, 아베(安倍晋三) 총리가 1952년을 기념하여 '주권회복의 날'을 개최한 것은 철저히 오키나와를 배제한 것이라며 불쾌감을 표하고, 후텐마(普天間) 기지 철거, 헤노코(辺野古) 이전 단념을 촉구하며 미국과 일본 본토를 향해 강한 비판을 쏟아내었다(大城立裕[2015] 「生きなおす沖縄」『世界 沖縄 何が起きているのか』臨時増刊号869 pp.14-20).

참고문헌

▸ 大城立裕(1957)『二世』『沖縄文學』第1巻2号；大城立裕全集編集委員会(2002)『大城立裕全集 9』勉誠出版 pp.3-33.

▸_____ (1967)『カクテル・パーティー』『新沖縄文學』第4号 沖縄タイムス社；大城立裕全集編集委員会(2002)『大城立裕全集 9』勉誠出版 pp.89-125.

▸_____ (2002)「著者のおぼえがき9 動く時間と動かない時間」大城立裕全集編集委員会『大城立裕全集 9』勉誠出版 p.467.

▸_____ (2003)『『カクテル・パーティー』の誕生まで」岡本恵徳・高橋敏夫『沖縄文學選』勉誠出版 p.128.

▸_____ (2015)「生きなおす沖縄」『世界 沖縄 何が起きているのか』臨時増刊号869 pp.14-20.

▸ 岡本恵徳(2000)「沖縄小説のなかのアメリカ」『沖縄文學の情景』ニライ社 p.40, p.43.
本浜秀彦(2003)『カクテル・パーティー』作品解説 岡本恵徳・高橋敏夫『沖縄文學選』勉誠出版 p.130.

▸ 中程昌徳(2008)『アメリカのある風景 -沖縄文学の一領域』ニライ社 p.43.

▸ 波平恒男(2001)「大城立裕の文学にみる沖縄人の戦後」『現代思想 戦後東アジアとアメリカの存在』所收 青土社 p.131.

▸ 里原昭(1997)『琉球弧の世界 -大城立裕の文学』本処 あまみ庵 pp.127-132.

▸ 곽형덕(2015)「마타요시 에이키 문학에 나타난 오키나와의 '공동체성' - "오키나와인" 주체의 자세를 묻다」『제국의 폭력과 저항의 연대 4·3의 땅에서 오키나와 문학을 보다』 제주 4·3 제67주년 기념 학술심포지엄 발제문 제주대학교 탐라문화연구원 p.25.

▸ 손지연(2013)「변경의 기억들 - 오키나와인들에게 '8·15'란 무엇인가?」『일본연구』35집 일본연구소 pp.271-272.

▸_____ (2013)「유동하는 현대 오키나와 사회와 여성의 '내면'」『비교문학』61輯 한국비교문학회 p.221.

2부

자립하는 오키나와

- 아라카와 아키라:
'조국' 의식과 '복귀' 사상을 재심하다
전후 오키나와의 자기결정 모색과 '반복귀론'

아라카와 아키라(新川明)

1931년 오키나와 가데나에서 출생. 1955년 류큐대학 국문과를 중퇴하고 오키나와타임스사(沖縄タイムス社)에 입사, 1995년 회장 직을 끝으로 퇴사했다.

1972년 오키나와의 일본 반환을 앞두고 주류 사회운동인 복귀운동의 맹점을 꼬집는 '반복귀론(反復帰論)'으로 주목받았다. 그 대표적인 글로 『'비국민'의 사상과 논리(『非国民』の思想と論理)』(1970)가 있다. 일본의 식민주의가 오키나와에 남긴 상흔을 사상적으로 극복하고, 전후 오키나와의 곤란한 위치를 문제화하는 새로운 사회운동의 모색을 촉구했다. 이후 잡지 『신오키나와문학(新沖縄文学)』편집장(1975~1981) 등을 역임하며, 오키나와의 자립을 논의하는 공간을 마련하는 데 힘써왔다. 그의 논의는 '오키나와 문제'가 재부상한 1995년 이후에 재발견되어 호응을 얻고 있으며, 최근의 아라카와는 2013년 발족한 류큐민족독립종합연구학회에 관여하는 등 독립론을 후원하는 입장에 서 있다. 대표적인 저서로는 『반국가의 흉구(反国家の兇区)』(1971, 1996년 재출판)』, 『이족과 천황의 국가(異族と天皇の国家)』(1973), 『신남도풍토기(新南土風土記)』(1978, 마이니치출판 문화상 수상), 『류큐처분 이후〈상·하〉(琉球処分以後〈上·下〉)』(1981), 『오키나와·통합과 반역(沖縄·統合と反逆)』(2000) 등이 있으며, 판화가 기마 히로시(儀間比呂志)와 함께 시화집 『시화집 일본이 보인다(詩画集 日本が見える)』(1983)을 간행하기도 했다.

'조국' 의식과 '복귀' 사상을 재심하다

1. '조국'을 환시하다

'복귀 40년'의 교훈과 과제

전후 오키나와 정신사의 특질은 일본국을 '조국'이라고 관념화하고 그 국가로의 귀속을 의심하지 않는 동화사상의 주박을 떨쳐버리지 못하는 것이라고 할 수 있다. '일류동조론(日琉同祖論)'을 근거로 "피는 물보다 진하다"라는 정서적 슬로건을 내걸고 추진한 '조국 복귀' 운동은 오키나와를 둘러싼 정황과 맞물려, 예컨대 '반전 복귀' 등으로 간판만 바꿔 달면서 1972년 시정권반환(施政權返還)['복귀'의 실현]=일본국에 의한 류큐 재병합에 이르렀다. 72년 이후에도 일본국을 '조국'이라고 믿는 심정이나 류큐·오키나와가 일본국에 귀속하는 일을 믿어 의심치 않는 정신이 견고하게 존재해 온 것이 현실이다.

이 정신을 초극하여 완전한 자기결정권 확보를 목표로 한 운동의 구축, 즉 '복귀' 사상에 뿌리내린 운동의 이념을 '탈 구축'하는 것이 '복귀 40년'으로부터 우리가 배운 교훈이며, 나아가 미래를 향해 확인해야 할 과제라고 생각한다.

분명 72년 시정권반환(복귀)은 오키나와인이 주체적으로 선택한 길이다. 68년 11월에 시행된 첫 류큐정부 행정 주석(主席) 공선(公選)에서 최대의 쟁점이 된 것은 '복귀'와 미군기지의 존재 방식이며, 보수진영(니시메 준지[西銘順治] 후보)는 "미일정부와의 협조에 의한 복귀"를 내걸었고, 혁신 진영(야라 초뵤[屋良朝苗] 후보)은, "즉시 무조건 반환"을 주장하고 나섰다. 결과는 야라 후보 23만 7천표, 니시메 후보 20만 6천표로 야라 후보가 3만 표 차이로 승리하였다.

보수 진영이 미일안보조약에 기반한 미국기지 존재를 인정하고 일본과의 '일체화'를 목표로 한 반면, 혁신진영은 안보 폐기에 의한 '무조건 반환'을 주장한 것처럼 '복귀'를 둘러싼 방법론에서도 커다란 차이를 보였다. 그러나 '복귀'를 전제로 하고 있는 점에서 차이가 없었던 만큼, 이 시점에서 오키나와의 유권자가 보수·혁신을 막론하고 압도적으로 '복귀' 노선을 선택했다고 하는 역사적 사실을 부정할 수 없다.

이 선거에서 유일하게 '복귀'에 반대하여 '류큐 독립'을 내걸고 무소속으로 입후보한 이는 노카 다케히코(野底武彦) 후보였는데, 그 득표수는 투표 총수 45만 9131표 가운데 274표에 불과했다. 노카는 유소년기부터 수재라는 소리를 들으며 오키나와 현립1중에 진학, 이후 지도교관의 권유로 타이완으로 소개해 기륭(基隆)중학으로 전학하였다. 패전 후 혼란기에 오키나와 본섬을 거쳐 도일해 호세이(法政)대학에서 수학하였다(比嘉康文, 『「沖繩獨立」の系譜』, 琉球新報社, 2004). 대학 재학 중 자격을 취득하여 오키나와로 귀향 후 신진기예의 공인회계사로 장래를 촉망받았던 노카였는데 당시 오키나와의 정치적, 사회적 분위기는 '류큐 독립'에 대한 의식이 전무한 상황이어서 입후보한 노카를 시대착오적인 '광인' 취급하는 풍조였다. 당연히 두 개의 지역 신문 또한 니시메, 야라 양 진영의 움직임은 상세하게 전했지만, 야카에 대한 보도는 선거 기간 내내 전무한 상태였다.

또 그 후 1971년 6월에 시행된 제9회 참의원 선거에서는 야카도 참가하여 결성된 류큐독립당 당수 사키마 빈쇼(崎間敏勝)가 입후보했지만 선거는 보수진영(이나미네 이치로[稻嶺一郎] 후보), 혁신진영(긴조 지카시[金城睦] 후보)의 사실상 압승으로, 독립당의 사키마나 노카나 모두 당선이 될 가능성이 거의 없는 후보로, 결과는 이나미네 후보 18만 8천 여 표, 긴조 후부 17만 5천 여 표를 획득한데 반해 사키마 후보는 2673표를 얻는데 그쳤다.

사키마나 노카나 오키나와 사회의 엘리트 중의 엘리트였다. 제1고등학교에서 도쿄대학 법학부 정치학과에 진학했지만 중퇴하고 귀향. 패전 후의 혼란한 오키나와에서 청년기는 청년회 활동, 오키나와사회대중당(社大黨) 결성을 기획하는 등 두각을 나타냈으며, 류큐 정부의 법무국장, 내정국장, 관방장 등의 요직을 역임한 후, 류큐 정부 정책 금융기관이었던 대중금융공고(大衆金融公庫) 총재를 거쳐 정치, 경제에 밝은 탁월한 엘리트로 주목받고 있었다.

1967년 무렵부터 오키나와시정권반환 움직임이 구체화되자, '복귀 상조'론 입장에서 류큐·오키나와의 독자성을 바탕으로 한 정치체제에 의한 경제 자립을 요구하는 방향으로 선회하여 마침내 류큐독립당 결성에 이르러 71년 참의원 선거에 입후보한다. 이 선거를 '복귀'의 가부를 묻는 주민투표라고 자리매김했지만, 결과는 노카가 입후보해 싸웠던 68년 주석 선거 때보다 다소 늘었으나 결과는 참패였다. 이 패배를 계기로 류큐독립당은 자연소멸의 길로 향하게 되었다.

60년대 들어서면서 보수, 혁신의 노선의 차이는 있었지만, '복귀'라는 정책 목표에서는 일치했다. 이러한 양자의 정치적 입장이 상시화 되고, 오키나와를 양분하려는 분위기가 팽배한 가운데 독립지향의 정치사상은 전혀 힘을 발휘하지 못한 채, 72년 시정권반환='복귀'=재병합으로 결착되었다. 이로써 전(全) 오키나와인이 '복귀'를 주체적으로 선택한 것이라는 평가는 역사적 사실로 인정하지 않으면 안 된다. 다만 이때, 이 역사적 사실을 류큐·오키나와의 자립·독립론에 대한 비판, 혹은 부정의 근거로 삼는 논의를 마치 정론이라도 되는 것처럼 유포한다든가, 세상 사람들 역시 이것을 조금도 의심하지 않는 것에 대한 옳고 그름은 문제 삼아야 할 것이다.

'조국 복귀' 운동이 안고 있는 모순

분명 68년 주석 선거나, 71년 참의원 선거나 '복귀'를 향한 압도적인 정치 조류 속에서 독립당은 물거품처럼 사라져 버렸지만, '복귀'는 오키나와인이 주체적으로 선택한 것이라는 역사적 사실로서의 선거 결과를 평가할 때, 이 결과만으로 역사를 말하는 것은 역사의 올바른 평가라고 보기 어렵지 않을까? 즉 결과에 이른 역사 과정의 검증, 그 결과를 낳은 동인을 끌어내어 규명하는 일 없이 평가를 내리는 것은 온당치 않다는 것이다.

결과만으로 보자면 확실히 오키나와인의 주체적 선택에 의한 '복귀'였지만 그 결과를 초래한 요인이 무엇이었는지를 검증한 후 판정해야 한다. 우선 생각할 수 있는 첫 번째 동인은, 미국에 의한 가혹한 군사점령지배에 대한 저항이다. 그동안 행해진 여러 형태의 인권억압과 무력에 의한 토지 강탈로 상징되는 압정으로부터 해방을 요구하는 인간적인 저항의 정신이었다. 또 하나의 커다란 동인은 패전으로 분단된 일본국을 '조국'으로 관념화하고, 그 '조국 일본'을 자유와 인권이 보장되는, 전쟁을 위한 군사력을 방기한 평화헌법을 가진 유토피아로 동경하는 정신이었다.

인간적 해방을 추구하는 이 두 가지 정신적 동향을 두 바퀴로 삼아, 혹은 상호 지탱하는 형태로 추진된 광적인 열기의 '조국 복귀' 운동이라는 '집단 기능'의 움직임이 있었고, '복귀'를 주체적으로 선택하게 한 '결과'를 낳게 된 것임을 간과해서는 안 된다는 것이다.

그러나 새삼스럽게 언급할 필요도 없지만, 외국의 군사점령 하 압정과 싸우고, 인간해방을 추구하는 저항의 정신과, 자신이 귀속해야 할 곳을 일본국으로 특정하고 '돌아가야 할 조국'으로 절대화하는 정신적 행보는 완전히 다른 영역의 문제이다. 그럼에도 불구하고 이를 동일화하여 저항운동으로서 '복귀' 운동(투쟁)을 구축함으로써 앞서의 '결과'를 낳게 되었음에 유의해야 한다는 것이다. 왜냐하면 군사점령 하 압정과 싸우거나 인간해방을 위한 저항정신은 인간의 보편적인 사상(事象)임에 반해, 스스로의 귀속처를 몇몇 선택지 가운데 하나만 절대화하여 운동에 임하는 것은 보편적인 사상이라고 보기 어렵다. 이 둘은 차원이 다른 문제라는 것을 분명하게 보여주기 때문이다.

저항운동의 기본이념으로 설정된 '조국 복귀'라는 문구의 '조국'이 어떤 개념의 말이며, '복귀'란 단어의 원뜻이 무엇인지를 생각한다면, '조국 복귀' 운동이라는 저항운동 자체가 이미 자기모순을 끌어안고 있는 것임이 분명해질 것이다.

널리 알려진 것처럼 류큐는, 1879년에 단행된 무력에 의한 일본 병합(류큐처분)이 있기 전까지 독립 왕국이었다. 따라서 올바른 의미의 '조국'은 일본국이 아니라는 것은 류·일관계사에 기초한 명백한 역사적 사실이다. 나아가 '복귀'라는 뜻은 "원래의 장소, 지위, 상태 등으로 돌아가는 것"(『廣辭苑』)이므로, 류큐·오키나와에 있어 "원래의 장소, 지위, 상태 등으로 돌아가는 것"은 곧 '조국 류큐국'의 주권을 되찾는 것을 의미하는 것이지, 일본국에 귀속되는 것은 아니라는 사실도 자명하다.

그럼에도 불구하고 일본국을 '조국'으로 여기고, 그 '조국'으로의 귀속을

'복귀'로 여기는 관념과 가치관, 국가관을 몸에 익혀 일본국 국민이라는 강고한 국민의식에 물든 것은 왜 일까? 그 원인을 역사적 사실에 입각해 재심하여 분명히 한 후 앞서 살펴본 "복귀'는 오키나와인이 주체적으로 선택한 결과다"라는 판정을 내려야 할 것이다. 아울러 그러한 심문 가운데 역사적 사실에 입각한 결과가 도출된다면, 아마도 일본국을 '조국'으로 관념화하는 의식을 심어 주고, 배양하여 대부분의 오키나와인을 세뇌시켜 열광적인 '조국 복귀' 운동이라는 집단 히스테리 상태를 만들어낸 동인을 알게 될 것이다.

그것은 그야말로 나를 비롯한 쇼와 한 자릿수 세대가 무시무시한 군국주의 교육으로 전인격이 군국소년으로 물들어 버린 실제 체험과 매우 유사한 현상으로 나타났다. 조직적인 세뇌활동이 행해진 최전선은 바로 학교 현장이었고, 교육 실천으로서 세뇌활동에 해당하는 실행 부대 역시 소중학교(나의 세대로 말하면 고등과를 포함한 초등학교) 교사들이라는 점에서 공통된다.

전 류큐적으로 전개된 실질적인 '조국 복귀' 운동은 1960년의 '오키나와현 조국복귀협의회'(복귀협)의 결성으로 시동이 걸렸는데, 그 이전에 오키나와청년연합회(오키나와현청년단협의회의 전신)에 의한 일본복귀촉진청년동지회(1951년 1월 결성)와 사대당(社大黨), 오키나와인민당의 호명에 의한 오키나와교육연합회(1947년 2월 결성), 부인연합회 등이 가세한 '류큐일본복귀촉진기성회(1947년 4월 결성)가 결성되었다. 이 둘이 공동으로 서명운동에 돌입하여 미야코(宮古)·야에야마(八重山)를 포함한 전 유권자 72퍼센트의 서명을 받아 미일 양국 관계기관에 진정 활동을 벌였다. 그 시점까지 운동단체 조직명에 '조국'이라는 표현은 없었는데, 조직명에 '조국'이라는 용어가 등장하는 것은 1953년 11월, 오키나와 교직원회(52년 4월, 오키나와

교육연합회를 개편)가 주축이 되어 23단체가 모여 결성된 '오키나와제도조국복귀기성회(沖縄諸島祖國復歸期成會)'를 효시로 한다. 그리고 1960년에 '복귀협' 결성에 이르렀고, 나아가 '오키나와 제도(諸島)'라는 표기를 '오키나와현'이라고 바꿔 부름으로써 이들 단체는 스스로를 일본국 47현 가운데 한 현으로 자리매김하려는 의사를 명시하였다.

교직원회·교장회가 추진한 운동

이처럼 일본을 '조국'으로 삼는 움직임은 이미 50년대 초부터 시작되었는데, 운동의 이념으로서 '조국' 관념의 육성을 목표로 하고 그 주체가 되었던 것은 교사들, 특히 학교장들이었다.

1952년 1월에 열린 제3회 전 섬 초중고등학교장회 주축의 '조국 복귀' 결의를 계기로 마침내 '히노마루(日の丸) 게양' 운동과 '표준어 장려, 방언 박멸' 운동으로 상징되는 국민교육(일본인화 교육)을 철저히 하고, 학교 현장에서 가정으로, 가정에서 지역으로 확산시켜 감에 따라 '조국' 관념은 전 류큐·오키나와를 아우르는 주민의식의 주류가 되었다.

이 제3회 교장회가 지역을 둘러싸고 전개된 오키나와와 일본을 동일화하는 교육실천의 방향성을 결정하는 획기적인 계기가 되었음은 『오키나와 교직원호 16년 -조국복귀·일본국민으로서의 교육을 향하여(沖縄養育会一六年ー祖国復帰·日本国民としての教育をめざして)』(屋良朝苗 編著, 労働旬報社, 1968)에 게재된 다음과 같은 기술에서 알 수 있다.

"이번 제3회 교장회는 중요한 교육문제에 대해 교육계의 여론을 교장 입장에서 결의하고, 교육계가 향해야 할 방향을 분명했다는 데에 커다란 의의가 있었다."라고 말하며, 그 의의 가운데 하나는 "본토로의 연구교원

파견제도"이며, "또 다른 하나 특필해야 하는 것은 이 교장회 자리에서 조국복귀를 결의한 것"이라고 강조하고 있다. 그리고 교장회가 끝난 후 뒤풀이 자리에서 "만약 미국이 말을 듣지 않는다면/ 오키나와를 짊어지고 일본으로 건너가자"라는 즉흥적으로 지은 류카에 우레와 같은 박수를 보내며, "이 노래 속에도 당일의 분위기가 잘 나타난다"고 기술한 후, "이처럼 이틀간에 걸친 제3회 전 섬 교장회에서는 문교부 당국과 교장단이 오키나와 교육에 대한 근본적인 생각과 조국 복귀에 대한 태도를 통일시켰고, 이것이 차기 오키나와 교직원회 활동에 중대한 영향을 끼쳤다."라고 결론 내리고 있다.

그로부터 얼마 후, 1960년 4월 28일에 '오키나와현조국복귀협의회'가 결성되었는데, 그 전날 열린 오키나와 교직원회 교장부 대회에서는 "본토지도에 오키나와의 지도를 넣자. 일본이라고 부르지 말고 본토라든가 조국이라고 부를 것. 류큐라는 말을 피하고 오키나와라고 할 것"을 결의하였다.

여기에 일본을 '일본'이라고 부르는 것으로 일본과 류큐 사이에 존재하는 일종의 거리감, 혹은 일본을 상대화하는 의식을 불식시켜 양자의 일체감 양성을 꾀하고, 이와 더불어 옛 독립국이었던 류큐 왕국의 이미지가 깃든 '류큐'라는 호칭을 피하고, 일본국의 한 현이던 '오키나와' 현이라는 자각을 강제하는 교육을 실천할 것을 공적으로 선언한 것이다.

또 당시 교장부 대회에서 "교육적 입장에서 조국 복귀의 체제를 견고히 하고 그의 조기 실현을 기대한다."라는 실천 목표에 맞추어, 같은 해 2월 히로노미야 나루히토(浩宮德仁) 친왕(현 황태자)의 탄생을 축하하는 축전을 보내기로 결의하였다(1960년 4월 28일자 『오키나와타임스(沖縄タイムス)』). '조국'의 희구, '류큐' 비하, '황실' 존숭이라는 일본인 지향의 사상체질이 발휘되고, 동화교육의 실천목표를 확인하는 자리였다.

이러한 사상체질과 함께 동화를 향한 국민교육(일본인화 교육)에서 중점적으로 구상한 것은 '히노마루 게양' 운동과 '방언박멸' 운동이다. 이 문제는 '조국 복귀'를 둘러싼 문제를 묻는 데에 매우 중요한 테마 중 하나다. 이에 대해 지금 여기서 구체적으로 기술하기에는 지면이 부족하므로 다음과 같은 연구, 저작, 에세이를 참고하여 이 과제를 이해하는 데에 도움이 되었으면 한다.

▶ 오구마 에이지 『'일본인'의 경계 - 오키나와·아이누·타이완·조선 식민지지배에서 복귀운동까지』(新曜社, 1998) 제22장 「1960년의 방언패 - 전후 오키나와 교육과 복귀운동」

▶ 『EDGE』 제12호(특집 「상상의 공동체 '일본' 오키나와 아이들은 어떻게 일본인이 되었나/만들어졌나」, 2001)

▶ 나카자토 이사오(仲里効) 『슬픈 아열대 언어 지대 - 오키나와·교차하는 식민지주의』(未來社, 2012) 제4장 「식민지의 멜랑콜리 - 오키나와 전후 세대의 원풍경」
도베 히데아키(戸邊秀明) 「오키나와 교직원회사(教職員會史) 재고를 위하여 - 60년대 전후 오키나와 교원의 목마름과 공포」(곤도 겐이치로 『방언패 - 말과 신체』, 社會評論社, 2008 所收)

▶ 오쿠다 하지메(奥田一) 『전후 오키나와 교육운동사』(ボーダーインク, 2010) 제5장 「착종하는 국민교육」, 제6장 「'국민교육' 운동의 좌절」

▶ 다나카 야스히로(田仲康博) 『풍경의 파열(風景の裂け目) - 오키나와, 점령의 지금』(せりか書房, 2010) 제4장 「풍경의 정치학」

이상의 저술 가운데 마지막에 언급한 다나카는 1954년생이다. 따라서 앞서 '일본'을 '조국'이라고 부르고, '류큐'라는 용어대신 '오키나와'를 사용하라는 교장부 대회 결의가 있었던 1960년에 학교를 다닌 세대로, 60년대 전반기에는 아마 초등학생이었을 것으로 생각되는데 당시의 학교 생활을 다음과 같이 회상하고 있다.

"'조국'과 '본토'라는 말은, 초등학생인 우리들도 주위의 어른들에게서 들어서 접했고, 복귀 행진단이 학교 근처를 통과할 때면 히노마루 작은 깃발을 들고 환영하러 나가기도 했다. 그러나 이러한 추상적인 언어가 갖는 의미는, 아이들의 이해의 영역을 뛰어넘었다. 우리는 우리 나름대로 그 의미를 자신 안으로 끌어들여 신체적으로 이해하고자 했다. 예컨대 조국 복귀라는 것은 오키나와와 본토가 물리적으로 '하나가 되는 것'이라고 생각한 친구가 있었다. 이것은 그야말로 토론의 주제가 되었는데, 어떻게 하면 오키나와를 본토까지 가지고 갈 수 있을까 모두가 어린 머리를 맞대고 고민한 결과, 배로 끌고 가면 좋겠다는 생각으로 결론 내렸다. 같은 무렵 "복귀하면 오키나와에도 눈이 내릴 것이다."라는 소문이 퍼지기도 했다(앞의 책, 113쪽).

교장회가 끝나고 이어진 뒤풀이 자리에서 "만약 미국이 말을 듣지 않으면/ 오키나와를 짊어지고 일본으로 건너가자"라는 류카가 우레와 같은 박수를 받았다는 에피소드를 앞서 언급하였다. 그 가사는 '조국 복귀'를 열망하는 교장들의 심정을 표현한 비유적 수사지만, 다나카를 비롯한 소년들이 제출한 의견 "오키나와를 배로 끌고 가" 본토와 합체시키고자 하는 발상과 상통하는 정서적 '복귀' 사상의 표출임은 부정할 수 없다.

미군점령의 압정 하에서 교사, 교과서, 교재 등의 부족과 열악한 교육환경을 개혁하여 충실한 학교교육을 요구하는 교사들의 '복귀' 사상의 첫출발은 이처럼 황실에 대한 친근감을 포함하여 자유와 민주주의, 비전(非戰)의 맹서를 내건 평화주의의 일본국헌법 하의 일본 본토를 동경하는 정서적 정신에 기댄 것임은 분명해 보인다.

이 '복귀' 사상을 지탱하는 기반으로서 일본을 '조국'으로 관념화하는 정신 양성을 위해, '일본 복귀'라는 용어 대신 '조국 복귀'라는 말로 바꿔 보급시키는 역할을 교장을 필두로 한 교사들이 담당하였다. 그 보급에는 교육진흥, 교권 확립, 회원의 생활향상과 친목을 주목적으로 한 오키나와교육연합회가 52년에 오키나와교직원회로 개편됨에 따라 '조국 복귀' 운동의 중심단체로 부상하였고, 교연(教研) 집회를 통해 국민교육(일본인화 교육)을 조직적으로 수행하는 것으로 큰 힘을 발휘하게 된다. 거기서 배양된 '조국' 의식은 얼마 후 운동의 '이념'이 되어 사람들의 정신을 얽어매게 된다.

2. '건백서'로 보는 '부(負)'의 사상

'복귀' 후에도 건재한 '조국' 의식

앞서 언급한 도베 히데아키(戶邊秀明)의 또 다른 글에 「'조국' 의식과 교직원 -야라 초뵤(屋良朝苗)와 나카소네 세이젠(仲曾根政善)」이라는 논문이 있다(『沖繩を深く知る辭典』日本アソシエー, 2003). 전후 오키나와의 교육자상을 상징하는 야라와 나카소네를 모델로 하여 두 사람의 족적을 읽어가면서

오키나와의 교사들의 '조국' 의식의 다의성과 "오늘로 이어지는 가능성"을 개설한 매우 시사적인 글인데, 개인적으로 한 부분만큼은 이의를 제기하고 싶다.

논문 모두 부분에서 '조국'과 '복귀'라는 두 개의 단어는 "복귀운동 속에서 급속하게 확산되었고, 그리고 미일정부에 의해 시정권반환이라는 형태로 '복귀'가 결정되자 이와 동시에 급속하게 잊혀졌다."라고 단언한 부분이 그것이다. 이 문구는 "오키나와에 있어 '조국'이란 무엇인가 하는 물음은 이 단어의 급격한 보급과 쇠퇴라는 궤적과 떼어낼 수 없다."라는 논문의 전제에 위배되는 것이자, 모든 오키나와인이 '조국'이라는 단어를 '복귀'와 함께 잊었고, '조국' 의식이 쇠퇴했다고 하는 문제의식에도 동의할 수 없다. 표층의 현상은 그렇다고 하더라도 오늘날 여전히 사라지지 않고 남아 있는 오키나와인의 '조국' 의식이라는 견고한 존재를 부정할 수 없기 때문이다.

'조국'과 '복귀'에 대해 도베의 글을 조금 더 들여다 보자.

"1951년 무렵부터 오키나와 사회에 일찍이 들어본 적 없는 언어가 등장했다. '조국'과 '복귀'가 그것이다. 두 개의 단어는 '조국복귀'라는 쌍을 이루어 한 쪽을 떠올리면 다른 한 쪽이 떠오르는 것처럼, 복귀운동 속에서 급속히 확산되었고, 그리고 미일정부에 의해 시정권반환이라는 형태로 '복귀'가 결정되자 이와 동시에 급속하게 잊혀졌다."

'조국'과 '복귀'라는 낯선 단어가 오키나와 사회에 등장해 '복귀' 운동 속에서 급속하게 보급되었다고 하는 부분의 지적은 틀리지 않다.

예컨대 여기에 오키나와인의 심정을 이 두 개의 단어에 기대어 운동의 출발선을 끊었음을 나타내는 하나의 노래가 있다.

「조국 복귀의 노래(祖國復歸の歌)」
　1. 우루마 섬의 밤이 가고/ 평화의 종은 소리 높여 울리네/ 야마토 섬의 피를 이어받아/ 우리는 돌아가야 하네, 태양(日)의 품(本)으로

　2. 태평양의 하늘은 드높고/ 저 멀리 내다보이는 우리 조국/ 서로를 부르는 소리 울려 퍼지고/ 단단한 끈으로 연결되어(이하, 3, 4연 생략)

작사 야카 무네가쓰(屋嘉宗克), 작곡 나카모토 쵸쿄(仲本朝教)로 두 사람 모두 잘 알려진 교사다. 오늘날 이 노래를 기억하는 사람은 거의 없지만, '복귀' 관련 노래로 오키나와인이 작사, 작곡하고 노래한 유일한 노래라고 할 수 있다.

1960년 4월 28일, '오키나와현조국복귀협의회' 결성대회 개회 선언 뒤, 모두가 제창한 것이 바로 이 노래이다. 대회 마무리로 「반환하라 오키나와(返せ沖繩)」(지금은 아는 사람이 없다)를 노래했다. "단단한 땅을 깨고"라는 가사로 잘 알려진 「오키나와를 반환하라(沖繩を返せ)」는, 가사는 대회 프로그램에 인쇄되어 있는데 일정표에는 없다. 아마도 대회 후에 실시된 제등행진에서 노래하기 위한 것이었던 듯하다(지금 널리 알려진 「오키나와를 반환하라」라는 곡은 훗날 편곡된 것으로, 원곡은 전해지지 않는다). 어찌되었든 두 곡 모두 일본에서 만들어진 "오키나와를 일본으로 반환하라!"라는 일본 입장에

서 외치는 내용이다.

즉 오키나와에서 만들어진 「조국 복귀의 노래」는 오키나와가 일본을 사모하는 노래이고, 「반환하라 오키나와」나 「오키나와를 반환하라」는 일본이 오키나와를 자기 나라로 반환할 것을 촉구하는 노래이다. 모두 각각 운동의 본질을 잘 나타내고 있다.

어찌되었든 오키나와의 '복귀' 운동은 앞서의 「조국 복귀의 노래」에 담겨진 심정을 기반으로 시작되었고, 이후 베트남 출격 기지에 반대하는 운동과 연동한 '반전 복귀' 슬로건을 내건 반전운동 성격도 띠게 되었는데, 운동의 기저에 있는 '조국'으로의 '복귀'라는 의식은 사라지지 않고, '복귀' 후 41년을 경과한 지금도 여전히 광범위하게 살아 있는 것이 현실이다.

내 가까운 주변에서 일어난 일을 이야기 하자면, 내가 사는 니시하라 쵸 (西原町), 마을사무소 정문 한편에 일본국 헌법 제9조의 조문을 새긴 '조국 복귀30주년 평화헌법기념비'가 세워져 있다(2002년 10월 10일 건립). '조국'인 일본에 '복귀'하여 30주년이 되는 날을 기념하여 헌법 제9조를 지킬 것을 맹서하기 위한 비다. 헌법의 이념(특히 제9조)을 공동화하려는 수상한 움직임을 보이는 일본국 정부와 국민에게 이의를 제기하는 오키나와의 마음을 확인하는 행위이자, 군사기지의 과중한 부담에 신음하는 오키나와 입장으로 보면 매우 자연스러운 행위이지만, 문제는 그 행위를 기동시킨 정신의 발로를 어떻게 생각할 것인가 하는 점이다.

그 정신의 심층을 지탱하는 것은 과중한 군사기지 부담에 고통 받는 오키나와의 상황을 '복귀' 이후 30년이 경과해도 계속해서 방치하고 있는 '조국'에 대한 원망이 담긴 정념에 다름 아니다. 일본을 '조국'으로 삼아 '복귀'를 희망하고, 섬 전체 투쟁의 결과로 얻어진 '복귀'의 실현에서도, 그 30년 후의 현실에서도 머릿속으로 그렸던 '조국'의 모습은 없었다. 그 때문에

'조국'에 품었던 꿈의 현실을 눈에 보이는 형태로 실현하기 위해서는 '복귀'를 기념하여 비를 세우는 수밖에 없었다. 즉 굴절된 '조국' 의식이 비 건립 형태로 발현된 것이라고 생각한다.

그리고 이 니시하라 쵸 마을사무소의 기념비 건립이 보여주는 '조국' 의식의 발현은 니시하라 쵸만의 문제는 아니었다. 그 현상은 개인의 심정 표현은 물론이거니와 단체의 조직적 행동의 결의표명에 이르기까지 광범위하게 표면화된 현상으로, 궁극적으로는 일본 정부에 대한 항의의 의미를 담은 요청 행동이기도 했다.

예컨대 2013년, 1952년 4월 28일 샌프란시스코 강화조약 발효의 날을 '주권회복의 날(主權回復の日)'로 정하고 식전을 거행한 일본 정부에 대해, 오키나와에서는 이 날을 '굴욕의 날(屈辱の日)'로 규정하고 만 명 규모의 항의대회가 열렸다. 이 조직화된 단체행동으로 나타난 '조국' 의식에 대해서는 후술하겠지만, 개개인의 그것은 대회를 앞둔 신문 투서의 다음 행동으로 이어진 주장에서 볼 수 있다.

> "'굴욕의 날'을 널리 전국의 동포 여러분에게 어필하고, 진정한
> 조국으로의 복귀를 실현하지 않겠습니까?"
> (63세 남성, 2013년 4월 23일자 『오키나와타임스』 투서란 「논단」)

"전국의 동포"라든가 "진정한 조국으로의 복귀"라는 단어는, '복귀'=재병합 40년 동안 계속해서 반복되어 온 단어로, 오키나와인의 의식 깊숙이 각인된 일본을 '조국'이라고 관념화하는 조국 '의식'의 표백이자, 일이 있을 때마다 부상하는 단어이기도 하다. 이러한 형태로 오키나와 사회에 널리 온존하고 있는 개인의 조국 '의식'과 조응하여 오키나와 전체의 의사로

서 토로되는 것도 드물지 않다. 그 최신 사례는 2013년 1월, 전 류큐의 의사 표시로서 전 시정촌장, 의장, 현의가 일제히 상경하여 행동으로 보여준 이른바 '도쿄 행동'으로 일본 정부에게 전달한 「건백서(建白書)」에서도 엿볼 수 있다.

'건백' 행동으로 보는 '조국' 의식

「건백서」에서, "우리는 2013년 9월 9일, 미일 양 정부에 의한 수직이착륙운송기 MV22 오스프레이의 강행 배치에 대해 분노를 담아 항의하고, 그 철회를 요국하기 위해 10만 여 현민이 결집하여 '오스프레이 배치에 반대하는 오키나와현민대회'를 개최했다. 그럼에도 불구하고 미일 양 정부는 오키나와현민의 총의를 짓밟고 현민대회가 이후 불과 한 달도 되지 않은 10월 1일, 오스프레이를 강행 배치했다"라고 하는 격렬한 문구로 시작하여, "미군은 아직도 점령지라도 되는 냥 방약무도하게 행동하고 있다. 국민주권국가 일본의 존재를 묻지 않을 수 없다"라고 질타하며, "아베 신조(安部晋三) 내각총리대신께서 오키나와의 실정을 지금 다시 한 번 되돌아보기 바랍니다."라며 강력하게 촉구했다(2013년 1월 28일자 『오키나와타임스』).

이 '건백' 행동에 대해 성토마스대학 준교수 모리 요시오(森宣雄)는 "장군 도쿠가와 요시노부(德川慶喜)에게 정권 반환을 결단하게 한 대정봉환(大政奉還) 건백서와 그 이후 자유민권운동이 민중 레벨까지 확산된 헌법제정, 의회 개설의 '건백'을 상기시키며 그 의의를 강조하고 있다(2013년 2월 4일자 『오키나와타임스』). 또 고분켄(高文研) 고문인 우메다 마사키(梅田正己)는 "아시오 광독(足尾鑛毒)의 참상을 호소하는 상소문을 손에 들고 메이지 천황의 마차를 향해 돌진한 다나카 쇼조(田中正造) 고사(故事)"를 떠올리며 "140만에 이르는 한 현의 전시정촌장과 의장이 한 명도 빠짐없이 당파의 대립을 넘어 연서한 건백서를 대표에게 맡기지 않고 전원이 상경하여 총리대신에게 던진 것이다. 일본헌법사상 그야말로 미증유의 사건이 아닌가."라고 평가하였다(2013년 2월 5일자 『오키나와타임스』).

지역 신문도 사설에서 "오키나와에 있어 역사적 이의신청이 될 것이다."(1월 27일 『오키나와타임스』)라고 자리매김하며, "도도부현(都道府県) 단위의 전 시정촌장에 의한 총 행동은 유례가 없다. 오키나와의 자기결정권을 되찾기 위한 결의가 나타난 의미 있는 날로 역사에 기록될 것이다."(1월 29일자 『류큐신보』)라며 행동의 역사적 의의를 강조하였다. 그러나 정부를 향해 「건백서」를 전달하기 전날(1월 27일), 히비야(日比谷) 야외음악당에서 행해진 '도쿄집회'에는 지원단체 등 약 4천명이 모여 "'대성공'을 강하게 감지했다. 그러나 이어서 행해진 긴자 퍼레이드에서는 멈춰 서서 보는 사람이 적었고, 일부 단체의 규탄행동도 있었다. 집회 열기와의 커다란 낙차에 멤버들은 낙담"했다고 한다(1월 30일자 『류큐신보』). "일부 단체의 규탄행동"이라는 것은 "긴자(銀座)를 대표하는 장소 중 하나인 스키야바시(數奇屋橋) 교차점 부근에 일장기와 욱일기(旭日旗), 성조기를 손에 든 단체와 경찰의 엄중한 경비를 사이에 두고 행진하는 퍼레이드 참가자들에게 "싫으면 일본에서 나가라" 등의 "매도하는 소리를 퍼부었다" 등의 상황을 가리킨다(1월 30일자 『류큐신보』).

일본국 수도 중심부에서 류큐·오키나와를 내건 도쿄 행동에 무관심하거나 규탄하는 정신구조는 고스란히 일본국 정부의 오키나와 대응에서도 나타난다. 스가 요시히데(菅義偉) 관방장관이 「건백서」를 전달 받은 후 기자회견에서 '건백'을 애써 '진정'이라고 표현하며 "무거운 마음으로 받아들인다."라는 말뿐인 발언(1월 29일자 『오키나와타임스』)에서 잘 나타난다.

이상과 같이 일본국민 대다수의 오키나와 인식이나 정부의 오키나와 대응은 특별한 것은 아니다. 전후 일관된 행보이므로 지금 새삼스럽게 눈살 찌푸릴 일은 아니다. 내가 내 눈을 의심한 것은 류큐·오키나와인의 총의로 이루어진 "오키나와에 있어 역사적인 이의신청"인 「건백서」에 이은 다음과 같은 문장을 발견했기 때문이다.

> "오스프레이가 오키나와에 배치되었던 작년은 공교롭게도 조국 일본으로 복귀한지 40년째가 되는 해였다. 고류큐로부터 살아 숨 쉬는 역사, 문화를 계승해 가면서 또 우리는 일본의 일원으로서 국가 발전을 함께 염원해 왔다."

이 문구는 앞서 기술한 "미군은 아직도 점령지라도 되는 냥 방약무도하게 행동하고 있다. 국민주권국가 일본의 존재를 묻지 않을 수 없다."라는 일본국 정부의 대 오키나와 정책에 대한 규탄, 항의를 전제로 하고 있는데, 일본과 류큐 관계를 "고류큐로부터 살아 숨 쉬는 역사 문화"라는 시점에서 설명하고자 한다면 당연히 1609년(慶長14)에 있었던 사쓰마의 류큐 침략으로부터 1879년(明治12) '류큐처분', 나아가 1945년(昭和20) '오키나와 전투'에서 1947년의 '천황 메시지'를 거쳐 1952년 발효한 '샌프란시스코 강화조약'에 따른 오키나와 분리에 이르기까지 침략과 배제의 역사를 불문에 부쳐서는 안 된다. 이 역사적 사실을 사상(捨象)하고, 1972년 시정권을 미국으로부터 일본으로 이양(일본국에 의한 류큐 재병합)을 애써 '조국 일본으로 복귀'라고 자기규정할 때, 류큐·오키나와가 예로부터 일본국의 주권(권력기구)에 종속된 존재였고, 역사적으로도 자기결정권을 갖는 주체가 아님을 류큐·오키나와의 총의로서 스스로가 표명한 것임을 지적하지 않을 수 없다. 따라서 일본국을 향해 오키나와가 아무리 격렬하게 반대하고 항의의 목소리를 낸다고 해도 아무렇지 않게 생각할 것이며, 안보조약으로 일본국의 안전을 담보하는 물건으로 오키나와를 취급하게 되리라는 것은 자연스러운 수순이다.

'노예 사상'이라는 주박

앞서의 「건백서」에서 오키나와 총의의 일본국 정부에 대한 요구사항은, "첫째, 오스프레이 배치를 즉시 철회할 것. 아울러 올 7월까지 배치할 예정인 12기 배치를 중지할 것. 또한 가데나 기지에 특수작전용수직이착륙유송기CV22 오스프레이 배치 계획을 즉시 철회할 것. 둘째, 미군 후텐마(普天間) 기지를 폐쇄, 철거하고 현 내 이전을 단념할 것" 이 두 항목이었다.

「도도부현 단위의 전 시정촌장의 총행동」(『류큐신보』 「사설」)의 "일본헌정사상 그야말로 미증유의 사건"(우메다 마사키)이었던 '건백' 행동에 따른 요구라고 하더라도, 일본국을 '조국'으로 연모하고, 지도 말단에 연결되어 있다고 자진 신고하면서 품안에 가깝게 파고들어 간들, 식민지적 지배하에 놓인 '물건'의 요구 따위는 본국의 평화와 안전과 국익 앞에서 전혀 개의치 않는 것이 바로 국가 논리다.

따라서 '건백' 행동에 연이어 3월 22일에는 후텐마 기지 이전을 위한 헤노코(邊野古) 연안의 「공유수면매립승인신청서」를 현에 제출, 매립 수속에 착수한다. 나아가 1952년, 자신들의 독립과 맞바꿔 오키나와, 아마미(奄美), 오가사하라(小笠原)를 잘라내 버린 샌프란시스코강화조약이 발효한 4월 28일을 '주권회복의 날'로 삼고, 이 날을 '굴욕의 날'로 삼아 맹렬하게 반발하는 오키나와를 외면하고 천황, 황후를 배석시켜 축하의 식전을 거행하였다.

　나아가 그 다음 날 29일(일본 시간 30일 미명)에는, 일본국 오노 데라(小野寺) 방위상(防衛相)과 미국 헤겔 국방장관은 후텐마 기지의 헤노코 이전과 함께 올 여름에 새롭게 MV22 오스프레이 12기를 후텐마에 추가 배치할 것을 확인(5월 1일자 『오키나와타임스』)한 상태로, 오키나와 총의의 「건백서」의 요구가 있었지만 일고의 여지가 없었음은 필연적인 결과였다.

　일본국의 가해의 역사를 묻는 일 없이 그 슬하에 무릎을 꿇는 심성은 노예근성 이외의 그 어떤 것도 아니다. 일찍이 이하 후유(伊波普猷)는 메이지 정부의 "류큐처분은 일종의 노예해방"이라고 했지만, '처분' 이후의 역사는 '해방'과는 반대로 스스로가 자진해서 노예의 길을 걸어 왔음은 지금 이 현실에서 확인할 수 있을 것이다.

　앞서 기술한 것처럼 「건백서」의 요구 따위를 들어줄 리 만무함에도, 오키나와를 떼어버린 '4·28'을 '주권회복의 날'로 삼은 식전 식사에서 아베 일본국 총리대신은 "오키나와 사람들이 인내하고 참아 견뎌내 준 전중, 전후의 노고에 대해서는 틀에 박힌 말 한마디로는 그 의미를 갖지 못할 것입니다. 나는 특히 젊은 세대들을 향해 오키나와가 겪어 온 쓰디 쓴 고통을, 깊이 사고하는 노력을 기울여야 한다고 주장할 생각입니다."라고 말했다.

　오키나와의 의사를 무시하고 과도한 기지부담을 밀어붙여 온 장본인이면서, 자신이 저지른 전횡은 제쳐두고 립 서비스만하는 극도의 후안무치를 텔레비전으로 목도하자니 뻔뻔하기 그지 없었다. 그런데 문제는 아베 수상 측만이 아니라, 오히려 오키나와 측이 그러했음을 다음 날 신문보도를 통해 분명히 드러났다.

　이 수상 식전에 대해 지사 대리로 식전에 참석한 부지사 다카라 구라요시(高良倉吉)는 "오키나와 전투와 미군통치 시대의 상당한 고난의 역사, 지금까지 계속되는 미군기지문제 등 현민이 주장해 온 문제에 파고들며 언급했다 (중략) 식사를 들은 범위 내에서 납득, 이해할 수 있었다."(4월 29일자 『오키나와타임스』)라며 식사를 평가한 것이다. 그런데 이 식사 문구는, 오키나와가 이 날을 '굴욕의 날'이라는 반발을 묵살하고, 아베 수상 측과 오키나와 현이 사전에 식사 문안을 조정했다는 사실을 분명하게 보여준 것이다(4월 29일자 『류큐신보』). 문안 만들기에 자신도 관여하였으면서, 객관적인 입장을 위장하면서 그 식사를 평가하는 후안무치한 수상의 행동을 맡고 있었으니, 자작극을 연기하면서까지 권력자에게 봉사하는 '노예 사상'의 발현을 여기에서 볼 수 있을 것이다. 즉 앞서의 「건백서」 문안이나, 이 부지사의 언동이나, '조국' 의식이라는 이름 하의 '노예 사상'의 주박이 관민을 불문하고 뿌리 깊게 살아 있음을 나타내는 사례라고 하겠다.

3. '굴욕의 날' 사상을 묻는다

'4·28'을 어떻게 바라볼 것인가

태평양 전쟁의 패전으로 미국 점령하에 있던 일본국은 1952년 4월 28일, 샌프란시스코 강화조약의 발효로 오키나와, 아마미, 오가사하라를 분리하는 것으로 독립을 손에 넣을 수 있었다.

당시나 현재나 안보조약과 지위협정 하에 실질적으로는 여전히 미국에 예속되어 있음에도 불구하고 아베 내각이 돌연 이 날(4월 28일)을 '주권 회복의 날'로 삼는 내각결정(3월 12일)이 시행되자, 4월 28일은 일본국이 오키나와를 잘라내 버리고 '굴욕의 날'로 삼은 오키나와에서는 일제히 항의와 반발의 목소리가 높아졌다. 같은 날 「4·28 정부 식전, 납득할 수 없다! 굴욕의 날 오키나와 대회」를 열고 일본국 정부에 항의했다. "납득할 수 없다!"라는 말의 의미는 오키나와를 잘라버린 이 날을 '주권 회복'이라는 이름으로 식전을 행하는 정부는, 오키나와에게 다시 '굴욕'을 강제하는 것으로 이를 "납득할 수 없다"는 취지의 항의. 지역 신문 2사는 「사설」은 물론이고 「4·28에 대한 시좌」(『오키나와타임스』), 「주권과 굴욕」(『류큐신보』)이라는 타이틀로 각계의 의견을 청취하는 연재 기획을 시작으로, 정부 식전의 의미를 묻는 보도에 연일 지면을 크게 할애하였다. 현의회나 시정촌 회의의 항의결의도 연이었고 마침내 결전의 항의 대회로 이어지게 된 것이다.

이처럼 같은 패턴으로 반복되어 온 오키나와의 항의 행동은 이제 더 이상 일본국 정부에게 아무런 충격을 주지 못한 채 연례행사로 끝나 버리게 되었음은, 앞서 언급한 '건백' 행동 이후 보여준 일본국 정부의 대응에서도 잘 알 수 있다. 따라서 이러한 형식화된 패턴을 바꾸는 것이 긴급한 과제라고 하겠다.

'4·28'을 '굴욕의 날'로 삼는 사고 패턴이나 정부를 향한 요구와 항의로 일관하는 행동 패턴을 탈구축해야 한다고 생각한 나는, "4·28 문제를 어떻게 바라볼 것인가"라는 신문기자의 질문에 "정부가 4·28에 식전을 개최하는 것을 기쁘게 생각한다."고 답했다. 정부 식전에 대한 항의가 끓어오르는 오키나와의 여론에 역행하는 그러한 대답에 덧붙여 "오키나와에 너무도 불합리한 대응을 취해 오고 있는 일본이라는 국가의 본질을 드러내었다. '일본은 이런 나라다'라고 알게 해 준 좋은 기회였다."라는 발언을 했다. 그리고 마지막에 "정부가 식전을 개최하려면 오키나와는 일본에 이혼서류를 던지는 심정으로 스스로의 삶을 결정하기 위한 교재로 삼아야 할 것"이며, 새로운 행동으로 나아갈 것을 촉구했다(4월 20일자 『오키나와타임스』).

'4·28'을 '굴욕의 날'이라고 주장하는 것에 대한 나의 위화감은, 일본국이 오키나와를 잘라 내버린 것을 '굴욕'으로 느끼는 생각을 납득할 수 없기 때문이다. '굴욕'이란 "굴복당하여 수치를 당하는 것"(『岩波國語辭典』), 혹은 "수치를 당하여 면목을 잃는 것"(『新潮國語辭典』)를 의미하는 용어이므로, '조국'을 연모하여 '복귀'를 열망했던 일본국에 스스로의 '독립'과 맞바꿔 잘라 내버린 것을, "수치를 당하여 면목을 잃"었다고 한탄하고, 분노하는 멘탈리티를 표출하는 것이 된다. 류큐·오키나와인은 지금이야말로 그러한 비굴한 정신의 상태를 '굴욕'으로 느끼고 이것을 지양하는 정신을 갖추어야 한다고 생각하기 때문이다.

'축하' 무드에서 '굴욕'으로

'4·28'을 '굴욕의 날'이라고 호명하자고 결의한 것은 오키나와현조국복귀협의회 제3회 정기총회(1961년 4월 8일)에서다. 이러한 배경에는 '복귀' 운동을 반기지운동과 연동시켜가려는 흐름이 있었고, 과중한 기지부담을 '굴욕'으로 여기는 생각이 강하게 깃들어 있기는 했지만, 운동의 기본을 '조국 복귀'라는 지상명제로 삼아 절대화한 것은 변함이 없었다.

원래 오키나와를 잘라버린 샌프란시스코 강화조약이 발효한 1952년 4월 28일 당시에는 오키나와도 '조국'의 독립을 반기는 축하 무드에 휩싸여 있었으며, 예컨대 신문에서 "강화발효조국의 독립을 축하한다"라는 타이틀로 각계 톱 메시지와 담화를 특집으로 꾸렸다(4월 28일자 『류큐신보』). 그 가운데 류큐 정부 히가 슈헤이(比嘉秀平) 주석은 "오늘 강화조약의 발효로 조국 일본이 독립의 제일보를 내딛게 된 것을 진심으로 기쁘게 생각한다."
라고 말하며 "전쟁 전보다 한 단계 더 충실하게 성장하여 류큐로 하여금
조국으로부터 환영받을 수 있도록 백만 주민이 류큐 경제의 진흥에 일치
협력하여 분투"하는 것이 "조국 일본의 노력에 응답하는 길이기도 하다"
라는 메시지를 발표했다.

오키나와 직원회 야라 초뵤 회장은 "대망의 평화조약이 발효하여 조국
일본은 독립국이 되었다. 국민의 기쁨과 감격은 상상하기 어렵지 않을 것
이다. 나는 마음으로부터 이를 기뻐하고 그 전도를 축복하는 바이다."라
고 말한 후 "독립하여 자유애호국민으로서 자주성을 확립한 금후의 조국
일본의 국운융성이 어느 정도일지 기대가 크다. 거꾸로 조국의 독립에 즈
음하여 류큐의 운명을 생각해 보니 나는 밝은 기운을 느낀다. (중략) 그리
고 우리의 비원인 조국으로의 복귀도 반드시 실현될 것이라고 믿는다."라
며 '조국 복귀'를 향한 한없는 동경을 피력하고 있다.

일본국을 "독립하여 자유애호국민으로서 자주성을 확립한" 국가로 마
음에 그렸던 야라는, 72년 시정권반환을 향한 미일 양정부의 외교교섭에
서 오키나와의 의사가 반영되지 않는 배반을 당하게 되는데, 그때는 첫 류
큐정부 공선 주석이 된 야라의 심경에 대해 특별비서관이었던 오시로 세
이조(大城盛三)는 다음과 같은 흥미로운 증언을 한다.

> "방미 전 사토 에사쿠 수상과의 직접 담판에서도 야라 씨는 '굴
> 욕'이라는 말을 다섯 차례 사용하여 '오키나와 서 있는 위치에서의
> 교섭'을 주장했다."

이 짧은 문구만로는 '굴욕'이라는 단어가 어떤 문맥에서 발화되었는지

알 길이 없지만 이민족 지배하에서 "굴복당하여 수치를 당하는" 상황을 벗어나 '조국 복귀'를 이루고자 하는 오키나와의 '비원'을 강조한 것으로 보인다. 즉 '복귀' 운동의 슬로건 '무조건 완전 복귀'의 열망을 주장한 것이다.

어찌되었든 52년 4월 28일 시점의 오키나와 반응 가운데 앞서 기술한 주석 메시지와 야라 담화 이외에 주목해야 할 것은, 류큐정부의 주석 이하 모든 국장과 입법원 모든 의원이 연명을 「축 강화조약발효」를 내건 축하 광고를 신문에 실은 것이다(4월 28일자 『류큐신보』).

당시 입법원 모든 의원들이 참가했으니, 당연히 거기에는 다이라 고이치(平良幸市), 가네시 사이치(兼次佐一), 세나가 가메지로(瀬長龜次郎), 다이라 다쓰오(平良辰雄), 아사토 쓰미치요(安里積千代) (이상, 게재순) 등 혁신계 거물급 의원들도 나란히 이름을 올렸다.

신문 사설을 보면, '복귀 촉진'을 사론(社論)으로 삼았던 『오키나와타임스』는, "강화조약이 발효하여 국제사회로 복귀한 조국 일본의 경사를, 우리 류큐 주민은 무량한 감개와 함께 축복하고 싶다. 그렇지만 홀로 남겨졌다는 데에 탄식이 깊고, 아무리 발버둥 쳐도 되지 않는다는 체념이 우리 가슴을 옥죄었다"라고 썼다. 또 "아무튼 밝은 희망을 잃지 않고, 평화와 자유를 구하여 조국 일본과 우리 류큐의 건강한 민주적 성장을 기원하며, 일본의 독립 복귀를 축복하고 싶다."라는 말로 끝을 맺었다(52년 4월 29일).

한편 '복귀 상조론'을 내걸었던 『류큐신보』는 "동양의 맹주 일본제국의 끝없던 번영도 한낱 덧없는 꿈이 되었고, 치매 걸린 듯한 영웅의 빛나던 모습도 형장의 이슬처럼 사라진 것이 채 몇 년 되지 않았는데, 이렇듯 어지럽게 변화해 가는 것도 이미 일반 일본(인)의 뇌리에서 희미해져 가고 있다. 그리고 이러한 좋지 않은 기억과 현실 속에서 강화조약이 체결되어 오늘날 그것이 효력을 발하게 되었다."라며 날카로운 발언을 쏟아 내었다. 또 "강화는 전 일본국민의 수년 동안의 희망이자, 강화가 실현되어도 그 희망 앞에서는 무지개다리도 없을뿐더러 이상한 암운이 저회하며 국민의 걸음을 더디게 하고 있는 것이 거짓 없는 현실이다."라고 말하며, 한국 전쟁을 계기로 시작된 일본의 재군비 움직임을 비롯한 우경화 조짐을 우려한다는 현상인식을 표명하고, "강화의 실현은 기뻐해야 할 일이지만 기뻐할 수만은 없다. 이것이 우리 류큐 주민에게 어떤 의미를 갖게 될지는 완전히 미지수다."라며 강화발효 후의 불안을 솔직하게 드러내었다(52년 4월 28일).

당시 미군통치에 비판적인 현상 개혁파의 『오키나와타임스』와, 보수파로 간주되었던 『류큐신보』 양 신문사의 사설란을 오늘의 시점으로 다시 읽으면, 후자 쪽이 미래를 꿰뚫어 보았던 선견지명을 발견할 수 있는데, 역사과정의 아이러니한 현상이라고나 할까.

어찌되었든 '4·28'은 당초 축하 분위기로부터 9년이 지나 '굴욕'이라는 원망과 항의의 심정으로 나타나게 되었고, 그 심정이 일본국을 '조국'으로, 또 '복귀'를 유일한 선택지로 절대화하는 한, 류큐·오키나와의 자율과 자립을 구하는 정신의 대극에 있음은 말할 것도 없다.

'환상' 초극의 계기로

어찌되었든 일본 정부가 '4·28'을 '주권회복의 날'로 삼았던 것은, 일본국의 주권은 류큐·오키나와를 제외하고 성립함을 명시한 것이다. 또 국익을 위한 병합, 배제를 반복하는 일본국의 제멋대로 행보의 본질을 구체적으로 드러내 보여준 것이기도 했다. 이것은 류큐·오키나와에게 있어 소중한 경험이었으며, 류큐·오키나와가 일본국과의 관계를 생각하는 데에 기뻐해야 할 일이 아닐까. 이 경험을 살려 스스로 새로운 삶을 생각하는 계기로 삼는 절호의 찬스임에도 불구하고, "오키나와를 포함하지 않는 일본의 주권 회복은 납득할 수 없다" 따위의 원망을 담은 항의대회를 개최하는 한, 거듭되는 일본국에 의한 류큐·오키나와의 식민지 정책을 타파하지 못하리라는 것은 자명하다고 하겠다.

'복귀'=재병합 이후, 일본국이 그 본질을 적나라하게 보여준 최고의 사례는 이른바 '대리서명소송'으로 상징된다. 1995년 11월, 미군용지강제사용을 둘러싼 오키나와 현 오타 마사히데 지사가 일본국 무라야마 수상의 대리서명 '권고'와 '집행명령'을 거부하고, 무라야마 수상이 오타 지사를 제소, 현이 패소하여 상고한 현의 주장을 최고재판이 기각(98년 8월 28일) 기각한 사건이다.

1995년은 미군 병사에 의한 소녀폭행사건(9월 4일)이 있었고, 이를 규탄하는 '현민대회'(10월 21일) 및 오키나와의 반기지운동이 초당파적으로 이루어진 획기적인 해였다. 또 이듬 해 98년은 미군기지 정리, 축소와 미일지위협정 재검토를 둘러싸고 찬반을 묻는 현민 투표가 있었다(9월 8일). 또 '기지축소' '지위협정 재검토'를 요구하는 찬성표가 89퍼센트에 이르는 결과를 보인 해이기도 했다.

이러한 시대를 배경으로 하여 일본국 총리가 오키나와 현지사를 제소하고, 최고재판이 오키나와의 주장을 기각한 것에 대해 나는 다음과 같이 평론한 바 있다.

"개개인의 민중은 일상 안에서 '국가'와 '국가 폭력'이라는 것을 추상개념을 지각하는 데에 불과한 존재지만, 그 희유의 사건(총리대신의 현지사 제소와 최고재판의 오키나와현 상고 기각)으로 인해 그 본성을 구체적으로 알게 해주었고, 그와 동시에 국가에 대한 '환상'도 사려졌다. 오키나와에게 고마운 도움을 주었다."(98년 8월 31일자 『니시니혼 신문』)

'복귀' 운동으로 배양된 '조국' 의식에 뿌리박힌 '환상'을 깨는 작업은 매우 어려운 일이었지만, 이 어려운 작업에 도움을 준 이는 일본국 정부가 사법의 힘을 빌려 주었기 때문이니, 이만큼 '고마운' 일도 없다고 생각한다.

우리는 '복귀'=재병합 40년을 지내오며 가해진 여러 가지 고통의 경험을 살려, '조국' 환상에서 각성하는 사상적 지렛대로 삼아야 할 사례가 무수히 많았지만, 사람들의 의식은 쉽게 바뀌지 않았다. 그런데 이번은 달랐다. 일본국 정부가 '4·28'을 '주권 회복의 날'로 삼아 식전을 개최한 덕분에 일본국과 류큐·오키나와와의 관계를 다시금 되묻는 목소리가 현재화한 일은 기쁜 일이었다. 주요 발언은 다음과 같다.

"(일본 정부의 식전 개최를) 나는 재미있다고 생각했다. 잘 말해 주었다고 감사할 따름이다. (중략) 이런 상황에 이르렀는데도 변함없이 "일본 정부는 4·28 식전을 멈춰라!"라고 외치는 오키나와 측의 사상 수준을 보니 문제는 해결될 것 같지 않다."(음악가 우미세토 유타카(海勢頭豊), 2012년 4월 9일, 「오키나와 9조련(條連) 소식」)

"'주권회복의 날'의 '회복'이라는 말에 각인된 오키나와와 류큐의 비대칭성을 다른 시각으로 바라볼 때다. 부글부글 끓어올라도 (화를 내도) 된다. 그런데 야레-누-야가(그래서 뭐)라고도 말하고 싶다. 국가주권의 덫을 거부하는 야레-누-야가, 그 끝을 사상화하자, 뿌리를 내리자."(영화비평가 나카자토 이사오[仲里効] 2013년 4월 17일자 『류큐신보』)

"(일본 정부의) '주권 회복의 날'은 아이러니하게도 오키나와 사람들이 자신들의 역사를 '다시 배우는' 계기가 되었다. 그것이 바로 오키나와가 주권을 회복하는 날로 삼지 않으면 안 된다."(작가 메도루마 슌, 2013년 4월 25일자 『오키나와타임스』)

"국가와 민족으로부터 분리되었으니 '굴욕의 날'이라고 분노하는 행위는 아무래도 이상하다. 조국이라든가 모국이라든가 민족 통일을 외치며 75퍼센트의 미군기지를 짊어져온 고통스러운과거의 경위를 잊은 옵티미즘이 아닐까. 아직도 '복귀'를 획득했다든가 '진정한 복귀'라는 속임수에 끌려 다니는 사상과 같은 뿌리가 아닐까"(시인 가와미쓰 신이치(川滿信一), 2013년 3월 26일자 『오키나와타임스』)

이처럼 일본국 정부의 '주권 회복의 날' 식전과 오키나와 측 '굴욕의 날' 항의 대회는 모두 주권자의 뜻을 거슬러 오키나와가 일본국을 상대화하는 사상을 부상시킨 효과도 낳았던 것이다.

또한 일련의 소란 속에서 주목해야 하는 것은, 정부의 식전에 천황, 황후가 참석하여 '천황폐하 만세'가 제창된 일이다. 잘 알려진 것처럼, '4·28' 샌프란시스코 강화조약에서 류큐제도가 분리되는 심원에 쇼와 천황의 '천황 메시지'가 있으며, 천황의 이름하에 수행된 태평양 전쟁 최후의 '사석' 작전의 기억을 포함해, 오키나와에 있어 쇼와 천황과 현 천황은 이미지를 달리한다. 이번 식전 참석으로 오키나와 분단의 샌프란시스코 강화조약에 이은 쇼와 천황의 '천황 메시지'를 현 천황이 추인한 것이 되며, 그 의미가 크다는 것을 지적하지 않을 수 없다. 아베 총리의 방정이 지나쳐 뜻하지 않은 결과가 나왔다고나 할까. 류큐·오키나와에 있어 천황(제) 문제 논의에 새로운 재료를 제공해 준 것은 감사해야 할 일이었다.

4. '복귀 책임'과 자립·독립론

'이념'화 된 '조국'

일본국을 '조국'으로 관념화하는 류큐·오키나와인의 '조국' 의식 형성에 오키나와교직원회의 국민교육실천이 커다란 힘을 발휘한 것은 앞서 기술했다.

'조국'이란 '선조 이래 살아 온 나라. 국민이 생겨난 원래의 나라'(『廣辭苑』)라는 뜻을 따른다면, 일찍이 주권을 가진 독립국이었던 류큐 왕국이, 일본국을 '조국'으로 관념화하는 것은 그 어휘에 비추어 볼 때 이상한 일임은 분명하다. 그럼에도 불구하고 '조국'이라는 단어가 '원래의 장소, 지위, 상태 등을 돌아가는 것'(『廣辭苑』)을 의미하는 '복귀' 운동의 '이념'으로 삼는 것은 '조국'이라는 용어가 가진 주술적 힘이 작동하기 때문이 아닐까. '조국'이라는 용어는 책상 앞에 있는 여러 권의 국어사전 해석을 보더라도 위의 기술과 큰 차이가 없다. 『일본국어대사전』(小學館)에 앞의 설명 이외에 '사상적으로 의지하는 나라'라는 기술도 보인다. 류큐·오키나와인이 본래적인 의미의 '조국'이 아닌 일본국을 '조국'으로 관념화시킨 언어의 마력의 유래를 이해할 수 있었다.

즉 1879년 무력병합('류큐처분') 이후 수 십 년에 걸쳐 이루어진 황민화의 강제에 대응해 스스로도 완전한 일본인을 목표로 동화에 노력해 온 사람들(그 움직임 중심에 있었던 것은 전전, 전중, 전후를 통해 교사들이었다)을 중심으로, 1952년 '4·28' 이래 미군 점령 하로 분단, 투기되어 신음하며 탈출을 모색하던 와중에 침투한 '일본인 의식'에 휘말려 들었고, 민주주의와 평화주의의 일본국 헌법 하 일본국에 '사상적으로 의지하는 나라'를 환시하는 정신적 움직임이 생겨났다고 볼 수 있을 것이다. 그 정신적 움직임에서,

일본국은 '조국'은 아니지만 '사상적으로 의지하는 나라'로서의 '조국'이라고 '이념'화함으로써 류큐·오키나와인이 일본국을 '조국'으로 생각하는 모순을 초극하여 스스로 깨우치게 되는 정황이 포착된다.

일본국은 이렇게 해서 획득된 '조국' 의식으로 표상되는데, 그 현실의 모습은 신기루 같은 환영이었음은 점차 노골화하는 일본국의 본성으로 인해 드러나게 된다.

환시하던 일본국을 '조국'이라고 부르고, 운동의 '이념'으로 삼는 '복귀' 사상으로 점철된 '조국 복귀' 운동은 그 운동을 둘러싸고 전개된 미일 양국의 전략적 거래에 의한 시정권반환=일본국으로의 재병합으로 그 막을 열었다. 이것을 "일본과 오키나와 인민이 연대해서 쟁취한 것"으로 여기는 사상은 지금도 여전하며, 다음과 같은 형태로 나타난다.

"오키나와 반환을 합의한 주요원인은 현민의 불굴의 '조국 복귀' 투쟁과 본토 국민의 불타오르는 '오키나와 반환' 투쟁이 결합하여, 전 일본적으로 두 개의 권력을 밀어부칠 만큼 고양되었기 때문이다. (중략) '일본 전토(全土)의 오키나와화'를 꾀한 '핵 없는, 자유사용' 반환이었다고 하더라도, 국제법상 불가능하다고 일컬어졌던 샌프란시스코 체제에 새바람을 불어넣어 조국 복귀를 성취한 역사적 의의는 희석되지 않을 것이다"(66세 남성, 2013년 4월 27일자 『오키나와타임스』 투서란 「논단」)

여기에 '일본=조국' 의식에 뿌리내린 '복귀' 사상이 지금도 여전히 얼마나 깊게 류큐·오키나와 정신을 주박하고 있는지 그 전형을 보여주었다고 하겠다. 한편 최근 특히 눈에 띄는 것은 그 '복귀 운동'을 짊어 졌던 세대(60, 70세)로부터 '복귀 책임'을 자성의 목소리와 함께 자립·독립을 언급하는 목소리가 연이어 나오고 있는 점이다.

'복귀 세대'의 책임감과 자립론

예컨대 류큐대학 명예교수 히야네 데루오(比屋根照夫)는, 2012년 9월 오스프레이 강행 배치에 반대하는 행동에 임하는 동 세대 사람들에게 '복귀 책임'을 다하고자 하는 의식이 있음을 지적하고, 이것을 전후 사상의 전환기로 규정하고 있다. 그리고 그 행동은 "종래의 항의형 운동이라기보다 자기를 돌아보고 과거에 대한 자책감을 극복하여 미래의 젊은이들에게 어떻게 이어갈 것인지 그 역사인식의 확산에서 금후의 가능성을 본다"라고, 신문기자 인터뷰에 답하였다(2012년 10월 9일자 『류큐신보』).

혹은 '복귀 책임'의 직접적 표명으로 주목받은 것은 오키나와교직원조합(오키나와교직원회 후신)의 위원장이었던 이시카와 겐페이(石川元平)가 「일본과의 결별하는 기개를」이라는 제목으로 신문에 투서한 일문이다. 거기서 이시키와는, '복귀' 이후에도 끊이지 않는 미군 범죄를 규탄하며, "복귀 40년, 오키나와는 대미 종속으로 현민에게 차별과 희생을 강요하고 이는 이 나라에 미래를 맡길 것인가. 아니다. 우리 어른들에게 새대 책임이 있다. 그러기 위해서는 일본과의 결별과, 독립이라는 주민 의사를 내밀어 만국진양(萬國津梁)의 민의 기개를 나타낼 필요가 있다"(2012년 10월 28일자 『류큐신보』)라고 주장했다.

또 오키나와 현 농림수산부장이던 오시로 기신(大城喜信)는 오스프레이 강행 배치 저지의 현민대회를 둘러싸고 "일본인과 일본 정부가 우치난추(오키나와인)의 인권을 보호해 주지 않는다는 것이 판명된 지금, 우치난추는 자신의 생명을 스스로 보호하기 위한 새 정부를 설치할 권리를 행사하여, 오키나와 독립을 생각할 시기에 당면해 있다"고 주장하고 있다(2012년 9월 12일 『류큐신보』 「논단」).

나아가 '복귀협'의 사무국장 및 오타 현 정부 부지사를 지낸 요시모토

마사노리(吉元政矩)는, 「주권과 굴욕 4·28을 해독한다」라는 제목의 신문연재 기획에서 "전후 오키나와에 계속 가로놓여 있는 문제로부터 탈각하기 위해서는 어떻게 하면 좋을까. 결론을 말하자면 '오키나와를 차별'하는 이 나라로부터 자립하지 않으면 안 된다. 국제인권규약의 '인민의 자결권'을 바탕으로 스스로의 일은 스스로 결정하는 것이다."(2013년 3월 19일자 『류큐신보』)라고 쓰고 있다.

그리고 오키나와대학(沖縄大學) 교수 긴조 가즈오(金城一雄)는, "복귀 40년, 자위대 기지가 배치되어, 미군기지는 복귀 전과 다름없이 계속해서 존재한다. (중략) 무엇을 위한 '복귀'였던가. 오키나와 동포여, '사탕과 채찍'으로 분단된 역사를 학습하며, 이제 슬슬 자신의 다리로 서지 않겠습니까"(2013년 4월 28일자 『오키나와타임스』 「논단」).

이처럼 '복귀' 운동을 짊어진 세대가 '복귀 책임=세대책임'의 자책감으로 자립·독립론을 언급하는 담론은 최근 들어 현저하지만, 이미 70년대 말에는 자립론과 관련하여 '복귀 책임'론이 등장했다. 그것은 오키나와 사회 대중당 서기장을 지낸 후, 이어서 이나미네(稲嶺) 현정(県政) 정책 참여했던 히가 료겐(比嘉良彦)이 당내 젊은 이론가로서 주목받으며 당사(黨史) 편찬위원직을 맡아 수행할 무렵, 오키나와 자결연대위원회(준비회) 써머스쿨 강연회에서 발언한 내용이다(1979년 2월 23일자 발행 『沖自連パンフ六⑥ 沖縄自決への胎動』).

「사대당의 궤적과 오키나와 자립을 위한 나의 모색」이라는 제목의 강연에서, 오키나와 전체가 일본 국가에 계열화되어 있음을 히가는 다음과 같이 지적하고 있다.

"72년부터 10년 가까이 흐르고 있는 시점에서 개개의 문제로 파고 들어간다면, 복귀의 총괄을 돌파해 갈 수 있는데, 그것은 일본 국가로부터 뛰쳐나와야 한다는 논리를 낳게 될 것이라고 생각한다. 그것에 가깝게 다가가기 위해서는, 전후 33년의 역사를 더듬어 가는 것으로 전쟁 책임과 같은, 복귀 책임을 묻지 않을 수 없다. 복귀의 범죄성 같은 것을 복귀를 추진해 갔던 사람들이 묻게 된다면, 그것을 짊어져 온 사람들에게 그것을 절개하여, 다시 총괄하라는 요구는 기대할 수 없을 것이다. 만약 사대당에 미래가 있다고 한다면 장래를 짊어진 제2세대 사람들에게 그 역할이 있으며, 그것을 하지 않는다면 오키나와의 문제는 세월이 흘러도 반복될 것이다."라며 문제제기했다.

히가의 이 문제제기는 이루어지지 못했지만, 히가가 기대하지 않았던 당 제1세대 중 하나인 오야마 쵸죠(大山朝常)는 류큐입법원 의원을 2기(1954-58), 고자(ゴザ) 시장을 4기(58-74)를 역임한 후 탈당, 98년 무렵 자신의 통고를 '총괄'한 "이것은 나의 '유서'이다"라고 모두(冒頭)에 기술하고 있는 저서 『오키나와 독립선언-야마토는 돌아가야 할 '조국'이 아니었다』(現代書林, 1997)를 간행해 주목 받았다.

오야마의 저작이 간행된 다음 달(1997년 5월 14일-15일)에는, 「일본 복귀·일본 재병합' 25주년 오키나와 독립의 가능성을 둘러싼 격론회」가 약 천여 명이 참석한 가운데 개최되었다. 첫째 날은 「경제로 본 오키나와 독립」이라는 테마로 미야기 히로이와(宮城弘岩, 오키나와 현 물산공사 전무), 도미카와 모리타케(富川盛武, 오키나와국제대학 교수), 히가 미노루(比嘉實, 전 호세이대학 오키나와 문화연구소장), 둘째 날은, 「오키나와를 둘러싼 지역으로부터의 발언」이라는 테마로 한국의 서승(徐勝, 리쓰메이칸대학 강사), 타이완 진명충(陳明忠, 타이완지구정치수난자상조회 상무), 아이누 지캇푸 미에코(チカップ美惠子, 아이누 문양 자수가) 아마미 도쿠다 도라오(德田虎雄, 도쿠슈회[德州會] 이사장), 일본 구니히로 마사오(國弘正雄, 영국 엔진바라대학 특임 객원 강사) 등이 패널로 참가하여 토론을 벌였다. 그 다음 참가자들끼리 심층 토론을 하

는 일정으로 이루어졌다. 그 전모는 얼마 후 출판된 『격론·오키나와 '독립'의 가능성』(紫翠會出版, 1997)에 수록되었다. 매우 성실하고 진지한 토론이 이루어졌음을 알 수 있는데, 오키나와 현대사 연구 분야의 제일인자로 주목받고 있는 아라사키 모리테루(新崎盛暉)가 이것을 '선술집 독립론'이라고 평하며, 독립론에 위화감을 표출한 것이 화제가 되었다. 아라사키의 독립론에 대해 부정적인 자세는 이후 오늘날까지 변하지 않고 계속되고 있다.

새 시대를 개척하는 움직임

이후 2000년 7월 15일, 21세기 동인회가 「류큐고(琉球古)의 자립·독립론 쟁지」라는 타이틀을 달고 『우루마네시아(うるまネシア)』를 창간, 자립·독립론을 둘러싼 논의를 계속해 갔다. 2013년 2월 10일자 발행 제15호를 끝으로 제1기 13년간의 활동이 막을 내렸다.

오키나와 유일의 자립·독립론 관련 잡지 제1기가 종간됨에 따라 자립·독립론을 둘러싼 논의가 쇠퇴하지 않을까 걱정했지만, 얼마 후 제2기가 간행될 예정이라고 한다. 이런 가운데 2013년 5월 15일(일본국 류큐·오키나와 재병합 41주년)에 '류큐민족독립종합연구학회(琉球民族獨立叢合研究學會[ACSILs])'가 설립되어 같은 날 설립기념 심포지엄을 개최하였다. 이로써 류큐·오키나와의 독립을 둘러싼 활동이 새로운 시대에 접어들었음을 알렸다.

학회명에 '류큐민족'을 넣은 것은 류큐의 여러 섬에 민족적 루트를 가진 '류큐민족의 류큐민족에 의한 류큐민족을 위한 학회'임을 명시, '독립' 및 '종합연구'라는 말은 류큐의 독립을 전제로 하여 학술적인 관점에서 류큐 독립에 과한 종합적인 연구를 수행한다는 것을 명시하기 위함이라고 한다(설립위원 도모치 마사키[友知政樹] 오키나와국제대학 경제학부 준교수). 이러한 취지는 회칙 제2조의 '목적' 규정에 명시되어 있으며, 회원을 "류큐 여러 섬의 민족적 루트를 가진 류큐민족에 한정한다."라는 규정은 배외주의가 아니라, "류큐의 지위와 장래를 결정할 수 있는 것은 류큐민족 뿐이며, 류큐민족이 굳이 어려운 길을 택한 것은, 그것을 넘어서는 것이 스스로를 해방하는 과정에 반드시 필요하기 때문이다"(도모치)라고 말한다.

이 학회 설립의 주축이 된 이들은 대학원 박사과정에 재학 중인 30대 최연소 여성연구자를 비롯하여 40대인 대학 준교수와 50대 초반 대학교수를 최연장자로 한 오키나와에서 이름이 알려진 젊은 소장학자 및 연구자들이었다.

지금까지 정치당파인 '독립당' 외에, 앞서 언급한 『우루마 시네마』를 거점으로 한 지식인들의 그룹 활동은 있었지만, 학자, 연구자를 축으로 학제적 종합연구와 실천활동을 목표로 한 학회가 설립된 것은 이것이 처음이다. 그 설립 취지문에서 "류큐사상 처음으로 창설된 류큐 독립 관련 학회"라는 주장에서 보듯 역사적 쾌거라고 해도 과언이 아니다.

거기다 앞서 기술한 바와 같이 학회 주축이 미국 등 해외 연구와 생활을 경험한 젊은 소장학자, 연구자들이다. 그 때문에 글로벌한 시야를 가진 활동이 지속적이고도 가능성을 갖게 되리라는 기대감은 상당하다. 일본국에 '조국' 의식을 갖지 못하고, '복귀' 사상과도 연이 없는 세대가 새로운 류큐 시대의 문을 열기 위한 제일보를 내딛게 된 것이다.

'복귀' 책임을 진 '복귀' 세대는 지금이야말로 그 책임을 다하기 위해, 이 젊은 세대의 활동에 힘을 실어줄 때가 되었다고 생각한다.

한편, 독립학회 설립에 따른 '류큐 독립' 활동에 대한 '연대'를 위해 입회를 희망하는 비(非)류큐 사람들(주로 일본인)을 어떻게 대응할지에 대한 논의도 있었다. 예컨대 '찬조회원제' 채용 등은 어떨지 하는 의견도 있는 모양인데, 이 학회설립위원회에서는 '류큐민족의 류큐민족에 의한 류큐민족을 위한 학회'라는 설립 목적(원칙)을 엄수할 방침을 견지하여, 학회 외에 외부의 교류·논의의 장은 마련하지 않을 것이라는 입장을 분명히 했다.

그런데 나는 설립위원의 하나인 도모치 마사키 오키나와 국제대학 준교수와 「'반복귀론'에서 '독립학회' 설립까지」라는 테마로 공개 대담을 할 기회가 있었다(2013년 6월 6일, 오키나와 기독교 센터 주최, 기노완 세미나 하우스). 그 자리에서 도모치는 "우리는 류큐가 일본국으로부터 독립하는 것을 목표로 하지만, 일본국은 일본국대로, 류큐로부터 독립할 것을 생각해야 한다."라는 발언을 했다.

자국의 안전을 막대한 재 오키나와 미군기지에 의존하여 미국에 예속된 일본국이다. 도모치의 발언을 나는, 일본국과 그 나라 사람들에게 류큐 의존=미국 예속 상태를 벗어나 스스로의 발로 서는 독립국이 되어라! 라고 촉구하고 있는 것이라고 이해했다.

일본국에서 류큐 독립의 활동(투쟁)을 요구하는 사람들의 선의는 잘 알지만, 일본국 사람이 자신의 나라(일본국)에서 도모치가 말하는 '일본국 독립'을 위해 활동(투쟁)에 땀을 흘리는 일이 곧 류큐·오키나와와 진정으로 '연대'하는 일이라는 것을 다시금 생각하게 하는 발언이었다.

'복귀 40년'을 계기로 류큐·오키나와의 자립과 일본국의 자립의 관계를 묻고 있는 지금, 서로에게 어떤 방식으로 '연대'를 구상할 수 있는지, 반복해서 되물어가야 할 매우 중요한 테마가 아닐까 한다.

(출처: 大田昌秀·新川明·稲嶺惠一·新崎盛暉, 『沖縄の自立と日本: 「復帰」40年の問いかけ』, 岩波書店, 2013, pp.41~80)

손지연 옮김

덧붙이는 말 「'조국' 의식과 '복귀' 사상을 재심하다」라는 테마를 본격적으로 논의하려면, 필자가 근무했던 신문사를 포함하여 오키나와 미디어의 책임론 등 심문해야 할 사항이 너무 많다. 적어도 이 글의 열 배 정도의 분량을 검증하는 작업이 필요하다. 따라서 이 글은 그 일부를 개관한 거친 스케치라는 점을 양해 바란다.

전후 오키나와의 자기결정 모색과 '반복귀론'

아라카와 아키라(新川明)를 중심으로

남궁 철

I. 머리말

오키나와(沖繩)의 근현대사는 타율적인 소속 변경의 연속이었다. '류큐 처분(琉球處分, 1872~1879)'으로 근대 일본 내 하나의 현(県)으로 편입된 류 큐(琉球)는 일본의 패전 후에는 미군의 점령 통치 하에 놓였다. 1951년 9 월 8일에 조인된 샌프란시스코 강화조약(Treaty of San Francisco)으로 일 본은 점령을 벗어났지만, 오키나와는 조약 제3조[01]의 내용을 좇아 계속 해서 일본의 법과 행정력이 미치지 않는 공간으로 남았다. 아이러니하게

---

* 이 글은 『일본역사연구』 47집(2018년 6월)에 게재된 논문을 일부 수정한 것이다.

01 "일본국은 북위 29도선 이남의 난세이제도(南西諸島)(류큐제도(琉球諸島) 및 다이토제도(大東諸島)를 포함한다), 소후간(孀婦岩) 이남의 난포제도(南方諸島)(오가사와라군도(小笠原群島), 니시노시마(西之島) 및 가잔열도(火山列島)를 포함한다) 및 오키노토리시마(沖の鳥島)와 미나미토리시마(南鳥島)를 합중 국을 유일한 시정권자로 하는 신탁통치제도 하에 두는, 국제연합에 대한 합중국의 어떠한 제안에도 동의한다. 이러한 제안이 이루어지고 가결되기까지, 합중국은 영수(領水)를 포함 하는 이들 제도의 영역 및 주민에 대하여 행정, 입법 및 사법상의 권력 일체(all and any)를 행 사할 권리를 갖는 것으로 한다."

도, 이런 오키나와에는 여전히 일본 국가의 '잔존주권/잠재주권(residual sovereignty)'이 남아 있었다. 즉, 전후(戰後) 일본의 '독립'은 형식적으로 오키나와를 일본의 국가주권 속에 남기되, 실은 주권 공간 외부에 방치하여 미국의 자유로운 활용을 보장함으로써 이루어진 것이라고 할 수 있다.

냉전 시기 미일 군사동맹의 이음매인 '잠재주권'은 해당 지역 주민들의 요구를 제어하고 차단하는 기능을 수행했다.[02] 오키나와에 일본의 국가주권이 인정되는 한, 그 귀속 문제를 논의하는 주체는 미일 두 정부로 한정되기 때문이다. 이 한계는 전후 오키나와를 다루는 국제정치 혹은 외교사 연구물에도 고스란히 반영되어, 점령 정책과 오키나와 반환을 둘러싼 연구들은 주로 두 주권국가 간의 의사결정 과정에 초점을 맞추곤 한다.[03]

전후 초기 오키나와에 관해서는 '독립론'이 잠시 동안 존재했지만,[04]

---

02 오키나와에서 전후 일본의 국가주권은 자기결정권을 침해하는 의제(擬制)적인 논리였다. 모리 요시오(森宣雄)는 오키나와 사회운동의 요구가 국가주권으로 회수되지 않는 '미결성(openness)'의 영역에서 오키나와의 자기결정을 목표로 하는 '구성적 권력'이라고 본다. 森宣雄,「沖縄戦後史とは何か」, 冨山一郎・森宣雄 編,『現代沖縄の歴史経験：希望、あるいは未決性について』, 青弓社, 2010.

03 宮里政玄,『アメリカの沖縄統治』, 岩波書店, 1966; 宮里政玄,『日米構造摩擦の研究：相互干渉の新段階を探る』, 日本経済新聞社, 1990; 我部政明,『沖縄返還とは何だったのか：日米戦後交渉史の中で』, 日本放送出版協会, 2000; Robert D. Eldridge, *The Origins of the Bilateral Okinawa Problem: Okinawa in Postwar U. S. -Japan Relations, 1945-1952*, Garland Publishing, Inc., 2001; Robert D. Eldridge, *The Return of the Amami Islands: The Reversion Movement and U. S. -Japan Relations*, Lexington Books, 2003 등. 한편, 이 시기를 미국·일본·오키나와와의 3각관계로 보려는 시도는 宮里政玄,『日米関係と沖縄：1945-1972』, 岩波書店, 2000; 平良好利,『戦後沖縄と米軍基地：「受容」と「拒絶」のはざまで1945~1972年』, 法政大学出版局, 2017.

04 도쿠다 규이치(德田球一)가 일본공산당(日本共産党) 제5회 당대회(1946.2.24)에서 내놓은 「오키나와 민족의 독립을 축하하며(沖縄民族の独立を祝して)」가 대표적이다. 이 문서는 오키나와인을 억압받아온 '소수민족'으로 규정하면 그들의 자결권을 옹호했고, 본토(本土)의 오키나와인 연맹(沖縄人連盟)에게 공감을 얻었다. 森宣雄,「潜在主権と軍事占領」, 倉澤愛子 外 編,『岩波講座アジア・太平洋戦争4：帝国の戦争経験』, 岩波書店, 2006. 전후 초기 오키나와의 정치인 중에는 오키나와 민주동맹(沖縄民主同盟)의 나카소네 겐와(仲宗根源和)를 들곤 한다. 鳥山淳,『沖縄/基地社

1950~51년을 경계로 복귀론이 힘을 얻었다. 미국은 1950년 초부터 오키나와의 군사기지화(軍事基地化)를 본격화하며 제약 없이 사용할 기지를 확보하려 했다. 이 과정에서 '총검과 불도저(銃劍とブルドーザー)'라 형용되는 강권적인 군용지 접수가 이루어졌고, 이는 '섬 전체 투쟁(島ぐるみ闘爭)'이라는 대규모 주민 저항을 초래했다. 전후 오키나와 사회운동의 주류는 점령 통치에 저항하기 위해 일본 '복귀(復歸)'를 요구하는 것이었고, 이는 오키나와 전후사를 쓰는 주된 소재가 되어왔다.[05]

1990년대 들어 국민국가와 국민화 프로세스를 비판적으로 바라보게 되면서 복귀운동의 한계를 지적하는 연구가 늘었지만,[06] 도베 히데아키(戸邊秀明)가 지적하듯 단순한 표상 분석이나 정체성(identity) 조망에 그쳐서는 곤란하다. 깊이 있는 연구를 위해서는 시대에 따라 유동적이었던 운동의 양상 속에서, '일본 국민'으로서의 권리를 요구했던 이면에 어떤 맥락이 있는지를 세심히 살펴야 한다.[07] 게다가 그 요구들이 현존하는 일본 국가를 넘어서는 내용을 포함했던 만큼, '복귀'를 호소하는 움직임 속에서 국가 주권과 '일본 국민'을 이탈하는 내용을 석출(析出)할 수 있어야 하겠다.

会の起源と相克 : 1945-1956』, 勁草書房, 2013, p.75, pp.80~81.

05 나카노 요시오(中野好夫)와 아라사키 모리테루(新崎盛暉)가 기본적이다. 中野好夫·新崎盛暉, 『沖縄問題二十年』, 岩波書店, 1965; 中野好夫·新崎盛暉, 『沖縄·70年前後』, 岩波書店, 1970; 中野好夫·新崎盛暉, 『沖縄戦後史』, 岩波書店, 1976; 新崎盛暉, 『沖縄現代史』, 岩波書店, 2005. 최근 연구로는 若林千代, 『ジープと砂塵 : 米軍占領下沖縄の政治社会と東アジア冷戦1945-1950』, 有志舎, 2015; 鳥山淳, 『沖縄/基地社会の起源と相克』; 森宣雄, 『地のなかの革命 : 沖縄戦後史における存在の解放』, 現代企画室, 2010. 그 외에 大野光明, 『沖縄闘争の時代1960/70 : 分断を乗り越える思想と実践』, 人文書院, 2014; 櫻澤誠, 『沖縄の復帰運動と保革対立 : 沖縄地域社会の変容』, 有志舎, 2012; 櫻澤誠, 『沖縄の保守勢力と「島ぐるみ」の系譜 : 政治結合·基地認識·経済構想』, 有志舎, 2016도 참조.

06 仲里効, 「作文と歌と欲望された「日本」 : 沖縄戦後世代の模倣と鏡」, 安田常雄 編, 『シリーズ戦後日本社会の歴史4 : 社会の境界を生きる人びと』, 岩波書店, 2013 등.

07 戸邊秀明, 「沖縄教職員会再考のために : 六〇年代前半の沖縄教員における渇きと怖れ」, 近藤健一郎 編, 『沖縄·問いを立てる2 : 方言札』, 社会評論社, 2008.

이는 1995년 미군의 소녀 성폭행 사건 이후 이른바 '오키나와 문제(沖繩問題)'가 재부상한 상황에서, 오키나와 전후사를 어떻게 쓸 것인가라는 현실적인 문제와 맞물릴 수밖에 없다. 이때 미군기지를 떠안는 대가로 주어지는 경제적 혜택이라는 관계로 되어 있는 '오키나와 문제'라는 틀을 무비판적으로 수용하고 그 속에서 오키나와인(沖繩人=ウチナ一ンチュ)[08]의 선택을 논의하는 한, 이는 오키나와를 둘러싼 문제의 본질을 은폐하는 데 지나지 않을 것이다. 오히려 근본적인 원인에 해당하는 미일 군사동맹과 일본의 식민주의를 질문하는 데서 시작할 필요가 있다.[09] 이와 동시에, 오키나와 주민들이 전후 일본으로의 '복귀'에 걸었던 희망과 실제로 작동하는 제도로서의 국가주권 사이에는 간격을 문제화하는 작업 또한 중요성을 가질 것이다. 이 글에서 소개할 '반복귀론(反復歸論)'이라는 소수파의 담론이 오늘날 호출된 맥락은 '복귀'를 비판적으로 곱씹으며 일본 국가와의 관계를 재고하려는 실천적인 계기에서 비롯되었다고 할 수 있다.[10]

'반복귀론'은 1969년 「미일공동성명」을 전후로 오키나와 사회운동의 한계를 지적하며 등장한 논의였다. 논자들은 오키나와를 '기지의 섬'으로 남긴 채 미일안보체제 재편을 시도하는 일본 국가를 거부했고, 점령 상황을 탈출하기 위해 일본에 '복귀'한다는 '방법'의 한계를 지적했다. 복귀운동과 이를 지원했던 본토의 혁신세력은 근대 오키나와가 경험했던 일본과

---

08 이 글에서는 일본 국가를 이탈하여 오키나와를 사고하려는 '반복귀론'의 문제의식을 고려해, '오키나와 현민(県民)'이라는 표현을 가급적 사용하지 않는다.

09 新城郁夫, 『沖繩を聞く』, みすず書房, 2010, p.36. 오키나와는 일본에 반환된 이후에도 항상 일본의 평화헌법으로부터 탈구(dislocation) 되어 있었던 공간이었고, 항시적인 군사 점령 상태가 일본 국가의 주권을 이음매로 삼는다는 점에서 '예외상태(state of exception)'의 실제 사례이기도 했다. 조르조 아감벤, 김항 역, 『예외상태』, 새물결, 2009.

10 屋嘉比収 外 編, 『沖繩·問いを立てる1:沖繩に向き合う』, 社会評論社, 2008.

의 식민주의(colonialism)적 관계를 간과하는 경향이 있었고, 오키나와를 일본의 주권 공간으로부터 배제함으로써 성립된 전후 일본 국민국가가 오키나와에게 어떤 의미인지 치열하게 묻지 못했기 때문이다. 오키나와 군사기지화에 공모하는 미일 두 국가에 대항하기 위해 전후 일본의 법 공간에 소속되려 하는 아이러니가 1972년 오키나와 반환으로 명확해지자, '반복귀론'자들은 일본 국가의 일원으로서가 아닌 오키나와로부터 출발하는 사고 거점을 토착(土着)적인 것이나 공동체적인 것에서 확보하고자 했다.

이 논의는 '복귀'에 걸었던 기대와 희망이 실제로 현실화된 제도와는 괴리되어 있던 상황에서, 오키나와의 요구를 표출할 정치의 장소를 일본 국가의 법 공간을 이탈한 곳에서 찾아 나가려는 움직임이었다. 대표적으로 『오키나와 타임스(沖縄タイムス)』의 기자 아라카와 아키라(新川明)와 가와미쓰 신이치(川満信一) 그리고 류큐대학(琉球大学) 교수 오카모토 게이토쿠(岡本惠徳) 세 명[11]을 꼽지만, 이 글은 1969~1972년 오키나와에서 가장 활발한 모습을 보인 아라카와에게 집중한다. 당시 '반복귀론'을 향한 비판과 반응도 대부분 아라카와를 겨냥하고 있었다.

그러나 '오키나와의 사상'이라는 부제를 달아 아라카와의 글을 정리하고, 어떤 사상사적 계보 속에 그를 위치시키는 것이 이 글의 목표는 아니다. 도미야마 이치로(冨山一郎)가 암시하듯, 이 논의를 곧장 복귀운동에 대치시켜 담론의 지형도를 그리는 연구는 바람직하지 않다.[12] 실제로 '반복

---

11 대표적인 글로 新川明, 「「非国民」の思想と論理」; 川満信一, 「沖縄における天皇制思想」; 岡本惠徳, 「水平軸の発想」, 谷川健一 編, 『叢書わが沖縄 第6巻 : 沖縄の思想』, 木耳社, 1970. 그 외에도 교사인 기마 스스무(儀間進)와 나카자토 유고(中里友豪), 류큐정부 재판소(琉球政府裁判所) 관료였던 나카소네 이사무(仲宗根勇)와 주오대학(中央大学) 시절 몇 편의 오키나와론을 썼던 마쓰시마 조기(松島朝義) 등이 있다. 그러나 이들은 각기 자신의 관점에서 관련 논의를 써낸 것일 뿐, 꼭 공통된 견해를 가졌던 것은 아니다.

12 冨山一郎, 『流着の思想 : 「沖縄問題」の系譜学』, インパクト出版会, 2013, pp.246~247.

귀론'을 오키나와의 정체성이나 내셔널리즘(nationalism)이라는 틀 속에서 유형화시켜 '분류'하는 작업들은 '반복귀론'에서 발견해야 할 질문이 대체 어떤 것인지 그 중층적인 함의를 보여주지 못하고 있다.[13] 분명히 아라카와의 말은 그다지 정교하지 않으며, 그에게서 한계를 찾아내는 일은 어렵지 않다. 그러나 다소 투박한 이 논의는 오키나와를 둘러싼 권력의 구조 속에서 말을 잃지 않기 위해 시도된 것이라고 보아야 할 것이다. 중요한 것은 아라카와 개인이 보여준 성취나 한계를 정리하여 그에게 '사상가'로서의 위치를 부여하는 것이 아니라, 그의 말에서 암시되는 오키나와를 둘러싼 문제 상황을 끄집어내고 여전히 물어야 할 영역으로 문제화하는 작업 쪽이다.

지금까지의 연구들은 몇 가지 경향으로 나뉘어 있다. 문학 연구에서 '반복귀론'에 대한 주목은 1950년대 『류다이분가쿠(琉大文学)』라는 잡지에 초점을 맞추며,[14] 연구자들은 1950년대 토지투쟁과 연관성을 갖는 이 잡지의 저항 문학을 고평가한다. 잡지에는 아라카와 등 이후 두각을 나타내는 인물들이 다수 관여했는데, 그들은 본토의 문학운동을 참조하며 전후 오키나와의 문제 상황에 개입하는 현실 참여적인 문학을 요구했다. 그러나

---

13 林泉忠, 『「邊境東アジア」のアイデンティティ·ポリティクス：沖縄·台湾·香港』, 明石書店, 2005; 小松寛, 『日本復帰と反復帰：戦後沖縄のナショナリズムの展開』, 早稲田大学出版部, 2015. 전자는 세밀한 결을 파악하지 않고 성급히 정리하고 있고, 후자는 상당히 긴 시간을 다룸에도 불구하고 '반복귀론' 그 자체에 대한 깊이 있는 분석이 없다.

14 가노 마사나오(鹿野政直)가 선구적이었다. 鹿野政直, 「「否」の文学：『琉大文学』の軌跡」, 『戦後沖縄の思想像』, 朝日新聞社, 1987. 그 외에 新城郁夫, 「戦後沖縄文学覚え書き：『琉大文学』という試み」, 『沖縄文学という企て：葛藤する言語·身体·記憶』, インパクト出版会, 2003; Michael S. Molasky, "Arakawa Akira: the thought and poetry of an iconoclast", Glenn D. Hook and Richard Siddle eds., *Japan and Okinawa: Structure and Subjectivity*, Routledge, 2003; 小松寛, 「沖縄における「反復帰」論の淵源：『琉大文学』を中心に」, 『ソシオサイエンス』 14, 2008; 我部聖, 「「日本文学」の編成と抵抗：『琉大文学』における国民文学論」, 『言語情報科学』 7, 2009 등.

다소 과도한 의미부여나, 특히 이 잡지에서 '반복귀론'의 실마리를 구하는데 치중하는 흐름에 대해서는 주의해야 한다.

한편, 아라카와와 그가 읽은 지식인들의 영향관계를 밝히려는 시도가 있다. 그런데 아라카와는 타인의 글을 감각적으로 때로는 자의적으로 읽는 일이 잦아, 일종의 지적 네트워크를 그리기에 애매모호한 부분이 많은 인물이다. 시마오 도시오(島尾敏雄)의 야포네시아론(ヤポネシア論)과 오사와 마사미치(大澤正道)의 아나키즘(Anarchism)[15]이 거론되지만, 아라카와가 그들을 나름대로 전유(appropriation)했다고 보아야 옳을 것이다. 한편, 이런 접근을 시도할 때는 일본 지식인들만이 아니라, 1958년 이후 점령 정책의 변화와 관련하여 오키나와 혁신정당의 새로운 방향성을 제시한 고쿠바 고타로(国場幸太郎)라는 인물도 언급할 필요가 있다.[16]

1990년대 후반 '반복귀론'이 재론될 때부터 이 논의는 주로 국민국가적 통합 논리에 대한 비판으로 읽혔다.[17] 이 관점은 일부 유효하지만, 단순한 논의구도를 반복한다. 연구자들은 '반복귀론'의 가치를 인정하면서도, 논의 속 '비국민(非国民)'이라는 입장과 '이족성(異族性)'이라는 표현에서 일본과의 이항대립적 도식을 상정하고, 결국 또 다른 닫힌 공동체로 귀결될 위

---

15 福嶋純一郎, 「暴力批判論としての「反復帰」論(1)」, 『法学新報』 115(9/10), 2009; 福嶋純一郎, 「暴力批判論としての「反復帰」論(2)」, 『法学新報』 115(11/12), 2009; 小松寛, 『日本復帰と反復帰』 등.

16 2000년대 들어 고쿠바가 주목받는 데는, 그에게서 본토의 정당 내지 사회운동 단체와 결을 달리 하는 오키나와 사회운동의 독자적인 관점과 지적 계보를 발견하려는 동기가 내포되어 있을 것이다. 모리 요시오의 연구가 중요하다. 森宣雄, 『地のなかの革命』; 森宣雄・鳥山淳 編, 『「島ぐるみ闘争」はどう準備されたか: 沖縄が目指す〈あま世〉への道』, 不二出版, 2013; 森宣雄・冨山一郎・戸邉秀明 編, 『あま世へ: 沖縄戦後史の自立にむけて』, 法政大学出版局, 2017.

17 小熊英二, 『〈日本人〉の境界: 沖縄・アイヌ・台湾・朝鮮植民地支配から復帰運動まで』, 新曜社, 1998.

험성을 지적하곤 한다.[18] 그러나 필자는 '반복귀론'의 출발점이 국민국가 비판 이전에 식민주의에 대한 고민에 있다고 생각한다. 일본 국가에 대항한다는 공동의 목표 하에 오키나와와 본토를 동일한 입장으로 그려낸 혁신세력에게 위화감을 품었던 아라카와의 모습을 감안한다면, 조금 더 세심하게 '반복귀론'에 접근할 필요가 있을 것이다.

'반복귀론'에서 읽어내야 할 것은, 전후 오키나와에서 자기결정(self-determination)의 모색이란 탈국민국가(post nation-state)적이고 탈식민적(postcolonial)인 영역이 교차하는 장소에서 논의되어야 한다는 점이다. '반복귀론'을 국민국가 비판의 의미로 소비하기 이전에, 오키나와인이 일본 국가를 일종의 법적 구제장치로 간주하게 된 원인이라 할 수 있는 식민주의를 문제 삼는 논의로 받아들일 필요가 있다.[19] 노무라 고야(野村浩也)가 지적했듯, 현대 오키나와에서 식민주의는 일본 국가와 접속되어 있다. 미일 군사동맹의 부담이 오키나와에 집중되는 불균등한 현실은 일본 국가의 법 공간을 통해서 유지되고 있으며, 전후 일본의 주권공간은 '합법적으로' 오키나와를 일종의 군사식민지로 삼기 위한 발판이었다.[20]

---

18 屋嘉比収, 「「沖縄」に穿つ思想として」, 『叙説』 15, 1997; 德田匡, 「「反復帰・反国家」の思想を問い直す」, 藤澤健一 編, 『沖縄・問いを立てる6: 反復帰と反国家』, 社会評論社, 2008; 新城郁夫, 「反復帰反国家論の回帰: 国政参加拒否という直接介入へ」, 岩崎稔 外 編, 『戦後日本スタディーズ2: 60・70年代』, 紀伊国屋書店, 2009. - 이 논문들은 일본 국가와 이항대립적인 구도에서 '오키나와'라는 항을 설정하고, 그것을 또 다른 국민 공동체와 유사한 항으로 읽는 데서 멈추는 듯하다. 그러나 이러한 이해 밑바탕에 있는, 일본에서 국민국가를 인간을 균질적인 공동성으로 회수하는 폭력적 통합 장치로만 파악하는 경향에 대해서도 위화감을 느낀다. 磯前順一, 『喪失とノスタルジア: 近代日本の余白』, みすず書房, 2007.

19 이효덕(李孝德)과 나카자토 이사오(仲里効)가 이런 관점을 보여주기는 하나, 단편적인 지적을 넘어 '반복귀론'이 캐묻는 식민주의란 어떤 것인지 설명이 없다. 新川明 外, 「反復帰論と同化批判: 植民地下の精神革命として」, 『前夜』 第1期(9), 2006, p.69; 仲里効, 『オキナワ、イメージの縁』, 未来社, 2007, pp.38~47.

20 野村浩也, 『無意識の植民地主義: 日本人の米軍基地と沖縄人』, 御茶の水書房, 2005. 오키나와에 대

아라카와의 논의는 일본 국가 내의 동등한 성원이 됨으로써 탈출로를 모색해온 오키나와인에 대한 비판이며, 그 연원을 근대 오키나와에서 벌어진 '일본인 되기(becoming Japanese)'에서 찾는다. 즉, 그의 글은 일본의 주권공간을 경유해 작동하는 식민주의에 대한 비평이자, 주민의 요구를 정치화할 새로운 방법을 찾는다는 중요한 과제를 환기하는 논의였다. 그렇다면, 일본의 주권공간에 속박된 신체로부터 이탈한 장소에서 정치를 고민하는 것과, 그것을 어떻게 말의 영역으로 가져올 것인가라는 문제가 '반복귀론'에서 우선적으로 읽어내야 하는 과제 라고 할 수 있을 것이다.

Ⅱ. 1950~60년대 오키나와와 아라카와 아키라

1.『류다이분가쿠』와 점령에 저항하는 문학

아라카와의 삶의 궤적은 주요 사회운동이었던 복귀운동과 많은 점에서 결을 달리 한다. 아라카와는 『오키나와 타임스』 입사 후 노동조합 결성을 시도했던 탓에, 오랫동안 오키나와 외부에서 파견생활을 거듭했다.[21] 특히, 1960년대 초 오사카(大阪)에서 보낸 시간은 그가 오키나와와 전후 일

한 관심이 일본의 법 공간 속 불평등한 현실에는 닿지 못하는 일본인의 무의식적인 식민주의를 발견하는 점에서 노무라와 흡사하지만, 미국까지 포함하여 식민주의의 모델화를 시도한 것으로는 Annmaria Shimabuku, "Transpacific Colonialism: An Intimate View of Transnational Activism in Okinawa," *CR: The New Centennial Review*, Vol.12, No.1, 2012.

21 아라카와는 1957년 12월 가고시마(鹿児島)로 파견되었고, 1959년 3월부터 1963년 3월까지 오사카에 있었다. 1964년 6월부터는 약 5년 간 야에야마(八重山)에 있었다.

본의 문제적인 관계를 의식하기 시작하고 근대 일본의 식민주의가 남긴 유산을 감지하는 한편, 미일안보체제의 부속품인 일본의 '잠재주권'과 '일본 국민'으로서의 자격에 의지하지 않고 자립적으로 오키나와를 사고할 실마리를 얻게 되는 중요한 국면이었다.

기자 생활 이전, 1950년에 설립된 류큐대학의 첫 입학생이었던 아라카와는 1950년대 중반 『류다이분가쿠』에서 전후 오키나와 문학의 방향에 관해 논쟁적인 평론을 내놓았다. 잡지 창간을 주도한 아라카와와 동료들은 오키나와의 문학이 사회 참여적이고 정치적이어야 한다고 주장했다.[22] 그는 사소설(私小説) 스타일의 시나 (당시로서는 주된 작품 발표 공간이었던) 신문에 발표되는 통속소설이 1950년대 오키나와가 마주한 군용지 접수와 미군 점령의 현실을 형상화하지 못하고 있다고 비판했다. 이때『류다이분가쿠』의 젊은 학생들이 말하는 '정치'란 강화조약 이후에도 강행 추진된 신규 군용지 접수[23]에 대한 저항이나 미군의 점령 지배에 저항하여 자치권 획득을 추구하는 복귀운동을 의미했다.

아라카와 등은 본토의 문학 운동을 참조하며, 전후 오키나와의 맥락에서 그것을 전유했다. 그들은 전후 오키나와의 현실을 형상화할 방법으로 사회주의 리얼리즘(socialist realism)을 소개했고, 1950년대 초 일본에서 진행 중이던 '국민문학운동'에서는 오키나와의 '민족'적 과제에 개입하는

---

22 대표적인 글은 新川明, 「戦後沖縄文学批判ノート」, 『琉大文学』 7, 1954.

23 1949년 후반부터 오키나와 항구기지화 의도를 분명히 한 미국은 강화조약 이후에도 포령 109호 「토지수용령」(1953.4.3)을 발표하는 한편 무장병력을 투입해 기지에 필요한 토지를 접수했고, 이미 미군이 사용 중인 토지에 대해서는 1953년 12월 포령 26호를 통해 미군의 임차권을 보장하고 주민의 소유권을 사실상 부정했다. 1954년 3월 유스카는 군용지의 '무기한 사용료'를 '일괄 지불(一括払い)'하겠다는 방침을 발표했고, 이에 대항하여 류큐입법원(琉球立法院)은 4월 30일에 「토지를 지키는 4원칙(土地を守る4原則)」을 결의했다. 그러나 그 이후에도 이에지마(伊江島)와 이사하마(伊佐浜)에서는 군용지 접수가 강행되었다.

문학이라는 힌트를 얻었다.[24] 물론, 그들의 시도가 실제 작품으로 이어진 것은 그리 많지 않다. 무장병력을 투입한 군용지 접수가 강행되었던 상황에서, 학생들은 이사하마의 토지투쟁에 개인 자격으로 참가한 가와미쓰처럼 주민들의 저항 운동에 동참하고 있었다.

점령군에게 반대하는 세력에 대한 탄압은 『류다이분가쿠』에도 미쳤고, 공교롭게도 아라카와가 발표한 시가 그 계기가 되었다.[25] 그리고 1956년 3월 잡지의 활동 정지 처분이 내려지던 시점은 '프라이스 권고'[26] 이후 '섬 전체 투쟁'으로 접어드는 시기였다. 유스카(=류큐열도 미국 민정부, - The United States Civil Administration of the Ryukyu Islands)는 반미 시위에 참가한 학생들에 대해 강도 높은 처분을 요구해왔고, 처분 대상자인 7명의 학생(제적 6명, 근신 1명) 중 4명[27]이 『류다이분가쿠』 관련자였다.

사회 참여적이고 정치적인 문학을 주장한다는 것은 1956년 '섬 전체 투쟁'이라는 반미 저항운동으로 합류하는 움직임이었다고 할 수 있다. 문학 연구자들이 지적하듯, 이는 오키나와가 처한 식민지적 상황에 대항하

---

24 '민족독립'을 추구하는 본토의 문학운동을 접하면서, 아라카와 등은 마찬가지로 오키나와 '민족'의 과제에 개입하는 문학을 추구했다. 新川明, 『戦後沖縄文学批判ノート』, p.39.

25 「고아」의 노래(『みなし児の歌』)라는 강렬한 저항시가 8호에 실리자, 미군이 압력을 넣어 대학 당국으로 하여금 인쇄된 잡지를 회수하도록 했다. 「유색인종」 초(『有色人種』抄)가 11호에 발표되었을 때는 잡지 발매금지 처분을 내리는 한편, 류큐대학 문예부의 활동을 반 년 간 정지시켰다. 「유색인종」 초」의 한국어 번역문은 김재용·손지연 편, 『오키나와 문학의 이해』, 역락, 2017, pp.513~523 참조.

26 1955년 류큐정부(琉球政府) 행정주석 히가 슈헤이(比嘉秀平) 등 도미절충단(渡米折衝団) 6명이 미국으로 직접 건너가 '일괄 지불' 철회 및 신규 접수 중지와 군용지료 인상을 요구하자, 미 하원 군사위원회는 조사단을 파견한 후 결정하기로 했다. 그 조사 결과물이 1956년 6월 9일 미 하원 군사위원회에서 채택된 보고서(='프라이스 권고')이다. 군용지료 인상을 권유하면서도 유스카의 '일괄 지불' 방침을 옹호했고, '제약 없는 핵기지'이자 극동의 중요 군사 거점으로 오키나와를 확보하겠다는 내용을 담고 있다.

27 新川明, 「沖縄の闘いの表情」, 『新日本文学』 11(11), 1956, p.46.

는 시도라고 할 수 있을 것이다. 그들의 시도 속에는 본토의 '국민문학운동'을 참조하며 자각한 오키나와 '민족'과 그 토착적인 '문화'에 대한 관심이 엿보인다. 물론, 이때 '민족'이라는 말을 곧바로 일본 속 일부로 회수해서는 곤란하다는 연구자들의 지적은 옳다.[28] 그러나 이 시절의 아라카와가 '조국 복귀'를 희구하는 사회운동 조류에 어떤 문제의식을 보여준 적은 없으며, 그런 점에서 1950년대의 아라카와에게서 '반복귀론'의 직접적인 힌트를 찾기는 어려워 보인다.

2. 전후 오키나와와 복귀론의 맹점

아라카와가 '복귀'라는 방법의 문제성을 감지하는 데는 1960년 오사카에서 목격한 안보투쟁, 고쿠바 고타로가 오키나와 인민당(沖繩人民党, 이하인민당)에서 추방당한 사건, 그리고 시마오 도시오의 야포네시아론이 중요한 실마리들이었다.[29] 우선, 기시 노부스케(岸信介) 자민당 정부의 개정 안보조약 강행 체결에 반대했던 안보투쟁 속에서, 오키나와 관련 논의는 미일 공동방위구역에의 포함 여부에 그쳤다.[30] 일본인들은 오키나와에서 진행되는 미사일 발사 시험이나 새로운 기지 확충 문제에 거의 관심이 없었다.[31] 마침 본토에 체류하던 아라카와는 '오키나와' 관련 논의가 결여된 안

28 我部聖, 「『日本文学』の編成と抵抗」, pp.210~213 등.

29 新川明 外, 「反復帰論と同化批判」, p.56; 新川明, 『沖繩·統合と反逆』, 筑摩書房, 2000, pp.77~91 등.

30 미일안보조약이 쌍무적 방위조약으로 바뀌면, 오키나와의 미군기지가 공격받을 경우 일본 전체가 전쟁에 휘말린다는 위기감이 팽배했다. 小熊英二, 『〈民主〉と〈愛国〉:戦後日本のナショナリズムと公共性』, 新曜社, 2002, pp.542~543.

31 中野好夫·新崎盛暉, 『沖繩戦後史』, p.118.

보투쟁을 바라보며 1950년대 복귀운동이 목표로 했던 '조국 일본'의 실체를 의심하기 시작했다.[32]

1950년대 복귀운동은 오키나와와 전후 일본의 관계를 치밀하게 따져 묻지 못했다. 그들은 점령 상황에 저항하기 위해 전후 일본의 평화헌법과 '일본 국민'으로서의 자격에 호소했다. 이때 비무장 중립의 민주주의 국가로 상상된 '조국 일본'의 이미지는 구제받고자 하는 오키나와 주민의 소망이 빚어낸 것이라고 하겠다. 즉, 당면한 현실을 이탈하고자 하는 무정형의 욕구를 투영시킨 '조국'과 실제 전후 일본의 법 공간 사이에는 분명히 간격이 있을 것이다. 아라카와를 비롯해 훗날 '반복귀' 입장에 서는 인물들 중에는, 1972년 이전에 본토를 체험할 기회를 얻어 전후 오키나와와 일본의 기묘한 관계를 확인하는 경우가 있었다.[33]

안보투쟁 이후 아라카와는 '조국 일본'이라는 환상과 실제 전후 일본 국가 사이의 괴리를 느끼며, '일본 국민'으로서의 자격에 기대려는 오키나와인의 내면을 천착하게 된다. '반복귀론'에서 나타나는 일본 국가를 거절하는 태도와 복귀운동의 전제에 대한 비판의 실마리는 '60년 안보' 경험에서 비롯된 셈이다. 초기의 모습은 판화가 기마 히로시(儀間比呂志, 1923~2017)와 낸 시화집 『오키나와(おきなわ)』(1960) 중 「일본이 보인다(日本が見える)」

---

32 新川明, 『沖縄·統合と反逆』, p.89.

33 오카모토 게이토쿠와 나카소네 이사무도 도쿄 유학 시절에 안보투쟁을 목격했다. 나카소네에게도 안보투쟁은 사고 전환의 기점이 되었다. 그는 안보조약 개정 반대 시위에 '완전한 일본인(全日本人)'으로서 동참했다고 믿었는데, 아이젠하워 방일(訪日) 저지 투쟁을 벌이던 국회 앞에서 아이젠하워(Dwight D. Eisenhower)가 일본행을 포기하고 오키나와로 도망갔다는 내용의 발표를 듣게 되었다. 이를 투쟁의 성공처럼 여기는 일본인들을 바라보며 나카소네는 "이게 대체 무슨 일인가? 오키나와에 아이젠하워가 상륙한 것은 바꿔 말하면 확실히 일본=오키나와에 발을 들여놓은 것이 아닌가! 오키나와는 이질적인 외국이기라도 한 것인가!"라며 충격을 받고, 이후 복귀운동의 전제를 재고하기 시작한다. 仲宗根勇, 「沖縄のナゾ」, 『新沖縄文学』 14, 1969, p.59.

라는 시에서 상징적으로 드러난다.[34] 동시에 아라카와는 '일본'이 아닌 '오키나와'를 자기 정체성의 근거로 확보하고자 하는데, 그가 오키나와어(=ウチナーグチ)를 익히려 했던 모습을 참고할 수 있다.[35]

한편, 아라카와가 복귀운동에 거리를 두는 데는 그가 학생시절에 흠모했던 고쿠바 고타로[36]가 인민당으로부터 추방당한 사건과 1962~63년에 쓰인 고쿠바의 글이 중요했다. 두 사람의 주장 사이에 직접적인 연관관계는 없으나, 아라카와가 고쿠바의 글을 읽으면서 인민당과 일본공산당의 복귀론에 대해 비판적인 관점을 확보한 것만은 분명하다.[37]

고쿠바 추방 사건은 1954년 인민당 사건으로 감옥에 갇힌 세나가 가메지로(瀬長亀次郎)가 출옥 이후에 보인 행보와 관련이 있다. 세나가는 1956년 나하 시장 선거에서 당선되었으나, 유스카의 포령 개정으로 피선거권

---

34 오키나와 최북단 헤도미사키(辺戸岬)에서 (1953년 12월 아마미[奄美] 반환 이후를 기준으로) 일본의 최남단 요론지마(与論島)를 바라보는 심정으로 쓰인 이 시는, 오키나와의 열망을 외면하는 일본에 대해 분노와 불신을 표출하는데, 당시에는 상당히 파격적인 것이었다. 新川明·儀間比呂志, 『詩画集 日本が見える』, 築地書館, 1983, p.40.

35 아라카와는 오키나와 본섬 가데나(嘉手納)에서 태어났지만, 일찍 아버지를 여의고 어머니의 일자리 문제로 이시가키지마(石垣島)에서 소년기(1937~46)를 보냈다. 그는 오키나와어와 야에야마어가 모두 불완전했는데, 나하(那覇) 출신인 아내를 통해 말을 배우려 한다. 新川明, 「『非国民』の思想と論理」, 『反国家の兇区 : 沖縄·自立への視点』, 社会評論社, 1996(1971), p.76. 사실 전후 오키나와에서는 복귀운동의 중핵인 오키나와 교직원회(沖縄教職員会)가 '(일본인으로서의) 국민교육'과 일본어 교육을 추진했고, 그 탓인지 중부 지방에는 1960년대까지도 아시아·태평양전쟁 시기 강압적인 표준어 교육을 상징하는 방언찰(方言札)이 남아있었다. 반면, 오히려 아라카와는 부족했던 오키나와어를 습득하려 했던 점에서 독특했다.

36 고쿠바는 1954년 인민당 사건으로 세나가 가메지로 등 지도부가 체포 및 투옥당한 상황에서, 당의 지하활동 조직인 오키나와 비합법 공산당(沖縄非合法共産党)을 이끌었던 인물이다. 그는 오키나와 사회대중당(沖縄社会大衆党, 이하 사대당)과 연계하는 한편, 군용지 강제 접수에 저항하는 농민이나 그 밖의 노동자 및 학생들과도 당의 경계를 넘어 느슨한 네트워크를 구축했는데, 이 활동이 1956년 '섬 전체 투쟁'이라는 대중적 저항운동의 초석을 놓았다는 점에서 주목받는다. 森宣雄, 『地のなかの革命』 참조.

37 新川明, 『沖縄·統合と反逆』, pp.84~85; 森宣雄·冨山一郎·戸邉秀明 編, 『あま世へ』, p.74.

을 박탈당한 후에는 '섬 전체 투쟁' 시절의 초당파적 연대를 부정하고 일본공산당과 계열화를 추구했다. 동시에 세나가는 당에서 고쿠바 등 젊은 간부들을 배제하고 절대적인 위치를 확립하려 했다. 이 과정에서 고쿠바는 1959년에 당에서 활동 자격을 잃고 정신병원에 강제로 입원 당했고, 1960년 3월에는 도쿄로 이동하게 되었다.[38]

고쿠바의 시각은 1962년에 발표한 두 논문[39]과 1963년 『일본독서신문(日本読書新聞)』에서 벌어진 '오키나와 해방 논쟁'[40]에서 드러난다. 고쿠바는 1958년 이후 미국의 오키나와 점령 정책[41]이 일본에 협력을 요구하는 방향으로 바뀌었고, 오키나와의 신흥 자본가 세력이 이 구조에 협력하고 있다고 진단했다. 물론, 미일 두 국가의 공모 구조를 지적한 인물들 고쿠바 외에도 여럿 있었다.[42] 고쿠바가 독특했던 점은 기지 보유가 주 목적인 미국의 오키나와 점령 정책을 고전적인 식민주의나 전후의 신식민주의 개념으로 파악하지 않았던 점이나,[43] 점령의 안정화를 꾀하는 새로운 점령 정

---

38 森宣雄, 「沖縄戦後史の分岐点が残したある事件 : 『国場事件』について」, 『サピエンチア』 44, 2010.

39 国場幸太郎, 「沖縄とアメリカ帝国主義 : 経済政策を中心に」, 『経済評論』 11⑴, 1962; 国場幸太郎, 「沖縄の日本復帰運動と革新政党 : 民族意識形成の問題に寄せて」, 『思想』 452, 1962.

40 『日本読書新聞』에서 1963년 2월부터 11월까지 벌어졌다. 관련 글들은 森宣雄·国場幸太郎 編, 『戦後初期沖縄解放運動資料集 第3巻』, 不二出版, 2005에 정리되어 있다.

41 미국은 1958년 B엔에서 달러로의 통화 교체를 기점으로 기존의 강경 정책을 포기하고 오키나와에 일정한 경제적 배려를 함으로써 기지에 대한 주민의 비판적 의견을 무마하려 했다. 이 과정에서 일본으로부터 오키나와에 투입된 자본 역시 늘어났다. 한편, 1957년 기시와 아이젠하워의 회담에서부터 일본의 '잠재주권'이 인정된 이후, 오키나와 주민의 '복귀' 요구를 관리하려는 방향성도 나타났다.

42 예컨대, 宮里政玄, 『アメリカの沖縄統治』, p.129; 中野好夫·新崎盛暉, 『沖縄問題二十年』, pp.134~147. 일본공산당 오키나와 대책 위원회 소속 마키세 쓰네지(牧瀬恒二)도 미 제국주의와 일본 독점자본의 협력 구도를 말하지만, 이는 일본공산당의 '2개의 적'이라는 도식과 관련이 있다. 牧瀬恒二, 「沖縄の"基地経済" : 沖縄における"二つの敵"の関係」, 『前衛』 179, 1961.

43 일본공산당이나 세나가는 고쿠바가 지적한 1958년 이후의 점령 정책 변경을 '속령화(属領

책에 대해 오키나와 혁신정당이 모색해 나갈 방향성을 제안했던 점에 있다. 그는 일본공산당의 강령을 무비판적으로 수용하지 않고, 변화된 상황에 대처할 오키나와 나름의 논리를 구하려 했다.

같은 시기 일본공산당이 오키나와에 접근하는 문법은 오키나와와 일본이 '동일민족'이라는 전제 하에 대미 독립 과제를 공유하는 관계로 되어 있다. 그들은 오키나와 반환을 대미 종속을 상징하는 '샌프란시스코 체제'의 해체이자 일본 민족의 '통일'을 위한 과제이며, 미 제국주의와 일본 독점 자본의 공모 구조에 저항하기 위한 문제로 이해했다.[44] 반면, 고쿠바는 '섬 전체 투쟁'까지 유효했던 '(오키나와가 일본 민족에 속한다는) 민족주의'를 재고하려 했다. 그는 '복귀'를 요구하는 '민족주의'만으로는 새로운 미일 협력 구도에 대응할 수 없으며, 1950년대의 '민족주의'를 질적으로 전환시켜 "계급적 성격과 인터내셔널(inter-national)한 성격"을 갖추어야 한다고 제언했다.[45]

化' 시도로 간주하곤 했다. 高安重正, 「日本の中立と沖縄奪還のたたかい」, 『前衛』 154, 1959; 瀬長亀次郎, 『沖縄からの報告』, 岩波書店, 1959.

44 일본공산당이 도쿠다 규이치의 1946년 메시지 속 '소수민족론'을 거부하고 군사기지화된 오키나와를 일본의 독립과 관련하여 다룬 것은 1954년이 처음이다. 「琉球対策を強化せよ」, 『平和と独立のために』, 1954. 4. 1. 그러나 본토와 오키나와 사이의 온도차를 무시해서는 곤란하다. 1954년 5월 일본공산당 난세이제도 대책부(南西諸島対策部)의 다카야스 시게마사(高安重正)는 아마미오시마(奄美大島) 나제(名瀬)에서 고쿠바를 만나 오키나와에서도 미 제국주의에 대항하기 위한 무장투쟁을 주문하지만, 인민당은 오키나와에서 실행 불가능한 이 방침을 무시했다. 国場幸太郎, 「1950年代の沖縄: 米軍政下の民衆闘争の発展」, 高地燿子 編, 『沖縄シンポジウム報告集: 日本の冷戦政策と東アジアの平和・人権』, 国際シンポジウム「東アジアの冷戦と国家テロリズム」日本事務局, 2000, p.137. 한편, 일본공산당이 무장투쟁 방침으로부터 벗어난 이후에는 高安重正, 「沖縄・小笠原返還の国民運動について」, 『前衛』 113, 1956; 高安重正, 「沖縄解放と民族問題」, 『前衛』 127, 1957 등을 참조.

45 '계급적 성격'은 미일 두 국가와 오키나와와의 자본가 세력이 공모하는 상황에 대처할 논리를 요구하는 것이고, '인터내셔널한 성격'은 일본의 중립과 '독립'이라는 과제만이 아니라, 핵 기지 철수와 아시아 침략 방지라는 "세계평화 옹호라는 국제 연대 의식"을 요구하는 것이

이때 일본공산당의 관점과 호응하는 역사해석을 보여주는 인물이 1963년 고쿠바의 논쟁 상대였던 신자토 게이지(新里惠二)였다. 논쟁은 신서 『오키나와(沖繩)』[46]에 대해 모리 히데토(森秀人)가 의문을 제기하면서 시작되었는데, 신자토는 당시 일본의 혁신 내셔널리즘 혹은 일본공산당과 관계가 있는 역사학자들과 역사해석의 대전제를 공유했다. 두드러지는 것은 '류큐처분'에 대한 이해로, 여러 역사학자들은 '류큐처분'이 근대적인 '민족통일'이자 역사적 필연이라 여겼다.[47] 그리고 '류큐처분'을 근대적인 '민족통일'의 역사로 쓰려고 하는 이상, 근대 일본에서 벌어졌던 오키나와 차별이나 '동화' 정책에는 강조점을 두지 않을 필요가 있었다. 이때 문제가 되는 인물로 자하나 노보루(謝花昇)가 있다. 구관온존(旧慣溫存) 기조 속에서 오키나와에 차별 정책을 취한 메이지(明治) 정부나 지배세력과 달리, 자하나의 자유민권운동(自由民權運動)은 본토와 오키나와 인민의 진정한 연대의 상징처럼 여겨졌기 때문이다.[48] '반복귀론' 시절 아라카와는 이 자하

다. 国場幸太郎, 「沖縄の日本復帰運動と革新政党」, p.91.

46 比嘉春潮·霜多正次·新里惠二, 『沖縄』, 岩波書店, 1963. 이 책은 오키나와에 무관심한 일본인들에게 개설적인 정보를 소개하고, '일본 민족'의 과제로서 오키나와 복귀운동에 동참할 것을 호소했다.

47 신자토가 의견을 달리 했던 이노우에 기요시(井上淸)는 물론, 국민적 역사학 운동을 이끌었던 이시모다 쇼(石母田正) 등도 예외는 아니었다. 小熊英二, 『〈日本人〉の境界』, pp.547~555. 오키나와 - 일본 '동일민족'설이나 '류큐처분'을 '민족통일'로 규정하는 문제는 이하 후유(伊波普猷)가 '류큐처분'을 '노예 해방'이자 일본 민족과의 재통일로 규정한 이래 오랫동안 반복되었다.

48 신자토는 '류큐처분'을 근대적인 '민족통일'로 보면서도, 오키나와에 대한 제도적 차별과 편견을 남긴 '위로부터의 민족통일'이라고 부른다. 대신 그는 오키나와와 본토의 민중이 연대하는 바람직한 의미의 '아래로부터의 민족통일'을 요청하며, 오키나와 근대사에서 그 유일한 기회가 1898년 자하나의 자유민권운동이었다고 주장했다. 한편, 전후 오키나와의 복귀운동과 이를 지원하는 본토 혁신정당의 연대는 '아래로부터의 민족통일'을 이룰 또 하나의 기회로 간주되었다. 新里惠二, 『沖縄史を考える』, 勁草書房, 1970, pp.219~234, pp.321~335.

나 신화에 대해 질문을 제기하게 된다.

이 논쟁은 기성 혁신세력의 복귀론과 1958년 이후 오키나와 군사점령 체제의 변화를 감지하며 새로운 접근을 모색하던 입장의 충돌이었고, 아라카와는 고쿠바 쪽에 공감하고 있었다. 물론, 고쿠바의 관점은 일본 국가의 성원이 된다는 사태를 비판하는 데서 출발하는 '반복귀론'과 곧바로 접점을 갖는 것은 아니다. 그러나 아라카와가 오키나와와 일본 혁신세력 간 연대를 호소하는 데서 사고를 멈추는 일반적인 복귀론에 거리를 두는 데 고쿠바의 글이 요긴했던 것은 사실이다.

3. 식민주의 비판과 야포네시아론

일본 국가가 오키나와 점령 체제에 가담하고 있는 상황에서도 '복귀'라는 전제를 내려놓지 못하는 혁신세력에 대한 고발은 '반복귀론'의 기본적인 관점이 된다. 미국과 일본 국가에 대항하여 헌법을 수호하는 민주세력으로 스스로를 자리매김했던 복귀운동 세력은 그들의 운동이 전후 일본의 법 공간에 의존한다는 문제에 무감각했기 때문이다. '반복귀론'은 과거에 '일본인 되기'[49]를 요구받았던 오키나와인에게서 발견되는 사유의 한계에 관한 것이며, 차별을 극복하려는 움직임이 일본 국가 내의 주체라는 자격으로 회수되는 관계를 묻는 것이었다.[50] 동시에, 아라카와는 식민주의적

---

49 이때 '오키나와'와 '일본'이라는 카테고리는 자명한 것이 아니다. '오키나와'와 '일본'이라는 문화적 정체성의 내용 자체가 식민주의적 상황 하에서 발생한 것이며, 그것이 마치 본질적인 것인 양 개인의 내면에 자리 잡은 것이다. 冨山一郎, 『近代日本社会と「沖縄人」: 「日本人」になるということ』 日本経済評論社, 1991.

50 아라카와가 직접 '식민주의'라는 말을 사용하지는 않지만, '반복귀론'은 오키나와인에게 내면화된 식민주의를 비판하고 그것을 탈출하려는 논의나 다름없었다. 나카자토는 아라카와의 문제의식이 프란츠 파농(Frantz Fanon)의 그것과 마찬가지라고 여긴다. 仲里効, 『オキナワ、

상황 하에서 '오키나와'라는 카테고리에 할당된 의미를 이탈하여 '오키나와'가 자립적으로 소유할 수 있는 의미를 발견하고, 일본의 국가주권과 '일본 국민'으로서의 자격을 이탈한 장소에서 사회운동의 이념을 구하고 싶어 했다. 여기서 오키나와의 요구를 표출할 자립적인 기반을 찾는다는 문제는 시마오 도시오의 야포네시아론과 관련이 있다.

아라카와는 1960년 무렵 시마오의 글에 관심을 갖게 되었다. '야포네시아'는 '일본(Japonia)'과 '제도(nesia=諸島)'를 합친 조어(造語)로, 시마오는 대륙과의 관계에 매몰된 일본이 아니라 남쪽 바다 섬들의 일부로서 일본의 의미를 재고하는 한편, 경직되고 획일적인 일본을 지방의 독자성과 다양성이 긍정되는 공간으로 바꿔 읽고자 했다. 근대화와 전후 고도성장이 초래한 단일성과 획일성을 상대화하고자 독자성을 지닌 '이단(異端)'의 지역으로 도호쿠(東北)와 류큐코(琉球弧)[51]에 주목했다는 점에서, 야포네시아론은 소외된 변경 지역의 생활 문화를 긍정하는 측면이 있었다. 그러나 시마오의 글에서 류큐코는 과거 일본의 전인적인 생활과 인간다움이 남아 있는 공간으로 표상되기 때문에, 근대 일본 민속학에서 반복되어온 일종의 오리엔탈리즘(Orientalism)을 연상시키는 약점 또한 안고 있다.[52]

일본의 단일성을 비판하고 오키나와 문화의 독자성을 말한 야포네시아

イメージの縁』, pp. 46~47.

51 '류큐코'는 '류큐'에 소속되는 데 거부감을 보이는 아마미 사람들을 의식한 표현이다. 이 표현은 종종 오키나와 본섬과 주변 이도(離島) 사이의 차별의식을 덜어낸 수평적인 관계의 지역 개념으로 사용되곤 한다.

52 아라카와의 후배 세대들이 야포네시아론에 대해 보이는 위화감은 류큐코가 다시 일본으로 회수되어버리지 않을까 하는 우려에서 비롯되었다. 시인 다카라 벤(高良勉)은 야포네시아를 '류큐네시아(りゅうきゅうねしあ)'로, 『류큐신보(琉球新報)』 기자 미키 다케시(三木健)는 '오키네시아(オキネシア)'로 바꿔 쓰고자 했다. 岡本惠德, 『『ヤポネシア論』の輪郭 : 島尾敏雄のまなざし』 沖縄タイムス社, 1990, p. 188.

론은 시대에 따라 평가가 엇갈린다.[53] 아라카와는 종종 "나의 '반복귀'의 모체는 시마오 도시오"[54]라고 언급하지만, 그가 읽은 야포네시아론은 시마오가 의도했던 의미대로라고는 볼 수 없는 부분이 있다.

> '야포네시아'라는 공간 개념이 하나의 환상 공간이라고 하더라도, 그 환상 공간을 자기 내면에서 실체화함으로써 나(우리)는 자신의 존재 증명을 더욱 선명하게 할 수 있다. 이는 현재적인 의미에서도 중요하며, 미래의 역사에 관계하는 방법으로도 래디컬한 발판이 된다. 오키나와의 '일본 복귀'라는 정치적인 사건을 둘러싸고 혼미했던 1970년 전후 사상의 유동기에 시마오 씨의 말은 나(우리)의 정신이 기댈 곳을 제공한 것이다. (…) 정치적 상황이 절박하면 자연히 눈앞의 정치 상황과 부딪히는 일에만 서두르게 되며, 장기적으로 준비해야 할 상황에 대한 자세가 소홀해진다. 성급한 정치주의적 생활방식의 경직성과 획일성으로부터 해방되기 위해 되돌아갈 장소로서 시마오 씨가 전개한 '남도'론의 세계가 있었던 것이다.[55]

---

53 1960~70년대 전학공투회의(全学共闘会議=全共闘) 세대 비평가들은 시마오를 요시모토 다카아키(吉本隆明)와 함께 천황제 국가를 비판하고 상대화하는 재료로 참고했다. 比屋根薫 外, 「『ヤポネシア』と沖縄：思想的な意味を問う」, 『新沖縄文学』 71, 1987, p.21. 조정민은 '주변'과 '말단'을 사유하도록 하는 긍정적인 기능에 주목한다. 조정민, 「시마오 도시오와 남도: 타자 서사와 야포네시아적 상상력」, 『일어일문학』 63, 2014. 그러나 최근에는 시마오의 야포네시아론에 잔상처럼 남아 있는 식민주의적 욕망(colonial desire)과 그 한계를 지적하는 일이 잦다. 村井紀, 『(新版)南島イデオロギーの発生』, 岩波書店, 2004; Davinder L. Bhowmik, *Writing Okinawa: narrative acts of identity and resistance*, Routledge, 2008; 권혁태, 「주변을 포섭하는 국가의 논리: 시마오 도시오의 '야포네시아론'」, 『한국학연구』 44, 2017 등.

54 新川明, 『統合と反逆』, p.99.

55 新川明, 「琉球弧と島尾敏雄」, 『カイエ』 1(7), 1978, p.284.

분명히 야포네시아론은 1972년 오키나와 반환을 앞두고 '반복귀론' 자들이 자립적인 사고 거점을 찾고자 했던 움직임에 도움이 되었다. 그러나 아라카와에게 자립적인 세계로서의 '오키나와'란 그저 문화적 독자성에 그치는 것이 아니라, '잠재주권'을 이음매로 하는 오키나와 점령 체제에 회수되기를 거부하고 오키나와의 자기결정을 도모할 다른 정치의 장소로 요청된 것이라고 할 수 있겠다.

시마오가 아라카와에게 남긴 영향은 그가 야에야마 시절에 써낸 『신남도풍토기(新南島風土記)』(1978)[56]라는 민속학적 서술에서 묻어난다. 류큐왕국(琉球王国) 시절 죄인들의 유형지로 활용되었던 야에야마 지역은 '류큐처분' 이후에도 1903년까지 악명 높은 인두세(人頭税) 제도가 유지되었던 곳이다. 아라카와는 일본의 오키나와 차별은 물론, 류큐제도 내의 이도(離島) 차별이라는 중층적인 구조를 염두에 두었고, 야에야마의 섬들과 그 생활 세계에 착목하여 류큐코 섬들이 갖고 있는 토착적인 의미를 찾아보려 했다. 그 중 야포네시아론과 맥락이 닿는 지점은 중앙의 규율과 논리로 지방을 획일화하는 사태에 대한 비판적인 서술에 배어 있다. 아라카와는 야에야마가 류큐왕국에 포섭된 후 도입된 인두세의 폐해나 류큐왕국의 개발 정책으로 인한 강제 이주, 지역 신앙과 문화를 류큐왕국의 그것으로 통합하는 문제 등에 시종일관 비판적인 어조를 이어간다.

시마오가 류큐코의 섬들이 가진 독자성을 인정함으로써 일본을 재구성하길 원했다면, 아라카와는 오키나와 본섬과는 맥락을 달리하는 야에야마 섬들의 문화가 보여주는 의미에 다다르고자 했다. 이 시도는 '반복귀론' 시절 근대 이후 일본을 향해 시선이 고정된 오키나와인의 내면을 청산하고,

---

56 新川明, 『新南島風土記』, 朝日新聞社, 1987(1978). 1964년 8월부터 1965년 9월까지 『오키나와 타임스』에 연재된 내용을 출판한 것이며, 1978년 마이니치(毎日) 출판문화상을 받았다.

오키나와가 갖는 자립적인 의미를 발견하려는 태도로 이어진다고 할 수 있다. 아라카와에게는 그 지점이 일본의 주권공간으로 매개된 식민주의에 저항하고, '복귀'에 의지하지 않은 채 오키나와의 자기결정에 관해 사유하기 위한 거점이었다.

III. 1972년 오키나와 반환과 '반복귀론'

1. 오키나와 반환의 현실화와 '반복귀론'

미국과 일본은 1969년 11월 「미일공동성명」에서 '본토 수준(本土並み)·핵 없는(核抜き)·72년 반환'에 합의했다. 1965년 사토 에이사쿠(佐藤栄作)가 전후 처음으로 오키나와를 방문한 이래 미일 간 오키나와 반환 문제가 논의되어 왔으나, 논점은 강화조약 제3조와 '잠재주권'의 처리 그리고 미일안보체제의 유지·재편을 위한 오키나와 활용 방안에 집중되었다. 사실, '본토 수준·핵 없는'이라는 방침은 반환 이후 오키나와에 미일안보조약을 적용한다는 의미에 그쳤고, '핵 없는'이라는 문구 역시 비밀리에 마련된 핵밀약[57]으로 인해 유명무실한 문구에 불과했다. 1957년 이후 의미가 분명해진 '잠재주권'은 미일 군사동맹이 오키나와에서 기지를 보유하기 위한 이음매였을 뿐이며, 오키나와의 요구를 일본의 국가주권이라는 틀 속에서

---

57 1972년 6월까지 미군이 운용하던 핵무기는 한 차례 철수되었지만, 핵무기 '재반입(re-entry)'과 '기항(transit)'을 사실상 허용하는 밀약이 있었다. 太田昌克, 『日米「核密約」の全貌』, 筑摩書房, 2011; 真崎翔, 『核密約から沖縄問題へ : 小笠原返還の政治史』, 名古屋大学出版部, 2017 등.

제한하고 차단하는 기능을 수행했다.

반환 교섭 과정은 오키나와 사회운동의 요구와는 동떨어져 있었다. 복귀운동은 1960년 오키나와 현 조국 복귀 협의회(沖縄県祖国復帰協議会, 이하 복귀협) 결성 이후 자치권 확보에 방점을 찍었지만, 오키나와가 베트남전의 출격기지가 된 1960년대 중후반부터는 '반전(反戦)'과 '반기지(反基地)'라는 입장을 취했다. 또한 이들은 핵무기와 기지 철거에 더해 일본의 평화헌법이 온전한 의미에서 실현되는 '완전 반환(完全返還)'이나 '본토 수준' 반환론 이전에 일본 정부가 제시했던 각종 조건부(교육권 분리, 지역별, 핵 수반(核付き)) 반환론을 거부하는 '즉시 무조건 전면 반환(即時無条件全面返還)'을 요구했다. 즉, 이들에게 '복귀'란 말은 사실상 기지 철거 및 일본 정부의 반환 프로그램에 대한 반대를 의미했다. 그러나 진행 중인 반환 교섭을 바라보며 불안과 위기의식을 토로하면서도, 대부분의 사회운동 세력은 미일 두 국가가 준비하는 '복귀'가 아닌 또 다른 '복귀'를 본토 혁신세력과의 연대 및 공투(共鬪)로 달성한다는 기존 방침을 되풀이할 뿐이었다.

야에야마에서 오키나와 소식을 전해 들으며 불안함을 느끼던 아라카와는 1969년 초 나하에 돌아왔고, 「미일공동성명」을 전후로 '반복귀론'[58]이라 불리는 논의를 내놓기 시작했다. 그는 혁신세력이 '오키나와에게 일본(국가)이란 대체 무엇인가'라는 근본적인 질문을 놓쳐왔다고 일갈했고, 오키나와에서 '일본 국민'이 된다는 사태부터 묻고자 했다. 지속적으로 군사기지에 노출되는 상황을 벗어나고자 오키나와가 전후 일본의 일부라고 주장하는 순간, 오키나와라는 공간은 미일 군사동맹을 지탱하는 지리적 영토와 국가주권이라는 맥락에 회수당하기 쉬웠다. '복귀'에 호소했던 주민

---

58 '반복귀'라는 말은 『신오키나와문학(新沖縄文学)』 18호 '반복귀론' 특집(1970.12)과 19호 '속·반복귀론' 특집(1971.3)에서 쓰이면서 일반화되었다.

의 정념과 희망이 국가주권의 '회복'과 오키나와 반환으로 대표될 수 없음을 확실히 했다면, 그 다음을 전망하기 위해 오키나와인의 실존과 일본의 주권공간 속 주체 사이에 가로놓인 문제영역에 진입할 필요가 있을 것이다. 아라카와는 '복귀'가 사회운동의 요구를 정치화할 적절한 방법이었는지를 질문하며, 일본 국가라는 창구 외에 오키나와의 요구를 담아낼 다른 방법을 상상하라고 촉구했다.

이런 이유에서 '반복귀론'에서 일본 국가를 거부한다는 것은 오키나와에서 되풀이되는 사고 경향을 비판한다는 취지를 가졌다. 아라카와는 점령 상황에 대한 저항을 일본 국가라는 외연 속에 가두는 오키나와인의 사고 경향(='일본 지향')을 지적했고, 전후 일본의 성원이라는 맥락을 떠나 오키나와에서 새로운 주체의 형상을 찾아야 한다고 제언했다.

> 적어도 내가 '반복귀'라고 할 때의 '복귀'란 분단되어 있는 일본과 오키나와가 영토적, 제도적으로 재통합한다는 외적인 현상을 가리키는 것이 아니다. 말하자면 오키나와인이 자진해서 '국가' 쪽에 몸을 들이미는 내발적인 사상의 영위를 가리킨다. 그 의미에서 '반복귀'란 개(個)의 위상에서 '국가'에의 합일화를 어디까지나 계속 거부하는 정신지향이라고 바꿔 말해도 지장이 없다. 거듭 말을 바꾼다면, 반복귀 즉 반국가(反国家)이고 반국민(反国民) 지향이다. 어디까지나 비국민(非国民)으로서 자기를 위치 짓는 나의 내부를 향한 매니페스토다.[59]

---

59 新川明, 「〈反国家の兇区〉としての沖縄」, 『反国家の兇区』, p.304. 다음의 문장도 참조. "'복귀'란 오키나와인 스스로가 자진하여 '국가' 쪽에 몸을 들이미는 내발적인 사상의 영위, 말을 달리 하면 부단히 '국가'로의 회귀를 준비하고 그것으로 자신의 생존을 관리하는 정신의 지향성이다. (…) '반복귀'란, 개개인이 근대 이후 오키나와인의 정신 지향으로 현저했던 '국가'

아라카와는 오키나와인의 사고와 상상을 구속하는 '내재하는(內なる)' 국가에 대해 반성적인 시선을 요구했다.[60] 동시에 그는 일본 국가에 회수된 오키나와와는 별개의 의미맥락에서 '오키나와'를 확보하기 위해 '문화'라는 영역을 말했고, 시마오에게서 확인한 문화의 자립성이나 토착적인 것에서 시작해보려 했다.

그런데 이 '문화'의 위치를 말하는 아라카와는 '이질감(異質感)'과 '이족성'[61] 그리고 '차의식(差意識)'[62]이라는 표현을 쓰곤 했다. 그는 근대 일본과의 관계 속에서 부정적인 의미를 부여받은 '오키나와', 즉 '일본인'이 되려 하는 오키나와인이 불식시켜야 하는 특징들이 아니라, '동화'와 식민주의 속에서 설정된 위치와는 구별되는 영역에서 '오키나와'를 위치를 확인하

에 자신을 들이미는 심정을 초극하는 자기 반란적인 운명으로 설정되어야 하며, 그 점에서 '반복귀'는 '반국가'와 이어질 수 있다." 新川明, 「『亡国』のすすめ : 〈反復帰〉の視点」, 『反国家の兇区』(←『思想の科学』第5次(126), 1972), p.348.

60 아라카와에게 '국가'란 "단순히 피지배 계급을 지배하고 억압하기 위한 실체적인 정치기구에 그치지 않"고, "실체적인 억압기구임과 동시에 인간의 존재 전체에 의미와 방향을 부여하는 가치체계이며, 인간의 사고와 정서, 행동의 모든 것을 규제하는 존재양식"이기도 했다. 新川明, 「『非国民』の思想と論理」, p.136. 이는 大澤正道, 『反国家と自由の思想』, 川島書店, 1970, p.242에서 인용한 것이다.

61 이 표현은 요시모토 다카아키에게서 나왔다. 요시모토는 일본 국가의 단일성이나 동일성으로부터 이탈한 '류큐'를 이야기하고 있었다. 吉本隆明, 「異族の論理」, 『吉本隆明全著作集続10 : 思想論2』, 勁草書房, 1978(←『文芸』8(12), 1969). 표현의 유사성은 있지만, 사실 아라카와는 요시모토를 그다지 읽지 않았다.

62 아가리에 나리유키(東江平之)의 심리학 연구에서 등장하는 표현이다. 아가리에는 오키나와에서 발견되는 '자기 비하(=열등감)'와 '사대주의'를 약자가 몸에 익힌 생존전략으로 설명했다. 그러나 오키나와인이 (일본 내의 출신 차이를 막론하고) '일본'에 대해 가지고 있는 '차의식'만은 그의 해석틀로 설명이 불가능했다. 아라카와는 아가리에가 설명하지 못한 '차의식'을 자신의 문제 영역으로 끌어들였다. '일본인'이 되고자 했던 오키나와인에게 그것과는 별개의 맥락에서 여전히 '오키나와인'임을 지탱하게 해 주는 영역이 있다면, 그곳이 아라카와가 '차의식'이라는 말로 형용하려던 영역이다. 東江平之, 「沖縄人の意識構造」(1963), 『沖縄人の意識構造』, 沖縄タイムス社, 1991; 東江平之, 「沖縄人の意識構造の研究」, 『人文社会科学研究』1, 1963.

고 싶어 했다.

> (…) 오키나와(인)에게 있어 야마토는 일본 각 지방의 반중앙
> 적 지역과 사람들 모두를 포괄하여 동질적으로 '이족'시하고 총
> 체화하는 **'일본'** 그 자체이다. 일본의 어떤 지방에서도 보이지 않
> 는 오키나와인의 대 야마토 지각의 특이성이야말로 (…) '국가로
> 서의 일본'에 대해서 **범죄적**이라는 점에서 사상적인 강인함과 우
> 위성을 지닌다고 할 수 있을 것이다. 토착의 역사인식으로서 야마
> 토(야마톤추)에 대한 차의식=이질감, 더 엄밀히 말하자면 오키나
> 와와 일본의 '이족'성의 발굴과 주장, 그 지속과 발전 속에서 야마
> 토(일본국)의 역사를 상대화하고 진정 국가권력을 부정할 수 있는
> 자립적 사상의 가능성이 요구되어야 한다. 그것이야말로 오늘날
> 오키나와가 가장 긴요한 과제로 마주하고 있는 사상적 물음이라
> 고 할 수 있을 것이다. (강조는 저자)[63]

오키나와를 국가주권과 '일본 국민'이라는 맥락을 이탈하여 사고하려
할 때, 아라카와가 출발점으로 여긴 '개(個)'라는 위치는 크게 의심받지 않
았다. 그에게는 이 표현이 '류큐'나 '오키나와'보다도 근본적인 출발점이었
다. 그러나 '차의식'이나 '이족성'이라는 표현은 문제를 안고 있다. '차의식'
을 설명하기 위해서 '역사적' 조건과 '지리적' 환경을 근거로 드는 순간,[64]

---

63 新川明, 「『非国民』の思想と論理」, pp.99~100.

64 "(…) 오키나와가 역사적, 지리적으로 소유해온 (…) 일본과의 결정적인 이질성='이족'성을
　무한으로 오키나와로부터 내밀어 갈 때, 실체적인 억압 기구이자 동시에 인간의 존재 전체
　를 규정하는 '국가'라는 정체불명의 마성의 괴물은 비로소 상대화된 구체로서 우리들의 의
　식 속에 모습을 비추기 시작할 것이다." 新川明, 「『非国民』の思想と論理」, p.136.

이 발언은 일본과의 이항대립적 도식에서 오키나와를 말하는 것처럼 이해되곤 한다. 아라카와의 '비국민'이라는 입장이 결국 이항대립적이고 균질적인 공동체로 귀결될 수 있다는 비판이 나오는 이유가 여기에 있다.[65] 그러나 이때 연구자들이 논거처럼 거론하는 오카모토의 글이 과연 적확한 것인지는 의문이다.[66]

오키나와에서 출발하는 정치의 요구는 '반복귀론'의 핵심에 해당하지만, 아라카와의 표현은 분명 정교하지 못했다. 오랜 식민주의 속에서 상상의 폭마저 제한당한 오키나와에서 '일본 국민'의 의미와 구별되는 '오키나와'의 위치를 발견하는 작업은 추상적이고 의미론적인 맥락에서 서술되어야 했을 것이다. 다만, '차의식'이나 '이족성'에서 곧바로 균질적인 공동체 혹은 일본 국가에 회수당할 닫힌 공동체를 의심하는 독해에는 위화감이

---

65 屋嘉比収, 「「沖縄」に穿つ思想として」; 德田匡, 『「反復帰・反国家」の思想を問い直す』, pp. 201~204 ; 新城郁夫, 「反復帰反国家論の回帰」, pp. 69~71 등. 굳이 최근의 사례를 들지 않더라도, '차의식'을 설명하기에 역사적·환경적 배경이 근거가 되기에는 불충분하다는 지적은 1970년대에도 있었다. 川満信一, 「共同体論(上)」, 『新沖縄文学』 32, 1976, p. 30.

66 오카모토는 요시모토의 「이족의 논리」 이후 유행하는 '이족'론을 비판하고, 아라카와의 '이질감'에서 상기되는 '오키나와인'이라는 카테고리도 차별을 만들어내는 통치기술의 재생산에 회수될 수 있다고 주장했다. 池澤聡(岡本惠徳), 「沖縄の『戦後民主々義』の再検討」, 『新沖縄文学』 19, 1971. 요컨대, 오카모토는 '이질성' 혹은 '이족성'이 본토와의 '연대'에 대한 반감에서 등장하는 데 그쳐, 단순한 문화 이질성으로 귀결될 것을 우려한 것 같다. 이 글의 배경이 되는 것은 1970년 오사카부 교육위원회의 부독본 『인간(にんげん)』에 대해 오사카 오키나와 현인회(大阪沖縄県人会)나 야라 조뵤(屋良朝苗) 행정주석 그리고 오키나와 혁신정당의 국회의원들이 항의했던 해프닝이다. 오카모토는 오키나와에 대한 '차별'에는 목소리를 높이면서도, 자신들이 부락민이나 재일조선인과 함께 논의될 때 거부반응을 보이는 오키나와 혁신세력의 추태를 꼬집으며, 그 '오키나와인 의식'의 한계를 지적하려 했다. 그렇지만 '오키나와'라는 말이 닫힌 공동체에 그쳐 타자에게 시선을 돌리지 못하는 사태에 대한 문제의식은 아라카와에게도 있었다고 생각된다. 해프닝에 대해 아라카와는 "부락과 재일조선인에 대한 '차별'을 포함해서 차별의 본질은 근원이 같으며, 우리들은 '차별'을 만들어낸 지배·피지배의 구조적 성립여건에야말로 메스를 들어야 할 것"이라고 썼다. 新川明, 「〈憲法幻想〉の破砕」, 『反国家の兇区』(←『現代の眼』 11(11), 1970), p. 269.

생긴다. 당시에 만연해 있던 실체론적 민족 개념을 그대로 적용할 수는 없으며,[67] 오카모토의 경고는 꼭 아라카와를 겨냥하고 있다기보다는, 피상적인 사고가 범람하는 현상에 대한 위화감의 표출로 받아들이는 것이 좋을 것 같다. 감각적으로 포착한 영역에 진입하려는 아라카와의 말은 동시대의 표현 및 용례와 공약성(commensurability)을 갖는다기보다, 본질주의적 이해를 전제하지 않는 의미화의 실천이자 지배적인 의미를 바꾸어놓을 수 있는 수행성(performativity)이라는 맥락에서 받아들여야 하지 않을까 한다.[68]

아라카와의 논의는 사고 전제를 달리 하여 '복귀'를 이해하는 신선함을 가지고 있었다. 특히, 이 논의에서 국가 비판이란 근대 이후 오키나와에서 반복된 한계를 극복하자는 의미이며, 다시 말해 근대 오키나와에서 시작된 식민주의적 상황에서 틀 지워진 주체의 형상을 문제 삼는 것이었다. 이 식민주의는 미국에 의존하는 전후 일본의 주권공간을 경유하여 전후 오키나와로 이어졌다. '반복귀론'은 일본 국가의 법 공간을 전제로 삼지 않은 채 오키나와에서 미래를 이야기할 위치를 발견해야 한다는 요청이었고, 그가 요구했던 자립적인 오키나와의 위치는 탈식민적이고 탈국민국가적

---

67 '이족성'에 대한 오구마의 질문에 아라카와는 국가를 거부하는 개인의 지향이라는 입장에서 "감각적으로 사물을 보거나 느끼거나 그것을 언어화한 것에 불과"하다며, 자신에게 '오키나와'란 '조국' 내지 '모국'도 아니고 '피'나 '토지'의 의미도 아니라고 말한다. 이어서 그는 "아주 추상적인, 자신의 존재증명"으로, "나에게 오키나와는 나 자신이라고밖에 말할 수 없고, 나 자신이 어떻게 살아갈까라는 물음을 계속하는 작업으로서 라고밖에 말할 수가 없다"고 덧붙인다. 小熊英二・新川明, 「沖縄現代史と〈反復帰論〉」, 『Inter Communication』 47, 2004, pp. 139~140.

68 주디스 버틀러(Judith Butler)는 언어에 본질적 의미를 전제하고 발화 행위를 그 의미의 반복일 뿐인 관계로 사고하지 않는다. 의미란 수행적인 행위 속에서 형성되고, 그 수행성 (performativity)이 기존 권력 구조에 균열을 내는 다른 상상의 가능성이기도 하다는 것이다. Judith Butler and Gayatri Chakravorty Spivak, *Who Sings the Nation-state?: Language, Politics, Belonging*, Seagull Books, 2007.

인 논점이 교차하는 영역이었다고 할 수 있다.

2. 국정참가 거부와 '헌법 환상' 비판

아라카와가 혁신세력을 문제 삼은 또 하나의 표현은 '헌법 환상(憲法幻想)'으로, 전후 일본의 헌법과 시민사회에 의지하는 복귀운동의 논리를 비판하기 위한 것이었다.[69] 그는 "눈앞의 현실로부터 비약(현상 변혁)하고자 하는 '꿈'을 가탁한 추상개념"을 현실의 일본 국가에 덧씌우고 있는 현상이 결과적으로는 오키나와인의 희망을 배반하고 미일 군사동맹의 일원으로 아시아의 사람들까지도 "교살(扼殺)"하는 일본 국가의 존립을 돕고 있다고 썼다.[70] 특히 이 표현과 관련된 것으로, 아라카와가 유일하게 행동에 나섰던 국정참가선거 거부 투쟁이 있다.

전후 오키나와에서 참정권 문제는 '일본 국민'으로서의 권리가 '박탈'된 사례로 여겨졌다. 복귀협은 류큐정부 행정주석 공선제와 오키나와 대표의 국회 참가를 요구했으며, 국정참가는 1961년부터 류큐입법원에서 매년 결의하던 초당파적 사안이기도 했다. 우선, 주석공선의 경우 1968년에 실행되어 혁신공투 후보인 교직원회 회장 야라 조보가 당선되었다. 사실, 일본 정부는 오키나와 대표를 국회에 세우는 데 소극적이었으나, 오키나와 반환 국면에는 갑자기 입장을 바꾸어 1970년 11월 15일에 국정참가선거를 시행했다. 이때 본토와 계열화된 오키나와 혁신정당들은 대부분 선거

---

69 新川明, 「〈反国家の兇区〉としての沖縄」, pp.321~322.

70 新川明, 「幻像としての〈日本(ヤマト)〉」, 『反国家の兇区』(一『中央公論』 86(12), 1971), pp.30~31. 이는 일본공산당이 스스로를 미국에 종속된 '일본 국가＝샌프란시스코 체제'에 대항하여 헌법을 수호하는 입장에 두고, 오키나와의 복귀운동도 마찬가지 도식 속에서 이해했던 것과 차이가 있다. 瀬長亀次郎 外, 「沖縄問題とイデオロギー闘争」, 『前衛』 326, 1971, p.61.

를 '투쟁의 성과'이자 미일 두 정부가 주도하는 '72년 반환' 프로그램에 이의를 제기할 기회로 간주했다.[71] 반면, 아라카와는 의회주의에 대한 환상을 거부하며, 1970년 11월 5일 가와미쓰와 나카소네 그리고 중핵파(中核派)를 제외[72]한 류큐대학 신좌익 학생들과 국정참가선거 거부 투쟁을 시도했다.

아라카와는 국정참가를 긍정하는 혁신세력의 논리를 전후 일본의 헌법을 운동의 전제로 삼는 데 무비판적이었던 복귀운동의 한계와 겹쳐 보았고, 선거 국면을 복귀운동의 한계를 사상화하는 기회로 삼으려 했다. 그는 「미일공동성명」 이전과 이후 오키나와 국정참가의 의미에는 질적인 차이가 있으며, 선거는 주민의 요구를 미일 두 국가의 새로운 통치 시스템 속에서 관리할 뿐인 '72년 반환'을 위한 포석에 불과하다고 주장했다. 같은 맥락에서 그는 선거 참여가 오히려 자민당 정부의 반환 프로그램 의사결정에 오키나와 주민의 의사도 반영되었다는 명분을 주게 될 것이라 우려했다. 한편, 1950년대 후반부터 심화된 오키나와 본토 정당의 계열화 문제를 거론하면서, 오키나와 혁신정당이 전위 정당으로서의 성격을 잃은 채 본토 정당의 지부가 되어 당리당략에 종속될 것이라 예상하기도 했다.

---

71 혁신 측 후보로는 중의원(衆議院) 의원 후보로 세나가 가메지로(인민당), 아사토 쓰미치요(安里積千代, 사대당), 우에하라 고스케(上原康助, 사회당 후보, 전군노 위원장)이, 참의원(参議院) 후보로 갼 신에이(喜屋武真栄, 오키나와 교직원회 회장)이 출마했고, 전부 당선되었다.

72 일본 신좌익 세력이 본격적으로 오키나와 문제에 관심을 가지게 된 것은 1969년 4월 28일 '오키나와 데이(샌프란시스코 강화조약 발효일로, 일본에서는 '주권 회복의 날'이지만 오키나와에서는 '굴욕의 날'로 불림)' 이후부터이다. 그러나 현지 사정에 밝지 못했던 그들은 각자의 강령에 맞추어 오키나와 문제를 이해하곤 했다. 국정참가 거부 투쟁에 참여하지 않은 중핵파의 주장('오키나와 탈환론')은 미일 안보체제 유지를 위해 오키나와의 기지를 온존시키는 반환에 반대하면서도, 이에 저항하는 본토의 혁명에 오키나와를 편입시키려는 것으로 사실 기성 혁신정당의 관점과 큰 차이가 없었다. 小熊英二, 『1968(下) : 叛乱の終焉とその遺産』, 新曜社, 2009, p.265 참조.

오키나와 혁신정당의 후보들은 본토에서도 연대와 지지를 얻었는데,[73] 아라카와는 이 움직임에 대해서도 쓴소리를 냈다. 그는 복귀론자들이 말하는 '본토 인민과의 연대'에 아무런 내용이 없다고 보았고, 오에 겐자부로(大江健三郎)나 나카노 요시오처럼 오키나와에 관심을 기울이는 진보적 일본인들에게 질문을 던졌다.[74] 그는 일종의 '원죄 의식'에서 출발해 오키나와 혁신세력을 지원하는 일본인들에게 일단 경의를 표하면서도, 일본 국가와 오키나와 사이의 간격을 문제화하지 못하는 그 시도에 큰 의미는 없다고 보았다. 아라카와에게 연대란 부채의식에서 출발하는 일본인들의 도덕 감정의 문제라기보다는, '헌법 환상'을 이탈한 탈식민적인 오키나와에 닿아야 하는 움직임이었다.[75] 아라카와는 일본이지만 일본이 아닌 전후 오키나와의 곤란한 위치가 동등한 '일본 국민'이라는 지평으로 회수되지 않는 관계에서 연대의 방법을 고민해야 한다고 여겼다.

'반복귀론'은 오키나와와 본토에서 어느 정도 이목을 모았지만,[76] '반복귀론'과 그것을 향한 반응이나 비판이 어떤 화학작용을 일으키는 일은 없었다. 아라카와는 1957년부터 1969년까지 대부분의 시간을 오키나와 본

---

73 예컨대, 일본사회당·총평(総評) 계열의 '上原康助·喜屋武真栄さんを励ます会'가 있다. "沖縄国政参加選挙闘争 1970年", 沖縄県公文書館, 자료코드 R10000472B;『沖縄国政参加ニュース』1호(1970.9.1), 沖縄県公文書館, 자료코드 0000088232.

74 오에에 대해서는 新川明,「大江健三郎への手紙」,『反国家の兇区』. 나카노에 대해서는 中野好夫,「欺瞞の三百議席」,『世界』299, 1970; 新川明,「＜憲法幻想＞の破砕」를 참조.

75 다음 문장을 참조. "(…) 진정한 의미에서 오키나와와 일본의 인민적 연대란, 일본에 대한 오키나와의 '이질성'을 사상의 기저에 두면서, '국가로서의 일본'을 상대화하고 무한히 부인하기를 오키나와 투쟁 속에서 다양하게 심화시킬 때, 일본에서 동질의 투쟁을 담당하는 사람들과의 사이에서 나타날 것이다."(강조는 저자) 新川明,「＜憲法幻想＞の破砕」, pp.271~272.

76 일본의 각종 잡지들, 예컨대『세카이(世界)』,『중앙공론(中央公論)』,『겐다이노메(現代の眼)』,『정황(情況)』,『민주문학(民主文学)』 등의 오키나와 특집에는 '반복귀론'이 자주 소개되었다. 특히,『중앙공론』1972년 6월호(87집 6호)의 오키나와 관련 세션은 아라카와와 가와미쓰 그리고 오카모토가 직접 편집했던 것이다.

섬 바깥에서 보냈고, 복귀운동에 관여하는 정당 내지 사회단체와 인연이 없었다. 그런 그가 복귀사상의 허망과 복귀운동의 파산을 선고하고 나서자, 인민당이나 일본공산당은 아라카와를 강하게 비판했다. 이들은 아라카와가 도식적이고 관념적인 논의로 현실을 재단하고 있을 뿐이며, 운동을 추진해온 이들의 공로를 무시한다고 비판했다. 그러나 이 비판들은 사실 기존의 입장을 재확인하는 것에 불과했다.

인민당과 일본공산당의 논조에는 객관적인 민족 개념에 대한 집착과 1955년 이래 일본공산당이 오키나와 반환을 '민족통일' 문제로 여기던 관성이 묻어난다. 이들에게 '반복귀론' 속 '이질감'이나 '차의식'은 과학적 분석과는 무관한, 「미일공동성명」 이후 '복귀 불안'으로 인한 일시적이고 감정적인 반응으로 치부되었다. '반복귀론'이 "모리 히데토·요시모토 다카아키·다니가와 겐이치(谷川健一) 등의 오키나와론에 기원을 두는 아류적 발상에 불과"하다거나, '이질감=이족성=차의식'을 자립의 거점으로 삼은 아라카와는 "역사적 제 조건의 구체적인 분석을 회피"하는 "초역사적"인 주장을 편다는 비판은 자주 보인다.[77] 신좌익과 마찬가지로 혁신세력 간의 연대를 분열시킨다는 비난 역시 흔하다. 또한, 미 제국주의에 대항하는 일본과 오키나와라는 도식에 입각한 혁신세력들은 아라카와의 '이질감=이족성=차의식'을 자신들이 터부시해온 '독립론'으로 취급했다.[78] 국정참가

---

77 南海清, 『『中央公論』(九月号)沖縄特集を読む:新川明、「幻像としての〈日本〉」の幻想性(上)」, 『人民』 498, 1971.9.18. 『인민(人民)』은 인민당의 기관지이다.

78 南海清, 「近代沖縄の歴史から何を学ぶか:新川「記者」のいわゆる「自立思想」について」, 『人民』 441, 1970.8.15; 瀬長亀次郎 外, 「沖縄問題とイデオロギー闘争」, pp.61~62. 1950년대 중반, 즉 일본공산당이 '동일민족'이라는 입장으로 전환할 무렵부터, 혁신세력에게 '독립론'은 터부와도 같았다. 1960년대 후반 오키나와에서 '독립론'이란 오키나와 자민당과 결을 달리하는 보수파 일부의 논의를 가리킨다. 1969년 결성된 오키나와인의 오키나와를 만드는 모임(沖縄人の沖縄をつくる会)이나 류큐의회(琉球議会)를 들 수 있다. 이후 전자를 흡수하는 류큐독립당(琉球

거부 역시 비난받았는데, 이 부분은 후술할 자하나 노보루에 대한 해석과
연결되어 있었다.

3. 복귀론과 공명하는 역사해석 비판

1970년 무렵부터 아라카와가 쓴 글 중에는 오키나와 자유민권운동을
대표하는 자하나 노보루와 '오키나와학의 아버지' 이하 후유를 문제 삼은
것이 많다. 아라카와는 오키나와의 문제 상황을 일본 국가 속 동등한 일원
이 됨으로써 풀어나가고자 하는 반복되는 문제가 근대 오키나와에서 유래
한다고 보았고, 두 인물에 대한 '사상사의 공백'[79]을 지적함으로써 '반복귀
론'의 논점과 마찬가지 내용을 풀어내려 했다.[80]

'류큐처분' 이후 오키나와에서는 '구관온존' 정책 탓에 본토에 비해 근대
적 제도 도입이 늦었다. 자하나는 오키나와에서 자유민권 결사를 조직하
고 『오키나와 시론(沖縄時論)』을 조직해 참정권 운동을 벌인 인물로, 전후
오키나와에서는 복귀운동의 '원점'으로 강조되었다. 이 신화를 형성하는

独立党)을 비롯해, 이들은 주민투표(plebiscite/referendum)를 통해 '72년 복귀'를 되물어야 한
다고 주장했다. 그들의 주장은 주로 경제인들이 '복귀상조론'에 입각해 경제 대책을 요구
하거나, 류큐왕국의 독립성을 강조하는 복고주의적 역사해석을 통해 자기통치권을 요구하
는 내용이다. 当間重剛, 「沖縄のこころ」, 『時事評論』, 1969; 山里永吉, 『沖縄人の沖縄 : 日本は祖国
に非ず』, 沖縄時報社, 1969. 관련하여 "Japan is not our fatherland" 문서철, 沖縄県公文書館,
자료코드 0000024749 참조. 물론, 이들의 영향력은 그리 크지 않았고, 특히 오키나와 사
회운동의 주요 의제인 기지 문제에 무관심했다는 난점이 있다. 아라카와는 '류큐독립론'이
등장한 직후부터 자신과 그들의 차이를 분명히 했다. 川満信一·新川明·内原稔, 「安保と沖縄」,
『新沖縄文学』臨時増刊号, 1969, p.231.

79 沖縄タイムス社 編, 『沖縄と70年代』, 沖縄タイムス社, 1970, pp.406~412.

80 아라카와의 '반복귀론' 중 이 부분은 주목도가 떨어진다. 간략한 정리는 Miyume Tanji,
Myth, Protest and Struggle in Okinawa, Routledge, 2006, pp.31~34.

데 큰 영향력을 발휘했던 것이 1969년에 복간된 오자토 고에이(大里康永)의 자하나 전기(伝記)[81]였다. 자하나는 '처분' 이후 처음으로 본토 유학을 떠난 오키나와 출신자 중 유일한 농민 출신으로, 메이지 정부를 대변하는 나라하라 시게루(奈良原繁) 현 지사와 구 류큐왕부(琉球王府) 지배세력 양쪽에 맞서 농민의 입장을 대변하는 '반권력의 투사'처럼 소비되곤 했다. 여기에 자하나가 오키나와 현 기사 직을 버린 후 일본에 상경했을 때, 나카에 조민(中江兆民)·고토쿠 슈스이(幸德秋水)·기노시타 나오에(木下尚江) 등 민권론이나 초기 사회주의를 대표하는 인물들과 교류했다는 내용이 덧붙여진 것이 당시 자하나 이해의 전형이었다고 해도 좋다.[82]

아라카와는 연구자들조차 공유했던 자하나 신화를 따져 물으며, 복귀론과 공명하는 역사 해석을 비판했다. 자하나에게 덧씌워진 신화는 '일본 국민'으로서의 권리를 요구하고 국정참가를 희망하는 전후의 상황과 겹쳐지곤 했다.[83] 오키나와가 본토로부터 부당하게 분리되어 일본 고도성장의 수혜를 입지 못하고 있으며, '이민족 지배' 하에서 '조국 복귀'를 목표로 자치권 확대와 국정참가 투쟁을 벌이고 있는 전후의 상황이 자하나의 활동

---

81 大里康永, 『沖縄の自由民権運動 : 先駆者謝花昇の思想と行動』, 太平出版社, 1969. 같은 저자의 『義人謝花昇伝』(1935)을 복간한 것으로, 자하나를 정치적 자유와 해방을 위해 싸운 비극적인 영웅으로 소개했다. 오키나와 반환 국면의 자하나 논의는 대개 이 책에 크게 의존한다.

82 당시 자하나 관련 논의로는 比嘉春潮·霜多正次·新里惠二, 『沖縄』, pp.138~142; 金城弘子, 「沖縄における自由民権運動」, 『沖縄歴史研究』7, 1969; 田港朝昭, 「自由民権運動」, 琉球政府 編, 『沖縄県史 第2巻 各論編 1(政治)』, 国書刊行会, 1989(1970); 我部政男, 「謝花民権と国政再参加 : 『義人謝花昇伝』復刊の今日的意義を中心に」, 『展望』144, 1970; 大江志乃夫 外, 「謝花昇 : その生涯が語るもの」, 『世界』303, 1971 등이 있다.

83 예컨대, 오에 겐자부로는 1968년 행정주석에 당선된 야라 조뵤의 연설회에서 자하나의 이름이 거론되는 광경을 소개하며, 오키나와인에게 자하나는 "구체적인 희망의 구현자"라고 쓴다. 大江健三郎, 「内なる琉球処分」, 『沖縄ノート』, 岩波書店, 1970(←『世界』289, 1969), pp.100~101.

맥락과 궤를 같이 한다는 이해[84]는 오자토만의 특별한 견해가 아니었다. 아라카와는 이런 자하나를 재해석하고자 했다.

> 자하나의 사상적 위약성과 한계성에 대해서, 이를 오키나와의 근대화, 즉 황민화 정책=천황제 국가에 대한 충성심의 일원적 통합이란 문제와 관련시켜 고찰하는 일의 중요성을 통감한다. 뿐만 아니라, 자하나의 패배와 좌절의 원인을 권력자였던 지사·나라하라 시게루의 끊임없는 탄압, 『류큐신보』를 근거지로 나라하라와 결탁하여 자하나 등의 운동을 가차 없이 공격했던 구지배층 출신 언론인과의 힘 관계에 있어 압도적인 열세, 혹은 오키나와 사회의 후진성과 사대주의에서만 찾으려는 일반화되어 있는 정설은 극히 비과학적일 뿐만 아니라, 그것이야말로 역사를 왜곡하여 자하나의 역사적 위치 짓기를 시도하는 일이라고 생각한다.[85]

자하나는 공동회(公同会)를 중심으로 한 구 류큐왕부 세력의 자치권 획득 시도가 좌절될 무렵, 오타 조후(太田朝敷)를 비롯한 구 사족층 및 오키나와 현정 양쪽 모두와 마찰을 빚었다. 1899년에 시작된 지조개정(地租改正)에 앞서, 자하나는 1894년에 공유림 소마야마(杣山)를 관유림으로 삼으려는 나라하라와 충돌했고, '폐번치현(廃藩置県)'으로 봉록을 잃은 구 사족층을 구제한다는 명분으로 소마야마 개간이 진행되었을 때에도 현정의 반대편에 섰다. 때문에 자하나는 마치 농민의 입장을 체현하는 '반권력의 투사'처럼 여겨졌다.

---

84 大里康永, 『沖縄の自由民権運動』, pp. 281~282.

85 新川明, 「『非国民』の思想と論理」, p. 123.

반면, 아라카와는 자하나가 식산흥업(殖産興業)과 곤궁한 사족 구제(窮士授産)라는 소마야마 개간 목적에 찬성했고, 때로는 농민들의 반대와 탄원을 억압했다고 주장했다.[86] 아라카와는 자하나와 나라하라의 대립은 사실이나 그 이유는 개간의 구체적인 방향 차이일 수 있으며, 자하나의 좌천이유도 나라하라의 탄압이라기보다는 개간 시 지역 농민과의 트러블 때문이 아닐지 의심했다.[87] 소마야마의 관유림화가 확정된 후 자하나는 곧바로 농공은행에서 주도권을 확보하는 일과 참정권 문제에 주력하는데, 아라카와는 농민의 토지 문제에 고심했던 자하나의 갑작스런 방향 전환이 매끄럽게 설명되지 않는다고 꼬집었다.[88]

자하나는 1896년에 설립된 오키나와 현 농공은행 경영 주도권 대결에서 패배하자, 관료직을 내려놓고 참정권 운동에 진력했다. 1898년 말에 상경한 자하나는 「중의원선거법(衆議院選挙法)」 개정 심의 중인 제13의회에 오키나와의 참정권을 요구했으며, 1899년에는 오키나와 구락부(沖縄倶楽部)를 결성하고 구지배층의 『류큐신보』와 대결할 『오키나와 시론』이라는 독자적인 언론을 꾸렸다. 자하나 등의 활동은 토지정리가 끝난 후에야 참정권에 관심을 보인 『류큐신보』보다는 앞섰지만,[89] 그들이 얻어낸 것은 사

---

86 新川明, 『異族と天皇の国家』, 二月社, 1973, pp.216~224. 게다가 소마야마 개간으로 슈리(首里) 사족이 받게 된 토지 중 2/3는 자하나가 개간주임이던 시절에 불하된 것이었다.

87 新川明, 『異族と天皇の国家』, pp.226~229. 아라카와는 기존 연구들이 『류큐신보』와 자하나의 대립관계를 상정한 채, 『오키나와 시론』속 부분적인 언급에만 의지하여 자하나 신화를 만들어왔다고 비판했다.

88 新川明, 『異族と天皇の国家』, pp.290~291.

89 구지배층이나 『류큐신보』 그룹이 참정권 운동에 적극적이지 않았던 것은 '구관온존' 정책이 남아있던 상황과도 관련이 있다. 토지제도 개혁이 끝나지 않은 상황에서 여전히 개별 납세가 아닌 공동 납세가 남아 있다는 표면적인 이유 외에, 슈리와 나하의 구지배층은 세금을 납부하지 않고 있었던 점도 고려해야 한다. 근대 일본의 「중의원선거법」은 과세액을 기준으로 참정권을 부여했기 때문이다. Wendy Matsumura, *The Limits of Okinawa: Japanese Capitalism, Living Labor, and Theorization of Community*, Duke

키시마(先島)[90]의 참정권을 제외한 채 오키나와에서 2명의 대표를 선출한 다는 데 그쳤다. 현마다 5명의 중의원 의원을 뽑는 본토와 비교하면 만족 스럽지 않은 결과물이었다.

한편, 상경 시절의 자하나가 급진적인 민권론자 나카에 조민 등과 교류 했다는 설은 설득력이 부족했다. 당시 이 논점은 일본과 오키나와의 지배 세력이 결탁하는 상황에 맞서 오키나와의 민중이 본토의 민중과 연대한 다는 '아래로부터의 민족통일'이라는 관점에서 설명되고 있었다. 그러나 1888년 도쿄에서 추방당해 오사카에 머물던 나카에가 자하나와 만나기는 어려웠을 것이다.[91] 사상적 연관성을 생각해보더라도, 아라카와는 자하나 가 급진적인 민권론보다는 차라리 1889년 메이지 헌법 이후 '국권'을 옹호 하는 입장으로 귀결된 민권운동 우파에 가깝다고 보았다.[92]

'반복귀론'과 관련이 있는 아라카와의 질문은 제도적인 차별을 해소하 기 위해 일본 국가 속의 동등한 일원이 되고자 했던 자하나를 과연 오키나 와 투쟁의 '원점'이라고 칭할 수 있는가라는 데 있었다.[93] 오히려 아라카와 가 본 자하나는 전후 일본의 법 공간을 일종의 구제장치로 여기는 복귀세 력의 전범에 해당했다. 그는 오키나와와 일본 국가의 문제적인 관계를 묻 고자 했고, 근대국가 일본의 제도적 차별을 일본 국가 속 동등한 주체가

University Press, 2015, p.92.

90 오키나와 본섬의 남서쪽에 있는 미야코열도(宮古列島)와 야에야마열도(八重山列島) 일대를 가 리킨다.

91 大江志乃夫 外,「謝花昇：その生涯が語るもの」, p.25 오타 마사히데의 발언 참조.

92 新川明,「沖縄近代史の一視点：謝花昇・伊波普猷をめぐって」,『反国家の兇区』(←『沖縄タイムス』, 1970.9.29~1970.10.3), pp.150~152.

93 예컨대, 자하나의 자유민권운동은 "치현 이래, 메이지 정부의 일관된 식민지적 지배 속에서 일본 국민으로서의 정당한 권리도 부여받지 못하고 차별적으로 취급당한 현민이 스스로의 투쟁으로 그 권리를 획득한 운동"이라고 평가되곤 했다. 金城弘子,「沖縄における自由民権運 動」, p.59.

됨으로써 극복한다는 도착적인 사고방식을 지적했다. 아라카와는 자하나가 '반권력'적이고 '반체제'적이라기보다는 '체제 내'에 있는 인물이며, 오키나와 투쟁의 '원점'이 아니라 반면교사에 해당한다고 주장했다.

이 해석은 오자토의 설명을 답습하던 오키나와 역사 연구회(沖縄歴史研究会) 소속 학자들에게 비판받았다. 예컨대, 니시자토 기코(西里喜行)는 보수세력 일부의 '류큐독립론'과 아라카와의 '반복귀론'이 '차의식'에 기초한 '오키나와 내셔널리즘'에 해당한다며, '반복귀'라는 카테고리로 함께 묶었다.[94] 또한, 그는 오키나와와 일본 사이의 연관관계는 역사적으로 명확한 것이고, '반복귀론'에는 본토와의 연대라는 관점이 빠져 있다고 비판했다. 그러나 결과적으로 보자면, 아라카와의 문제제기는 오자토나 니시자토에게 수용된 것으로 보인다.[95]

한편, 이하 후유를 다루는 아라카와는 자하나 신화를 공격할 때만큼 세밀하지 않았다. 자료가 부족한 자하나와 달리 이하가 남긴 글은 결코 적지 않은 양인데, 아라카와는 메이지 시대에 쓰인 이하의 글 일부만을 읽었던 것 같다.[96] 그는 이하를 지탱하는 의식과 역사인식에 초점을 맞추었고, 이하의 오키나와학과 일류동조론(日琉同祖論)이 수행한 역할을 문제 삼았다.[97]

---

94 西里喜行, 「沖縄における「反復帰論」とその周辺」, 『民主文学』 70, 1971. 니시자토는 '현민 무시' 반환에 반대하고 일본 헌법의 이념을 구현하며, 강화조약 제3조를 폐기하고 '진정한 민족통일'을 외치는 복귀론의 입장과 다르지 않다.

95 大里康永, 「『義人謝花昇伝』を書いた頃のこと」, 『沖縄事情』 422~427(425호 제외), 1976; 新崎盛暉·大里康永, 「『義人謝花昇伝』の背景: 大里康永氏に聞く」, 新崎盛暉, 『沖縄現代史への証言 (上)』, 沖縄タイムス社, 1982(←『新沖縄文学』 32, 1976); 西里喜行, 「謝花昇と沖縄民権運動に関する一考察(1)」, 『琉球大学教育学部紀要』 第1部(21), 1977, p.84.

96 아라카와는 이하의 글과 관련 연구를 폭넓게 읽지 않은 채 대표적인 글 「'비국민'의 사상과 논리」를 썼다고 고백한다. 新川明, 「私の伊波普猷論: 正しい論争発展のために」, 『青い海』 50, 1976, p.52.

97 新川明, 「『非国民』の思想と論理」, pp.107~108.

아라카와는 이하의 마지막 책 『오키나와 역사 이야기(沖縄歷史物語)』 (1947)의 유명한 구절을 거론한다. 아직 강화조약으로 오키나와의 귀속 문제가 확정되기 전이지만, 일류동조론을 주장했던 이하라기에는 다소 이질적인 모습이 엿보이기 때문이다.

그런데 오키나와의 귀속 문제는 머지않아 열릴 강화회의에서 결정되겠지만, 오키나와인은 그때까지 귀속 문제에 관한 희망을 말할 자유를 가지고 있더라도 현재의 세계정세로부터 미루어보건 대 자신의 운명을 스스로 결정할 수 없는 형편에 놓여 있음을 알아야 한다. 그들은 그 자손에 대해서 **이러저러했으면 좋겠다**고 희망할 수는 있어도, **이러저러해야 한다**고 명령할 수는 없을 것이다. 이는 치현 후 불과 70년 동안 일어난 인심의 변화를 보더라도 납득할 수 있을 것이다. 아니, 전통조차도 다른 전통으로 갈아치워질 것을 각오해 둘 필요가 있다. 모든 것은 뒤에 올 자들의 의지에 맡길 수밖에 없다. 여하튼 어떠한 정치 아래서 생활했을 때 오키나와인이 행복해질 수 있을까라는 문제는 오키나와 역사의 범위를 넘어서는 것이기 때문에 그것에 대해서는 일절 건드리지 않기로 하고, 여기서는 그저 지구상에서 제국주의가 종말을 고할 때 오키나와인은 '니가유(にが世)'에서 해방되어 '아마유(あま世)'를 즐기며 충분히 그 개성을 발휘하고 세계 문화에 공헌할 수 있다는 한 마디를 덧붙이면서 붓을 놓는다.[98](강조는 저자)

---

98 伊波普猷, 『沖縄歷史物語』(1947), 服部四郎·仲宗根正善·外間守善 編, 『伊波普猷全集 第二卷』, 平凡社, 1974, p.437. 당시 이하가 무엇을 생각했는지 확언할 수는 없지만, 비슷한 시기에 그가 오키나와인 연맹 회장으로서 남긴 언급이 있다. 원문은 본토 오키나와인의 원호(援護)가 주목적이었던 연맹을 일본공산당의 정치적 색채로부터 분리하려는 의도가 다분한데, 그는 "대체 독립이라거나 지금 여기서 문제로 삼을 수 있을까. 연맹은 물론 고향(鄕里) 오키나

이하는 첫 저서인 『고류큐(古琉球)』(1911) 이래 오키나와가 일본과 뿌리를 공유하는 하나의 민족임을 증명하는 데 힘을 쏟았고, 일본으로의 '동화'가 오키나와에게는 행복이라고 계몽했다. 그러나 전후 오키나와의 귀속 문제를 앞둔 만년의 이하는 오키나와가 일본에 속해야 한다고 말하지는 않았다. 이를 읽는 아라카와는 일류동조론을 주장해온 이하에게도 실은 일본과 오키나와 사이의 '이질감'이 선행하고 있다고 생각했고, 그 모습에서 일종의 자기모순을 발견하려 했다. 아라카와는 오키나와와 일본 사이의 '이질감'을 감지하면서도 늘 일본으로의 '동화'에 미래를 걸었던 과거를 비판하며,[99] 그 곤란함을 대자화시켜 추궁하지 못한 결과가 『오키나와 역사 이야기』의 마지막 구절이었다고 보았다.

이하가 저 정도로 언어학이나 역사학을 심화시켰음에도 끝내 자신의 사상으로 천황제 국가의 본질을 추궁하지 못했고, 오키나와를 일본에 대치시켜 역사적, 지리적으로 소유한 존재의 무게로 일본 천황제로 지탱되는 역사의 우위성을 상대화할 수 없었던 것은, 말할 것도 없이 이하의 결정적인 한계이다. 오키나와가 역사적으로 소유한 일본에 대한 결정적인 '이질감'을 근저에 가지고 있으면서, 그 '이질감'을 천황제 국가의 절대성을 무너뜨릴 문화=사상의 다양성으로 제시하지 않고, 천황제 국가와의 총체적인 합일

의 부흥에 공헌한다는 큰 목표를 세웠지만, 당면한 중요한 문제는 본토에 있는 오키나와인의 구원이다. 오키나와 귀속 문제는 연합국 쪽에서 결정하는 것이고, 장래 고향의 오키나와인 일반 투표로 묻게 될지도 모르지만, 그것은 여기 있는 우리들 현재의 문제는 아니다"라고 말한다. 「伊波会長と一問一答：連盟に関する二、三の問題に就いて」, 『自由沖縄』9, 1946. 8. 15.

99 아라카와는 이하의 『류큐인종론(琉球人種論)』(1911)을 거론하며, 일본 '동화'를 말하면서도 동시에 오키나와 문화에 대한 자각을 촉구하는 양면성을 보려고 한다. 新川明, 『異族と天皇の国家』, p. 343.

화를 지향해온 이하의 사상과 방법의 한계와 비참함은 근대 오키나와 지식인의 한 가지 전형이다. 이하가 만년에 쓴 『오키나와 역사 이야기』의 마지막 부분은 이하가 짊어져온 그 **비참함**을 우연히 드러내는 것만 같아서, 나는 가여움 없이 이를 읽을 수가 없다.[100](강조는 저자)

아라카와에게 이하의 일류동조론은 일본 국가를 이탈할 계기가 있음에도 불구하고, 오키나와의 자립적인 사고 거점을 확보하지 않은 채 '일본 국민'이라는 전제 속에서 미래를 도모해온 반복적인 실책이자, 근대 일본의 식민주의를 내면화한 하나의 모델이었다. 그는 이하의 사상을 기축으로 형성된 오키나와학이 일본 국가의 법 공간을 구제장치처럼 여기며 동등한 '일본 국민'을 목표로 삼았던 근대 오키나와의 주체를 생산하는 데 일조하지 않았는지를 비판하고자 했다.

근대 오키나와의 대표적인 지식인 이하의 논리가 '동화'에 힘을 보탰다고 주장한 아라카와의 글은 비판을 초래했고, 신자토 게이지와는 논쟁을 치르게 되었다. 아라카와가 1963년 '오키나와 해방 논쟁'에서 신자토의 논쟁 상대인 고쿠바에게 공감했던 것을 감안한다면, 두 사람의 의견이 극명하게 나뉠 것은 예상하기 어렵지 않다. 신자토는 아라카와를 비롯한 젊은이들의 이하 재평가를 의문시했고, 아라카와가 신좌익에 경도되어 있다고 힐난했다. 이에 대해 아라카와가 체계적 논리를 갖춘 비판을 요구하면서 논쟁이 시작되었고, 『아오이우미(青い海)』에서 1년 정도 계속되었다.[101]

---

100 新川明, 『「非国民」の思想と論理』, pp.113~114.

101 1976년은 이하 후유 탄생 100주년으로 이하에 대한 관심이 많았던 시기이기도 했다. 두 사람의 논쟁은 『이하 후유 전집(伊波普猷全集)』 제7권 「월보(月報)」에서 신자토가 아라카와를

그러나 비교적 오래 지속된 논쟁 기간에 비해, 두 사람이 논점을 좁혀 진지하게 토론하는 모습은 발견하기 어렵다. 무엇보다도 신자토의 단순한 사고가 발목을 잡았다. 아라카와는 '일본 국민'이 되고자 했던 근대 오키나와인의 주체화 문제를 이하의 오키나와학을 통해 검증하자 했지만,[102] 신자토는 이 제안을 이하가 천황제 권력에 영합했는가라는 문제로만 받아들일 뿐이었다. 신자토는 일류동조론이 정설(定說)이라는 주장을 반복하며 일류동조론과 이민족 독립이라는 단순한 선택지를 놓고 다투거나, 아라카와의 '차의식'을 이도저도 아닌 단순한 감정적 반응으로 치부했다. 논쟁은 평행선을 달리다 못해 서로에 대한 조롱의 연속이지만, 이를 지켜본 가메야 지즈(龜谷千鶴)는 아라카와 쪽에 좀 더 공감했다. 그녀는 신자토의 단순명쾌한 흑백논리로는 재단할 수 없는 현실이 있고, 신자토가 난해함을 넘어 악문(惡文)이라 조롱한 아라카와의 글, 즉 말더듬이처럼 우물거리면서도 아라카와가 직관적으로 포착한 것이 오키나와인의 심정에 더 가까울 것이라고 지적했다.[103]

아라카와는 자하나의 자유민권운동과 이하의 오키나와학 속에서 전후 오키나와 사회운동과 동일한 한계를 찾으려 했다. 즉, 그가 캐물었던 '사상사의 공백'은 전후 일본의 법 공간을 이탈하여 오키나와를 사고하고자 하는 '반복귀론'의 핵심과 연결되어 있었다. 물론, 이하가 '비애에 넘치는 이중의식'을 치열하게 대자화하지 못했다고 비판한 아라카와지만, 사실 마찬가지 질문을 아라카와에게도 돌릴 수 있을 것이다. '반복귀론'은 오키나와에서 탈국민국가적인 정치의 영역을 요청하고, 그것이 곧 오키나와의

비판한 데서 시작되었다.

102 新川明, 「私の伊波普猷論: 正しい論争発展のために」, pp.53~55.

103 龜谷千鶴, 「新里恵二と新川明の牛刀と鶏について」, 『青い海』 58, 1976.

탈식민적인 과제이기도 하다는 논점을 담고 있지만, 아라카와는 복귀론의 문제점을 '비판'하고 새로운 논의를 '요청'할 뿐 스스로 그 다음을 모색하는 인물은 아니었기 때문이다.

IV. 맺음말

이 글은 오키나와 반환 국면에 나타난 아라카와의 '반복귀론'을 근대 일본의 식민주의에 대한 비판과, 그 연장선에서 '일본 국민'이 되고자 했던 복귀운동의 맹점을 꼬집은 논의로 읽고자 했다. 표면적으로는 '반국가'와 '비국민'이라는 입장이 두드러지지만, 시사적인 평론과 오키나와 근대사에 대한 글 양쪽에서 아라카와의 요지는 전후 일본의 주권공간을 매개 삼은 식민주의에 대한 비평에 가까웠다. 그는 미일 두 국가에 대항하여 연대를 외치는 오키나와 본토 혁신세력이 파고들지 못한 문제 영역을 지적하면서, 전후 일본의 법과 제도를 이탈하여 오키나와의 문제 상황을 정치화할 사회운동의 자립적인 이념을 요청했다.

물론, 오키나와 반환 국면에서 '반복귀론'의 힘은 그리 크지 않았다. '반복귀론'의 언어는 너무 공격적이었고, 당장 실행 가능한 운동의 방향성을 구하는 이들에게는 "지식인의 자기 완결적인 사상 영위"[104]처럼 비쳤다. 게다가 정작 아라카와 자신은 본인의 말과 질문을 정교하게 밀고 나가지 못

---

104 新崎盛暉, 「沖繩鬪爭の敗北をめぐって」, 『市民』 9, 1972, p.141.

한 채, 탈식민적이자 탈국민국가적인 맥락에서 오키나와를 상상해야 한다는 과제를 늘 다른 누군가에게 의지하는 모습을 보여 왔다.[105] 그런 의미에서 오늘날 아라카와가 재조명되며 그의 글이 식민주의적 상황을 타개하고 주민의 자기결정에 관한 비판적 논의를 촉발하고 있다 하더라도, 다시 읽히는 '반복귀론'이 곧바로 어떤 효력을 약속하는 관계는 아닐 것이다.

이 논의는 오키나와에서 '복귀'라는 말에 얽혀 있는 희망과 현실적으로 작동하는 권력의 틈새를 비교적 명시적으로 꼬집은 몇 안 되는 사례 중 하나다. 아라카와의 글은 오키나와를 둘러싼 식민주의 구조를 암시하며, 이에 대항하는 오키나와인의 움직임은 어떤 정치 속에서 가능할 것인지 고민하도록 한다. 동시에 '반복귀론'은 일본 국가와 대결한다는 구도 속에서 오키나와와 본토의 '연대'를 말할 때 종종 등장하는, 단숨에 그들을 동일한 지평을 공유하는 관계로 가져다놓는 비약에 대해서 주의를 촉구한다.

전후 오키나와의 곤경은 물론 미일 안보체제와 일본의 식민주의로 인해 초래된 것이다. 그러나 오키나와에 접근하는 일본 혁신세력의 둔감함과 복귀운동에 몰두했던 오키나와인들 스스로가 전후 오키나와의 복잡 미묘한 위치를 뭉뚱그리는 결과를 초래한 것도 사실이다. 실은 일본과 미국, 주권의 안과 바깥, 어느 하나의 항으로는 명쾌히 정리되지 않는 문턱(liminality)에 놓인 것과도 같은 오키나와의 위치가 문제였던 것이다. '반복귀론'이 암시하는 과제란 오키나와의 자기결정을 위한 정치를 이 곤란한 지점에서부터 고민해나가는 일이 될 것이다.

아라카와의 글은 체계화된 지식의 질서 속에 놓일 만한 '사상'이라고 할

---

105 그는 자신이 문제제기를 감행하면 관련 전문가나 사회운동 세력이 각자의 입장에서 구체성을 더해줄 것이라 기대했던 것 같다. 新川明·新崎盛暉·川満信一, 「討論·沖縄自立の根を問う」, 新崎盛暉 外 編, 『沖縄自立への挑戦』, 社会思想社, 1982, pp. 190~191.

수는 없다. 그렇지만 그가 다소 뭉툭한 언어로 파고들었던 오키나와의 위치는 매우 중요하다. 주민의 수행적인 움직임이 미일 군사동맹과 일본의 주권공간이라는 기성 질서에 부딪혀 말을 잃게 되는 부분에 주목하고, 그것을 정치와 말의 영역으로 가져올 방법을 고민하는 것이 굳이 '반복귀론'을 다시 논하는 이유라 할 것이다. 이는 지식의 질서 속에 '반복귀론'의 내용을 등기시키거나, 문제 상황을 기성 이론을 빌려 명료한 개념으로 정리하는 작업과는 다르다. 그보다는 기성 질서 속에서 비결정 영역으로 남겨지는 동적인 움직임을 포착하고 확보하는 작업에 가까울 것이다. '반복귀론'은 그 움직임을 자극하는 징후적인 글이기에 중요한 것이다.

참고문헌

1. 자료

▸ 沖縄タイムス』『日本読書新聞』『琉球新報』

▸『沖縄新民報・自由沖縄』, 不二出版, 2000.

▸ 加藤哲郎・森宣雄・鳥山淳・国場幸太郎 編, 『戦後初期沖縄解放運動資料集』, 不二出版,
    2005.

▸「人民」縮刷版刊行委員会 編, 『沖縄人民党中央機関紙「人民」縮刷版』, あけぼの出版,
    2003.

▸ 琉球政府 編, 『沖縄県史 第2巻 各論編 1(政治)』, 国書刊行会, 1989(1970).

▸ 琉球大学文芸部(琉大文芸クラブ), 『琉大文学』, 不二出版, 2014.

▸ "沖縄国政参加選挙闘争 1970年", 沖縄県公文書館, 자료코드 R10000472B.

▸『沖縄国政参加ニュース』1호(1970.9.1), 沖縄県公文書館, 자료코드 0000088232.

▸ "Japan is not our fatherland" 문서철, 沖縄県公文書館, 자료코드 0000024749.

2. 단행본

▸ 新川明, 『異族と天皇の国家』, 二月社, 1973.

▸ _____ ・儀間比呂志, 『詩画集 日本が見える』, 築地書館, 1983.

▸ _____ , 『新南島風土記』, 朝日新聞社, 1987(1978).

▸ _____ , 『反国家の兇区:沖縄・自立への視点』, 社会評論社, 1996(1971).

▸ _____ , 『沖縄・統合と反逆』, 筑摩書房, 2000.

▸ 新崎盛暉・川満信一・比嘉良彦・原田誠司 編, 『沖縄自立への挑戦』, 社会思想社, 1982.

▸ 大江健三郎, 『沖縄ノート』, 岩波書店, 1970.

▸ 大里康永, 『沖縄の自由民権運動:先駆者謝花昇の思想と行動』, 太平出版社, 1969.

▸ 岡本恵徳, 『「ヤポネシア論」の輪郭:島尾敏雄のまなざし』, 沖縄タイムス社, 1990.

▸ 沖縄タイムス社 編, 『沖縄と70年代』, 沖縄タイムス社, 1970.

▸ 小熊英二, 『〈日本人〉の境界:沖縄・アイヌ・台湾・朝鮮植民地支配から復帰運動まで』, 新曜社, 1998.

▸ _____, 『〈民主〉と〈愛国〉:戦後日本のナショナリズムと公共性』, 新曜社, 2002.

▸ _____, 『1968 (下):叛乱の終焉とその遺産』, 新曜社, 2009.

▸ 小松寛, 『日本復帰と反復帰:戦後沖縄のナショナリズムの展開』, 早稲田大学出版部, 2015.

▸ 島尾敏雄 編, 『ヤポネシア序説』, 創樹社, 1977.

▸ 新里惠二, 『沖縄史を考える』, 勁草書房, 1970.

▸ 新城郁夫, 『沖縄文学という企て:葛藤する言語・身体・記憶』, インパクト出版会, 2003.

▸ 谷川健一 編, 『叢書わが沖縄 第6巻:沖縄の思想』, 木耳社, 1970.

▸ 冨山一郎, 『近代日本社会と「沖縄人」:「日本人」になるということ』, 日本経済評論社, 1991.

▸ _____, 『流着の思想:「沖縄問題」の系譜学』, インパクト出版会, 2013.

▸ 鳥山淳, 『沖縄/基地社会の起源と相克:1945-1956』, 勁草書房, 2013.

▸ 仲里効, 『オキナワ、イメージの縁』, 未来社, 2007.

▸ 中野好夫・新崎盛暉, 『沖縄問題二十年』, 岩波書店, 1965.

▸ _____, 『沖縄戦後史』, 岩波書店, 1976.

▸ 野村浩也, 『無意識の植民地主義:日本人の米軍基地と沖縄人』, 御茶の水書房, 2005.

▸ 服部四郎・仲宗根正善・外間守善 編, 『伊波普猷全集 第二巻』, 平凡社, 1974.

▸ 比嘉春潮・霜多正次・新里惠二, 『沖縄』, 岩波書店, 1963.

▸ 宮里政玄, 『アメリカの沖縄統治』, 岩波書店, 1966.

▸ 森宣雄, 『地のなかの革命:沖縄戦後史における存在の解放』, 現代企画室, 2010.

▸ _____・冨山一郎・戸邉秀明 編, 『あま世へ:沖縄戦後史の自立にむけて』, 法政大学出版局, 2017.

▸ 屋嘉比収 外編, 『沖縄・問いを立てる1:沖縄に向き合う』, 社会評論社, 2008.

▸ Judith Butler and Gayatri Chakravorty Spivak, *Who Sings the Nation-state?: Language, Politics, Belonging*, Seagull Books, 2007.

▸ Miyume Tanji, *Myth, Protest and Struggle in Okinawa*, Routledge, 2006.

▸ Wendy Matsumura, *The Limits of Okinawa: Japanese Capitalism, Living Labor, and Theorization of Community*, Duke University Press, 2015.

3. 논문 및 좌담

▸ 東江平之, 「沖縄人の意識構造の研究」, 『人文社会科学研究』1, 1963.

▸ 新川明, 「戦後沖縄文学批判ノート」, 『琉大文学』7, 1954.

▸ _____, 「琉球弧と島尾敏雄」, 『カイエ』1(7), 1978.

▸ _____·中野敏男·屋嘉比収·新城郁夫·李孝徳, 「反復帰論と同化批判：植民地下の精神革命として」, 『前夜』第1期(9), 2006.

▸ 新崎盛暉, 「沖縄闘争の敗北をめぐって」, 『市民』9, 1972.

▸ 池澤聡(岡本恵徳), 「沖縄の「戦後民々義」の再検討」, 『新沖縄文学』19, 1971.

▸ 大江志乃夫·大田昌秀·新里恵二·大江健三郎, 「謝花昇：その生涯が語るもの」, 『世界』303, 1971.

▸ 小熊英二·新川明, 「沖縄現代史と＜反復帰論＞」, 『Inter Communication』47, 2004.

▸ 鹿野政直, 「「否」の文学：『琉大文学』の軌跡」, 『戦後沖縄の思想像』, 朝日新聞社, 1987.

▸ 我部聖, 「「日本文学」の編成と抵抗：『琉大文学』における国民文学論」, 『言語情報科学』7, 2009.

▸ 我部政男, 「謝花民権と国政再参加：『義人謝花昇伝』復刊の今日的意義を中心に」, 『展望』144, 1970.

▸ 川満信一·新川明·内原稔, 「安保と沖縄」, 『新沖縄文学』臨時増刊号, 1969.

▸ 金城弘子, 「沖縄における自由民権運動」, 『沖縄歴史研究』7, 1969.

▸ 国場幸太郎, 「沖縄の日本復帰運動と革新政党：民族意識形成の問題に寄せて」, 『思想』452, 1962.

▸ 新城郁夫, 「反復帰反国家論の回帰：国政参加拒否という直接介入へ」, 岩崎稔 外 編, 『戦後日本スタディーズ2：60·70年代』, 紀伊国屋書店, 2009.

▸ 瀬長亀次郎·上田耕一郎·新里恵二·新原昭治·津波恒新·平山基生·与儀裕·榊利夫, 「沖縄問題とイデオロギー闘争」, 『前衛』326, 1971.

▸ 高安重正, 「沖縄·小笠原返還の国民運動について」, 『前衛』113, 1956.

▸ 徳田匡, 「「反復帰・反国家」の思想を問い直す」, 藤澤健一 編, 『沖縄・問いを立てる6: 反復帰と反国家』, 社会評論社, 2008.

▸ 戸邉秀明, 「沖縄教職員会再考のために: 六〇年代前半の沖縄教員における渇きと怖れ」, 近藤健一郎 編, 『沖縄・問いを立てる2: 方言札』, 社会評論社, 2008.

▸ 仲宗根勇, 「沖縄のナゾ」, 『新沖縄文学』 14, 1969.

▸ 西里喜行, 「沖縄における「反復帰論」とその周辺」, 『民主文学』 70, 1971.

▸ 森宣雄, 「潜在主権と軍事占領」, 倉澤愛子 外 編, 『岩波講座 アジア・太平洋戦争4: 帝国の戦争経験』, 岩波書店, 2006.

▸ _____, 「沖縄戦後史とは何か」, 冨山一郎・森宣雄 編, 『現代沖縄の歴史経験: 希望、あるいは未決性について』, 青弓社, 2010.

▸ 屋嘉比収, 「「沖縄」に穿つ思想として」, 『叙説』 15, 1997.

▸ 吉本隆明, 「異族の論理」, 『吉本隆明全著作集続10: 思想論2』, 勁草書房, 1978.

▸ Annmaria Shimabuku, "Transpacific Colonialism: An Intimate View of Transnational Activism in Okinawa," *CR: The New Centennial Review*, Vol. 12, No. 1, 2012.

▸ Michael S. Molasky, "Arakawa Akira: the thought and poetry of an iconoclast", Glenn D. Hook and Richard Siddle eds., *Japan and Okinawa: Structure and Subjectivity*, Routledge, 2003.

엮은이

김재용

연세대 영문학과와 동대학원 국어국문학과 졸업.
현재 원광대 국어국문학과 교수.
한국근대문학과 세계문학을 전공하고 있다.
저서로는 『협력과 저항』, 『분단구조와 북한문학』, 『세계문학으로서의 아시아문학』 등이 있다.

옮긴이

심정명

서울대학교 서양사학과를 졸업하고 동대학원 비교문학 협동과정에서 석사학위를, 일본 오사카대학교 문학연구과에서 박사학위를 받았다. 일본 현대소설과 오키나와, 재난과 전쟁의 기억 등을 주로 연구하고 있다. 「누구의 경험으로서 들을 것인가: '집단자결'과 증언」(『인문학연구』, 2017) 등의 논문을 발표했으며, 역서로 『후항설백물어』(비채, 2018), 『유착의 사상』(글항아리, 2015) 외 다수, 공저로 『탈전후 일본의 사상과 감성』(박문사, 2017), 『일본 전후문학과 마이너리티의 단층』(보고사, 2018) 등이 있다.

조정민

일본 규슈대학에서 일본 근현대 문학 및 문화연구를 전공하였다. 패전 후 전후 일본문학이 연합국의 일본 점령을 어떻게 기억하였는가에 대해 연구하여 박사학위를 취득하였으며, 이를 토대로 『만들어진 점령서사』(2009)를 펴냈다. 최근에는 『오키나와를 읽다-전후 오키나와 문학과 사상』(2017)을 통해 전후 오키나와 담론의 전형화, 정형화의 메커니즘을 전후 오키나와 문학을 통해 점검하고 오키나와의 지知의 경험이 근대, 혹은 탈근대 담론에 어떻게 개입할 수 있는지 살펴보았다. 번역한 책으로는 『나는 나가네코 후미코 옥중 수기』(2012), 『화염의 탑-소설 오우치 요시히로』(2013), 『오키나와 문학의 이해』(공역, 2017), 『영화장화』(2018) 등이 있다. 현재 부경대학교 일어일문학부 조교수로 재직 중이다.

곽형덕

명지대학교 일어일문과 교수로 있다. 일본문학을 동아시아문학적 관점에서 새롭게 읽어내고 있다. 저서로 『김사량과 일제 말 식민지 문학』(2017)이 있다. 김시종 시인의 초기 시집 『지평선』(2018), 『장편시집 니이가타』(2014)를 비롯해 『한국문학의 동아시아적 지평』(오무라 마스오, 2017), 『어군기』(메도루마, 2017), 『아쿠타가와의 중국 기행』(2016), 『긴네무 집』(마타요시 에이키, 2014), 『아무도 들려주지 않았던 일본 현대문학』(다카하시 토시오, 2014), 『김사량, 작품과 연구』(1-5, 2008-2016) 등을 옮겼다.

손지연

경희대학교 일본어학과 부교수. 나고야대학에서 일본근현대문학을 전공하여 박사학위를 받았다. 지은 책으로 『오키나와 문학의 이해』(공편), 『오키나와 문학의 힘』(공저), 옮긴 책으로 『오시로 다쓰히로 문학선집』, 『일본군 '위안부'가 된 소녀들』, 『기억의 숲』 등이 있다.

필자(원고 게재순)

김재용

연세대 영문학과와 동대학원 국어국문학과 졸업.
현재 원광대 국어국문학과 교수.
한국근대문학과 세계문학을 전공하고 있다.
저서로는『협력과 저항』,『분단구조와 북한문학』,『세계문학으로서의 아시아문학』등이 있다.

심정명

서울대학교 서양사학과를 졸업하고 동대학원 비교문학 협동과정에서 석사학위를, 일본 오사카대학교 문학연구과에서 박사학위를 받았다. 일본 현대소설과 오키나와, 재난과 전쟁의 기억 등을 주로 연구하고 있다.「누구의 경험으로서 들을 것인가: '집단자결'과 증언」(『인문학연구』, 2017) 등의 논문을 발표했으며, 역서로『후항설백물어』(비채, 2018),『유착의 사상』(글항아리, 2015) 외 다수, 공저로『탈전후 일본의 사상과 감성』(박문사, 2017),『일본 전후문학과 마이너리티의 단층』(보고사, 2018) 등이 있다.

고명철

성균관대 국어국문학과와 동대학원 국어국문학과 졸업. 문학평론가. 광운대 국어국문학과 교수. 아시아·아프리카·라틴아메리카 문학(문화)을 공부하는 '트리콘' 대표. 계간『실천문학』,『리얼리스트』,『리토피아』,『비평과 전망』,『바리마』편집위원 역임. 저서로는『흔들리는 대지의 서사』,『리얼리즘이 희망이다』,『잠 못 이루는 리얼리스트』,『문학, 전위적 저항의 정치성』,『뼈꽃이 피다』,『칼날 위에 서다』등 다수. 젊은평론가상, 고석규비평문학상, 성균문학상 수상. mcritic@daum.net

조정민

일본 규슈대학에서 일본 근현대 문학 및 문화연구를 전공하였다. 패전 후 전후 일본문학이 연합국의 일본 점령을 어떻게 기억하였는가에 대해 연구하여 박사학위를 취득하였으며, 이를 토대로『만들어진 점령서사』(2009)를 펴냈다. 최근에는『오키나와를 읽다-전후 오키나와 문학과 사상』(2017)을 통해 전후 오키나와 담론의 전형화, 정형화의 메커니즘을 전후 오키나와 문학을 통해 점검하고 오키나와의 지(知)의 경험이 근대, 혹은 탈근대 담론에 어떻게 개입할 수 있는지 살펴보았다. 번역한 책으로는『나는 나가네코 후미코 옥중 수기』(2012),『화염의 탑-소설 오우치 요시히로』(2013),『오키나와 문학의 이해』(공역, 2017),『영화장화』(2018) 등이 있다. 현재 부경대학교 일어일문학부 조교수로 재직 중이다.

곽형덕

명지대학교 일어일문과 교수로 있다. 일본문학을 동아시아문학적 관점에서 새롭게 읽어내고 있다. 저서로『김사량과 일제 말 식민지 문학』(2017)이 있다. 김시종 시인의 초기 시집『지평선』(2018),『장편 시집 니이가타』(2014)를 비롯해『한국문학의 동아시아적 지평』(오무라 마스오, 2017),『어군기』(메도루마, 2017),『아쿠타가와의 중국 기행』(2016),『긴네무 집』(마타요시 에이키, 2014),『아무도 들려주지 않았던 일본 현대문학』(다카하시 토시오, 2014),『김사량, 작품과 연구』(1-5, 2008-2016) 등을 옮겼다.

김동윤

제주대학교 국어국문학과 교수. 문학평론가. 저서로『작은 섬, 큰 문학』(2017),『소통을 꿈꾸는 말들』(2010),『제주문학론』(2008),『기억의 현장과 재현의 언어』(2006),『우리 소설의 통속성과 진지성』(2004),『4.3의 진실과 문학』(2003),『신문소설의 재조명』(2001) 등이 있다.

손지연

경희대학교 일본어학과 부교수. 나고야대학에서 일본근현대문학을 전공하여 박사학위를 받았다. 지은 책으로『오키나와 문학의 이해』(공편),『오키나와 문학의 힘』(공저), 옮긴 책으로『오시로 다쓰히로 문학선집』,『일본군 '위안부'가 된 소녀들』,『기억의 숲』등이 있다.

남궁 철

연세대학교 사학과에서 학사와 석사를 마쳤다. 일본의 '전후'와 불화하는 마이너리티의 경험 속에서 식민주의의 뒤틀린 유산을 포착하고자 하며, 일본의 전후사 속에서 뒷전으로 밀려난 포스트콜로니얼한 과제에 관심이 있다. 논문으로「전후 오키나와의 자기결정 모색과 '반복귀론'」(『일본역사연구』 47집, 2018),「사할린 선주민의 전후 이동과 탈식민의 문제」(『학림』 41집, 2018)가 있다.